KB095928

평양

서울

하의도

거인의 꿈

최영태 장편소설

역바연

역사는 논픽션nonfiction이며, 사실에 입각하지 않는 한 다루지 않는 게 원칙이다. 그러나 역사가도 가끔 '만약 이랬더라면!'이라는 가정적 방식으로 이야기를 서술하고 싶은 충동을 느낄 때가 있다. 필자는 역사 연구자로서 한반도 평화 및 남북통일에 대한 김대중 전 대통령의 꿈과 비전을 생각하며 그런 생각을 많이 했다.

김대중은 수평적 정권교체를 통해 민주주의의 공고화에 기여했다. 그는 대통령이 된 후 용서와 화해의 정치, 정보 통신 강국과 문화 복지국가 건설, 남북 관계 개선 등 한국 사회의 선진화와 한반도 평화에 크게 기여했다. 세계는 김대중의 이런 삶에 노벨평화상으로 응답했다. 또 미국의 유명 시사잡지 〈뉴스위크〉는 20세기 후반 자기 조국을 극적으로 바꾼 트랜스포머 11명 속에 한국인 김대중을 포함시켰다. 김대중은 한국이 낳은 거인이었다.

김대중은 태어난 순간부터 변방인outsider이었다. 그 변방인이 '사람이 주인인 세상'을 만들기 위해 민주화운동에 뛰어들었고, 망명·납치·사형 선고·투옥 등 수많은 시련을 이겨내고 마침내 그가 꿈꾼 세상의 일부를 달성했다. 김대중과 박정희·김영삼·김종필·정주영·김정일 등 정치, 경제 지도자들과 얽히고설킨 이야기들은 김대중의 삶이 곧 한국현대사 그 자체였다는 것을 말해준다. 또 온갖 역경을 이겨내고 자신의 꿈을 이루어 가는 김대중의 삶은 정치인, 청소년, 일반 국민 가리지 않고 많은 사람들에게 용기와 격려, 그리고 삶의 지혜를 선물하고 있다.

제1-3부가 대부분 사실에 토대를 둔 이야기라면 제4부는 가정적인 이야기(픽션)이다. 제4부는 2000년 말 클린턴 미국 대통령의 북한 방문으로 시작된다. 북미 관계가 정상화되면서 남북 관계가 천지개벽 수준의 발전을 이룩한다. 김대중이 1단계 통일국가로 상정한 '남북연합'이 창설되고, 남북이 민족 동질성을 회복하며, 경제 통일을 이루어 간다. 사실상 '절반의 통일'에 해당하는 발전상이다.

불행히도 남북 관계가 다시 김대중 정부 이전의 대결 시대로 복귀하고 말았다. 그러나 지난 역사가 말해주듯이, 어떤 경우에도 전쟁은 한반도 문제를 푸는 해법이 못 된다. 어느 시점이 되면 남북 모두 대결 국면에 한계를 느끼고, 다시 화해와 공존공영의 길을 모색할 것이다. 그때 남북한 8천만 동포들은 김대중이 제시한 남북 화해와 협력, 통일의 비전을 상기하게 될 것이다. 그런 의미에서 제4부 '남북연합 창설'은 비록 가정적인 이야기이지만, 앞으로 우리가 구현해 나아가야 할 미래 비전이자 희망의 노래이다. 이 역사소설은 바로 그런 미래를 염두에 두며 썼다.

이 소설의 부제인 '하의도·서울·평양'에서 하의도는 변방인 김대중의 출발점을, 서울은 한국 정치의 중심을, 그리고 평양은 평화·통일과 미래 비전을 상징한다.

소설의 기본 내용은 필자의 저서 『빌리 브란트와 김대중』(성균관대학교 출판부, 2020)을 토대로 했다. 『김대중 자서전』(삼인, 2011)과 이희호 여사의 자서전(평전)은 김대중의 삶을 구성하는 데 가장 큰 지적 원천이었다.

이 책을 흔쾌히 펴내 준 역사바로잡기연구소의 황현필 소장님과 공정범 출판대표님 그리고 실무를 맡아 정성을 기울여 준 공지영 선생께 깊은 감사를 드린다.

김대중 전 대통령 탄신 100주년을 앞둔

2023년 12월

최영태

4. 남북연합 창설

1

변방인에서 대통령 후보까지

1. 큰 바위 얼굴과 함께한 소년 시절

하늘이 파란 어느 봄날 하의보통학교 학생 40여 명이 신작로를 따라 바닷가로 향했다. 3학년 학생들의 봄 소풍이다. 그들의 행선지는 모래구미 해수욕장을 거쳐 죽도 앞까지였다. 학교에서 거리가 5킬로미터 정도이니 꽤 먼 길이다. 최종 목적지를 죽도 앞으로 잡은 것은 죽도에 있는 큰 바위 얼굴을 보기 위해서였다. 신작로 가에는 이제 막 피기 시작한 해당화가 학생들의 눈길을 끌었다.

담임 선생은 소풍 오기 전날 학생들에게 너새니얼 호손의 단편소설 『큰 바위 얼굴』을 읽어주었다. 소설의 주인공 어니스트는 1860년대 미국에서 벌어진 남북전쟁 직후 어머니에게서 마을 주변 얼굴 모양이 새겨진 큰 바위를 닮은 아이가 태어나 훌륭한 인물이 될 것이라는 전설을 들었다. 어니스트는 커서 그런 사람을 만나보았으면 하는 기대와 함께 어떻게 살아야 큰 바위 얼굴처럼 될지 고민하면서 살아간다.

하의도는 목포에서 34킬로미터 정도 떨어진 외딴섬이다. 배로는 목포까지 3시간 정도 걸린다. 죽도는 하의도 서남쪽에서 200미터 정도 떨어져 있는 무인도이다. 하의도에서 보면 죽도 맨 왼쪽 절벽에 사람의 얼굴을 한 바위가 있다. 바위의 모습은 우뚝 솟은 코, 움푹 팬 눈과 눈썹, 머리카락이 달린 이마 등이 영락없이 사람의 모습이다. 이동하면서 보면 아무렇지 않다가 어느 시점이 되면 사람 얼굴과 비슷해진다.

하의도에는 이 바위와 관련한 전설이 있다. 담임 선생은 학생들에게 하의도 앞 죽도의 큰 바위 얼굴과 관련한 전설을 말해 주었다. 전설인즉, 옛날 옛적 하의도 피섬 앞산에 호랑이가 나타나 사람들을 해치는 일이 비일비재했다. 마을 사람들의 불안이 깊어졌다. 이 무렵 피섬 뒷산에 사자를 키우는 스님이 살고 있었다. 마을 사람들은 사자를 키우는 스님에게 도움을 청했다. 이에 스님은 사자를 데리고 나와 마을 사람들과 함께 호랑이에 맞서 싸웠고, 호랑이를 쓰러뜨렸다. 그런데 스님은 싸움 과정에서 다친 상처로 그만 사망하고 말았다. 사자는 스님의 죽음을 슬퍼했고, 그 사자마저도 싸움 과정에서 입은 상처로 죽게 되었다.

그 후 어느 날 하늘에서 다음과 같은 소리가 들렸다.

"때가 되면 천지를 편하게 할 인물이 나타날 것이다."

또 사자가 죽어간 해변 앞쪽에 작은 섬이 생겨났다. 그 섬이 바로 죽도다. 섬의 모습은 수사자가 웅크린 형태였고, 바위 절벽은 사람의 얼굴 형상이었다. 주민들은 이 섬을 사자바위 혹은 '큰 바위 얼굴 섬'이라고 불렀다.

하의도의 큰 바위 얼굴에 관한 전설을 말해 준 담임 선생은 학생들에게 다음과 같이 말했다.

"너희들도 큰 바위 얼굴과 같은 훌륭한 인물이 될 수 있다. 열심히 공부하고 몸을 튼튼히 하라. 나라와 이웃을 위해 일하라."

이날 소풍 간 학생 중에 김대중이란 소년이 있었다. 반에서 공부를 가장 잘했고 인물도 준수했다. 보통학교에 입학하기 전에는 4년가량 덕봉 서당에 다녔다.

소풍을 마치고 학교로 돌아오는 길에 함께 걷던 친구가 김대중에게 장난기 어린 표정으로 말을 건넸다.

"대중아, 네가 큰 바위 얼굴 해라."

김대중이 대꾸했다.

"야, 이 시골에서 어떻게 큰 인물이 되겠냐."

"너는 공부도 잘하고 얼굴도 잘생겼고 말도 잘하잖아."

김대중은 친구의 장난기 섞인 말을 들을 때 왠지 기분이 좋았다. 친구의 말에서 가슴 설레는 그 어떤 감정을 느꼈다.

김대중은 집에서 저녁밥을 먹으면서 아버지와 어머니에게 소풍 다녀온 이야기를 했다.

"아버지, 선생님이 하의도에서 큰 바위 얼굴과 같은 큰 인물이 나올 것이라고 하는데 사실이어요?"

아버지 김운식이 제법 진지하게 답했다.

"우리 김해 김씨 선산이 명당이란다. 하의도에 사는 김해 김씨 중에 큰 인물이 나온다고 했다."

어머니 장수금이 거들었다.

"우리 대중이는 공부도 잘하고 인물도 잘생겼으니 큰 인물이 될 수 있지. 대중이 아버지, 서당 선생님도 대중이가 큰 인물이 될 거라고 칭찬을 많이 했어요."

김윤식이 맞장구를 쳤다.

"우리 대중이가 그 주인공이 되면 좋지. 김해 김씨 문중의 큰 영광이지."

김대중의 아버지 김윤식은 농사를 지으면서 마을 구장(이장) 일을 보고 있었다. 덕분에 김대중의 집에는 조선어 신문 〈매일신보〉가 배달되었다. 김대중은 신문을 꼬박꼬박 읽었다. 특히 정치면을 자세히 읽었다. 역사를 좋아했던 그는 정치 기사가 크게 낯설지 않았다. 신문을 통해 조선의 상황이 어떤지, 일본의 정치가 어떻게 돌아가는지 등을 보통학교 학생치고는 제법 많이 알았다.

김대중은 하의도의 큰 바위 얼굴에 관한 이야기, 친구가 자신에게 큰 바위 얼굴이 되라고 한 말, 아버지와 어머니가 자신에게 거는 기대 등을 그냥 넘겨버리지 않았다. 공부를 더 열심히 해야겠다고 다짐했다.

학교에서 어떤 친구가 김대중에게 말했다.

"대중아, 종남 마을에 아이가 태어났는데 그가 임금이 된다는 소문이 떠돈다. 너 그 말 믿니?"

김대중이 대답했다.

"말도 안 되는 소리다. 이제 막 태어난 아이가 무엇이 될지 누가 아나."

이렇게 말한 김대중의 기분이 별로였다. 그는 속으로 중얼거렸다.

"하의도에서 임금이 나온다면 내가 되어야지."

상하이 임시정부는 1919년 대한민국의 정치체제로 민주공화정을 채택했다. 어린 김대중이 시대적 흐름을 간파하기는 어려웠다. 그는 조선이 일본으로부터 해방되면 과거처럼 임금이 지배하는 세상이 될 것으로 알고 있었다.

김대중은 보통학교에 다니는 어린이였지만 신문을 읽으면서 점차 육지 세계에 대한 동경에 빠졌다. 그는 큰 도시인 목포로 가고 싶었다. 그는 하의보통학교 3학년 때 어머니에게 목포로 가서 학교에 다니고 싶다고 말했다.

"어머니, 저 목포로 가고 싶어요. 거기서 학교에 다니고 싶습니다."

장수금이 놀란 투로 대답했다.

"어린 네가 어떻게 목포로 가서 학교에 다닌다는 거냐. 그런 말 하지 마라."

"목포로 보내주면 신문 배달을 해서 학비를 벌겠어요. 일본에 가서 공부도 하고 싶어요."

장수금은 김대중에게 안 된다고 말했지만, 그의 말이 뇌리에서 쉽게 사라지지 않았다. 장수금은 김운식의 둘째 부인이다. 형님(김운식의 첫째 부인)과 주변 사람들은 은연중에 그를 괄시했다. 그런 그에게 세 아들이야말로 든든한 밑천이 아닐 수 없다. 특히 김대중은 그의 자랑 중 자랑이었다. 김대중은 서당에 다닐 때도 그랬고 보통학교에 들어가서도 공부를 잘하여 주변의 부러움을 받았다. 그가 남편 김운식에게 목소리를 낼 수 있는 밑천도 아들들 때문이었다. 그렇지만 그것만으로는 부족했다. 이 기회에 목포로 이사를 하고, 김대중도 목포에서 공부를 시키고 싶었다. 그러면서 둘째 부인으로서 자신의 처지도 변화를 모색하고 싶었다.

장수금은 며칠 지나 김운식에게 조심스럽게 말을 꺼냈다.

"대중이 아버지, 대중이가 목포로 가서 공부하고 싶다고 하네요. 우리 이참에 목포로 이사 갑시다."

김운식이 깜짝 놀라는 표정을 지었다.

"뭐, 목포로 이사를 가? 그럼 큰집은 어떻게 하고? 그게 말이 되는 소리야?"

장수금은 물러서지 않았다.

"대중이를 계속 섬 구석에 살게 할 거예요? 아들 재주가 아깝지 않아요."

"대중이는 보통학교를 졸업하면 목포에서 중학교를 다니게 할 생각이네. 그러니 다시는 그런 말 하지 마소."

김운식이 화를 내며 퉁명스럽게 대꾸하고 밖으로 나가버렸다. 첫째 부인과 둘째 부인 집을 오가며 두 집 살림을 하던 김운식이 둘째 부인 아이들의 교육을 위해 목포로 이사 가는 것은 쉽게 결정할 수 없는 문제였다. 아니, 그때까지 한 번도 생각해 본 적이 없었다. 그런데 장수금한테 그런 말을 들었으니 당황할 수밖에 없었다.

김대중은 어머니에게서 아버지가 목포로 전학 보내는 것을 반대한다는 말을 들었다. 그는 아버지와 큰어머니가 강하게 반대할 것을 이미 알고 있었다. 말로는 안 통하리라는 것을 짐작한 그는 비장의 카드를 꺼내 들었다. 밥을 굶는 것, 이른바 '단식투쟁'이었다. 그는 목포로 보내주면 신문 배달 등 독학을 해서라도 학교에 다닐 수 있다고 고집을 피우며 밥을 굶었다.

장수금이 김운식에게 사정했다.

"대중이를 저렇게 굶게 놔둘 것이요? 우리 논 모두 팔면 목포로 가서 조그만 가게 하나쯤 구할 수 있으니 이사 갑시다. 이사 가는 문제는 내가 다 알아서 하겠소."

장수금은 목포로 이사하면 대중에게 교육도 시키고, 또 자신도 둘째 부인으로서 서러움을 떨칠 일석이조의 기회라는 생각을 굳혔다. 어떻게든 남편을 설득하여 목포로 이사 가겠다고 결심했다.

생활력이 강했던 장수금은 김대중의 큰어머니 집과는 별개로 후광리 바닷가에서 따로 살고 있었다. 그는 그곳에서 처음에는 뱃사람들을 대상으로 밥집을 운영했고, 논밭을 사서 김대중이 보통학교에 다닐 때는 상당한 재산을 모았다. 그는 자신이 가진 재산을 모두 팔면 목포로 가서 아이들을 교육시키며 생계를 꾸려나갈 수 있을 것 같았다.

김대중의 단식과 장수금의 끈질긴 설득 겸 압박에 김운식의 마음이 바뀌었다. 그는 목포로 이사하기로 마음을 굳혔다. 그는 김대중에게 목포로 이사 갈 테니 밥부터 먹으라고 했다.

"대중아, 아버지가 이사 가기로 했다. 너를 누구 못지않게 교육시키고 싶으니 아버지를 믿고 마음을 풀어라."

"아버지, 고맙습니다."

김대중의 가족은 김대중이 보통학교 4학년일 때 목포로 이사했다. 1936년 가을이었다. 목포는 하의도를 포함한 서해안 섬 주민들의 주요한 생활 거점이었다. 목포는 1914년에 완공된 호남선의 남쪽 종착점이었고 전남 나주평야의 곡물을 일본으로 수송하는 식민지 수탈정책의 창구였다. 목포와 전라도에는 쌀 외에 목화와 해산물도 많이 생산되었다. 목포는 해방 전까지만 하더라도 부산, 인천과 함께 한국의 대표적인 항구도시였다. 도시 규모로는 서울, 부산, 대구 등과 함께 남북한을 합쳐 7대 도시에 들어갈 정도였다.

김대중이 탄 배는 하의도에서 3시간가량 물살을 가르고 목포에 도착했다. 목포항에 도착한 김대중의 눈이 휘둥그레졌다. 그의 눈에 비친 목포는 완전히 딴 세상이었다. 배마다 꽂아놓은 깃발이 힘차게 펄럭이고 여기저기서 뱃고동 소리가 울렸다. 모든 것이 살아서 움직이는 것 같았다.

김대중이 아버지에게 말했다.

"아버지, 여기가 목포여요?"

"그렇다. 하의도와 많이 다르지?"

"예. 완전히 딴 세상 같아요. 목포가 이렇게 큰 도시일 줄 몰랐어요."

아버지에게 말하는 김대중의 가슴이 뛰었다.

김대중의 부모는 목포로 이사한 후 여관을 운영했다. 어머니가 하의도에서 모은 재산을 전부 투자해 산 여관이었다. 여관 이름은 '영산여관'이었다. 당시 여관은 손님에게 밥상도 차려주었다. 장수금은 하의도에서 밥집을 운영한 경험이 있었다. 새로운 일이기는 했지만, 여관업이 그에게 완전히 낯선 일은 아니었다. 목포에 와서 여관을 하겠다고 마음먹은 것도 하의도에서 밥집을 운영한 경험이 영향을 미쳤다.

여관은 높은 지대에 위치했고, 계단이 많았다. 여관에 샘이 없어 물을 길어 와야 했다. 김대중은 물을 길어 나르면서 어머니를 도왔다. 김운식은 하의도 본가와 목포를 오가며 두 집 살림을 해야 했기 때문에 여관 일에 전념하지 못했다. 여관 일은 주로 장수금의 몫이었다.

김대중은 6년제 목포공립제일보통학교(현 목포북초등학교) 4학년에 편입했다. 아이들이 섬에서 이사 온 김대중을 섬 놈이라고 놀리며 따돌렸다. 덩치가 큰 아이가 그를 때리기도 했다. 그는 한동안 아이들과 어울리기 힘들었다. 쉬는 시간이면 화장실 옆 공터에서 혼자 있을 때가 많았다.

이때 김대중처럼 화장실 옆 공터를 찾는 아이가 있었다. 그는 순천에서 전학 온 정진태라는 아이였다. 정진태도 다른 아이들과 어울리지 못하고 있었다. 김대중과 정진태는 곧바로 친한 사이가 되었다. 학교 수업이 끝난 후에 둘은 항상 붙어 다녔다.

전학을 온 지 얼마 안 되어 신문사가 주최한 글짓기 대회가 열렸다. 주제는 '교통질서'였다. 김대중이 대회에서 입상했다. 운동장에 전교생이 모인 조회 시간에 교장 선생이 김대중에게 상장을 수여하면서 학교의 명예를 빛냈다고 칭찬했다. 김대중의 어깨가 으쓱해졌다. 그는 4학년 전체 학생 73명 중에서 2등으로 학년을 마쳤다. 6학년 졸업 무렵에는 전체 1등을 했다. 섬 촌놈이라고 놀리고 따돌렸던 아이들의 태도도 바뀌었다.

김대중은 보통학교를 졸업한 후 1939년 봄 목포공립상업학교(목포상업고등학교. 약칭 목포상고)에 수석으로 입학했다. 목포공립제일보통학교 친구였던 정진태도 목포상고에 입학했다. 목포는 전국 7대 도시 중 하나였지만 중등학교는 목포상고 하나뿐이었다. 목포상고는 전국에 알려진 명문학교로서 조선 학생과 일본 학생을 반반씩 뽑았다. 모두 164명이 입학했는데 김대중은 취업반 반장을 맡았다. 그는 역사 과목을 특히 좋아했다.

장수금은 공부 잘하는 아들이 자랑스러웠다. 목포로 이사 오기를 잘했다고 생각했다. 그는 김대중의 성적표와 상장 등을 하나도 빠지지 않고 수집하여 상자에 보관했다. 그는 여관을 찾는 손님들에게 아들 자랑을 놓치지 않았다. 목포는 주변 섬들을 연결하는 중심지이기 때문에 여관을 찾는 손님 중에는 단골이 많았다. 장수금은 가깝게 지내는 손님들에게 아들이 학교에서 탄 상장과 성적표를 보여주는 것이 너무 즐거웠다. 아들만 생각하면 여관에서 겪는 모든 어려움이 눈 녹듯 사라지는 것 같았다.

김대중은 식민지 나라의 학생이었고 창씨개명의 굴욕도 경험했다. 그렇지만 그는 일본인 선생들과 비교적 좋은 관계를 유지했다. 교사들은 그를 인정하고 격려했다. 그에게 가장 큰 영향을 미친 교사는 3학년 때 담임 선생이었던 노구치 진로쿠였다. 노구치 선생은 김대중에게 훗날 인생에 중요한 지침이 될 말을 자주 해 주었다.

"대중아, 살아가는 데 중요한 것 중 하나는 삶의 원칙을 확고히 지키면서 동시에 유연하게 대응하는 것이다. 그래야 성공할 수 있다."

"예, 선생님의 말씀은 사람이 지켜야 할 도리와 목표의식은 분명히 하되 그것을 실현하는 방식은 신축적으로 임해야 성공할 수 있다는 말씀이지요?"

"그렇다. 너는 앞으로 지도자가 될 사람이니 꼭 원칙을 지키면서도 유연하게 대처하는 방법을 배워라."

노구치 선생의 가르침은 감수성이 예민한 청소년기의 김대중에게 큰 영향을 주었다. 영리한 김대중은 담임 선생의 가르침을 자신의 방식으로 소화하려 노력했다. 그가 훗날 정치를 하면서 신조로 삼았던 '서생적 문제의식과 상인적 현실감각'은 목포상고 시절 담임 선생의 가르침을 자신의 방식으로 소화한 것이었다.

김대중은 목포상고를 1943년 말에 졸업했다. 본래 졸업 시기는 1944년 초였으나 전시 특별 조치로 졸업이 몇 달 앞당겨졌다. 김대중이 다닌 학교는 실업학교였지만 대학 진학 희망자들을 위해 진학반이 개설되었다. 김대중은 대학 진학을 위해 고등학교 3학년 때 진학반으로 옮겼다. 그는 넓은 곳으로 가서 공부하고 싶었다. 그가 입학하고 싶었던 대학은 만주 건국대학이었다.[1]

그러나 원수 같은 전쟁이 그의 앞길을 가로막았다. 김대중이 고등학교를 졸업한 해인 1943년 말은 태평양전쟁이 종반에 접어든 시점이었다.

태평양전쟁은 1941년 말 일본이 미국령 진주만을 공격하면서 확대되었다. 이보다 앞서 일본은 1931년 만주사변을 일으켜 만주 지역을 병합하고 괴뢰국 만주국을 건국했다. 이후 일본은 1937년 중일전쟁을 일으켜 중국 국민정부의 수도인 난징을 점령했다. 이때 난징대학살을 자행하여 최소한 13만 명 이상의 희생자가 생겼다. 중국의 중요 지역들을 점령한 일본은 1941년 미국 영토인 하와이 진주만을 공격했다. 이 공격으로 미국이 전쟁에 개입하면서 태평양전쟁이 발발했다. 일본군은 영국령인 홍콩과 미얀마, 프랑스령인 인도차이나반도, 네덜란드령인 인도네시아 지역 등도 모두 점령했다.

"대중아, 아무래도 만주로 가서 공부하는 것은 어렵지 않겠냐. 이 어수선한 시국에는 몸을 온전하게 보존하는 게 가장 중요한 일이다."

"저도 고민을 많이 하고 있어요."

김대중은 고민 끝에 대학 진학의 꿈을 포기했다. 그 후 며칠 동안 그는 잠을 제대로 이루지 못했다. 대학 진학을 포기한 후 한동안 앞날에 대한 희망을 잃은 채 살았다.

1940년대에 고등학교 졸업은 높은 학력이었다. 게다가 그가 졸업한 목포상고는 전국적으로 이름을 날린 명문 고등학교였다. 그러나 어린 시절 임금님, 그리고 훗날 대통령이라는 큰 목표를 가진 김대중에게 대학 교육을 받지 못한 것은 항상 아쉬운 과거로 남았다. 그는 가까운 사람들에게 자신이 대학을 다니지 못한 것에 대해서 오랫동안 콤플렉스를 느껴왔다고 고백했다.

"대학에 꼭 가고 싶었는데 가지 못해 가슴에 오랫동안 한으로 남았습니다."

김대중이 목포상고를 졸업할 무렵 전세가 일본에 불리하게 돌아갔다. 일본은 조선의 젊은이들을 대거 전선으로 끌고 갔다. 1924년생인 김대중은 만 19살이었다. 그런데 아버지 김운식이 아들의 징집을 늦추기 위해 생년월일을 1925년 12월 3일로 바꾸어 놓았다. 실제 생년월일이 1924년 1월 6일이니 출생 시기를 2년이나 늦춘 셈이다. 덕분에 김대중은 군대에 끌려가지 않고 해방을 맞이할 수 있었다. 운이 매우 좋았다.

김대중이 목포 보통학교 시절부터 목포상고에 다닐 때까지 오랫동안 짝사랑한 여학생이 있었다. 그 여학생을 처음 봤을 당시 김대중은 보통학교 6학년이었고, 그 여학생은 5학년이었다. 그 여학생은 김대중이 목포상고에 진학한 1년 후 목포공립고등여학교에 입학했다. 여학생의 집은 북쪽이었고 학교는 남쪽이었다. 김대중의 집은 남쪽이었는데 학교는 북쪽이었다. 두 사람은 서로 마주 보고 학교에 다녔기 때문에 등하굣길에 가끔 마주칠 수 있었다. 김대중은 시간이 지날수록 그 여학생을 좋아하는 마음이 깊어졌다. 그 여학생도 김대중이 자기를 좋아하는 것을 알았다. 그러나 보수적인 사회 분위기상 두 사람이 내놓고 만나기는 쉽지 않았다. 두 사람이 만난 것은 학교를 졸업한 직후였다. 극장에 가서 함께 영화도 봤다.

그런데 바로 그 시점에 김대중의 눈을 사로잡는 새로운 여인이 나타났다. 김대중이 취직한 지 얼마 안 된 1944년 여름이었다. 김대중은 목포상고 졸업 후 일본인이 경영하는 전남기선주식회사에 취직했다. 회사 사무실 밖에 나와 서 있는데 어떤 젊은 여자가 양산을 쓰고 지나갔다. 하얀 피부에 머리를 단정히 빗어 넘겼고 하얀 원피스 차림이었다. 여름 햇살이 눈부셨지만 그녀는 더 눈부셨다. 김대중은 자기도 모르게 그 여자를 쫓아가고 있었다. 첫눈에 반한 것이다.

그날 이후 김대중의 뇌리에서 그 여자가 사라지지 않았다. 김대중은 그 여자가 누군지 여기저기 수소문했다. 뜻밖에 그 여자는 목포상고 시절 같은 반 친구 차원식의 누이동생이었다.

차원식은 부잣집 아들이었다. 그의 아버지는 목포에서 큰 인쇄소를 경영했다. 차원식의 누이동생 차용애는 일본 나가노현의 이나(伊那) 여학교에 다니다가 미군의 일본 본토 폭격이 심해지자 한국으로 돌아왔다. 그녀의 조기 귀국이 결과적으로 김대중과의 만남을 가능하게 했다.

김대중이 차원식의 집에 자주 놀러 가자 차원식이 눈치를 챘다. 차원식은 학교 우등생이었던 김대중이 자기 여동생을 좋아하는 것을 나쁘지 않게 봤다. 김대중은 차원식이 눈치챈 것을 알고 그에게 정식으로 여동생을 좋아한다고 말했다.

"원식아, 나 용애 좋아한다."

"나도 안다. 네 눈 보면 금방 알아."

"네가 도와줄래?"

차원식이 큰 선심이라도 베풀 듯 말했다.

"좋아. 그런데 용애와 결혼하면 네가 나에게 형님이라고 불러야 한다."

김대중이 안도의 웃음을 지으며 말했다.

"당연하지. 둘이 있으면 지금처럼 친구 사이로 지내고, 어른들 계신 데서는 깍듯이 형님으로 대우해 주마."

집으로 돌아간 차원식이 동생에게 조심스럽게 김대중에 관해 물었다.

"용애야, 내 친구 대중이를 어떻게 생각하냐?"

"대중 씨는 어떤 사람이야?"

차용애가 호기심을 갖고 있음이 분명했다.

"우리 학교에 수석 입학한 친구야. 인물이야 네가 본 대로고. 공부만 잘한 게 아니라, 말도 잘하고 무척 똑똑한 친구다. 아마 크게 될 거야. 너 대중이에게 시집가라."

차용애는 부끄러워하면서도 적극적인 관심을 표명했다.

"아버지가 좋아하실까?"

"글쎄. 그 부분은 자신이 없다."

1944년 여름, 김대중이 차용애에게 데이트를 청했다. 차용애는 거절하지 않았다. 오빠 차원식이 김대중을 좋게 소개했기 때문에 차용애도 김대중에게 좋은 감정이 있었다. 둘은 이미 서로 좋아하는 사이였다.

차용애의 어머니도 김대중을 좋아하며 사위 삼고 싶다고 했다. 그러나 차용애의 아버지는 달랐다. 그는 강하게 반대했다. 이유는 김대중이 언제 전쟁터로 끌려갈지 모른다는 것이었다. 아버지로서 그럴 만도 했다. 태평양전쟁이 한창인데 일제가 김대중 같은 젊은이를 그대로 놔둘 리 만무했다.

"용애야, 대중이는 안 된다. 아버지가 네 배필로 점찍어 놓은 총각이 있으니 그 사내와 결혼해라."

그러나 아버지를 제외한 모든 가족은 차용애가 김대중과 결혼하는 것을 찬성했다. 차용애 집안은 딸의 결혼 문제로, 정확하게 말하면 김대중을 차용애와 결혼시킬 것인지 문제를 놓고 갈라졌다. 차용애의 어머니가 가족이 모두 모인 데서 결판을 내자고 했다. 그는 가족이 모두 모인 자리에 김대중과 차용애를 불러놓고 차용애에게 말했다.

"오늘은 담판을 짓자. 네가 당사자이니 네가 결정해라. 너 김대중과 결혼할 것이냐, 네 아버지가 지정한 사람과 결혼할 것이냐?"

평소 수줍고 다소곳한 차용애의 입에서 뜻밖의 다부진 말이 나왔다.

"전 대중 씨한테 시집 못 가면 죽어버리겠습니다."

한마디로 폭탄선언이었다. 그걸로 모든 게 끝이었다. 김대중과 결혼하는 것을 강하게 반대했던 아버지도 더는 반대하지 않았다. 자기를 제외한 가족 모두가 김대중에게 호의적인 데다가 딸이 저렇게 김대중 아니면 안 된다고 했기 때문이다. 그는 김대중을 사위로 맞아들이기로 마음을 정했다. 장인이 되기로 마음을 바꾸자 그는 김대중에게 매우 우호적으로 변했다. 인물로는 사윗감으로 손색이 없다고 판단했던지라 결혼을 허용하는 순간부터 김대중을 친아들처럼 아꼈다.

김대중과 차용애는 1945년 4월 9일 결혼했다. 전쟁 말기였기에 신혼여행 같은 것은 생각지도 못했다. 오직 전쟁에 끌려가지만 않으면 다행이라고 생각했다.

2. 두 쪽 난 조선 반도

김대중이 결혼할 무렵, 국내에는 일본이 전쟁에서 이기고 있다는 소식만 전해졌다. 그런데 몇 달 후 상황이 급변했다. 일본이 질지도 모른다는 소문이 떠돌아다녔다.

1945년 8월 15일 일왕의 중대 발표가 예고되었다. 김대중은 처가에 들러 낡은 라디오 앞에 앉았다. 라디오 앞에 앉은 모든 가족은 일왕이 전쟁에 대한 새로운 결의를 표명할 것으로 예상했다. 그런데 뜻밖에도 일왕이 떨리는 목소리로 무조건 항복을 발표했다.

"짐은 제국 정부가 미국, 영국, 중국, 소련 4개국에 대하여 그 공동선언을 수락할 뜻을 통보하게 했다. ……전쟁을 계속한다는 것은 우리 민족의 멸망을 초래할 뿐만 아니라 나아가 인류 문명을 파괴할 것이다. 이렇게 된다면 짐이 어떻게 수많은 백성을 보존하며 역대 황실 조상에게 용서를 구할 수 있겠는가. 이것이 짐이 제국 정부가 공동선언에 응하도록 하게 됨에 이른 까닭이다."

일왕의 항복 선언을 듣자마자 차용애와 김대중은 자리에서 일어나 만세를 외쳤다. 같이 있던 가족도 일어나 만세를 외쳤다. 김대중은 도저히 집에만 있을 수 없어 거리를 내달리며 외쳤다.

"일본이 항복했다. 조선이 독립한다. 조선이 독립한다."

외치는 것만으로는 직성이 풀리지 않았던지 김대중은 장인이 운영하는 인쇄소에서 종이를 가져다 '일본 무조건 항복'이라는 포스터를 써서 벽에 붙이고 다녔다.

제2차 세계대전은 유럽과 아시아 태평양에서 동시에 진행되었다. 유럽전쟁은 1939년부터 1945년까지 진행되었다. 독일·이탈리아가 한 축이었고 다른 한 축은 미국·영국·프랑스·소련이었다. 유럽전쟁은 초반에는 독일이 주도권을 잡았으나 1944년 6월 노르망디 상륙작전이 성공하면서 연합국이 승기를 잡았다. 미국과 영국이 서유럽에서 독일로 향했고, 소련은 동유럽에서 독일로 향했다. 1945년 5월, 히틀러가 자살하고 독일이 항복하면서 유럽전쟁은 끝났다. 독일은 미국, 영국, 프랑스, 소련 등 4개 승전국에 의해 분할 점령되었다.

미국은 유럽전쟁과 달리 태평양전쟁에서 유력한 동맹국을 확보하지 못했다. 1945년 2월 얄타회담 당시만 하더라도 미국은 원자폭탄을 사용할 계획이 없었다. 일본을 상대로 홀로 싸우는 데 부담을 느낀 미국은 얄타회담에서 소련에 독일이 항복한 후 2-3개월 이내에 태평양전쟁에 참여해 달라고 요청했다. 8월 6일 히로시마에 원자폭탄이 투하되면서 전쟁 양상이 크게 바뀌었지만, 소련은 얄타회담의 내용대로 8월 8일 대일 선전포고를 했다.

알타회담에서 미국과 소련은 38선을 경계로 한반도를 둘로 나누고 남쪽의 일본군은 미국이, 북쪽의 일본군은 소련이 담당하기로 했다. 8월 15일 일본이 항복한 후 알타회담에서 합의한 대로 소련은 38선 이북을, 미국은 38선 이남을 점령했다. 일본 제국주의 지배에서 벗어났다는 기쁨은 잠깐이었다. 1,000년 이상 지속된 통일국가가 남북으로 갈라질 위기를 맞이했다.

김대중은 목포상고 졸업 후 목포에 있는 일본인 경영의 해운회사 전남기선주식회사에 취직했다. 그는 회사에서 회계 서무 등의 업무를 맡았다. 그가 취직한 지 1년쯤 후 해방이 되었다. 일본인 사장과 일본인 직원들은 일본으로 돌아갔다. 일본인이 남기고 간 회사는 미군정 법령 제33호에 따라 조선군정청으로 귀속되기 시작했고, 1948년 정부 수립과 함께 대한민국 정부로 이관되었다. 적산敵産은 이렇게 모두 국가로 귀속되는 게 대원칙이었지만 운영 주체는 다를 수 있었다. 김대중이 근무했던 전남기선주식회사는 이 회사에 근무하는 조선인 노동자 20여 명이 운영을 떠맡았다.

회사 운영위원장을 선출하는 회의가 열렸다. 운영위원장은 회사를 대표하는 인물이었다. 한 직원이 운영위원장으로 김대중을 추천했다.

"김대중을 운영위원장으로 추천합니다."

당시 김대중의 나이는 21살이었다. 회사에 입사한 지 불과 1년밖에 안되었다. 경영권에 관한 사항을 논의하는 자리에서 반대가 없을 리 없었다.

"김대중은 회사에 들어온 지 1년밖에 안 됩니다. 그는 너무 젊어요."

다른 사람이 말했다.

"우리 중에 회사 돌아가는 사정을 자세히 아는 사람은 김대중밖에 없습니다."

김대중은 일본인 사장 밑에서 회계 서무 업무를 전담했었다. 일본인 사장이 갑자기 물러난 마당에 김대중 외에 회사의 전반적인 상황을 파악하고 있는 사람이 없었다. 두 번째 이야기를 듣고 사람들이 고개를 끄덕였다. 너무 젊은 게 마음에 걸리기는 했지만, 모두 긴급한 상황을 타개하기 위해서는 김대중만 한 사람이 없다고 판단했다. 이렇게 하여 김대중은 졸지에 회사 운영위원장, 즉 회사를 대표하는 인물이 되었다.

회사 일과는 달리 해방된 조선의 상황은 김대중을 답답하게 했다. 김대중은 미국과 소련이 조선을 둘로 나누어 지배하는 상황을 도무지 이해할 수 없었다. 미국과 소련이 분할 점령을 하려면 일본을 대상으로 해야지 왜 조선을 분할 점령한단 말인가. 일본이 항복을 선언한 이상 일본의 무장 해제는 조선인의 힘으로도 충분히 가능한데 말이다.

김대중은 장인 차보륜에게 답답한 심정을 토로했다.

"장인어른, 미국이 왜 남한을 분할 점령하려고 하지요? 조선에 거주하는 일본 군대는 이미 이빨 빠진 호랑이입니다. 그들은 우리 힘으로 얼마든지 무장 해제시킬 수 있습니다."

"글쎄 말이다. 이것은 강대국의 횡포다. 미국이 한반도 정세를 제대로 파악하지 못하고 지레 겁을 먹고 소련을 끌어들인 것 같다."

"미국과 소련이 그렇게 가까운 사이인가요?"

"유럽에서 히틀러를 무찌르는 데에 소련이 큰 역할을 했다고 하더라. 미국은 일본을 상대로 싸울 때도 소련이 그런 역할을 해 주기를 바란 것 같다."

"그것은 일본이 끝까지 싸웠을 경우의 일이지요. 이미 일본은 항복해 버렸고, 일본이 항복하는 동안 소련은 아무 역할도 하지 않았잖아요."

"우리 조선 사람 모두가 너와 같은 생각일 거다. 나도 강대국들이 하는 행동이 도무지 이해가 안 간다."

"저는 미국이 소련을 꼭 끌어들여야 한다면 일본 본토의 무장 해제를 위한 일에 끌어들여야 한다고 생각합니다."

그러나 미국과 소련은 조선 사람들의 여론에 관심이 없었다. 미군보다 먼저 북한에 진주한 소련군은 북한 지역에 민정부民政部를 설치했다. 소련은 처음에는 조만식 등 민족주의자와 현준혁 등 공산주의자를 포함하는 5도 임시인민위원회를 조직하여 민정부 통제하에 행정을 담당하게 했다. 그러나 얼마 지나지 않아 김일성을 위원장으로 하는 북조선임시인민위원회를 조직하여 공산주의 정치체제 수립에 나섰다. 조만식은 체포되었고 그 밖의 많은 민족주의자들은 축출되었다. 이에 1947년 말까지 북쪽 사람 80여만 명이 공산주의 체제를 피하여 38선을 넘어 남한으로 이주했다.

북한과 달리 남한에는 정치 활동을 허용받은 다양한 세력이 활동을 개시했다. 우파가 중심이 된 한민당(9.16), 박헌영 중심의 조선공산당(9.16), 김구 중심의 한국독립당(해방 전 해외에서 이미 결성), 여운형이 주도한 중도좌파의 조선인민당(11.12) 등이 대표적이었다.

미군과 소련군이 한반도에 진주하기 전, 한국인으로서 가장 빨리 활동을 개시한 사람은 여운형이었다. 해방 전에 조선건국동맹을 조직하여 비밀활동을 해온 여운형은 1945년 해방이 되자 조선건국준비위원회(건준)

를 결성하고 건국 준비에 착수했다. 여운형은 좌익 진영에 속하면서도 조선공산당과 달리 민족통일 전선의 범위를 매우 광범위하게 설정했다.

김대중은 여운형이 주도하는 건준 목포지부를 방문했다. 김대중은 목포지부 책임자를 만나 건준의 성격과 이념에 관해 물었다.

"건준은 어떤 이념을 내걸고 있는가요?"

목포지부 책임자가 답변했다.

"건준에는 다양한 생각을 하는 사람이 참여하고 있습니다. 우리는 특정 이데올로기를 고집하지 않습니다. 조선이 하나의 국가로 지속되어야 한다는 점에 가장 우선적인 목표를 두고 있습니다."

해방 직후에는 아직 이념대립이 본격화되기 전이었고, 좌우합작 운동이 시도되고 있었기 때문에 틀린 이야기는 아닌 것 같았다. 건준은 참여한 사람들의 이데올로기를 따지지 않았다.

건준 책임자가 김대중에게 몇 가지 질문을 던졌다.

"해방 조국이 어떤 방향으로 가야 한다고 생각합니까?"

김대중은 조금도 머뭇거리지 않고 대답했다.

"당연히 하나로 뭉쳐야 합니다. 정치 지도자들이 하나가 되어 미군과 소련군을 물러나게 하고 독립된 통일국가를 수립해야 합니다."

건준 책임자는 김대중의 말을 반기며 여운형의 생각을 설명했다.

"김대중 씨의 생각은 여운형 선생의 생각과 같습니다. 여운형 선생은 좌, 우, 중도 등 이념을 가리지 않고 일단 하나가 되어 독립국을 건설하자는 입장입니다. 그다음 문제는 논의하며 결정하면 됩니다."

건준 책임자의 말을 들은 후 김대중은 건준에 참여했다. 건준 목포지부장은 김대중에게 선전부 과장을 맡겼다. 목포상고를 우수한 성적으로 졸업했고, 조선소에서 근무한 경력이 있는 데다가 민족관이 뚜렷한 점을 높이 평가했다.

김대중은 이 무렵 목포상고 친구들인 임종기, 정진태, 차원식 등과 자주 어울렸다. 김대중이 국내 정세에 대해 잘 알고 있다고 생각하는 친구들이 김대중에게 여러 가지 질문을 던졌다.

"김구 선생이 이끄는 상해 임시정부가 조선을 이끄는 것이냐?"

김대중이 신문에 나온 이야기를 꺼냈다.

"미군정이 김구 선생이 이끄는 임시정부의 법적 정통성을 인정하지 않는다고 한다. 그래서 김구 선생 등 독립운동가들이 모두 개인 자격으로 귀국했다."

"뭐 그런 게 있어? 그럼 누가 조선을 이끄는 것인가?"

"이승만 박사도 귀국했다. 이승만 박사는 미국의 지원을 받아 반공국가를 수립하는 데 몰두하고 있다고 한다. 박헌영을 중심으로 한 공산당 세력은 미국과 소련 어느 쪽으로부터도 지지를 받지 못하고 있는 것 같다."

1945년 12월 미국, 영국, 소련 3국은 모스크바에서 외무장관 회담을 열고 한국에 임시 민주 정부를 수립하고 연합국과 협의하여 최장 5년간 신탁통치를 한다고 발표했다. 신탁통치안은 해방의 기쁨을 만끽하고 있었던 조선 민족에게 청천벽력 같은 소식이었다. 처음에는 좌파, 우파, 중도파 모두 신탁통치에 반대했다.

김대중이 친구들과 만나 울분을 토했다.

"우리 민족은 비록 36년 동안 일본의 지배를 받기는 했지만, 우리 스스로 국가를 건설할 능력이 있다. 조선 500년의 역사와 우수한 문화를 건설한 민족이다."

"나도 마찬가지다. 왜 우리가 미국과 소련의 지배를 받아야 하느냐. 일제로부터 36년 지배받은 것도 지긋지긋한데."

시간이 지나면서 국내 정치 세력 사이에서 신탁통치에 대한 견해가 심하게 갈라졌다. 여운형 등 좌파 세력은 3국 외무장관 회담에 근거한 미소공동위원회 구성과 임시 민주 정부 수립을 지지했다. 반면에 김구와 이승만 등 우파 세력은 신탁통치를 맹렬하게 반대했다. 신탁통치를 둘러싼 찬반 대결은 한반도에서 좌익 세력과 우익 세력 간의 대결 구도를 확고하게 만들었다.

김대중이 처가에 갔는데 신탁통치 문제가 화제에 올랐다. 김대중은 장인에게 신탁통치가 시한부라는 점에 주목할 필요가 있다고 했다.

"이 문제를 놓고 우리가 미국과 소련 편으로 나뉘어 극단적으로 대립하기보다는 굴욕적이긴 해도 신탁통치를 받으며 하나로 뭉쳐 후일을 도모하면 어떨까요?"

다소 보수적 성향의 장인이 말했다.

"김구 선생과 이승만 박사 등이 모두 신탁통치를 반대하니 우리도 반대해야 하지 않겠냐."

김대중은 장인의 말에 일단 수긍하면서도 답답한 심정을 토로했다.

"일본에 그렇게 당하고 이제 겨우 해방되었는데 또 우리끼리 싸우고 있는 게 안타깝습니다. 조금씩 양보하여 타협할 수는 없을까요. 이렇게 싸우면 분단의 길로 가는데요."

장인은 사위의 말에 공감하면서도 뾰쪽한 방법을 찾을 수 없다는 표정이었다.

"신탁통치에 대해 찬반으로 대립하고 있는 상황에서 너는 어느 한쪽에 너무 깊숙이 가담하지 않는 게 좋겠다."

그는 반탁운동에 이미 몸을 담고 있었지만 사위는 정치적 소용돌이에 말려들지 않기를 바라는 눈치였다.

그러나 정치에 관심이 많은 김대중은 장인의 충고와는 달리 정치 문제에 적극적이었다. 그는 1946년 조선신민당에 입당했다. 조선신민당은 중국 연안에서 돌아온 '독립동맹' 참가자들이 만든 정당으로서 김두봉, 최창익 등이 주도했고 북한 지역을 중심으로 활동했다. 남쪽에서는 백남운 등이 중심이 되어 남조선신민당중앙위원회를 창설했는데, 실제로는 북한 지역의 조선신민당과 별개의 조직처럼 움직였다. 김대중이 가입한 것은 남쪽 조직이었다.

김대중, 정진태, 차원식, 임종기 등이 막걸릿집에서 정치 현안을 소재로 이야기를 나누었다. 이야기 도중 김대중의 최근 활동도 화제로 올랐다. 차원식이 김대중에게 아버지의 우려를 전달했다.

"대중아, 아버지가 너의 조선신민당 입당에 대해 걱정하고 계신다."

그 말을 이어 정진태가 김대중에게 물었다.

"조선신민당은 공산당 아닌가?"

김대중이 완강히 부인했다.

"조선신민당은 공산당과 다르다. 내가 조선신민당에 가입한 것은 신민당이 친일파·반민주주의자를 제외하고 민족통일 전선을 구축하여 조선민주공화국을 수립하겠다고 했기 때문이다."

임종기도 끼어들었다.

"그런데 조선신민당은 일제와 친일파로부터 몰수한 대기업을 국영화하고 소작제를 폐지하는 것을 주내용으로 삼고 있다. 그게 공산당 노선 아닌가?"

김대중은 공산당과 조선신민당 노선은 분명 다르다고 말했다.

"공산당은 모든 기업을 국유화하자는 것이고, 조선신민당은 일제와 친일파로부터 몰수한 대기업만 국유화하자는 것이다. 무엇보다 공산당은 좌파 정부의 수립에 초점을 맞추지만, 조선신민당은 좌우합작을 목표로 하고 있다. 나는 지금처럼 북쪽은 소련이, 남쪽은 미국이 점령한 상황에서 우리가 통일 정부를 수립하려면 좌우합작이 최선이라고 생각한다."

해방정국에서 김대중은 한반도는 하나의 국가로 유지되어야 한다는 생각을 가졌다. 그는 이 목표를 달성하기 위해서는 좌우가 함께해야 한다고 생각했다. 그러나 20대 젊은이의 순수한 생각이 수용되기에는 정치정세가 너무 복잡했다. 신탁통치를 둘러싼 찬반 갈등이 매우 컸고, 소련을 추종하는 세력과 미국을 추종하는 세력 사이의 간격도 점점 커졌다.

김대중은 건준과 신민당 조직에 참여한 후 일부 세력이 공산주의자들이고 이들이 타협과 통합보다는 대립과 독점적 지위의 쟁취에만 더 비중을 두고 있다는 것을 알았다. 이 무렵 그의 장인이 김대중을 불러 조선신민당과 관계를 끊는 게 좋겠다고 말했다.

"대중아, 조선신민당에서 나오는 게 좋겠다. 조선신민당은 공산당원들이 장악했다는 소문이 널리 퍼졌다."

장인은 우익계열 한국민주당 목포지부 부지부장이었다. 그는 공산당에는 매우 비판적이었다. 김대중도 이번에는 장인의 말에 순순히 응했다.

"저도 그럴 생각입니다. 제가 보니 신민당이 공산당원들의 농간에 넘어간 것 같습니다. 저는 공산주의는 우리 실정에 맞지 않는다고 생각합니다. 저는 공산당과는 절대로 정치를 같이할 생각이 없으니 안심하시기 바랍니다."

김대중은 장인과 대화를 나눈 직후 조선신민당에 대한 출입을 중단했다.

김대중은 신민당을 떠난 후 정치 조직에는 관여하지 않고 사업으로 관심을 돌렸다. 그는 작은 배 한 척을 사 목포해운공사를 설립했다. 개인 사업을 하기로 한 것이다. 대신 그는 운영위원장을 맡고 있던 전남기선주식회사 경영에서 손을 뗐다. 목포는 곡창지대인 전남 지역에서 생산되는 쌀 등 농산물의 대표적인 수출 항구였다. 김대중이 거느린 배는 목포와 부산, 군산, 인천 등 연안 항구의 화물을 운송했다. 김대중은 다른 사람의 배를 빌려 사업 범위를 넓혔다. 그의 회사는 목포 일대의 양곡 대부분을 실어 날랐다.

어수선한 해방정국에서 이승만, 김구, 여운형, 박헌영 등 다양한 정파들이 정국의 주도권을 잡기 위해 분주하게 움직였다. 남한에서 정국의 키는 미군정청의 지원을 받은 이승만에게 유리하게 돌아갔다. 이승만은 미군의 지원 아래 남한 단독정부 수립을 지지했다. 북한에서는 소련의 지원을 받은 김일성이 권력을 장악해 갔다.

김대중과 정진태, 차원식, 임종기 등이 이 주제로 이야기를 나누었다. 정진태가 이승만 이야기를 꺼냈다.

"이승만 박사는 미국에서 공부를 많이 했고 외교에 대해서 해박하니까 남한 지도자로서 가장 좋을 것 같다."

김대중은 이승만에게 비판적이었다.

"이승만 박사도 해방 조국에 꼭 필요한 인물이다. 그렇지만 이 박사는 남북 통일정부 수립보다는 남한 단독정부 수립에 관심이 더 많은 것 같다."

정진태가 현실론을 펼쳤다.

"미국이 남쪽을 지배하니까 이승만 박사가 미국과 더 긴밀한 협력을 할 수 있다고 생각한다."

김대중은 김구에게 더 높은 점수를 주었다.

"김구 선생이 남쪽과 북쪽 사람들에게 가장 많은 신뢰를 받고 있다. 한반도에 통일 정부를 수립하려면 김구 선생이 중심이 되어야 한다. 상해 임시정부의 법통을 잇는다는 점에서 남북 양쪽 국민은 김구 선생이 이끄는 통일 정부를 가장 자연스럽게 받아들일 것이다."

정진태는 김구가 남북 하나의 정부론을 내세우는 것은 비현실적이라고 말했다.

"소련이 북쪽을 지배하고 있는 상황에서 김구 선생이 남한 단독정부 수립을 반대하는 것은 비현실적이지 않나?"

김대중은 이 문제에서 양보할 생각이 없었다.

"그래도 남쪽과 북쪽이 하나의 국가를 수립하기 위해 최선을 다해야 한다. 우리가 언제부터 공산주의와 자본주의를 놓고 싸웠는가? 여운형 선생이 좌우합작 정부 수립을 위해 노력하고 있는데 김구 선생과 여운형 선생이 손을 잡고 북쪽과 적극 대화에 나서면 좋겠다."

차원식이 끼어들었다.

"신탁통치에 반대하는 김구 선생과 그것을 찬성하는 여운형 선생은 손을 잡기가 불가능한 것 아닌가?"

김대중은 차원식의 이야기에 고개를 끄덕이면서 김구에 대해 아쉬운 마음도 토로했다.

"솔직히 말하면 김구 선생이 신탁통치를 무조건 반대만 할 것이 아니라 시한부 신탁통치를 받아들여 3년이나 5년 후에 독립을 모색하는 방향으로 선회했으면 좋았을 텐데 그렇지 않아 아쉽게 생각한다."

해방 후 좌우합작 운동을 벌이며 가장 활발하게 움직였던 여운형이 1947년 7월 19일 암살당했다. 여운형의 암살로 좌우합작 운동은 사실상 중단되었다. 김대중은 훌륭한 지도자가 총탄에 의해 살해된 것도 통탄할 만한 일이지만, 그의 죽음으로 좌우합작 운동이 사실상 실패한 것에 더욱 안타까운 마음이었다.

"이제 남북 단일정부는 실패한 것이나 다름없다. 우리가 천 년 이상 하나의 국가를 유지해 왔는데 해방정국에서 이게 무슨 꼴인가?"

남한에서 1948년 5월 단독정부 수립을 위한 총선거가 시행되었다. 김구는 남한 단독정부 수립을 반대하며 총선에 불참했다. 여운형이 암살당하고 김구도 총선에 불참했으니 정권을 맡을 사람은 이승만밖에 없었다.

김대중은 친구들에게 김구에 대해 아쉬움을 피력했다.

"김구 선생이 좀 더 현실적이면 좋겠다. 남쪽만의 단독정부 수립이 불가피하게 되었다면 총선에 참여해야 했다."

정진태가 물었다.

"김구 선생이 선거에 참여했으면 결과가 어떻게 되었을까?"

김대중은 상황이 크게 바뀌었을 것이라고 대답했다.

"김구 선생이 선거에 참여했다면 그가 이끈 정치 세력이 국회에서 다수 의석을 차지할 수 있었을 것이다. 국민 다수가 김구 선생을 지지하니까."

임종기가 현실론을 펼쳤다.

"김구 선생이 정권을 잡는 것을 미국이 허락할까?"

김대중은 가능하다고 주장했다.

"선거에서 이기면 가능한 것 아닌가? 국민뿐만 아니라 정치 지도자 중에서도 통일 정부에 대한 열망을 갖는 사람이 많고 또 지나치게 독선적인 이승만의 성향을 싫어하는 사람이 많으므로 미국도 어쩔 수 없지 않았을까."

5·10 총선이 끝났다. 무소속 당선자가 전체 의석 200석 중 85석(42.5퍼센트)을 차지했다. 제헌의회는 유진오 박사에게 헌법 초안 작성을 의뢰했다. 유진오는 내각제 개헌안을 국회에 제시했다. 그러나 이승만이 내각제 헌법에 반대했다. 그는 대통령제가 아니면 직책을 맡지 않겠다고 고집을 부렸다. 송진우, 여운형 등 유력 인사들이 암살당하고 김구가 총선에 불참한 상태에서 이승만을 대신할 지도자가 없었다. 국회는 할 수 없이 이승만의 요구대로 권력 구조를 대통령제로 바꾸어 통과시켰다. 이런 방식으로 이승만이 국회에서 대한민국 초대 대통령에 선출되었다.

김대중은 이 무렵 서재필 박사에 대해 관심이 많았다. 서재필은 1890년대에 독립협회를 만들고 〈독립신문〉을 발행했다. 그는 〈독립신문〉을 한글로 발행했다. 당시 지식인들이 한문 중심의 사고를 했던 사실에 비추어 대단한 일이었다. 그는 만민공동회를 만들어 여권해방과 만민평등을 주장했는데 그것도 획기적인 일이었다. 그에게는 민주주의에 대한 선구자적 안목이 있었다. 김대중은 서재필의 실사구시적 태도에 높은 점수를 주었다. 그는 1948년 5월 25일, 서재필이 대통령에 출마하면 좋겠다는 '출마 요청서'에 서명했다.

그는 장인어른에게 이 사실을 알렸다.

"장인어른, 저는 서재필 박사가 대통령에 선출되면 좋겠다는 생각입니다."

장인이 말했다.

"서 박사는 전남 보성 출신이고 미국과도 친하니 나도 호감을 느끼고 있다. 그러나 그는 미국에 가서 의사 생활만 했던 사람 아니냐."

김대중은 그래도 서재필이 이승만보다 낫다고 생각했다.

"미국에서 의사 생활을 하면서도 독립운동에 여러 방향으로 도움을 주는 등 정치로부터 완전히 떨어져 있었다고 할 수는 없습니다. 귀국 후에도 그는 미군정청 고문으로 일하고 있습니다."

장인은 서재필의 나이도 약점이라고 했다. 서재필의 나이는 이승만보다 11살이나 많았다.

"서재필 박사는 나이도 많은 것 같다. 1864년생이니 벌써 84세나 된다. 험난한 정치 영역에서 역할을 할 수 있을지 모르겠다."

김대중도 그 점에서는 현실을 인정했다.

1948년 8월 15일 대한민국 정부가 정식으로 출범했다. 초대 대통령에 이승만, 부통령에 이시영, 국회의장에는 신익희가 선출되었다. 한 달 후인 9월 9일에는 북한에도 조선민주주의인민공화국이 수립되었다. 북한에서는 예상대로 김일성이 정권을 잡았다.

김구는 새로운 정부에서 아무런 역할도 맡지 않았다.

"분단된 조국에서는 그 무엇도 하지 않겠다."

안타까운 일이었다. 상하이 임시정부 수반으로서 해방 후 귀국하여 그가 이끈 임시정부가 당당하게 새로운 국가를 떠맡아야 했는데 정부를 떠맡기는커녕 아무런 영향력도 발휘할 수 없는 상황이 되었다. 김대중은 주변 사람들에게 자주 이런 이야기를 했다.

"대한민국이 첫 단추부터 잘못 끼워졌다."

몇 달 후 청천벽력 같은 사건이 발생했다. 김구가 1949년 6월 26일, 자택에서 암살당한 것이다. 그의 나이 74세. 김구를 죽인 사람은 현역 육군 소위 안두희였다. 이승만이 그 배후라는 소문이 파다했다. 송진우, 여운형, 김구 등 지도자들의 연이은 피살은 분단국가의 불길한 미래상을 암시하는 것이었다.

김대중은 김구의 암살에 마음을 진정시킬 수 없었다. 그는 친구들과 막걸릿집에서 세상사를 한탄하며 분노를 삼켰다.

임종기가 술집 주변을 살피며 속삭이듯 말했다.

"이승만이 김구를 죽였을까?"

정진태가 말했다.

"송진우, 여운형, 김구 등 피살당한 사람들이 모두 이승만 대통령의 강한 정적들이었잖아. 충분히 의심할 만한 상황이 되었다."

차원식은 이승만이 그 정도로 나쁜 사람은 아닐 것이라고 말했다.

"김구는 정치 참여를 거부했으니 이승만의 경쟁자는 아니지 않은가? 이승만이 그를 굳이 죽일 필요가 있었을까?"

김대중은 다르게 생각했다.

"누가 죽였는지는 모르지만, 김구 선생은 이승만에게 여전히 위협적인 존재였다. 이승만의 임기가 끝나고 다시 선거가 실시되면 김구 선생에게 기회가 생길 수도 있으니까. 국회에서 이승만 지지자들이 많지 않기 때문이다."

김대중은 여전히 김구가 현실적인 정치 노선을 취하면 다음에 대통령이 될 수 있다고 기대하고 있었다. 그런 만큼 김구의 암살에 대한 김대중의 분노는 쉽게 진정되지 않았다.

3. 전쟁

남쪽과 북쪽에 각각 단독정부가 세워지는 것을 인정하지 않으려 한 것은 남쪽 지도자들만이 아니었다. 북쪽의 김일성도 북쪽만의 단독정부에 만족하지 않았다. 남한 지도자들과 다른 점이 있다면 김구와 여운형 등은 협상을 통한 평화적 방식으로 통일 정부를 수립하려 했고, 김일성은 무력으로라도 남북한을 통일하려 했다는 점이다.

김일성은 북쪽에 정부를 수립한 직후 군사력을 강화하기 시작했다. 북한은 1949년부터 소련에서 탱크 등 중무기를 도입했다. 중국으로부터는 5만여 명의 조선의용군이 귀환했다. 이들은 일제강점기에 만주 지역을 중심으로 무장투쟁의 경험이 있는 사람들이었다. 박헌영은 전쟁이 발발하면 남쪽에서 50여만 명의 남로당원이 북한군을 도와 해방전쟁을 일으킬 것이라고 했다. 유럽에서 공산 세력의 확장에 발 벗고 나선 소련은 동북아 지역에서도 공산 세력의 확장을 도모하려 했다.

북쪽과 달리 남쪽은 반대로 가고 있었다. 미국은 1949년 남한에 약 5백 명의 군사고문단만 남기고 전투부대를 모두 철수시켰다. 소련군도 북한에서 철수했지만 남한과 북한의 사정은 달랐다. 북한과 중국·소련은 국경을 바로 접하고 있고, 남한과 미국은 태평양을 사이로 멀리 떨어져 있기 때문이다. 게다가 미국 국무장관 애치슨은 미국의 극동 방위선 안에 남한이 포함되어 있지 않다는 선언까지 해버렸다. 서방 세계가 유럽에서 소련의 팽창주의를 직접 경험하고 있었던 점을 고려할 때 선뜻 이해하기 어려운 조처였다.

1950년 6월 25일, 북한이 남한을 침략했다. 전쟁이 발발했을 때 김대중은 서울에 출장 중이었다. 목포에서 출장 온 지 열흘째 되는 날이었다. 그는 이날 해군 장교인 친구와 명동 부근을 걷고 있었다. 확성기를 단 군용 트럭이 김대중이 지나가는 길에서 방송했다.

"군인들은 즉시 부대로 돌아가라! 군인들은 전원 원대 복귀하라!"

김대중은 친구에게 물었다.

"군에 무슨 일이 있는가?"

친구는 모르겠다고 했다. 그는 부대로 복귀해야겠다면서 김대중과 서둘러 헤어졌다. 친구와 헤어진 후 김대중은 아는 집에 들러 라디오에 귀를 기울였다.

"북괴가 남한을 침공했다. 북괴가 전쟁을 도발했다."

모두 깜짝 놀랐다. 김대중도 깜짝 놀랐다.

"분단도 슬픈 일인데 동족 간에 전쟁까지 하다니."

김대중은 남한이 북한군을 격퇴할 것으로 생각했다. 전쟁이 일어나기 전에 가끔 휴전선 부근에서 총격전이 벌어지곤 했는데, 그때마다 남한 정부는 우리의 막강한 전력을 자랑하곤 했다. 또 이승만 대통령은 기회 있을 때마다 북진 통일을 주창했다. 당시 신성모 국방부 장관은 이렇게 호언장담했다.

"대통령이 명령만 내리시면 우리 국군은 사흘 안에 평양을 점령할 것입니다. 일주일 후에는 압록강에 이를 것이며, 그 강물을 대통령에게 바치겠습니다."

전쟁이 시작된 지 사흘째 되는 날 이승만은 라디오 방송을 통해 이렇게 말했다.

"서울은 무슨 일이 있어도 사수할 것입니다. 그러니 국민은 안심하기 바랍니다."

그러나 이승만이 라디오 방송에서 서울 사수를 밝힌 다음 날 북한군이 서울 시내로 들어와 버렸다. 도무지 믿기 어려운 상황이었다. 시내가 극도로 어수선했다. 북쪽에서 피난 온 사람들, 서울에서 다른 지역으로 피난 가려는 사람들로 난장판이었다. 설상가상으로 한강 철교가 폭파되었다는 소식도 전해졌다. 한강 다리 폭파로 차량 수십 대가 강으로 떨어지고 다리를 건너려던 시민과 병사들 수백 명이 희생되었다는 소문이 들렸다. 북한군이 폭파했다는 소문, 남한 정부가 폭파했다는 소문 등 두 갈래의 흉흉한 소문이 나돌았다.

김대중은 남한 정부가 한강 다리를 폭파했으리라고는 생각하지 않았다. 남한 정부가 폭파했다면 북한군의 한강 이남 도하를 막기 위한 것이기도 하지만 다른 한편으로 서울 시민을 북한군에 고스란히 넘겨주는 꼴이 되기 때문이다.

"남한군이 폭파했을 리가 없어. 대통령이 서울을 기필코 사수하겠다고 했는데.”

김대중은 그렇게 생각했다. 아니 제발 그렇게 되기를 바랐다.

그러나 시간이 지날수록 서울의 상황은 비관적으로 변했다. 북한군이 서울을 완전히 장악했음이 틀림없었다. 김대중은 꼼짝없이 서울에 갇혔다. 김대중은 목포에 있는 어머니와 아내가 걱정되었다. 목포를 떠나올 즈음에 아내는 만삭의 몸이었다. 하루빨리 서울을 떠나기로 마음먹었다.

호주머니를 뒤져보니 돈이 한 푼도 없었다. 그는 거래처인 조선상선에서 받은 목돈을 금고에 맡겨 놓았다. 필요하면 언제든지 찾아 쓸 수 있다고 생각했다. 그런데 금고에 가보니 금고는 이미 북한군에 의해 봉인되어버렸다. 목포에서 올라올 때 가져온 돈은 금고에 맡겨둔 돈을 믿고 친구와 처남들에게 모두 나눠준 상태였다. 졸지에 알거지가 되었다. 양복과 시계를 팔아 당장 숙식은 해결했지만 난감한 일이었다.

목포로 가려면 한강을 건너야 했다. 함께 갈 사람들을 모았다. 처남 차진태와 고향이 보령인 친구 조장원, 거래처인 조선상선 직원 한도원, 목적지가 군산인 김준행 등 모두 5명이 모였다. 마포나루에서 배 한 척을 발견했다. 일행이 사공에게 다가가 배를 태워달라고 부탁했다.

“다섯 명인데 강을 건너게 해 주세요.”

사공은 어렵다고 했다.

“위험해서 안 되는데요.”

사공은 언제 비행기가 폭격할지 모른다고 했다. 인민군이 주변에서 총을 쏠 수도 있다고 했다. 일행은 사공에게 운행 요금에 웃돈을 건네면서 계속 사정했다. 사공은 일행의 사정이 딱하다고 생각했는지 배에 타라고 했다. 위험 부담이 따르는 결정이었지만 일단 서울을 탈출할 수 있다는 생각에 모두 안도의 한숨을 쉬었다. 배를 타고 한강을 건너는 순간에도 주변에 총성이 울렸다. 일행 모두 긴장한 채 운명을 하늘에 맡겼다.

한강 다리를 건넌 일행은 무작정 남쪽을 향해 걸었다. 서울에서 목포까지는 400여 킬로미터의 먼 거리였다. 이 길을 걸어서 가는 데 며칠이 걸릴지 모른다. 여름이라 아무 데서나 잘 수 있어 그나마 다행이었다. 너무 배가 고파 길옆 참외밭에서 참외 서리를 하다가 주인에게 발각된 적도 있었다.

목포로 내려가는 길로 서해안 쪽에 가까운 당진, 보령 쪽을 택했다. 큰 도시 쪽보다 안전할 것 같았다. 당진 부근에서 제법 크게 보이는 집이 눈에 띄었다.

"우리 저 집에 가서 하룻밤 재워달라고 해봅시다."

충청도가 고향인 조장원이 말했다. 그가 집에 먼저 들어가 주인에게 사정을 말했다. 주인은 말을 못 하는 장애인이었다. 주인은 고개를 끄덕이며 사랑채를 가리켰다.

조장원이 일행에게 다가와 응낙을 받았다고 했다. 모두 환호성을 질렀다. 들판에서 잠을 자다가 모처럼 방에서 편한 잠을 자게 되었으니 얼마나 반가운 일인가. 방 하나에서 다섯 명이 모처럼 곤한 잠을 잘 수 있었다. 주인은 아침에 밥도 차려주었다. 너무 고마웠다. 식량이 귀한 시대라 조장원이 밥값을 주려고 했는데 주인이 손사래를 쳤다. 그냥 가라는 것이다. 구세주가 따로 있나. 그가 구세주였다.

보령은 조장원의 고향이다. 보령 조장원의 집에 도착했다. 조장원의 아버지와 어머니는 잃어버린 자식이 돌아온 것처럼 기뻐했다. 일행은 조장원의 부모님께 큰절을 올렸다.

조장원이 아버지에게 김대중을 소개했다.

"아버지, 목포 사는 친구 김대중입니다. 목포에서 해운회사를 경영하고 있습니다."

조장원의 아버지가 말했다.

"젊은이가 회사를 경영한다니 장한 일이네. 어쩌다 우리 장원이와 친구가 되었는가?"

"사업상의 일로 알게 되어 가깝게 지내고 있습니다. 이번 피난길에 아드님과 함께할 수 있어 든든했습니다."

"며칠 이곳에 머무르며 여독도 풀고 세상 돌아가는 상황도 지켜보도록 하게. 아직 이곳은 인민군이 들이닥치지 않았지만 언제 이곳까지 올지 모르겠네. 대한민국이 이토록 허약할 수 있다니 기가 막히네."

조장원의 아버지는 긴 한숨을 쉬었다. 조장원의 부모는 아들이 무사히 집에 온 것을 기뻐하며 김대중 일행을 따뜻하게 대해 주었다. 덕분에 김대중은 조장원 집에 이틀 머무르며 편하게 쉬었다.

김대중 일행은 조장원의 집을 나서 다시 군산 쪽을 향해 걸었다. 걷는 동안 그들처럼 남쪽으로 피난 가는 사람들을 수시로 만났다. 아이들도 만났다. 아이들은 영문도 모른 채 부모를 따라 고된 행군을 하고 있었다.

김대중이 길에서 만난 일곱 살가량의 아이에게 말을 걸었다.

"애야, 어디 가지?"

아이는 김대중을 위아래로 쳐다보다가 대답했다.

"외가에 가요."

옆에 있던 아이어머니가 서울에 사는데 서천군에 있는 친정집으로 피난 가고 있다고 말했다.

차진태가 아이어머니에게 물었다.

"걸어서 여기까지 왔어요?"

많이 지친 모습의 아이어머니가 말했다.

"버스도 타고 걷기도 했어요. 아이 때문에 버스를 타려고 해도 운행하는 버스가 거의 없어요. 도시로 가면 위험할 것 같아 시골길을 택하다 보니 더욱 그렇습니다."

그는 양손에 보따리 두 개를 들고 있었다. 아이아버지는 지게에 살림살이를 짊어지고 걸었다. 그는 말할 힘도 없는 것 같았다. 이들 일행만 그런 것이 아니었다. 짐을 실은 소달구지가 보이기도 했지만, 여자들은 가재도구를 보자기에 싸서 머리에 이거나 안고 갔고, 남자들은 지게에 짐을 싣고 걸었다. 또 여자의 등에는 아기가 있었다. 긴 시간을 어머니 등에서 보내는 아이들의 고생이 이만저만이 아니었다. 일행 사이에서 수시로 어린 아이의 울음소리가 들렸다.

서천 보령에서 군산까지 걸어서 꼬박 하루가 걸렸다. 군산은 호남의 대표적인 항구도시로서 전국에서 열 번째 안에 드는 큰 도시였다. 군산에 도착했는데 그곳은 이미 인민군이 점령한 상태였다. 군산이 고향인 김준행의 집에 도착했다. 김준행의 부모가 김준행을 반갑게 맞이했다.

"아들, 무사해서 다행이다. 네 아버지와 내가 얼마나 걱정했는지 모른다."

김준행은 반가운 나머지 마당에서 부모님께 큰절을 올린 다음 일행을 소개했다.

"이 사람들은 저와 함께 한강 다리를 건너 여기까지 같이 온 사람들입니다."

"잘 왔어요. 그동안 고생 많았네요. 이곳 군산은 인민군이 점령해 버렸어요. 그렇지만 그들은 읍내 주요 시설만 장악하고 있으니 여기서 자고 가도 괜찮을 거예요."

김대중이 일행을 대표하여 김준행 아버지께 인사말을 건넸다.

"예. 그럼 하룻밤 신세 지겠습니다."

김준행의 아버지는 아들이 무사히 돌아온 것이 기뻤던지 닭을 잡아 아침상을 차렸다. 얼마나 오랜만에 먹어보는 닭고깃국인가. 일행은 거듭 감사하면서 아침을 서둘러 먹고 다시 목포를 향해 길을 나섰다. 이제 일행은 김대중, 차진태, 조선상선 직원 한진원 등 세 명으로 줄었다. 김준행은 비록 피난길에 만난 사이지만 세 사람과 헤어지는 것을 무척 아쉬워했다.

"대중 형님, 진태 형님, 진원 동생, 전쟁 끝나면 우리 서울에서 꼭 만납시다."

"그러세. 연락처는 조선상선 한진원으로 하세."

김제 만경 들녘을 지날 때였다. 다리를 건너려는데 갑자기 전투기가 나타나 건너편 다리 끝을 폭격했다. 덜컥 겁이 난 김대중 일행은 전투기가 폭격하고 날아간 틈을 타서 재빨리 뛰었다. 다리 중간쯤에서 김대중이 쓰고 있던 밀짚모자가 떨어졌다. 김대중은 위험한 순간임에도 멈춰서 다시 모자를 주워 쓰고 달렸다. 더위에 밀짚모자는 포기할 수 없는 귀한 물품이었다. 다리를 거의 건너는 순간 전투기가 조금 전까지 김대중 일행이 웅크리고 있던 다리 끝을 폭격했다. 흙먼지가 일면서 천지가 진동했다. 그 자리에 있었으면 김대중 일행은 모두 죽었을 것이다.

차진태가 말했다.

"매제, 우리 하마터면 죽을 뻔했네."

"처남, 등골이 오싹해지네. 삶과 죽음이 백지장 한 장 차이 같아."

그들의 말처럼 삶과 죽음의 거리가 불과 몇 걸음 차이였다. 배는 고프고, 길은 멀고, 죽음은 가까이 있었다.

김대중 일행은 걸어서 20여 일 만에 목포에 도착했다. 목포도 인민군에 이미 장악되어 있었다. 김대중의 집은 부둣가에 있었다. 사무실 달린 집으로는 인근에서 가장 컸다. 집이 가까워질수록 마음이 급해졌다. 부모, 형제, 이미 아이를 낳았을지도 모르는 아내 모습이 떠올랐다. 김대중이 집 앞에 이르자 맨 먼저 어머니가 눈에 보였다. 조그만 의자에 앉아 있었다. 어머니는 그렇게 날마다 집 밖을 쳐다보며 아들을 기다리고 있었다. 김대중은 다가가자마자 어머니를 안았다. 집 떠난 지 두 달도 채 안 되었는데 그사이에 많이 늙어 보였다. 어머니는 흐느껴 울었다.

김대중은 아내의 안부부터 물었다.

"어머니, 제 처는 어디에 있어요? 아이는 낳았는지요?"

"둘째가 태어났다. 네 회사 박동련 선장이 자기 집에 데려가 보살펴 주고 있다."

"처는 건강한가요? 아이도요?"

"건강하다. 병원에 갈 수가 없어 방공호에서 낳았다. 그래도 산모와 아이는 건강하여 다행이다."

"왜 처가로 가지 않고 박동련 선장 집으로 갔어요?"

"잘 모르겠다. 인민군 때문에 친정으로 갈 형편이 안 된다는 말만 들었다."

처가 일이 걱정되기는 했지만, 김대중은 일단 아내와 아이가 건강하다는 말에 안도의 한숨을 쉬었다.

"어머니 방으로 들어갑시다. 인사드릴게요."

김대중의 말이 떨어지기가 무섭게 어머니가 대성통곡을 했다. 김대중이 깜짝 놀랐다.

"어머니 왜 그러세요? 집안에 다른 무슨 일이 있는가요?"

"인민군이 집에 못 들어가게 한다."

"왜요?"

어머니의 설명인즉 인민군이 김대중 집을 적산가옥으로 지목했다. 김대중 집이 우익 반동분자 집이라면서 집 안에 있는 가재도구도 모조리 쓸어가 버렸다. 게다가 바로 밑에 동생 김대의는 한국군 군무원이었다는 이유로 잡혀갔다. 김대중은 억장이 무너지는 것 같았다.

목포에 도착한 후 차진태는 자기 집으로 갔다. 차진태도 집에 도착하자마자 김대중과 같은 처지에 빠졌다. 차진태의 집도 적산가옥으로 지목되었고, 차진태의 부모들은 인민군을 피해 다른 데로 피신 가고 없었다. 김대중의 처 차용애가 친정이 아닌 박동련 선장의 집으로 산후조리를 하러 간 이유도 그 때문이었다.

김대중은 어머니를 모시고 박동련 선장의 집으로 갔다. 두 달 만에 아내를 만났다. 옆에 갓난아이가 누워 있었다. 둘째 홍업이었다. 홍일이도 옆에 있었다.

"아버지!"

홍일이가 아버지를 부르며 다가와 품에 안겼다. 아내는 김대중을 보자마자 눈물로 반가움을 표했다.

"여보, 고생 많았소. 어머니한테서 들었소. 병원에도 못 가고 방공호에서 애를 낳았다면서요?"

"나는 괜찮아요. 아이도 건강하고요. 당신이 고생 많았어요. 당신 걱정 때문에 가장 힘들었어요."

"나는 괜찮아요. 처남도 함께 왔어요. 장인어른과 장모님은 어디에 계시요?"

"나도 잘 모르겠어요. 아버지는 인민군에게 끌려갔고 어머니는 시골 친척 집으로 가신다고 했어요."

김대중은 박동련 선장을 만났다. 먼저 아내와 가족을 돌봐준 데 대해 감사하다고 말했다.

"박 선장, 정말 고마워요. 이 은혜 잊지 않을게요."

"사장님, 무슨 그런 말씀을 하세요. 당연히 해야지요. 그런데 사장님, 회사에 문제가 생겼어요. 인민군이 배를 징발해 버렸어요."

이미 각오한 일이었지만, 박 선장의 말을 들으니 앞길이 더욱 깜깜해졌다. 피난길 내내 분노가 치밀었지만, 고생 끝에 집에 돌아온 후 분노가 더 커졌다. 전쟁으로 집안이 풍비박산이 나버렸기 때문이다. 나라가 남북으로 갈라진 것도 억울한데 전쟁까지 일어나 이 고생을 시키는 세상이 원망스러워 잠을 제대로 이룰 수가 없었다.

박 선장의 집에서 이틀을 보낸 후 밖으로 나왔다. 세상이 어떻게 돌아가는지 알아야 할 것 같았다. 길을 걸어가는데 누군가 김대중의 이름을 불렀다. 가까이 다가온 그가 말했다.

"김대중 씨지요?"

"예. 제가 김대중입니다. 누구시지요?"

"인민위원회에 있는 사람입니다. 같이 좀 갈 데가 있습니다. 잠깐이면 됩니다.”

잠깐이면 된다는 생각에 김대중은 크게 걱정하지 않으면서도, 그의 집이 적산가옥으로 지목되고 동생 대의가 붙잡혀 간 것이 마음에 걸렸다. 같이 가면서 불안한 마음이 점점 커졌다. 그러나 달리 방법이 없었다.

김대중은 인민위원회가 장악하고 있는 목포경찰서로 갔다. 그는 경찰서에서 인민군 정치보위부 장교의 조사를 받았다. 그는 인근 산악 지역에서 게릴라전으로 유명한 빨치산 출신 김성수였다.

“당신, 우리 동지들을 몇 명이나 밀고했어?”

“나는 그런 일 없습니다. 이틀 전 서울에서 내려왔습니다.”

“전쟁이 발생하기 전 말이야.”

“저는 신민당에 잠시 머문 후 사업 일에 전념했습니다. 누가 공산주의자인 줄도 모릅니다.”

“거짓말할 거야? 바른말을 안 하는 걸 보니 아직 반성을 안 했구먼. 당신 감옥에 가야겠어.”

김성수는 부하에게 김대중을 감옥으로 보내라고 했다. 김대중은 반론 한 번 제대로 펼쳐보지 못하고 목포형무소로 끌려갔다.

형무소로 끌려와 답답한 것은 가족에게 소식을 알릴 수 없다는 점이었다. 20여 일 동안 떨어져 있으면서 아들 걱정에 밤잠을 제대로 못 잔 어머니, 남편도 없이 방공호에서 아이를 낳아 남의 집에서 산후조리를 하는 아내가 너무 걱정되었다. 큰아들 홍일이와 이제 막 태어난 둘째의 얼굴이 너무 보고 싶었다. 감옥에 끌려간 동생 대의의 안부도 궁금했다.

형무소에서 가장 고통스러운 것은 굶주림이었다. 조그만 보리밥 덩이를 하루에 두 번 주었는데 배가 너무 고팠다. 하루 이틀 허기가 지고 나니

오로지 먹을 것 외에 다른 생각이 나지 않았다. 가족 걱정도 먹을 것 다음으로 밀려났다.

1950년 9월 28일 오후였다. 인민군이 문을 열고 외쳤다.

"모두 나와."

형무소에 갇혀 있는 사람 모두 강당에 집합했다. 모두 몰골이 말이 아니었다. 형무소에서 며칠 동안 세수를 못 한데다가 굶주린 탓이었다. 강당에 모인 사람들은 내심 풀어줄지 모른다고 기대했다. 그러나 그런 기대도 잠시로 끝났다. 강당으로 불려 나온 사람들은 도망을 못 가도록 두 명씩 짝지어 서로 한쪽 팔을 쇠고랑으로 채우거나 철사로 묶었다. 김대중은 한왈수라는 사람과 철사로 묶였다.

경찰서에서 끌려온 것처럼 보이는 사람들이 추가로 강당에 들어왔다. 김대중 등 형무소에서 온 사람들은 강당 안쪽에 앉고, 나중에 들어온 사람들은 입구 쪽에 앉았다. 한참 후 인민군들이 강당 입구에 있는 사람들을 밖으로 끌고 가려 했다. 사람들은 끌려가면 처형당한다는 느낌을 받았다. 모두 끌려가지 않기 위해 몸부림쳤다.

한 인민군이 말했다.

"누가 너희들 죽인다고 하더냐?"

그 말을 믿는 사람은 아무도 없었다. 강당은 완전히 아비규환이었다. 입구에 있는 사람들이 살려달라고 아우성쳤다.

"내가 무슨 죄가 있다고 죽이려 합니까?"

인민군들은 반항하는 사람들에게 총부리를 겨누거나 개머리판으로 아무 데나 후려치며 먼저 20명을 끌고 갔다. 그 후에도 계속 20명 단위로 끌고 갔다. 끌려가는 사람들의 비명은 남은 사람의 공포를 증폭시켰다.

김대중에게도 죽음의 그림자가 가까이 다가왔다. 자신에게 남은 시간이 얼마나 될지 생각하니 정신이 아득해졌다. 아내가 생각났다.

"내가 없으면 홍일이와 새로 태어난 홍업을 혼자 키워야 하는데 어쩌지. 어머니는 나만 보고 사셨는데 내가 죽으면 완전히 희망이 사라지실 거야. 동생 대의마저 형무소에 끌려갔는데 이 고통을 감당하실 수 있을까."

혼자 묻고 답해보지만 뾰쪽한 방법이 생각나지 않았다. 생각할수록 기막힌 인생이었다.

저녁 무렵이 되자 인민군이 보이지 않았다. 나중에 안 사실이지만 유엔군의 인천 상륙작전이 성공하여 인민군이 수세에 몰리자 목포에 주둔하고 있던 부대가 철수하는 중이었다. 이들은 철수하기 전에 강당에 집합시킨 사람들을 모두 처형하려 했다. 그런데 처형장으로 사람을 실어 나르던 트럭이 고장 나 계획에 차질이 빚어졌다. 인민군은 할 수 없이 나머지 사람들을 놔두고 철수했다. 대신 공산당원들이 남아 있는 사람들을 다시 형무소 안으로 집어넣었다. 끌려간 사람 100여 명, 남아 있는 사람 80여 명.

김대중 일행은 다시 형무소에 갇혔다. 죽음의 형장에 끌려가지 않은 것에 안도한 것도 잠시였다. 다시 배고픔이 일행을 괴롭혔다. 한참 후 공산당원들이 밥을 넣어주는데 이전보다 양이 많았다. 100여 명이 처형당해 밥양이 많아진 것이다.

김대중이 감방장 노릇을 자청하고 나섰다.

"내가 밥을 나눠주겠소."

밥양이 많아 나눠주고도 남았다. 김대중은 걸신들린 것처럼 엄청나게 먹었다. 죽은 사람은 죽은 사람, 산 사람은 산 사람. 사람의 삶이란 게 그랬다.

감방에 수챗구멍만 한 창이 있었다. 밥이 그곳으로 들어왔다. 김대중이 창을 바라보는데 간수가 지나갔다. 김대중이 얼른 간수에게 말을 걸었다.

"여보시오, 우리는 사는 거요 죽는 거요?"

"남쪽 사람이 어떻게 남쪽 사람을 죽입니까?"

간수 역을 맡은 사람은 인민군이 아닌 지방의 공산당원이었다.

"북에서 온 군대는 철수한 거요?"

그는 머뭇거리며 대답했다.

"아니, 그런 것은 아니지만……"

바깥 분위기가 달라졌음이 분명했다. 김대중은 인민군에게 불리한 정세가 형성되고 있다고 판단했다. 조금 있으니 간수처럼 보이는 사내가 창문 쪽을 지나가며 누구를 불렀다.

"임출이, 임출이."

임출이는 김대중이 졸업한 목포상고 선배였다. 그도 잡혀 와서 형무소에 있는 것 같았다. 김대중이 꾀를 냈다.

"어이, 나 여기 있네."

지나가는 사람이 다가오자 김대중이 그에게 말했다.

"임출이 선배가 앓아누워 있으니 빨리 문을 열고 들어와 살펴주시오."

사내가 머뭇거리다가 자물통을 부수고 들어왔다. 김대중은 얼른 주변 동료들과 함께 철문을 발로 차고 감방을 빠져나왔다. 그리고 다른 감방을 돌며 소리쳤다.

"인민군이 도망쳤으니 감방문을 부수고 나오시오. 우리가 밖에서 자물통을 깨도록 하겠소."

모두 자물통을 깨고 감방문을 나오는데 한몸이 되었다. 수인복을 입고 밖으로 나가면 인민군에게 들킬 수 있어 형무소에 보관된 옷을 찾아 입었다. 내 옷, 네 옷 가리지 않고 손에 잡히는 대로 옷을 챙겨 입었다. 그런데 순간 옆에서 귀에 익은 소리가 들렸다. 쳐다보니 동생 대의였다. 둘은 순간 부둥켜안고 기뻐했다. 둘은 형무소를 나온 후 목포형무소 앞마을에 숨었다.

"형, 고생 많았지? 언제 목포로 내려왔어?"

"며칠 되었다. 서울에서 목포까지 걸어오는 데 20여 일이나 걸리더라."

"형, 우리 감방에 있던 아홉 명 중 여섯 명이 끌려갔고, 나를 포함한 세 명만 살아남았어."

"나쁜 놈들. 나도 하마터면 끌려가 죽을 뻔했다. 여하튼 우리 형제는 운이 좋다."

김대중이 김대의와 함께 대성동 네거리쯤에 이르자 갓난아기를 업은 여인이 울면서 새벽길을 서성거렸다. 아내임을 금방 알아볼 수 있었다. 아내는 형무소에 붙잡힌 사람들이 모두 죽었다는 소문에 밤새 울고 있었다. 김대중은 달려가 아내와 포옹했다. 아내는 남편이 살아있음을 발견하고 기뻐 엉엉 울었다.

김대중의 막냇동생 김대현은 두 형이 체포되자 인민군 의용군에 자원했다. 자원하면 형들을 구할 수 있을 것이라는 생각에서였다. 목포에 주둔하고 있는 의용군 부대가 전라북도까지 진입했다. 김대현은 이때 인민군이 퇴각하고 있다는 것을 알았다. 그와 일행은 어둠을 틈타 탈출했다. 세 형제 모두 죽음의 행진에서 하마터면 희생자가 될 뻔했다. 운 좋은 형제들이었다.

인민군은 목포에서 퇴각했지만, 좌익 게릴라들은 목포에서 계속 활동하고 있었다. 그들은 형무소에서 탈출한 사람들을 계속 추적하고 발견하면 쏴 죽였다. 형무소에서 김대중과 함께 탈출한 80여 명 중에서 끝까지 살아남은 사람은 30여 명에 불과했다.

사정이 이러했기 때문에 김대중은 집으로 돌아갈 수 없었다. 아내와 서로 살아있음을 확인한 후 헤어졌다. 그는 동생 대의와 함께 해운업을 하는 박대운 사장을 찾아갔다. 그의 집은 부두 쪽에 있었는데 미군 전투기의 폭격이 잦았다. 김대중은 좌익 게릴라들이 그쪽으로는 진입하지 못할 것으로 생각했다.

"박 사장, 우리 형제 좀 숨겨주시오."

"김 사장이 살아 돌아와서 다행입니다. 우리는 김 사장이 죽은 줄 알았어요."

박 사장은 김대중 형제를 그의 누나 집으로 안내했다. 박 사장 누나는 김대중 형제를 친절하게 맞이해 주었다. 두 사람은 일본식 집에 천장을 넓히고 그곳에 기거했다. 거기서 죽은 듯 조용히 닷새를 보냈다. 얼마 후 국군 해병대가 목포로 들어왔다.

김대중은 국군 해병대가 목포로 진입하면서 목포가 인민군 치하에서 해방되자 처가에 들렀다. 장인 차보륜이 살아 있었다. 양쪽은 그동안 겪었던 이야기를 풀어놓았다. 듣고 보니 장인의 생환은 더욱 기적이었다. 그는 경찰서 유치장에 갇혔다가 형무소 강당으로 연행되었고 다시 트럭에 실려 처형장까지 갔다. 장인은 총구가 불을 뿜자 기절했다. 깨어난 그는 죽은 듯 가만히 숨죽이고 있었다. 인민군이 물러나고 새벽이 되자 그는 일어났다. 손이 묶여 있었지만 뒤뚱거리며 처형장을 빠져나왔다.

김대중은 일련의 사건을 통해 전쟁의 비참함을 느끼며 공산당에 대한 거부감을 다시 한번 강하게 느꼈다. 그가 평생 민족의 화해와 전쟁이 없는 세상을 꿈꾼 데는 전쟁 중 겪은 생사를 넘나드는 처절한 경험도 영향을 미쳤다.[2]

4. 정치 초짜의 쓴맛

형무소에서 탈출한 김대중은 인민군이 목포에서 철수한 후 사업을 다시 시작했다. 서울이 함락되고 정부가 부산으로 피난 가면서 그는 사업 거점을 부산으로 옮겼다. 그는 부산에서 다섯 척의 배를 보유했고 다른 회사의 배도 전세 내어 십수 척을 운영했다.

1950년 5월 30일에 실시된 제2대 국회의원 선거에서 무소속 당선자들이 전체 당선자의 60퍼센트 이상을 차지했다. 당시 대통령은 국회에서 간접선거로 뽑았고 이승만의 임기는 1952년 7월까지였다. 이승만의 계속 집권에 빨간불이 켜졌다. 이승만은 임기를 2개월 남기고 개헌을 시도했다. 대통령을 국민이 직접 뽑도록 하는 개헌이었다. 이승만은 자유당을 새로 창당하고 개헌을 위해 국회의원을 포섭하기 시작했다.

1952년 5월 26일 소위 '부산 정치 파동'이 일어났다. 이승만 지지 세력은 대통령 직접선거를 촉구하는 민중대회를 열었다. 이승만 측근들은 폭력배를 동원하여 의사당을 포위했다. 이승만 정부는 계엄령을 선포하고, 야당 의원들을 국회로 강제 등원시켰다. 구금 중인 의원들도 일시 석방한 후 의사당으로 인도했다. 국민 직선제 개헌안을 통과시키기 위해서였다. 이렇게 경찰과 폭력배가 의사당을 겹겹이 에워싸고 공포 분위기를 조성하면서 개헌안을 통과시켰다.

김대중은 전쟁을 경험하면서 그리고 이승만 정부의 불법적인 정치 형태를 보면서 크게 분노했다. 그는 정치에 직접 참여하기로 했다. 최종 결심을 하기에 앞서 장인 차보륜에게 자신의 생각을 밝혔다.

"장인어른, 국회의원 선거에 출마하려고 합니다."

"국회의원으로 출마하려면 당에 들어가야 하는데 어느 당으로 들어갈 것이냐?"

"자유당은 제 정치 노선과 맞지 않아 처음부터 생각하지 않았습니다. 야당인 민주국민당이 있으나 저는 무소속으로 출마하고 싶습니다. 노동조합에서 무소속으로 출마하면 지원하겠다고 했습니다."

차보륜도 김대중이 정치를 할 때 자유당에는 입당하지 않을 것으로 예상했다. 제2대 국회의원 선거에서 무소속이 압도적으로 많이 당선된 것으로 봐서 김대중이 무소속을 선택하는 것도 나쁠 것 같지는 않아 보였다. 더욱이 노동조합이 그를 지지한다면 당선도 가능할 것으로 생각했다. 차보륜은 사위가 사업적 수완이 뛰어난 것을 고려하여 몇 년 동안 사업을 계속하기를 바랐지만, 그렇다고 선거 출마를 만류하고 싶지는 않았다. 사위가 정치에 관심이 많은 것을 이미 알고 있었기 때문이다.

김대중은 1954년 목포에서 제3대 민의원 선거에 출마했다. 당시 나이 30세였다. 그는 노조의 약속을 믿고 무소속을 택했다. 당시 목포노조는 영향력이 매우 컸다. 충분히 해볼 만하다고 생각했다.

그러나 선거가 시작되자 자유당 쪽에서 김대중을 지지하는 노동조합 지도자들에 대한 탄압을 시작했다. 경찰은 노조 간부들을 한 사람씩 불러 내 김대중 후보가 아닌 자유당 후보를 지지하겠다는 각서를 쓰게 했다. 경찰은 각서를 쓴 이들을 풀어준 후 철저히 감시했다. 김진해 노총 위원장이 김대중에게 미안하다고 했다.

"김 후보, 미안합니다. 경찰이 우리 움직임을 일거수일투족 감시하고 있어 도저히 도와줄 수가 없네요. 김 후보를 도와주면 모두 구속하겠다고 위협하고 있습니다."

"김 위원장님, 저는 노동조합을 믿고 출마했습니다. 민주국민당 등 야 당이 자기 당으로 출마하라고 권유했지만 제가 무소속 출마를 결심한 이 유입니다. 노동조합이 외면하면 저는 어떡합니까?"

그러나 엎질러진 물이었다. 노동조합은 선거에서 손을 떼고 중립을 선 언했다. 김대중은 크게 당황했다. 당시는 완전히 조직 선거였다. 조직이 없는 그에게 당선 가능성은 거의 없었다. 게다가 돈이 엄청나게 들었다. 당 조직이 없는 경우 돈이 더욱 많이 들었다. 선거 결과 그는 후보 10명 중 5등에 머물렀다. 그는 이 선거를 통해서 정치를 위해서는 정당에 가입 해야 한다는 교훈을 얻었다.

김대중은 선거 다음 해인 1955년 목포를 떠나 서울로 이사했다. 그는 서울에서 사업 대신 사회운동 쪽으로 방향을 돌렸다. 그는 한국노동문제 연구소에 출근했고 〈동아일보〉와 월간지 〈사상계〉 등에 노동 문제에 대한 글을 기고했다. 그가 이 무렵 쓴 글 중에는 독재정치에 대한 비판과 노사상생에 대한 것이 많았다.

김대중은 서울로 이사 온 후 '동양웅변전문학원'을 운영했다. 사업적 수완이 뛰어난 그는 정당정치가 아직 정착되지 않았고 무소속 당선자가 많은 정치 현실을 고려할 때 웅변학원이 괜찮은 사업 분야가 될 것으로 생각했다. 그는 목포상고 재학 때부터 웅변에 소질이 있었다. 웅변학원을 운영하면 수입 외에도 자신의 연설 역량을 발전시킬 수 있고, 정치지망생을 많이 만날 수 있다는 계산도 했다.

김대중의 예상대로 많은 정치지망생이 그의 웅변학원을 찾았다. 훗날 그와 정치를 같이 한 김상현도 1957년 웅변학원에서 처음 만났다.

"김상현입니다. 웅변에 관심이 있어 찾아왔습니다. 대한웅변협회 학생부장을 맡고 있습니다."

"반갑네. 나도 대한웅변협회 부회장을 맡고 있네."

"예, 알고 있습니다. 원장님 고향이 신안 하의도라고 들었습니다. 제 고향은 장성입니다. 국민학교를 졸업하고 바로 서울로 올라와 서울에서 중학교와 고등학교에 다녔습니다."

김상현은 성격이 무척 활달했다. 그는 서울에서 고학으로 학교에 다니다가 등록금이 없어 3학년 때 고등학교를 그만뒀다고 했다. 김상현과 김대중의 나이 차이는 10살이었다. 그와 김대중은 학생과 원장의 관계였지만, 고향이 같고 생각하는 것도 비슷하여 자주 만났다. 만난 지 1년가량 지나서는 형제간처럼 지냈다. 김상현은 김대중을 어떤 때는 원장이라고 부르고, 또 어떤 때는 형님이라고 불렀다.

김상현을 만난 지 얼마 후 또 한 명의 청년이 웅변학원을 찾았다. 전남 나주가 고향인 김장곤이었다. 그는 김대중의 목포상고 14년 후배였다. 고

려대학교에 재학 중인 그는 키가 크고 몸집이 장군감이었다. 그도 정치지
망생이었다. 이렇게 웅변학원은 정치지망생들이 많았으며, 김대중은 웅
변학원을 통해 그와 뜻을 같이하는 사람들을 많이 사귀었다.

1956년 5월에 대통령 선거가 있었다. 여당에서는 이승만과 이기붕이
각각 대통령과 부통령 후보로 나섰다. 야당은 신익희와 장면을 대통령과
부통령 후보로 내세웠다. 신익희는 '못 살겠다 갈아보자!'라는 구호를 내
세웠다. 국민들의 지지 열기가 높았다. 그러나 신익희는 대통령 선거 도
중 갑자기 사망했다. 경쟁자 신익희의 사망으로 이승만의 대통령 당선은
따 놓은 당상이었다. 하지만 이승만은 유력한 경쟁자가 사라졌음에도 유
효표의 56퍼센트인 504만 표밖에 득표하지 못했다. 반면, 진보당의 조봉
암은 216만 표를 얻어 기염을 토했다. 부통령에는 민주당의 장면이 자유
당의 이기붕을 꺾고 당선되었다. 당시 헌법은 대통령 유고 때 부통령이
대통령의 직무를 맡게 했다. 당시 이승만의 나이는 81세였다. 장면의 부
통령 당선은 단순한 부통령 당선 이상의 의미를 지니고 있었다. 1956년
정·부통령 선거는 이승만과 자유당에 대한 국민의 지지가 한계에 도달
했으며 민주당이 정치적으로 부상하고 있는 징표였다. 자유당이 긴장하
지 않을 수 없는 선거 결과였다.

대통령 선거에 출마하여 선전한 조봉암은 일제강점기에 공산당에 깊
이 몸담았다가 해방 후 공산당을 공개 비판한 뒤 좌익 세력과 결별했다.
그는 초대 농림부 장관을 지내면서 농지개혁을 성공적으로 이끌었다.

대통령 선거가 있기 1년 전인 1955년 무렵, 김대중은 조봉암을 찾아갔
다. 김대중은 조봉암이 공산당에 가담했다가 다시 민주 진영에서 일하고
있으니 국민에게 왜 공산당이 나쁜지를 알리는 적임자 같다고 생각했다.

"선생님이 왜 공산당을 그만두셨는지 국민들께 그 이유를 소상하게 설명하시면 좋을 것 같습니다. 공산당의 실상을 알리는 데에 선생님만큼 영향력 있는 인물이 없습니다."

"김 동지 말이 맞는데, 그럴 경우에 지지층이 이탈할 수 있다고 우려하는 사람이 있습니다."

김대중은 물러서지 않았다.

"선생님이 공산당을 비판하면 국민들은 선생님이 공산당과 완전히 결별했다는 것을 더욱 분명하게 인식할 것입니다. 그럼 지지도도 크게 올라갈 것입니다."

그러나 조봉암은 김대중의 건의를 받아들이지 않았다. 김대중은 이 만남 이후 조봉암에 대한 기대를 접었다. 지도자라면, 적어도 조봉암 같은 큰 정치인이라면 국민을 위해 결단이 필요할 때 결단할 수 있어야 한다고 생각했다. 자신을 지지하는 표도 중요하지만, 그 표에 대해서 할 말은 하는 그런 용기가 필요하다고 생각했다. 조봉암은 김대중과 만난 지 4년 후인 1959년 간첩 혐의로 사형당했다. 김대중은 조봉암을 좋아했지만, 그가 난국을 돌파하는 요령이 부족한 것을 아쉬워했다.[3]

김대중은 대통령 선거 직후인 1956년 6월에 명동성당에서 세례를 받았다. 그가 가톨릭 신자가 된 데에는 독실한 가톨릭 신자 집안이었던 처가의 영향이 컸다. 당시 천주교 서울 교구 사무국장이었던 친구 최서면도 입교를 적극적으로 권유했다. 김대중의 세례명은 '토머스 모어Thomas More'였다. 노기남 대주교 사무실에서 중림동 성당의 김철규 신부가 집전했다. 세례를 집전한 김철규 신부가 김대중에게 의미 있는 이야기를 했다.

"토머스 모어는 영국의 사상가요 정치가입니다. 가톨릭교회에서 분리해 나온 헨리 8세 국왕의 명령을 따르지 않고 순교를 택한 분입니다. 당신도 교회를 위해서 이렇게 순교할 각오를 하며 이름을 받으시오."

"훌륭한 인물을 세례명으로 받을 수 있게 되어 영광입니다. 신부님의 말씀을 잘 새겨서 부끄럼 없는 신자가 되도록 노력하겠습니다."

김대중은 신부님의 말씀이 어떤 의미가 있는지 자주 되새겨 봤다. 세례 후 그가 살아온 인생을 고려할 때 이 세례명은 그의 삶에서 중요한 방향타를 암시하는 것 같았다.

이날 김대중의 영세를 지켜본 대부는 한 달 전 부통령에 당선된 장면이었다. 장면이 김대중의 대부가 된 것은 최서면과의 인연 때문이었다. 장면은 독실한 가톨릭 신자였고 김대중의 친구 최서면은 천주교 서울 교구 사무국장이었다. 최서면이 장면과 김대중 사이를 자연스럽게 연결해 주었다. 최서면은 친구 김대중의 인물됨으로 볼 때 장면과 김대중이 관계를 맺는 것은 서로에게 좋을 것 같다고 판단했다. 장면이 김대중의 세례를 축하하며 말했다.

"토머스 모어, 훌륭한 신자가 되기를 바라네. 정치에도 관심 있다고 들었어. 한번 찾아오시게."

"부통령님, 부족한 저의 대부가 되어주셔서 감사드립니다. 큰 영광으로 알겠습니다. 부통령님의 명성에 누가 되지 않도록 신앙생활에 열심히 임하겠습니다."

김대중은 5월 대통령 선거 때 신익희와 장면을 지지했지만, 민주당 당원은 아니었다. 그렇지만 그가 부통령 장면을 대부로 모신 것은 정치지망생 김대중의 향후 정치행로와 관련하여 눈여겨볼 만한 대목이다.

김대중은 1956년 9월 민주당에 입당했다. 민주당은 당시 구파와 신파로 나뉘어 경쟁했는데 김대중은 신파에 속했다. 신파의 주요 인물로는 장면 외에 박순천, 정일형 등이 있었다. 김대중이 민주당과 신파를 택한 이유는 민주당, 그중에서도 신파가 더 진보적이고 개혁적이라고 생각했기 때문이다.[4] 그의 훗날 경쟁자 김영삼은 민주당 구파 소속이었다.

1958년 봄에 국회의원 선거가 있었다. 선거에 출마할 결심을 한 김대중에게 최대의 고민거리는 출마할 지역 선택이었다. 목포에서 출마하고 싶은데 정중섭 의원이 자리를 차지하고 있어 공천받기가 쉽지 않을 것 같았다.

김대중이 김상현에게 선거구로 강원도 인제를 꺼냈다.

"강원도 인제에서 출마하면 어떨 것 같은가?"

김상현은 김대중의 말을 듣고 처음에는 자신이 잘못 들었나 생각했다.

"강원도 인제요? 거기는 형님과 연고가 전혀 없는 지역이잖아요."

"물론 그렇지. 그런데 선거제도로만 보면 해볼 만할 것 같네. 선거법상 유권자 등록은 현재 거주지에서도 가능하거든. 내가 알아본 바로는 인제군 유권자 중 군인과 군속, 그 가족이 80퍼센트를 차지하고 있어. 인제 지역은 6·25 전쟁 후 남한에 다시 편입된 지역이라서 현지인보다는 외부인이 더 많아."

"거기는 선거구도 엄청 넓어서 지역 지리를 익히는 데만도 몇 달이 걸릴 것입니다."

"그런 어려움이 있는 것은 사실이지."

"형님, 인제군에 출마하려는 게 선거법 외에 다른 이유도 있는가요? 아무리 생각해도 선뜻 이해가 가지 않아서요."

"선거법이 가장 큰 이유이지. 굳이 또 다른 이유가 있다면 뭐라고 할까.

나는 남북이 절대로 갈라져서는 안 된다고 생각한 사람이네. 그런데 우리는 전쟁까지 치렀어. 인제군이야말로 분단의 아픔과 불편함을 가장 상징적으로 대변하는 곳 아닌가. 이런 곳에서 당선되면 국회에서 분단의 아픔과 통일의 필요성을 역설하는 데 효과가 크지 않을까?"

"그런 생각도 하셨군요. 여하튼 선거가 엄청 어려울 것입니다. 그래도 형님이 결심한다면 무조건 돕겠습니다."

김대중은 고심 끝에 강원도 인제군을 최종 선택했다. 일반 사람이 보면 매우 엉뚱한 선택으로 비칠 게 뻔했다. 가족도 처음에는 인제군 출마를 반대했다.

김대중이 출마 지역으로 선택한 인제군은 1945년 분단 이전에는 강원도에서 가장 넓은 군이었다. 인제군은 한반도에 38도 선이 그어지면서 북쪽은 북한으로, 남쪽은 홍천군으로 편입되었다. 6·25 전쟁 후 인제군 북쪽 지역 대부분이 수복되며 인제군은 다시 복원되었다. 1960년대 당시 인제군 인구는 63,000여 명이었다. 인제군 내에는 진부령, 미시령, 한계령, 은비령, 곰배령 등 유명한 고개가 많다. 영서권에 속하면서 영동권과 연결되고 있다. "인제 가면 언제 오나. 원통해서 못 살겠네!"라는 유행어처럼 교통이 매우 나빴다.

당시 선거법상 후보로 등록하기 위해서는 선거인 100명 이상 추천이 필요했다. 이중 추천은 금지되었고, 만일 이중 추천인이 있으면 그들을 나중에 등록한 후보의 추천인 명단에서 삭제하도록 했다. 김대중은 나중에 등록한 후보였던 만큼 만일의 사태에 대비하여 130명의 서명을 받아 후보에 등록했다. 그러나 자유당은 김대중의 후보 등록을 무효로 하기 위해 김대중의 후보 등록에 서명한 추천인들을 회유하여 그들이 자유당 후보의 추천자 명부에도 서명하게 했다. 그 결과 김대중 후보의 추천인 명단에서 이중 추천한 사람이 70명 이상이나 되었다. 김대중은 긴급히 추가 추천인 서명을 받는 작업에 들어갔다. 시간이 촉박하여 도장이 없는 사람들에게 호박으로 도장을 만들어 찍게 했다. 그러나 선거관리위원회는 추천서 전원의 도장을 가져오게 했고, 그런 방식으로 김대중의 후보 등록을 무효로 했다.

선거가 끝난 후 김대중은 후보 등록 방해 사건을 법원에 제소했고, 대법원은 1년 후인 1959년 3월에 인제 선거는 무효라고 판결했다. 소송에 승리한 김대중은 6월에 실시된 인제 보궐선거에 출마했다. 김대중의 연설 솜씨가 뛰어났다. 연설은 이승만 정권의 무능과 독선에 대한 비판에 큰 비중을 두었다. 자유당의 독재정치에 대한 주민들의 반감도 커서 김대중의 연설은 큰 호응을 얻었다. 김대중은 분단의 부당성, 전쟁을 일으킨 북한 공산집단에 대한 비판, 분단을 극복하고 통일을 이루어야 인제군이 발전할 수 있다는 등 현지 사정에 맞춘 연설을 했다. 김대중의 연설은 주민들의 큰 호응을 받았다. 거리 연설에 나선 김상현의 찬조 연설 솜씨도 뛰어났다. 고려대학교에 재학 중 웅변학원에 들어온 김장곤은 총무부장을 맡아 김대중을 도왔다.

상대 후보는 자유당의 전형산이었다. 그는 경찰서장 출신이었다. 인제 같은 전방 지역에서는 사단장과 경찰서장이 모든 것을 쥐고 흔들었다. 자유당 쪽에서는 김대중이 인제군과 아무런 관계가 없다는 것을 집중적으로 홍보했다.

"김대중은 인제군과 아무 관계도 없는 사람이다. 왜 떠돌이 김대중에게 표를 주어야 하는가?"

상대방은 색깔 공세까지 동원했다. 색깔 공세는 목포 출신의 홍익선과 광양 출신의 이도선이 선봉장 역할을 했다. 홍익선은 김대중을 공산당원이라고 선전했고, 남교동 파출소 습격의 주범이라고 비난했다.

"김대중은 공산당원입니다. 나랑 같이 목포에 있었는데 왜 내가 그걸 모르겠습니까? 남교동 파출소를 습격한 주범이 틀림없습니다."

이도선은 김대중과 얼굴 한번 맞대본 적이 없는 사람이었다. 그런데도 그는 이렇게 말했다.

"김대중과 나는 함께 자랐습니다. 서로 고추까지 만지며 컸는데 왜 그를 모르겠습니까. 그는 틀림없는 공산당원입니다. 내가 오죽하면 여기까지 와서 호소하겠습니까. 공산당에 속지 마십시오."

최전방 인제에서 색깔 공세는 위력적일 수밖에 없었다. 홍익선과 이도선이 전라도 사투리를 쓰는 것만으로도 유권자 대부분은 이들 두 사람이 김대중과 가깝게 지내는 사람이라고 생각했고, 그들의 주장을 의심 없이 받아들였다. 게다가 유권자의 대다수를 차지하는 병사들은 사실상 공개투표를 강요당했다. 거기에 색깔 공세, 외지인이라는 핸디캡까지 있었다. 김대중은 선거에서 떨어졌다. 그는 1954년 목포 선거 패배, 1958년 등록 미수, 1959년 인제 선거 패배 등 세 차례의 선거에서 연속 실패했다.

선거는 돈 잡아먹는 하마 같았다. 아무리 퍼부어도 끝이 없었다. 한 번만 출마해도 기둥뿌리가 뽑힌다는 것이 선거였다. 세 차례의 선거를 통해 청년실업가 김대중은 재산을 탕진했다. 사업을 하면서 꽤 많은 재산을 모았는데 완전히 빈털터리가 되었다. 집안 살림은 식량 걱정까지 해야 할 정도로 궁지에 몰렸다. 다시 사업을 시작했으나 이번에는 동업자에게 사기를 당했다.

부잣집에서 태어나 부족한 것 없이 자랐던 차용애는 김대중과 결혼한 후 몇 년 동안 행복한 생활을 했다. 그런데 김대중이 정치를 시작하면서 상황이 완전히 바뀌었다. 서울로 올라와서 일곱 번이나 이사했고, 이사를 할 때마다 집은 작아졌다.

"여보 미안하오."

김대중이 미안해할 때마다 차용애는 오히려 그의 용기를 북돋워 주었다.

"당신이 부족해서 떨어진 것이 아니어요. 살림은 내가 알아서 할 테니 집안일은 걱정하지 마세요."

차용애는 서울에서 미장원을 운영하며 살림을 도왔다. 나중에는 빚 때문에 미장원도 넘어갔다. 그는 할 수 없이 집에서 손님을 맞이했다. 독한 파마액 냄새가 코를 찔렀다. 평소에도 가슴앓이로 고생하던 차용애의 몸은 남편의 연이은 낙선과 집안 살림이 파산하면서 더욱 나빠졌다. 어느 날 가슴앓이가 심해 약을 먹었는데 어디가 잘못됐는지 정신을 잃고 혼수 상태에 빠졌다. 놀란 김대중은 의사를 부르러 뛰쳐나갔다. 그러나 의사를 데리고 돌아와 보니 차용애는 벌써 숨을 거둔 뒤였다. 1959년 7월 2일이었다. 시중에는 차용애가 자살했다는 소문이 돌았다. 남편의 잇따른 선거 패배와 생활고를 견디지 못해 죽음을 택했다는 소문이었다.

한없이 따뜻하고 사랑스러웠던 아내, 돈이 없어 병원에도 가보지 못한 아내, 모든 것을 다 바쳐서 가족을 돌보았던 아내를 생각하며 김대중은 통곡했다. 아내의 관 앞에 주저앉아 엄마 잃은 아이처럼 서럽게 울었다. 장례 기간 내내 김대중은 잠도 자지 않았고 아무것도 먹지 않았다. 이러다가 이 사람마저 병나게 생겼다며 주위에서 걱정을 많이 했다. 어린 아들 홍일이가 울면서 말했다.

"아버지가 안 잡수시면 저도 먹지 않겠습니다."

김대중은 홍일이의 말에 정신이 번쩍 들었다. 아이들의 존재가 새삼 다가왔다.

"그래, 어머니가 너희들을 남겨주셨지. 내가 어머니 몫까지 다하여 너희들을 잘 키우겠다."

김대중은 아내를 묻고 난 후 홍일, 홍업 두 아들 손을 잡고 남산에 올라갔다. 팔각정에 올라 서울 시내를 내려다보았다. 아이들에게 일렀다.

"어머니가 세상에 없다고 좌절해서는 안 된다. 잘 커야 한다. 그것이 어머니가 바라는 것이다. 어머니는 저세상에서 너희들을 지켜보고 계신다."[5]

1960년 3월 15일 정·부통령 선거가 실시되었다. 자유당의 대통령 후보는 이승만, 부통령 후보는 이기붕이었다. 여기에 맞설 민주당의 대통령 후보는 조병옥, 부통령 후보는 장면이었다. 그런데 야당 후보인 조병옥이 갑자기 사망했다. 야당은 1956년 신익희 후보의 갑작스러운 사망에 이은 두 번째 불행을 맞이했다. 조병옥의 서거로 이승만의 대통령 당선은 기정사실화되었다. 하지만 자유당은 이승만의 대통령 당선으로 안심할 수 없었다. 자유당은 85세의 이승만이 대통령에 당선되더라도 부통령에 장면이 당선되면 대통령의 유고 때 장면이 대통령직을 계승할 수 있다는 점을 염려했다. 자유당은 부통령 후보 이기붕의 당선을 위해 온갖 부정한 수단을 동원했다.

민주당은 3월 15일 오후에 발표한 담화문에서 3·15 선거를 부정선거로 간주하고, 선거가 불법·무효임을 선언했다. 국민도 일어섰다. 맨 먼저 선거 당일인 3월 15일 광주와 마산에서 부정선거 규탄시위가 있었다. 광주 시위에는 민주당 당원들이 중심이 되었고, 마산 시위에는 학생들이 대거 참여했다. 정부는 경찰력을 동원하여 시위를 진압했다.

4월 11일 마산 앞바다에서 3·15 시위 때 행방불명되었던 김주열이 눈에 최루탄을 맞고 사망한 채 참혹한 모습으로 발견되었다. 한동안 잠잠했던 마산 시민들이 다시 일어섰다. 이승만 정권은 마산 시위가 '공산주의자들의 책동에 의한 것'이라고 주장했다. 색깔 공세로 국민의 반발을 잠재우려는 전략이었다. 그러나 마산 시민들의 2차 시위는 정부의 색깔 공세에도 그치지 않았다. 오히려 시위는 전국적으로 확대되었다.

4월 18일 고려대생들이 시위에 나섰고, 19일에는 거의 모든 대학의 학생과 고등학교 학생들이 '민주주의 사수하자' 등의 구호를 외치며 시위에 참여했다. 경찰이 경무대로 향하는 시위대를 향해 총을 쏘면서 희생자가 많아졌고, 피를 본 군중들의 시위는 더욱 격렬해졌다. 정부가 계엄령을 선포했으나 다행히 군이 중립을 지켰다. 이기붕이 부통령직을 사임했다. 25일에는 대학 교수단이 대통령의 퇴진을 촉구하는 시국선언문을 발표하고 시위에 가세했다. 시위는 이승만이 26일 하야 성명을 발표하면서 비로소 진정되었다.

김대중이 김상현과 김장곤에게 말했다.

"민심의 무서움을 뼈저리게 느꼈네. 국민이 뭉치면 어떤 난관도 이겨낼 수 있다는 것도 알았어."

김상현과 김장곤도 동의했다.

"그게 평범한 듯해도 변치 않는 진리인 것 같습니다."

4·19 혁명 후 개정된 제2공화국 헌법은 정부 형태로 내각책임제와 양원제를 택했다. 내각이 국정을 책임지는 권력 구조였다. 대통령은 국가원

수로서 국회에서 선출하고 상징적인 역할만 맡게 했다. 새 헌법에 따라 1960년 7월에 제5대 민의원 선거와 제1대 참의원 선거가 실시되었다.

김대중의 고향인 목포에서는 민주당으로 현역인 정중섭 의원과 사업가 김문옥이 경합을 벌이고 있었다. 민주당은 한 사람만 선택하기 어렵게 되자 두 사람을 복수 공천했다. 이번에도 김대중이 끼어들 여지가 없었다. 목포를 단념한 김대중은 다시 인제에서 민주당 후보로 출마했다. 4·19 혁명 후 민주당이 국민의 절대적 지지를 받고 있었기 때문에 그만큼 당선 가능성이 크다고 생각했다.

김상현이 말했다.

"형님, 이번은 틀림없겠지요? 인제 군민들도 이번에는 형님의 진가를 알아줄 것입니다."

김장곤도 이번만은 틀림없다고 거들었다.

"당연하지요. 지난번에는 색깔 공세와 흑색선전 때문에 졌지만, 지금 어떤 놈이 감히 그런 짓을 하겠어요."

그러나 김대중에게 또다시 불운이 닥쳤다. 부재자 투표 제도가 도입된 것이다. 인제 지역 군인들은 부재자 투표를 했기 때문에 실제 투표자는 인제 지역 주민들만으로 이루어졌다. 인제 출신이 아닌 김대중에게 절대적으로 불리할 수밖에 없었다.

김대중과 참모들이 모여 대책을 논의했다. 출마할 것인지 포기할 것인지를 놓고 토론이 있었다. 인제에서 출마하는 것 외에 다른 대안이 없었다. 김대중은 혁명 직후 실시되는 선거이고 소속 정당이 집권 여당이니 해볼 만하다는 긍정적 생각을 했다.

"민주당의 노선이 평화 통일이니 분단 지역인 인제 유권자들에게 호소력이 있을 것이네. 집권 여당으로서 낙후된 인제 지역의 발전책을 제시할 수 있는 것도 우리에게 유리한 점이네."

분위기는 좋았다. 1959년 보궐선거 때 한번 출마했기 때문에 인지도가 크게 올라갔고, 김대중의 뛰어난 연설 솜씨, 집권 여당의 프리미엄 등 유리한 점이 많았다. 그러나 불리한 점도 여전히 많았다. 외지인이 현지인의 지지를 받는 것은 생각보다 어려웠다. 자유당으로 출마한 전형산 후보는 1959년 보궐선거에서 경쟁했던 사람이다. 경찰 출신에다 현직 국회의원인 그는 만만한 상대가 아니었다.

김대중은 이번에도 지역 토박이 출신에게 약 5퍼센트(1,000표) 차이로 패배했다. 전남 목포 출신이 인제 출신과 대결하여 1,000표 차이로 진 것은 사실 선전한 것이었지만, 패배는 패배였다. 김대중의 상처가 다시 도졌다.

김대중은 선거에서 졌지만, 민주당의 성적표는 화려했다. 민주당은 민의원 의석 233석 중 175석, 참의원 의석 58석 중 31석을 차지했다.[6] 총선이 끝나자 내각책임제 아래에서 국가 경영의 실질적 책임자인 국무총리 선출에 관심이 쏠렸다. 민주당 신·구파는 대통령과 국무총리 선출 문제를 두고 맹렬히 다투었고, 대통령에 구파인 윤보선을, 국무총리는 신파인 장면을 선출했다.

선거에서 떨어져 실의에 빠진 김대중을 장면 총리가 불렀다. 김대중은 자신을 무슨 일로 불렀을까 궁금해하며 장면을 찾아갔다.

"토마스가 이번에 당 대변인을 맡아줘야겠네."

김대중은 처음에 자신의 귀를 의심했다. 국회에서 과반을 확보한 집권 여당의 대변인은 보통 큰 자리가 아니기 때문이었다.

"총리님, 민주당 대변인 자리를 말씀하시는 것입니까?"

"그렇네. 대변인을 맡았던 조재천 의원이 법무부 장관으로 입각하게 되었어. 조 의원이 토마스를 후임 대변인으로 추천했네. 나도 좋은 방안이라고 생각하여 흔쾌히 동의했네."

"총리님, 감사합니다. 집권 초기에 대변인의 역할이 매우 중요할 텐데 제가 임무를 잘 수행할지 모르겠습니다. 총리님에게 누가 되지 않도록 최선을 다하겠습니다."

"그래. 비록 이번 선거에서 졌지만, 대변인을 맡아 역량을 잘 발휘하면 더 좋은 기회가 올 것이야."

원외 인사가 집권 여당의 대변인을 맡는 것은 상당히 이례적인 일이었다. 장면이 김대중을 그만큼 신뢰하고 있다는 뜻이었다. 원내에 진입한 일부 소장파 의원들이 불만을 표출했지만, 장면은 그대로 밀고 나갔다.

8월 23일 출범한 장면 내각은 취임 직후부터 경제 제일주의를 내세웠다. 인프라 조성사업으로 전력산업을 중시했고, 중소기업 육성에 힘을 기울였다. 주민들이 면장까지 직접 뽑는 등 지방자치도 실시했다. 민주당 정부는 경제개발을 계획적으로 추진하기 위해 1961년 4월 말쯤 '경제개발 5개년 계획안'도 완성했다.

그러나 장면 내각의 정국 국상은 뜻대로 되지 않았다. 가장 큰 장애는 민주당의 분열이었다. 총리 자리를 차지하지 못한 민주당 구파가 사사건건 장면에 맞섰다. 구파는 의원 86명으로 '민주당 구파동지회'라는 별도 원내 교섭단체를 구성했다. 그 중심에는 대통령 윤보선이 있었다. 구파는 대통령 관저에서 공공연하게 회합하고 장면 내각에 반대하는 행동을 했다. 대통령은 정치에서 중립을 지키며 국민통합의 구심적 역할을 해야 하는데 윤보선은 바뀐 권력 구조의 참뜻을 외면했다. 장면은 이들을 포용하기 위해 여러 조처를 했으나 효과가 없었다. 그들은 얼마 후 신민당을 창당하여 완전히 야당으로 돌아섰다.

4·19 혁명의 주역인 대학생 중 일부가 '남북 학생 판문점에서 만나자!' 등의 구호를 내세우고 통일 운동을 전개했다. 혁신계도 통일 운동에 적극적이었다. 혁신계는 영세 중립화 통일, 선 통일 후 중립화, 남북 군대의 무장 해제와 외국군 철수 등의 주장을 내세웠다. 민주당 정부가 수용하기에는 너무 급진적인 주장이었다. 새로 들어선 민주당 정부와 이들 통일운동가 세력의 대결은 불행히도 혁명으로 탄생한 민주당 정부와 진보적인 사회 세력 간의 이념적 대결의 성격을 띠었다.[7]

집권당의 대변인인 김대중은 혁신 세력의 지나친 급진적 태도를 비판했다.

"진보당의 조봉암 선생은 공산당과 내통했다는 누명을 쓰고 억울하게 사형당했습니다. 혁신계 여러분들도 대부분 형무소 생활을 했습니다. 그런 여러분에게 자유를 준 게 어떤 정부입니까? 민주 정부가 위기를 맞이하면 여러분에게 다시 고난의 시간이 온다는 것을 왜 생각하지 못합니까?"

그러나 혁신계 인사들은 김대중의 조언에 아랑곳하지 않았다. 통일사회당과 사회대중당 등으로 갈라진 혁신계는 경쟁적으로 민주당 정부에 돌팔매질했다. 국회 밖에서는 연일 시위가 일어났다. 온갖 종류의 통일방안, 노동자 처우 개선 요구, 각종 단체의 보조금 요구 등 그동안 독재정권 아래서 억압된 욕구들이 한꺼번에 분출되고 있었다. 야당과 언론의 비판도 심했다.

대변인 김대중이 어느 날 사석에서 장면에게 야당과 언론에 대한 불만을 표출했다.

"총리님, 야당과 언론이 너무합니다. 이것은 비판이 아니라 사회 혼란 조성행위에 가깝습니다."

장면은 그런 김대중에게 인내하며 기다려 보자고 했다.

"그렇게 생각하지 말게. 그런 것을 참고 허용하는 것이 민주주의야. 민주주의는 그렇게 해서 조금씩 발전해 가는 것이네."

장면은 언젠가 정국을 걱정하는 김대중에게 이런 말도 했다.

"내게 가장 큰 사명은 다음 선거에서 다시 총리가 되는 것이 아니네. 한국에 평화적 정권교체의 역사를 만드는 것이네. 그것이 내게 주어진 사명이라 생각하네."**8**

장면은 온건한 민주주의자였다. 그의 말은 원론적으로 틀린 것은 아니었다. 그렇지만 혁명 직후 정국을 이끌어 가는 데에 장면의 방식은 너무 유약한 것 같았다. 김대중은 장면을 존경하면서도 정권 초기에 그런 유약한 말을 하는 것이 불만스러웠다.

1961년 봄이 되면서 사회 각 분야가 차츰 질서를 찾기 시작했다. 시위가 눈에 띄게 줄어들었다. 정치·사회적 환경이 점차 안정 국면으로 접어들었다. 장면의 말대로 민주주의라는 게 참고 인내하면서 각계각층의 이해관계를 조정하고 보완해 가고 또 어떤 부분은 혁신하는 것이었다.

김대중은 1961년 5월에 국회에 진출할 기회를 얻었다. 1960년 선거에서 김대중과 경쟁했던 전형산이 1960년 3·15 부정선거 당시 경찰서장으로 부정선거에 개입한 혐의가 드러나 의원 자격을 박탈당했기 때문이다. 김대중은 이번 기회만은 절대 놓칠 수 없다고 다짐했다. 민주당 대변인의 위상을 생각해서라도 꼭 이겨야 한다고 다짐했다. 개인적으로는 물론이요 어려움에 부닥친 장면 총리에게 격려가 될 것으로 생각했다.

인제 보궐선거는 1961년 5월 13일에 치러졌다. 1954년, 1958년, 1959년, 1960년에 이어 다섯 번째 도전이었다. 분위기가 좋았다. 강력한 경쟁자인 전형산이 출마하지 않았고 경쟁자인 무소속 박주성 후보와 신민당 오덕준 후보는 상대적으로 약체라는 평가였다. 선거에서 김상현, 김장곤 외에 목포상고 후배인 권노갑과 이북 출신 엄창록이 새로 김대중을 도왔다.

선거 결과는 김대중 7,698표(36.50퍼센트), 박주성 5,627표(20.58퍼센트), 오덕준 2,448표(14.77퍼센트)로 나타났다. 김대중은 2위와 비교적 큰 차이로 당선되었다. 다섯 번째의 도전, 가산 탕진, 아내의 사망 등 숱한 고생 끝에 맞이한 귀한 승리였다.

김상현과 김장곤, 권노갑 등 선거 참모들이 자기 일처럼 기뻐했다.

"형님, 축하합니다."

"그래, 고맙네. 나는 인제 군민들께 감사 인사를 하고 올라가겠네. 지역이 넓으니 돌아다니려면 3일 정도는 걸릴 것 같네. 자네들은 먼저 서울로 올라가게."

김대중은 참모 대부분을 서울로 올라가게 하고 운전사와 비서 한 명만 데리고 인제군 곳곳을 돌아다니며 감사 인사를 했다. 선거 때는 마음의 초조함과 시간에 쫓기는 일정 때문에 산천이 눈에 제대로 들어오지 않았다. 그러나 당선 후 눈앞에 다가온 산천은 완전히 다른 모습이었다. 새삼 아름답고 정겹게 느껴졌다. 이 아름다운 산천이 둘로 갈라지고 낫과 삽을 든 민간인보다 총칼을 든 군인이 더 많은 지역으로 변모한 것이 안타까웠다. 김대중은 당선 인사를 다니면서 국회에 들어가면 꼭 한반도 평화를 위한 정치를 하고 인제군이 다시는 전쟁의 희생 지역이 되지 않도록 하겠다고 다짐했다.

5월 16일, 서울로 올라가기로 한 날이다. 아들의 국회의원 당선을 기뻐할 부모님과 형제, 자식들의 얼굴이 아른거렸다. 그런데 아침 일찍 날벼락 같은 소식을 들었다. 서울에서 군인들이 쿠데타를 일으켰다는 것이다. 김대중은 반신반의하면서 서둘러 서울로 향했다. 지프를 타고 서울 시내로 들어가는데 거리에 총을 든 군인들의 모습이 보였다. 쿠데타가 발생했음이 틀림없었다. 김대중은 장면 총리의 안위가 걱정되었다. 방향을 민주당 당사로 향하면서 장 총리가 쿠데타를 잘 수습하기를 간절히 기도했다.

쿠데타를 주동한 것은 박정희 육군 소장이었다. 쿠데타 세력은 민주당 정부와 기존 정치권을 부정부패 집단으로 몰고, 반공을 나라의 최우선 정책으로 삼겠다고 했다. 그러나 쿠데타 세력이 민주당 정부를 부정부패 집단이라고 비판한 것은 단순한 핑계에 불과했다. 군부 세력은 민주당 정부가 들어선 직후인 1960년 9월에 이미 쿠데타 모의에 들어간 상태였다. 그들은 어떻게든 자신들의 정권 찬탈을 위해 민주당 정부를 뒤엎으려 했다.

미국은 쿠데타에 반대하며 민주적으로 선출된 장면 정부를 지지한다고 밝혔다. 그러나 장면 정부는 쿠데타에 맞설 능력과 의지를 갖추지 못했다. 내각 수반인 장면은 쿠데타에 맞서기는커녕 수녀원으로 피신하여 48시간 동안 모습을 드러내지 않았다. 군 통수권자인 윤보선은 쿠데타 주역들이 군사적 행동을 승인받기 위해 그를 방문하였을 때 "올 것이 왔구나!"라는 모호한 말을 던지며 사실상 박정희 집단의 군사적 행동을 인정하는 태도를 보였다. 육군참모총장과 야전사령관도 모호한 태도로 일관하면서 쿠데타를 기정사실화해 버렸다. **9** 총리, 대통령, 육군참모총장 모두 무능하거나 정파적이거나 비겁했다.

쿠데타와 함께 국회가 해산되었다. 김대중은 국회에서 의원선서도 하지 못한 채 5대 국회의원 임기를 끝냈다. 쿠데타 세력은 혁명의 명분 중하나로 부정부패 일소를 내세웠다. 정부 관리와 민주당 간부들이 대거 검거되었다. 김대중도 경찰과 검찰에 붙들려가 조사를 받았다. 그는 두 달만에 무혐의 처분을 받아 풀려났다.

쿠데타 세력은 '반공을 국시의 제일의第一意로 삼는다'라고 했다. 반공 몰이를 피하기 어려웠다. 검거된 혁신계 인사들은 1,000여 명이 넘었으며, 〈민족일보〉 조용수 사장을 비롯한 많은 인사들이 사형이나 중형을 선고받았다. 진보 세력에게 짧은 봄날의 대가는 매우 혹독했다.

김대중은 1960년 4·19 혁명 후 집권 여당의 대변인을 했고, 비록 '3일 천하'로 끝났지만 국회의원 당선의 기쁨도 맛보았다. 그러나 그의 봄날도 너무 짧았다. 정치 활동은 금지되었고 가정은 여전히 가난에서 벗어나지 못했다.

쿠데타의 주역 박정희는 1917년생으로 1924년생인 김대중보다 7년 연상이다. 박정희는 경북 구미에서 소작농의 5남 2녀 가운데 막내로 태어나 소년 시절 내내 가난을 온몸으로 겪으며 살았다. 어려운 가정에서 보통학교를 거쳐 대구사범학교를 졸업한 그는 보통학교 교사로 잠시 근무하기도 했다.

야망이 컸던 박정희는 교사 신분에 만족할 수 없었다. 그는 교사를 그만둔 후에 만주국 육군군관학교에 입교하였고, 수석으로 졸업했다. 졸업 후에는 일본 육군사관학교에 편입했다. 그는 일본 육사 졸업 성적도 상위에 속했다. 그는 1944년 7월에 만주군 소위로 임관하여 드디어 자신이 꿈꾸던 '긴 칼' 찬 신분으로 도약했다.

그런데 박정희가 '긴 칼'을 차자마자 일본이 패망했다. 그가 딛고 선 땅이 꺼져버린 것이나 마찬가지였다. 그러나 박정희는 주저앉지 않고 해방 뒤 미군정이 친일파 청산에 소홀한 분위기를 틈타 남조선 국방경비대 포병 소위로 임관했다. 그리고 1948년 소령으로 진급했다.

박정희에게 다시 불운이 닥쳤다. 그가 셋째 형 상희를 따라 남조선노동당에 입당한 것이 발각된 것이다. 그는 여수·순천 10·19 사건에 연루된 혐의로 체포되어 1심 재판에서 불명예 전역과 무기징역을 선고받았다. 하지만 그는 또 일어섰다. 그의 구제에 백선엽 등이 주요 역할을 했다. 그는 1950년 6·25 전쟁이 발발하자 소령으로 재임관했다. 1953년에는 육군 준장으로 진급하는 등 초고속 승진까지 했다.

운명에 대한 도전 의지가 컸던 그는 군인으로서 출세에 만족하지 않았다. 그는 1961년에 소장 계급장을 달고 군사 쿠데타를 일으켜 민주주의를 짓밟고 권력을 잡았다. 그는 권력을 잡은 후 혁명 공약 1호로 "반공을 국시의 제일의로 삼고"를 선언했다. 교사에서 일본군 장교를 거쳐 대한민국 군인이 되고 쿠데타를 통해 정권을 잡아 정치인으로 변신하는 변화무쌍한 삶, 그리고 친일에서 공산주의자를 거쳐 반공주의자가 되는 과정은 과도기 대한민국의 어지러운 역사를 잘 대변해 준다. 또 박정희의 삶은 어지러운 역사를 잘 이용하며 출세 가도를 걷는 한 인물의 성공 지상주의를 잘 반영하고 있다.

박정희의 삶에서 민주적인 의식을 갖추거나 민주정치를 경험할 기회는 거의 없었다. 그에게서 집권자는 과거의 왕이나 다를 바 없었다. 그는 집권해서도 민주정치에 대해서는 서툴렀을 뿐만 아니라 이에 대해 심한 거부감을 보였다. 다른 한편 그는 집권 후 사적인 동기의 한계를 뛰어넘어 공적인 목표를 끈질기게 추구했다. 그가 경제성장의 시기에 성공적인 지도자가 될 수 있었던 배경이다.[10]

박정희는 쿠데타에서 성공한 후 군사혁명위원회 의장을 지냈고, 육군 대장으로 자가 고속 승진 후 1963년에 전역했다. 이어서 제5대 대통령 선거에 출마하였고, 윤보선을 이기고 대통령에 당선되었다.

박정희가 집권했던 1960년대 초는 우리나라가 아시아에서 가장 가난한 국가군에 속했던 시절이다. 6·25 전쟁을 겪고 보릿고개로 상징되는 나라에서 박정희는 반공 제일주의와 먹고 사는 문제 해결에 모든 정책 역량을 집중했다. 정권 장악 후 10여 년 동안에 그는 산림녹화사업, 경부고속도로 건설, 포항제철 준공, 새마을운동, 한일 국교 정상화 등 굵직한 사업과 정책을 추진 또는 성공시켰다.

5. 구세주 이희호

김대중이 이희호를 처음 알게 된 것은 부산 피난 시절이었다. 김대중은 당시 부산에서 해운업을 하고 있었고 상당히 성공한 청년 사업가였다. 이희호는 서울대 사범대를 나와 부산에서 대한여자청년단 국제부장으로 일하고 있었다. 부산에서 이희호가 가장 먼저 한 일은 대한여자청년단 결성이었다. 그는 또 경동교회 강원용 목사와 한국기독교연합회(NCC) 재건 사업에 뛰어들었다. 부산에서 강원용을 돕고 있을 때 이희호는 여성계 지도자인 황신덕, 박순천, 이태영과 자주 만났다. 이들은 1952년 11월 여성문제연구원을 설립했다. 황신덕이 초대 원장을 맡았고, 이희호는 상임 간사가 됐다.

서울 지역 대학생 모임이었던 면학동지회도 1951년 부산에서 다시 모였다. 대다수가 대학을 졸업하고 사회인이 되었기 때문에 면학동지회는 이름을 면우회로 고치고 문호를 개방했다. 면우회는 매달 한 번씩 만남을 계속했다. 이 면우회에서 김정례가 김대중을 회원들에게 소개했다. 이희호는 김대중보다 2살 위였다. 김대중은 모임에서 이희호와 자주 대화했다. 물론 이때 두 사람의 만남은 말벗 이상의 특별한 의미는 없었다. 이시기 이희호는 부산 광복동의 한 다방에서 우연히 김대중 가족과 만나 부인 차용애를 소개받은 적도 있었다.

부산 피난 시절 이희호가 정작 마음에 두었던 사람은 계훈제였다. 이희호가 계훈제를 처음 만난 것은 6·25 직전 대학 졸업 무렵이었다. 평안북도 출신인 계훈제는 서울대 정치학과 학생위원장을 지냈고 서북청년회 멤버로 당시 우익 학생운동의 중심인물이었다. 계훈제는 김구의 민족주의 노선을 따랐다. 김구를 존경했던 이희호는 계훈제가 동지적 결합을 해도 될 만한 사람이라고 생각했다.

이희호와 계훈제 사이에 연민의 정이 생긴 것은 1950년 12월 부산 피난 때였다. 그때 계훈제는 결핵에 걸린 데다 맹장염 수술을 받은 환자였다. 이희호는 계훈제와 그의 조카딸 등 셋이서 국민방위군을 실어 나르는 부산행 열차를 얻어 탔다.

부산에 도착한 후 계훈제는 이희호의 주선으로 면학동지회 멤버인 심치선 집에 머물렀다. 이희호 자신은 부산에 먼저 와 있던 큰오빠 집으로 갔다. 당시 이희호 가족 모두는 부산에 피난 중이었다. 이희호 아버지는 부산조선방직회사 부설 병원 내과 과장으로 있었다.

부산에서 계훈제의 병은 계속 악화했다. 그는 심치선의 셋방에서 한 달 반 만에 거제도 세브란스 병원의 결핵 병동으로 옮겼다. 이희호는 대한여자청년단 활동을 하면서 계훈제를 간호하기 위해 병동을 자주 찾았다. 계훈제는 다시 1951년 마산 공군요양소로 옮겼다. 이희호는 이때도 요양소를 자주 찾았다.

이희호에게는 미국 유학에 대한 꿈이 있었다. 유학과 계훈제 중 하나를 선택해야 했다. 그가 강원용 목사에게 조언을 구했다.

"목사님, 계훈제 씨가 저렇게 병원에 누워 있는데 제 도움이 필요합니다. 그런데 저는 유학도 가고 싶습니다. 어떻게 하면 좋겠습니까?"

"유학을 가는 게 낫겠네. 자네가 여기에 남아 있어도 계훈제에게 해줄 수 있는 일은 한계가 있지 않은가?"

"그래도 아픈 사람을 두고 저 혼자 유학을 가는 것은 이기적이지 않을까요?"

"그럴 수도 있겠지. 그러나 여성 지도자로서 자네에게는 다른 중요한 역할이 주어져 있네. 유학을 가서 더 많이 공부하고 돌아와 여성계를 위해 일하게. 계훈제도 자네가 우리나라 여성계를 위해 많은 일을 해야 할 사람이라는 것을 알고 있으니 이해할 것이네."

어려운 사람을 놔두고 공부하러 가는 데 대한 죄책감 같은 것이 있었지만, 이희호는 강원용 목사의 말대로 유학의 길을 선택했다. 그가 유학을 떠난 것은 1954년 8월이었다. 그가 유학을 결심한 데는 미국에 살던 외삼촌 이원순의 힘이 컸다. 이희호에게 장학금을 받도록 미국 인맥을 소개해준 면학동지회 회원 김봉자도 큰 힘이 되었다. 김봉자는 이희호보다 먼저 미국에 가서 공부하고 있었다. 이희호가 공부한 대학은 테네시주 잭슨 카운티에 있는 랩버스 대학이었다. 그는 거기서 사회학을 전공했다. 아버지가 의사였지만, 그는 유학 자금을 비롯하여 유학 시절 용돈을 부모에게 의존하지 않았다. 학비는 장학금으로 해결했고, 용돈은 방학 동안 아르바이트로 해결했다. 그는 아르바이트를 위해 테네시주에서 한참 떨어진 위스콘신주 밀워키에 가서 하루 여덟 시간씩 전기 코일을 감고 잔글씨를 써넣는 일을 했다. 그는 램버스 대학에서 2년을 보낸 후 1956년 테네시주의 주도 내슈빌에 있는 스캐릿 대학으로 옮겨 석사 과정을 밟았다.

이희호는 4년 후인 1958년 8월 귀국했다. 이때 그의 나이는 서른여섯 살이었다. 그는 귀국 후 YWCA 전국연합회 총무를 맡았다. 김대중과 이희호는 1959년 여름, 서울 종로 거리에서 우연히 마주쳤다. 두 사람 모두 반가워했고 다방에 들러 차를 마셨다. 김대중은 정치를, 이희호는 여성운동을 하고 있었기 때문에 서로 간에 상대방의 소식 정도는 알고 있었지만, 두 사람의 재회는 지극히 우연스럽게 이루어졌다.

김대중은 이희호가 미국에서 박사 학위 과정까지 밟지 않고 귀국한 게 궁금했다.

"미국에서 귀국하신 후 YWCA에서 일한다는 소식을 들었습니다. 저는 미국에 더 오래 머무르실 줄 알았습니다."

"박사 과정을 밟고 싶었지만, 장학금 약속 기간이 지나 귀국했습니다."

이희호는 미국에서 더 공부하고 싶었으나 장학금을 지원한 미국 감리교회 남성 클럽이 정해 준 유학 기한이 다 돼 더 있을 수가 없었다.

"희호 씨는 석사만 마치고 귀국하여 아쉽겠지만, 여성계는 오히려 크게 반겼을 것 같습니다."

"그건 그렇습니다. 이것이 하느님의 부르심이라 생각하고 여성을 위한 일에 매진하려고 합니다."

김대중은 자신의 이야기도 자연스럽게 꺼냈다.

"저는 사업을 접고 선거에 출마했다가 두 번이나 떨어졌습니다."

"사업은 완전히 접으셨습니까? 저는 대중 씨가 사업을 오랫동안 하실 것으로는 생각하지 않았습니다. 언젠가 정치를 할 것으로 예상했습니다. 다만 그 시기가 좀 앞당겨졌다는 생각을 했습니다."

"전쟁과 발췌개헌안을 보면서 이승만 정권에 대해 강한 분노가 생겨 정치에 뛰어들었습니다."

"대중 씨는 생각이 바르고 똑똑하니까 반드시 정치 분야에서 성공하실 것입니다."

그 후 2년 가까이 두 사람의 만남은 없었다. 그동안 이희호는 김대중이 새로 실시되는 민의원 선거에 출마한다는 소식, 부인과 사별했다는 사실을 전하는 신문 기사를 읽었다. 1960년 4·19 혁명이 일어났고 김대중은 장면 정부하에서 대변인을 맡았다. 김대중이 민주당 대변인으로 활약하던 동안에는 그 이름이 신문에 자주 오르내렸다.

김대중은 1961년 5월 인제 보궐선거에서 당선되었으나 5·16 쿠데타로 국회에서 당선 인사도 못 하고 국회의원직을 상실했다. 정치정화법에 묶여 정치 활동도 금지당했다. 집안 살림이 박살난 상황에서 앞길이 캄캄했다. 외롭고 괴로운 나날을 보내던 김대중은 어느 날 용기를 내 명동의 대한YWCA연합회 쪽으로 발걸음을 옮겼다. 가을이 깊어 낙엽이 길 위에 나뒹굴었다. 김대중과 이희호는 명동에서 만났다.

"인제 보궐선거에서 당선되었다는 소식을 듣고 마음속으로 크게 기뻐했는데 정치군인들 때문에 국회의원직을 빼앗겨 버렸네요. 나쁜 사람들이어요."

"한동안 너무 억울하고 분노가 치밀어 잠을 이룰 수 없었습니다. 무엇보다 학생들이 피 흘려 이룩한 민주주의와 민주 정부가 총칼에 의해 무너졌다는 사실이 너무 분합니다."

"저도 같은 생각을 했습니다. 민주주의를 다시 세워야지요. 대중 씨는 젊고 능력이 있으니 다음에 꼭 기회가 있을 것입니다."

"이 총무님의 격려가 큰 위로가 됩니다."

이날 만남 이후 김대중은 이희호를 만나러 YWCA가 있는 명동에 자주 갔다. 대개 이희호가 일을 마칠 무렵이었다. 서로 생각이 통하니 자주 만나도 부담이 없었다. 두 사람은 공원, 중국 음식점, 양식당 같은 곳에서 만났다. 김대중의 형편이 궁했던 터라 데이트 경비는 이희호가 거의 부담했다. 이희호는 김대중의 곤궁한 처지를 자기 일처럼 걱정하며 항상 따뜻한 말로 대해 주었다.

두 사람이 만나서 하는 이야기는 주로 정치였다. 두 사람의 대화는 지식인들의 정치토론에 가까웠다. 이런 대화를 할수록 두 사람은 서로 공통점이 많음을 발견했다. 상대를 이해하는 마음도 깊어졌다. 두 사람이 서로에 호감을 느끼고 있음이 분명했다.

이희호는 애교가 많은 사람은 아니었다. 상대를 떠보려고 밀고 당기기를 하는 사람도 아니었다. 이희호의 대화 방식은 마음을 열고 격의 없이 말을 들어주고 자기 생각을 솔직하게 이야기하는 것이었다. 그런 이희호가 김대중에게 '은은한 매력의 소유자'로 다가왔다. 서로 나이가 든 후 만남이라 연애 감정보다는 동지의식이 앞섰지만, 동지의식 이상의 그 무엇이 있었다. 두 사람의 감정은 수묵화의 먹처럼 마음의 한지에 천천히 번졌다. 김대중의 꿈은 정치를 통해 사람이 사람다운 대접을 받는 세상을 만드는 것이었다. 이희호의 꿈은 남녀평등의 조화로운 사회를 만드는 것이었다. 삶의 목표의식도 두 사람을 엮어주는 끈이 되었다.

이희호는 그 해가 다 가기 전에 김대중의 동반자가 되겠다는 마음을 굳했다. 김대중도 이희호의 마음을 읽었다. 그렇지만 김대중은 자기가 제대로 내세울 것이 없어서 사랑에서 수동적이었다. 반면 이희호는 김대중에 대한 사랑의 감정을 표출하는 데 적극적이었다. 김대중은 이희호가 자신을 사랑하고 있음을 느끼면서도 상당 기간 망설이다가, 1962년 3월 어느 날 탑골(파고다) 공원에서 정식으로 청혼했다.

"나는 가진 것이라고는 아무것도 없습니다. 그러나 나에게는 원대한 목표가 있습니다. 그것은 이 땅에 참된 민주주의를 꽃피우고 국민에게 꿈과 희망을 심어주는 것입니다. 나는 당신을 필요로 하며, 나와 아이들을 돌보아 주기를 바랍니다. 당신을 사랑합니다."

"저는 진즉 당신과 결혼하기로 마음먹었습니다. 당신이 청혼하기를 기다리고 있었습니다."[11]

이희호의 가정은 의사를 아버지로 둔 좋은 집안이었다. 이희호가 결혼 이야기를 꺼내자 집안에서 강한 반대가 나왔다. 충분히 예상한 일이었다. 김대중은 고졸에 아들을 둘 가진 홀아비였다. 재산도 전혀 없고 시어머니까지 모셔야 한다. 이희호 집안의 부모와 형제가 반대하는 것은 어쩌면 당연한 일이었는지 모른다.

결혼을 반대한 사람은 가족만이 아니었다. YWCA 선후배들이 더 강하게 말리고 나섰다. 미국 유학까지 갔다 와서 여성계 지도자로 성장하고 있는 사람이 고졸에 홀아비인 사람과 결혼한다는 것은 균형이 맞지 않는 일이라고 생각했다. YWCA 선배들은 두 사람의 결혼이 깨지도록 기회 있을 때마다 방해 공작을 했다. 이화여전 스승이자 대한YWCA연합회 회장을 지낸 김갑순은 훗날 이렇게 말했다.

"조건이 나쁜 그와의 결혼으로 헤어나기 어려운 함정에 빠져 좋은 일

꾼 하나 빼앗길 것 같았어요. 그런 노파심에서 결혼이 성사되지 못하도록 공작을 펼쳤어요."

그래도 이희호가 고집을 피우자 YWCA 선배들이 이희호에게 무엇이 좋아 그렇게 결혼하려고 하는지 따지다시피 물었다. 이희호는 선배들의 진지한 추궁에 웃으며 가볍게 넘겼다.

"잘생겼잖아요. 똑똑도 하고요."

YWCA 선배들 대부분이 결혼을 반대했지만 그를 격려한 사람도 있었다. 광주 YWCA의 조아라가 그중 한 사람이었다. 그는 서울 출장 중에 이희호를 만나 이렇게 말했다.

"내가 보기에는 큰 인물이다. 결혼생활에 가끔 어려움이 따르겠지만, 사람 하나만 보아라."

이희호는 이 무렵 강원용 목사를 만났다. 자연히 결혼 이야기가 나왔다. 강원용은 이희호에게 김대중과 왜 결혼하려고 하느냐고 물었다.

"목사님, 그를 사랑합니다. 그리고 도와주고 싶습니다. 이 사람은 민주주의와 조국 통일에 대한 큰 꿈을 가지고 있습니다. 이 남자의 꿈이 그저 꿈으로 끝나게 하고 싶지 않습니다. 이 사람을 도우면 틀림없이 큰 꿈을 이루어낼 수 있을 것이라는 생각이 듭니다."

강원용은 이 말을 듣고 이희호가 단순히 남편 한 사람을 선택한 게 아니라는 생각이 들었다. 이희호가 '김대중을 통해 자신의 꿈도 펼치는 일종의 동행자를 구하고 있구나!'라고 생각했다. 그는 결혼을 격려해 주었다.

"험난하고 시련 많은 가시밭길이 될 수도 있다. 그렇지만 정치가의 내조자로서 사는 데 보람을 느낄 수 있다면 결혼하는 것도 좋으리라 생각한다."

이희호는 결혼을 일주일 앞두고 김대중을 아버지에게 데리고 갔다. 이희호의 아버지는 딸이 좋은 조건의 남자와 결혼하기를 바랐지만, 김대중과 결혼하는 것을 끝까지 만류할 생각은 없었다. 집안 형편이 나쁜 것은 사실이지만, 이미 국회의원 선거에서 당선된 경력도 있고 인물도 괜찮다는 점에서 나쁜 결혼은 아니라고 생각했다. 무엇보다 이번 기회가 아니면 딸이 영원히 결혼하지 못할 수도 있다는 생각이 들었다. 아버지로서 반대만 할 수 없었다.

"잘 살아라."

아버지는 두 사람을 앞에 두고 결혼을 축하했다. 오빠 등 형제들은 대부분 반대 분위기였지만, 이희호 본인의 결심이 굳고, 또 아버지가 승낙한 이상 더는 반대하지 않았다.

김대중과 이희호는 1962년 5월 10일 종로구에 있는 외삼촌 이원순의 집에서 결혼식을 올렸다. 김대중 나이 서른여덟, 이희호 나이 마흔이었다. 아무것도 없는 남자에게 부담을 주지 않으려고 돈이 들지 않는 방법을 궁리하다 찾은 것이 외삼촌 집이었다. 청첩장도 보내지 않았다. 이희호는 먼 데 사는 친구나 지인들에게는 나중에 카드를 보내 결혼했다는 사실을 알렸다. 결혼기념품인 백금 반지 두 개도 이희호가 마련했다.

이희호 쪽에서는 친지와 YWCA 선후배 100여 명이 참석했다. 김대중 쪽에서는 대의·대현 두 동생이 대표로 참석했다. 이 현격한 차이는 당시 두 사람의 처지를 보여주는 것이기도 했다. 말 그대로 이희호는 빈손뿐인 김대중의 손을 잡아준 셈이었다.[12]

이희호가 결혼했을 때 김대중이 살던 집은 서대문구 대신동의 전셋집이었다. 이희호가 들어간 집에는 홍일과 홍업 두 아이 말고도 어머니와 아픈 누이동생이 있었다. 이희호가 결혼할 당시 김대중의 두 아들 홍일과 홍업은 중학교에 다니고 있었다. 홍일은 배재중학교 2학년, 홍업은 이화여대 부속중학교 1학년이었다. 이희호는 홍일과 홍업 두 형제의 어머니가 되면서 그들의 생모였던 차용애 씨에게 자주 기도의 말을 건넸다.

"당신이 사랑한 사람들을 내가 사랑할 수 있도록 도와주세요."

성격이 활달한 둘째 아들 홍업은 이희호와 금세 친해지는 것 같았다. 그러나 큰아들 홍일이가 이희호와 가까워지는 데는 시간이 필요했다. 홍일은 새어머니와 함께 외출하는 일을 의식적으로 피하고, 심지어 눈길을 마주치는 일도 가능한 한 피하려 했다. 사춘기의 반발심도 작용했고, 새어머니가 세련된 지식인의 느낌이 강해서 접근하기가 더욱 어려웠다고 했다. 홍일은 대학에 들어간 뒤에야 이희호에게 '어머니'라는 호칭을 사용했다.

"(새)어머니께서는 돌아가신 어머니와는 여러 면에서 분위기가 달랐다. …… 새어머니는 주로 영어로 된 책을 읽으시고 신문도 영어로 된 것을 외부에서 구해 숙독하셨다. 그리고 당시 이화여대에서 강의도 하시고 와이더블유시에이(YWCA)에서 일하고 계셨기 때문에 집에 계시기보다는 나가시는 때가 많았다. 어린 나에겐 이런 것도 꽤히 낯설고 불만스러운 것이었다."[13]

결혼식을 올리고 열흘째인 1962년 5월 20일 김대중은 '반혁명'이라는 죄목으로 중앙정보부에 끌려갔다. 옛 장면 정권의 민주당 간부들이 모여 쿠데타를 모의했다는 것이다. 군사정권에 짓밟혀 숨도 쉬지 못하는 사람들이 쿠데타를 꾸몄다니 애초에 말이 되지 않는 일이었다. 이 사건은 정치적 반대파를 '용공'이나 '반국가'로 몰아 탄압하는 조작극의 서막이었다. 김대중은 잡혀간 지 한 달 만에 집으로 돌아왔다. 아무리 뒤져도 나오는 것이 없어 풀어준 것이다.

결혼 이듬해 4월에 이희호·김대중 부부는 마포구 동교동으로 이사했다. 그 시절 동교동은 서울의 변두리 지역이었다. 일대는 호박밭이었고 도로는 포장이 안 돼 비만 오면 땅이 질척거렸다. 장화 없이는 걷기도 어려울 지경이었다. 이사 온 집은 단층에 방이 세 개인 국민주택이었다. 김대중은 이 집으로 이사 온 해 11월에 실시한 국회의원 선거에서 목포에 출마하여 당선되었다.

어느 날 국회에서 귀가한 김대중이 문패를 2개 내놓았다. '金大中', '李姬鎬'.

"우리 대문에 당신과 내 문패를 나란히 답시다."

"……"

"가정은 부부가 함께 이뤄나가는 것 아닙니까?"

여성운동가인 이희호의 처지에서 당연히 반겨야 할 내용이었지만 당시 분위기에서 이게 잘하는 것인지 확신이 안 섰다.

"그거야 그렇지만……"

"부부가 동등하다는 것을 행동으로 보여줍시다. 우리가 먼저 모범을 보입시다."

김대중은 가져온 문패 두 개를 대문에 걸었다. 남편이 집안의 주인이라고 생각하던 시절에 부부 문패가 걸린 대문은 낯선 풍경이었다.

"여보, 감사해요. 나는 당신이 이런 생각을 하고 있다는 것을 전혀 예상하지 못했어요."

"당신에 대한 감사와 존경의 발로입니다. 여성운동 지도자와 함께 살면 이 정도는 해야 하지 않겠어요. 하하."

그런데 막상 그렇게 하고 나니 아내에 대한 동지의식이 더 크게 자랐났다. 김대중이 미처 생각하지 못한 감정이었다.

부부 이름을 새긴 동교동 문패는 이희호와 김대중의 동반자 관계의 상징물이 되었다. 또 하나 이 문패에서 드러나듯 김대중은 그 시대의 기준으로 보면 확실히 진보적인 여성관을 지닌 사람이었다. 물론 김대중의 여성관은 여성운동가 이희호의 영향을 빼고는 설명하기 어렵다.[14] 여성계 사람들은 이희호 집 문패를 보고 두 사람의 결혼을 반대했던 자신들의 생각이 틀릴 수도 있다고 생각했다. 그들은 점차 김대중이 여성운동에서 든든한 동반자가 될 수 있다는 기대를 하기 시작했다.

6. 정치적 기대주로 성장

 2년 5개월 동안의 군정이 끝나고 1963년 10월 15일 대통령 선거가 실시되었다. 김대중은 선거를 앞두고 민주당을 재건하는 데 참여했다. 민주당은 총재로 여성 정치인 박순천을 선출했다. 김대중은 다시 민주당 대변인이 되었다. 박순천 총재는 이희호를 아꼈던 여성 지도자였다. 그는 김대중이 이희호와 결혼한 것에 대해 다음과 같이 평했다.

 "김 대변인이 이희호와 결혼하다니…… 이제 김 대변인은 두 날개를 달았습니다."

 박정희가 공화당 후보로 대통령 선거에 출마했다. 김대중이 소속된 민주당은 후보를 선출하지 않고 민정당의 윤보선을 밀었다. 선거 결과는 15만 6,000여 표 차이로 박정희의 승리였다.

 대통령 선거가 있은 지 한 달 후 제6대 국회의원 선거가 실시되었다. 김대중은 인제와 목포를 놓고 고민하다가 목포에서 출마하기로 최종 결심했다. 다행히 목포가 지역구인 김문옥 의원이 정계 은퇴를 했기 때문에 민주당 내 경쟁자가 없었다. 목포 출마는 1954년 목포 민의원 선거에 출마했다가 낙선한 지 9년 만이었다. 그동안 김대중은 민주당 정부에서 집권 여당의 대변인을 지냈고, 5·16 쿠데타 직전에 강원도 인제에서 국회의원에 당선될 정도의 비중 있는 정치인으로 성장했다. 공화당 후보는 목포 갑부의 아들 차문석이었다.

김대중은 목포 선거에서 큰 표 차이로 당선되었다. 그러나 다른 지역의 선거 결과는 야당의 참패였다. 공화당은 전체 175석 중 110석을 차지했고 야당인 민정당은 40석, 그리고 김대중이 속한 민주당은 14석을 얻는 데 그쳤다.

이희호는 선거를 20여 일 앞두고 셋째 아들 홍걸을 낳았다. 이희호는 한꺼번에 큰 선물을 두 개 받았다. 하나는 자신이 낳은 아들 홍걸이고, 다른 하나는 김대중의 국회의원 당선이었다. 오랜만에 이희호의 얼굴에 햇살이 비쳐들었다.

"결혼하고 열흘 만에 남편이 반혁명 혐의로 잡혀 들어갔을 때 YWCA 사람들이 '그것 봐라. 결혼하지 말라고 그렇게 말렸는데……'라고 말했거든요."

이희호를 향하던 주위 사람들의 불안과 걱정의 눈길이 이제야 비로소 안심과 축하의 시선으로 바뀌었다.[15]

김대중은 제6대 국회에서 재정경제위원으로 활동했다. 재경위에는 경제학 박사, 전직 경제 관료 등 경제 분야의 권위자들이 많았다. 고졸로 '학력 콤플렉스'를 느꼈던 김대중은 재경위에서 활동하면서 쟁쟁한 인사들과 같이 의정활동을 하는 것에 상당한 부담감을 느꼈다. 그는 이 부담감과 학력 콤플렉스를 극복하기 위해 열심히 연구하고 준비했다. 그는 틈만 나면 국회 도서관을 찾았다. 그는 당시 국회 도서관을 가장 많이 이용한 국회의원이었다. 충분한 준비와 확고한 자신이 없으면 회의에서 발언도 하지 않았다. 발언할 때는 늘 핵심을 이야기했고, 선명한 대안을 제시하며 비판했다. 이희호는 당시 김대중의 모습을 다음과 같이 이야기했다.

"국회 도서관에서 공부하다가 새벽에야 집에 들어오는 경우가 많았어요. 집에 있을 때도 항상 책상 앞에서 읽고 쓰고 하였지요. 10분 질의할 일이 있으면 10시간 준비를 했어요."

탄탄한 준비 덕분에 그는 의정활동에서 두각을 나타냈다. 그의 의정활동은 언론과 정치권의 주목을 받았다. 김대중이 제6대 국회에서 활동하는 동안 큰 이슈로 떠오른 주제가 한일 국교 정상화 문제였다. 1964년 4월 김준연 의원은 한일회담 과정에서 김종필 총리가 일본의 오히라와 접촉할 때 일본으로부터 정치자금으로 1억 2,000만 달러를 받았다고 폭로했다. 사실 여부는 정확하게 밝혀지지 않았지만, 박정희 정권은 김준연에 대한 보복으로 1964년 4월 21일 그에 대한 구속동의안을 상정했다. 국회 폐회 하루 전이었다. 김대중이 점심을 먹고 의사당에 들어오자 한건수 삼민회 **16** 총무가 다급하게 김대중을 찾았다.

"김 의원, 지금 낭산(김준연의 호) 선생에 대한 구속동의안 상정을 여당이 밀어붙이고 있소. 안건을 처리하지 못하도록 당신이 오늘 밤 자정까지 시간을 끌어주시오."

"아니 어떻게요?"

"의사진행 발언을 하면서 시간을 끌어주시오."

"일반 안건을 가지고도 한 시간을 끌기가 어려운데 어떻게 의사진행 발언을 하면서 몇 시간을 끈단 말이오?"

"그러니 김 의원이 나서달라는 것 아니오. 당신이면 할 수 있다고 중진 의원들이 합의를 봤으니 발언대에 오르시오."

당시 국회에서는 발언 시간에 제한이 없었다. 김대중이 야당을 대표하여 의사진행 발언에 나섰다. 그는 이날 회기가 끝날 때까지 5시간 19분 동안 발언했다. 워낙 긴 시간이라 화장실에 갈 시간이 필요할 정도였다.

"의장님, 화장실에 좀 다녀와야겠습니다. 허락해 주실 것이지요?"

의장이 웃으며 말했다.

"빨리 다녀오시오."

5시간 19분의 발언은 체력, 언변과 목의 상태, 풍부한 지식이 없이는 할 수 없는 일이었다. 김대중 의원이 아니고는 감히 도전하기 어려운 일이었다. 김준연은 회기가 끝난 다음 날 구속되었지만, 김대중의 장시간 발언 덕분에 적어도 국회가 그의 구속을 동의하는 기록은 남기지 않았다. 김대중은 이 일로 단연 화제의 인물이 되었다.

박정희 정권은 경제개발에 필요한 자금과 기술을 일본으로부터 들여오기 위해 한일회담에 적극적이었다. 미국이 한일 국교 정상화를 촉구한 것도 회담 성사의 배경 중 하나였다. 미국은 소련·중국·북한의 3각 동맹에 맞서 미국·일본·남한 3각 동맹을 구축하려 했고, 그러기 위해서는 한일관계의 정상화가 필수적이었다. 1964년 국교 정상화를 위한 한일회담이 본격화되었다. 대학생과 야당은 1964년 한일회담이 시작된 직후부터 굴욕 회담이라고 비난하며 한일회담 반대 운동에 나섰다. 정부가 1964년과 1965년에 각각 계엄령과 대학 휴교령, 위수령을 내려야 할 만큼 반대 운동이 격렬했다.

정치권에서는 제1야당인 민정당의 윤보선 총재가 한일회담 반대 운동의 선두에 섰다. 윤보선은 박정희 정부가 겨우 3억 달러에 과거 침략과 식민지 지배의 책임을 면제해 주고 '이승만 라인'을 팔아넘기려 한다고 비난했다.

김대중과 그가 소속한 민주당 총재 박순천의 생각은 달랐다. 김대중은 국가의 이익을 위해 일본과의 관계 정상화는 피할 수 없다고 생각했다. 그는 경제 대국으로서 일본을 활용해야 한다고 생각했다. 그는 소련·중국·북한과 대립하고 있는 상황에서 일본까지 잠재적 적으로 삼을 수는 없다고 주장했다. 그는 야당 연합회의에서 대안을 찾아 우리의 이익을 극대화할 방법을 찾자고 했다.

"무조건 반대를 할 것이 아니라 대안을 제시하며 우리에게 더 유리한 협상안을 관철할 방법을 찾아야 합니다."

그러나 한일회담 반대 투쟁에 모든 것을 걸었던 윤보선은 김대중의 주장을 정면 반박했다.

"한일 국교 정상화는 매국이며 매국에는 정면으로 반대하는 것이 대안입니다."

한일회담을 반대하는 측에서는 김대중의 태도에 대해 곱지 않은 시선을 던졌다. '사쿠라'라는 말이 떠돌았다. 야당 국회의원이 사쿠라라는 비난을 받는 것은 정치적으로 매우 위험한 일이었다. 아버지 김운식까지 김대중에게 편지를 보내 아들을 나무랐다.

"앞길이 바다처럼 양양해야 할 아들이 사쿠라로 불리고 있으니 도대체 어인 일인가. 세상 사람들에게 손가락질받는 일을 어째서 하고 다니는가."

하의도까지 나쁜 소문이 퍼졌던 것이다. 김대중의 아들들도 친구들로부터 아버지를 비난하는 이야기를 들었다. 이희호는 당시 이화여대에 출강하고 있었는데 거기서도 비난의 소리가 들렸다. 교회와 친구들 모임에서도 온갖 비난을 감수해야 했다.

"남편이 여당 앞잡이가 됐다는데 사실입니까? 어쩌다 그 모양이 되었습니까?"

심지어 돈을 먹었다는 소문까지 퍼졌다.

한일회담 반대 운동은 1964년 6월 3일 학생과 시민 수만 명이 광화문에 모여 연좌시위를 벌이면서 최절정에 이르렀다. 박정희 정부는 시위대에 무차별로 최루탄을 쏘았고, 서울 일원에 비상계엄령을 선포했다. 계엄령 선포와 함께 학생들의 시위와 야당의 반대 기세는 크게 꺾였다. 한일기본조약은 1965년 2월 20일 가조인되었고, 6월 22일 정식 체결되었다. 해방 후 양국 간 최초의 조약이었다.

1965년 체결된 한일기본조약은 한국 측에 매우 불리한 내용이었다. 국교 정상화의 대가로 대한민국 정부가 일본으로부터 받아낸 것은 대일청구권 자금 3억 달러, 정부 차관 2억 달러, 상업 차관 3억 달러였다. 한국과 일본이 국교를 정상화하는 것은 어차피 해야 할 일이었지만, 36년 동안 한반도를 지배한 대가치고는 너무 적은 액수였다. 일본 때문에 한반도가 둘로 갈라졌다는 것까지 생각하면 더욱 그랬다.

이 조약의 근본적 한계는 한국에 대한 일본의 침략과 지배를 명시하지 않았고 일본의 반성과 사죄도 반영하지 않았다는 점이다. 대일청구권 자금의 성격과 액수 역시 비판을 받았다. 배상금이 아닌 대일청구권 자금이라는 애매한 성격, 그리고 배상 액수가 36년 동안 한반도를 지배한 죄과에 비추어 터무니없이 적다는 점이다. 독도 문제에 대해 명쾌한 정리도 없었다.

한일기본조약은 양국 국회의 비준을 거쳐야만 발표될 수 있었다. 김대중은 협정 내용을 보고 분노했다. 그는 한일 국교 문제를 다룬 상임위에서 장관들을 상대로 국교 정상화 내용의 문제점을 지적했다.

"이동원 장관, 대일청구권 3억 달러는 역대 정부가 요구한 액수 가운데 최저입니다. 이승만 정부는 20억 달러를 요구했고 장면 정부는 28억 5천만 달러를 요구했습니다. 너무 적지 않습니까?"

이동원 장관은 최선을 다해 받은 금액이라고 얼버무렸다.

김대중이 그냥 넘어가지 않았다.

"3억 달러를 받을 바에는 차라리 일본으로부터 단 한 푼도 받지 말고 대신 침략과 36년간의 지배에 대해 진정한 사과를 받는 게 낫겠습니다."

김대중은 종군 위안부 문제, 사할린 교포 송환 문제 등 숱한 비극적 사건에 대해 아무런 대책이 없는 것도 비판했다. 김대중은 국교 정상화에 대한 무조건적인 비판이 아니라 일본의 침략에 대한 사과와 독도 문제의 해결 등 구체적 사안을 가지고 협상력을 높이는 방향에서 비판을 제기해야 한다는 의견이었다. 외교 문제에 대한 김대중의 생각과 태도는 이렇게 매우 실용주의적이었다.

김대중은 국회에서 발언할 때는 준비를 철저히 했다. 여론이 어떤 반응을 보일까에 대해서도 자세히 검토했다. 상임위의 일문일답식 질의응답에서 김대중이 발언을 하면 장내는 늘 긴장감이 감돌았다.

이 무렵 박정희 대통령은 청와대에 설치된 인터폰으로 질의응답 과정을 듣고 있다가 정일권 총리와 장관, 공화당 인사들에게 분통을 터트렸다.

"아니 그 많은 장관이, 그 많은 인재가 어찌 김대중 한 사람을 당해내지 못하는 거요."

"윤보선 씨의 매국론은 시대착오적이라 무시하면 그만이지만 김대중 의원처럼 한일회담의 원칙에는 찬성하면서 대안을 가지고 논박해 오면 대응하기가 참 힘듭니다."

"그래도 한두 번도 아니고 대책을 좀 세워보시오."

박정희나 여당 인사들 모두 김대중이 눈엣가시처럼 보였다.

1967년 6월 8일 제7대 국회의원 선거가 실시되었다. 김대중은 목포에서 다시 출마했다. 제6대 국회에서 야당 대변인으로 활동했고, 의정활동을 잘했기 때문에 당선 가능성이 컸다.

그런데 예상치 못한 변수가 생겼다. 박정희가 김대중을 떨어뜨리기 위한 특별작전에 들어간 것이다. 김대중이 제6대 국회에서 행한 활발한 활동이 박정희에게 '눈엣가시'가 되었던 모양이다. 공화당이 내세운 사람은 육군 소장 출신으로 체신부 장관을 지낸 김병삼 후보였다. 김병삼은 처음에 고향 진도에서 출마하고 싶었으나 박정희의 지시로 어쩔 수 없이 목포를 선거구로 택했다. 김대중을 겨냥한 표적 공천이었다.

박정희는 중앙정보부와 내무부 간부들을 청와대로 불러 무슨 수를 써서라도 김대중을 떨어뜨리라고 지시했다.

"김대중을 떨어뜨릴 수 있다면 여당 후보 열 명이든 스무 명이든 떨어져도 상관없다. 무조건 떨어뜨려라."

박정희는 지시만 내린 것이 아니라 몸으로 직접 뛰었다. 박정희는 선거 기간 두 차례나 목포에 직접 내려갔다. 박정희는 목포역에서 1만 명의 청중을 동원해 놓고 목포의 개발과 발전을 약속하면서 김병삼 후보 지지를 호소했다. 대통령의 선거 지원은 명백히 선거법 위반에 해당했지만, 박정희는 아랑곳하지 않았다.

"목포 시민 여러분, 김병삼 후보가 당선되면 목포 경제를 살리고 대학도 지어주겠습니다."

박정희는 목포에서 국무회의를 주재하기도 했다. 국무회의의 주제는 '목포 개발'이었다. 목포로 내려온 모든 장관이 김병삼 후보 지원에 나섰다. 경제기획원 장관 장기영은 목포에 공장을 수십 개 건설하겠다고 했다.

"목포 시민 여러분, 정부는 목포에 수십 개의 공장을 지어 목포를 획기적으로 발전시키겠습니다. 일제강점기 전국 7대 도시의 영광을 다시 회복해야 하지 않겠습니까?"

해방 후 크게 침체된 목포의 사정을 고려할 때 박정희의 유세와 지원 약속은 목포 시민들의 표심을 흔들기에 충분했다. 김대중의 선거 캠프는 당황했다. 전략을 새롭게 짜야 했다. 김대중은 그의 대결 상대를 김병삼이 아니라 박정희로 바꾸었다. 김대중 선거 캠프에서 목포 시민들에게 다음의 말을 퍼뜨렸다.

"김대중이 대통령감이니까 박정희가 미리 죽여버리려는 것이다. 이번에만 당선시키면 다음에는 대통령이 된다. 목포에서 대통령을 만들자. 그러면 우리는 진짜로 덕을 본다."

김대중도 유세에서 자신이 대통령에 도전할 생각을 하고 있다고 밝혔다.

"나에게 정권을 맡겨주면 오늘의 독재와 부패와 특권경제를 타파하겠습니다. 이 나라의 내일을 위한, 이 나라 국민 전체가 잘살 수 있는 경제 체제를 만들겠습니다. 나는 국정을 바로잡을 소신과 포부와 확고한 계획을 가지고 있습니다."[17]

신민당 총재 유진오도 목포에 내려와 김대중 지원 유세에 나섰다.

"목포는 선거가 아니라 전쟁을 치르고 있습니다. 박정희 정권이 김대중을 저렇게 떨어뜨리려 광분하는 것은 김대중이 그만큼 큰 인물이기 때문입니다. 여러분 부정선거를 선택하시겠습니까? 목포의 인물 김대중을 선택하겠습니까?"

민중당 대표를 지낸 박순천도 목포에서 김대중 지원 유세를 했다.

"박정희 씨가 김대중 후보를 떨어뜨리려고 혈안이 되어 있는 걸 보니 다음 대통령 후보감이 분명합니다. 목포 시민들이 김대중 의원을 대통령 후보로 키워주십시오."

물론 김대중은 당시 대통령 선거에 입후보하겠다는 생각이 전혀 없었다. 김대중이 소속한 당의 잠재적 대통령 후보는 유진오 총재였다. 유진오는 김대중을 높이 평가했고 그를 원내총무에 임명하려 했다.

박 대통령의 목포 방문에 맞추어 공무원들이 선거운동에 총동원되었다. 인구 17만 명의 목포 시내에 천문학적인 돈이 뿌려졌다. 박정희의 달콤한 공약과 돈에 유혹받는 사람이 없을 리 없었다. 그러나 다른 한편으로 목포 시민들은 박정희 정권의 과도한 선거 개입에 분노했다. 또 그들은 김대중이라는 인물의 크기에 기대감을 표시했다. 부정선거가 진행될수록 김대중을 지켜내려는 목포 시민들의 열기도 뜨겁게 달아올랐다. 김대중은 목포 유세에서 박정희 정권이 부정선거에 혈안이 되어 있는 것은 3선 개헌을 하기 위해서라고 예고했다.

공화당은 돈이 너무 많아 걱정이었다. 금품 매수는 은밀하게, 또 정확하게 해야만 효과를 볼 수 있다. 여당 선거운동원들은 선거 전 집마다 돌아다니며 처마 밑에 여당 성향의 집에는 ○, 중립은 △, 야당 성향의 집에는 × 표시를 했다. 그걸 보고 선거 직전 ○와 △가 표시된 집에만 돈을 뿌렸다.

　김대중 캠프가 이 같은 움직임을 사전에 포착했다. 김대중 캠프는 이를 역이용하기로 했다. 공화당원들이 다녀간 집을 밤에 찾아가 대문에 쓰인 ○을 ×로, ×를 ○로 바꾸어 표시했다. 상당수를 그렇게 고쳤다. 그러자 다음 날 소동이 벌어졌다. 밤새 돈을 기다리던 사람에게는 돈이 안 오고, 엉뚱한 야당 지지자들에게는 돈이 뿌려졌다. 야당은 왜 부정선거를 하느냐고 따졌다. 여당 지지자들은 야당에도 주는 돈을 우리에게는 왜 안 주냐고 따졌다.

　선거전은 지역 개발론 대 큰 인물론의 대결장으로 변했다. 전국 언론이 목포를 주목했다. 선거판이 달아오르자 유권자의 관심이 커졌고, 유세장은 사람들로 붐볐다. 김대중의 연설이 본격적으로 빛을 발하기 시작했다.

　"여러분! 나는 지금 박정희 정권의 독에 서린 칼날 앞에 서 있습니다. 이 약한 나 하나를 놓고 비수를 들고 칼을 들고 도끼를 들고 낫을 들고 덤비고 있습니다. 나는 권력도 금력도 신문도 방송도 없습니다. 나를 구하는 길은 오직 시민 여러분에게 있습니다. 여러분이 나를 구할 수 있습니다."

　김대중의 연설은 고압 전류였다. 연설은 청중의 심장을 지나 머리를 때렸다. 김대중이 가장 힘주어 말한 것은 분단된 나라의 통일이었다. 그는 목포 시민들에게 자신이 이 나라 통일의 역군이 되고 기둥이 되고 길잡이가 되도록 지지해 달라고 호소했다.

　"나에게는 비원이 있습니다. 내 소원은 돈이 아닙니다. 나는 신라 삼국통일 이래 처음으로 국토가 갈라져 있다는 사실을 그대로 둘 수가 없습니다. 해방 후 국토가 20년이나 분단됐다는 이 사실…… 나는 통일이 없으면 우리에게 절대로 영원한 자유가 없고 영원한 평화가 없고 영원한 건설이 없다고 확신하고 있습니다."**18**

또 김대중이 연설을 할 때마다 이 말을 빼놓지 않았다.

"민주주의를 위해서 목숨을 바치겠다."

마치 순교자가 될 각오를 한 사람 같았다. 목포는 끓어올랐다. 흥분한 군중은 조금만 건드려도 폭발할 것 같았다. 만일 부정선거를 강행하면 4월 혁명의 도화선이 되었던 마산처럼 시민들이 일어설 것만 같았다. 김대중은 확실히 민심의 지지를 얻고 있었다.

김형욱 중앙정보부장이 내려왔다. 그는 광주시와 가까운 송정리에 머물면서 선거 판세를 점검했다. 관련 직원들에게 보고받고 잘못 건드렸다가는 목포가 제2의 마산이 될 것으로 판단했다. 그는 목포의 분위기를 박정희에게 보고했다.

"각하, 분위기가 심상치 않습니다. 김대중 쪽을 더 자극하면 안 될 것 같습니다."

"그 정도 심각한가? 여기서 후퇴하고 김대중이 당선되면 괜히 김대중만 키워주는 꼴이 되는데."

박정희도 선거가 마음대로 돌아가지 않는다는 것을 알고 있었다. 그는 할 수 없이 더는 공작하지 말라고 했다.**19**

선거 결과는 총 유효표 52,017표, 김대중 29,279표, 김병삼 22,738표로서 김대중이 6,000여 표 차이로 승리했다. 목포 시민들이 관권의 회유와 물질적 유혹을 이겨내고 김대중이라는 인물을 선택한 것이다. 이로써 목포 시민 더 나아가 호남인과 김대중의 운명적 결합이 시작되었다.

김대중과 박정희의 1라운드 대결은 김대중의 승리로 끝났다. 언론은 사실상 박정희와 경쟁하여 승리한 김대중을 크게 부각했다.**20** 김대중은 제7대 국회의원 선거에서의 승리를 통해 전국적인 인물로 부상했다. 이 선거를 통해 보듯이 김대중은 박정희의 경계 대상이 될 만큼 크게 성장했다. 그가 국회에 입성한 지 4년 만의 일이었다. 국회의원이 되기 전에 이미 집권당인 민주당의 대변인을 할 만큼 크게 성장한 인물이었지만, 그의 인물됨은 국회의원 활동을 통해 더욱 확실하게 드러났다. 의정활동 4년에 불과한 김대중을 미래의 경쟁자로 보고 그를 미리 제거하려고 한 박정희의 사람 보는 눈도 흥미로웠다. 물질적 유혹을 물리치고 김대중을 선택한 목포 시민의 정치적 안목도 놀라웠다. 1967년 목포 국회의원 선거와 김대중의 승리는 여러 가지 측면에서 우리나라 선거사에 큰 의미를 남겼다.

김대중의 승리와는 달리 제7대 총선 결과는 공화당의 압승으로 끝났다. 공화당은 총 175석 중 129석을 차지하여 개헌 통과선에 거의 가까이 했다. 온갖 부정선거의 결과였다.

1968년 1월 21일 북한 게릴라 31명이 청와대 뒷산까지 침투했다. 김신조를 제외한 30명은 국군과 경찰에게 사살되었다. 이 사건을 가리켜 언론은 '1·21 사태' 혹은 '청와대 습격 사건'이라고 불렀다. 1969년 4월에는 미군 정보기 EC-121기가 북한 전투기에 의해 격추되었다. 북한의 도발 행위는 국민의 위기감을 자극했고 박정희는 이를 이용하여 장기 집권 구상으로서 3선 개헌 작업에 착수했다. 목포 유세에서 박정희의 3선 개헌 시도를 폭로한 김대중의 예언이 그대로 적중한 것이다.

야당과 재야 세력은 박정희의 3선 개헌 음모를 저지하기 위해 전국을 돌며 개헌 반대 운동에 나섰다. 서울 효창운동장에서 개최된 유세에는 청중이 운동장을 가득 채웠다. 연설 능력이 뛰어난 김대중은 3선 개헌 반대 유세에서 가장 인기 있는 연사였다.

그러나 박정희는 야당과 국민의 반대 운동에 아랑곳하지 않았다. 박정희는 효창운동장 집회 6일 후인 1969년 7월 25일 성명을 발표하여 3선 개헌을 공식 선언했다. 그는 개헌안이 국민투표에서 부결될 경우 대통령과 내각에 대한 불신임으로 간주하고 대통령직을 사임하겠다는 배수진까지 쳤다. 대통령 사임을 무기로 국민을 협박한 것이다. 국회 의석의 2/3 이상을 확보한 공화당은 야당의 강력한 반대를 피해 1969년 9월 14일 새벽 2시에 국회 별관에서 공화당과 무소속 국회의원 122명을 동원하여 3선 개헌안을 변칙 통과시켰다. 3선 개헌안은 다시 국민투표에서 총유권자의 77.1퍼센트가 투표에 참여하고, 그중 65.1퍼센트의 지지를 받아 통과되었다. 국민투표는 19세기 프랑스에서 나폴레옹 3세가 독재 권력의 합리화를 위해 사용한 이후 독재자가 애용하는 통치 수단 중 하나가 되었다.

7. 김영삼과 경쟁

    1960년대 이래 대한민국의 정치사에서 가장 주목받는 인물이 박정희, 김대중, 김영삼이라는 데 이의를 달 사람은 별로 없을 것이다. 특히 김대중과 김영삼은 1970년대 말까지 박정희에 저항하는 동지이자 야당 내부에서는 치열하게 경쟁하는 라이벌로서 특별한 관계를 맺었다.

    1924년생인 김대중은 1927년생인 김영삼보다 3살 더 많다. 두 사람은 1960년대부터 경쟁 관계에 접어들었다. 1960년대 말까지는 김영삼이 가정적으로나 정치적으로 훨씬 좋은 조건을 지녔다. 김대중의 집은 중농 수준이었고, 김영삼의 집은 멸치잡이 어선을 10~20여 척 거느릴 만큼 부유했다. 김대중은 대학 진학을 하지 못했고 오랫동안 학력 콤플렉스를 느끼며 살았다. 김영삼은 서울대를 졸업했고 학맥에서 다양한 이점을 구축했다.

    젊은 시절 두 사람의 정치적 지향점과 경력에도 차이가 있었다. 김대중은 해방정국 때 이승만보다는 김구를 더 좋아했다. 반면 김영삼은 이승만을 더 좋아했다. 1954년 두 사람 모두 국회의원 선거에 도전했다. 김대중은 목포에서 노조의 지지 약속을 믿고 무소속으로 출마했다가 낙선했다. 김영삼은 거제에서 자유당의 공천을 받아 출마했고 26세의 나이로 당선되어 전국 최연소 당선 기록을 세웠다.

김영삼은 1955년 이승만이 3선 개헌을 시도하자 이에 반대하여 야당으로 돌아섰다. 그는 1958년 선거 때 민주당 당적을 갖고 지역구를 부산으로 옮겨 출마했다. 비록 제4대 국회의원에 낙선했지만 제5, 6, 7, 8대 국회의원에 계속 당선되어 젊은 의원의 기수 역할을 했다. 그는 제6대 국회의원 때는 37세의 나이로 민중당 원내총무를 역임했고 제7대 국회의원을 지낼 때는 신민당 원내총무를 맡았다.

김대중은 1956년 민주당에 입당했고 제4대 국회의원 선거 때부터 선거구를 강원도 인제로 옮겨 출마했으나 연거푸 국회 진출에 실패했다. 그렇지만 그는 1960년 4·19 혁명 후 원외 인사 신분으로 집권 여당인 민주당 대변인을 맡았다. 국회의원은 아니었지만 정치적 위상은 상당했다. 그는 다섯 번째 도전 끝에 1961년 인제 보궐선거에서 당선되었다. 그러나 그는 이번에는 5·16 쿠데타로 국회의원 선서도 못 하고 임기를 마쳐야 했다. 이런 연유로 그의 실제 국회의원 생활은 1963년 목포에서 당선된 제6대 국회 때부터 시작했다. 김대중의 국회 입성은 김영삼보다 9년이나 늦었다.

4·19 혁명 후 집권당이 된 민주당은 윤보선을 중심으로 한 구파와 장면을 중심으로 한 신파로 나뉘어 세력 각축전을 벌였다. 김대중과 김영삼은 각각 장면이 이끄는 신파와 윤보선이 이끄는 구파에 속했다.

민주 진영의 분열 속에 1961년 5월에 5·16 쿠데타가 발생했다. 군부 쿠데타 앞에서 윤보선 대통령이나 장면 총리 모두 분파적이거나 비겁했다. 김대중과 김영삼은 민주당 지도자들의 비겁함과 정파적 태도에 대해서 똑같이 비판적 의견을 내놓았다. 김대중은 그의 정치적 대부나 다름없는 장면이 5·16 쿠데타가 일어나자 수녀원에 숨은 사건을 혹평했다.

"민주당 정권이 눈을 잃고 방황한 것이며, 제2공화국 종말을 암시했다."

그는 또 쿠데타를 사실상 용인한 윤보선에 대해서도 강하게 비판했다.

"윤보선은 매우 정략적이고 기회주의적인 처신을 했다."[21]

김영삼도 장면과 윤보선에 대해 비슷한 평가를 했다.

"윤보선과 장면의 태도는 지도자다운 처신이 아니었다. 국무총리라든가 대통령은 죽음을 각오하고라도 국민을 지켜야 한다는 생각을 가져야 하는데, 두 사람은 박정희의 쿠데타로부터 국민을 지킬 책무를 저버렸다."[22]

김대중은 국회 진출이 김영삼보다 늦었지만 1963년 시작된 제6대 국회에서 뛰어난 의정활동으로 짧은 기간에 정치권의 주목을 받았다. 1967년 제7대 국회의원 선거 때는 박정희가 그를 견제하기 위해 목포로 내려와 공화당 후보 지원 유세를 직접 나설 만큼 정치적 유망주로 성장했다.

김대중은 1967년 11월에 있었던 신민당 원내총무 경선에 나섰다가 김영삼에게 9 대 22로 낙선했다. 유진오 신민당 총재는 정계에 진출한 후 김대중을 유심히 관찰하고 있었다. 그는 1968년 6월에 김대중을 원내총무로 내정했다.

"김 의원, 내가 원내대표로 추천했어요. 잘 될 것이오."

"총재님, 감사합니다. 의원총회에서 지명을 받도록 최선을 다하겠습니다."

그러나 김대중의 원내총무 지명은 뜻대로 되지 않았다. 의원총회에서

재적의원 과반수의 지지를 받아야 하는데 김대중의 지명을 조직적으로 반대하는 세력이 있었다. 김영삼이 그 선봉에 섰다.

유진오는 김영삼을 불러 김대중에 대한 지지를 요청했다. 그러나 김영삼은 유진오의 요청을 받아들이지 않았다. 김영삼은 유진오를 당의 총재로 영입하는 데 앞장섰지만, 김대중을 향한 라이벌 의식이 더 앞섰다. 김대중은 의원총회에서 41명 중 가 16표, 부 23표로 인준을 거부당했다. 김대중과 김영삼의 초반 경쟁은 이렇게 김영삼의 일방적 승리로 끝났다.

김대중의 원내총무 인준이 무산된 뒤 김영삼이 다시 원내총무가 되었다. 원내총무만 세 번째였다. 그는 1969년 3선 개헌 반대 운동을 주도하다 박정희 정권에 의해 초산 테러를 당하기도 했다. 그는 이 테러 행위가 중앙정보부의 짓이라고 주장했다. 원내총무 김영삼은 야당 내에서 박정희의 영구집권 음모에 맞선 기관차 역할을 했다.

변방인 김대중은 원내총무 인준에서 실패했지만 그대로 주저앉지 않았다. 그는 타고난 성실성과 정책 능력, 뛰어난 연설 솜씨, 당과 국가가 나아가야 할 비전 제시 등으로 당원들의 큰 주목을 받았다. 그의 저력은 곧바로 1970년 신민당 대통령 후보 경선 때 유감없이 발휘되었다.

1971년 봄에 제7대 대통령 선거가 예정되었다. 야당 신민당은 1970년 박정희에 맞설 대통령 후보를 선출하기 위해 분주했다. 신민당에서 가장 유력한 대통령 후보는 유진오 총재였다. 그런데 유진오가 1969년 말 뇌동맥경련증으로 쓰러졌다. 신민당은 1970년 1월 초 임시 전당대회에서 유진산을 후임 총재로 선출했다. 유진산은 정치력은 있었지만, 사쿠라로 불릴 정도로 야당성을 의심받고 있는 인물이었고 대중성이 약했다.

박정희에게 가장 쉬운 상대는 유진산이었다. 박정희는 새로 중앙정보부장이 된 김계원에게 유진산을 신민당 대통령 후보로 만들어내라고 지시했다.

"김 부장, 야당에서 누가 대통령 후보로 나오는 게 좋을 것 같아?"

"나이로 보나 성향으로 보나 유진산이 상대하기에 가장 자연스러울 것 같습니다."

"나도 같은 생각이네. 김 부장이 유진산을 도와서 후보가 되는 데 지장이 없도록 하게."

박정희의 지시에 따라 중앙정보부는 유진산을 박정희의 대선 파트너로 세우는 공작을 펼쳤다. 거액의 정치자금이 들어갔다. 그런데 오히려이 정치공작이 유진산을 궁지로 몰았다. 유진산이 사쿠라 노릇을 계속하자 당내 인기가 뚝 떨어졌다.

1970년 신민당 대통령 후보 경선을 앞두고 김영삼이 먼저 40대 기수론을 내걸고 신민당 대통령 경선 출마를 선언했다. 김대중도 가세했다. 이철승도 경선 참여를 선언했다. 이철승은 해방 직후 반탁운동을 주도했으며, 제3, 4, 5대 때 국회의원을 했다. 특히 김영삼과 김대중의 대통령 후보 출마 선언은 향후 40여 년 동안 지속한 김대중·김영삼 시대의 시작을 알리는 신호탄이었다.

유진산은 처음에는 세 사람이 대통령 후보가 되겠다고 나서자 불쾌하게 생각했다.

"젖비린내 나는 어린 사람들이 무슨 대통령을 해."

김대중의 아내 이희호도 김대중이 처음 대통령 후보 경선에 참여할 뜻을 밝혔을 때는 좀 이르다는 생각을 했다.

"40대 대통령은 좀 이르지 않을까요?"

그 시절의 분위기가 그랬다. 그러나 유진산은 김영삼, 김대중, 이철승 세 사람이 대선 후보 경선 출마를 선언하고 국민도 관심을 보이자 현실을 인정하기 시작했다. 유진산은 대통령 후보 대신 킹 메이커가 되기로 했다. 그는 자신과 가까운 사람을 대통령 후보로 내세우려는 전략을 세웠다. 유진산은 김영삼, 김대중, 이철승에게 자신이 후보 지명권을 행사하는 것에 동의해달라고 했다. 김영삼과 이철승은 유진산의 요구를 수용했다. 그러나 김대중은 거부했다. 유진산이 그와 가까운 김영삼을 지명할 것이라고 예상했기 때문이다.

　유진산이 대통령 후보 자리에서 멀어지자 박정희는 신민당 주류인 김영삼이 야당 대통령 후보가 될 것이라고 예상했다. 그는 김계원 중앙정보부장에게 호통을 쳤다.

　"내가 어떻게 김영삼 애송이와 싸우라는 말이냐."

　유진산을 비롯한 상층 지도부는 김영삼을 지지했고, 정일형 등 중진 일부는 김대중을 지지했다. 전당대회 직전까지 모든 언론은 김영삼의 승리를 예고했다. 유진산의 지지까지 받은 김영삼 역시 승리를 자신했다. 김영삼은 투표 결과보다는 후보 지명 수락 연설에 더 신경을 썼다. 김영삼 진영은 9월 29일 경선이 있는 날 시민회관 2층 '그릴'에서 후보 지명 자축파티를 벌이기로 하고 맥주 200상자를 주문해 놓았다.

　김대중 진영은 김영삼 진영과는 전혀 다른 선거 전략을 짰다. 김대중과 이희호는 전당대회 며칠 전부터 전당대회를 축제장으로 만들 계획을 세웠다. 이희호가 이야기를 먼저 꺼냈다.

　"여보, 이번 전당대회장을 미국 전당대회처럼 만들어요."

　"우리가 1968년에 봤던 미국 민주당 전당대회처럼요?"

"그래요. 그때 민주당 전당대회장은 피켓 들고, 플래카드를 걸고, 포스터를 붙였어요. 그때 장면을 보면서 우리나라 전당대회도 저렇게 축제처럼 치르면 좋겠다고 말한 것 기억하지요?"

"그럼요. 무척 인상 깊게 다가왔어요. 그럼 내가 오늘 참모진에게 제안할게요."

전당대회에 참석하기 위해 지방에서 올라온 대의원들이 계파별로 무리를 지어 여관에 투숙했다. 김영삼 진영은 자신이 승리했다는 자신감 때문에 전당대회 전날 밤을 느긋하게 보냈다. 반면에 김대중과 이희호는 전당대회 전날 밤 통행금지 직전까지 청진동 여관을 돌았다. 김대중 일행은 이철승계 대의원들과 유진산계 대의원들이 머무는 숙소를 집중적으로 공략했다. 김대중과 이희호는 큰절을 올리고 대의원들과 마주 앉았다. 김대중은 특유의 달변으로 대의원들의 표심을 흔들었다. 김대중은 자신이 1967년 목포 선거에서 박정희와 싸워 이겼다는 점을 강조했다.

전당대회 날 김대중 후보 진영은 대회장 벽면을 후보 얼굴이 찍힌 포스터로 채웠다. 하늘에는 대형 풍선을 띄웠다. 시민회관 주위를 메운 지지자들은 피켓을 들고 '김대중'을 연호했다. 신민당 원로이자 6선 의원인 정일형까지 '김대중 동지를 대통령으로'라고 쓴 피켓을 들고 김대중을 응원했다. 그는 지지자들과 함께 "대통령 김대중!"을 외쳤다. 전례 없는 축제 분위기였다. 한국 정당의 전당대회 역사상 처음 보는 풍경이었다.

반면에 경선에서 이미 이겼다고 생각하던 김영삼 진영은 아무런 준비도 하지 않고 그냥 대회장으로 들어갔다. 대회장 분위기로 보면 김대중 진영의 열기가 더 높았다.

1차 투표 결과는 김영삼 421표, 김대중 382표, 무효 82표였다. 과반수

득표자가 없어 2차 투표에 들어갔다. 2차 투표를 앞두고 이철승계는 김대중을 지지하기로 했다. 김대중의 승리 가능성이 커졌다. 결선투표 결과가 나왔다.

김대중 458표, 김영삼 410표, 무효 16표!

김대중의 승리였다. 한 편의 대역전 드라마였다. 김대중은 이 승리로 원내총무 인준에서 김영삼에 밀려 아픔을 겪었던 상처를 깨끗이 떨쳐버리고 본격적으로 김대중 시대를 개척해 나갔다. 영광과 시련이 함께한 정치 여정의 시작이었다.

김대중의 승리에는 그 개인적 역량과 함께, 1967년 목포 선거에서 박정희와 간접 대결하여 얻은 승리, 삼선개헌 반대 투쟁에서 보여준 활약상에 대한 당원들의 신뢰와 기대가 반영되었다. 김대중의 정치 역정이 대의원들의 심중에 '김대중을 후보로 내세우면 대통령 선거에서 이길 수 있겠다'라는 희망을 심어주었다.[23]

김영삼은 의외의 결과에 큰 충격을 받았지만, 결과에 깨끗이 승복했다. 그는 경선 결과가 발표된 직후 단상에 올라가 김대중의 당선을 위해 최선을 다하겠다고 약속했다.

"오늘 우리는 새로운 역사를 창조했습니다. 김대중의 승리는 우리들의 승리이며 나의 승리입니다. 나는 김대중 씨를 위해 거제도에서 무주 구천동까지 전국 방방곡곡 어디든지 갈 것입니다."[24]

이 장면에서 보듯 김영삼은 훌륭한 정치인이었다. 김영삼과 김대중의 관계를 이야기할 때 흔히 '영원한 맞수'라는 표현을 사용한다. 그 표현대로 두 사람은 60년대부터 계속 경쟁했고 또 협력했다. 경쟁과 협력을 통해 두 사람은 향후 30여 년 동안 대한민국 민주주의의 역사를 만들어갔다.

김대중은 생전에 박정희를 1968년 딱 한 번 만났다. 1968년 새해에 다른 국회의원들과 함께 청와대로 신년 인사를 갔을 때였다. 김대중은 선 채로 박정희와 5분 정도 이야기를 나눴다고 기억했다. 그때 박정희는 친절했고 그의 질문에 성의 있게 답변했다. 육영수 여사도 친절하게 대해 주었다. 1967년 국회의원 선거 때 김대중을 떨어뜨리기 위해 온갖 불법과 부정을 저질렀던 모습과는 대조적이었다. 김대중이 느끼기에 뜻밖의 모습이었다.

쿠데타를 일으켜 민주주의를 짓밟은 것은 잘못이었지만, 박정희가 정권을 잡은 기간 대한민국은 절대 빈곤에서 벗어나고 있었다. 같은 시기에 아시아 대부분 국가가 군부 쿠데타와 독재정치로 점철된 가운데 경제까지 후퇴했던 것과 비교할 때 불행 중 다행이었다.

그러나 불행히도 박정희는 10년의 집권에 만족하지 않고 3선 개헌을 통해 장기 집권을 꿈꾸었다. 그 첫 번째 관문이 1971년 대통령 선거였다. 그는 유진산이 제1야당의 대통령 후보가 되기를 바랐지만 무산되었다. 다음에는 김영삼과 경쟁할 것으로 예상했는데 그 예상도 빗나갔다. 김대중이 승리했다는 소식을 들은 박정희는 재떨이가 수북해질 정도로 줄담배를 피웠다. 김대중이 후보로 지명될 가능성이 없다고 보고한 중앙정보부장 김계원에게 불벼락이 떨어졌다. 박정희의 머릿속에 1967년 목포 국회의원 선거가 떠올랐다. 대통령이 모든 장관을 대동하고 목포로 내려가 현지에서 국무회의까지 주재하며 온갖 공약을 내걸었으나 끝내 김대중의 당선을 저지하지 못한 쓰라린 경험이었다. 김대중을 어떻게 대해야 할지 걱정이 이만저만 아니었다.

박정희는 그해 1월에 주일대사로 나간 이후락을 불러들였다.

"이 대사가 정보부를 맡아줘야겠네."

"각하, 영광입니다. 제가 정보부를 맡았을 때 특별히 염두에 두어야 할 역할이 있습니까?"

"자네가 선거를 총지휘해 주게. 김대중은 절대로 가볍게 봐서는 안 되네."

"예. 최선을 다하겠습니다. 그런데 김영삼보다는 김대중이 더 나을 수도 있습니다."

"어떤 점에서 그렇게 생각하는가?"

"호남 표는 어차피 야당 거니까 일부만 챙기고 영남 표를 똘똘 뭉치게 하면 김영삼보다 김대중이 오히려 상대하기 쉽습니다."

이후락의 이 말에서 박정희 진영의 대선 선거 전략이 대충 드러났다. 지역감정을 부추기는 선거 전략을 쓰려고 한 것이다.

김대중은 1970년 10월 16일 신민당 대통령 후보 자격으로 기자회견을 했다. 그는 1950년대를 '암흑 전제시대'로, 1960년대를 '개발을 빙자한 독재시대'로 규정하고 1970년대를 '희망에 찬 대중시대'로 만들겠다고 선언했다. 김대중은 기자회견에서 박정희와 공화당에 대한 공격이 아니라 그가 하고 싶은 정책과 비전을 제시하는 데 초점을 맞추었다. 미래 비전과 정책을 통한 경쟁이야말로 박정희에 대한 최고의 공격이라고 생각했다.

그는 핵심 간부 회의에서 선거 때 제시할 정책을 검토했다. 핵심 간부 회의에는 선거대책본부장을 맡은 정일형, 비서실장을 맡은 김상현, 비서진인 권노갑, 김옥두, 한화갑 등이 참여했다. 김대중이 주요 정책으로 향토 예비군제 폐지, 대중 경제, 미·중·소·일 4대 강국의 한반도 전쟁 억제 보장책(4대국 안전보장론), 남북한의 화해·평화 통일론, 공산권 국가들과의 관계 개선과 교류, 초·중등학교의 육성회비 폐지, 이중 곡가제 시행 등을 제시했다. 하나하나가 큰 파급력을 가진 공약들이었다.

군 출신 박성철 경호실장이 향토 예비군제 폐지 공약에 대해 걱정스럽다는 말을 했다.

"향토 예비군제 폐지 공약은 위험하지 않을까요? 김신조 일당이 청와대를 습격한 사건이 국민 머릿속에 아직도 생생하게 남아 있을 것 같아서요."

김대중 후보도 일정 부분 공감하면서도 이점이 더 많을 것이라고 했다.

"좋은 지적입니다. 상당한 후유증이 있을 것입니다. 그러나 실보다는 득이 더 크다고 생각합니다. 향토 예비군제의 부작용이 매우 많기 때문입니다."

외무부 장관을 지낸 정일형 선거대책본부장이 4대국 안전보장론에 대해 우려와 기대 섞인 조언을 했다.

"4대국 안전보장론은 획기적인 정책입니다. 대신 반격도 심할 것입니다. 김 후보에게 색깔 공세를 취할 명분이 될 수 있습니다. 철저히 대비해야 합니다."

김대중은 정일형의 지적에 공감하면서 독일의 사례를 들어 적극적으로 대응하겠다고 했다.

"예. 박정희 측에서 대대적인 공세를 취할 것입니다. 저도 독일 등의 사례를 들어 적극적으로 대응하겠습니다. 논란이 벌어지면 국민이 저희 쪽 공약에 관심을 끌게 만드는 효과도 있습니다."

4대국 안전보장론과 남북한의 화해·평화 통일론은 냉전체제 아래에서 남북한이 전쟁이 아닌 평화롭게 살 방안을 찾자는 시도이다. 한반도를 둘러싼 4대 강국으로부터 남과 북을 부추겨 전쟁을 일으키지 않겠다는 약속을 받아내고 이를 통해 남북한 평화 공존을 모색하겠다는 것이다. 4대국 안전보장론은 남북문제는 남북한만의 문제가 아니라 동북아 평화라는 좀 더 거시적 관점에서 해법을 찾아야 한다는 논리에 토대를 두고 있다.

4대국 안전보장론은 1969년 집권한 브란트 서독 총리가 독일 문제는 유럽의 평화 속에서만 해결 가능하다고 주장한 논리와 비슷했다. 실제로 독일에서는 미국·영국·프랑스·소련 등 4대 강국이 1970년 3월부터 논의를 시작하여 1971년 9월 3일 '베를린 협정'을 체결했다. 베를린 협정은 세계 최대 분쟁지역인 베를린에서 4대 강국이 "해당 지역에서의 긴장 제거와 분규 방지를 위해 노력할 것"이며, 이 지역에서의 무력 사용이나 무력 위협을 하지 않으며, 분쟁은 오로지 평화적 수단으로 해결한다"라고 선언한 협정이다. 이 협정은 향후 동서독의 평화적 공존의 중요한 토

대가 되었다.[25]

김대중은 1960년대 말부터 서독의 외교정책에 주목했다. 국회 발언에서 우리도 서독처럼 공산권 국가와의 관계에 유연함이 필요하다고 했다. 또 그는 동서독 화해 정책을 펼친 빌리 브란트 서독 총리의 동방정책에 주목했다. 이로 미루어 그가 4대국 안전보장론을 공약으로 제기할 때 베를린 협정의 추진 과정을 알고 있었으리라 짐작된다. 4대국 안전보장론은 베를린 협정과 유사한 접근법이었다.

한반도 주변이 미·일·남한과 중·소·북한으로 갈라져 첨예하게 대립하고 있는 상황에서 김대중의 4대국 안전보장론은 많은 사람에게 신선함과 충격을 동시에 안겨주었다. 당연히 박정희 진영은 4대국 안전보장론을 격렬하게 비난하고 나섰다. 박정희가 직접 공격하고 나섰다.

"우리의 적인 소련과 중공에게 우리나라의 안보를 맡기자니 무슨 소리입니까? 이는 국가의 기본인 반공에 정면으로 어긋나는 주장입니다. 김대중 후보는 즉각 4대국 안전보장론을 철회하시오."

김대중은 즉각 반박하고 나섰다.

"내 주장은 국방을 4대국에 맡기자는 것이 아닙니다. 국방은 우리 스스로 철저하게 대비해야 합니다. 4대국 안전보장론은 우리 스스로 국방을 튼튼히 하면서 미·일·중·소 4대국에 우리나라를 침공하지 않는 불가침 조약을 요구한 것입니다. 4대국이 한반도를 차지하고자 청일·러일전쟁 같은 위험한 도발을 하지 않고, 또 남과 북을 부추겨서 전쟁을 일으키지 않겠다는 약속을 받아내겠다는 것입니다."

김대중의 4대국 안전보장론은 지식층을 중심으로 퍼져나갔고 국제적으로도 주목을 받았다. 그러나 박정희 측은 이 문제를 계속 물고 늘어졌다. 박정희와 공화당은 연일 김대중의 발언이 용공이라고 규탄했다. 내놓고 국민을 자극했다.

"김대중 후보는 나라를 김일성에게 넘겨주는 반국가적 행위를 하고 있다. 김대중이가 피리를 불면 김일성이 춤을 추고, 김일성이가 북을 치면 김대중이가 장단을 칩니다. 이런 사람에게 어떻게 자유 대한민국을 맡길 수 있겠습니까?"[26]

김대중이 평화통일론을 제창한 1971년 당시는 '통일'이라는 단어만 사용해도 '빨갱이'로 몰리던 시절이었다. 박정희 측은 4대국 안전보장론은 실현 가능성이 전혀 없는 망상이며 우리나라의 국방을 외국에 맡기려는 사대주의적 발상이라고 비판했다.

김대중은 경제정책으로 대중 경제론을 제시했다. 대중 경제론은 근로 대중이 경제사회의 발전에서 주도적 역할을 담당하게 하는 동시에 그들의 공헌이 정당하게 평가되고 보상받는 복지사회의 실현을 목표로 한 경제정책이었다.[27] 대중 경제론은 1971년 대통령 선거 당시 소책자 『김대중 씨의 대중 경제 100문 100답』으로 출간되었다.

김대중의 대중 경제론은 시장경제를 신조로 하면서도 대중의 경영 참여와 부의 균질한 분배를 지향하는 매우 진보적인 경제정책이었다. 대중 경제론은 한자는 달랐지만, 한글로 (김)대중이라는 이름과 겹쳐 유권자들의 머릿속에 더 쉽게 각인되었다. 국민은 대중 경제론에 대해 자세히는 몰랐지만, 김대중이 정책 능력이 뛰어난 정치인이라고 생각하게 했다. 사실 경쟁자 박정희는 선거 기간 특별히 새로 내세울 만한 정책을 제시하지 못해 정책적 측면에서 김대중과 대조를 이뤘다.

김대중의 정책선거는 박정희 정권에 염증을 느끼던 국민에게 신선하게 다가왔다. 선거를 열흘 앞둔 1971년 4월 18일 장충단공원에서 김대중의 유세가 있었다. 이날은 일요일이었음에도 정부 여당은 예비군 비상소집, 공무원 야유회, 박물관과 공공시설 무료 개방 등 다양한 방식으로 시민들의 유세 참여를 방해했다.

선거 캠프는 박정희 진영의 이런 방해 공작에 우려를 표명했다.

"박정희 정권이 우리 유세하는 날 서울 지역 예비군 전면 동원령을 내렸습니다."

"공무원들은 부서 단위로 각종 야유회를 간다고 공지하고 있습니다."

"우리 옆집에는 박물관 무료 관람권이 배부되었다는데요."

그런데 유세 날 김대중 선거 캠프를 깜짝 놀라게 한 일이 발생했다. 유세장인 장충단공원은 물론이요 인근 차도까지 100만 인파가 몰려든 것이다. 제 발로 찾아온 청중들이었다. 유세차에 김대중과 함께 탄 양일동이 말했다.

"동생, 선거 끝났네! 우리가 이겼어!"

김대중은 신이 났다. 평상시 연설을 잘하기로 소문난 그였지만, 이날 그의 연설은 더욱 뛰어났다. 그는 이 자리에서 중앙정보부 폐지, 지방자치제 시행, 향토 예비군제 폐지, 육성회비 폐지, 대중 경제 실시, 4대국 안전보장론 등을 역설했다. 모두 국민의 귀를 솔깃하게 만드는 파격적인 정책들이었다. 그의 파격적인 정책은 그의 뛰어난 연설 솜씨와 결합하여 청중을 들뜨게 했다. 유세장은 청중의 환호로 뒤덮였다.

김대중은 이 자리에서 또 하나의 새로운 주장을 내놓았다. 박정희가 3선을 넘어서 영구집권을 꿈꾸고 있다는 것이다.

"박정희는 영구집권을 꿈꾸고 있습니다. 우리 국민이 3선을 저지하지 못하면 우리나라는 총통제의 나라로 전락할 것입니다."

박정희는 김대중의 총통제 발언에 당황했다. 그는 이후락 중앙정보부장을 불러 어떻게 대응하면 되겠냐고 물었다.

"김대중이 우리 계획을 눈치챈 것 같아. 어떻게 대응하면 좋겠어?"

"일단 이번이 마지막 출마라고 선언하십시오. 대통령 되는 방법이 꼭 국민의 직접선거뿐이겠습니까?"

"뭐 생각나는 좋은 방법이 있어?"

"이승만 대통령은 발췌 개헌, 사사오입 개헌 등으로 국면을 타개했습니다. 이번 선거가 끝나면 바로 좋은 방안을 찾아서 보고드리겠습니다."

박정희는 투표 이틀 전 김대중의 서울 유세가 있었던 장충단공원에서 유세했다. 청중 숫자는 김대중 유세보다 훨씬 적었다. 그런데도 신문과 방송은 박 후보 쪽이 더 많았다고 허위 보도했다. 이날 유세에서 박정희는 이후락과 나눈 대화대로 대통령 출마는 이번이 마지막이라고 했다. 이번 한 번만 더 지지해 달라고 했다.

"야당은 총통제니 뭐니 해서 내가 두 번이고 세 번이고 언제까지나 집권할 것처럼 허위 선전을 하고 있습니다. 헌법은 세 번까지만 출마하도록 하고 있습니다. 나를 뽑아주십시오. 이번이 나의 마지막 정치 연설이 될 것입니다."

김대중의 총통제 발언이나 박정희의 마지막 출마 발언 모두 맞는 말이었다. 박정희는 그의 말대로 1971년 선거 이후 국민이 직접 뽑는 선거에 더는 출마하지 않았다. 대신 그는 김대중의 주장대로 다른 방식, 즉 1972년 유신 쿠데타를 통해 영구집권의 방법을 선택했다. 그는 1971년 선거 후에도 대통령에 두 번 더 선출되었지만, 모두 체육관에서 사실상 만장일치로 뽑는 형식상의 선거에 의해서였다.

박정희는 김대중의 정책선거에 부정·불법 선거로 대응했다. 선거 기간 김대중 후보 집 마당에서 폭발물이 터졌다. 경찰은 이 사건의 범인으로 김대중 후보의 어린 조카 김홍준을 지목했다.

"김대중 후보의 조카 김홍준이 딱총 화약으로 불을 질렀습니다. 김 후보 진영이 저지른 자작극으로 판명되었습니다."

이 사건의 수사를 맡은 마포경찰서 서장은 이후락 중앙정보부장의 동생 이거락이었다.

정일형 선거 사무장의 자택에 화재가 발생했다. 선거 서류는 물론 정일형 박사의 장서와 그의 아내 이태영 변호사가 20여 년 동안 자료를 모아 집필한 '한국 여성 운동사' 원고까지 불태워졌다. 경찰은 이 화재 사건의 범인으로 고양이를 지목했다.

"고양이가 추워서 아궁이에서 불씨를 물고 나와 불을 낸 것으로 판명되었습니다."

해외 토픽으로 국제적 웃음거리가 될 만한 수사 결과 발표였다. 모두 정보기관이 저지른 행위였다.

정부는 전국 곳곳에서 각종 공공사업을 벌였다. 표를 모으기 위한 선심 행정이었다. 선거인 등록 명부를 조작하여 야당을 지지하는 주민들의 선거권을 박탈하고, 대신 여당 주민의 선거인 명부는 이중 삼중으로 등록시켰다. 지역감정을 조장하기도 했다. 4월 27일 선거 당일은 투표용지 분실, 중복 투표, 대리 투표 등 각종 부정이 행해졌다. 김대중 후보 부부의 표는 선거관리위원장의 도장이 찍히지 않았다는 이유로 무효 처리되었다.

4월 29일 최종 집계가 발표되었다. 김대중이 95만여 표 차이로 패배했다. 그러나 내용에서 보면 김대중의 선전이 확실했다. 서울에서 김대중 대 박정희의 득표율은 60 대 40이었다. 경기도에서도 김대중이 승리했다. 김대중은 부산에서도 44퍼센트의 득표율을 기록했다. 그러나 경북과 경남에서 박정희의 몰표가 나왔다. 영남 지역에서 박정희는 김대중보다 1,586,006표 앞섰는데 전라도에서 김대중은 박정희보다 621,906표만 앞섰다. 경상도와 전라도 지역을 제외한 전국 득표수를 계산할 경우 김대중은 박정희보다 17,171표 앞섰다. 영호남 지역을 제외할 경우 김대중이 개표에서도 승리한 셈이다. 박정희 측이 온갖 부정선거를 감행했고 더 나아가 개표 부정까지 저지른 상황에서 95만 표 차이로 패배한 김대중을 가리켜 사람들은 김대중이 '선거에서는 이기고 개표에서는 졌다'라고 평했다.

1971년 당시 가장 많은 판매 부수를 자랑했던 〈동아일보〉는 5월 1일 자에서 이런 칼럼을 게재했다.

"김대중 후보는 이번 대통령 선거에서 잘 싸웠다. 그는 정치가로서 하늘이 준 그 도량과 그 식견과 그 수완과 그 웅변과 그 정직한 자세를 마음껏 발휘했다. 그는 지금 혜성처럼 광망光芒을 우리 민족에게 비춰주고 있으며, 혼탁에 빠진 이 나라 정계에 큰 청신제가 될 것을 부탁해 마지않는다. 승패는 병가兵家의 상사常事란 말이 있다. 그러므로 싸움이란 이기고 지는 수도 있고 지고도 이기는 수가 있다면, 이번 김대중 후보의 경우가 이에 해당할 것이다. 김 후보는 지금 착잡한 만감에 사로잡혀 있을지 모르나, 하늘은 오히려 그에게 더욱 큰 대임과 대망을 안겨주기 위해 이러한 시련을 주었는지도 모른다."

선거에서 패배한 후 이희호는 분을 삭이기 어려웠다. 그러나 모두 하느님의 뜻이라고 생각하고 김대중을 위로했다.

"만약 당신이 개표에서 이겼으면 박정희가 가만히 있지 않았을 것입니다. 하느님이 당신을 더 긴요하게 쓰기 위해 시련을 준 것으로 생각하세요."

김대중은 국민에게 죄송하다고 했다.

"낙선의 괴로움은 얼마든지 극복할 수 있어요. 민주주의의 앞날이 걱정되고 나를 지지해 준 국민에게 죄송한 마음에 괴로운 것이지요."

이희호는 우리에게 시간이 많이 있다고 말하면서 거듭 위로와 격려를 보냈다.

"당신은 아직 젊어요. 국민의 성원을 갚을 날이 반드시 올 것입니다."

대통령 선거가 끝나고 한 달도 채 안 지난 5월 25일 국회의원 선거가 실시되었다. 김대중은 전국을 누비며 야당 후보들의 선거운동을 도왔다. 국회의원 선거 기간 김대중을 태운 차가 서울 선거 유세를 위해 목포에서 광주로 가는 도중 화물트럭이 김대중을 태운 차에 돌진했다. 트럭에 승용차 뒷부분을 부딪친 김대중의 차는 전복되어 밑으로 떨어졌다. 김대중의 차 바로 뒤를 따르던 택시는 운전기사를 포함하여 2명이 사망하고 3명은 크게 다쳤다. 김대중은 이 사고로 팔의 동맥이 두 군데 잘렸고 다리에도 찰과상을 입었다. 그가 다리를 절게 된 것은 이날 겪은 교통사고의 후유증 때문이었다. 김대중은 이날 교통사고가 단순 사고가 아닌, 집권 여당에 의해 기획된 테러 사건으로 인식했다. 뒤를 따르던 택시 기사와 손님이 자기 대신 사망했다고 생각했다.

김대중은 응급처치로 붕대를 매고 다시 유세장에 나타났다. 출마자들이 김대중이 자기 선거구에 나타나기를 애타게 기다렸다. 그를 대하는 유권자들의 열기가 대통령 선거 못지않았다. 김대중은 부상 중에도 대통령 선거만큼 열심히 전국을 누볐다.

선거 결과는 야당의 약진이었다. 신민당은 204석 중 89석을 차지했다. 정당 득표율도 공화당 48.7퍼센트, 신민당 44.3퍼센트로 박빙이었다. 신민당은 대도시 의석을 거의 싹쓸이했다. 신민당은 서울의 19개 선거구 중 18개 선거구, 부산의 8개 선거구 중 6개 선거구, 대구의 5개 선거구 중 4개 선거구를 차지했다. 대구에서 경상도 정권을 외치며 지역감정을 조장했던 이효상 국회의장은 낙선했다. 야당의 승리는 곧 김대중의 승리였다.

선거가 끝난 후 신민당 전당대회가 열렸다. 국민과 당원들은 강력한 야당을 요구했고 김대중이 그 역할을 해 주기를 기대했다. 김대중은 국민의 기대에 부응하기 위해 신민당 전당대회에 출마했다. 그러나 유진산과 김대중의 경쟁자들이 반 김대중 전선을 형성하여 김대중에 맞섰다. 박정희 정권도 정보기관을 동원하여 김대중의 총재 선출을 방해했다. 김대중은 국회의원 선거 승리의 일등 공신이었음에도 당의 총재가 되는 데 실패했다.

2

인동초의 시간

9. 망명·납치·연금·투옥

1970년대에 들어서자 국제사회 곳곳에서 냉전체제가 붕괴하는 징후를 보였다. 미국의 닉슨 대통령은 1970년 2월 18일 닉슨 독트린을 발표했다. 1971년에 미국의 탁구선수가 중국을 방문했고, 1972년 2월에는 닉슨 대통령이 중국을 방문했다. 독일에서는 1969년 집권한 사민당의 빌리 브란트가 동·서독 화해 협력 정책인 동방정책을 펼쳤다. 브란트는 동독과의 화해를 넘어서 소련과의 관계를 증진하고 폴란드와 체코슬로바키아 등 동구 공산권과 외교 관계를 수립했다.

박정희는 국내의 민심 이반과 국제적인 해빙 분위기에 맞춰 국면전환을 시도했다. 박정희는 1972년에 이후락 중앙정보부장에게 북한 방문을 지시했다.

"이 부장이 북한을 다녀와야겠네. 북한에 가서 남북이 상호 협력하고 평화 통일을 이루자는 합의를 시도해 보게. 대내외적인 여러 요소를 고려할 때 이런 방식으로 국면을 타개하는 게 좋을 것 같아. 북한과 합의가 잘 되면 국내 정치에 변화를 가져올 명분도 만들어지고."

"예. 각하. 무슨 뜻인지 잘 알겠습니다. 저희가 파악한 바로는 북한 김일성도 북한 헌법을 바꿔 주석제를 신설하면서 권력 기반을 강화하려 하고 있습니다. 남북 회담이 북한에도 도움이 될 것 같습니다."

"그래. 북한에도 도움이 되어야 회담이 잘 되겠지. 이 부장에게 모든 것을 위임할 테니 작품을 잘 만들어 오게."

북한을 방문한 이후락은 북한의 노동당 조직부장 김영주와 큰 합의문을 만들어 왔다. 이후락은 7월 4일 기자회견에서 남한의 이후락과 북한의 김영주 노동당 조직부장이 서명한 '7·4 남북공동성명'을 발표했다. 북한에서도 같은 시각에 똑같은 내용이 발표되었다. 공동성명은 통일의 원칙으로 자주·평화·민족대단결의 원칙을 천명했다. 구체적인 내용으로 상호 중상·비방·무력도발의 금지, 남북한 간 제반 교류의 실시, 적십자사 회담 협조, 남북 직통 전화 개설, 남북조절위원회의 구성과 운영 등을 명기했다.

7·4 남북공동성명에서 약속한 것처럼 남북이 대화하고 협력한다면 한반도의 평화는 물론이요 통일도 멀지 않을 일이었다. 국민의 반응은 뜨거웠다. 조만간 통일될지 모른다는 기대와 기쁨에 들떠 있었다. 여야를 가리지 않고 대부분의 정치권도 환영 일색이었다.

그러나 김대중은 무언가 이상하다는 생각을 떨쳐버릴 수 없었다. 서로를 원수처럼 대하는 박정희 정권과 김일성 정권이 이렇게 전격적으로 평화 공존과 통일 방안을 합의할 리가 없다고 봤다. 실제로 박정희는 공동성명이 발표되기 불과 9일 전에도 공산주의를 격하게 비판하는 발언을 쏟아냈다.

"공산주의자의 말을 믿어서는 안 됩니다. 지금부터 22년 전, 북한은 북에 억류되어 있는 애국자 조만식 선생과 한국에서 체포 구금 중인 공산당원의 교환을 제안하고는 돌연 남한을 침략했습니다. 공산주의자들의 평화 공세에 말려들어서는 안 됩니다."

박정희는 이렇게 북한을 비난하면서 뒤로는 밀사를 보내고, 남북공동성명을 만들어 발표했다. 김대중의 머리로는 이 상황이 도무지 이해가 안 됐다. 양쪽 모두 내면에 어떤 큰 음모가 있는 것 같았다.

김대중이 외무부 장관을 지낸 정일형에게 답답한 마음을 토로했다.

"선배님, 7·4 남북공동성명에 대해서 어떻게 생각하십니까?"

"공동성명에 나온 대로 진행만 된다면 얼마나 좋겠어. 그런데 나에게는 순수하게 보이지 않아. 무슨 음모가, 그것도 큰 음모가 있는 것 같아."

"저도 같은 생각입니다. 공동성명에 나온 대로 남북이 화해 협력하면 저도 박 정권의 통일정책에 적극적으로 협력할 용의가 있습니다. 그런데 아닌 것 같아요. 국내 정치의 전환을 위한 무슨 음모가 있는 것 같습니다. 그렇지만 구체적 물증이 없으니 어떡하지요. 국민은 곧 통일이 올 것처럼 큰 기대와 흥분에 빠져 있는데요."

"글쎄 말이야. 큰 먹구름이 몰려올 것 같은 기분인데 답답하기 그지없어."

"민족문제를 정치적으로 악용하는 것만큼 큰 범죄가 없습니다. 그러나 당장 비판할 만한 물증이 없으니 일단은 환영 성명을 낼 계획입니다. 7·4 공동성명의 내용은 제가 지금까지 주장한 내용과 같기 때문입니다."

김대중은 7월 13일 남북공동성명을 지지하는 성명을 발표했다. 그러나 무조건 지지만 한 것은 아니었다. 박정희가 지금까지 행했던 남북 대결정책을 고려할 때 그는 7·4 공동성명과 같은 정책을 추진할 자격이 없다고 지

적하고, 이번 사건을 정치적으로 절대 이용하지 않기 바란다고 밝혔다.[28]

불행히도 김대중의 의심은 불과 3개월 후 현실이 되었다. 10월 17일 박정희는 초헌법적인 국가긴급권을 발동하여 국회를 해산하고 정치 활동을 금지하는 동시에 전국적인 비상계엄을 선포했다.

"우리 조국의 평화와 통일, 그리고 번영을 희구하는 국민 모두의 절실한 염원을 받들어 우리 민족사의 진운進運을 영예롭게 개척해 나가기 위해 중대한 결심을 했다."

박정희는 이렇게 유신체제를 선포한 이유를 남북 관계를 개선하기 위해서라고 변명했다. 7·4 남북공동성명은 순전히 유신체제 수립을 위한 도구로 삼기 위해 추진한 것이었다.

박정희는 새로운 헌법을 제정하여 대통령을 통일주체국민회의에서 선출하고, 연임 금지 조항을 없애 영구집권을 가능하게 했다. 국회의원도 1/3을 사실상 대통령이 지명하도록 하여 국회를 무력화했다. 긴급조치권 등을 통해 개인의 권리도 철저히 제한했다. '10월 유신'은 한마디로 5·16에 이은 제2의 쿠데타였다.

민주주의는 국민이 주체가 된 정치제도이며 국민에 의한 정치의 핵심은 선거를 통한 지도자의 선출이다. 그런데 박정희는 유신체제를 통해 국민의 지도자 선출권을 무력화했다. 그는 자신의 영구집권을 위해 민족문제를 악용했다. 북한도 박정희처럼 민족문제를 악용했다. 북한은 남북공동성명 발표 후 '국가 주석제'를 신설하는 등 남북문제를 김일성의 권력을 강화하는 데 활용했다.

김대중은 1972년 10월 11일 다리를 치료하기 위해 일본으로 갔다. 유신체제가 선포되기 6일 전이었다. 김대중은 19일 귀국 예정이었는데, 귀국 이틀을 앞두고 박정희가 유신체제를 선포했다는 소식을 들었다.

이희호는 그해 가을 연세대 야간 행정대학원에 입학하여 유학 때 중단한 공부를 계속하고 있었다. 당시는 여성문제연구회 회장도 사임하고 YWCA 회의에 가끔 참석하는 정도로 외부 활동을 줄인 상태였다. 시어머니도 1972년 5월 10일 세상을 떠났고, 막내 홍걸이도 초등학교에 입학했다. 그는 나이 50에 공부로 변화를 모색했다.

이희호가 10월 17일 집에서 학교에 제출할 리포트를 쓰고 있는데 권노갑 비서관이 집에 들어왔다.

"사모님, 저녁 7시에 중대 발표가 있답니다."

"시국도 심상치 않은데 혹시 계엄령을 선포하는 건 아닐까요?"

"에이, 사모님도. 무슨 계엄령 날 일 있겠어요?"

이희호는 한 달 전쯤 뉴스에서 필리핀에 계엄령이 선포되었다는 소식을 듣고 여기도 계엄령이 선포되면 어떡하나 걱정한 적이 있었다. 권노갑 비서관이 중대 발표가 있다고 하니까 갑자기 필리핀이 생각났고 덩달아 불길한 예감이 들었다. 불행히도 그 예감이 적중했다.

계엄령 선포 직후 일본 도쿄에서 김대중이 이희호에게 전화했다. 그는 아내에게 국내 사정을 물었다. 이희호는 남편에게 조심스럽게 말했다.

"심상치 않아요. 서울에 오시지 않는 것이 좋겠어요."

"어차피 국내에서는 활동할 수 없으니 밖에서 방법을 찾아보겠소."

"여기 걱정은 마시고 부디 몸조심하세요."

이희호는 남편의 귀국을 만류했다. 김대중은 망명이냐 귀국이냐를 놓고 고민을 거듭한 끝에 망명을 택했다. 박정희 독재체제 아래에서는 국내로 들어가도 할 일이 없겠다고 판단한 때문이었다. **29**

김대중은 10월 18일 일본에서 유신체제를 비판하는 성명을 발표했다. 그는 10월 17일의 사태를 가리켜 자신의 영구집권을 목표로 반민주적 · 반헌법적 조처를 한 것이라고 했다. 그는 유신헌법은 일종의 총통제 헌법 이며, 자유를 사랑하는 우리나라 국민의 준엄한 심판이 반드시 있을 것이 라고 주장했다. 그는 일본 신문들에 이와 유사한 입장을 기고하면서 박정 희 정권에 맞섰다.

10·17 쿠데타를 단행한 박정희 정권은 계엄 포고령 1호를 선포했다. 전국 대학에 휴교령이 떨어지고 언론은 사전 검열을 받아야 했다. 신문 사 · 방송국 · 대학 · 국회의사당에 계엄군 완장을 두른 군인들이 들락거렸 다. 국회는 국정감사를 벌이던 중 해산당했다. 김대중도 의원직을 잃었 다. 1961년 국회의원 당선 직후 5·16 쿠데타로 의원선서도 못 하고 의원 직을 잃은 후 두 번째였다.

박정희 정권은 평소 손봐줘야겠다고 벼르던 '강성' 야당 의원들을 잡 아들였다. 김대중과 가까운 김상현 · 조윤형 · 이종남 · 김녹영 · 조연하 · 김 경인 · 박종률 · 강근호 · 이세규 · 김한수 · 나석호가 군부대로 끌려갔다. 김 영삼의 측근 최형우도 끌려갔다. 정보부원들은 이들 국회의원을 침상 각 목으로 때리고, 옷을 벗긴 후 거꾸로 매달리기를 시키고, 물고문을 했다. 육체적 고통과 함께 인간의 자존심을 사정없이 짓밟았다. 1974년 석방된 이들은 1975년 2월 28일 기자회견을 열고 자신들이 당한 고문 내용을 국 민에게 고발하고, '고문정치 종식을 위한 선언'을 했다.

김대중과 운명을 함께했던 권노갑 · 한화갑 · 엄영달 · 김옥두 · 방대엽 · 이수동 · 이윤수 등 비서진과 운전기사도 잡혀 들어갔다. 정보부원들은 비서진 중 가장 선임자였던 권노갑에게 당근과 채찍을 병행했다. 그들은 권노갑에게 세 가지를 집중적으로 물었다.

"권노갑, 순순히 협조하면 괴로운 일은 크게 당하지 않을 것이다. 첫째 김대중에게 돈을 준 사람의 명단, 둘째 김대중의 여자관계, 셋째 김대중의 군 인맥을 대라. 말하지 않으면 어떻게 된다는 것쯤은 알겠지?"

권노갑이 그들이 요구하는 대답을 하지 않자 그들은 무지막지한 고문으로 대응했다. 권노갑은 중앙정보부 지하실에서 수없이 맞았고, 고막까지 터졌다. 물고문으로 여러 차례 까무러쳤다. 그래도 그는 묵묵부답으로 응했다.

정보부원들은 고문으로는 입을 열게 할 수 없을 것 같아지자 당근 정책을 구사했다.

"자, 권노갑! 좋다. 다른 놈들도 족치고 있으니까 한 놈은 불겠지. 너 김대중 따라다녀봤자 말짱 헛일이라는 것은 알고 있겠지? 어때, 동교동에서 벌어지는 일들을 우리에게 전해 주기만 하면 후사는 섭섭지 않게 해주겠다. 3천만 원 정도면 힘 좀 펴지 않겠나?"

그때 3천만 원이면 큰 액수의 돈이었다. 그러나 권노갑의 태도는 요지부동이었다.

"길게 말할 필요 없다. 죽이려거든 빨리 죽이는 것이 너희들도 힘을 덜 빼는 길이다."

권노갑은 그렇게 버틴 끝에 죄목도 없이 한 달 정도를 감옥에서 지냈다. 굳이 죄목과 이유를 들자면 김대중에 대한 '충성 죄'라고나 할까.

김옥두가 잡혀간 곳은 광화문 경기여고 옆 중앙정보부 대공분실이었다. 김옥두는 몇 시간 동안 몽둥이로 맞고 난 다음 발목과 손목이 묶인 채

'통닭구이' 고문을 당했다. 그는 천장에 매달린 채로 물고문을 받아 여러 차례 정신을 잃었다. 수사관들은 김옥두를 고문하면서 다음과 같이 말하라고 했다.

"'김대중은 빨갱이다'라고 말하면 풀어주겠다."

"나는 못 합니다. 빨갱이가 아닌데 어떻게 빨갱이라고 말합니까?"

김옥두가 시인하지 않자 수사관들은 그의 머리를 몇 번이나 시멘트벽에다 패대기쳤다. 그들은 펜치로 김옥두의 손톱을 뽑고 혀를 잡아당겼다. 김옥두는 모진 고문으로 걸레처럼 짓이겨졌다. 그래도 말을 안 듣자 정보요원들이 말했다.

"이 새끼는 안 되겠다. 이놈은 너무나 악질이다."

정보요원들은 끝내 김옥두의 입을 열지 못하자 다시는 동교동에 발을 들여놓지 않겠다는 각서를 쓰게 한 후 잡아온 지 8일 만에 풀어줬다.

밤늦게 만신창이가 된 몸으로 풀려난 김옥두는 감시를 피해 몸을 숨긴 후 새벽에 동교동 뒷담을 넘었다. 이희호는 김옥두의 처참한 몰골을 보고 놀랐다. 말로 표현할 수 없는 참혹한 심정이었다.

"비서들이 끌려가 그런 고통을 당한 것을 보고 정말 미칠 것만 같았다. 차라리 남편이나 내가 끌려갔더라면 덜 힘들었을 것이다."

정보부는 김대중의 측근들에게 선거 때 정치자금을 댄 기업인이 누군지를 집요하게 물었다. 아세아자동차 회장 이문환은 위험을 무릅쓰고 마치 친정아버지가 하듯 이희호를 보살펴 주었던 사람이다. 그는 70살이 넘은 노인이었으나 김대중에게 정치자금을 제공했다는 명목으로 붙잡혀 갔다. 그들은 이문환을 발가벗겨 몽둥이로 때리고 코에 물을 부었다.[30]

10·17 쿠데타 후 김대중은 일본을 떠나 망명지를 미국으로 옮겼다. 그는 미국에서 에드윈 라이샤워 교수, 에드워드 케네디 상원의원 등 유력 인사들과 만나 박정희 독재정치의 실상을 알리고 협조를 구했다. 그는 미국의 여러 대학에서 강연하면서 유신체제의 반민주적 성격을 고발하고 박정희 정권을 비판했다. 김대중은 일본도 방문하여 일본의 국회의원과 유력 인사들에게 한국에 대한 일본인들의 잘못된 정보를 바로잡고 그들의 인식을 바로잡으려 노력했다.

박정희는 1972년 12월 23일 통일주체국민회의에서 제8대 대통령으로 선출되었다. 서울 장충체육관에서 진행된 선거 결과는 전체 참석 대의원 2,359명 중 찬성 2,357표, 무효 2표였다. 선거가 아니라 말 그대로 박정희를 추대하는 행사였다. 북한의 찬반 투표와 똑같았다.

김대중이 해외에 있는 동안 이희호는 편지로 그를 격려했다. 편지 교환은 비밀 메신저를 통해 이루어졌다. 이 역할은 일본 방송 TBC의 미요시 특파원과 미국 CBS의 한영도 특파원이 자청하여 행했다.

이들 비밀 메신저와 이희호가 만나 편지를 전달하고 받는 과정은 '007 작전'을 방불케 했다. 이희호는 공중전화를 이용해 스미요시라는 가명으로 그들한테 전화를 걸어서 다과점이나 조용한 식당에서 만나 편지를 건네고 김대중의 소식을 전달받았다. 나중에는 그것도 위험하다고 하여 밤에 남산 야외음악당에서 만나 그분들 차로 바꿔 타고 강남으로 가 아무도 없는 들판에 차를 세워놓고 남편의 근황을 듣고 편지를 건네주었다.

이희호는 1972년 12월 9일 편지에 집안 소식을 전하고 그를 격려했다.

"당신이 얼마나 보고 싶고 그리운지 모릅니다."

"비서와 측근들이 무서운 고문을 당하고 모두 몸에 멍이 들었어요."

"중앙정보부는 안방에서 나와 비서 단둘이서 이야기하고 심부름시킨 것까지도 일일이 다 알고 있어요. 우리 집에서 끌려갔던 사람들은 (중앙정보부에서) 어머님 돌아가셨을 때 부의금 명단의 복사본까지 보았다고 합니다. 안방에 도청 장치가 있었던 게 사실이었나 봅니다."

"현재로서는 당신만이 한국을 대표해서 말할 수 있는 것 아니겠어요? 정부에서는 당신이 외국에서 성명을 내는 것과 국제적 여론을 제일 두려워한다고 합니다. 더 강한 투쟁을 하세요."

"미국이나 일본이나 혼자 다니지 마시고 음식도 조심하세요. 언제 어디서나 당신을 노리고 미행한다는 것 잊지 마세요."

편지를 자주 보낼 수 없었기 때문에 이희호는 편지 한 번 보낼 때마다 국내 소식, 집안 소식, 측근과 비서들의 고생하는 모습, 남편 걱정 등을 한꺼번에 적어서 보냈다.

김대중은 미국에서 1973년 7월에 '한국 민주 회복 통일촉진 국민회의'(한민통)를 결성했다. 해외에서 민주화운동을 더욱 조직적으로 하기 위해서였다. 이 모임에는 김상돈, 문명자, 임창영 전 유엔대사 등이 참여했다. 김대중을 지지하는 사람 중 일부가 김대중에게 미국에 망명정부를 구성하자고 했다.

"효과적인 반정부 투쟁을 하려면 망명정부가 더 효과적일 수 있습니다. 망명정부를 구성하면 박정희 정권에 대한 반대 의지가 더욱 분명하게 표명될 것입니다. 외국 국가들의 주목도 더 많이 받을 수 있습니다."

그러나 김대중은 망명정부 구성 주장에 단호하게 반대했다.

"안 됩니다. 우리는 '대한민국 절대 지지'와 '선 민주, 후 통일' 원칙을 분명히 해야 합니다. 이 원칙은 박정희 정권에게 우리에 대한 탄압의 빌미를 제공하지 않기 위해서라도 확실하게 지켜나가야 합니다."

김대중은 미국에서 한민통을 결성한 직후 일본으로 돌아왔다. 한민통 일본 본부를 결성하기 위해서였다. 그는 재일 한국인들을 만나 한민통 결성 계획을 알리고 독재정권 타도와 민주주의 회복 운동에 함께해 달라고 호소했다. 많은 사람이 참여를 약속했다. 한민통 창립대회는 1973년 8월 15일로 예정되어 있었다. 그는 한민통을 캐나다에도 결성하려고 했다. 한민통을 세계적인 기구로 만들려는 구상이었다.

박정희 정권은 김대중의 해외 활동에 대해 예민하게 반응했다. 해외에 파견된 정보기관을 통해 김대중의 행동을 일거수일투족 감시했다. 박정희가 이후락 중앙정보부장을 불러 김대중에 대해 특단의 조처를 하라고 지시했다.

"이 부장, 김대중을 저렇게 놓아둘 거야?"

"자칫하면 내정 간섭이라는 비판을 받을지 몰라 일단 지켜보고 있습니다. 대신 일거수일투족을 감시하라고 지시해 놓았습니다."

"김대중이가 일본과 미국을 오가면서 나와 대한민국의 명예를 훼손하고 미국과 일본 정부에 대한민국을 지원하지 말라고 하는데 언제까지 감시만 하고 있을 거야?"

"그게 좀 미묘합니다. 직접 잡아올 수도 없고."

"잡아오기가 힘들면 그냥 없애버려. 내 입으로 꼭 그것까지 말해야겠어?"

이후락은 박정희의 지시를 받고 분부대로 하겠다고 했지만, 너무 엄청난 일이라 차일피일 미루면서 한 달을 보냈다. 박정희가 다시 이후락을 불러 호통을 쳤다.

"당신, 시킨 것을 왜 안 하냐."

"예, 각하. 제가 책임지고 처리하겠습니다."

일본에 머무르고 있는 김대중에게 첩보가 들어왔다. 그를 납치하려는 시도가 있다는 것이다. 김대중은 만일의 경우를 대비하여 경호를 강화하고 체류 호텔을 거의 매일 옮겨 다녔다. 김대중은 1973년 8월 8일 일본을 방문 중인 양일동 민주통일당 총재를 만나러 그랜드 팔레스 호텔에 갔다. 그는 양일동과 함께 일본에 온 김경인 의원까지 포함하여 셋이서 점심을 먹었다. 김대중은 이들과 점심을 먹은 후 자민당의 기무라 토시오 의원을 만나러 호텔 방을 나왔다. 김경인이 배웅차 복도로 나왔다.

그때 건장한 남자 5-6명이 김대중을 납치했다. 대낮에 호텔 복도에서였다. 김대중은 옆방으로 끌려가 마취를 당했다. 본래 납치범들은 호텔 욕조에서 김대중을 살해한 후 등산용 배낭에다 담아 옮길 작정이었다. 그 계획을 변경한 것은 김경인이 김대중을 배웅하려고 방을 나오다가 우연히 납치 현장을 발견했기 때문이었다. 납치범들은 당황한 나머지 김대중을 마취시킨 뒤 밖으로 끌고 나와 승용차에 실어 항구로 옮겼다. 그들은 거기서 김대중의 두 손과 두 다리를 모두 묶은 채 보트에 태웠고 다시 큰 배로 옮겨 실었다. 밧줄로 몸을 꽁꽁 묶고 두 손목에는 돌이나 쇳덩이 같은 것을 달았다. 바닷속으로 던져 죽이려 하고 있음이 분명했다. 죽음의 순간이 다가오고 있었다.

김대중이 납치된 후 미국 CIA가 정보를 입수했다. CIA는 하비브 주한 미국 대사에게 이 사실을 알렸다. 하비브 대사는 한국 내의 모든 정보 팀을 소집했다.

"김대중 씨가 납치되었다. 중앙정보부가 개입된 것 같으니 빨리 정보를 수집하라. 그를 살려야 한다."

하비브는 곧바로 박정희에게 직접 전화를 하여 이 사실을 인지하고 있음을 알리고 강력하게 항의했다. 아울러 미국의 우려를 강력하게 전달했다. 하비브 대사가 이렇게 신속한 조처를 한 것은 그가 전부터 한국 정부가 이런 사태를 일으킬지 모른다고 생각했기 때문이다.

이런 사실을 모르는 김대중은 죽음 앞에서 하느님을 찾았다. 자신을 살려달라고 간절하게 기도했다.

"저를 살릴 수 있는 분은 하느님뿐입니다."

김대중이 하느님을 찾고 있는 사이에 비행기 소리 같은 것이 들렸다. 일본이 미국 정보기관의 연락을 받고 김대중을 납치한 배를 수소문하기 위해 급히 띄운 비행기였다. 비행기 소리가 들리자 납치자들이 김대중을 대하는 태도가 달라졌다. 누군가가 김대중에게 조용히 말했다.

"당신 살았습니다. 운이 좋았습니다."

"하느님, 감사합니다."

김대중은 하느님이 자신을 살려줬다고 믿었다. 그에게는 기적이나 다름없는 일이었기 때문이다. 납치자들은 김대중을 묶었던 밧줄을 풀어주었다. 그는 배 안에서 이틀 정도 더 머문 다음 한국의 어느 항구에 내려 자동차로 옮겨졌다.

"지금부터 선생을 차에 태워 집 근처에서 풀어줄 것입니다. 상부 명령입니다. 차에서 내리거든 소변을 보고 눈의 테이프를 풀고 집으로 가십시오."

김대중은 8월 13일 동교동 그의 집 근처에 내려졌다. 도쿄의 호텔에서 납치된 지 5일이 지난 후였다.

이희호는 김대중이 납치된 후 정치권과 국제적십자사 등 연결이 되는 곳마다 남편의 소식을 수소문하고 구명 운동을 펼쳤다. 13일 저녁 김대중의 안부가 걱정되었던 김정례 등이 김대중 집에 왔다. 이희호와 이들이 응접실에서 이야기를 나누고 있는데 밖에서 갑자기 큰 소리가 났다.

"오셨어요!"

"의원님이 오셨어요!"

여러 사람이 밖으로 나가니 김대중이 들어서고 있었다. 이희호는 꿈인지 생시인지 분간하기 어렵게 정신이 혼미했다. 김대중은 안방으로 들어서면서 맨 먼저 이희호의 손을 잡고 말했다.

"여보, 예수님을 보았어요."

현관에 있는 사람들 모두 함께 그 자리에 끓어 엎드렸다. 감사 기도를 드리는 내내 김대중과 이희호의 눈에서 눈물이 흘렀다.

김대중의 입가가 터져 피가 엉겨 있었다. 손목에 피멍이 들고 옷이 구겨져 무척 초췌해 보였다. 김대중은 집으로 몰려든 내외신 기자들에게 납치 경위를 설명했다. 김대중은 박정희 정권이 자신을 납치했다고 주장했다.

그러나 박정희 정권은 8월 14일 성명을 발표하여 이번 사건과 정부는 아무런 관련이 없다고 했다. 오히려 그들은 이번 사건이 김대중의 자작극인 것처럼 소문을 퍼뜨렸다. 김대중과 이희호는 정부의 뻔뻔스러운 태도에 분노했다. 두 사람을 분노하게 만든 또 다른 사람들이 있었다. 김대중과 정치를 같이 한 야당이었다. 유진산 총재 등 일부 간부들이 김대중 납치사건을 김대중이 꾸민 자작극이라고 생각한 것이다.

물론 김대중에게 항상 든든한 기둥 역할을 해 준 의인도 있었다. 정일형·이태영 부부가 대표적이었다. 정일형은 9월 26일 국회 대정부 질문

148

에서 외교·안보 분야 발언자로 내정되어 있었다. 정보부가 직간접적으로 정일형에게 김대중 납치사건에 대한 발언 자제를 요구했다. 정일형은 단단히 각오했다. 아침에 집을 나설 때 아내 이태영도 그를 격려했다.

"어떤 일이 있어도 용기를 잃지 마세요."

정일형은 국회에서 여야 의원들이 주시하는 가운데 김종필 총리를 상대로 김대중 사건을 정식 거론했다.

"솔직히 말해서 나는 무엇 때문에 한 정권이 개인을 상대로 이토록 심한 피해망상증에 걸려 있는지 알 수가 없소! 사건 내용으로 보나 규모로 볼 때 아무나 범인이 될 수 없어. 외국에서는 물론이고 많은 국민이 이번 사건을 중앙정보부 소행이라고 단정하고 있어. 내 생각도 그런 것 같아. 손바닥으로 하늘을 가릴 생각 마시오."

정일형이 질의를 하는 동안 여당 의원들이 고함을 치며 소란을 피웠다. 열네 번이나 발언이 중단될 정도로 그들은 거칠게 소란을 피웠다. 여당 의원들은 단상으로 올라와 70살의 정일형을 몸으로 밀어제쳐 넘어뜨린 후 구둣발로 짓밟는 폭행까지 저질렀다. 정 의원은 이날 집으로 돌아와 쓰러져 병원으로 옮겨졌다. 장 출혈이었다.[31]

김대중을 납치한 방에서 주일 한국 대사관 김동운 1등 서기관의 지문과 김동운이 산 배낭이 발견되었다. 한국의 중앙정보부가 김대중을 납치한 것이 틀림없었다. 양일동이 김대중을 만날 예정이라는 것을 알고 사전에 김대중 납치 계획을 세워 실행에 옮긴 것이다.

8월 23일 일본 〈요미우리 신문〉은 서울발 특종 기사로 '김대중 납치사건, 정보부 기관원 관련'을 1면으로 보도했다. 일본 정부는 범행 현장에서 김동운 1등 서기관의 지문이 나왔다고 밝히면서 김대중 납치사건에 한국 정부가 개입한 것을 공식화했다. 일본 정부는 한국 정부에 진상을 규명하고, 김대중을 다시 일본으로 보내며, 또 공식 사과를 하라고 요구했다. 일본 정부는 가을로 예정된 한일 각료회의도 무기한 연기했다.

11월 1일 김용식 외무부 장관은 김동운 1등 서기관을 면직 처분하고, 사건 발생 전 일본과 미국에서 행한 김대중의 언행에 대해서는 문제 삼지 않으며, 박정희가 사과한다는 등의 내용을 발표했다. 박정희의 사과는 총리 김종필이 일본을 방문하여 유감을 표명한 박정희의 친서를 전달하는 형태를 취했다. 박정희는 이 사건의 책임을 물어 이후락 중앙정보부장을 경질했다. 두 나라가 합의한 해법은 해결이 아닌 봉합이었다.[32]

유신체제 아래에서도 학생들을 중심으로 민주화운동은 계속되었다. 불안을 느낀 박정희는 1974년 1월 8일 선포한 긴급조치 제1호를 시작으로 긴급조치를 연속 발동했다. 긴급조치 제1호는 민주인사들의 유신헌법 개정 청원 서명운동을 저지하기 위한 것이었다. 1974년 4월 3일에는 긴급조치 제4호를 선포하여 유신체제를 비판하는 학생들 수백 명을 구속했다. 소위 '민청학련사건'으로 불리는 이 사건으로 이철, 유인태, 이해찬 등이 구속되었다. 유인태, 이철 등은 사형을 선고받았다. 학생이 아니었던 백낙청, 함석헌, 고은, 김상현 등도 구속되었다.

1974년 8월 15일 광복절 기념식장에서 재일교포 문세광이 쏜 총탄에 대통령 부인 육영수가 살해되었다. 육영수는 청와대 내 야당이라고 알려질 만큼 제한적 역할이기는 했지만, 집권 여당 내에서 박정희에게 쓴소리할 수 있는 유일한 인물이었다. 우아한 모습에 더하여 청와대 내에서 그의 야당 역할은 박정희를 싫어하는 사람조차도 육영수를 좋아하게 했다.

그런 육영수가 불행하게 사망한 것은 절반은 박정희의 장기 집권욕 때문이었다.

박정희는 1975년 4월 9일 전날 대법원에서 사형이 확정된 인민혁명당(인혁당) 재건위 관련자 8명을 사형시켰다. 8명에 대한 사형 집행은 대법원에서 확정판결이 난 지 불과 18시간 만에 이루어졌다. 명백한 사법살인이었다.³³

민청학련사건으로 잡혀 들어갔다 풀려난 김지하는 인혁당 당사자들이 당한 고문을 당사자들의 목소리를 전하는 형태로 세상에 폭로했다. 그의 폭로로 사형수 가운데 한 사람인 하재완이 어떤 고문을 받았는지 밝혀졌다.

"혹독한 고문으로 창자가 다 빠져버리고 폐농양증이 생겨 생명의 위협을 느낀 가운데 조사를 받았다."

박정희 정권은 잔혹한 고문 사실이 알려질까 두려워 인혁당 사형수들이 가족을 만나는 것을 막았다. 사형수들은 마지막 날까지 가족 면회를 하지 못했다. 유신 정권은 사형수들의 시신을 돌려주지 않고 화장터로 빼돌리기까지 했다. 몸에 남은 고문 자국이 세상에 알려질까 두려웠던 것이다.

인혁당 사형수 가족들의 수난은 그 후로도 오랫동안 계속되었다. '빨갱이 가족'이라는 멍에를 쓰고 온갖 수모를 당했다. 유족들의 가슴에 피멍이 들었다. 사형수 우홍선의 아내는 1987년에 작성한 호소문에서 이렇게 절규했다.

"저는 남편이 사형당한 이후 신문에서 나온 박정희 사진을 그가 죽을 때까지 이가 아프도록 씹어서 뱉곤 했습니다. 남편 산소에 매주 꽃을 들고 찾아가서 하늘을 향해 '살인마 박정희, 천벌을 받아라' 하고 외쳤습니다. 한 번 외치면 효과가 없을 것 같아서 꼭 세 번씩 외쳤습니다."³⁴

1975년 4월 30일 남베트남의 수도 사이공이 함락되면서 베트남전쟁이 끝났다. 부정부패와 무능으로 특징짓는 남베트남의 지도자들이 국민의 높은 지지를 받는 북베트남의 호지명에게 진 것이다. 우리 장병 30만명 이상이 참전했던 베트남전에서 미국과 남베트남이 패배하면서 전쟁에서 사망한 우리 병사 5,000여 명의 죽음도 의미가 약화되었다.

남베트남 패망 사건은 독재와 부패에 찌든 정권은 외부의 어떤 물적 지원에도 불구하고 승리하기 어렵다는 준엄한 교훈을 남겼다. 그런데 박정희 정권은 이 사건에서 배운 바가 없어 보였다. 오히려 이 사건을 빌미로 철권통치를 강화하면서 국내 정치를 더 후퇴시켰다. 남베트남이 패망한 지 2주일 후인 1975년 5월 13일 긴급조치 제9호를 선포하여 유신헌법의 부정·개정·폐기 등 일체의 주장 금지, 학생들의 집회와 시위 금지, 유언비어 날조·유포·왜곡 금지 등을 발표했다. 국회의원의 면책특권도 박탈했다. 한마디로 국민의 입을 막고 손발을 묶었다. 박정희 정권은 대내외적인 도전 앞에서 정상적인 방식으로는 나라를 이끌 능력을 상실했다. 총칼이 아니면 정권을 유지할 수가 없었다.

월간 〈사상계〉를 발행했고 국회의원을 지낸 장준하는 일제강점기 때 독립군에 가담한 사람이다. 그는 유신 시대 때는 민주화운동을 하다가 10여 차례 투옥된 경력이 있으며 1975년 개헌 청원 백만인 서명운동을 주도했다. 그가 1975년 7월 김대중을 찾아왔다.

"김 선생과 함께 유신체제를 종식하고 민주 사회를 만들고 싶습니다."

"그렇게 말씀해 주시니 기쁩니다. 우리가 손을 잡으면 박정희가 크게 긴장할 것입니다."

김대중은 과거 장준하가 운영하는 〈사상계〉에 글을 기고하고 재정적으로도 도움을 준 바 있었다. 그러나 1971년 대통령 선거 때 장준하가 다른 진영에 가담하여 김대중을 공격하면서 관계가 서먹해졌다. 그 이후 두 사람은 같이 민주화운동을 하면서도 개인적으로 터놓고 이야기를 나누지 못했다. 그런데 이날 만남이 이루어졌다. 분위기가 무척 화기애애했다. 식사하는 동안 장준하는 등산의 묘미를 재미있게 이야기했다. 거의 모든 산을 오른 듯했다.

김대중이 염려되어 한마디 했다.

"그렇게 다니셔도 괜찮습니까?"

"설마 놈들이 날 어떻게 하겠소?"

"그래도 혼자서는 절대 다니지 마십시오. 세상이 너무 험합니다."

이렇게 대화를 나눈 지 한 달도 채 안 된 8월 17일 장준하는 경기도 포천군에 있는 약사골 계곡에서 시체로 발견되었다. 산봉우리에서 추락했으면 상처가 많이 났을 텐데 장준하의 몸에는 아무런 상처도 없었다. 그의 비보를 접하고 많은 사람은 타살을 떠올렸다. 독재정권의 타살을 확신했던 함석헌 선생은 이렇게 말했다.

"장준하는 김대중과 화해한 것이 죽음을 불러왔어. 저놈들이 둘이 합치면 어찌 된다는 것을 알기 때문이지. 둘 중 하나는 죽어야만 했을 것이야."

김대중은 도저히 가만히 있을 수가 없었다. 김대중은 재야인사들과 함께 1976년 3·1절 때 발표를 목표로 민주구국선언문 작성에 나섰다. 김대중은 자신이 작성한 초안을 극비리에 정일형·이태영 부부에게 보냈다. 그 원고는 문익환 목사에게 보내졌고, 재야인사들이 함께 검토 수정한 후다시 김대중에게 돌아왔다. 김대중과 재야인사들이 작성한 선언문이 3월 1일 명동성당에서 발표되었다. 선언문에서 재야인사들은 박정희 정권의 독재정치를 비판하고, 민주주의의 실현과 민족통일이 우리 겨레의 지상 과업이라고 주장했다. 핵심 주장은 세 가지였다.

첫째, 이 나라는 민주주의 기반 위에 서야 한다.

둘째, 경제 입국의 구상과 자세는 근본적으로 재검토되어야 한다.

셋째, 민족 통일은 오늘 이 겨레가 짊어질 지상의 과업이다.

선언문에 함석헌, 윤보선, 정일형, 김대중, 윤반웅, 이우정, 문동환, 안병무, 서남동, 이문영 등 모두 10명이 서명을 했다. 문익환은 당시 성경을 번역하고 있었는데 마지막 원고 정리가 끝나지 않아 서명자 명단에서 빠졌다.

정부는 구국 선언에 대해 "헌정 질서를 파괴하려는 비합법적 활동"이며 "정부 전복 선동 사건"이라고 발표했다. 10명 중 윤보선은 전 대통령이라서, 함석헌은 고령이라서, 정일형은 현직 의원이라서 제외되고 나머지는 모두 잡혀갔다.

재판을 받는 동안 가족들은 밖에서, 구속자들은 법정에서 또 다른 형태의 민주화 투쟁을 벌였다. 내로라하는 학자·목사·신부들이 재판을 받는 법정은 '민주주의의 강의실'이었다. 피고인들이 재판을 받는 것이 아니라 유신정권이 심판받는 것 같았다.

고령이라는 이유로 구속을 면한 함석헌은 공판 때마다 삼베옷을 입고 입장하면서 이렇게 외쳤다.

"민주주의가 죽었다."

문동환은 감옥 생활이 영광이라고 말했다.

"많은 민주화 동지들과 같이 감옥 생활을 할 특권을 받은 것에 감사한다."

이문영은 오히려 석방될까 걱정했다고 말했다.

"감옥에 있는 것이 예수의 고난에 동참하는 것으로 생각하니 오히려 기쁘다. 나에게 죄가 없기에 판사가 석방할까 오히려 걱정했다."

김대중은 법정에서 자신의 신념과 생각을 밝히고, 죄를 묻는 자들이야말로 민주주의를 파괴하는 자들이라고 역설했다. 그는 유신헌법과 긴급조치의 반민주적 성격을 잘 아는 당사자를 증인으로 신청하겠다고 말했다. 검사와 판사들이 누구냐고 물었다.

"박정희 대통령입니다."

김대중의 이 말에 검사와 판사들이 당황하면서 서로의 얼굴을 쳐다보았다.

이 선언으로 김대중은 대법원에서 징역 5년을 선고받았다. 그는 서울에서 가장 멀리 떨어진 진주교도소로 보내졌다. 김대중이 진주교도소에 갇혀 있는 동안 이희호는 서울과 진주를 오가며 남편을 옥바라지했다. 한 번 내려가면 일주일씩 머물렀다. 그는 남편이 고관절 통증 때문에 앉아서 빨래할 수 없다는 것을 알기에 사흘에 한 번씩 세탁물을 받아 손으로 빨아서 넣었다. 영치금을 넣을 때는 나눠서 매일 조금씩 넣었다.

그는 그 이유를 다음과 같이 말했다.

"가족이 옆에 있다는 것을 알리려고 그랬어요."

김대중은 감옥 안에서 독서에 모든 시간을 바쳤다. 그는 종교 서적을 비롯해 역사·철학·경제·문학 등 다양한 분야의 책을 읽었다. 대입 수험생처럼 시간표를 짜놓고 책을 읽었다. 김대중이 이 시기에 읽은 책 중 그에게 영향을 많이 미친 대표적인 책으로 아놀드 토인비의 『역사의 연구』

가 있다. 12권으로 된 방대한 책이었다. 『역사의 연구』는 김대중에게 특별한 영감과 함께 미래에 대한 확신을 심어주었다.

"나는 역사를 움직이는 원동력은 밑바닥 민중이라는 토인비의 역사관에 마음이 끌렸다. 또 나는 문명의 흥망성쇠는 환경과 시대적 상황으로부터의 도전에 어떻게 응전하느냐에 달려 있다는 토인비의 가르침에서 큰 영감을 받았다."[35]

토인비의 도전과 응전의 논리는 김대중에게 민족의 흥망성쇠만이 아니라 시련에 처한 인간들, 특히 그의 운명에도 적용되었다. 그는 자신에게 닥친 시련을 더 큰 발전을 위한 도전으로 이해했다. 그는 자신의 가족과 친지들이 유례없는 고난과 도전 앞에서 후회 없는 응전을 마련하기 위해 토인비의 교훈을 새기고 있다고 말했다. 그는 이희호에게 쓴 편지에서 자신이 토인비의 도전과 응전의 논리를 중시하는 이유를 다음과 같이 설명했다.

"첫째는 약한 나 자신의 확신을 위해서, 다음에는 당신과 자식들의 도움을 위해서입니다."[36]

김대중은 여름에도 좀 쌀쌀하면 내복을 입어야 할 정도로 추위를 타는 체질이었다. 이희호는 김대중이 진주교도소에 있을 당시 겨울에도 안방에 불을 넣지 않았다. 남편이 영하로 내려가는 감방에서 떨고 있을 것이라고 생각할 때마다 집에서 따뜻하게 지낼 수가 없었다.

김대중은 1977년 12월에 서울대병원으로 이감되었다. 서울대병원에서의 수감 생활에서도 가족 외 외부와의 접촉이 일절 금지되었다. 교도소에서는 실외 운동 시간이라도 있었는데 병원에서는 그것마저 없었다. 교도소 생활보다 더 힘든 시간이었다.

1978년 새해 벽두였다. 비서들이 김대중을 너무 오랫동안 못 봤다면서 세배하러 병원으로 갔다. 이희호도 남편 점심을 준비해 뒤따라갔다. 김대중 병실이 있는 복도 앞에서 서울구치소 부소장이 이희호와 사람들의 접근을 막았다.

비서 김옥두가 사정했다.

"병실 앞에서 세배라도 하게 해 주십시오."

부소장이 다음과 같이 대답하고 사라졌다.

"법무부 교정국장과 상의해서 알려주겠소."

조금 후 동대문경찰서 서장과 정보과 형사들이 병실 앞으로 들이닥쳤다가 아무 일도 없다는 것을 알고 돌아갔다. 그 직후 부소장이 나타났다. 김옥두가 부소장에게 따졌다.

"왜 기다리라고 해놓고 경찰을 들여보냈습니까?"

그로부터 며칠 후 경찰이 김옥두를 부르더니 공무집행방해죄로 구속했다. 현장에 있지 않았던 한화갑도 함께 구속했다. 세배하러 간 것이 죄가 돼 김옥두는 1년의 실형을 살았고, 한화갑도 8개월이나 투옥되었다.[37]

시인 양성우는 이 무렵 『겨울 공화국』(1977)이라는 시집을 발간했다. 그는 이 시집을 발간한 후 재직하던 광주중앙여자고등학교에서 해직되었다. 겨울 공화국에 수록된 시의 한 구절을 소개하면 다음과 같다.

"총과 칼로 사납게 윽박지르고
논과 밭에 자라나는 우리들의 뜻을
군홧발로 지근지근 짓밟아대고
밟아대며 조상들을 비웃어대는

지금은 겨울인가

한밤중인가

논과 밭이 얼어붙는 겨울 한때를

여보게 우리들은 우리들을

무엇으로 달래야 하는가"

박정희는 1978년 통일주체국민회의에서 대의원 2,578명 중 2,577표
를 얻어 6년 임기의 대통령에 다시 선출되었다. 무효표만 1표 나왔다.
1972년 유신체제 선포 직후 치른 선거에서는 무효표가 2표 나왔었다. 두
번의 선거 모두 민주주의를 모독한 선거였고 세계의 조롱거리가 되었다.
1978년 대통령 취임식 때 경축 사절을 보낸 나라는 대만과 아프리카의
두 나라 등 3개국에 불과했다.

박정희는 대통령 취임식 날인 1978년 12월 27일 김대중을 형집행정지
로 석방했다. 수감된 지 2년 10개월 만이었다. 대신 외부 출입을 금지했
다. 김대중은 석방된 후 집을 감옥으로 삼는 연금 생활에 들어갔다.

10. 김영삼과 1차 연합

1974년 4월, 김대중은 유진산이 암으로 투병 중일 때 그를 문병하러 갔다. 의사의 지시로 면회가 금지되었지만, 유진산이 김대중은 꼭 만나고 싶다고 하여 두 사람의 만남이 이루어졌다. 유진산은 1970년 신민당 대선 후보 때 김영삼을 지지했고 또 1971년 대선 후 치러진 전당대회에서 김대중이 신민당 총재로 선출되는 것을 적극적으로 반대했다. 더 정확히 말하면 그는 대리인 김홍일을 내세워 김대중과 간접 경쟁했다. 당연히 두 사람의 사이가 좋을 리 만무했다. 그런 두 사람이 만났다.

"김 의원, 나라의 장래를 생각해서라도 앞으로 잘해 나가세."

"감사합니다. 건강을 빨리 회복하시기 바랍니다."

그러나 유진산은 일어나지 못했다. 두 사람은 정치 인생에서 늘 적대시하며 싸웠지만, 마지막은 이렇게 화해했다.

유진산의 사망 후 새 총재를 뽑는 신민당 전당대회가 1974년 8월 23일 열렸다. 김영삼과 김의택 등이 경쟁했다. 중앙정보부는 김영삼의 총재 선출을 저지하기 위해 상대 경쟁자를 음으로 양으로 지원했다. 김영삼은 출마 기자회견문에서 대통령의 긴급조치 해제, 정치보복 금지, 김대중의 정치 활동 자유와 해외여행을 허가하라고 요구했다.

김대중은 연금 중이라 직접 나설 수 없었다. 대신 그는 동교동계라 불리는 사람들에게 김영삼을 총재로 선출할 것을 당부했다. 김영삼이 당내에서 가장 강력하게 박 정권과 맞서고 있었기 때문이다. 두 사람은 경쟁자였지만, 독재정권 타도를 위해서 이렇게 하나가 되었다.

김영삼은 중앙정보부의 방해 공작에도 불구하고 당 총재로 선출되었다. 그의 나이는 46세였다. 그는 최연소 국회의원 당선, 최연소 원내총무에 이어 최연소 야당 총재의 기록까지 세웠다.

그는 총재로 선출된 후 정치과제로 세 가지를 제시했는데 그중 하나가 김대중의 정치 활동 자유와 해외 출국 보장이었다. 김영삼은 또 정보부 해체, 대통령 직선제 개헌 등을 요구했다. 야당은 오랜만에 선명 야당의 기치를 내걸고 대정부 투쟁에 나섰다.

김영삼은 1975년 5월 21일 박정희와 영수회담을 했다. 총재 취임 후 처음 만남이었다. 김영삼은 박정희에게 지난해 문세광에게 암살당한 육영수 여사 사건을 거론하며 위로의 말을 건넸다.

"각하, 마음이 얼마나 아프십니까."

박정희는 김영삼의 위로를 받자 망연한 표정을 짓더니 창밖의 새를 가리키면서 바지 앞주머니에서 손수건을 꺼내 눈물을 닦았다.

"김 총재, 내 신세가 저 새와 같습니다."

두 사람은 인사말을 교환한 뒤 본격적인 회담에 들어갔다. 김영삼이 의제를 던지고 박정희가 답하는 형태였다.

"각하, 민주주의 합시다. 유신헌법을 빨리 철폐하여 멋진 민주주의를 한 번 해봅시다."

"김 총재, 나 욕심 없습니다. 집사람은 공산당 총 맞아 죽고, 이런 절간 같은 데서 오래 살 생각 없습니다. 민주주의 하겠습니다. 그러니 조금만 시간을 주십시오."

김영삼은 박정희의 말을 '이번 임기를 마지막으로 물러나겠습니다'라는 뜻으로 들었다. 비명에 타계한 아내를 들먹이며 눈물을 보이고 인생의 허망함을 털어놓는 그의 말을 진심으로 받아들였다.

박정희는 이런 말도 덧붙였다.

"내가 정권을 내놓는다고 미리 알려지면 금방 이상한 놈들이 생겨날 것입니다. 대통령으로 일하는 데 여러 가지 문제가 생깁니다."

권력 누수를 우려한다는 말이었다. 유신헌법에 따라 선출된 박정희의 임기는 2-3년 정도 남았다. 김영삼은 박정희에게 그날 대화 내용을 비밀로 해 주겠다고 약속했다.[38]

김영삼이 영수회담을 마치고 돌아오자 야당과 언론, 국민은 김영삼이 박정희와 만나 무슨 대화를 나누었는지 궁금해했다. 이 문제에 대한 계속된 질문이 있었다. 그러나 김영삼은 회담 내용을 속 시원하게 말하지 않았다. 그러자 시중에 별의별 소문이 나돌았다.

1975년 8월 23일 김영삼은 총재 취임 1주년을 맞이하여 기자회견을 하면서 긴급조치 제9호의 해제와 헌법개정을 촉구했다. 박정희 정권은 이 기자회견을 트집 잡아 김덕룡 비서실장을 구속하고 김영삼을 불구속 기소했다. 김영삼은 뒤늦게 자신이 박정희에게 속았음을 알았다.

1976년 신민당 전당대회가 열렸다. 총재 자리를 놓고 김영삼과 이철승이 대결했다. 이번에도 중앙정보부가 개입했다. 전당대회에 깡패들이 등장하여 대회장을 난장판으로 만들었다. 대표 선출 날짜가 다음 날로 연기되었고, 다음 날 대회에서 이철승이 당선되었다.

이철승은 신민당 대표최고위원으로 선출된 후 중도통합론을 펼쳤다. 그가 설명하는 중도통합론이란 한마디로 말하여 '참여 속의 개혁론'이었다. 그런데 겉으로 보면 그럴듯해 보이지만 실제는 박 정권에 대한 유화 제스처였다. 실제로 이철승은 대표최고위원이 된 후 유신체제에 어정쩡하게 얹혀 있었다. 김대중은 이철승의 태도가 마음에 안 들었다.

3년이 지난 1979년 5월 30일 다시 신민당 전당대회가 열렸다. 김영삼이 중도통합론을 내건 이철승과 또 대결했다. 김대중은 이철승에게는 선명 야당을 기대할 수 없다고 판단했다. 그래서 그는 1979년 전당대회 때 다시 한번 김영삼을 지지하기로 했다.

김대중은 이 무렵 연금 중이었다. 그는 제삼자를 통해 자신과 가까운 조윤형, 김재광, 박영록에게 총재 선출 경선 참여를 포기하도록 설득했다. 또 그는 경찰의 감시망이 허술한 틈을 타 전당대회 전날 김영삼 지지세력들의 단합대회에 직접 참석했다. 그는 당원들 앞에서 김영삼 지지를 역설했다.

"김 총재와 나를 라이벌로 보지 마십시오. 나라가 잘되려면 여러 인물이 커야 합니다. 내가 민주 회복 때까지 살아남는다는 보장이 어디에 있고, 김 총재가 살아남는다는 보장이 어디 있습니까. 아니 제2, 제3의 김대중이와 김 총재가 필요합니다. 이래서 하나가 쓰러지고, 하나가 병들더라도 올바른 대안이 있어야 합니다. 민주 회복이 되면 이까짓 것 따질 필요가 없습니다. 그때 국민 여론과 여러분의 의사에 따라 결정하면 그만입니다. 애도 낳기 전에 이름 가지고 싸울 필요가 없습니다. 김 총재는 오늘만 필요한 것이 아니라 장래 이 나라를 위해 필요한 것입니다. 여러분 김 총재를 지지해 주십시오. 이 김대중이를 지지하면 김 총재를 지지해 주십시오."

열렬한 박수가 쏟아졌다. 김대중과 김영삼의 뜨거운 포옹에 식당 아서원에 모인 대의원들은 감격의 눈물을 흘렸다.

이철승은 1971년 신민당 전당대회 때 김대중을 도왔다. 그는 김대중이 김영삼과의 경쟁에서 신민당 대선 후보가 되는 데 일등 공신이었다. 이철승은 대표최고위원으로 있을 때는 교도소에서 추위로 고생하는 김대중에게 난로를 보내도록 하는 등 직간접적으로 도움을 많이 주었다. 김대중은 개인적으로 이철승의 그런 도움에 감사했다. 그러나 전당대회를 맞이하여 김대중은 공과 사를 구분했다.

1차 투표에서는 누구도 과반을 넘기지 못했다. 김영삼, 이철승, 이기택 후보가 결선에 진출했다. 이대로 결선투표가 진행되면 당권을 쥐고 있는 이철승이 절대 유리했다. 김대중은 급히 김영삼을 지지해 달라는 메모를 써 이기택 부인에게 보냈다. 이기택 부인은 남편에게 약을 가져다준다며 보온병을 가지고 이기택에게 다가가 김대중이 전해 준 메모를 건넸다.

"민주주의를 지지한다면 김영삼 후보를 밀어주오. 이대로 가면 모두가 패자가 됩니다. 이기택 동지도 민주주의를 위해 나오셨으니 믿겠습니다."

메모를 읽은 이기택이 단상에 올랐다. 모두 잔뜩 긴장했다.

"저는 후보를 사퇴하겠습니다. 대신 김영삼 후보를 지지하겠습니다. 이것이 민주주의를 위한 최선의 길이라 생각되어 내린 결단이니 당원 여러분의 이해와 협조를 부탁드립니다."**39**

개표 결과 김영삼이 11표 차이로 승리했다. 정부 여당이 이철승을 돕는 데 온 힘을 다했지만 그들의 뜻대로 되지 않았다. 11표라는 근소한 차이를 고려할 때 김대중의 지지가 없었다면 김영삼은 아마도 당선되기 어려웠을 것이다.**40** 이렇게 김대중과 김영삼은 다시 한번 손을 잡았다. 그들은 경쟁하면서도 필요할 때는 항상 협력했다. 두 사람 모두 국민의 바람이 무엇인지를 의식하며 경쟁하고 협력했다.

1979년에 박정희 정권을 뒤흔드는 대형 사건들이 잇달아 터졌다. 1979년 8월 9일 YH 노동자의 신민당사 농성 사건이 발생했다. 경찰이 신민당사에 난입하여 YH 노동자들을 끌어내렸고 이 과정에서 김경숙 노조위원장이 사망했다. 그 직전에 신민당 원외지구당 위원장 세 명은 신민당 전당대회 때 참여한 일부 대의원의 자격을 문제 삼아 김영삼 총재에 대한 직무 정지 가처분 신청서를 법원에 제출했다. 법원이 이 신청서를 그대로 받아들였다. 배후에 정부 여당이 있었다. 이에 분노한 김영삼은 박정희의 하야를 요구했고, 외국 언론과의 인터뷰에서 카터 행정부에 박정희 정권에 대한 지지를 중단하도록 촉구했다.**41**

"미국은 국민과 끊임없이 유리되고 있는 정권, 그리고 민주주의를 열망하는 다수 국민 중에서 어느 쪽을 선택할 것인지를 분명히 할 때가 왔다."

박정희가 김영삼의 회견 내용에 분개했다.

"김영삼을 그대로 둘 수 없어. 우리에게 큰 화근이 되고 남을 사람이야. 이번에 손을 봐야겠어."

박정희의 의중은 바로 여당 지도부에 전달되었다. 여당은 김영삼이 외신 인터뷰에서 내정 간섭을 요청했다면서 김영삼 의원 제명동의안을 제출했다. 공화당과 유정회 의원을 모두 합하면 의원 제명 의결에 필요한 의원 숫자가 전체 의원의 2/3를 넘었다. 그들만의 회의에서 김영삼 제명안이 통과되었다. 야당 총재가 국회에서 쫓겨났다.

국민들이 박정희 정권의 반민주적 행위에 분노했다. 1979년 10월 16일 김영삼의 정치적 고향인 부산에서 대규모 학생 시위가 일어났다. 시민들도 가세했다. 박정희 정권은 부산에 비상계엄령을 선포하고 공수부대를 투입했다. 시위는 마산으로 확대되었다. 다시 마산·창원에 위수령을 선포했다. 부산과 마산은 김영삼의 정치적 거점이지만 넓게 보면 박정희의 정치적 거점이기도 했다. 그런 지역에서 대규모 시위가 발생한 것은 곧 민심이 박정희 정권을 완전히 떠났음을 의미했다. 공수부대를 동원하여 시위를 진압하기는 했지만, 박정희 정권 내부의 충격은 매우 컸다.

부마항쟁이 발생하고 열흘가량이 지난 1979년 10월 26일 밤에 박정희, 청와대 비서실장 김계원, 중앙정보부장 김재규, 경호실장 차지철 등 네 명이 궁정동 안가에서 술자리를 벌였다. 충남 삽교천 방조제 준공식에 참석하고 돌아온 길이었다. 대중가수 심수봉과 여대생 신 아무개가 노래와 술 심부름을 했다. 이날의 주 화제는 부마항쟁과 김영삼 구속 문제에 관한 것이었다. 박정희는 중앙정보부가 야당에 대해 신속한 대처를 못 한다고 질책했다.

"미국의 브라운 국방부 장관이 오기 전에 김영삼을 구속해야 했어. 중앙정보부는 좀 무서워야 해. 신민당 의원 비행 조사서만 움켜쥐고 있지 말고 잘못한 놈은 즉각 구속해야지."

"국민은 김영삼이 국회에서 제명된 것으로 처벌했다고 보고 있습니다.

구속하면 같은 것으로 두 번 처벌하는 인상을 줄 수 있습니다."

김재규의 대답이 박정희의 기대에 못 미친다고 판단한 차지철이 나섰다.

"새끼들, 까불면 신민당이고 학생이고 간에 전차로 싹 깔아뭉개 버리겠습니다. 캄보디아에서는 몇백만 명을 죽여도 그만인데 그까짓 십 만이고 이십 만이고 탱크로 깔아뭉개야지요."

그러나 김재규는 박정희나 차지철과 전혀 다른 생각을 하고 있었다. 그는 부마항쟁에서 민심의 이반을 확인했다. 그는 더 많은 희생을 방지하기 위해서는 유신체제를 끝장내는 방법밖에 없다고 마음먹었다. 김재규는 이날 궁정동 만찬장에서 거사하기로 했다. 핵심 부하들에게 거사를 준비하게 했다.

박정희의 질책과 차지철의 오만방자한 발언이 나온 직후 김재규가 총을 꺼내 들었다.

"(차지철을 쳐다보며) 각하, 이따위 버러지 같은 자식을 데리고 정치를 하니 올바로 되겠습니까."

먼저 차지철에게 총을 쐈다. 이어서 박정희에게 총을 쐈다.

"자네 왜 이러지?"

박정희가 신음소리를 내며 말했다.

차지철이 문밖으로 나갔다가 다시 들어왔다. 김재규도 그를 따라 밖으로 나갔다가 다시 들어왔다. 그는 박정희와 차지철을 향해 다시 총을 쐈다. 김재규의 손에 박정희와 차지철이 세상을 떠났다.

김재규는 훗날 법정에서 자신의 행위를 이렇게 말했다.

"개인의 정분을 끊고 야수의 심정으로 유신의 심장을 쏘았다."

독재정치는 박정희가 가장 믿었던 심복에 의해 무너졌다. 역사에서는 이 사건을 '10·26 사태'라고 명명했다. 박정희 정권은 형식상 김재규의 총에 의해 무너졌지만, 엄밀히 말하면 국민에 의해 이미 버림받은 상태였다. 거기에 김재규가 확인 사살을 한 것이다.

박정희의 권력은 원초적으로 총구에서 나왔다. 일반적으로 정당성이 없는 권력은 본능적으로 폭력화된다. 폭력 없이는 정권을 유지할 수가 없기 때문이다. 박정희는 긴급조치라는 폭력으로 권좌를 지켰다. 일단 폭력화하면 물러났을 때 정치보복을 두려워하게 되고, 그래서 더욱 흉포화되는 게 일반적이다. 태생적인 한계, 즉 쿠데타 콤플렉스가 박정희를 이렇게 독재자로 만들었고 그의 말로를 불행하게 했다.[42]

박정희가 사망한 다음 날 새벽 4시에 동교동 집 전화벨이 울렸다. 이희호가 잠결에 전화를 받았다. 미국에 있던 지인에게서 온 전화였다. 지인은 박정희가 총에 맞아 암살당했다고 하는데 아느냐고 물었다. 이희호는 깜짝 놀라 김대중을 깨웠다.

"여보, 박 대통령이 암살당했다고 하네요."

"박정희가 암살당했다고요?"

김대중은 침대에서 벌떡 일어났다. 차남 김홍업을 불러 담배를 가져오라고 했다. 그는 금연 중이었는데도 두 대를 연거푸 피면서 되뇌었다.

"이러면 안 되는데, 안 되는데……"

김대중은 폭력과 시해를 당하는 방식으로는 안 된다고 했다. 그는 민주주의는 쿠데타나 암살로 되는 것이 아니라고 생각했다.

"민주주의는 국민의 힘으로 이뤄야 진정한 민주주의라고 할 수 있다."

그는 박정희의 유고를 확인한 뒤 '애도한다. 북한은 오판하지 말라'는 성명을 내라고 했다.[43]

김대중에게 박정희는 악연 중의 악연이었다. 그런데도 김대중은 박정희가 김재규에 의해 살해된 현실을 긍정적으로 평가하지 않았다. 민주주의는 쿠데타나 암살로 되는 것이 아니라 국민의 힘으로 이루어지는 것이라는 이유 때문이었다. 그는 김재규를 인간적으로 연민했지만, 그의 행위에 대해서는 평가하고 싶지 않다고 했다.[44]

11. 짧은 봄날, 그리고 사형 선고

박정희 사후 최규하 국무총리가 대통령 권한대행이 되었다. 김영삼 신민당 총재는 11월 5일 기자회견에서 유신헌법은 이제 의미가 없어졌다고 주장하고 가능한 한 빨리 새로운 헌법에 따라 대통령을 뽑자고 했다.

"제3공화국 헌법으로 돌아가는 것을 원칙으로 하여 3개월 안에 개헌을 하고 그 후 3개월 안에 국민이 대통령을 직접 뽑도록 하자."

그러나 최규하의 생각은 달랐다. 그는 11월 10일 '시국특별담화'에서 유신헌법에 따라 박정희 후임자를 뽑는 절차부터 진행하겠다고 했다.

"현행(유신)헌법에 의해 규정된 시일 내에 대통령 선거를 하되, 선출된 새 대통령은 전임 대통령의 임기를 채우지 아니하고 현실적으로 가능한 한 이른 시일 내에 헌법을 개정하고, 그 헌법에 따라 선거를 실시하겠다."

이 담화의 핵심 내용은 최규하 자신이 먼저 유신헌법에 따라 대통령이 되겠다는 것이었다. 최규하는 그가 구상한 대로 1979년 12월 6일 유신헌법에 따라 제10대 대통령에 취임했다. 그는 대통령에 취임한 후 긴급조치 제9호를 해제했다. 김대중에 대한 형집행정지와 연금 해제도 단행했다.

226일 만에 연금에서 풀려난 김대중은 성명을 발표하면서 다섯 가지를 요구했다. 첫째 모든 정치범의 석방과 복권, 둘째 연내에 개헌과 선거 실시 등 민주 정부의 수립 절차를 명확히 밝힐 것, 셋째 거국 중립내각 구성, 넷째 계엄령 조속 해제, 다섯째 과도 정부 내 민의 수렴 협의체 구성 등이었다.

10·26 사태 이후 군부 내에 미묘한 긴장감이 흘렀다. 정승화 계엄사령관을 중심으로 한 선배 그룹과 전두환 보안사령관을 중심으로 한 하나회 그룹 간에 정국의 방향과 군권을 둘러싼 세력다툼이 벌어졌다. 정승화 그룹은 정치는 정치인에게 맡기자는 의견이었다. 전두환 그룹은 박정희 체제의 유지를 원했고, 군부가 일정한 역할을 하기를 바랐다.

1979년 12월 12일 전두환 보안사령관과 군 조직 내 비밀 서클 하나회 회원들이 중심이 된 일단의 정치군인들이 계엄사령관 정승화를 체포하고 군권을 장악했다. 이들은 정승화에게 박정희 시해 사건에 연루되었다는 혐의를 적용했다. 그들은 정승화를 체포할 때 대통령의 사전 재가도 받지 않았다. 정승화를 체포한 후 전두환이 최규하를 찾아가 사후 재가를 요청했다.

"각하, 정승화 사령관은 박정희 대통령 각하 시해 사건에 연루된 사람입니다. 그쪽에서 눈치를 채고 반격을 시도하여 어쩔 수 없이 각하의 재가 없이 그를 체포했습니다."

최규하가 난감한 표정으로 말했다.

"그래도 육군참모총장이고 계엄사령관인데 그를 대통령의 동의 없이 체포한 것은 문제가 있습니다."

전두환이 허리에 찼던 권총을 탁자 위에 올려놓고 만지작거리면서 다시 말했다.

"각하, 정승화 사령관이 시해 사건에 연루된 것을 알고 있는 이상 체포하지 않을 수 없었습니다. 체포를 재가해 주십시오."

전두환의 말투는 거의 협박조였다. 재가하여 주지 않으면 무슨 일을 저지를 것 같은 분위기였다. 유약한 최규하는 신변의 위협을 느끼며 정승화의 체포에 그만 동의해 주고 말았다. '12·12 사태'를 일으킨 사람들은 군 내에서 박정희 서거 후의 민주화 과정에 위협감을 느끼고 유신체제를 그대로 연장하려는 사람들이었다. 12·12 사태는 단순한 군내의 하극상 이상의 사태였다. 일종의 쿠데타였다.

1980년 '서울의 봄'이 펼쳐졌다. 1980년 2월 29일 김대중에게도 사면·복권 조치가 취해졌다. 캠퍼스는 유신체제 아래에서 쫓겨난 학생들의 복학, 해직 교수들의 복직, 학생들의 민주화운동으로 활기를 되찾았다. 정치권은 유신헌법을 대체할 개헌 논의에 들어갔다. 국민은 민주주의가 다시 도래했다고 느끼며 새로운 민주주의 시대에 대한 기대로 설렜다.

그러나 시간이 지날수록 정국이 꼬여갔다. 최규하는 명확한 정치 일정을 밝히라는 민주 세력들의 외침에 아무런 답을 내놓지 않았다. 군권을 장악한 전두환과 신군부 세력은 계엄령하에서 그들의 활동 영역을 계속 확대했다. 이원집정부제 이야기가 흘러나왔다. 대통령이 외교·국방 분야를 맡고 총리가 내정을 담당한다는 것이다. 대통령에 최규하, 총리에 전두환이라는 구체적 시나리오도 흘러나왔다. 언론은 이 시기의 정국을 가리켜 '안개 정국'이라고 불렀다.

야권은 김대중의 신민당 입당을 두고 설왕설래했다. 김영삼 측에서는 김대중이 조속히 입당하기를 바랐다. 그들은 재야인사 중에서도 정치를 희망하는 사람은 신민당에 조속히 입당하라고 했다. 김대중 측은 입당의 전제조건으로 박정희 정권 아래에서 큰 어려움을 견디며 민주화운동을 한 재야인사들에 대한 충분한 예우를 요구했다. 그는 민주주의에 대한 확실한 신념을 가진 재야인사들이 정치권으로 수혈되어야 새 정부가 민주주의에 대한 정통성을 부여받을 수 있다고 주장했다. 김대중은 재야인사들과 신민당이 대등한 위치에서 하나로 합해지기를 바랐다.

김대중과 김영삼은 4월 4일 신라호텔에서 만나 두 시간 동안 대화를 나누었다. 주요 의제는 김대중을 비롯한 재야인사들의 신민당 입당 문제였다. 두 사람은 대화 후 기자들 앞에서 회담 결과를 발표했는데 구체적인 합의사항은 없었다.

"김 동지(김대중)는 100퍼센트 신민당에 들어오겠다는 의사표시를 했다."

"재야인사들과 협의한 후 신민당에 들어가도 좋으며, 야권의 구심점을 다툴 이유가 없다고 합의했다."

"김 동지도 신민당을 구심점으로 하자는 데 전적으로 공감을 표했다."

"모든 재야인사를 함께 흔쾌히 영입해야 한다."

두 사람이 이렇게 선문선답식의 주장을 발표한 것은 세력을 둘러싼 경쟁 때문이었다. 또 시국을 바라보는 시각에서도 재야의 중심인물인 김대중과 신민당을 이끌고 있던 김영삼 사이에 차이가 있었다. 김대중은 정국을 상당히 불안하게 전망했다. 전두환과 신군부가 민주 정부 수립을 순순히 수용할 것 같지 않다고 보았다. 반면에 김영삼은 민주 정부의 수립을 낙관적으로 전망했다.

김대중은 고민 끝에 4월 7일 신민당 입당을 포기하는 성명을 발표했다. 김대중은 신민당 입당을 포기한 후 대학과 지역을 다니면서 강연 정치에 몰두했다. 오랫동안 대중과 격리되었던 그는 대중강연 등을 통해 국민에게 자신의 비전과 정책을 제시하면서 대중과 소통하고 싶었다.

김대중은 학생과 재야인사들로부터 큰 지지를 받았다. 그는 가톨릭농민회, 한국신학대학, 동국대학교, 충남 예산 윤봉길 의사 의거 기념행사, 정읍 동학제 행사 등에 초청받아 강연했다. 문동환, 이문영, 한완상, 박종태, 예춘호 등 재야인사들은 김대중 대통령 만들기에 발 벗고 나섰다.

4월 11일 전두환이 보안사령관에 이어 중앙정보부장 서리까지 겸했다. 한 사람이 한 나라의 모든 정보기관을 장악한 것은 예사로운 일이 아니었다. 김대중은 사태를 심각하게 받아들였다.

"전두환 장군이 중앙정보부장까지 차지한 것은 바람직한 현상이 아니다. 나는 이 사태를 예의주시하고 있다. 국민도 민주화 일정에 대해 더 많은 관심을 가져야 한다."

전두환이 중앙정보부까지 장악한 직후인 4월 17일 신현확 국무총리는 〈뉴욕타임스〉와의 회견에서 개헌을 정부가 주도하겠다고 했다.

"개헌은 국회가 아니라 정부가 주도하겠다. 양대 선거는 1981년 봄에서 여름 사이에 하겠다."

당시 시중에 영남 인맥의 중심인 신현확이 전두환 세력의 병풍 역할을 하고 있다는 소문이 무성했다. 최규하는 허수아비이며 전두환과 신현확이 실세라는 소문도 떠돌아다녔다. 이런 상황에서 신현확이 제시한 정치

일정과 정부 주도의 개헌 의지 표명은 전두환과 사전 소통하여 나온 것이 틀림없었다. 이원집정부제 이야기가 더 힘을 얻었다.

이 무렵 민주공화당 총재 김종필은 정치 상황을 비관적으로 보았다. 군 출신으로서 쿠데타를 해본 경험이 있는 김종필은 12·12 사태 이후 전두환을 중심으로 신군부 세력의 동향이 심상치 않다는 것을 느낌으로 인지했다. 그는 민주공화당 내에 상당수의 인사가 전두환 쪽에 줄을 대고 있음을 알았다. TK 중심의 신당설까지 유포되었다. 공화당 세력은 하나둘 신군부 쪽으로 기울고, 김종필만 공중에 둥 떠 있었다. 그는 힘없는 허울뿐인 총재였다.

1980년 2월 25일 서울 중구 계동 인촌기념관에서 김상만 동아일보 회장이 인촌 김성수 선생 추도 행사에 정치권 인사들을 초대했다. 김종필, 김영삼, 김대중 등 3김이 한자리에 모였다. 기자들을 앞에 두고 3김이 돌아가며 이야기했다. 김영삼과 김대중은 '봄이 왔다'라고 했다. 김종필이 두 사람을 향해 물었다.

"춘래불사춘春來不似春이라는 말을 아십니까?"

양 김 씨가 그를 쳐다봤다.

"봄이 온 것 같지만 진짜 봄이 아니라는 뜻입니다. 아직도 춥지 않습니까. 봄이 오기도 전에 옷을 벗으면 감기에 걸리고 폐렴에 걸려 죽을 수 있습니다. 지금 봄이 왔다고들 하는데 생각지 않은 일이 벌어질 거란 예감이 듭니다."[45]

권력과 군부의 속성을 누구보다 잘 아는 김종필은 여권과 군부의 모습에서 자신의 운명을 포함하여 앞날에 대한 불길한 예감을 품고 있었다. 그는 권력의 속성, 그중에서도 특히 군부가 나섰을 때 정치권이 얼마나 무력한지 잘 알고 있었다.

중앙정보부장까지 장악한 전두환은 최규하를 제치고 사실상 국가를 통치하기 시작했다. 3월 개학 후 학내 민주화에 열중하던 학생들은 시국이 심상치 않게 돌아가자 시선을 학교 밖으로 돌렸다. 5월 초부터 학생들은 거리에서 '계엄 철폐', '전두환 퇴진', '직선제 개헌' 등의 구호를 외쳤다. 5월 13-15일 연 3일 동안 십만 이상의 학생과 시민들이 서울역 광장에 모여 대규모 집회와 시위를 했다. 서울, 부산, 광주, 대구, 대전 등 전국의 주요 도시에서도 각각 수만 명의 학생과 시민들이 대규모 집회를 하고 같은 구호를 외쳤다. 거리로 나선 학생들과 경찰이 충돌하여 수백 명이 연행되고 부상자가 속출했다.

김대중은 사태를 심각하게 생각했다. 전두환과 신군부가 이 혼란스러운 상황을 악용할지 모른다고 생각했다. 미국 정부도 같은 생각을 했던 모양이다. 미국 대사 글라이스틴이 12일 동교동 김대중 집을 찾아왔다.

"상황이 매우 우려스럽습니다. 김대중 씨가 나서서 학생들을 자제시키는 역할을 해 주기 바랍니다."

김대중은 즉각 기자회견을 열어 학생들의 자제를 요청했다.

"만약 시위가 격해지면 민주주의를 저해하는 세력에게 빌미를 줄 수 있습니다. 지금 국민이 걱정하고 있습니다."

13일 김대중은 기자회견에서 최규하·김대중·김영삼·김종필·전두환 등 5자 회담을 제의했다. 그러나 이 제의는 보도조차 되지 않았다.

5월 16일 김대중과 김영삼이 김대중의 집에서 만났다. 두 사람 모두 시국의 엄중함에 공감하고 '시국 수습 6개 항'을 발표했다. 비상계엄령의 즉각 해제, 모든 정치범의 석방과 사면·복권 단행, 정부 주도의 개헌 포기 등을 요구했다. 학생들에게는 시위를 자제해 달라고 호소했다.

김대중은 16일 오후 북악 파크호텔에서 신민당 정무위원과 국회의원 30여 명을 만났다. 이 자리에서 김대중은 시국이 걱정스럽다고 이야기했다.

"동지들! 작금의 정세가 심각한 국면에 돌입한 것 같습니다. 그동안 우리가 우려했던 일이 현실로 나타난 모양이니 사태를 예의주시하면서 현명하게 대처해야겠습니다."

16일 오후 5시 대학생 대표 95명이 이화여대에 모여 제1회 전국대학 총학생회장단 회의를 열었다. 다음날까지 계속된 철야 회의의 끝에 학생들은 거리 시위를 중단하기로 했다.

그러나 전두환과 신군부는 민주 세력들의 충정과 자제에 아랑곳하지 않았다. 그들은 5월 17일 밤 10시를 작전 개시 시점으로 정해놓고 미리 짜놓은 각본대로 움직였다. 5월 16일 밤 최규하가 중동 순방 중에 하루 일찍 급히 귀국했다. 신군부의 종용에 따른 것이었다.

신군부는 5월 17일 밤에 그들이 기획했던 음모를 행동에 옮겼다. 그들은 5·17 비상계엄 확대 조치를 통해 계엄 지역을 전국으로 확대하고 모든 정치 활동을 중지시켰다. 또 대학에 휴교령을 내렸고, 직장 이탈 및 태업·파업 금지 등의 조처를 했다. 군부 세력이 5·16 쿠데타에 이어 또다시 민주주의를 짓밟았다.

5·17 쿠데타가 정식 발표되기 전인 5월 17일(토요일) 밤 8시였다. 김대중은 응접실에 앉아 있었다. 김옥두 비서가 급히 들어왔다.

"천지개벽이 되었으니 피하라는 제보가 들어왔습니다."

10분쯤 후에는 조세형 의원이 신변을 조심하라는 전화를 했다. 올 것이 오고 있었다. 김대중은 응접실에서 파이프 담배를 연거푸 피웠다. 연기가 자욱한 응접실에서 그는 깊은 침묵에 잠겼다.

저녁 10시경 계엄군들이 김대중의 집에 들이닥쳤다. 그들은 자신들의 앞을 가로막는 정승호 경호원과 이세웅 경호원을 개머리판으로 후려쳤다. 총마다 검이 꽂혀 있었다.

"이 새끼들 까불면 다 죽여버리겠어!"

군인들이 응접실 쪽으로 몰려들었다. 장교 두 명과 군인 대여섯 명이 김대중의 가슴에 총을 겨누었다. 장교 하나가 사납게 말했다.

"합수부에서 나왔습니다. 잠깐 가셔야겠습니다."

김대중이 물었다.

"어디요?"

장교가 거칠게 대답했다.

"계엄사란 말입니다."

김대중이 양복을 입고 다시 안방에서 나오자 군인들이 양팔을 잡아끌었다. 김대중이 잡힌 팔을 뿌리쳤다.

"내 발로 걸어서 갈 테니 가만히들 있게."

이희호가 끌려나가는 김대중에게 말했다.

"하느님이 당신과 함께 계실 것입니다."

계엄군은 김대중과 함께 한화갑·김옥두 비서, 박성철 경호실장, 함윤식·이세웅 경호원, 동생 대현, 큰아들 홍일까지 끌고 갔다.

군인들은 김대중을 붙들고 간 후 집을 샅샅이 수색했다. 안방, 서재 할 것 없이 뒤지고 닥치는 대로 들고 나가 트럭에 실었다. 새벽 3시가 되어

서야 그들이 모두 나갔다.

김대중은 남산 중앙정보부 지하실에 갇혔다. 계엄군은 김대중에게 과거 행적을 캐물으며 정권 전복 혐의를 씌우려고 했다. 잠을 재우지 않고 똑같은 내용을 혹은 유사한 내용을 반복해서 물었다.

"내가 학생과 시민들에게 과격 시위를 자제하고 안정을 찾아 달라고 호소했다는 사실은 당신들이 잘 알고 있지 않소. 〈동아일보〉에 글까지 써 주었는데 당신들이 게재하지 못하게 한 것 아니오. 그래 놓고 지금 와서 내게 내란음모 혐의를 씌우다니 참으로 무도한 일이오."⁴⁶

논리와 이성적 설명이 일선 수사관들에게 통할 리 없었다. 그들은 이미 각본에 의해 김대중을 내란음모 혐의로 제거하기로 정해놓고 형식상의 조사를 하고 있었다.

17일 밤 11시 20분경 군인들이 M16 소총으로 무장한 채 청구동 김종 필 공화당 총재 집에 들이닥쳤다. 군인들이 집 주위를 에워쌌고 보안사 수 사관 장 아무개 준위가 집 안으로 들어섰다. 그는 최인관 비서를 따라 2층 에 있는 서재로 올라온 후 김종필에게 목례를 하고 말했다.

"죄송합니다. 상부의 지시에 따라 총재님을 모시고 가겠습니다."

김종필은 전부터 신군부 세력의 첫 번째 거세 목표는 자기가 될 것으로 생각하고 있었다.

"그래 왔구먼. 내가 희생양이 돼야 한단 말이지. 그렇다면 갑시다."

김종필이 도착한 곳은 서울 서빙고 분실이었다. 그는 7월 2일 풀려날 때까지 46일 동안 그곳에 구금된 채 조사를 받았다. 수사관들은 김종필의 재산목록을 들이대며 이것저것 캐물었다. 그를 부패와 부정 축재로 엮으려는 모양이었다. 그는 조사관에게 말했다.

"나는 5·16 혁명을 주도했고 중앙정보부장과 국무총리를 해본 사람이네. 위에서 시키는 대로 해야 하는 자네들에게 따져봐야 소용없다는 것을 잘 알고 있네. 내게 이것저것 물을 필요 없네. 상부에서 지시하는 대로 하게. 나중에 내가 도장만 찍어주면 되는 것 아닌가. 그러나 사실무근인 것, 없는 것을 꾸며대서는 안 되네."

보안사에 끌려간 지 15일쯤 지난 6월 10일 전후였다. 보안사는 김종필에게 그가 가진 모든 공직을 포기할 것을 요구했다. 김종필은 보안사 분실에 끌려갈 때 5·17이 쿠데타라는 것을 알았기 때문에 그가 가진 모든 것에 대한 미련을 이미 버린 상태였다.

"당신들, 마음대로 해라. 당신네들이 나를 희생양으로 삼아 정권을 차지하려나 본데 원하는 대로 해 주겠다. 부디 조국 근대화의 과업만은 중단 없이 추진해 달라."

김종필은 그가 맡고 있던 공화당 총재, 국회의원 등 모든 직책에 대한 사퇴서를 써주었다.

"일신상의 사정으로 사퇴합니다."**47**

김대중과 김영삼은 신군부의 정치 개입을 막기 위해 나름대로 노력하다가 당했지만, 김종필이 비상시국에 대처하는 방식은 너무 안일하고 무기력했다. 그는 박정희 사후 집권 여당과 보수층에서 사실상 일인자였음에도 능동적 대처를 못 하다가 후배들에게 부패혐의자라는 불명예를 뒤집어쓰며 급습당하고 말았다.

김영삼의 경우 김대중이나 김종필처럼 체포에 들어가지는 않았다. 김영삼은 18일 오전 신민당 당사에서 정무회의를 개최했다. 18일 오후 늦게 계엄사령부 대령이 상도동으로 김영삼을 찾아왔다.

"군은 불안 요소만 제거하고 돌아갈 것입니다. 기자회견이나 성명서 발표 같은 것은 하지 말아 달라는 게 전두환 장군의 요청입니다."

김영삼이 화를 내면서 말했다.

"무슨 소리 하는 거냐? 너희들이 깨뜨린 것이다. 너희들은 지금 용서받을 수 없는 일을 하고 있다. 너희들이 하지 말란다고 기자회견을 안 할 수는 없다."

김영삼은 19일 당사에서 당직자들과 회의를 했다. 경찰은 김영삼의 당사 출입은 허용하되 당외 인사들의 당사 출입을 금지했다. 김영삼은 20일 아침 자신의 집에서 내외신 기자들과 회견을 했다. 미처 집 안으로 들어오지 못한 보도진에게는 담장 너머로 유인물을 던졌다.**48**

김영삼을 연금시킨 것은 기자회견이 끝난 이후부터였다. 전두환 측이 김영삼을 체포 대신 가택 연금시킨 이유에 대해서 다양한 해석이 나왔다. 가장 많이 거론되는 것은 그를 구속했을 때 부마항쟁 때처럼 부산과 경남 지역에서 발생할 수 있는 후유증이었다. 여하튼 김영삼은 1980년을 포함하여 오랜 민주화 투쟁에도 불구하고 감옥에는 한 번도 가지 않았다. 그의 이런 경력 때문인지 김영삼의 투쟁 방식은 도전적이고 직설적이었다. 반면에 몇 차례 죽을 고비를 넘긴 김대중의 투쟁 방식은 신중하고 심층적이었다. 어쨌든 전두환은 김대중·김영삼·김종필 등 그의 경쟁자가 될 사람 모두를 체포와 연금 형태로 제거했다.

김대중을 조사하는 방 옆에 붙어있는 방에서 수시로 비명소리가 들렸다. 그 비명소리의 주인공은 모두 김대중과 연관된 사람들이었다. 계엄군은 김대중 및 그와 함께 연행한 인사들을 모두 내란음모 혐의로 몰고 갔다.

고문에 초주검이 된 소설가 송기원은 시인 고은한테서 공작금을 받았다고 거짓으로 털어놔야 했다. 발단은 고은이 언젠가 송기원의 집에 들렀을 때 딸아이의 손에 5,000원을 쥐여준 것이었다. 송기원은 수사관이 고은에게서 얼마를 받았냐고 추궁하자 기억을 더듬어 5,000원을 받았다고 말했다. 수사관은 장난치냐면서 고문을 했다. 살점이 뜯겨나가고 다리뼈가 부러지는 모진 고문을 여러 날 받았다. 고문에 못 이겨 5,000원은 10만 원, 15만 원이 되고 나중에는 50만 원으로 늘어났다.

다른 방에 있던 고은도 50만 원을 주었다고 거짓 자백을 토해낼 때까지 계속 고문을 받았다. 고은은 더 견딜 수 없어 자살을 결심했다. 그런 그에게 새벽 꿈속에 어머니가 나타났다.

"죽지 말라."

고은은 꿈속 어머니의 말에 자살을 포기했다. 어머니가 아들을 살렸다.

김옥두는 남산 중앙정보부 지하 3층에서 조사를 받았다. 수사관 여러 명이 한꺼번에 김옥두에게 달려들었다.

"이 빨갱이 새끼! 왜 잡혀 왔는지 알지?"

유신 쿠데타 직후에도 고문을 당했지만, 이번 고문은 그때보다 훨씬 잔인했다. 사흘 동안 무작정 맞기만 했다. 사람을 먼저 개처럼 만들자는 계산이었다. 김옥두를 고문한 궁극적 목적은 그의 입에서 '김대중은 빨갱이다'라는 자백을 얻어내는 것이었다.

김옥두는 죽기를 각오하고 맞섰다.

"왜 김대중 선생이 빨갱이란 말이냐?"

수사관들이 빨갱이를 선생님이라고 부른다면서 더욱 모질게 때렸다.

"차라리 나를 죽여라."

김옥두는 그 고문 지옥 속에서 60일을 버텼다.

김대중의 큰아들 김홍일도 끔찍하게 당했다. 그는 남산 중앙정보부로 끌려갔다. 김홍일이 취조실에 들어가자마자 수사관 여섯 명은 군용 야전 침대에서 빼낸 몽둥이로 번갈아 가면서 김홍일을 24시간 후려쳤다. 김홍일은 수차례 정신을 잃었다. 이렇게 무지막지하게 때린 후 김홍일에게 말했다.

"네가 김대중 아들이냐? 너는 절대 여기서 살아 나가지 못해. 어차피 송장으로 나갈 테니까 피차 힘들지 말게 우리가 묻는 말에 대답해."

김홍일을 가장 힘들게 만든 것은 아버지 김대중이 빨갱이임을 시인하라는 것이었다. 수사관들은 자술서에 김대중이 밤마다 이북 방송을 듣는다고 쓰라고 했다. 김홍일은 이대로 가다간 아버지를 공산주의자로 모는 신군부의 올가미에 걸려들고 말 것 같은 공포감을 느꼈다. 김홍일은 취조실에 들어온 지 열흘쯤 되었을 때 죽기로 마음을 먹었다. 수사관들이 방을 비운 사이 김홍일은 책상 위로 올라가 고개를 아래로 향한 채 바닥으로 뛰어내렸다. 딱딱한 타일이 깔린 시멘트 바닥에 머리통이 부딪쳤다. 수사관들은 김홍일이 바닥에 쓰러져 있는 것을 발견하자 그대로 그의 온몸을 짓밟았다. 김홍일은 그 후로 목을 제대로 가누기 어렵게 되었고 제때 치료를 받지 못해 파킨슨병으로 악화했다.

남편과 아들, 시동생과 비서들이 남산의 지옥에 있던 시간에 이희호는 동교동 집에 갇혀 꼼짝도 못 했다. 집에서 일을 도와주는 아주머니와 기도하는 것 말고 그가 할 수 있는 일이 없었다. 자고 나면 머리숱이 한 움

큼씩 빠졌다. 공포의 두 달 동안 이희호는 최소한의 먹고 자는 시간을 빼놓고 모든 시간을 기도와 찬송에 바쳤다. 구약성서의 '이사야서'를 수백 번 읽었다.

"내가 너와 함께 있으니, 두려워하지 말라. 내가 너의 하느님이니, 떨지 말라. 내가 너를 도와주고, 내 승리의 오른팔로 너를 붙들어 주겠다."[49]

계엄군은 서울을 비롯하여 전국 대도시에 공수부대를 파견했다. 부산만 예외로 해병대를 파견했다. 광주에는 공수부대 2개 대대가 파견되었다. 전국 대부분 도시는 계엄군의 위세에 눌려 조용했으나 전남 광주는 예외였다. 일요일인 5월 18일 오전에 많은 전남대생이 학교에 갔다. 일부는 학교 도서관에 가기 위해, 일부는 계엄령이나 휴교령이 내려지면 학교에 모이자는 5월 16일 전남 도청 앞 광장 약속을 지키기 위해, 일부는 5·17 비상계엄 조치에 대한 궁금증으로 학교에 갔다. 그러나 정문 앞에서 계엄군이 출입을 막았다. 학교에 들어가지 못한 학생 수백 명은 전남대 정문 앞에서 5·17 비상계엄 확대 조치와 휴교령을 비판하며 계엄군에 항의했다.

계엄군이 학생들을 향해 곤봉을 휘두르며 거칠게 대했다. 계엄군에 돌 등을 던지며 맞섰던 학생들은 학교 진입을 포기하고 방향을 시내로 돌렸다. 학생들은 시내로 진출하면서 계엄령 해제, 전두환 퇴진 등을 외쳤다. 시위는 오후에도 계속되었다. 시민들 일부도 학생들의 시위에 합류했다. 오후 4시경부터 공수부대가 시내에 진출하여 학생들과 시민들을 향해 곤봉과 총칼을 무자비하게 휘둘렀다. 학생들도 굴하지 않고 계엄군에 맞서 구호를 외치며 시위를 계속했다.

"계엄령 해제하라."

"전두환 물러나라."

"김대중 석방하라."

학생과 시민들이 외친 주요 구호였다.

18일 하루 동안 400여 명이 계엄군에 연행되었다. 수십여 명이 계엄군이 휘두른 진압봉과 대검에 부상당했다. 사망자도 발생했다. 18일 오후 청각장애인 김경철이 시내에서 계엄군의 진압봉에 머리를 맞고 쓰러져 사망했다.

19일 월요일 직장에 출근한 사람들의 주 화제는 그 전날 있었던 학생 시위와 계엄군의 만행이었다. 계엄군의 무자비한 진압행위에 시민들도 분노했다. 19일 학생 시위에는 분노한 시민들도 합류했다. 이렇게 하여 시위는 점차 대규모 항쟁으로 발전했다.

5월 21일 오후 1시에 계엄군은 도청 앞에서 수십만 시위 군중을 향해 무차별 사격을 가했다. 수십 명이 사망하고 수백 명이 부상했다. 청년들 사이에서 이대로 당하고만 있을 수 없다는 소리가 자연스럽게 나왔다. 그들은 광주시 외곽 지역의 예비군 무기고로 달려가 무장했다. 시민군이 등장했다.

오후 5시경 계엄군은 시민군과 수십만 시민들의 저항에 밀려 전략적 후퇴를 했다. 철수한 계엄군들은 시 외곽에 진을 치고 광주시를 고립시켰다. 광주 시민들은 5월 27일 새벽 계엄군에 의해 시내가 다시 접수될 때까지 자치공동체를 운영했다. 시민군들은 자체적으로 질서유지에 나섰고, 사망한 사람들을 위한 장례 절차를 진행했다. 시민들은 부상자들을 위해 자발적으로 헌혈 대열에 참여했다. YWCA에 모인 여성들과 양동시장 아주머니들은 시민군을 위해 주먹밥을 만들었다. 2천여 명의 젊은이들이 일주일 동안 총을 들고 시내를 배회했지만, 시내 소재 은행과 금고가 하나도 털리지 않았다. 광주 시민들의 높은 시민의식이 빛난 일주일이었다. 이때의 광주를 가리켜 사람들은 '절대 공동체'라고 했다.

항쟁 4일째 되던 5월 22일 계엄사 합동수사본부는 중간 수사 결과를 발표하면서 김대중을 내란음모자로 몰았다.

"김대중은 정상적인 방법으로는 정권 획득이 어렵다고 판단하고 정부에 대한 불신 풍조를 심화, 선동을 통해 변칙적인 혁명 사태를 일으켰다."

"김대중은 복직 교수와 복학생을 사조직에 편입시키고, 학원소요 사태를 민중 봉기로 유도 발전시키도록 기도했다."

모두 조작한 것이었다. 신군부가 김대중을 주 표적으로 삼아 '내란음모 사건'을 조작한 것은, 첫째는 계엄 확대를 합리화하여 신군부의 권력 장악을 쉽게 하기 위해서였다. 둘째는 일반 시민들과 민주화운동 지도자들의 연계를 차단하기 위한 것이었다. 셋째는 광주민주화운동을 김대중의 정권 장악을 위한 선동의 결과로 몰아가기 위해서였다.[50]

5월 26일 저녁부터 공수부대가 광주 시내로 다시 진입했다. 도청 안에는 시민군 수백 명이 죽기를 각오하고 도청을 지키겠다고 남았다. 그중에는 나이 어린 고등학생이나 여학생들도 있었다. 항쟁 지도부 대변인을 맡고 있던 윤상원이 학생들에게 귀가를 종용했다.

"학생 여러분들의 충정은 이해합니다. 하지만 이 싸움은 어른들이 해야 합니다. 어린 학생들은 살아남아야 합니다. 오늘 여러분들이 목격한 이 장면을 그대로 다른 사람들에게 이야기해 줘야 합니다. 우리가 어떻게 싸우다 죽었는지 역사의 증인이 돼주시기 바랍니다."[51]

윤상원의 호소에 학생 몇 명은 밖으로 나갔지만, 대부분의 학생은 여전히 도청에 남았다. 카빈총을 든 수백 명의 시민군 전력은 M16 소총, 탱크, 장갑차, 헬리콥터 등 온갖 무기를 동원한 수천 명의 계엄군 전력과는 비교가 안 될 만큼 미약했다. 그런데도 시민군은 끝까지 도청을 지켰다. 민주주의를 위해 생명을 던지기로 작정한 것이다.

5월 27일 새벽, 담벼락을 넘어 도청에 진입한 계엄군은 시민군을 향해 총을 난사했다. 사망자가 수십 명 발생했다. 시민군과 계엄군의 싸움은 다윗과 골리앗의 싸움이었다. 항쟁 기간 사망자와 행방불명자 숫자가 200여 명을 훨씬 넘었다. 부상자는 수천여 명에 이르렀다.[52]

아리스토텔레스는 분노의 감정을 정의하면서 그것은 자기의 가치와 명예의 위반에 대한 반응이며, 자기 자신에게 일어난 일뿐 아니라 자신이 사랑하는 이, 주변 사람들, 이웃들에게 일어난 일에도 반응하는 감정이고, 또 그것은 불의에 대한 느낌과 인식에 근원을 둔다고 말했다.[53] 5월 18일 광주 시민들이 느낀 분노는 민주주의 무산에 대한 분노, 자신들의 생존권이 위협받은 데 대한 분노, 자신들의 지도자이자 희망인 김대중의 체포에 대한 분노, 계엄군의 만행에 대한 분노 등 복합적이었다.[54]

김대중이 광주항쟁을 알게 된 것은 체포된 지 두 달가량 지난 7월 10일이었다. 이날 합동수사단장인 이학봉 대령이 그를 찾아왔다.

"당신이 우리와 함께 간다면 대통령직만 빼고 어떤 자리도 드리겠습니다."

"내가 당신의 제안을 거부한다면 어떻게 하겠소?"

"만일 우리 요구를 거부하면 살려둘 수 없습니다. 반드시 죽이겠습니다."

이학봉이 김대중에게 그들과의 타협을 강요하고 간 직후 수사관이 '광주사태'를 보도한 신문 한 뭉치를 그에게 보여주었다. 김대중은 100명 이상의 시민이 사망했다는 신문 보도 내용을 보고 그 자리에서 의식을 잃었다. 연이은 조사로 지친 상태에서 너무 큰 충격을 받은 까닭이었다.

깨어나 보니 링거 주사를 맞고 있었다. 의사도 곁에 있었다. 그는 죽고 싶었다. 광주에서 희생당한 사람들을 살아서 볼 수 없을 것 같았다. 옥중에서라도 싸우다 죽어야겠다고 생각했다.

사흘 후 이학봉이 다시 찾아왔다. 김대중은 그에게 자신의 결심을 이야기했다.

"당신들에게 협력할 수 없소. 당신들이 나를 죽인들 내 어찌하겠소."

이학봉은 당황한 모습을 보였다. 그는 이틀 후 다시 그를 찾아왔다.

"마지막 기회입니다. 협력하면 대통령직 외에 무엇이든 들어주겠소."

김대중은 더욱 단호하게 거부했다.

"나는 협력할 수 없소. 죽이든 살리든 당신들 마음대로 하시오."[55]

김대중은 1980년 7월 15일, 성남시의 육군교도소로 이송되었다. 갇힌 지 60여 일 후였다. 8월 8일, 아내 이희호가 면회를 왔다. 5월 17일 저녁 계엄군에게 붙잡혀 간 후 처음 대면이었다. 두 사람 모두 할 말이 산처럼 쌓였는데도 정작 말이 나오지 않았다. 이희호는 아들 홍업이가 수배 중이라는 말만 더듬거리며 했다. 두 사람은 하느님을 믿으며 위기를 이겨내자고 약속하고 헤어졌다.

8월에 접어들어 김대중 내란음모 사건에 대한 군법회의가 열렸다. 김대중에게 적용된 죄목은 '반국가 단체 수괴' 혐의였다. 신군부는 1972년 유신체제 선포 후 김대중이 해외망명중 결성한 한민통을 반국가 단체로 규정하고 김대중에게 한민통의 수괴 죄를 적용했다. 앞에서 언급한 것처럼 김대중은 한민통을 설립할 당시 대한민국 지지, 선 민주 후 통일, 공산주의와 거리 두기 등의 원칙을 분명히 했다. 그러나 신군부가 그를 죽이려고 한 이상 논리 같은 것은 의미가 없었다. 재판은 그들이 기획한 각본에 따라 일사천리로 진행되었다.

김대중 내란음모 사건에 연루되어 구속되고 재판에 부쳐진 사람은 김대중 외 22명이나 되었다. 문익환, 이문영, 예춘호, 고은(고은태), 김상현, 서남동, 김종완, 한승헌, 이해동, 김윤식, 한완상, 유인호, 송건호, 이호철, 이택돈, 김녹영, 조성우, 이해찬, 이신범, 송기원, 이석표, 설훈 등이 내란음모 혐의로 체포되어 김대중과 함께 큰 고초를 겪었다.

1980년 9월 13일 김대중은 육군본부 군사 재판정에서 그와 함께 구속된 동지들 앞에서 최후 진술을 했다.

"나는 아마도 사형 판결을 받고 또 틀림없이 처형당할 것입니다. 이미 각오하고 있는 일입니다. 나는 여기서 이 기회를 빌려 공동 피고인 여러분께 유언을 남기고 싶습니다. 내 판단으로 머지않아 1980년대에는 민주주의가 회복될 것입니다. 나는 그걸 확실히 믿고 있습니다. 그때가 되거든 먼저 죽어간 나를 위해서든, 또 다른 누구를 위해서든 정치적인 보복이 이 땅에서 다시는 행해지지 않도록 부탁하고 싶습니다. 이것이야말로 내 마지막 남은 소망이기도 하고 또 하느님의 이름으로 하는 내 마지막 유언입니다."**56**

2시간 동안 진행된 김대중의 최후 진술을 들으면서 흐느끼던 방청석은 최후 진술이 끝나자 일제히 일어섰다. 그들은 재판장의 만류에도 불구하고 '애국가'와 '우리 승리하리라'를 부르고 "김대중 만세!"를 외치며 끌려나갔다.

이날 김대중의 최후 진술을 들은 모든 피고인은 자신도 모르는 사이에 뜨거운 눈물을 하염없이 흘렸다. 피고인으로 그 자리에 있었던 한완상은 그날의 재판정 분위기를 다음과 같이 술회했다.

"우리는 비록 힘없이 묶여 있는 처지였으나 도덕적으로나 정신적으로는 이미 승리하고 있었다. 그 뜨거운 눈물은 차원 높은 승리의 감동에서 오는 눈물이기도 했다. 짧은 봄은 지나갔고 긴 겨울이 닥쳐왔으나, 긴 겨울 뒤 언젠가는 더 긴 봄이 올 것임을 우리는 이 뜨거운 눈물 속에서 예감하고 있었다."

한완상은 또 사형 선고를 받고 최후 진술을 하는 김대중의 모습은 성인의 경지에 도달하지 않고는 할 수 없는 모습이었다고 했다.

"이른바 세인트saint(성인)의 경지에 들지 않고서는 사형 구형을 받았던 피고인이 그토록 태연하고 침착하게 자기 심경을 말할 수는 없을 것이다."**57**

김대중이 사형당할 위기를 맞이하자 세계 곳곳에서 김대중 구명 운동이 전개되었다. 사형 선고를 내리기 전부터 지미 카터 미국 대통령은 전두환에게 친서를 전달하여 신군부가 김대중을 사형 또는 사형 선고를 내리면 심각한 상황을 맞이하게 될 것이라고 경고했다. 유럽에서도 김대중 구명 운동이 활발하게 전개되었다. 서독 총리를 역임한 빌리 브란트 사회주의 인터내셔널(SI) 의장은 사회주의 인터내셔널 총회에 김대중 석방 결의안을 상정하여 통과시켰다. 오스트리아 전 수상 크라이스키는 그가 제정한 평화상을 옥중의 김대중에게 수여했다. 올로프 팔메 전 스웨덴 총리도 구명 운동에 적극 나섰다.

9월 17일 선고 공판이 열렸다. 김대중은 사형을 각오했지만 다른 한편으로 살고 싶었다. 그는 제발 사형만은 면하기를 간절히 바랐다. 그는 판결을 내리는 재판관의 입 모양을 초조하게 바라보았다.

"재판장의 입 모양을 뚫어지게 보았다. 입술이 옆으로 찢어지면 사, 사형이었고, 입술이 앞쪽으로 튀어나오면 무, 무기징역이었다. 입이 나오면 살고, 찢어지면 죽었다. 재판관의 입이 찢어졌다. '김대중, 사형'."**58**

재판관이 사형이라고 했다. 예상한 일이었지만 막상 사형이라는 말을 들으니 하늘이 무너지는 것 같았다.

사형 선고가 내려지자 워싱턴에서는 에드먼드 머스키 미 국무장관이 전두환과 신군부에게 공개적인 경고 성명을 발표했다.

"미합중국은 김대중 씨에게 극형이 내려진 것에 대해 심히 우려한다."

김대중과 공동 피고인들은 항소했다. 항소심 재판도 일사천리로 진행되었다. 11월 3일 육군 대법정에서 항소심 재판이 열렸다. 재판부는 1심대로 다시 사형을 선고했다.

미국은 1심과 2심에서 사형 선고가 내려지자 백악관 국가안전보장회의의 일원이었던 도널드 그레그와 헤럴드 브라운 국방부 장관을 서울에 보내 전두환을 면담하고 미국의 의견을 전달했다.

"김대중을 처형한다면 해외에 커다란 영향을 미칠 것이다."

김대중 구명 운동에 앞장섰던 카터 대통령이 11월 4-5일 실시된 미국 대통령 선거에서 재선에 실패했다. 김대중은 크게 실망했다. 하늘이 무너지는 것 같았다.

"희망이 고여있던 마지막 둑이 터져버렸다. 나는 너무 슬펐다. 발을 뻗고 소리 내어 울었다. 레이건은 보수파로 더는 기대를 걸 만한 인물이 아니었다. 정녕 사형이란 말인가. 하느님이 나를 버리셨단 말인가."

반면 신군부는 환호성을 질렀다.

"이제 김대중을 죽일 수 있게 됐다."

당시 주한 미국 대사였던 글라이스틴은 그의 회고록에서 이렇게 말했다.

"영향력 있는 위치에 있던(신군부) 인사 중 놀랄 만큼 많은 사람이 김대중 처형을 강력하게 요구하고 있었다. 일부에서는 그가 처형되지 않으면 정치무대에 다시 등장해 자신들의 구국 노력은 허사가 될 것이라며 공공연히 그의 처형을 주장했다."

전두환은 김대중 문제로 한국을 방문한 미국 국방부 장관 헤럴드 브라운에게 말했다.

"법원의 결정은 존중해야 한다. 대법원이 사형 선고를 확정하면 그대로 진행돼야 한다."**59**

그러나 다행히 새로 대통령에 당선된 레이건도 전두환에게 김대중의 생명을 보장하도록 요구했다. 레이건 정부는 김대중의 감형을 전제조건으로 전두환에게 미국에 초청하겠다는 '당근과 채찍' 정책을 병행했다. 일본 정부는 김대중을 사형시킬 경우 차관 제공을 거부하겠다고 했다.

전두환과 신군부는 김대중의 사형에 대한 외국의 강력한 문제 제기에 큰 부담을 느꼈다. 대통령으로서 정통성이 없는 전두환은 김대중을 사형시키지 않는 조건으로 미국에 초대하겠다는 레이건 대통령의 제안을 수용하기로 했다.

대법원 상고심은 1981년 1월 23일 열렸다. 김대중이 판결을 기다리는 동안 그의 체중은 10킬로그램이나 빠졌다. 피곤함과 초조함, 그리고 부실한 식사 때문이었다. 김대중이 부재한 가운데 열린 대법원 상고심은 김대중의 상고를 기각했다. 사형이 확정되었다.

이희호가 이날 오후에 김대중을 면회했다. 이희호는 울먹이면서 상고가 기각되었다는 사실을 알렸다.

"상고가 기각되었어요. 전 모든 것을 하느님께 맡기고 있어요."

이날 이희호는 큰 며느리와 홍업, 홍걸을 데리고 왔다. 그들은 차디찬 시멘트 바닥에 무릎을 꿇었다. 그리고 눈물을 흘리며 기도를 드렸다. 그리고 다음과 같은 말로 끝을 맺었다.

"하느님 뜻대로 하소서."

전두환은 대법원 최종 판결이 있기 직전 정보부 간부를 통해 김대중에게 비공개를 전제로 대통령에게 감형을 탄원하는 글을 쓰도록 했다. 감형의 명분을 얻고 또 김대중의 약점을 만들어 놓기 위해서였다. 김대중이 탄원서를 제출하자 전두환은 대법원의 사형 확정 직후 그를 무기징역으로 감형했다. 대신 전두환은 김대중의 탄원서를 공개하면서 김대중이 목숨을 구걸했다고 홍보했다. 그의 사형을 면해줌으로써 외국의 압력을 피하고 동시에 김대중을 정치적으로 매장하려는 음모였다.

대법원 판결이 내려지고 또 가족이 김대중을 면허하고 간 날 오후 김대중은 무기징역으로 감형되었다. 세계 각계 지도자들의 구명 운동과 국내 민주 인사들의 헌신적인 노력이 그의 목숨을 살렸다.

김대중은 무기징역으로 감형된 직후인 1981년 1월 31일 청주교도소로 이감되었다. 그의 감방은 세 칸인데 그중 양쪽 두 칸은 외부와 접촉을 차단하기 위해 비워두었다. 김대중은 1982년 12월 16일 서울대병원으로 옮겨지기 전까지 청주교도소에서 1년 11개월 동안 머물렀다.

교도소에 있을 때 김대중의 건강은 정상이 아니었다. 신경 장애가 생기고 귀에서 소리가 나는 이명현상이 발생했다. 또 고관절 통증이 심하고 다리가 붓고 쥐가 났다. 추위에 약한 그는 겨울철이 특히 힘들었다. 교도소 식사도 입맛에 맞지 않았다. 아내 이희호가 법무부 장관에게 외부 진료를 허가해 달라는 요청서를 여러 번 보냈으나 받아들여지지 않았다.

그런데 김대중의 적응력은 놀라웠다. 그는 극한적인 어려움 속에서도 몇 가지에서 즐거움을 찾으며 어려움을 극복해 갔다. 가족과의 면회, 독서, 편지, 꽃 가꾸기가 대표적이었다. 가족과의 면회는 처음에는 한 달에 한 번씩 10분간 허용되었다가 나중에 2주에 한 번씩 20분으로 늘어났다.

그는 독서와 관련하여 이 말을 자주 했다.

"대학을 못 갔더라도 열심히 공부하면 대학 졸업한 사람보다 실력을 더 갖출 수 있다는 생각이 채찍이 되어 나를 앞으로 내몰았습니다."**60**

김대중의 독서열은 그가 교도소에 있는 동안에 진가를 발휘했다. 그는 1976년 3월부터 1978년 12월 27일까지 2년 10개월 동안, 그리고 1980년 5월부터 1982년 말까지 2년 7개월 동안 교도소에 있으면서 많은 책을 읽었다. 그는 교도소에서 매일 10시간씩 책을 읽었다. 김대중은 책을 읽을 때는 밑줄을 그으며 정독했다. 지루하지 않게 난이도를 조화시켜 분야가 다른 책 서너 권을 함께 펴놓고 읽었다. 감방에 둘 수 있는 책이 10권으로 제한되어 있었지만, 그의 요청에 따라 나중에는 30권까지 둘 수 있도록 허용받았다. 그는 가족에게 보내는 편지 끝에 항상 읽고 싶은 책의 목록을 적어 보냈다. 이희호는 김대중이 요청한 책은 어떻게든 구해서 넣어 주었다. 또 부탁하지 않아도 그에게 도움이 될 것 같으면 책을 사서 넣어 주었다. 이렇게 차입해 준 책이 600여 권 정도였다.

그는 교도소에서 역사·종교·경제·사상·문학 서적 등을 두루 탐독했다. 그가 읽은 책 목록 중에서 서양철학사, 신학 서적, 문학 서적이 많이 발견된다. 그는 러시아 문학으로 푸시킨이나 도스토옙스키, 톨스토이의 작품을 거의 모두 읽었다. 그는 1999년 5월 러시아를 방문했을 때 모스크바 대학에서 연설하면서 다음과 같이 말했다.

"러시아 문학이 나에게 준 영향은 측량할 수 없을 만큼 큰 것이었습니다. 러시아 문학을 읽는 것만 가지고도 감옥에 간 보람이 있었다고까지 생각했습니다."

미국 문학 중에는 헤밍웨이의 『노인과 바다』, 『무기여 잘 있거라』 등을 감명 깊게 읽었다. 영국, 프랑스 소설도 많이 읽었다. 논어, 맹자, 사기 등 동양 고전과 원효와 율곡에 대한 저서, 조선 말기의 실학 관계 서적도 읽었다. 그는 박경리의 『토지』를 통해서 우리 민족을 느끼고 배웠다.

김대중은 앨빈 토플러의 『제3의 물결 The Third Wave』에서 많은 영감을 얻었다. 그는 이 책을 처음에는 그냥 무심코 읽다가 점차 그 속으로 빨려 들어갔다. 그는 점차 그 책이 새로운 시대의 지침서라는 것을 발견했다. 그는 정신을 차려 본격적으로 읽었다. 토플러는 자본, 토지, 노동 등이 경제의 핵심 요소인데 미래는 정보와 지식, 그리고 창의력이 핵심 요소가 될 것이라고 했다. 김대중은 토플러의 책을 읽으면서 '옳거니!' 하면서 무릎을 쳤다.

"바로 이것이다. 우리의 미래는 IT 산업 진흥에 있다."

훗날 정보화 대국을 향한 그의 꿈이 교도소에서 잉태되고 있었다. 그는 6여 년의 교도소 생활을 '6년간의 대학 생활'로 승화시켰다.

김대중에게 독서는 단순히 지식을 넓히는 역할로 그치지 않았다. 독서는 김대중이 연금, 투옥, 사형 선고 등 인간으로서 감당하기 어려운 고통을 극복하는 데도 큰 도움이 되었다. 그는 1980년 내란음모 사건으로 사형 선고를 받고 언제 형장으로 끌려갈지 모르는 극도의 불안한 순간에도 독서하는 것을 그치지 않았다. 그리고 그는 그 극단적인 상황에서도 책을 읽는 동안에는 자신도 모르게 즐거움에 빠져들어 있는 모습을 발견했다.

"어제가 같고, 오늘이 내일 같은 감옥에 무슨 즐거움이 있겠냐고 물을지 모르지만, 감옥에서도 분명 낙이 있었다. 첫째 즐거움은 단연 독서였다."**61**

독서는 그에게 극단적인 역경을 이겨내게 만든 힘의 원천이었다.

흔히 스트레스는 만병의 근원이라고 한다. 김대중은 6여 년의 교도소 생활과 연금, 정치적 실패의 과정에서 일반인이 상상하기 어려울 정도로 많은 스트레스를 겪었다. 그런데도 그는 대통령 재임 때까지 비교적 건강한 모습을 유지했다. 1971년 교통사고로 다리를 다친 후 운동을 거의 하지 않는데도 그랬다.

대통령 주치의를 지낸 허갑범 박사는 김대중의 건강 비결을 언급하면서 그가 스트레스에 예민한 편이 아닌 데다가 건강하고 강한 체질, 규칙적인 생활, 그리고 좋아하는 취미 활동으로서 독서가 건강에 도움이 되었다고 분석했다.

"대통령님에게는 독서가 좋아하는 취미 활동입니다. 좋아하는 것을 하시기 때문에 건강에 좋으셨을 것입니다."

독서는 김대중의 험난한 삶에서 생긴 스트레스를 해소하는 데 큰 도움이 되었으며, 그런 의미에서 책 읽기는 김대중이 평생을 즐긴 '도락道樂 중의 도락'이었다.**62**

김대중은 교도소에 있는 동안 아내와 아들들, 그리고 형제와 조카들이 보낸 편지만 받아볼 수 있었다. 아내 이희호는 김대중이 1980년대에 교도소에 머문 2년여 동안 하루도 빠짐없이 편지를 썼다. 편지 횟수가 무려 649통이었다. 이희호의 편지에는 가족과 측근들의 근황, 집 뜰의 꽃소식, 국내외 정세와 사회 현안 등 다양한 내용이 담겨 있었다. 김대중은 그의 아들들과 형제 조카들로부터도 같은 기간에 수백 통의 편지를 받았다. 가족들로부터 받은 편지는 교도소에 있는 김대중에게 가장 큰 기쁨이자 선물이었다.

1981년 4월 어느 날, 큰아들 김홍일에게서 편지가 왔다. 발신지는 대전교도소였다. 김대중은 편지 겉봉을 보는 것만으로도 가슴이 미어졌다. 몇 시간을 어루만지기만 했다. 눈물이 앞을 가리어 몇 번이나 눈물을 닦으며 편지를 읽었다.

"꿈속에서도 간절히 만나 뵙고 싶어 애를 쓰던 아버지께 편지를 쓴다고 생각하니 먼저 눈시울이 뜨거워지는군요. 무엇보다도 먼저 저희 가족들과 많은 분들의 기도를 들어주시어 아버지의 생명을 지켜주신 주님의 크신 은혜에 감사를 드리고 있습니다."

김대중이 가족에게 보내는 편지는 한 달에 한 번, 그것도 봉함엽서 한 장 분량에만 쓸 수 있었다. 오랫동안 외부와 단절된 생활을 하는 장기수로서 그는 쓰고 싶은 내용은 많았으나 지면이 제한되어 있어 답답했다. 그는 편지지를 더 달라고 여러 차례 요청했지만 소용이 없었다. 결국 방법은 글자 크기를 줄여 쓰는 것이었다. 정신을 집중하여 깨알 같은 크기로 편지를 썼다. 쓸 이야기가 너무 많아 어떤 때는 봉함엽서 한 장에 무려

14,000자를 써서 보내기도 했다.

　김대중이 청주교도소에 머물면서 쓴 편지는 총 29통이었다. 편지에서 그는 아내와 자식, 손주, 형제들의 안부를 묻고 답하는 것 외에 신과 신앙, 사랑, 역사, 철학, 경제 문제 등 다양한 주제를 소재로 편지를 썼다. 특히 그가 1980년 9월 17일 사형을 선고받은 후부터 1981년 1월 23일 무기징역으로 감형되기 전까지 쓴 편지 다섯 편은 사형수의 유언 같은 것이었다. 편지 다섯 편의 제목은 각각 다음과 같다.

　제1신　죽음 앞에서의 결단
　제2신　사랑 없이는 평화도 화해도 없다
　제3신　원망하지도 않고 미워하지도 않는다
　제4신　무리하지도 말고 쉬지도 말자
　제5신　부활에의 확신

　첫 번째 편지에서 김대중은 다음과 같이 말했다.

　"희망과 좌절, 기쁨과 공포, 그리고 해결과 의혹의 갈등과 번민을 매일 같이 되풀이해 왔고 지금도 이를 벗어나지 못하고 있습니다. ……예수님의 부활을 확신하는 것이 현재 나의 믿음을 지탱하는 최대의 힘이며, 언제나 눈을 그분에게 고정하고 결코 그분의 옷소매를 놓치지 않으려고 안간힘을 쓰고 있습니다."**63**

　이렇게 제1신을 포함하여 29편 편지에는 예수와 기독교에 관한 언급이 많이 나오는데 이것은 글쓴이의 신앙과 당시의 절박한 상황을 반영한 것이다. 그는 사형에서 무기수로 감형된 이후에도 신앙과 죽음, 부활, 고독, 용서 등의 문제를 많이 다루었다. 죽음의 고비 뒤에 오는 깊은 사색의 결과였다. 김대중의 편지는 그의 풍부한 지식과 경륜, 성실성, 불굴의 인내력을 유감없이 전해 주었다. 그는 정치가이기에 앞서 사상가였다.

감옥에서 김대중에게 즐거움을 안겨준 것 중 하나는 화단 돌보기였다. 김대중은 매일 점심 후 한 시간 정도 주어진 운동 시간에 꽃을 가꾸었다. 그가 가꾼 화단의 크기는 폭 2미터, 길이 30미터에 불과했지만, 그는 그 공간에 피튜니아, 아젤리아, 민들레, 데이지, 샐비어, 코스모스, 국화 등 여러 종류의 꽃을 심었다. 그는 겨울에는 일부 꽃을 화분에 옮겨 감방으로 옮겨 가꾸었다. 그는 꽃을 친구 삼아 대화도 했다. 그는 잘 자라지 않는 어떤 꽃에게 나지막하게 말했다.

"난 너에게 실망했어. 나는 너를 정성껏 돌보아 주었는데, 너는 내 정성에 보답하지 않았어. 이유가 뭐야? 너는 아직도 나의 정성이 부족하다고 생각하니? 하지만 난 최선을 다하고 있는걸."

가지를 칠 때는 꽃들에 미안하다는 말을 했다.

"아프냐? 그래도 걱정하지 마라. 이건 너희들 전부를 위하는 일이야. 아름답게 자라기 위해서는 이 정도 아픔은 견뎌 내야 한단다."[64]

꽃은 교도소에서 그의 유일한 대화 상대였다. 화단 돌보기는 김대중에게 교도소 생활이 가져다주는 스트레스를 완화하는 데 큰 도움을 주었다.

1982년 2월 초, 이희호는 정권 실세로 불리는 허화평에게서 전두환을 만나보겠냐는 말을 들었다. 만나겠다고 했다. 그를 만난 며칠 후 전화가 왔다.

"오늘이 '그날'입니다."

이희호는 그들이 안내해 준 장소로 가서 검은 차를 타고 청와대로 갔다. 청와대에서 전두환과 탁자를 마주하고 앉았다.

"이 여사, 고생이 많으시지요?"

"석방해 주시면 감사하겠습니다."

"그건 나 혼자서 결정을 못합니다. 다른 사람들도 있고 해서 석방은 어렵습니다. 그러나 앞으로 나아질 것입니다."

두 사람의 대화는 2시간 남짓 이어졌다. 전두환은 자기 부인과 딸이 성경을 읽고 있다는 둥 그의 가족 이야기까지 포함해서 이 이야기 저 이야기를 스스럼없이 했다. 그는 자기가 사형시키려고 했던 정적의 아내를 상대로 마치 동네 복덕방 아저씨가 아주머니 대하듯이 이야기를 해 나갔다. 독특한 개성의 소유자였다. 이날 대화의 본론은 '앞으로 좀 나아질 것입니다'였다.[65]

1982년 12월 14일 노신영 안기부장이 이희호를 만나고 싶다고 했다. 이희호도 마다하지 않았다. 노신영은 이희호를 만난 자리에서 남편이 미국에 가서 병 치료를 받으면 어떻겠냐고 물었다.

"내 재임 중에 이 문제를 해결하고 싶습니다. 김 선생께서 2-3년 미국에 가서 병 치료를 하도록 권해보십시오. 가시겠다는 의사가 있으시면 대통령 각하에게 건의해 가족과 함께 떠나시도록 하겠습니다."

이희호는 지학순 주교 등 몇몇 인사들과 이 문제를 의논했다. 대부분 미국으로 가서 병 치료를 하라고 했다. 어떤 사람은 미국에서 투쟁할 사람이 필요한데 김대중이 적격이라는 이야기를 하며 떠나라고 하는 사람도 있었다.

이희호는 김대중에게 미국으로 가서 병을 치료하자고 했다. 정부가 미국으로 가는 것을 허용하겠다고 했다는 말도 전했다.

김대중이 반대했다.

"미국에 가고 싶지 않고 갈 수도 없어요. 광주에서 많은 사람이 죽은 것을 안 다음 나는 맹세했어요. 목숨을 걸고 타협하지 않겠다고요. 그리고 억울하게 같이 구속된 동지들이 있는데 나만 미국으로 갈 수는 없어요. 그뿐만 아니라 가족과 2-3년 지내고 수술을 하려면 그 경비를 무슨 수로 감당합니까."

"우리가 서예전을 열면 도움을 줄 분들이 있지 않겠어요? 몇 분과 의논했더니 미국에서 싸울 사람이 필요한데 당신이 적임자라고 해요."

그래도 김대중은 가지 않겠다고 했다.

안기부 간부까지 나서서 김대중을 설득했다.

"선생이 미국으로 떠나야 다른 사람들이 나올 수 있습니다."

이희호는 어떻게 해서든 남편을 미국으로 가게 하고 싶었다. 그가 지켜본 바에 의하면 남편은 교도소 생활에 너무 지쳐 있었다. 이희호는 남편의 심신이 망가질까 걱정되었다. 이희호 자신도 남편과 가족의 옥바라지에 지쳐 있었다. 변화가 필요했다.

이희호가 김대중에게 미국으로 가자고 강력하게 권했다. 이희호가 여러 차례 권하자 김대중은 한동안 묵묵부답으로 임하다가 마지못해 승낙했다.

안기부 배석자가 종이 한 장을 내놓았다.

"각하에게 건의하려면 문건이 필요합니다. '병 치료에만 전념하고 정치 활동은 하지 않겠다'라는 내용 한 장이면 됩니다."

김대중은 각서 쓰기를 거부했다. 그는 사형에서 무기로 감형될 때 탄원서를 쓴 후 그들이 그 탄원서를 악용한 사례를 지켜봤다. 이희호가 다시 그를 설득했다. 김대중은 할 수 없이 각서를 써주었다.

각서를 써준 직후 김대중은 청주교도소에서 서울대병원으로 이감되었다. 이진희 문공부 장관이 이 사실을 알리면서 김대중이 제출한 각서를 공개했다. 그들이 각서를 공개한 것은 김대중이 마치 신병 치료를 구걸한 것처럼 보이게 하기 위해서였다. 어떻게 해서든 김대중에게 흠집을 내서 그를 매장하려는 수법이었다. 김대중은 화가 나서 여권 절차를 중단하라고 했다. 이희호가 다시 그를 달랬다.

"뒷일은 하느님에게 맡깁시다. 어차피 떠나기로 했으니 그대로 갑시다."

당국은 김대중의 장남 김홍일 가족도 함께 떠날 것을 종용했다. 그러나 김홍일은 거절했다.

"저는 동교동을 지키겠습니다."

미국으로 떠나기 직전 김대중 부부와 비서 가족들이 동교동에 함께 모였다. 이희호는 김대중의 물건 중 징표와 기념이 될 만한 것, 값이 나갈 만한 것들을 모아 나누었다.

"우리가 죽지 않고 살다 보면 반드시 다시 만날 날이 올 것입니다. 무엇보다 건강을 잘들 지키세요."

모두 울었다. 그리고 훗날을 기약했다.**66**

12. 김영삼과 2차 연합

　김대중은 1982년 12월 23일 미국으로 떠났다. 전두환 정권은 그를 석방한 외형적 이유로 그의 신병 치료를 들었다. 그렇지만 그를 석방한 또 다른 목적은 장영자·이철희 사건 등 대형 악재로 실추된 대내외적 이미지를 반전시키기 위해서였다.

　김대중은 1982년 12월 말 미국에 도착하여 워싱턴 근교에 숙소를 잡았다. 그가 워싱턴에 도착하자마자 문동환 목사 등 많은 동포가 모여들었다. 에드워드 케네디 상원의원, 머스키 전 국무장관, 리처드 앨런 국가안보보좌관 등 미국의 저명한 인사들이 그를 환영했다.

　문동환 목사가 환영사를 했다.

　"다니엘을 사자 굴 속에서 건지신 하느님은 김대중 선생을 악랄한 독재자 전두환의 손에서 건지셨습니다. 그것은 앞으로 김 선생께서 한국의 민주화와 통일에 큰 역할을 하셔야 하기 때문입니다."

김대중이 답사를 했다.

"제 생명을 구해 주신 하느님께 감사드립니다. 레이건 대통령, 케네디 상원의원, 솔라즈 의원 등에게도 감사드립니다. 각국의 여러분들이 자유 회복을 위해 지지해 준 것에 감사드립니다. 치료가 끝나는 대로 조국인 한국으로 돌아가 다시 싸울 것입니다."

김대중은 미국에서 한국의 독재 실상을 적극적으로 알리기로 했다. 그는 미국에 머문 동안 '재미한국인인권문제연구소'를 설립하여 활동의 근거지로 삼았다. 그는 정부 정책에 막강한 영향력을 행사하는 의회 지도자들을 집중적으로 만나 한국의 실상을 알렸다. 그는 언론 인터뷰와 연설 등을 통해 미국 정부가 한국의 민주주의 발전을 지원해 달라고 했다. 그는 또 미국 정부가 안정과 안보를 이유로 독재를 합리화하거나 고무하지 말라고 했다. 그가 연설한 곳은 교회와 대학, 인권 단체와 협회, 한인사회 등 다양했다. 그는 미국에 머문 2년 3개월 동안 150회 이상 연설했다.

김영삼은 1980년 8월 13일 현 시국에 대한 책임을 느낀다면서 정계 은퇴를 선언했다. 그는 광주항쟁 3주년이 되는 1983년 5월 18일 전두환의 폭압 정치에 항의하여 단식에 들어갔다.

"나는 이번 단식에서 나의 생명을 잃을 수도 있다는 것을 잘 압니다."

비장한 각오를 느낄 수 있는 말이었다. 정부 당국은 김영삼의 단식이 가져올 파장을 우려하여 단식 7일째 되는 날 그를 강제로 서울대병원에 입원시켰다. 각계 인사들이 그를 찾아와 단식 중단을 권유했다. 정부 측에서는 권정달이 그를 찾아와 전두환의 뜻이라면서 단식을 중단하면 해외 출입 등을 자유롭게 해 주겠다고 전했다. 김영삼은 단호하게 거부했다. 문익환, 함석헌, 홍남순, 이문영, 예춘호 등 재야인사들이 동조 단식을 시작했다. 단식 17일째 되는 날에는 김수환 추기경이 병실을 찾았다.

"많은 사람이 권유하셨겠지만, 몸을 돌보셔야 합니다. 한 인간으로서 김 총재님께 권유합니다. 몸을 돌보셔야 합니다."

그러나 김영삼은 단식을 계속했다. 죽기를 각오한 사람 같았다. 단식 22일째 되는 날 김영삼의 건강 상태가 극히 위험한 단계라는 소식을 들은 이기택 등 30여 명이 면회 금지 조처가 내려진 병실 문을 박차고 들어왔다.

"같이 살아서 투쟁합시다."

그들은 눈물로 호소했다.

김영삼은 밤에 병실을 지키던 최기선에게 다음 날 아침에 단식을 중단하겠다고 말했다. 이렇게 하여 6월 9일 무려 23일 동안 계속된 그의 단식이 끝났다.

미국에 체류하던 김대중은 김영삼이 단식하는 동안 70여 명의 교포와 함께 한국 대사관, 국무부, 백악관 앞에서 김영삼의 단식을 지원하는 시위를 벌였다. 김대중은 또 〈뉴욕타임스〉에 김영삼의 단식투쟁을 지원하는 글을 기고했다.

"지금은 미국 정부가 한국 내의 자유의 중요성을 재확인해야 할 시기이다. 민주 정부와 민주적 제도를 회복하지 않으면 한국은 안정될 수 없다. 김영삼 씨의 단식과 그에 따른 충격은 미국 정부가 정책을 재고해야 한다는, 심각한 도전장을 던지고 있다."[67]

김영삼의 단식을 계기로 김대중과 김영삼의 협력이 다시 시작되었다. 김대중과 김영삼은 1983년 8월 15일 워싱턴과 서울에서 공동성명을 발표하고 1980년 국민을 실망하게 한 데 대해 사과하면서 향후 두 사람이 함께 시대적 과제의 해결에 앞장서겠다고 약속했다.

"1980년 봄, 온 국민이 한결같이 열망하던 민주화의 길에서 우리는 당시 야당 정치인들로서 하나가 되는 데 실패함으로써 수백 수천의 민주 국민이 무참히 살상당하는 사태에 이르게 되고, 계속 국민의 수난이 연속됨은 물론 민주화의 길을 더욱 멀게 한 사태를 막지 못한 데 대한 책임을 면할 길 없습니다. 이제 국민 앞에 자책과 참회의 뜻에서, 그리고 온 국민의 민주화에 대한 열망 앞에서 우리 두 사람은 백의종군하는 자세로 하나가 되어 손잡고 우리 민족사의 지상과제를 향하여 함께 나아가려 합니다.

국민 여러분! 우리들의 부족함을 너그러이 용서해 주시고, 여러분의 민주 전열에 전우로 받아 주시기 바랍니다. 우리 두 사람은 오로지 국민의 한 사람으로서, 국민과 함께 그 뜻을 받들어 민족과 민주 제단에 우리의 모든 것을 바칠 것을 엄숙히 맹세하는 바입니다. 그 성스러운 싸움과 승리의 현장에서 뜨겁게 만납시다. 우리는 승리할 것입니다."**68**

두 정치 지도자의 약속은 1984년 5월 18일 민주화추진협의회(민추협)의 결성으로 구체화되었다. 김대중·김영삼 두 사람이 중심축을 이루었다. 다만 김대중이 미국에 체류하고 있는 점을 고려하여 동교동계의 김상현이 김대중을 대신하여 공동의장 대행을 맡았다.

민추협은 민한당이 야당 역할을 제대로 하지 못한 점을 비판하고 1985년 새로운 선명 야당 신한민주당(신민당)을 창당했다. 당시는 김영삼도 정치 활동이 제한되었기 때문에 김대중·김영삼 양측은 신민당의 총재로 이민우를 추대했다.

김대중은 1983년 9월부터 하버드 대학 국제문제연구소에 객원 연구원으로 초빙되었다. 그는 1년 동안 하버드 대학 객원 연구원으로 머물면서 한국 경제 문제와 관련된 논문을 썼다. 논문을 쓸 때 뉴저지주 주청에 근무하는 유종근 박사가 많은 도움을 주었다. 이 논문은 하버드대에서 책으로 출판되었는데 책의 제목은 『대중경제론Mass-Participatory Economy』이다. 책은 그가 1971년 대통령 선거 때 처음 선을 보였던 대중경제론을 이론적으로 보완하고 체계화한 것이다.

김대중은 1983년 10월경에 ABC 방송의 〈나이트라인〉에 출연했다. 〈나이트라인〉은 미국인 수천만 명이 시청하는 인기 프로그램이다. 토론의 주제는 주로 한국의 민주주의와 인권 문제에 대한 것이었다. 토론자 세 명 중에는 영어에 능통한 봉두완 국회 외무위원장도 있었다. 그는 김대중의 반대편에서 전두환 정권을 옹호하는 역할을 떠맡았다. 김대중은 한국에서 벌어지고 있는 반민주적 상황과 인권 유린 행위를 미국인들에게 고발했다. 그러나 봉두완은 이날 토론에서 사실과 다른 말로 초점을 흐리게 했다.

"지금까지 김대중 씨가 말한 인권 유린은 박정희 정권 때의 일입니다. 현 정권에서는 그런 일이 일어나지 않았습니다. 전두환 정권은 모든 인권을 보장하고 있습니다. 어떤 형태의 인권 유린도 없습니다."

김대중이 그 말을 반박하려 하자 진행자는 토론을 마치려 했다. 김대중은 잠깐만 기다려 달라고 했다.

"웨이트! 웨이트!"

진행자가 할 수 없다는 듯이 발언 기회를 주었다.

"지금까지 내 발언은 내 개인적인 주장이 아닙니다. 국제사면위원회의 1982년도 보고서에 있는 것을 그대로 인용한 것입니다. 또 미국 국무부의 1982년도 『인권보고서』에도 그대로 적혀 있는 것입니다. 그러므로 나의 말이 거짓이 아니라는 것은 당신네 정부가 보증한 것입니다."

김대중의 마지막 멘트는 홈런이나 마찬가지였다. TV 앞에 앉아 숨죽이며 방송을 지켜봤던 김대중 가족과 지지자들은 환호성을 질렀다.

"우리가 이겼다!"

김대중은 능통한 영어를 구사하지는 못했다. 하지만 그의 말에 진정성을 담았기 때문에 호소력이 있었다.[69] 이 방송 후 미국 전역에서 격려 전화가 쇄도했다.

김대중은 미국에 머물면서 전 세계의 저명인사를 많이 만났다. 닉슨 대통령 때 국무장관을 지낸 헨리 키신저 박사는 김대중이 좋아하는 대화 파트너 중 한 사람이었다. 키신저와 대화할 때면 국제 문제, 특히 중국을 중심으로 한 아시아 문제가 주 의제가 되었다. 키신저는 김대중을 만나면 이 말을 자주 했다.

"당신은 언젠가 대통령이 될 것입니다."

미국에 있는 각국 저명인사들과의 교류는 김대중에게 세계정세를 이해하는 데 큰 도움이 되었다. 그는 다양한 인사들과 만나 인적 네트워크를 구축했다. 이때 쌓은 폭넓은 인적 네트워크는 그가 훗날 대통령으로서 IMF 외환 위기를 조기에 극복하는 데 큰 도움이 되었다. 그가 미국에 머물면서 익힌 영어 역시 세계인으로서 그의 활동 범위를 넓히는 데 도움이 되었다. 미국 망명 생활은 위기를 기회로 활용하는 김대중의 능동적 삶의 자세를 다시 한번 보여주었다. 그는 역경에 좌절하지 않고 이겨내 더 크고 강한 지도자로 성장하고 있었다.

김대중은 미국에서 한국의 민주주의를 위해 열심히 뛰었으나 한계를 느꼈다. 김대중은 1985년 2월 8일 한국으로 돌아왔다. 그의 귀국 비행기에는 에드워드 페이건과 토마스 포글리에타 하원의원, 퍼트리샤 데리언 전 국무부 인권담당 차관보, 브루스 커밍스 교수 등 30여 명이 동행했다. 기자들도 수십 명 탑승했다. 전 세계가 1년 반 전인 1983년 8월 21일 필리핀의 야당 지도자 베니그노 아키노가 미국 망명을 청산하고 필리핀에 도착하자마자 암살당한 악몽을 상기하며 김대중의 귀국길을 주시했다.

김대중이 돌아온 동교동 집 주변은 고립된 섬이었다. 전두환 정권은 김대중 집 주변의 주택들을 빌리거나 사서 안기부 요원과 경찰을 상주하게 했다. 또 경찰 수백 명이 집 주위를 둘러쌌다. 아무도 김대중의 집에 접근할 수 없었다. 전화는 도청당했고, 우편물은 검열당했다. 가택 연금이었다. 가끔 연금을 풀어주기도 했지만 어떤 일관된 기준이 없었다. 야당이나 민주 세력의 중요 행사가 있는 날에는 어김없이 외부 출입을 금지했다. 일요일에 성당 가는 것도 금지했다. 그의 집은 '동교동 감옥'이었다. 전화만이 그를 세상과 연결해 주는 유일한 통로였다.

김대중은 연금당한 기간에 날마다 침실에서 지하 서재로 출근했다. 밖에 나가듯 꼭 정장을 하고 넥타이를 맸다.

"이렇게라도 하지 않으면 무너질 것 같아서 그렇게 했습니다."

김대중은 교도소에 있을 때처럼 집에서도 정성스레 꽃을 가꾸었다. 그는 40여 종의 꽃을 심고 며칠 간격으로 음지와 양지에 놓은 화분의 위치를 서로 바꿔 주었다. 유신 이래 16년간의 단절과 '일방적 비방'에서 오는 남모를 심사를 꽃 가꾸기로 달랬고, 그러다 보니 꽃 가꾸기가 생활의 일부가 되었다.

김대중의 집에서 발견되는 재미있는 현상 중 하나는 집에 매일 다양한 새들이 찾아온다는 것이다. 이유는 김대중이 매일 규칙적으로 새들에게 모이를 주기 때문이었다. 모이 주기는 꽃 가꾸기와 더불어 그의 일상사 중 하나였다.

　『장수하는 한국의 대통령들』의 저자 박병로는 김대중의 건강 비결 중 하나로 그의 취미인 꽃 가꾸기와 모이 주기를 들었다.

　"생명을 존중하고 돌보는 이런 태도와 마음 자세가 보기 좋다. 그것이 스트레스 많은 김 대통령 자신에게 정신적·육체적으로 무한한 만족감을 주었을 것이다."[70]

　김대중이 한국으로 돌아온 4일 후인 1985년 2월 12일 국회의원 선거가 실시되었다. 김대중과 김영삼이 지원하고 이민우가 이끈 신민당은 총선에서 돌풍을 일으켰다. 지역구 의석 50석, 전국구 17석을 얻어 총 67석을 차지했다. 경쟁 야당 민한당이 지역구 26석, 전국구 9석 등 35석을 얻은 것과 크게 비교되었다. 당을 창당한 지 불과 한 달 만에 이룩한 성과였다.

　김대중의 귀국 후 김대중과 김상현이 김대중 자택에서 만났다.

　"형님이 귀국하셨으니 민추협 공동의장을 직접 맡으시는 게 좋을 것 같습니다."

　"김영삼 의장의 생각은 무엇인가?"

　"김영삼 의장의 생각도 저와 같을 것입니다."

　3월 15일, 김상현 민추협 공동의장 대행의 자택에서 김대중·김영삼이 만났다. 이 자리에서 김영삼 민추협 의장은 김대중에게 민추협 공동의장에 취임해 달라고 요청했다.

"김 동지께서 민추협 공동의장에 취임해 주시오. 모든 동지들의 뜻입니다."

김상현 공동의장 대행과 사전 대화를 나눈 김대중은 김영삼의 제의를 흔쾌히 수락했다. 이로써 김대중은 4년 10개월 만에 정치 정면에 나섰다. 전두환 정권은 여전히 김대중의 사면·복권을 미루었고 가택 연금도 계속되었지만, 김대중은 사실상 한국 정치의 중심축으로 다시 복귀했다.

총선이 끝난 지 두 달도 안 되어 민한당 당선자 35명 중 29명이 신민당에 입당했다. 신민당은 103석의 거대 야당으로 발전했다. 김대중·김영삼의 위력과 민주주의를 갈망하는 국민의 힘을 의식한 결과였다.

신민당이 제1야당이 되고 김대중·김영삼이 사실상 신민당을 이끌면서 신민당을 포함한 민주 진영은 민주주의의 회복과 대통령 직선제 개헌 등 민주 진영의 목표를 분명히 했다. 유신헌법과 5공화국 헌법을 대체할 새로운 민주헌법을 만드는 것이 당면 최대 목표였다. 신민당은 1986년 2월 12일 총선 1주년을 맞이하여 대통령 직선제 개헌 1,000만 명 서명운동에 돌입했다. 이민우 총재가 신민당 당사에서 이를 내외에 천명했다.

"총선 1주년을 맞아 김대중, 김영삼 선생, 그리고 나와 부총재단, 개헌 추진 본부 시도지부장을 필두로 대통령 직선제 개헌 서명을 시작하겠습니다."

전두환 정권의 김대중에 대한 탄압은 더욱 심해졌다. 경찰은 2개 중대 300여 명의 경찰과 수많은 차량을 동원하여 김대중 집 주변을 완전히 봉쇄했다. 연금도 수시로 감행했다. 그나마 권노갑, 김옥두, 한화갑, 남궁억, 배기선, 설훈, 이석현 비서 등이 김대중 곁에 있어 그를 덜 외롭게 했다.

1986년 2월 필리핀에서 2월 혁명이 일어났다. 마르코스의 독재체제를 무너뜨린 후 새로운 민주 정부가 들어섰다. 정부는 필리핀에서 발생한 민주혁명 소식의 국내 전파를 막으려 했으나 완전 봉쇄는 불가능했다. 전두환 정권은 김대중에 대한 감시와 통제를 더욱 강화했다. 김대중은 서울, 광주, 대구 등 전국에서 치러진 개헌추진위 지부 결성식에 참석하려 했으나 경찰의 제지로 참석하지 못했다. 그는 참석을 방해받자 연설을 녹화하여 행사장에서 틀어주는 방식으로 직선제 개헌추진 운동을 격려했다.

각 지역 개헌추진운동 지부 결성식은 국민의 열화같은 지지 속에서 진행되었다. 부산 4만 명, 광주 10만 명, 대구 2만 명 등 다수 국민이 참석하여 국민이 직선제 개헌에 얼마나 큰 관심을 표명하고 있는지를 보여주었다.

1986년 10월 28일 오후 1시부터 건국대 민주광장에서 전국 26개 대학교 학생 2,000여 명이 모여 '전국 반외세·반독재 애국학생투쟁연합' 발족식을 열었다. 경찰이 최루탄을 쏘며 학생 집회 진압에 나서자 학생들은 건물로 들어가 나흘째 항의를 했다. 경찰은 물리력으로 진입하고 1,500여 명을 연행해 갔다.

전두환 정권은 건국대 사태가 터질 무렵에 '금강산댐' 사건을 발표했다. 북한이 금강산댐을 만들어 수공水攻으로 서울을 쓸어버리려 한다는 것이다. 모두 정보기관이 조작한 사건이지만, 황색 언론은 태연하게 정보기관의 음모를 확대 재생산하는 데 앞장섰다.

"63빌딩이 물에 잠긴다!"

"남산 기슭까지 물바다!"

국민의 안보 감정을 일깨워 민주화운동 열기를 잠재우기 위한 술책이었다. 전두환 정권은 민주화 세력의 직선제 개헌 운동을 무산시키기 위해 무슨 짓이든 할 기세였다. 김대중은 많은 고민을 했다. 어떻게든 이 난국을 돌파해 나아갈 필요를 느꼈다. 그는 1986년 11월 5일, 민추협 사무실에서 성명을 발표했다.

"나는 전두환 정권이 대통령 직선제 개헌을 수락한다면 비록 사면·복권이 되더라도 대통령 선거에 출마하지 않겠다는 결심을 천명한다."

같은 무렵 서독을 방문 중이던 김영삼도 독일 현지에서 기자회견을 하고 김대중과 비슷한 내용을 발표했다.

"직선제와 사면·복권 등 민주화가 되면 김대중 씨의 출마도 생각해 볼 수 있다."

김대중·김영삼은 이렇게 민주화를 위해 굳건하게 손을 잡았다.

그러나 아쉽게도 오랫동안 김대중·김영삼과 한몸이 되어 직선제 개헌 운동에 나섰던 이민우 총재가 1986년 말부터 대열에서 이탈하려 했다. 그는 직선제 개헌 대신에 내각제 개헌을 내세우며 전두환 체제와 적당히 타협하려는 기미를 보였다. 김대중과 김영삼은 이민우를 설득하려 노력했으나 성과가 없었다. 중요한 길목에서 이민우의 이탈은 민주 진영에 큰 혼선을 일으킬 게 뻔했다. 이민우 때문에 민주 진영이 우물쭈물할 여유가 없었다.

1987년 5월 전당대회를 앞두고 김대중은 김영삼이 다시 총재를 맡아야 한다고 주장했다. 이민우 측이 강하게 반발했다. 김대중과 김영삼은 신당 창당이 불가피하다고 생각했다. 1987년 4월 8일 신민당 의원 90명 중 74명이 신민당을 탈당했다. 김대중·김영삼이 공동으로 추진 중인 신당에 참여하기 위해서였다. 신당 당명은 '통일민주당'으로 정하고, 신당 총재는 김영삼이 맡기로 했다. 발기인 대회는 4월 13일에 열렸다.

전두환은 이날 맞불 작전을 구사했다. 소위 '4·13 호헌 조치'였다.

"임기 중 헌법개정이 불가능하다고 판단했다. 현행헌법에 따라 내년 2월 25일 본인의 임기 만료와 더불어 후임자에게 정부를 이양할 것을 천명한다."

4·13 호헌 조치는 민심을 폭발시켰다. 대학교수들이 연이어 4·13 호헌 조치의 철회를 요구하는 시국 성명을 발표했다. 신부와 목사들이 직선제 개헌을 요구하며 단식투쟁 등 민주화운동의 전면에 나섰다.

김영삼과 김대중은 애초 계획대로 5월 1일 통일민주당을 창당했다. 신민당 내 비주류 일부가 깡패를 동원하여 창당 작업을 방해했지만 대세를 거스를 수는 없었다. 신당은 총재로 김영삼을 추대하고 부총재에는 이중재, 양순직, 노승환, 이용희(이상 동교동계), 최형우, 박용만, 김동영(이상 상도동계)을 선출했다. 지도체제는 단일 지도체제이며, 직선제 개헌을 담은 정강 정책을 채택했다.

1987년 5월 18일 밤, 명동성당에서는 '5·18 광주항쟁 희생자 7주기 추모 미사'가 열렸다. 김수환 추기경의 강론과 미사가 끝난 후 김승훈 신부가 충격적인 성명서를 읽었다. 성명서의 내용은 경찰이 지난 1월에 발표한 '박종철 군 고문치사 사건의 진상 발표가 조작되었다'라는 사실이었다.

박종철 군 사건을 몇 달 전으로 거슬러 올라가 보자. 서울대 언어학과 3학년에 재학 중이던 박종철 군은 1987년 1월에 체포되어 경찰의 조사를 받던 중 사망했다. 강민창 치안본부장은 당시 박종철 군 사망 발표를 하면서 사망 원인은 단순 쇼크사라고 발표했다.

"(경찰이) 책상을 탁하고 치니 (박종철 군이) 억하고 죽었다."

국민이 바보가 아닌 이상 경찰의 발표를 믿을 리 없었다. 부검의가 사망 원인으로 물고문 의혹을 제기했다. 경찰은 뒤늦게 고문 사실을 시인하고 수사 경관 조한경과 강진규를 처벌하는 수준에서 사건을 마무리 지으려 했다. 재야 단체들이 경찰의 발표를 믿을 수 없다면서 진상 규명을 요구했다. 각계에서 규탄 성명이 이어지고 추도회 등을 개최했다. 정부는 치안감 박처원 등 대공 간부 3명과 고문 가담 경관 5명을 추가 구속했다.

그러나 국민감정이 이 정도 조처로 가라앉지 않았다. 그전에 있었던 부천서 권인숙 양 성고문 사건, 전두환의 4·13 호헌 조치 등 전두환 정권의 인권 유린과 독재에 대한 국민적 분노가 잠복하여 있던 상황에서 박종철 군 고문 치사사건의 조작 내용이 폭로되면서 국민감정이 극도로 격앙되었다.

전두환 정권은 사태가 심상치 않게 돌아가자 노신영 국무총리, 장세동 안기부장, 정호용 내무부 장관 등 정권의 핵심 인사들을 물러나게 했다. 그러나 한번 등을 돌린 민심은 이 정도 조치로 진정되지 않았다. 민통련, 민추협, 민교협 등 재야 시민사회 단체가 중심이 되어 '호헌철폐 민주헌법쟁취 국민운동본부(국본)' 발기인 대회를 열었다. 발기인에는 김대중, 김영삼, 함석헌, 문익환, 윤공희, 홍남순 등 민주 진영의 주요 인사들이 모두 참가했다.

국민운동본부는 민정당이 전당대회를 열어 노태우를 민정당 대통령 후보로 선출하는 6월 10일에 '호헌철폐 범국민대회'를 열기로 했다. 6월 10일은 바로 전두환 측과 민주 진영이 마치 기관차가 마주 보고 달리듯 정면충돌 하는 날이 되었다. 거기에 6·10 대회 바로 전날 연세대 재학생이던 이한열 군이 시위 도중 최루탄에 맞아 의식불명이 된 사건까지 발생했다. 국민의 분노는 더욱 증폭되었다. 6월 10일 서울은 물론 부산, 광주,

대구, 대전 등 전국 22개 주요 도시에서 국민이 총궐기했다. 이날 전국에서 시위에 참여한 사람은 30여만 명이나 되었다.

"호헌철폐! 독재 타도!"

시위는 10일을 시작으로 매일 열렸다. 국본이 '최루탄 추방의 날'로 정한 6월 18일 시위에는 전국에서 150만 명 이상의 국민이 참여했다. 시위는 직장인들이 퇴근하는 석양 무렵부터 시작되었다. 6월 시위의 가장 큰 특징은 중산층이 대거 참여했다는 사실이다. 노동자, 변호사, 의사, 약사, 공인중개사, 문화예술인, 일반 서민, 학생 등 남녀노소와 계층을 가리지 않았다. 박종철 군 고문치사 발표 조작 사건, 이한열 군 최루탄 사건 등이 국민 감성을 자극한 결과였다.

6월항쟁 당시 외신들은 한국을 '이상한 나라'라고 보도했다. 당시 현대는 '포니'를 미국에 수출하고 있었다. 자동차를 수출하는 나라가 매일 최루탄 가스로 범벅된 모습을 보이는 것이 특이했다. 또 낮에는 직장에서 열심히 일하고 퇴근 시간이 되면 너나 할 것 없이 거리로 뛰쳐나와 민주화를 외치는 한국인의 이중적 모습도 신기하게 보였다.

전두환은 노태우 등 정권의 중심인물들과 만나 계엄령 선포 문제를 논의했다. 군을 동원하지 않고는 사태를 수습할 수 없다고 판단한 것이다. 전두환은 6월 19일 군 출동 직전 단계인 '출동 준비' 지시를 내렸다.[71]

"군을 투입해야 사태를 진정시킬 수 있을 것 같습니다."

"예하 부대에 출동 준비를 지시해 놓은 상태입니다."

18일경부터 불길한 풍문이 떠돌기 시작했다. 정부가 비상조치를 취한다는 것이다. 20일 새벽에 남궁진 비서가 긴급한 정보라면서 친위 쿠데타가 발생했다고 했다.

"친구 중에 보안사에서 청와대로 파견 나간 고위급 장교가 있는데 그가 말하기를 친위 쿠데타가 일어났다고 합니다. 군인들이 동교동으로 올 것이라고 합니다."

1980년 5월 17일 저녁의 악몽이 떠올랐다. 이희호와 집안 비서들은 각자 수첩 등 자료를 비닐봉지에 넣어 몸에 지니고 마당으로 나갔다. 감시자들이 망원경으로 자신들의 움직임을 지켜볼 것이라고 예상하고 일부러 꽃나무를 여기저기 옮기면서 자료를 묻었다. 이희호와 가정부 등은 집에 있는 음식 재료를 모두 꺼내 음식을 장만한 다음 비서, 기사, 가정부 등 온 식구가 둘러앉아 각자 기도하고 최후가 될지도 모르는 오찬을 들었다. 모두 비장한 얼굴들이었다.[72]

다행히도 전두환 정권은 계엄령 선포를 실행에 옮기지 않았다. 전두환 정권처럼 포악한 정권이 그 위기 상황에서 계엄령을 선포하지 않은 이유는 수수께끼가 되기에 충분했다.

물론 추측이 전혀 불가능한 것은 아니었다. 가장 큰 이유는 미국이 계엄령 선포를 강력하게 경고한 것이었다. 미국은 1980년 광주항쟁 때 전두환과 신군부의 광주 학살을 묵인 내지 방관한 혐의로 심한 비판을 받았다. 미국 정부는 만일 6월항쟁 때도 그런 모호한 태도를 보일 경우 한국에서 반미감정이 폭발할 수 있다는 점을 우려했다. 제임스 릴리 주한 미국 대사가 전두환에게 미국의 강력한 경고를 전달하는 임무를 담당했다. 그는 6월 19일 오후 2시에 단독으로 전두환을 면담했다. 이 자리에서 그는 레이건 대통령의 친서를 전달하면서 계엄령 선포에 대한 미국의 강력한 우려를 전달했다.

전두환 정권이 심혈을 기울여 유치한 88 올림픽 문제도 고민거리로 등장했다. 사마란치 국제올림픽위원회 위원장은 만일 서울에서 소요가 발생하면 개최 장소를 다른 곳으로 옮기겠다고 밝혔다. 올림픽 경기가 계엄령과 유혈사태로 개최되지 못한다면 한국의 국제적 망신은 물론 우리 정부에도 치명적 상처가 될 수 있었다.

가장 큰 걱정은 계엄령을 선포한 후에도 1980년 광주에서처럼 서울, 부산 등 대도시에서 시민들의 시위가 계속되는 경우였다. 1980년 5·18 때 광주 시민들은 공수부대와 탱크에 맞서 싸웠다. 전두환은 이때의 만행으로 인해 임기 내내 살인마라는 비난을 받았고 정권의 정통성에도 심대한 상처를 입었다. 만약 계엄령을 선포했는데 1980년 광주항쟁 때처럼 서울에서, 부산에서, 대구에서, 대전에서, 광주에서 시민들이 거리로 나와 탱크에 맞선다면 어떻게 될 것인가? 1980년의 트라우마는 광주 시민과 민주 세력에게만 있었던 게 아니었다. 전두환과 군부도 비록 성격은 달랐지만 1980년의 트라우마를 앓고 있었다.[73]

전두환은 19일 오후 늦게 릴리 주한 미국 대사에게 계엄령을 선포하지 않겠다는 결심을 전했다. 그로부터 4일 후인 23일 전두환과 노태우가 청와대에서 만났다.

전두환이 먼저 말을 꺼냈다.

"노 대표, 아무래도 직선제를 받아들여야 사태가 진정될 것 같아요."

"저는 전당대회에서 합법적으로 선출되었습니다. 당원들의 의사도 존중되어야 하지 않겠습니까?"

"나도 노 대표 생각과 똑같아요. 마음 같아서는 당장 군대를 투입하여 시위를 진압하고 싶어요. 그런데 대내외 여건이 그것을 불가능하게 만드니 다른 방법이 없습니다."

노태우가 한참 머뭇거리다가 말했다.

"각하의 뜻이 정 그렇다면 저도 각하의 제안대로 하겠습니다."

"직선제를 받아들이되 노 대표가 이를 발표하여 노 대표의 작품으로 만듭시다. 그리하여 노 대표가 직선제 개헌을 주도한 모양새를 취하면 국민이 노 대표를 보는 시각이 많이 바뀔 것입니다. 직접선거를 하더라도 승산이 있습니다."[74]

김대중은 6월항쟁이라는 역사적 사건에 직접 참여하지는 못했다. 경찰이 6·10 대회를 전후로 김대중의 집 밖 출입을 78일 동안이나 제지했기 때문이다. 그러나 권노갑, 이협 등 비서진들이 전화로 시위 현장을 생중계하듯 알려주었다. 한화갑은 외신을 분석하여 알려주는 역할을 했다.

정부는 6월 25일 김대중의 연금을 해제했다. 김대중은 연금 해제를 기하여 성명을 발표했다. 그는 성명서에서 4·13 호헌 조치 철회, 직선제 실시, 거국 중립내각 구성 등을 요구했다. 그는 또 민주 세력들에도 폭력이 아닌 평화적 운동을 호소했다.

'6·26 평화 대행진' 날에는 전국에서 200만 명이 거리로 쏟아져 나와 절정을 이루었다. 6월 29일 노태우 민정당 대통령 후보는 기자회견을 갖고 직선제 개헌, 김대중의 사면·복권 및 시국사범 석방, 대통령 선거법 개정, 국민 기본법 신장, 언론 자유 창달, 지방자치제 실시 등 8개 항을 발표했다. 형식은 노태우가 전두환에게 건의하는 방식이었다.

"우리가 승리했다!"

"광주정신이 승리했다!"

"대한민국 만세!"

국민이 환호했다. 1961년 박정희의 쿠데타 이래 26년 동안 군부독재와 싸운 민주 세력이 마침내 군부정권으로부터 항복 선언을 받아냈다. 6월항쟁의 승리는 1980년 광주항쟁의 승리이기도 했다. 6월항쟁이 구현하려고 한 목표가 곧 1980년 광주 시민들이 요구한 목표와 똑같았기 때문이다. 덧붙여 민주화 세력들은 1980년 광주항쟁 직후부터 1987년 6월항쟁 때까지 줄곧 광주 학살의 진실을 밝히고 학살자들을 처벌하며 광주 시민의 명예를 회복시키라고 요구했다. 일종의 '7년 항쟁'[75]이었고 그 항쟁에서 민주 세력이 승리했다. 6월항쟁은 4·19 혁명, 5·18 광주항쟁과 함께 한국 민주화운동의 큰 산맥을 이루었다.

6월항쟁에서의 승리는 김대중·김영삼 연합전선의 승리이기도 했다. 항쟁을 주도한 사람은 각계각층의 민중이었지만 두 사람의 굳건한 연대와 리더십은 항쟁에 참여한 사람들의 시위 참여 동기를 더욱 확실하게 했다. 국민은 두 사람의 연합전선에서 전두환 정권의 타도 후 뚜렷한 대안을 발견했기 때문이다.

1980년대 김대중·김영삼의 연합전선은 1970년대에 두 사람이 박정희 정권에 맞서 싸우면서 손을 잡은 것에 이어 두 번째이다. 두 사람은 연합하여 박정희 정권과 전두환 정권 모두를 무너뜨렸다. 이렇게 두 사람은 치열하게 경쟁하면서도 민주주의가 위협을 받으면 경쟁을 멈추고 협력하면서 함께 성장했다.

13. 김영삼과 다시 경쟁

1987년 10월 27일 국민투표를 통해 확정된 제6공화국 헌법은 대통령
직선제, 지방자치제 시행, 국민의 기본권 확대, 헌법재판소 설치 등을 주
요 내용으로 했다. 새로운 헌법의 채택으로 형식상으로나마 1972년 유신
체제에 의해 유린당한 민주주의가 다시 정상화되었다.

김대중은 1987년 9월 광주와 그의 고향 하의도를 방문했다. 그의 광주
방문은 1971년 대통령 선거와 국회의원 선거 후 처음이었다. 16년 만의
방문이었으니 그 감회가 어떠했겠는가. 그는 5·18묘역을 찾아 죽은 영령
들 앞에서 오열했다.

"한없이, 한없이 사모하는 영령들이여, 김대중이가 여기 왔습니다. 꼭
죽게 되었던 내가 하느님과 여러분의 가호로 죽지 않고 살아서 여기 여러
분 앞에 섰습니다."[76]

순간 김대중만이 아니라 그곳에 있던 광주 시민들 모두 흐느꼈다.

김대중을 맞이한 광주 거리는 술렁거렸다. 김대중이 찾아간 금남로는 수십만 명의 환영 인파로 가득 채워졌다. 그의 정치적 고향 목포에서도 환영 인파가 광장과 도로를 가득 메웠다. 그는 고향 하의도도 방문했다. 거기에는 아버지 묘가 있었다. 그는 아버지가 작고했을 때 장례식에도 참석하지 못했다. 그는 아버지가 작고한 지 13년 만에 아버지 묘 앞에 섰다.

대통령 선거를 앞두고 김대중은 대통령 출마를 기정사실화했다. 김대중과 김영삼이 야권 단일 후보 자리를 놓고 경쟁에 들어갔다. 김영삼 측은 1986년 11월 김대중의 '불출마 선언'을 상기시키며 김영삼이 야권의 단일 후보가 되어야 한다고 주장했다. 반면 김대중 측은 김대중이 사면·복권되면 대통령 후보를 양보하겠다고 한 과거 김영삼의 발언을 상기시키며 김대중이 야권 단일 후보가 되어야 한다고 주장했다.

김대중은 통일민주당 전당대회에서 경선에 의한 후보 선출을 희망했다. 그런데 김대중은 오랫동안 정치 일선에서 물러나 있었고 김영삼은 현직 총재였다. 김대중이 절대적으로 불리할 수밖에 없었다. 그는 불리함을 만회하기 위해 36개 미 창당 지구당 조직책 임명권을 달라고 요구했다. 김영삼 측은 그 제안을 거부했다. 당시 한국 재야운동의 산실 격인 민주통일민중운동연합(민통련)과 6월항쟁의 주역인 전국 대학 총학생회 등은 김대중을 더 선호했다. 김대중은 이런 분위기를 염두에 두면서 텔레비전 토론이나 전국 공동유세를 하고 국민적 지지가 높은 사람이 후보가 되도록 하자고 제안했다. 이 제안도 수용되지 않았다.

김대중과 김영삼 모두 이번 선거가 대통령이 될 절호의 기회라고 생각했다. 두 사람 모두 다음 기회에 대해서는 반신반의했다. 권력의 속성상 다음 기회를 약속받는 게 불가능하다고 생각했다. 두 사람은 나이도 의식했다. 당시 김대중의 나이는 만 63세였고 김영삼은 60세였다. 6월항쟁을 거치면서 형성된 국민의 정권교체 열망, 다음을 기약할 수 없는 권력의 속성, 나이 등 여러 측면에서 두 사람은 이번 기회를 양보하고 싶지 않았다.

열렬한 지지자들의 존재 역시 양보를 어렵게 만든 요인이었다. 지지자들의 공감을 받으려면 합리적인 단일화 방법과 명분 있는 양보가 선행되어야 했다. 가정이지만 이때 만약 여론조사가 활성화되었더라면 상황은 달라졌을 수도 있다. 국민이 여론조사에 나타나는 객관적 근거를 바탕으로 어느 한쪽에 양보를 요구하거나, 혹은 당선 가능성이 더 큰 후보를 중심으로 표를 몰아줄 수 있었기 때문이다. 그러나 아쉽게도 이때는 여론조사가 일반화되기 전이었다. 국민은 두 사람에게 오로지 도덕적 측면에서 양보를 요구할 뿐이었다. 이런 국민적 요구에 대해 두 사람은 모두 왜 나에게만 양보를 요구하느냐고 말하면서 서운해했다.

단일화를 놓고 양측의 실랑이가 벌어지던 어느 날 〈동아일보〉 회장 김병관과 김대중이 만났다. 김 회장이 먼저 제안한 자리였다. 이 자리에서 김병관이 김대중에게 말했다.

"둘 중 한 사람은 양보해야 하는데 두 사람이 후보와 총재를 분리하여 하나씩 맡기로 하고, YS에게 먼저 후보나 총재를 선택하도록 합시다."

김대중은 김병관의 제안을 수락했다. 김대중도 정권교체를 위해서는 그 방법밖에 없다고 생각했다. 그런데 며칠이 지난 후 김병관으로부터 지난번 나눈 대화는 없었던 것으로 하자고 했다.

동교동 측 양순직, 최영근, 이중재 의원 등이 김영삼과 그 측근들을 만난 후 대화 내용을 김대중에게 전했다.

"만일 김대중이 후보가 되면 군부가 그날로 죽여버릴 것이다. 군부가 빨갱이라고 비토하니 DJ는 후보가 돼선 안 된다."

김대중은 이 말에 격분했다. 오랫동안 빨갱이로 몰리며 탄압받은 것도 억울한데 민주화 동지가 군부 독재자들의 논리를 그대로 인용하여 자신의 대통령 후보 불가론을 펼친 데 대해 분노했다. 김대중 측근들과 김대중에게 우호적인 재야인사들도 똑같이 분개했다.

"대통령 선거에 반드시 나가야 합니다."

9월 29일 외교구락부에서 김대중과 김영삼이 만나 마지막 담판을 벌였다. 이 자리에서 김대중은 솔직하게 자기 생각을 말했다.

"김 총재, 전국을 다녀보니 국민이 나에게 거는 기대가 상상 이상입니다. 이번에는 김 총재가 양보를 해 주면 고맙겠습니다."

"나도 양보하고 싶지만, 군부 비토 그룹의 동태가 심상치 않습니다. 만약 김 동지가 후보가 되면 군부가 가만히 있지 않을 것이고, 그러면 헌정이 다시 중단되는 사태가 발생할 수 있습니다."

"김 총재, 군정 종식과 민주주의를 위해 피 흘려 싸워온 사람들이 어찌 그런 이야기를 할 수 있습니까? 군부독재와 맞서 싸운 아르헨티나는 민주주의를 정착시켰고 군부와 적당히 타협한 브라질은 오히려 정국이 소란하고 군부의 간섭을 다시 불러일으키지 않습니까."

단일화는 이루어지지 않았다. 한국 재야의 산실 격인 민통련이 김대중을 지지하기로 했다. 전국 대학 학생회 조직도 모의투표를 한 결과 김대중이 김영삼을 크게 앞섰다. 김대중은 10월 30일 평화민주당(평민당) 창당과 제13대 대통령 선거 출마를 공식 선언했다.

제13대 대통령 선거는 민정당의 노태우, 민주당의 김영삼, 평민당의 김대중, 공화당의 김종필 등 1노 3김의 각축장이 되었다. 보수 진영은 노태우와 김종필로 갈라지고, 민주개혁 진영은 김영삼과 김대중으로 갈라졌다.

대통령 선거일은 12월 16일이었다. 대통령 선거를 불과 한 달 앞두고 당을 창당한 김대중 측이 시간, 조직, 자금 모두 불리했다. 덧붙여 선거를 2주일가량 앞둔 11월 29일에 대한항공이 미안마 근해 해역에서 공중 폭발한 사건이 발생했다. 정부는 대한항공 폭발 사건은 북한 공작원 김현희에 의해 저질러졌다고 발표했다. 안보 이슈가 모든 선거 이슈를 집어삼켰다. 거기에 이념 공세가 가세했다. 이념 공세는 주로 김대중을 향했다. 김대중은 빨갱이라는 것이다. 전 육군참모총장 박희도는 김대중의 출마를 반대한다는 내용의 선언문을 군부 전체의 의견인 양 발표했다. 어떤 정치 군인은 노골적으로 김대중을 위협하는 발언을 내놓았다.**77**

"김대중이 당선되면 군이 어떻게 나올지 모른다. 폭탄을 들고 차에 뛰어들겠다는 사람도 있다."

지역감정도 김대중을 힘들게 했다. 11월 15일 김대중의 대구 두류공원 유세 때 군중 사이에서 욕설이 나오고 돌멩이가 연단으로 날아들었다. 유리병과 달걀도 날아왔다. 연설회를 중단해야 할 상황이 되었다. 김대중이 경호원들을 뿌리치고 연단에 섰다.

"내가 돌을 맞겠습니다. 지역감정을 조장하는 악의 무리에 맞서 싸우겠습니다. 나에게 돌을 던지시오."

"여기서 지면 민주주의는 없습니다. 내 머리가 깨지더라도 나는 내려가지 않을 겁니다. 죽어도 나는 이 자리를 지킬 것입니다."

죽음의 고비를 여러 차례 맞이했던 김대중에게 돌멩이 정도는 그의 결기와 생각을 바꾸게 할 수준이 못 되었다.

어려운 분위기에도 불구하고 선거 유세장의 분위기는 뜨거웠다. 투표 3일 전인 12월 13일 체감온도가 영하 20도가량 되었음에도 김대중의 서울 동작구 대방동 보라매공원 유세에는 100만 명 이상의 인파가 몰려들었다. 김대중의 최대 무기인 대중 연설이 빛을 발휘했다. 다른 후보들도 경쟁적으로 청중을 모았지만, 김대중의 보라매공원 유세는 선거 유세 사상 최대 기록으로 남을 만했다. 김대중 진영은 보라매 유세에서 희망을 보았다고 기뻐했다.

선거 날이 되었다. 개표가 시작되기 직전까지도 김대중 진영은 승리를 장담했다. 그런데 투표함을 개봉한 결과는 유세장의 뜨거운 열기와는 완전히 딴판이었다. 득표율은 노태우 후보 36.64퍼센트(828만 표), 김영삼 후보 28.03퍼센트(633만 표), 김대중 27.04퍼센트(611만 표), 김종필 8.06퍼센트(182만 표)로 나타났다. 김대중은 패배했고, 노태우가 민주 진영의 분열을 틈타 대통령에 당선되었다. 선거가 끝난 후 김영삼 후보 진영과 김대중 후보 진영, 그리고 재야에서 대통령 선거를 부정선거로 규정하고 대대적 공세를 취했지만, 엎질러진 물을 주워 담을 수는 없었다.

민주 진영의 실망감은 이만저만이 아니었다. 많은 사람이 이길 수 있는 선거에서 패배하여 군부 세력이 다시 정권을 이어가게 만든 현실을 한탄했다.

"김영삼과 김대중이 얻은 득표율을 합하면 55퍼센트나 된다. 반면 노태우와 김종필의 득표율은 44.7퍼센트에 불과하다. 단일화했으면 틀림없이 민주 진영이 이겼을 것이다."

"한마디로 양 김의 단일화 실패가 6월항쟁의 성과를 물거품으로 만들었다."

"김대중이 단일화를 박차고 나간 것이 최대의 패인이다."

"김대중은 단일화 논의 때 대통령 후보 자리와 당권을 분리하면 대통령 후보 자리를 양보하겠다고 했다. 이런 협상안을 거부한 김영삼에게 단일화 실패의 책임이 더 크다."

"3위를 한 김대중이 김영삼에게 양보했어야 했다."

"국민이 이룩한 성과를 양 김씨가 반감시켰다는 점에서 양 김씨 모두 책임을 져야 한다."

김대중은 선거 후 여러 차례에 걸쳐 단일화를 이루지 못한 데 대해 사과했지만, 그 정도로 국민의 비난이 가라앉을 상황이 아니었다. 김대중의 정치 인생에 큰 시련이 닥쳤다. 이 시련은 그가 과거에 겪은 시련과는 성격이 달랐다. 왜냐하면 이번 시련은 그가 신앙처럼 받들던 국민들로부터 가해졌기 때문이다. 단일화 실패와 이로 인한 군부정권 연장은 김대중의 인생에서 오랫동안 오점으로 남았다.

대통령 선거가 끝난 후 야권 통합론이 제기되었다. 야권 통합론은 외형적으로는 민주당과 평민당을 통합하여 민주 진영을 강화하고 노태우 정권을 견제하라는 것이었다. 그러나 실제 내용은 평민당을 해체하고 김영삼의 민주당으로 흡수 통합하라는 것이었다. 한마디로 통합론은 김대중의 퇴진 요구였다.

김대중과 그를 지지한 재야 세력 모두 큰 위기감을 느꼈다. 그를 지지한 재야인사들 사이에서 대책 회의가 열렸다.

"김대중을 이대로 죽게 할 수는 없다."

"다가오는 총선에서 또 실패하면 김대중의 정치생명은 끝날 것이다."

"우리가 지켜보고만 있을 수 없다. 우리가 구원투수로 나서자."

"우리가 모두 평민당에 입당하자. 필요하면 직접 선거에 나가자."

김대중은 재야인사들의 응원에 용기를 얻었다. 그는 위기 상황에서 평민당 강화라는 승부수를 던졌다. 1988년 2월 3일, 각계 재야인사 91명을 영입했다. 박영숙, 문동환, 임채정, 이해찬, 이상수, 고영근, 정동년 등 학계, 시민사회, 법조계, 종교계, 여성계, 문화계에서 고루 망라되었다.

평민당은 분위기를 일신하기 위해 재야인사인 박영숙을 총재 권한대행으로 선출했다. 1988년 4월 26일 제13대 국회의원 선거가 실시되었다. 국회의원 선거에서마저 패배한다면 김대중과 평민당이 입을 정치적 상처는 상상하고도 남았다. 김대중은 전국구 순번 11번을 자처했다. 참모들이 강하게 반대했다.

"11번은 위험합니다. 총재님이 국회에 진출하지 못하면 총재님의 정치 생명은 물론이요 평민당까지 와해될 수 있습니다."

"우리가 제1야당이 되지 못하면 내가 국회에 진출하더라도 평민당이 버텨내기 힘들 것입니다. 오히려 전국구 11번을 내걸고 승부수를 던지는 게 성공 가능성이 더 높습니다."

김대중이 이런 판단을 한 것은 대통령 선거 때의 열기를 생각해서였다. 그는 비록 지역감정과 색깔 공세로 대통령 선거에서 패배했지만 국민의 지지도는 최고였다고 생각했다.

제13대 총선의 특징 중 하나는 소선거구제의 부활이었다. 1972년 유신체제가 채택한 이래 17년 만의 일이었다. 그는 대통령 선거에서 1위를 한 수도권과 호남 지역의 선거구를 고려할 때 충분히 제1야당의 지위를 확보할 수 있다고 판단했다.

선거 결과 김대중의 예측이 적중했다. 4·26 총선에서 평민당은 70석을 획득했다. 지역구에서 54석, 전국구에서 16석을 차지했다. 전국구 순번 11을 훨씬 뛰어넘는 성적이었다. 민정당은 125석, 민주당은 59석, 공화당은 35석이었다. 평민당이 예상을 깨고 제2당으로 부상했고 김대중은 다시 일어설 발판을 마련했다.

국회 의석수가 여당 125, 야당 174로 나타났다. 사상 처음으로 여소야대 정국이 형성되었다. 이 여소야대 정국에서 제1야당의 무게는 클 수밖에 없었다. 김대중이 자연스럽게 정국의 중심인물로 부상했다. 김대중은 16년 만에 국회의원 자격으로 정국을 이끌었다.

"내가 정치를 오래 했고, 이미 16년 전에 제1야당 대통령 후보가 되어 선거에 출마했습니다. 그러나 총재가 되어 당을 직접 이끌게 된 것은 이번이 처음입니다."

"과거에 총재님의 가장 큰 버팀목이 '투쟁'이었다면 이제부터는 '정치력'으로 김영삼 총재에 대한 비교우위를 확보해야 합니다."

"나도 그렇게 생각합니다. 시대적 과제에 대한 명확한 비전을 제시하고 동시에 구체적 성과를 만들어내야 합니다."

"당면한 과제는 5공 비리와 광주 학살의 진상과 책임자 처벌에 집중할 필요가 있습니다."

"맞습니다. 우리가 제1야당이니만큼 현안에 대해 주도적 역할을 해야 합니다. 의원 모두가 총재라는 생각으로 5공 비리와 광주 학살의 진상 규명에 최선을 다해 주기 바랍니다."

김대중과 평민당 간부들 사이의 대화처럼 국회에 부과된 우선적인 과제는 전두환 정권의 실정을 규명하고 광주 학살의 진상을 밝히는 것이었다. 여야 합의로 국회 5공특위 청문회와 광주특위 청문회가 각각 열렸다. 5공특위 청문회에서 5공의 비리가 적나라하게 드러났다. 전두환 일가의 부정 축재 행위가 국민을 분노하게 했다. 11월 23일 전두환은 사과 성명을 발표하고 강원도 백담사로 사실상 유배를 갔다. 또 광주특위 청문회에서 1980년 5월 계엄군이 광주에서 저지른 만행들이 텔레비전 중계를 통해 전 국민에게 생생하게 전달되었다. 국민이 경악했고 분노가 폭발했다. 전두환이 국회 청문회에 소환되었고 "살인마 전두환"이라는 국회의원들의 외침이 여과 없이 국민에게 전달되었다.

두 차례의 청문회는 소위 '청문회 스타'를 배출했다. 노무현과 이인제가 대표적인 인물이었다. 특히 초선의원 노무현은 장세동과 정주영 등을 향해 날카롭고 패기에 찬 질문을 던졌고, 일방적으로 자기주장만 하고 퇴장하는 전두환을 향해 명패를 던져 국민에게 강한 인상을 남겼다. 이때의 활약은 훗날 노무현에게 큰 정치적 자산이 되었다.

노태우 정부와 야당은 '광주사태'의 명예 회복에 나섰다. 광주사태를 민주화운동으로 규정하고 정부 차원에서 명칭을 공식적으로 '5·18 광주민주화운동'으로 명명했다. 드디어 5·18 광주민주화운동이 역사적으로 정당성을 획득하기 시작했다. 5·18 광주민주화운동 피해자에 대한 보상도 시작했다. 광주 문제의 해결 방향이 잡히면서 김대중의 어깨를 짓눌렀던 부담감도 조금씩 완화되었다.

여소야대 정국은 1961년 5·16 쿠데타 이후 군사정부가 처음 겪는 경험이었다. 과거 국회는 항상 여당이 과반이나 2/3 이상을 점유했고 국회의 역할은 대부분 대통령과 행정부의 거수기 노릇에 머물렀다. 차기 대통령을 꿈꾸는 3김 씨는 국회가 행정부의 발목을 잡을 경우 국민 여론에 부정적으로 비칠 것을 우려하여 가능한 한 안건을 신속히 처리하려 노력했다. 덕분에 대부분 법안은 4당 합의로 처리했다.

그러나 야 3당의 이런 배려에도 불구하고 노태우와 여당은 국정이 행정부가 아닌 국회에 의해 주도되고 있는 것을 힘들어했다. 노태우는 여소야대 정국을 타파할 방안을 찾기 시작했다. 그는 합당을 생각했고 그 명분으로 보수 대연합 혹은 '온건 중도 세력의 대통합'과 '보·혁 구도로의 정계 개편'을 추구했다. 그는 김종필, 김영삼, 김대중 세 야당 총재를 모두 교섭 대상으로 삼았다. 그는 첫 번째 교섭 대상으로 평민당 김대중을 선택했다.

1989년 말 노태우 대통령과 야당 총재 3명이 회동한 후 노태우가 김대중을 따로 만나자고 했다. 둘만 남게 되자 노태우가 정색하고 말했다.

"김 총재, 이제 고생 그만하십시오. 나하고 같이 갑시다."

"무슨 말씀입니까?"

"나하고 당을 같이 합시다. 그래서 좋은 일이나 나쁜 일이나 같이 겪읍시다."

노태우가 김대중에게 민정당과 평민당의 합당을 제안한 것이었다. 김대중이 전혀 예상하지 못한 제안이었다. 김대중은 잠시 생각을 가다듬었다. 그리고 대답했다.

"나는 군사정부를 반대하고 또 5·17 쿠데타를 반대한 사람입니다. 그런데 어떻게 대통령과 같이 당을 할 수 있겠습니까. 걸어온 길이 다르고 정치 노선이 다르지 않습니까."

"김 총재, 그런 걸 따지지 말고 나라를 구한다는 생각으로 동의해 주십시오."

"오늘의 여소야대는 국민이 선택한 것입니다. 민정당과 평민당이 합치는 것은 민의를 배반하는 엄중한 사건입니다."

이렇게 김대중은 노태우의 합당 제의를 거부했지만, 그 후에도 노태우의 최측근인 박철언이 김원기 원내총무를 통해 계속 합당 제의를 했다. 김대중은 물론 이 제의를 한결같이 거부했다.

노태우가 김대중에게 합당 제안을 한 것은 평민당이 제1야당이라는 점을 먼저 고려했지만, 북방정책, 중간평가 유보 등 몇 가지 현안에서 김대중과 호흡을 맞춘 것을 긍정적으로 평가했기 때문이었다. 그는 양 정당이 통합한다면 국회 의석에서 과반을 크게 넘어설 뿐만 아니라 영호남 지역감정 극복, 민주 세력과 산업 세력의 결합 등 여러 면에서 시너지 효과를 얻을 수 있을 것으로 판단했다.**78**

그러나 김대중은 민주정통 세력인 평민당과 쿠데타 세력인 민정당은 정체성에서 분명 다르며 하나가 될 수 없다고 생각했다. 또 그는 국민이 선택한 여소야대 정국을 변경하는 것은 민의에 대한 배반이라고 생각했다. 김대중은 야당으로서 수평적 정권교체를 통한 대통령이 되고 싶었다.

노태우는 평민당과 통합이 무산되자 방향을 김영삼과 김종필에게 돌렸다. 내각제 개헌과 차기 대권을 김영삼에게 넘긴다는 밀약을 고리로 했다. 노태우의 합당 시도가 성공했다. 민정당, 민주당, 공화당이 1990년 1월 22일 통합했다. 당명은 민주자유당(민자당)으로 정했다.

민자당은 218석을 가진 거대 정당이 되었고, 평민당은 고립되었다. 민주 진영의 대표 주자 중 한 사람인 김영삼이 쿠데타의 주역들과 손을 잡게 되면서 그와 정치를 같이 한 대부분 민주인사도 군부정권의 품 안으로 들어갔다. 그뿐만이 아니었다. 김영삼의 정치적 거점인 부산·경남까지 덩달아 보수정당 지지 지역으로 편입되었다. 3당 합당은 국민에 대한 배반이었고 민주주의의 기반을 현저하게 약화시킨 일종의 변종 쿠데타였다.

3당 합당 이후 정국이 여대야소로 바뀌었고 민자당 독주가 시작되었다. 정부 여당은 여야 합의로 통과된 지방자치법의 시행도 연기하려 했다. 김대중은 지방자치제는 민주주의 발전을 위한 필수불가결한 제도라고 주장해 온 사람이다. 그는 1990년 10월 8일 평민당사에서 지방자치제 실시를 촉구하며 단식에 돌입했다. 김대중의 단식은 정국에 큰 파장을 불러일으켰다.

김영삼 민자당 대표가 김대중의 단식 장소를 찾았다.

"김 총재, 건강을 생각해서 단식을 중단하시오. 내가 단식을 해봤기 때문에 아는데 단식은 건강에 매우 해롭습니다. 김 총재의 나이도 생각해야지요."

"김 총재와 나는 1987년 개헌 때 지방자치제 부활을 위해 함께 노력한 당사자들이오. 김 총재가 지방자치제 부활을 위해 노력해 주시오."

"긍정적인 방향에서 검토하겠소. 나를 믿고 일단 단식부터 중단해 주기 바랍니다."

김영삼이 다녀간 후 노태우 대통령도 청와대 비서실장을 단식 장소로 보내 단식 중단을 요청했다

"노태우 대통령께서 김 총재의 건강을 걱정하고 있습니다."

"노 대통령께 지자체 실시가 민주주의의 초석이라고 전해 주십시오."

"노태우 대통령도 지자체의 중요성을 잘 인식하고 있습니다. 1987년 6·29선언 내용에도 지자체 실시가 중요 항목으로 들어있습니다. 대통령께서 지자체 실시는 약속대로 시행하겠다고 말씀하셨고, 이 이야기를 총

재님께 꼭 전해달라고 하셨습니다."

김대중은 두 사람의 약속을 믿고 13일 동안의 단식을 풀었다.

약속대로 1991년 기초의회와 광역의회 선거가 실시되었다. 1995년에 는 기초자치단체장과 광역자치단체장 선거까지 했다. 이로써 5·16 쿠데 타 이후 30여 년 동안 중단되었던 지방자치의 역사가 부활했다. 기초 및 광역의회, 기초자치단체장과 광역자치단체장 선거를 통한 지방자치의 활 성화는 향후 정당정치와 풀뿌리 민주주의의 발전을 위한 초석 역할을 했 다. 지방자치제의 시행은 언젠가 이루어질 일이었지만, 김대중의 단식이 그 실시 시기를 앞당겼다.

노태우 정부는 보수 정부임에도 대북 및 주변 공산권 국가와의 관계 개 선에 적극적이었다. 소위 북방정책으로 명명된 유연한 외교정책은 한국 의 외교 지평을 크게 넓혔다. 1990년 소련과 수교, 1992년 중국과 수교 는 북방정책의 대표적인 성과였다. 북한과도 남북기본합의서를 채택하여 향후 대북정책의 방향에 긍정적 신호를 보냈다. 김대중은 노태우 정부의 북방정책을 긍정적으로 평가했다.

1992년은 제14대 국회의원 총선거가 있는 해였다. 평민당은 총선이 있기 전해인 1991년 재야인사를 영입했고, 다시 3당 합당 당시 민자당 참여를 거부한 민주당 잔류파들과 통합하여 민주당을 창당했다. 김영삼 의 발탁으로 정치권에 진입했지만 3당 합당을 비판하고 합류하지 않은 노무현은 이때부터 김대중과 같은 정치적 운명체가 되었다.

김대중과 우여곡절을 겪으며 다시 한배를 탄 사람으로는 김상현도 있 다. 그는 1980년대 중반까지 김대중 진영의 사실상 2인자나 다름없었다. 그러나 그는 1987년 김대중이 평민당을 창당하자 민주당에 그대로 남아 김영삼을 지지했다. 양 김 단일화에 대한 그의 소신이 그만큼 컸겠지만, 김대중과 김상현 두 사람의 지난 30여 년의 관계를 아는 사람들에게는 상당히 충격적으로 받아들여졌다.[79] 김상현은 1990년 김영삼이 3당 합당을 하자 다시 김대중에게 돌아올 명분을 얻었다. 김대중은 1992년 2월 김상현이 위원장을 맡은 서대문 지구당 창당대회에 참석하여 그를 격려했다.

"김상현 위원장은 바로 내 친동생보다 더 가까운 아우이자 정치적 후배입니다. 여러분이 한몸이 되어 이번에 꼭 당선시켜 주십시오."

김상현은 김대중의 이 목소리를 들으며 눈물을 흘렸다.

"나도 모르게 눈물이 나오데요."

김상현은 1992년을 기점으로 김대중과 정치적 공동운명체 관계를 복원했다. 총선에서 승리하면서 정치적 재기도 성공했다. 그는 총선 한 달 후인 5월 26일 민주당 전당대회에서 최고위원 선거에 출마하여 최대득표도 했다. 김상현은 그해 말 대통령 선거에서 김대중의 당선을 위해 최선을 다했다.

비슷한 시기에 현대그룹의 총수 정주영은 국민당을 창당하고 정치권에 합류했다. 그의 아들 정몽준도 정치권에 입문했다. 1992년 3월 24일 3자 구도로 치러진 총선에서 민자당은 참패했다. 기존의 의석 219석이 149석으로 줄어들었다. 반면 김대중이 이끈 민주당은 의석을 63석에서 97석으로 늘렸고, 신생 정당 국민당은 31석을 획득했다. 민자당 참패, 민주당 약진, 국민당 돌풍으로 요약되는 총선 성적표였다.

1992년 제14대 대통령 선거가 있었다. 김대중은 민주당 후보로 선거에 출마했다. 선거는 민자당의 김영삼, 민주당의 김대중, 국민당의 정주영 등 3파전으로 치러졌다. 이번 선거에서도 김대중을 향한 색깔 공세가 기승을 부렸다. 선거를 2개월 앞두고 안기부는 '이선실 간첩단 사건'을 발표했다. 안기부는 김대중의 비서인 이근희가 국방부 예산 관련 자료를 간첩에게 넘겨주었다고 발표했다.

"북한 김일성 주석이 이번 선거에서 김대중을 지지하도록 대남방송을 하고 있다."

안기부는 이렇게 거짓 정보를 흘리며 색깔 공세를 펼쳤다. 김영삼도 정도만 다를 뿐 색깔 공세에 합류하기는 마찬가지였다.

"북한이 남한을 적화하려는 데 우리 내부에 동조하는 세력이 있다."

"최근 평양방송은 김영삼을 낙선시키고 모당 후보를 당선시키라고 했다. 그 당이 김일성 노선 추종자들이 섞인 전국연합과 손잡자 환영했다."[80]

김대중의 인생에서 이념 문제는 참으로 껄끄러운 주제였다. 김대중은 해방 직후 잠시 진보적 정당에 참여한 적이 있었지만, 공산주의와는 처음부터 분명하게 선을 그었다. 그런데도 김대중에 대한 사상 공세는 1970년대부터 계속 끊이지 않았다.

1992년 12월 11일, 부산 지역 기관장들이 초원복집에 모였다. 참석자는 두 달 전까지 법무부 장관직에 있었던 김기춘을 비롯하여 부산 안기부 지부장, 부산 경찰청장, 부산 시장, 부산시 교육감 등이었다. 그들은 김대중이 당선되면 혁명적 상황을 맞을 것이라고 말했다. 참석자들은 김영삼의 당선을 위해 지역감정에 불을 지르자고 다짐했다.

12월 15일 정주영 후보 측 김동길 선거대책본부장이 기자회견을 갖고 초원복집에서 있었던 김영삼 진영 사람들의 대화 내용을 폭로했다. 언론은 이를 '초원복집 사건'이라고 불렀다. 그런데 집권 여당은 반성은커녕 오히려 정주영 측의 불법 도청행위를 부각시키면서 초원복집 사건을 선거 전략으로 역이용했다. 언론도 지역감정과 관권선거를 행한 김영삼 측에 대한 비판보다는 오히려 정주영 측의 불법 도청행위에 더 비중을 두어 보도했다.

　김대중은 또다시 패배했다. 김영삼 9,977,332표(42.0퍼센트), 김대중 8,041,284표(33.8퍼센트), 정주영 3,880,067표(16.3퍼센트), 박찬종 1,516,047표(6.4퍼센트), 백기완 238,648표(1.0퍼센트)였다. 김영삼과의 표차가 예상보다 컸다. 선거로 겨룬 김대중과 김영삼의 최후 결전은 이렇게 김영삼의 승리로 끝났다.

14. 정계 은퇴

"사람은 마지막이 좋아야 한다."

김대중은 이제 더는 현세에서는 그가 목표한 뜻을 이룰 수 없다고 생각했다. 그는 선거 다음 날 새벽 이희호에게 정계 은퇴에 대한 생각을 말하고 그의 동의를 구했다.

"이번에도 하느님은 나를 선택하지 않으셨습니다. 내가 할 일은 여기까지인 것 같소. 이제 정계를 떠나려고 하오. 내가 말하는 것을 받아써 주오."

이희호는 고개를 끄덕였지만, 눈가에는 이슬이 맺혔다. 은퇴 성명은 김대중이 불러주고 이희호가 받아썼다. 김대중이 이야기하는 것을 받아 적는데 이희호의 눈에서 눈물이 주르륵 종이 위에 떨어졌다. 한번 시작된 눈물은 좀처럼 멈출 줄 몰랐다.

"여보, 우리 사형 선고받았을 때 생각하면 이 정도는 웃을 일 아니오?"

김대중이 오히려 이희호를 위로했다.

김대중은 아침에 정계 은퇴 계획을 당 간부들과 언론에 통보했다. 김대중은 12월 19일 아침 8시 30분에 당사에 들어갔다. 당 간부들에게 정계 은퇴와 당적 포기 의사를 밝혔다. 권노갑 고문, 한광옥 사무총장, 조승형 비서실장이 당적 포기를 한사코 말렸다.

"당적 포기만은 절대 안 됩니다."

평생 그들의 신세를 졌던 김대중은 눈물로 호소하는 그들의 요구를 완전히 외면할 수 없었다. 정계 은퇴만 선언하고 당적은 그대로 간직하기로 했다.

"저는 오늘로써 국회의원직을 사퇴하고 평범한 시민이 되겠습니다. ……국민 여러분의 하해 같은 은혜를 하나도 갚지 못하고 물러나게 된 점 가슴 아프고 송구스럽게 생각합니다. ……이제 저는 저에 대한 모든 평가를 역사에 맡기고 조용한 시민 생활로 돌아가겠습니다."[81]

김대중이 정계 은퇴를 선언하자 언론은 그에 관한 기사를 무더기로 쏟아냈다. "정치 거인" "정치 거목" "지조의 정치인" "민주화 외길 40년" 등 그를 칭송하는 기사가 넘쳤다.

〈동아일보〉는 사설에서 이렇게 썼다.

"그는 암울했던 권위주의 시대를 온몸으로 저항했던 '행동하는 양심'이었다. 그는 인간의 한계를 시험하는 것 같은 위협과 회유를 당당하게 물리친 '불굴의 인간'이었다. 그러기에 그의 빛나는 정치적 퇴장은 '민주화의 사표'로, '자랑스러운 정치인'으로 기록될 것이다."[82]

〈조선일보〉도 사설에서 찬사의 언어를 쏟아냈다.

"앞으로 평당원으로 백의종군하면서나마 그의 경륜과 통찰은 집권당과 야당 모두의 지혜를 북돋우는 자양으로 활용돼야 할 일이다. 빌리 브란트 씨가 당수직을 떠난 후에도 많은 훌륭한 일을 했던 사실을 상기할 수 있듯이 말이다."[83]

찬사 자체가 나쁠 것은 없다. 그 의도가 어디에 있든 언론의 찬사는 김대중에 대한 정당한 평가의 일환이었다. 그러나 김대중 측근들은 언론의 찬사를 마냥 순수하게만 보지 않았다. 김대중의 최측근인 권노갑은 보수 언론의 찬사 뒤에 숨은 음모에 대해서도 신경을 썼다.

"혹시라도 복귀할까 두려워 관을 석관으로 만들고, 그것도 못 미더워 석화로 사토한 다음 다시 시멘트 봉분을 두르는 격이다."[84]

『김대중 죽이기』의 저자 강준만 교수도 비슷한 주장을 내놓았다.

"조선일보와 일부 언론의 태도는 '거인 퇴장'을 진정으로 아쉬워해서가 아니라 '김대중 확인 사살'이다."[85]

김대중은 1993년 1월 26일 영국 케임브리지 대학으로 유학길에 올랐다. 케임브리지 대학의 부총장이 환영사를 해 주었다.

"옥스퍼드에서는 빌 클린턴이 공부를 했고, 이제 우리 대학에는 김대중 선생이 왔습니다."

체류 기간 동안 정치 활동을 하지 않았기 때문에 김대중의 영국 생활은 1980년대의 미국 망명 생활 때보다 훨씬 여유로웠다. 그가 케임브리지 대학에 객원 연구원으로 머무는 동안 자주 만난 인물 중에 천체물리학자 스티븐 호킹 박사가 있다. 호킹 박사는 눈과 귀와 두뇌를 제외하고는 신체 모두가 불구였다. 입은 간신히 밥을 흘려 넣을 정도이며, 손가락으로 컴퓨터에 저장된 음성 장치를 겨우 두들겼다.

한번은 김대중이 호킹 박사에게 물었다.

"건강이 그리도 좋지 않은데 그 열정과 힘은 어디에서 나옵니까?"

"아내와 자식이 있으니 먹여 살려야 하고, 그러기 위해서는 열심히 살아야 합니다."

호킹 박사는 학문적 업적이 대단했지만, 김대중이 그를 좋아한 가장 큰 이유는 삶에 대한 그의 긍정적 태도 때문이었다. 김대중이 많은 어려움을 이겨낸 비결 중 하나가 긍정적 사고였는데, 호킹 박사 역시 그랬던 것 같다. 김대중은 호킹 박사 외에도 앤서니 기든스, 존 던 교수 등 세계적 석학들과 만나 민주주의와 세계사적 흐름에 대해 깊은 대화를 나누었다.

김영삼 대통령은 1993년 2월 대통령 취임 후 잇단 개혁 조치를 단행했다. 그는 대통령 취임 후 10일 만에 육군참모총장과 기무사령관을 교체했고, 이를 시발점으로 군부 내 비밀 조직이자 정치군인의 집합소인 '하나회'를 척결하여 군부의 정치 개입을 근원적으로 차단했다. 그의 군 개혁은 말 그대로 전광석화처럼 전격적이었다. 그는 군 개혁을 그렇게 하지 않으면 성공하기 어렵다고 판단했고[86] 결과적으로 그의 군 개혁은 성공했다. 승부사 김영삼의 진면목이 잘 드러나는 장면이었다.

김영삼은 5·18 광주항쟁의 명예 회복과 위상 정립에도 적극적이었다. 그는 임기 동안에 5·18 국립묘지 조성 작업에 착수했다. 김대중과의 경쟁에서 승리한 그는 자신이 민주 세력의 정통 계승자임을 과시하고자 했다.

"문민정부는 5·18 광주민주화운동의 연장선 위에 있는 정부입니다."

민주 세력들은 그의 과단성 있는 민주화 조치에 박수를 보냈다. 광주 시민들도 그에게 호의적인 반응을 보였다.

민주 세력은 여기에 만족하지 않고 광주 학살자들에게 대한 처벌을 요구했다. 그러나 김영삼 정부는 그들에 대한 처벌을 주저했다. 김영삼은

1993년 5월 발표한 특별담화에서 이렇게 말했다.

"진상 규명과 관련해 미흡한 부분이 있다면 훗날의 역사에 맡기는 것이 도리라고 생각합니다."

김영삼 정부의 소극적인 모습에 실망한 시민사회 일각에서 직접 서울중앙지방검찰청에 전두환·노태우 등의 처벌을 요구하는 고소·고발장을 제출했다. 이 고소·고발 사건에 검찰이 어떻게 대응할지 관심이 쏠렸다. 1995년 7월 18일 고발사건 담당 검사인 서울지검 공안1부장 장윤석이 고발장에 대한 답을 내놓았다.

"성공한 쿠데타는 처벌할 수 없다."

장 검사의 발언이 국민에게 회자되었다. 검찰 측의 결정은 많은 국민의 반발을 불러일으켰다. 교수와 법조계 등 다양한 인사들에 의해 특별법 제정 운동이 전개되었다.

이런 시점에 의외의 사건이 발생했다. 1995년 10월 19일 박계동 의원이 국회에서 노태우의 비자금 4,000억 원을 폭로한 것이다. 민심이 들끓었다. 김영삼도 이 상황에서 가만히 있기가 뭐했다. 아니 이런 상황이 오기를 기다렸는지도 모른다. 그가 드디어 시민사회의 요구에 호응하여 '5·18 민주화운동에 관한 특별법' 제정에 나섰다. 역사바로세우기를 국정의 주요 의제로 내세웠다. 그는 1995년 11월에 노태우를 거액 수뢰 혐의로, 12월에 전두환을 12·12와 5·17 반란 주도 혐의로 각각 구속, 수감했다. 다시 한번 김영삼의 승부사 기질이 발휘되었다.

대법원에서 전두환에게는 무기징역, 노태우에게는 17년 형이 선고되었다. 황영시, 정호용, 장세동 신군부 주요 인물들에 대해서도 중형이 선고되었다. 1980년 한국 민주주의를 짓밟고 광주 시민들을 대량 학살한 신군부 세력들에게 엄중한 역사적 심판이 내려졌다.

김영삼의 조치는 군부에 대한 문민통제의 재확립이었다. 김영삼은 1961년 박정희의 쿠데타 이후 17년간 사실상 대한민국을 지배해 온 정치군인들을 숙청하고 군부에 대한 엄격한 문민통제를 확립했다. 승부사 김영삼의 개혁 조치와 과거 청산 작업은 민주주의의 토대를 안정시키는 데 크게 기여했다. 개혁 조치에 대한 국민의 지지는 매우 높았다. 집권 초기 국민의 지지도는 80퍼센트까지 올라갔다. 김대중은 집권 초기 영원한 라이벌로 불리는 김영삼의 이런 조치들에 대해 지지를 보냈다.

김대중은 1년 예정으로 생각했던 영국 생활을 단축하고 1993년 7월 4일 다시 서울로 돌아왔다. 귀국 후 그는 동교동 생활을 청산하고 일산에 아파트를 얻어 이사했다. 그는 일산에서 사람들과의 접촉을 가능한 한 줄이고 통일문제 연구에 몰두했다. 그는 외부 강연의 경우도 주제를 가능한 한 통일문제로 제한했다.

김대중은 1994년 1월 27일 '아시아·태평양 평화재단(아태평화재단)'을 설립했다. 그는 아태평화재단을 통해 한반도의 평화와 민족 공영의 길을 모색하고, 아시아의 민주 발전과 나아가 세계 평화에 기여하고자 했다. 아태평화재단에 참여하는 인사들의 면모가 화려했다. 해외 인사 중 고문으로 위촉된 인사 중에는 미하일 고르바초프 전 소련 대통령, 코라손 아키노 전 필리핀 대통령, 디트리히 겐셔 전 독일 외무장관 등이 있다. 국내 고문으로 위촉된 인사 중에는 김수환 추기경, 강원용 목사, 서의현 조계종 총무원장, 이태영 가정법률상담소장이 있다. 자문위원에 장을병, 안병무, 이돈명, 변형윤, 조순, 강문규, 고은, 서영훈, 한승헌 등 학계, 시민

사회, 재야의 쟁쟁한 인물들이 총망라되다시피 했다. 현판식에는 코라손 아키노 전 필리핀 대통령과 로타어 데메지에르 전 동독 총리 등 외국의 저명인사들도 참여했다. 아태평화재단 출범 후 김대중은 매일 재단에 출근했다.

전 싱가포르 총리이자 아시아의 주요 지도자 중 한 사람인 리콴유(이광요)는 1994년 미국에서 발행되는 외교잡지 〈Foreign Affairs〉와의 대담에서 아시아에서 민주주의는 맞지 않으며 미국은 아시아인들에게 서구식 민주주의를 강요해서는 안 된다고 주장했다. 친미주의자였던 리콴유의 주장은 역설적으로 그가 서구식 민주주의에 대해 그만큼 강한 반감이 있었다는 것을 말해준다.

김대중은 이 기사를 읽고 리콴유가 아시아에서 갖는 영향력을 고려할 때 그 글이 갖는 부작용이 클 것으로 생각했다. 김대중은 즉각 같은 해 〈Foreign Affairs〉 11-12월 호에 반박 논문을 기고했다. 그는 기고문에서 여러 가지 사례를 들면서 아시아인에게 민주주의는 결코 생소한 제도가 아니라고 주장했다. 그는 서구 민주주의의 사상적 뿌리 중 하나인 17세기 존 로크의 '혁명론'을 거론한 후 맹자는 그보다 2,000여 년 전인 BC 4세기에 이미 '역성 혁명론'을 언급했다고 주장했다. 그는 조선 시대의 사간 司諫 제도, 이념이 다른 정파 간의 경쟁, 인내천 人乃天으로 특징되는 동학사상 등은 아시아에도 민주주의 전통이 상당히 오래전부터 성장하고 있음을 입증해 준다고 주장했다.

그는 아시아 국가들의 근대화와 민주주의를 연결하며 미래를 낙관했다. 그는 아시아 국가들의 경제 발달은 중산층의 증가를 가져오고, 중산층은 처음에는 경제적 지위의 향상에 만족하지만, 점차 자유의 확대와 민주주의의 요구로 이어지게 될 것이라고 믿었다. 그는 아시아의 중심 국가인 중국도 마찬가지가 될 것이라고 예견했다. 바로 이런 역사관과 민주주의의 도래에 대한 확고한 신념이 그로 하여금 수많은 어려움을 이겨내면서 민주화운동에 매진하게 했다. 그는 한국의 경계선을 넘어 아시아를 대표하는 민주화운동 지도자였다.

1994년 북핵 위기가 닥쳤다. 북한이 핵을 개발하고 있다는 혐의가 드러났고 미국은 이를 제지하기 위해 북한 영변 핵시설을 공격하려 했다. 한반도에 전쟁 기운이 도래했다. 그해 5월 미국을 방문한 김대중은 워싱턴 내셔널프레스클럽 연설에서 일괄타결안을 다시 제안했다.

"북한과 미국은 두 가지씩을 서로에게 양보해야 합니다. 북한은 핵에 대한 야심을 포기하고 남쪽의 안보를 보장해야 합니다. 미국은 북한과 외교를 통해 경제 협력에 나서고 팀스피릿 훈련을 중단하는 등 북한의 안보를 보장해야 합니다."

그는 또 미국이 북핵 문제 타결을 위해 김일성 주석과 대화가 가능한 인물을 평양에 보낼 것을 제안했다.

"나는 미국이 국제적으로 존경받고, 특히 중국과 북한에서 신뢰를 받으며, 클린턴 대통령과 유사한 성격을 가진 원로 정치인을 북한에 보낼 것을 권하고 싶습니다."

김대중의 연설이 끝나자 기자들이 질문했다.

"김 이사장께서 특사로 가장 적임자라 생각하는 인물이 있다면 거명해 주시기 바랍니다."

"가장 적합한 인물은 지미 카터 전 대통령이라고 생각합니다."

그는 부연 설명에서 북한은 자존심을 중요시한다면서 카터 대통령 같은 비중 있는 인물을 북한에 특사로 파견하여 중재역을 담당하는 게 효과적일 것이라고 말했다. 그는 이런 주장을 표명하기 전에 미리 카터에게 의중을 물었고, 카터는 긍정적으로 대답했다.

반신반의했던 김대중의 제안이 현실화되었다. 카터가 클린턴 정부와 협의를 거쳐 평양 방문을 실행하기로 한 것이다. 카터는 북한을 방문하기에 앞서 서울을 먼저 방문했다. 김영삼 정부는 카터의 방북을 탐탁지 않게 생각했다. 당시 김영삼 정부의 외교안보수석은 노골적으로 카터의 방북을 비판했다.

"카터 같은 노인네가 아무런 성과와 보장이 없는데 왜 북한을 가려 하는지 모르겠다. 노벨평화상을 받으러 욕심을 내는 것 같다."[87]

외교안보수석의 말은 곧 김영삼의 심중을 그대로 드러낸 것이다. 김영삼이 카터의 방북을 반대한 것은 북한과의 협상에 대한 거부감 때문일 수도 있지만, 그보다 더 큰 요인은 김대중이 제안했다는 점 때문이었다. 김영삼은 1992년 대선에서 승리했지만, 여전히 김대중에 대한 경쟁의식을 가지고 있었다. 대북 문제에서 김대중이 이니셔티브를 쥐는 것을 허용하고 싶지 않았다.

카터 대통령은 남한을 방문했을 때 김대중을 만나지 않았다. 김영삼 정부의 기류를 잘 알고 있었기 때문이다. 대신 그는 레이니 주한 미국 대사를 김대중에게 보내 양해를 구하고 조언을 구했다.

카터는 6월 15일부터 사흘 동안 북한을 방문했다. 그는 김일성 주석과 만나 북핵 문제에 대한 미국의 입장을 설명하고 위기를 풀 방안을 논의했다. 그는 김일성에게 김영삼 대통령을 만날 것을 권유했다. 두 사람이 직접 만나 남북문제를 풀라는 것이다. 남북 대화가 진척되면 북미 관계에도 진전이 있을 것이라고 말했다. 김일성이 카터의 제안을 수락했다. 김영삼과 만나 직접 담판을 짓겠다고 했다.

카터의 방북 직후 남북 실무자들이 정상회담을 논의한 결과 남북정상회담은 8월 25일부터 28일까지 평양에서 개최하기로 했다. 남북 모두 흥분과 기대, 우려가 교차했다. 정상회담이 성과를 거두게 되면 남북 관계의 획기적 개선은 물론 통일의 로드맵이 만들어질지 모른다는 기대 섞인 전망이 많이 나왔다. 일부 언론에서는 향후 전개될 통일에서 누가 주도적 역할을 할 것인가라는 다소 성급한 추측 기사까지 내놓았다. 회담의 주인공인 김영삼은 물론이고 카터의 방북을 권유하여 회담 성사의 밑그림을 그려낸 김대중 등이 그 주인공이 될 것이라고 했다.

그런데 남북정상회담 2주일을 앞두고 감히 누구도 상상할 수 없는 일이 벌어지고 말았다. 회담의 파트너인 김일성 주석이 심근경색으로 사망한 것이다. 남북정상회담을 앞두고 심적, 육체적으로 무리하다가 사망한 것 같았다.

역사적인 정상회담이 무산된 데 대해 국민 대다수는 큰 실망과 아쉬움을 드러냈다. 누구보다 아쉬움이 큰 사람은 김대중이었다. 그는 언젠가 김일성과 만나 남북문제를 이야기하면서 통일의 물꼬를 트는 역할을 하고 싶었다. 그런데 김일성의 사망으로 그 기회가 사라졌다. 따라서 그의 아쉬움은 단순히 그가 일조한 남북정상회담이 무산된 데 대한 아쉬움의 차원을 넘어섰다.

김일성이 사망하자 남한 내에 남한 정부가 북한에 조문 사절단을 파견하여 북한 지도부를 위로해야 한다는 주장이 있었다. 측근들이 김영삼에게 조심스럽게 물었다.

"김일성 주석의 사망에 조문 사절단을 파견해야 한다는 의견이 있습니다. 어떻게 할까요?"

김영삼의 대답이 정반대로 나왔다.

"김일성의 사망과 정상회담 무산은 아쉬운 일이다. 그렇지만 북한은 1인 지배체제의 나라이며, 절대적 지배자가 갑자기 사망했다. 어떤 사태가 발생할지 예측불허이다."[88]

김영삼은 국방부 장관에게 전군 비상경계령을 내리라고 지시했다. 김일성은 정상회담을 하기로 한 파트너였다. 그의 사망에 정중한 조의를 표하고 대화를 지속하면서 다음 후계자와 정상회담 개최를 재논의할 기회가 얼마든지 있었다. 그것을 김영삼이 차버렸다.

"어떤 동맹국도 민족보다 더 나을 수는 없습니다."

김영삼이 대통령 취임사에서 한 말이다. 하지만 이것은 말뿐이었다. 그에게는 남북문제를 풀 강한 의지나 일관된 철학이 없었다. 그는 무엇보다 국내 보수 언론의 대북 강경론에 쉽게 흔들렸다. 당시 보수 언론은 북한과 관련된 모든 정보를 '안보 위협'과 연결지어 뉴스 가치를 높이고 대북 적대감을 자극했는데 남북 관계를 국내 정치의 연장으로 본 김영삼이 거기에 넘어갔다.[89]

남한의 전군 비상경계령에 북한이 분노했다. 남북 관계는 다시 경색되었다. 다만 다행인 것은 미국이 북핵 위기를 전쟁이 아닌 평화적인 방법으로 해결하기로 정책을 전환한 것이었다. 김영삼의 냉전적 사고에 실망하여 점차 그에 대해 등을 돌리는 사람이 늘어났다. 민주개혁 진영에서는 김영삼의 냉전적 사고는 5·17 쿠데타 세력과 합당하여 정권을 잡은 데서 발생한 태생적 한계라고 인식했다.

김영삼 정권 아래에서 동화은행 사건, 슬롯머신·카지노 사건, 상무대 비리 사건 등 정권 차원의 부정, 불법 사건이 연달아 터졌다. 경부선 구포역 열차 전복, 서해 페리호 침몰, 한강 성수대교 붕괴, 아시아나 여객기 추락, 대구 지하철 폭발, 삼풍백화점 붕괴 등 대형 참사도 잇달아 이어졌다. 민심이 흉흉해졌다.

1996년 12월에 신한국당 소속 의원만으로 안기부법과 노동관계법이 통과되었다. 노동 단체는 원천 무효라며 무기한 총파업을 선언했다. 1997년 1월에는 한보사건이 터졌다. 한보철강 부도 외에 한보그룹에 대한 대출과 사업의 인허가 과정에서 정치권과 금융권의 부정부패가 노출되었다.

김영삼의 차남인 김현철 문제까지 불거졌다. 김현철과 친한 의사의 양심선언에 의해 '현철 씨의 YTN 사장 인사개입 의혹' 녹음테이프가 공개되었다. 이 문제는 '소통령' 김현철의 국정농단 의혹으로 확대되었고 국민 여론이 급속도로 악화되었다. 검찰은 김현철에 대한 수사에 착수했고 1997년 5월에 그를 수뢰 혐의로 구속했다. 이 사건은 김영삼의 권위를 크게 추락시켰고, 김영삼 정권은 걷잡을 수 없이 흔들렸다.

15. 햇볕정책을 준비하다

빌리 브란트는 독일 사회민주당(SPD, 이하 사민당) 출신 정치인으로서 1969년 10월부터 1974년 5월까지 독일연방공화국(서독) 총리를 지냈다. 그는 재임 기간 '동방정책'을 펼쳐 동서독 간의 관계 개선 및 동유럽과의 관계 정상화 등 냉전체제의 해소에 기여했다.

김대중과 브란트의 개인적 삶을 조명하다 보면 그 유사함에 놀라게 된다. 브란트는 사생아로 태어났다. 그는 고등학교 시절부터 사회주의 운동에 관심을 가졌다. 그가 고등학교를 졸업할 무렵인 1933년에 히틀러가 정권을 잡았다. 브란트는 히틀러가 집권하자마자 반나치 운동을 했고, 위험을 느끼자 독일을 탈출하여 노르웨이로 갔다. 일시적 피신으로 생각했던 외국 생활은 제2차 세계대전이 끝날 때까지 무려 12년이나 지속했다. 망명 중 독일 국적을 박탈당한 브란트는 노르웨이 국적을 취득하면서 두 개의 조국을 가졌다.

브란트는 전쟁이 끝난 후 독일로 돌아와 서베를린이라는 변방에서 정치를 시작했다. 오랫동안 야당 생활을 한 그는 사민당 총재 시절인 1966년 기독교 민주당(기민당)과 대연정을 꾸려 부총리 겸 외무장관을 역임했다. 1969년에는 세 번째 도전 끝에 서독 총리가 되었다. 서독 역사상 최초의 수평적 정권교체였다. 그는 대학 졸업장이 없이 총리의 지위에 오른 유일한 인물이었다.

브란트는 총리에 취임한 후 전임 정부와 달리 동독 공산정권의 존재를 인정하고 동서독의 교류협력 정책을 적극적으로 펼쳤다. 그는 동서독이 공존공영하면서 민족 동질성을 유지하면 사실상 절반의 통일은 달성되는 것이나 마찬가지이며, 나머지 절반 즉 정치적 통일은 역사에 맡기자고 했다. 그는 또 인접 국가인 폴란드, 체코슬로바키아, 헝가리, 소련과의 관계 개선에도 적극적이었으며 유럽의 평화 속에서 독일 문제를 해결하려 했다. 그는 자유와 민주주의, 인권, 평화를 위한 헌신의 대가로 1971년 노벨평화상을 수상했다. 이상의 내용에서 보듯이, 브란트와 김대중의 삶은 거의 복사판 같았다.

국회의원 김대중은 1960년대 후반부터 서독의 유연한 외교정책에 주목했다. 그는 1966년 7월 1일 국회 본회의 대정부 질의에서 정일권 국무총리와 이동원 외무부 장관에게 서독의 사례를 들면서 우리나라 외교정책의 대전환을 촉구했다.

"이동원 외무장관, 서독은 공산권 국가와는 외교 관계를 수립하지 않는다는 할슈타인 원칙을 포기하고 있는데 알고 있습니까? 우리도 할슈타인 원칙을 포기할 단계가 되었다고 생각하는데 총리와 외무부 장관은 어떻게 생각합니까?"

이동원이 답변했다.

"우리는 아직 빠르다는 입장입니다. 전쟁을 치른 우리와 서독의 경우는 다르다고 생각합니다."

김대중이 계속 질의를 이어갔다.

"외교라고 하는 것은 자기 국가의 이익을 추구하는 게 일차적인 목표입니다. 우리는 대상 국가에 아무런 원조도 하지 못하고, 또 아무런 위협적 수단도 가지고 있지 못합니다. 상대 국가에 위협 수단을 가지고 있는 서독도 성공하지 못한 그런 할슈타인 원칙을 포기하는 게 우리나라 이익에 부합한다고 생각합니다."**90**

이동원은 두리뭉실한 답변으로 김대중의 예리한 답변을 피해갔다.

"서독의 사례를 좀 더 지켜보고 대안을 모색해 나가겠습니다."

김대중은 혁신정당을 허용하라는 발언도 했다.

"공산당과 혁신정당은 크게 다릅니다. 공산당은 폭력혁명과 프롤레타리아 독재를 추구하지만, 혁신정당은 민주주의의 테두리 내에서 사회주의 정책을 추구하는 정당입니다. 선거를 통한 집권을 추구하고, 선거에서 패배하면 평화적인 정권 이양을 실행합니다. 사회주의 정책도 점진적인 방식을 추구하며, 사실상 자본주의 틀 내에서 부분적인 사회주의 정책을 시행하려 합니다. 영국의 노동당, 서독의 사민당, 이탈리아의 사회당, 스웨덴의 자유민주당, 노르웨이의 노동당 등은 모두 혁신정당이지만 민주주의 원칙을 존중합니다. 우리도 혁신정당을 허용해야 한다고 생각하지 않습니까?"

정일권 국무총리는 우리나라도 혁신정당의 설립을 허용하고 있다고 주장했다.

"우리나라도 혁신정당의 설립을 허용하고 있으며 탄압할 생각이 없습니다. 현재 우리나라에는 혁신정당이 존재하며, 자유롭게 활동하고 있습니다."

김대중이 재반격에 나섰다.

"대통령과 국무총리 등은 혁신정당을 탄압할 생각이 없다고 말하지만, 중앙정보부장은 '혁신정당은 공산당을 이롭게 한다'면서 사실상 혁신정당을 탄압하고 있습니다. 말로가 아니라 행동으로 혁신정당의 활동을 보장하라는 것입니다."[91]

김대중은 1971년 대통령 선거에 출마했을 때, 미국을 방문하여 워싱턴 내셔널프레스클럽에서 기자회견을 했다. 그는 기자회견에서 자신의 대북정책을 설명하면서 3단계 통일론을 설명했다. 그는 이 문제를 1972년 3월 11일 서울 수운회관에서 다시 설명했다.

"나의 3단계 통일론은 평화적 공존, 평화적 교류, 그리고 평화적 통일을 특징으로 하고 있습니다. 먼저 1단계인 평화적 공존 단계는 전쟁 억제와 긴장 완화를 근간으로 합니다. 북한의 남한 지배도, 남한의 북한 지배도 불가능하니 전쟁에 의한 통일 시도는 더는 해서는 안 됩니다. 만일의 사태에 대비하여 군비를 튼튼히 하고 한미 방위조약을 그대로 유지하고 주한미군의 계속 주둔을 요구함과 동시에 한국에서 4대 국가가 공동 협력해서 전쟁이 안 일어나도록 하는 게 최선이라고 생각합니다."

김대중은 두 번째 통일단계는 교류를 활성화하는 것이라고 했다.

"3단계 통일론의 두 번째 단계는 남북 간의 교류를 확대해 나아가는 것입니다. 기자 교류, 체육 교류 혹은 편지 교류, 문화예술인들의 왕래, 상대국의 라디오 청취 등을 하면 차츰 상대방에 대해서 이해가 증가하고 또 적대감도 감소할 것입니다. 이렇게 교류를 확대하고 최종적으로는 경제적 교류까지 발전시킴으로써 동포애를 회복하고, 불신과 의혹을 씻어가야 합니다."

김대중은 세 번째 단계로 정치적 통일을 들었다.

"세 번째 단계는 평화적 방식에 의한 정치적 통일입니다. 정치적 통일 방안으로는 유엔 감시하의 남북 총선거, 중립국 감시하의 남북 총선거 혹은 중립화 통일 방안 등 다양한 방식이 있지만 지금 특정 통일 방안을 언급하는 것은 시기상조라고 생각합니다. 1단계, 2단계를 거쳐 가는 과정에서 안을 만들고 남북 간에 각각 국민의 의견을 들어가면서 방안을 내세우는 것이 좋을 것입니다."

김대중은 1972년 6월 6일 흥사단 강당 강연에서 남북 교류와 공산권 외교는 그의 선거 공약이었음을 다시 상기시켰다. 그는 이날 연설에서 브란트의 동방정책에 대해 구체적으로 설명했다. 그는 브란트가 독일의 분단을 시인하고 동독 쪽에 있는 폴란드와 그 국경도 인정했으며 반영구적으로 독일의 통일을 포기한 것 같은 입장을 취했지만 사실은 우회적 통일 방안이라고 말했다.

"이렇게 이 사람들은 일단 현 단계에서 통일을 포기했지만 그 대신 무엇을 노리고 있느냐, 동독을 그대로 인정하고 준국가적인 관계를 유지하면서 동독하고 교류를 확대해 나가면 결국 독일 민족끼리 서로 막혔던 길이 터져가지고 같은 민족끼리 자주 만나고, 서로 동질성이 형성되고, 서로 자꾸 교류가 되고, 이렇게 해서 어느 시기에 가서 독일 민족끼리 통일하겠다는 것은 그것은 어느 누구도 막지 못한다, 이거예요."

김대중은 다음 이야기도 했다.

"공산주의라는 것도 결국 서로 부딪치고, 특히 자유 세계와의 접촉을 통해서 자유의 바람이 들어가면 크게 변화하는 것입니다. 우리가 자신을 가지고 공산주의와 부딪쳐 가면, 우리의 자유의 바람이 북한으로 불어가게 되어 북한을 변화시킬 수도 있습니다."

김대중은 서독의 동·서독 화해 정책을 소개하면서 동시에 우리와 독일의 차이점도 거론했다.

"독일의 분단은 제2차 세계대전을 도발한 데 대한 승전국들의 징벌적 성격을 띠고 있지만, 한국은 전쟁을 도발한 나라도 아니고 패전 국가도 아니며 강대국들이 판단을 잘못하여 분단시켰기 때문에 통일의 책임도 그들이 져야 합니다. 또 하나 독일은 통일될 경우 주변 국가들을 위협할 수 있지만, 한민족은 통일되어도 중국이나 일본을 위협할 힘이 없으므로 주변국들이 한국의 통일을 방해할 이유가 없습니다."

김대중은 흥사단 강당 연설에서 남북한의 유엔 동시 가입을 주장했다. 그는 주한미군의 계속 주둔 필요성에 관해 설명하면서 다시 서독의 사례를 들었다.

"브란트는 동방정책을 실시하여 소련 및 동유럽 국가들과 접촉하면서도 NATO는 절대로 놓지 않고 미군 주둔을 그대로 붙들고 있습니다. 브란트가 미군의 계속 주둔을 원하는 것은 전쟁을 위해서가 아니라 평화를 지키기 위해서입니다. 서독이 평화를 지키려면 미국의 무력과 힘의 균형이 필요하므로 미군 주둔을 원하는 것입니다. 남한도 마찬가지입니다. 비록 북한에는 중공군이나 소련군이 없지만, 그것은 형식에 불과하며 중공군과 소련군은 압록강과 두만강만 건너면 되기 때문에 마치 한 국토와 마찬가지인 반면 미군은 태평양을 건너야 하므로 성격이 전혀 다릅니다. 주한미군은 계속 주둔해야 합니다."**92**

훗날 햇볕정책으로 불린 김대중의 남북 화해 협력 정책의 윤곽은 이렇게 이미 1970년대 초에 윤곽을 그리고 있었다.

1994년 아태평화재단을 설립한 김대중은 남북문제를 함께 연구할 중요 협력자 한 사람을 영입했다. 임동원 장군이었다. 임동원은 육사 출신의 예비역 소장이다. 그는 군에서 제대한 후 호주 대사와 외교안보연구원장, 통일부 차관을 지냈다. 그는 노태우 정부에서 7·7선언과 남북기본합의서를 끌어내는 데 중요한 역할을 했다. 그는 대북 협상과 전략에 풍부한 경험과 능력을 지니고 있었다. 김대중은 그의 경력과 능력이 탐났다. 그는 임동원과 만나 함께 일하자고 제안했다. 당시는 마침 그가 김영삼 정부에서 통일부 차관을 마친 후 쉬고 있을 때였다. 김대중은 처음에 정동채 비서실장을 보내 그의 뜻을 전했다. 임동원은 능력이 없다며 거절했다. 두 번째는 건강이 안 좋다고 사양했다. 정동채 비서실장이 세 번째 만나 다시 요청하자 그의 생각이 조금 흔들렸다. 임동원의 주변 사람들은 함께하라는 사람, 말리는 사람, 모험이지만 도전해보라는 사람 등 3인 3색이었다.

1995년 1월 23일 김대중과 임동원이 처음으로 만났다. 두 사람은 남북문제, 북핵 문제 등에 대해 긴 시간 동안 대화했다. 임동원은 이날의 첫 만남에서 핵 문제에 대한 김대중의 예리한 분석력과 판단력, 그리고 명쾌한 해결책에 큰 감명을 받았다. 김대중은 전문가 못지않게 문제의 핵심을 정확히 꿰뚫어 보고 있었다. 그는 임동원이 깊이 관여하여 마련한 남북기본합의서도 높이 평가했다. 임동원은 김대중의 확고한 통일철학과 원대한 비전, 그리고 논리 정연함에 감탄했다.

임동원은 김대중에 대해 가지고 있던 부정적인 고정관념이 여지없이 깨져나가는 것을 느꼈다. 동시에 그는 이날의 만남을 통해 김대중의 진정한 모습을 알게 되었다. 또 지난날 그의 능력과 인기를 두려워한 집권자들이 그가 정치에 나설 때마다 온갖 수단을 총동원하여 그를 빨갱이, 거짓말쟁이, 과격분자로 몰았다는 사실을 기억하며 그 자신 역시 속아 살아왔음을 부끄럽게 생각했다.

"임 장군도 저의 민족관과 통일정책에 대해 공감을 하셨으니 이제 저와 함께 일합시다. 아태평화재단 사무총장을 맡아주십시오. 브란트 서독 총리가 에곤 바르와 함께 동방정책을 만들었던 것처럼 저도 임 장군과 함께 한반도 평화 정착과 남북통일 방식을 연구하고 싶습니다."

"예. 성심껏 모시고 연구 활동을 돕겠습니다."[93]

김대중의 삼고초려가 성공한 순간이었다. 군 장성 출신에다 외교 업무 분야의 경력을 가진 임동원은 능력과 경력에서 김대중의 협력 파트너로서 최고였다.

임동원은 김대중을 만난 후 그의 지인에게 말했다.

"내가 김대중이라는 인물을 잘못 알고 있었습니다. 그는 우리 보수층이 생각하는 위험한 인물이 아닙니다. 그는 남북 화해와 통일에 대한 뛰어난 통찰력을 가지고 있고 이상적이면서도 현실적인 방법론을 연구해 왔습니다."

"놀랍네요. 임 장군처럼 군에 오랫동안 근무했고 또 보수 정부에서 통일부 차관까지 역임한 사람이 그런 평가를 하니까요."

"이런 분이 지난 대선에서 당선되었다면 지금쯤 남북 관계가 큰 진전을 이루었겠다는 생각을 했습니다."

"그럼 임 장군은 김대중 총재를 돕기로 했습니까?"

"예, 돕고 싶습니다. 그와 함께 민족의 미래를 설계하고 싶습니다."

"보수층에서 난리가 나겠네요."

그는 아태평화재단에서 김대중을 도와 햇볕정책을 완성하는 데 크게 기여했다. 브란트에게 에곤 바르가 있었다면 김대중에게는 임동원이 생겼다.

김대중은 1995년 자신의 통일정책을 체계화한 저서 『김대중의 3단계 통일론』을 출간했다. 이 책은 김대중이 30년 이상 다듬어 온 통일정책의 결과물이었다. 이 책의 주인공은 물론 김대중이었지만 그가 책을 완성하기까지 임동원을 비롯하여 100여 명에 달하는 전문가들이 지혜를 보태주었다. 그는 책머리에서 책을 쓴 소감을 이렇게 피력했다.

"여기 민족 앞에 드리는 '3단계 통일론'은 지난 25년간 한순간도 붓을 놓지 않고 그려온 통일화의 중요한 결실이다. 이 속에는 통일에 대한 의지가 용공으로 낙인찍히곤 하던 과거의 아픔이 밑그림으로 깔려있다. 그 위에 통일에 대한 열망과 분단 현실에 대한 장벽이 서로 부딪치는 현실을 극복하고, 민족의 화합과 번영을 약속하는 통일의 미래를 향해 나아갈 길이 시원하게 그려져 있다."[94]

김대중은 이 책을 쓰면서 마음속으로 이렇게 외쳤다.

"아, 이 설계도를 직접 실행하고 싶다!"

그는 3단계 통일론에서 통일의 3대 원칙으로 자주, 평화, 민주의 원칙을 제시했다. 3단계 통일론의 1단계는 남북연합 단계이다. 이 단계의 임무는 평화 공존·평화 교류·평화 통일의 3대 강령을 실현하는 데 있다. 2단계 연방 국가에서는 외교와 국방 그리고 주요 내정이 연방정부에 귀속된다. 그 밖의 일차적인 내정에 대해서는 남북 양 공화국이 지역 자치정부의 입장에서 관리하게 된다. 3단계 통일론에서 2단계인 연방 단계를 설정한 이유는 분단 이후 진행된 남북의 경제발전 단계의 격차와 정치·사회·문화적 이질성 등을 고려하여 체제 통합의 충격을 완화하고, 북한의 특수성과 북한 주민의 자존을 고려하여 지역 자치정부를 인정하며, 연방정부가 북한 지역을 일정 기간 특별 지원해야 할 필요성이 있기 때문이다.

3단계 통일론은 남북연합 단계로부터 연방제 통일 형태를 거쳐 중앙집권제 또는 여러 개의 지역 자치정부들을 포함하는 미국·독일식 연방제를 통일의 완성 단계로 설정하고 있다. 그러나 세계적인 추세인 지방 분권화·지방 자치화를 고려하여 중앙집권적 체제를 선택할 것인지 아니면 여러 개의 세분화한 연방 체제로 갈 것인지 아닌지는 그때 가서 국민 의사에 따라서 결정하면 된다. [95]

3

유능한 국가 경영자

16. 대통령 당선

1995년 6월에 4대 지방선거가 실시되었다. 지방선거를 4개월 앞두고 3당 합당의 주역 중 한 사람인 김종필이 민자당을 탈당했다. 김영삼이 3당 합당의 전제조건인 내각제 개헌을 추진하지 않은 데 대한 반발이었다. 그는 탈당 직후 자유민주연합(자민련)을 창당했다. 지자체 선거에서 집권 여당인 민자당, 민주당, 자민련 등 세 당이 대결하게 되었다.

집권 여당의 분열은 상대적으로 민주당을 유리하게 만들었다. 김대중은 정계 은퇴를 하기는 했지만, 민주당 당원의 지위는 그대로 유지하고 있었다. 김대중은 전국을 돌며 민주당 후보들을 지원했다. 김영삼과 민자당은 지자체 선거가 김대중의 정계 복귀를 촉발할 수 있다고 보고 그에 대한 견제에 열중했다. 선거에서 민주당은 서울시장, 광주시장, 전남지사, 전북지사 등을 차지했다. 전국의 230개 기초자치단체장 중 민주당 84석, 민자당 71석으로 나타났다. 특히 서울에서는 25개 구청장 중 23곳을 민주당이 차지했다. 지자체 선거는 민주당의 승리였다.

지자체 선거 직후 민주당 당원들이 국민 여론을 이유로 김대중의 정치 재개를 요청했다. 김영삼 정권의 실정을 극복하고 나라를 바로잡기 위해서는 민주당의 집권이 필수적이며 이 역할을 김대중이 맡아야 한다는 것이었다. 그들은 샤를 드골 전 프랑스 대통령과 프랑수아 미테랑 전 프랑스 대통령의 사례까지 들었다. 드골은 정계 은퇴를 했다가 정계 복귀를 했고, 미테랑은 대통령 선거에서 세 번 떨어졌다가 네 번째 당선된 경우였다.

이희호는 김대중의 정계 복귀를 반대했다.

"국민과 약속은 지켜야 하지 않겠어요."

"당신이 반대할 줄 알았어요. 나도 생각을 많이 했어요. 하지만 지금 북한 핵 문제로 민족의 앞날이 중요한 때인데 정부는 물론 야당이 제구실을 못하고 있어요. 변명은 하지 않겠소."**96**

김대중은 고민 끝에 정계 복귀를 결정했다. 김대중은 1995년 9월 11일 새정치국민회의(국민회의)를 창당했다. 민주당 소속 국회의원 중 65명이 그가 창당한 신당에 참여했다. 1996년 4월에 국회의원 총선거가 있었다. 국회의원 총선 전 민자당은 당명을 신한국당으로 바꾸었다. 총선 결과 신한국당 139석, 국민회의 79석, 자민련 50석이었다. 국민회의의 성적표는 지자체 선거와 비교할 때 기대치에 못 미쳤다.

1997년 5월 19일, 새정치국민회의 전당대회가 열렸다. 총재 경선에 김대중과 김상현이 출마했다. 대통령 후보 경선에는 김대중과 정대철이 출마했다. 김상현과 정대철 모두 김대중과 특별한 인연을 가진 사람들이었다. 김상현과 정대철은 대통령 후보 경선에 나서기 전에 김대중을 먼저 만났다.

"총재님 혼자 나오는 것보다 저희가 출마하여 경선하는 것이 국민적 관심을 불러일으킬 수 있습니다. 이번 경선에서 20-25퍼센트밖에 안 나올 것을 저희는 잘 알고 있습니다. DJ 이후 사전포석으로 나온 것이니 잘 이해해 주십시오."

"알았네. 그렇게 하소."

김상현과 김대중의 관계는 앞에서 밝힌 대로 1960년대 초부터 특별한 관계를 유지했다. 정대철도 마찬가지였다. 정대철의 아버지 정일형과 어머니 이태영은 1960년대부터 김대중의 든든한 후원자였다. 정일형은 1971년에 김대중 대통령 후보 선거대책본부장을 지냈고 이태영도 이화여대 학장을 그만두고 김대중 선거 유세에 참여할 만큼 집안 모두가 김대중 대통령 만들기에 나섰다. 1982년 사망한 정일형은 1980년 김대중이 사형 선고를 받았을 때는 병석에 있으면서도 김대중 구명을 위해 노심초사했다. 정대철은 정일형이 3·1 민주구국선언 사건에 연루되어 1977년 의원직을 상실하자 아버지 선거구인 종로·중구 보궐선거에 출마하여 당선되었다. 그 후 그는 김대중과 김영삼이 경쟁한 민주 진영에서 김대중과 정치를 같이했다.

1992년 대통령에 당선된 김영삼은 서울 퍼시픽 호텔에서 정대철을 만나 국무총리직을 제안했다.

"자네는 DJ보다 나하고 더 잘맞는 사람이야. 나와 같이하세. 자네를 국무총리로 임명하겠네. 며칠 내 김덕룡 의원한테 Yes라고 말하게. 알겠지?"

하지만 정대철은 김덕룡을 통해 No라고 답했다. 그는 이 사실을 기자에게 다음과 같이 말했다.

"나에게 국무총리를 준다고 하면 무조건 따라올 줄 알았나 봐. 근데 못 갔어."

"왜 못 갔습니까?"

"YS가 3당 합당한 것도 마땅치 않았고, DJ와의 관계도 있고."

"아쉽지 않았습니까?"

"좀 아쉽지. 가서 총리했으면……"

그때 총리를 했으면 대통령까지도 할 수 있었을지 모른다는 의미가 담긴 말이었다.

그런 정대철이 1997년 새정치국민회의 전당대회에서 김대중의 맞수로 대통령 후보 경선에 뛰어든 것이다. 김상현과 정대철이 각각 총재와 대통령 후보 경선에 출마한 것은 당선을 목표로 해서가 아니었다. 김대중 이후 포석을 노린 것이었다. 당시 두 사람은 김대중이 1997년 대통령 선거에서 당선되기 어려울 것으로 전망했다. 그럼 김대중은 다시 정계에서 은퇴할 것이고, 이 경우 자신들이 포스트 DJ 시대를 열어갈 수 있다고 생각했다.[97]

김대중은 예상대로 새정치국민회의의 총재와 대통령 후보로 선출되었다. 대통령 후보 수락 연설은 야당 전당대회로는 처음으로 텔레비전에 생중계되었다. 그는 후보 수락 연설에서 다음과 같이 말했다.

"대통령에 당선되면 정치보복을 하지 않고, 전두환·노태우 씨가 사죄하면 용서하고, 김영삼 대통령이 임기를 무사히 마치도록 도와주겠다."

자민련에서는 김종필 총재가 대통령 후보로 선출되었다. 신한국당에서는 이회창 총재와 이인제 경기도 지사가 치열하게 경쟁한 끝에 이회창이 대통령 후보로 선출되었다.

이회창은 대통령 후보로 선출된 후 아들 병역 문제로 지지도가 크게 추락했다. 신한국당 내에서 이회창의 경쟁력에 의문을 제기하는 사람들이 생겼다. 이 분위기를 타고 이인제가 신한국당을 탈당하고 국민신당을 창당하여 대통령 선거에 출마했다. 대통령 선거는 김대중, 이회창, 이인제 등 3인 경쟁체제로 치러졌다.

선거를 2-3개월 앞둔 상황에서 여론조사가 김대중에게 우호적으로 나왔다. 10월 6일 〈경향신문〉 여론조사에서 김대중 35.8퍼센트, 이인제 24.2퍼센트, 이회창 20.3퍼센트로 나왔다. 당선 가능성에서는 김대중이 61.5퍼센트로 나왔다.

김대중의 지지도가 이회창보다 앞선 가운데 이회창 측에서 김대중을 음해하는 공작을 펼쳤다. 소위 '김대중 비자금 사건'이었다. 신한국당 사무총장 강삼재는 기자회견에서 김대중이 670억 원의 비자금을 관리해 왔다고 주장했다. 강삼재는 또 김대중이 노태우 전 대통령으로부터 2억 원외에 6억 원 정도를 더 받았다고 주장하며 김대중의 도덕성에 훼손을 가하려 했다. 신한국당 대변인 이사철은 김대중이 1992년 대통령 선거를 앞두고 10개 기업으로부터 134억 원을 받았다고 했다. 신한국당은 김대중을 특정범죄가중처벌법상 뇌물 수수 및 조세포탈 혐의와 무고 혐의로 대검찰청에 고발했다. 신한국당은 여론조사에서 선두를 달리고 있는 김대중을 어떻게든 도중하차시키려 했다.

10월 19일 일요일 아침 9시, 김영삼은 청와대 관저로 김태정 검찰총장을 불렀다. 집무실로 부르면 당장 신문에 보도되기 때문에 일요일 아침을 택해 관저로 불렀다. 그는 이 자리에서 김태정에게 수사 유보를 지시했다.

"만일 김대중 비자금 사건을 검찰에서 수사하게 되면 광주를 비롯한 호남과 서울에서 폭동이 일어나 선거를 치를 수가 없게 된다. 내 임기가 얼마

남지 않았는데, 그렇게 되면 우리나라는 헌정이 중단되고 대통령 없는 나라가 된다. 이게 말이 되느냐. 그러니 안 된다. 대통령 선거 이후로 비자금 수사를 미룬다고 내일 당장 발표하라."

김태정도 동의했다.

"그렇게 하겠습니다. 그런데 준비할 시간이 필요합니다. 내일 검찰 간부들과 내부 조율을 해서 모레 발표하면 어떻겠습니까?"

김영삼이 동의했다.

"좋다. 그렇다면 모레 반드시 발표하라."**98**

이틀 뒤인 10월 21일 오전, 김태정은 기자회견을 통해 김대중에 대한 비자금 의혹 고발사건 수사를 15대 대통령 선거 이후로 유보한다고 발표했다.

"과거의 정치자금에 대해 정치권 대부분이 자유스러울 수 없다고 판단되는 터에 대선을 불과 2개월 앞둔 시점에서 수사할 경우 극심한 국론 분열, 경제 회생의 어려움과 국가 전체의 대혼란이 분명하다고 보인다."

대통령 선거가 다가오자 반 김영삼 정서가 강했던 김대중과 김종필이 내각제를 고리로 상대방에 대한 탐색 작전을 시작했다. 1996년 9월에 서울 노원구청장 선거가 있었다. 자민련이 김용채를 구청장 후보로 공천했다. 국민회의는 후보를 내지 않은 대신 김용채 후보를 지원하기로 했다. 김종필과 김대중이 중계동 근린공원 유세에 함께 참석하여 김용채 지원 유세를 했다. 선거 결과는 김용채의 당선이었다.

김종필이 합종연횡을 시사하는 발언을 했다.

"내각제 실현을 위해 모든 노력을 기울이겠다. 내각제에 뜻을 같이하는 세력과 손을 잡겠다."

김대중이 화답했다.

"내년 대선에서도 야당 공조로 정권교체를 이뤄내자. 1997년 정권교체를 위해 야권 후보 단일화가 필요하고 그것을 위해서라면 내각제를 받아들일 수 있다."

김종필은 자민련 사무총장 김용환에게 김대중 측과 접촉해 보라고 했다. 11월 1일 밤, 김용환은 김대중의 서울 목동 처제 집에서 내각제 등 국정 전반에 관한 대화를 나눴다.

"총재님은 내각제에 대해 어떻게 생각하십니까?"

김대중은 김용환이 김종필을 대신하여 자신의 내각제 공조 의도를 묻는다고 생각했다.

"나는 대통령 중심제를 선호하지만, 정권교체를 통해 나라를 바로잡는 일이 더 중요하다고 생각합니다. 내각제에 대해서도 유연하게 접근할 생각입니다."

김종필의 표현에 따르면 김용환은 한번 물면 놓지 않는 풍산개 같은 사람이다. 그만큼 일 처리가 딱 부러지고 야무진 사람이라는 표현이다. 그가 김대중에게 단도직입적으로 물었다.

"총재님은 거짓말을 잘한다는 소문이 있는데 맞습니까?"

김대중은 사실 같기도 하고 거짓말 같기도 한 답변을 했다.

"나는 어려운 상황 속에서 약속을 못 지킨 적은 있지만, 거짓말을 한 적은 없습니다."

'약속은 깨도 거짓말은 안 한다'는 말이 기묘하고 우스웠지만, 김용환은 김대중이 그의 당돌한 질문에 나름대로 진정성을 가지고 대답하고 있다고 느꼈다.

1997년 대선 국면이 본격화되었다. 대선 기간 중 김대중과 자민련 김종필 간의 단일화 협상이 진행되었다. 민주 세력인 김대중과 5·16 쿠데타의 주역 중 한 사람인 김종필 사이의 단일화 협상은 한국 정치사에서 매우 이례적인 실험이었다. 당연히 국민회의 내에서 반대 운동이 일어났다. 그러나 김대중은 현실 정치에서 소신과 명분도 중요하지만, 현실적 선택도 중요하다고 말했다. 황태연, 강준만, 김만흠 등 일부 정치학자들은 호남 고립 구도를 타개하고 영남의 패권적 지역주의에 대항하는 '저항적 지역주의 연합'을 주장하며 양 김 단일화에 이론적 지원을 했다. 당내에서 수평적 정권교체를 위한 양 김 단일화론 지지가 점차 대세를 형성했다.

국민회의 측에서 한광옥, 자민련 측에서 김용환이 협상 대표를 맡았다. 여론조사에서 앞선 김대중이 단일 후보가 되는 데는 이론이 없었다. 문제는 국민회의 측이 자민련에 어떤 반대급부를 제공하느냐였다. 김종필은 과거부터 내각제하의 총리를 희망했다. 김영삼과 결별하게 된 가장 큰 이유도 김영삼이 내각제 약속을 지키지 않았기 때문이었다. 양측은 협상 결과 김대중을 단일 후보로 내세우고 대통령 임기 중 내각제 개헌을 한다는 데 합의했다.

최종 합의는 10월 27일 밤, 김대중이 김종필의 청구동 자택을 방문한 자리에서 이루어졌다. 김종필은 마당으로 나가 김대중을 맞이했다. 김대중은 대문을 열고 들어서자마자 김종필과 포용했다.

집 안으로 들어간 김대중이 김종필에게 말했다.

"김 총재님, 이번 대통령 선거에서 저를 좀 도와주십시오. 간절히 부탁합니다."

김종필은 박정희 대통령을 대신해 김대중의 가슴에 맺힌 원寃을 풀어 줄 사람은 자신밖에 없다고 생각했다.

"그러잖아도 도와 드리려고 생각하고 있습니다. 따지고 보면 총재님은 박정희 대통령 시절에 수모와 박해를 당한 사람 아닙니까. 내가 그 원寃과 한恨을 다 풀어 드리겠습니다."

김대중이 그 말을 듣고 환하게 웃으며 말했다.

"고맙습니다."

김종필이 그 말을 받아 본론을 이야기했다.

"총재님께 부탁드릴 말씀이 있습니다. 첫째 대통령이 되시면 임기 중에 내각제 개헌을 꼭 해 주십시오."

김대중도 준비된 발언을 했다.

"내각제, 하겠습니다. 해야지요."

김종필이 하나 더 부탁의 말을 했다.

"국민화합 차원에서 박정희 대통령 기념관을 하나 세워 주십시오. 박 대통령이 이 나라의 기반을 굳건히 다졌기 때문에 김영삼이나 총재님이 다 대통령이 될 수 있는 것 아니겠습니까."

김대중은 김종필의 말이 떨어지자마자 흔쾌하게 약속했다.

"아, 여부가 있겠습니까. 그렇게 하겠습니다."

김종필은 자신이 김대중에게 박정희기념관 건립을 요구하고 김대중이 동의한 것에 매우 큰 의미를 부여했다.

"인격과 신뢰에 바탕을 둔 역사의 해원解寃 의식이다."**99**

두 사람의 만남 후 양당은 합의문을 공식 발표했다.

"대통령 후보는 김대중 총재로 단일화하고, 집권 시 실질적인 각료 임명제청권과 해임건의권을 갖는 실세 총리는 자민련 측에서 맡도록 한다."

단일화가 몇몇 정치인들의 밀실거래에 의해서가 아니라 공개적이고 당당한 방식으로 진행됨을 국민에게 보여준 것이다.

양 김의 단일화와 연대는 언론에서 김대중의 영문 이름 머리글자인 DJ 와 김종필의 JP를 합성한 DJP 연대로 불렸다. 나중에 DJP 연대에 박태준 전 포항제철 회장이 가세했다. 박태준은 자민련에 입당하고 총리는 김종필, 자민련 총재는 박태준이 맡는 방식으로 역할 분담을 하기로 했다. 선거 때마다 색깔 공세에 시달렸던 김대중의 처지에서 김종필·박태준이라는 거물 보수 정객은 매우 든든한 지원군이었다. 게다가 지역적으로 김종필은 충청 지역을 대변했고, 박태준은 영남에서 일정한 지분을 갖고 있었다.

김대중·김종필 정치 연합의 성격은 첫째, 민주화 세력과 산업화 세력 연합의 의미가 있다. 한국에서 가장 장구하게 억압-탄압의 대면 조합을 지속해 온 두 세력 사이에 정치 연합이 형성된 것이다. 둘째, 민주 개혁파와 보수 우파의 이념 연합이었다. 정통 보수 김종필은 정치 연합을 통해 오랫동안 용공 친북 좌경 반미 성향의 정치인으로 왜곡, 공격받았던 김대중의 이념적 보증 수표가 되었다. 셋째, 지역 연합의 성격이다. 호남과 충청을 대변했던 두 사람의 연합은 1961년 군사 쿠데타 이후 사실상 처음으로 높은 영남의 벽을 뚫는 데 성공하게 했다. 1961년 이후 60여 년 동안 최규하, 김대중을 제외한 모든 대통령이 영남 출신이었다는 점에서 김대중의 당선은 강고한 지역주의의 벽을 넘는 상징적 의미를 지녔다.[100]

김대중이 국민회의를 창당할 때 일부 인사들이 계속 민주당에 남아 있었다. 언론은 이를 '꼬마 민주당'이라고 불렀다. '꼬마 민주당' 인사 중

270

김원기, 노무현, 김정길 등이 국민회의에 입당했다. 이로써 김대중은 오른쪽에 김종필·박태준 등 보수 진영의 힘을, 왼쪽에 노무현, 김정길 등 개혁 진영의 힘을 보강받았다.

그러나 조순 서울시장은 신한국당으로 가서 이회창을 지원했다. 조순은 1995년 김대중이 직접 나서 민주당 서울시장 후보로 영입했고 또 그의 당선을 위해 무척 많은 공을 들인 인물이었다. 김대중은 오랜 정적 관계였던 김종필과는 손을 잡고, 우군이라고 생각했던 조순과는 결별했다. '정치판에는 영원한 우군도, 적도 없다'라는 말을 실감 나게 했다.

1997년 대선 과정에서 정치의 비정함을 드러내는 또 다른 사건이 발생했다. 이회창 진영의 김영삼 화형식 사건이다. 이회창은 김태정 검찰총장이 김대중 수사를 대선 이후로 연기한 것에 분노했다. 그는 김영삼을 맹비난했고, 그에게 신한국당 탈당을 요구했다. 심지어 이회창의 일부 지지자들은 김영삼 허수아비를 만들어 몽둥이로 두들겨 패고 김영삼 화형식을 거행했다. 김영삼은 분노했다. 그는 11월 7일 신한국당을 탈당했고 이회창과 완전히 결별했다. 김영삼은 자신이 감사원장과 국무총리, 당 대표까지 시켜주었는데 자신을 탈당하라고 한 데 충격과 분노를 금치 못했다. 그는 속으로 결심했다.

"이회창은 절대로 대통령이 되어서는 안 된다."

김영삼은 정치에는 귀재였지만 경제에 대해서는 전문지식을 갖고 있지 못했다.

"경제정책은 전문가에게 맡기면 된다."

"대통령은 기업으로부터 정치자금을 안 받으면 된다."

"정부가 이권 교통정리를 하지 않고 시장원리에 따라가면 된다."

김영삼은 이렇게 몇 가지 원칙만 제시하고 나머지 부분에 대해서는 별로 관심을 보이지 않았다. 그 자신이 경제에 대해 잘 몰랐기 때문인지 경제정책을 펼칠 때 일관성보다 그때그때의 분위기에 임기응변식으로 대응하는 경향이 강했다. 대통령이 경제를 모르면 참모라도 제구실을 해야 하는데 불행히도 인사에서도 문제가 많았다. 5년의 임기 동안에 경제부총리가 7명이나 바뀌었다. 청와대 경제수석도 5명이나 바뀌었다.[101] 정치적 수완이 뛰어난 김영삼에게는 머리 아픈 경제도 쇼맨십의 대상이었고, 정치적 전시효과가 우선이었다. 그는 OECD 가입을 냉정하게 득실을 따지지 않고 밀어붙였다. 외자의 단기 유입이 어떤 역기능을 초래할 것인지를 진지하게 고려하지 않고 종금사를 난립시키고, 단기자금의 유입을 무한정 허용했다. 이에 따라 1997년도 우리나라 총외채는 정권 출범 당시보다 3배나 증가하여 약 1,530억 달러에 이르렀다. 특히 단기 부채의 비중이 컸다. 외채가 급증하자 불안을 느낀 국제자본들이 서둘러 철수했고, 마침내 외환 금고가 바닥을 드러냈다.[102]

선거를 한 달가량 앞둔 시점에서 초대형 사건이 터졌다. IMF(국제통화기금) 구제금융 사태였다. IMF 사태는 외환 위기에서 출발했다. 수년 동안의 무역 적자가 외화 부족 사태를 낳게 되자 환율이 올랐다. 동남아 지역에서 시작된 외환 위기도 우리나라 환율정책에 부정적 영향을 미쳤다. 정부는 보유 중인 달러를 풀어 환율을 방어하려 했으나 실패했다. 보유 중인 달러만 허비하고 말았다. 외화 부족으로 국가가 부도 위기를 맞이하자 임창열 부총리 겸 재정경제원 장관이 1997년 11월 21일 IMF에 200억 달러의 구제금융을 신청한다고 발표했다. IMF와 협상 책임을 맡은 임창열은 문책성 인사로 물러난 강경식 부총리의 뒤를 이어 불과 이틀 전 부총리로 임명된 사람이었다.

IMF는 한국에 구제금융을 지원해 주는 대가로 매우 까다로운 조건을 제시했다. IMF는 기업의 구조 조정과 공기업의 민영화, 자본시장의 추가 개방, 기업의 인수 합병 간소화 등을 요구했다. IMF 구제금융을 받으면 외국인 주식 투자 한도를 50퍼센트로 올리고, 은행과 증권 등 금융 시장을 개방하며, 수입국 다변화 제도도 앞당겨 다음 해 폐지해야 했다. 한마디로 경제 신탁통치나 다름없었다. 이런 무리한 요구를 한 IMF 뒤에는 미국과 일본이 있었다.

미셸 캉드쉬 IMF 총재는 한국 정부와 협약을 체결한 후 대통령 후보들에게 협약 이행각서를 요구했다. 김대중을 포함하여 이회창, 이인제 모두 이 굴욕적인 요구에 응했다. 김대중은 서명하면서 협약을 성실히 지키되 불공정한 내용에 대해서는 재협상을 해야 한다고 주장했다. 그는 IMF 협약을 그대로 지키게 되면 대량 실업 등 우리 경제가 부담해야 할 피해가 너무 크다고 주장했다.

"멕시코와 인도네시아에서도 없었던 무역 개방 요구를 수용한 것이나 수입 다변화까지 고치도록 한 것은 잘못된 것이므로 따져야 한다."

상대 후보들은 김대중의 재협상론을 일제히 공격하고 나섰다. 김대중이 국제적 조약의 불이행을 주장하여 국가의 신뢰를 떨어뜨리고 경제위기를 가중시킨다는 것이었다.

여당은 이번에도 선거 때마다 써먹은 색깔론을 다시 내세웠다.

"지난 8월에 월북한 오익제 전 천도교 교령이 평양방송에 나와 국민회의 후보와 월북 직전까지 통일문제를 자주 논의해 왔다."

북한이 김대중의 당선을 위해 노력하고 있다는 주장도 펼쳤다. 그러나 이번에는 이런 색깔론이 통용되지 않았다. 지역감정을 부추겼지만, 이것 역시 과거만큼 크게 영향을 주지 않았다. 김종필·박태준 등과의 협력이 북풍과 지역감정을 차단하는 데 큰 효과를 발휘했다.

이인제 측은 김대중의 건강을 문제 삼았다.

"부산에서 길을 걷다가 갑자기 쓰러졌다."

치매에 걸렸다는 소문까지 퍼뜨렸다. 김대중 후보는 연세대 세브란스 병원에서 받은 종합건강 검진 결과를 발표하여 이에 대응했다.

1997년 대선의 특징 중 하나는 TV 토론의 등장이었다. TV 토론으로 후보의 자질과 정책 검증이 가능해졌다. TV 토론 과정에서 김대중의 경제적 식견과 장점이 자연스럽게 부각되었다. 김대중의 건강 이상설도 TV 토론 과정에서 자연스럽게 해소되었다. 온갖 물량을 동원한 세몰이식 군중 집회도 줄일 수 있었다. TV 토론은 김대중에게 조성된 유리한 국면을 더욱 확실하게 만들어주었다.

선거일이 임박해지자 김대중의 정치적 거점인 호남은 태풍 전야의 고요함과 같은 분위기였다. 누가 말하지도 않았는데 사람들은 너나 할 것 없이 모두 입을 다물었다. 호남에서 과열된 관심을 보이면 다른 지역의 경계심을 자극하여 선거에 나쁜 영향을 끼칠지 모른다는 이유에서였다.

선거 전날 밤 김대중의 동생 김대의가 세상을 떠났다. 그는 세상을 떠나기 직전 다음과 같은 유언을 남겼다.

"형님에게는 누가 될 수 있으니 선거가 끝날 때까지 내 죽음을 알리지 말라."

12월 18일 선거 날이 다가왔다. 대선에서 김대중은 '수평적 정권교체'

를, 이회창은 '3김 청산'을, 이인제는 '세대교체'를 주 표어로 내걸었다. 12월 17일 김대중은 서울 명동 상업은행 앞에서 마지막 유세를 했다.

"저에게는 40년 동안 갈고닦은 지혜와 경륜이 있습니다. 저는 감옥에서도, 미국에서도 대통령이 될 준비를 했습니다. 전 세계에서 대통령이 될 준비를 저만큼 많이 한 사람은 없을 것입니다. 저에게 꼭 한번 기회를 주십시오."

12월 18일 오후 6시 투표 마감과 동시에 MBC와 한국갤럽의 출구조사 결과가 발표되었다. 김대중이 이회창보다 1퍼센트 앞서는 것으로 나왔다. 개표가 완료될 때까지 어느 쪽도 안심할 수 없는 초박빙의 승부였다.

개표 초반에는 이회창 후보가 앞섰다. 김대중 후보 진영과 지지자들에게 또 떨어지는 것 아니냐는 걱정과 긴장, 초조함이 엄습해왔다. 다행히 저녁 10시가 넘어가자 순위가 바뀌더니 12시쯤 김대중의 승리가 확실해지고 새벽 1시쯤에 당선이 최종 확정되었다.

득표율은 김대중 40.27퍼센트, 이회창 38.74퍼센트, 이인제 19.2퍼센트였다. 김대중과 이회창의 표차는 불과 390,557표(1.53퍼센트)에 불과했다. 막상막하의 승부였다. 이회창의 아들 병역 기피 의혹, 이인제의 출마에 따른 여권의 분열, DJP 연대, IMF 사태, TV 토론 등 김대중에게 여러 가지 유리한 조건이 형성되었음에도 선거 결과가 이렇게 박빙으로 끝난 것은 한국에서 선거를 통한 정권교체가 얼마나 어려운가를 잘 보여준 징표였다. 또 이것은 민주개혁 진영의 선거 환경이 그만큼 열악하다는 것을 의미했다.[103]

당선이 확정된 후 김대중의 일산 집 안팎은 흥분의 도가니로 변했다. 김대중과 이희호는 집에서 개표 상황을 지켜보고 있었다. 집 밖으로 몰려든 시민들이 "김대중 대통령!"을 연호했다. 사람들은 서로 부둥켜안고 눈물을 흘렸다.

감격과 흥분의 분위기는 광주와 목포 등 호남 지역에서도 마찬가지였다. 시내 곳곳 술집은 저녁을 먹고 모여든 사람들로 붐볐다.

"당선된 것 확실하지? 잘 믿어지지 않아."

"선거 기간 여론조사에서 앞섰고, 출구조사에서도 앞섰지만, 차이가 너무 작아 솔직히 불안했어."

"이번에도 떨어지면 나는 전라도만 따로 떨어져 나와 '전라도 공화국' 만들자는 운동 벌이려고 했어, 하하."

"김대중 후보의 당선은 어쩌면 하느님이 개입해서 이루어진 것 같아. 이회창 자녀 병역 비리 사건, 이인제 탈당, DJP 연대, IMF 사태, 방송 토론 등 어느 것 하나라도 없었으면 당선되기 어려웠거든."

"광주에서 김대중 후보 지지율이 97.3퍼센트였는데 광주 사람들 정말 대단해. 전남과 전북 사람들도 마찬가지고. 신한국당 당원만 하더라도 10퍼센트는 넘었을 텐데 그 사람들도 대부분 김대중을 지지했다는 셈이 잖아."

"97.3퍼센트 지지가 선거냐고 비아냥거리는 사람이 있겠지?"

"다른 지역에서 그렇게 비난하는 사람들이 있을 거야. 그런데 내가 호남 지역 투표자 숫자와 투표율 등을 계산해 봤거든. 김대중 지지율이 광주, 전남, 전북에서 각각 5퍼센트씩만 내려가도 떨어졌어. 20만 표가 이회창 쪽으로 옮겨가면 당선자가 바뀌니까."

"그러니까 광주에서 90퍼센트 지지가 나오면 떨어졌다는 것이지?"

"그렇다니까. 97.3퍼센트는 선거공학적으로 도저히 상상이 안 가는 숫자인데······ 그럼 이것도 하느님이 개입하여 만들어진 숫자인가?"

변방인 김대중이 드디어 최초의 수평적 정권교체라는 역사적 과업을 이루어냈다. 대선 승리와 함께 김대중은 '사형수에서 대통령으로'라는 매우 드라마틱한 인간 승리의 주인공이 되었다. 자연히 그의 대통령 당선은 한국을 넘어 세계적 관심사가 되기에 충분했다. 결과적으로 김대중은 우리나라 민주화 과정의 최대 수난자이면서 동시에 최대 승리자가 되었다.[104]

세계 주요 언론들이 김대중의 당선을 1면 머리기사로 보도했다. 미국의 주요 신문인 〈뉴욕타임스〉와 〈워싱턴포스트〉는 김대중의 오랜 정치적 시련과 정치인으로서의 영욕을 자세히 소개했다. 두 신문은 김대중의 당선을 한국 민주주의의 승리라고 했다. 〈월스트리트저널〉은 남아프리카공화국의 넬슨 만델라와 폴란드의 레흐 바웬사의 대통령 당선과 같은 위대한 정치적 사건이라고 해석했다.

또 하나 대부분의 해외 언론은 김대중의 당선을 한국 민주주의의 승리로 해석했다. 1987년 이후 한국 민주주의가 평화적 정권교체의 전통을 이어 왔지만, 김대중의 당선은 정권교체와 민주주의의 질적 수준을 한 단계 업그레이드시켰다. 왜냐하면, 대의제 민주주의는 정권이 정당에서 정당으로 그리고 민주적·평화적 방식으로 이동하는 수평적 정권교체가 수반되어야 정상적 발전이라고 할 수 있기 때문이다. 제2차 세계대전 이후 100여 개 이상의 나라가 해방, 독립되었고 이들 대부분의 나라가 서구식 민주주의 제도를 도입했지만, 민주주의 제도가 안정적으로 정착된 나라는 거의 없었다. 이런 점에서 한국 민주주의가 수평적 정권교체까지 원만하게 진전된 것은 대단한 사건이었다. 짧은 시간에 경제 발달과 민주주의라는 양 수레바퀴를 함께 발전시킨 경우는 한국 외에 없다고 해도 과언이

아니다. 이런 점에서 김대중의 대통령 당선은 단순한 당선 이상의 의미를
지녔다.

17. 두 달 앞당겨진 대통령 역할

대통령 당선이 확정된 12월 19일 빌 클린턴 미국 대통령과 미셸 캉드쉬 IMF 총재, 제임스 울펀슨 세계은행(IBRD) 총재가 김대중 당선자에게 전화를 걸어왔다. 그들은 축하 말과 함께 김대중 대통령 당선자의 IMF 협약 이행 의지를 집중적으로 떠보았다. 클린턴 대통령은 한국 정부가 IMF와 합의한 사항을 성실하게 이행해야 한다는 점을 특별히 강조했다.

일반적으로 대통령 선거가 끝나면 당선자는 휴식과 함께 약 2개월 정도 인수위원회 기간을 갖는다. 대통령 당선자는 이 기간에 새로운 정부의 방향을 설정하고 내각을 구성한다. 그러나 김대중에게는 그럴 시간이 허용되지 않았다. 당선 다음 날부터 그는 긴급한 경제위기를 수습해야 했다. 국내외 모든 시선이 김영삼 대통령이 아닌 김대중 당선자에게 쏠렸기 때문이다. 그는 12월 19일부터 사실상 대통령의 역할을 수행했다.

김대중은 선거 다음 날인 12월 20일 오전 10시, 임창열 부총리 겸 재정경제원 장관으로부터 외환 사정을 청취했다. 김대중이 가장 궁금한 것은 IMF 사태의 촉발 원인이 된 외환보유고였다.

"12월 18일 현재 외환보유고가 얼마나 됩니까?"

"38억 7천만 달러입니다."

임창열의 말은 나라의 금고가 텅 비었다는 말이나 다름없었다.

"얼마나 버틸 수 있습니까?"

"하루에 4-5억 달러씩 나가는 사정을 고려할 때 연말이면 70여억 달러 정도가 부족할 것으로 예상합니다."

연말까지 70여억 달러가 부족하다는 말은 곧 며칠 후면 국가가 부도 날 수 있다는 것을 의미했다.

김대중은 나라의 금고가 텅 빈 사실에 큰 충격을 받았다.

"사태가 이렇게까지 악화한 주원인이 무엇입니까?"

"단기 외채와 외환보유고 관리를 소홀히 하고 환율 방어에만 매달렸던 점이 위기를 키웠다고 생각합니다."

김대중은 선거 기간 '재협상론'(혹은 추가협상론)을 내세웠다. 그러나 그는 임창열 부총리 등 경제 실무자들의 보고를 받고 IMF 합의를 충실히 실천하는 쪽으로 입장을 선회했다. 그는 사태의 심각성에 비추어 IMF 협약을 충실히 이행하여 국가 신인도를 회복하는 것만이 최선의 해결책이라고 생각했다.[105]

김대중은 김영삼 대통령과 만나 정부와 인수위가 각각 6명씩 참여하는 비상경제대책위원회를 구성하기로 했다. 비상경제대책위원회는 사실상 비상내각이나 다름없었다. 비상경제대책위원장에는 김용환 자민련 부총재가 임명되었다.

"김 부총재가 비상경제대책위원장을 맡아줘야겠습니다."

"저는 현직(재무부 장관)에서 물러난 지 10년이나 되었습니다. 당선자님 주변에 유능한 분들이 많이 있지 않습니까?"

"김 부총재는 과거 재무부 장관을 맡았고, 최근에는 정책위의장 등을 맡으면서 경제정책에 계속 관여해 왔습니다. IMF 위기 극복을 위해서는 단순히 경제적 안목만이 아니라 정치적 역량도 필요합니다. 또 국민적 통합도 필요합니다. 이 조건들에 가장 어울리는 분이 김 부총재입니다."

김대중 당선자가 자민련 출신 김용환을 비상경제대책위원장으로 임명한 것은 그의 재무부 장관 경력과 부총재로서 정치력을 높게 평가했기 때문이다. 이 사례는 향후 김대중의 인물 발탁 원칙이 철저히 능력 중심이 될 것이며, DJP 연대 정신에 충실할 것임을 시사해 주고 있다. 김대중은 IMF를 극복하고 국민통합을 이루기 위해서는 진영과 지역을 가리지 않고 능력 있고 경험 많은 사람을 발탁하는 게 무엇보다 중요하다고 생각했다.

데이비드 립튼 미국 재무부 차관 일행이 12월 22일 한국에 왔다. 미국은 그를 통해 IMF와 맺은 협약 외에 추가 요구사항을 내놓았다. 미국이 요구한 것은 정리해고제 수용, 외환관리법 전면 개정, 적대적 인수 합병(M&A) 허용, 집단소송제 도입 등이었다. 어느 것 하나도 쉽게 받아들일 수 없는 것들이었다. 특히 정리해고제 수용은 노동계의 강력한 반발을 불러일으킬 수 있는 내용이었다.

그런데 문제는 미국의 요구가 매우 완강하다는 점이었다. 연말이면 외환보유고는 마이너스가 될 수도 있는데 미국은 정리해고제 등 추가 요구사항을 수용하지 않으면 재정지원을 해 주지 않을 태세였다. 미국은 과거 친노동자적 정치 노선을 취해 온 김대중이 과연 IMF와 맺은 협약내용을 이행할 것인지 시험하고 있음이 틀림없었다. 미국의 요구를 수용하지 않으면 나라가 부도날 것 같은 상황에서 김대중의 선택 폭은 극도로 좁았다.

김대중은 미국의 요구를 수용하기로 했다. 그는 립튼 차관에게 민주주의와 시장경제, 그리고 IMF와의 협약 이행을 약속했다. 노동자 10-20퍼센트를 해고하는 것을 주저하다가 기업이 망하면 노동자 100퍼센트가 일자리를 잃게 될 것 같았기 때문이다. 그는 노동자를 해고해서 기업이 살아나고 경쟁력을 갖추게 되면 해고된 노동자들은 다시 취업할 기회가 생길 것이라고 자위했다.[106]

성탄절을 이틀 앞둔 12월 23일 환율은 달러당 1,964원으로 폭등했고 코스피(KOSPI)는 장이 열리자마자 400선이 무너져 366선까지 폭락했다. 연초와 비교할 때 주가는 정확하게 반타작, 환율은 60퍼센트가량 절하되었다. 대한민국 경제가 침몰하기 직전 상황으로 내몰렸다.

다행히 12월 24일 IMF와 선진 8개국이 100억 달러의 조기 자금지원과 단기 외채 만기 협상을 약속했다.[107] 일단 급한 불은 껐다.

IMF 난국을 극복하기 위해서는 무엇보다 노동계의 협조가 필요했다. 노동계의 협조를 구하면서 동시에 노사정 상생의 길을 찾기 위해서는 특단의 대책이 필요했다. 노사정위원회의 설치가 그 대안 중 하나였다. 그는 12월 26일 박인상 한국노총 위원장을 만나 노사정위원회 참여를 설득했다. 다음날에는 배석범 민주노총 위원장 직무대리도 만났다. 박인상 위원장은 재벌과 관료들의 솔선수범을 참여의 조건으로 제시했다. 배석범 직무대리는 경제청문회 개최와 책임자 처벌, 재벌 총수의 사과와 개인 재산 헌납을 전제조건으로 요구했다. 그는 정리해고제는 수용할 수 없다고 했다.

김대중은 노사정위원회 참여를 설득하기 위해 노동계에 큰 선물을 내놓았다. 노조의 정치 활동을 허용하고 교원노조를 1999년 7월부터 합법화하겠다고 약속했다. 또 노동기본권의 대폭 확대도 약속했다. 공무원 직장협의회도 설치할 수 있도록 했다. 실업 대책 재원도 크게 증액했다. 정리해고제의 즉각 시행과 근로자 파견제를 도입하는 대신 위의 요구 조건을 제시하는 빅딜을 시도한 것이다.

IMF의 조속한 극복을 바라는 국민적 염원, 노동계를 위한 큰 선물, 그리고 김 당선자의 정성 등이 노동계를 움직였다. 양대 노총이 노사정위원회에 참여했다. 노사정위원회는 1998년 2월 6일, 10개 의제, 90여 개 과제를 일괄 타결했다. 노사정위원회에서 합의된 법안은 2월 14일 국회를 통과했다. 김대중 정부는 노사정위원회 출범 당시 노동계에 약속한 대로 임기 내에 전국교직원노동조합의 합법화, 공무원의 노동조합 참여 허용, 노동조합의 정치 활동 허용 등의 조처를 했다. 이 일련의 과정은 비록 '제한적 포섭정치'라고 하더라도 우리나라 노동운동사에 기적 같은 일이었다.[108]

1월 초에 기적 같은 일이 또 일어났다. 금 모으기 운동이 시작된 것이다. 1월 12일 시민·소비자·농민·종교단체 인사들이 중심이 돼 '외채상환 금 모으기 범국민운동' 발대식을 열었다.

김수환 추기경이 추기경 취임식 때 받은 금 십자가를 내놓았다.

송월주 조계종 총무원장이 웃으며 말했다.

"신부님이 십자가를 내놓아도 됩니까?"

김수환 추기경도 웃으며 응답했다.

"예수님은 몸도 바쳤는데 나라를 살리는 일에 십자가를 내놓는 것은 당연한 일 아닙니까?"

국민이 장롱 속의 금붙이를 꺼내 은행으로 가져왔다. 신혼부부는 결혼

반지를, 젊은 부부는 아이들 돌 반지를, 노부부는 자식들이 준 효도 반지를, 운동선수들은 그들의 땀의 결정체인 금메달을 내놓았다.

금 모으기는 1998년 3월까지 계속되었다. 전국에서 무려 350만 명이 226톤의 금을 내놓았다. 당시 시세로 21억 5,000만 달러어치였다. 1998년 2월 수출이 21퍼센트나 급증하여 무역 흑자가 32억 달러에 이르렀다. 그중 금 수출액이 10억 5,000만 달러였다. 금 모으기 운동은 기업과 노동계, 정치권 등 각계각층의 이해관계자가 국난 극복을 위해 하나가 되었음을 대내외에 알리는 상징적 사건이었다. 금 모으기는 외국인들이 한국을 바라보는 시각에 영향을 주었다. 그들에게 이런 국민이라면 충분히 경제위기를 극복할 수 있을 것이라는 믿음을 갖게 했다.

외환 위기 극복에는 김대중이 해외에 구축한 광범위한 인적 네트워크와 인권운동가로서의 명성도 큰 몫을 했다. 김대중은 국제 금융 투자자인 조지 소로스George Soros 퀀텀펀드 회장을 초청했다. 그는 김대중의 인권과 민주화 투쟁 경력을 높이 평가하고 있었다.

"김대중 대통령 당선자 같은 민주적 지도자가 있는 나라는 국제사회가 지원해야 합니다. 내가 앞장서서 한국에 투자하겠습니다."

소로스 같은 세계적 투자자의 약속은 다른 해외 투자자들을 모으는 데도 긍정적 영향을 미쳤다. 김대중의 명성을 믿고 한국을 돕겠다는 투자자들이 연거푸 한국을 찾았다.

이 모든 일이 1998년 2월 25일 대통령에 취임하기 전 68일 동안에 일어났다. 김대중은 대통령 취임 전 당선자 신분으로 이미 IMF 위기 극복을 위한 큰 틀의 설계도를 완성했다. 김대중은 이 일련의 과정을 거치면서 큰 고비를 넘겼다는 안도감과 위기를 극복할 수 있다는 자신감을 가졌다. 국민에 대한 존경과 신뢰감도 더 커졌다. 김대중에게 국민은 하느님, 역사와 함께 그의 3대 신앙 중 하나였다.

정권교체기를 맞이하여 전두환·노태우의 사면·복권 문제가 현안으로 대두되었다. 김영삼은 퇴임 전 두 전직 대통령 문제를 해결하고 싶었다. 그러나 국민 여론은 찬·반으로 나누어져 있었다. 게다가 대통령 당선자는 전두환이 사형을 시키려 했던 김대중 바로 그 사람이었다. 전두환·노태우의 사면·복권은 김대중의 동의 없이는 상상하기 어려웠다.

국민의 시선이 김대중에게 집중되었다. 김대중이 사면·복권에 동의하면 광주 시민들을 비롯하여 민주 진영에서 비난이 쇄도할 게 뻔했다. 반면 사면·복권에 반대할 경우 보수 진영에서는 김대중이 정치보복에 나섰다고 비난할 상황이었다. 김대중은 어떤 선택을 하든 일정한 비판을 받아야 할 운명에 처해 있었다.

김대중은 전두환·노태우의 사면·복권에 동의했다. 이 선택은 결코 정치적 이해관계에 따른 것은 아니었다. 정치보복 근절이라는 그의 신념에 따른 것이었다. 그는 1980년 사형 선고를 받고 법정에서 최후 진술을 하면서 지지자들에게 민주주의가 도래하더라도 정치보복을 하지 말라고 부탁했다.

"내가 죽더라도 다시는 이러한 정치보복이 없어야 한다는 것을 유언으로 남기고 싶다."

그 유언 같은 약속을 그는 17년 후 실행에 옮겼다. 김대중이 전두환의 사면·복권에 동의하지 않는다고 그것을 정치보복이라고 말할 수는 없다. 전두환은 그가 저지른 광주 학살과 부정 축재로 인해 징벌을 받았기 때문이다. 그러나 당시 전두환 문제는 그런 합리적 논리로 풀 수 있는 문제가 아니었다. 그 문제는 감정과 진영 대립의 문제였다. 특히 김대중을 반대하는 사람들에게 그랬다.

김대중이 전두환·노태우의 사면·복권에 동의하면서 전두환·노태우는 12월 22일 감옥에서 풀려났다. 전두환이 석방되면서 말했다.

"관록을 갖추고 믿음직한 김대중 당선자가 당선된 것을 기쁘게 생각합니다."

물론 광주 시민을 비롯하여 민주 진영에서 반대가 많았다. 당선되자마자 그를 열렬히 지지한 사람들의 뜻과 배치되는 결정을 해야 하는 김대중의 마음도 편할 리 없었다.

"피해자가 가해자를 용서해야 진정한 화해가 가능하다."

김대중은 자신이 두 전직 대통령의 사면·복권에 동의한 것은 앞으로 더는 정치보복이나 지역적 대립은 없어야 한다는 염원이 담긴 조치라면서 반대자들의 이해를 구했다.

김대중의 용서 철학은 전두환 등 신군부에게로 한정하지 않았다. 그는 대통령에 당선된 후 측근을 이후락에게 보냈다.

"김대중 대통령 당선자께서 이 부장께 외국에 나갈 생각 말고 국내에서 편하게 지내도 된다고 말씀하셨습니다."

"무슨 의미이지요?"

"정치보복을 하지 않겠다는 말씀이십니다."

이후락은 잠시 생각에 잠겼다가 입을 열었다.

"김대중 당선자님께 감사하다는 말씀 전해 주십시오. 대통령으로서 큰 성공을 빈다는 말씀도 전해 주십시오."

이후락은 1973년 김대중을 도쿄에서 납치하여 바다에 수장하려 했던 사람이었다.

김대중은 정치보복 근절이라는 그의 정치적 소신을 2월 25일 대통령 취임식에서 다시 한번 밝혔다.

"국민의 정부는 어떠한 정치보복도 하지 않겠습니다. 어떠한 차별과 특혜도 용납하지 않겠습니다. 다시는 무슨 지역 정권이니 무슨 도 차별이니 하는 말이 없도록 하겠다는 것을 굳게 다짐합니다."[109]

김대중은 취임 5개월이 지난 1998년 7월 31일 전직 대통령들 내외를 초청하여 만찬을 함께 했다. 최규하, 전두환, 노태우, 김영삼 등 전직 대통령 모두가 참석했다. 생존해 있는 전직 대통령 모두가 청와대에서 현직 대통령과 만찬을 함께한 것은 우리 헌정사에서 처음 있는 일이었다. 김대중은 이후에도 외국 출장 등을 갔다 오면 전직 대통령들을 초청하여 정상회담 결과나 주요 국정 현안을 보고했다. 이 경우 김영삼은 불참해도 전두환은 빠짐없이 참석했다. 대통령 부부가 참석한 경우 대통령 테이블에서는 전두환이, 배우자 테이블에서는 이순자가 대화를 가장 유쾌하게 이끌었다.

"청와대에 가서 대접 잘 받고 왔습니다."

전두환이 청와대에 갔다 와서 하는 말이었다.

주변에서 수군덕거렸다.

"낯이 참 두꺼운 사람이다. 자기가 죽이려고 한 사람이 저렇게 성의를 다해 대우를 해 주면 자신도 과거 자기가 저지른 행위에 대해 반성 같은 것을 조금은 할 만도 한데……"

김대중의 큰아들 홍일은 1980년 김대중이 체포되었을 때 함께 체포되어 모진 고문을 당했다. 그는 15-17대 국회의원을 했지만, 고문 후유증으로 평생 다리를 절었고 파킨슨병을 앓아 마지막 15년 동안은 거의 거동을 하지 못했다. 김대중은 그런 아들을 보면서 뼛속까지 아파했다.

김대중은 그런 안타까움 마음을 측근인 박지원에게 다음과 같이 토로했다.

"결국, 나는 성공했다고 볼 수 있겠지만 우리 아들들, 특히 우리 큰아들 홍일이를 보면 가슴이 미어져서 살 수가 없어요."[110]

김대중은 이렇게 자신을 죽이려 한 것에 덧붙여 그의 자식들에게까지 모진 고문을 했음에도 전두환을 용서했다. 그러나 전두환은 사면·복권 후에 자기가 주도하여 저지른 광주 학살에 대해 한 번도 진심 어린 사과를 한 적이 없었다. 진상 규명 작업에도 전혀 협조하지 않았다. 이 때문에 김대중이 용서와 국민통합 차원에서 전두환과 노태우 등을 용서한 것의 의미가 반감되고 말았다.

18. 경제 대통령

1998년 2월 25일 김대중이 제15대 대통령에 취임했다. 그는 그날 저녁 축하 리셉션을 마치고 대통령 관저로 들어갔다. 안방이 운동장처럼 넓었다. 김대중·이희호 부부가 방 한가운데 앉아 9시 뉴스를 보면서 대화를 나눴다.

"드디어 대통령이 되셨습니다. 하느님께 감사드리고 국민들 잘 살게 해 주세요. 진심으로 축하해요."

"당신도 수고가 많았소."

"내가 한 일이 뭐 있다고요."

"아니요, 당신이 없었으면 나에게 오늘이 있었겠소."

김대중이 이희호의 손을 쥐었다. 긴장된 긴 하루였다. 각자 기도하고 11시쯤 잠자리에 들었다.[111]

김대중 정부의 최대 과제는 IMF 위기 극복이었다. 이규성 재경부 장관, 이헌재 금감위원장과 함께 진념 기획예산위원장, 강봉균 경제수석 등 4인이 전면에서 외환 위기의 수습을 떠맡았다. IMF 위기를 최일선에서 지휘할 이규성과 이헌재는 모두 자민련에서 추천한 사람들이었다. 김대중은 처음에 김용환 비상경제대책위원장을 재경부 장관에 임명하고 싶었으나 김 위원장이 한사코 사양하여 이규성을 재경부 장관에 임명했다.

김대중은 인사의 원칙으로 진영논리를 배격하고 철저히 능력 중심과 통합정신, 그리고 그 인사 시점의 국민 정서를 중시했다. 그가 청와대 초대 비서실장에 노태우 정부에서 정무수석을 한 김중권을 임명한 것도 같은 이치였다. 결과적으로 김대중의 이런 인사정책은 소수 정권의 한계와 IMF 위기의 극복 등 당면 과제를 해결하기 위해 최선을 다하겠다는 그의 국정 운영 철학의 반영이었다.

대통령 당선자 시절 급한 불은 껐지만, 외화를 지원해 준 IMF와 미국 정부는 근본적 경제개혁을 촉구했다. IMF 등 국제기관의 외채 연장이나 외자 유치 등은 개혁 없이는 기대할 수 없었다. 그런데 김대중은 외국의 채근이 아니라 하더라도 이번 기회에 한국 경제의 체질을 근본적으로 바꿀 필요가 있다고 생각했다. 그는 이번 기회를 관치경제를 청산하고 진정한 시장경제로 옮겨가는 전화위복의 기회로 삼고자 했다. 이를 위해 김대중 정부는 금융개혁, 기업개혁, 공공기관 개혁, 노동 부문 개혁 등 4대 개혁을 추진했다.

4대 개혁 중 가장 역점을 둔 것은 금융개혁이었다. 금융개혁의 주내용은 관치 금융을 청산하는 것이었다. 당시 은행의 부실 대출 규모는 약 120조 원이나 되었다. 6월 29일 이헌재 금융감독위원장은 동화·동남·대동·경기·충청 등 5개 은행의 퇴출을 공식 발표했다. 과거에는 상상할 수 없는 일이었다. 그러나 거기서 멈추지 않았다. 외환·조흥·한일·상업·평화·강원·충북 등 7개 은행은 경영진 대폭 개편과 유상 증자 규모 확대 등을 조건으로 경영 정상화 계획을 승인했다. 구조 조정 과정에서 5개 은행 직원 5,000여 명이 자리를 잃었다. 은행 외의 금융기관에 대한 구조 조정도 대대적으로 단행했다. 2,101개의 금융기관 중 659개가 문을 닫았다.

금융 구조 조정에 약 50조 원의 막대한 공적자금이 필요했다. 취임 전 제일은행 등에 투입된 자금까지 합하면 모두 64조 원의 공적자금이 조성되었다. 당시 1년 정부 예산은 100조 원 정도 규모였다.

우리 경제가 위기 상황을 맞이한 주요 배경 중 하나는 대기업의 방만한 경영이었다. '대마불사'의 속설 아래 특혜 대출을 받아 외형을 키우는 데 골몰한 기업 관행을 깨지 않고는 경제개혁을 기대하기 어려웠다. 김대중은 당선자 시절에 삼성 이건희, 현대 정몽구, 대우 김우중, LG 구본무, SK 최종현 회장 등 5대 그룹 총수들과 만나 5개 항에 합의했다. 기업 경영의 투명성 제고, 상호 지급 보증 해소, 재무 구조의 획기적 개선, 핵심 주력 사업으로의 역량 집중 및 중소기업과의 협력 강화, 지배 주주와 경영자의 책임성 강화 등이 그것이다. 은행을 통해 기업의 그릇된 관행을 바로잡도록 했다. 퇴출 대상 기업으로 55개가 선정되었다. 거기에는 5대 재벌기업 계열사 20개도 포함되었다.

1999년 대우그룹 사태가 발생했다. 대우는 IMF 사태가 발생할 당시 현대, 삼성에 이어 재계 3위의 대기업이었다. 세계경영을 표방한 대우그룹은 채무비율이 다른 대기업보다 높았다. 자연히 IMF 고금리 체제하에서 불리한 처지에 놓일 수밖에 없었다.

김대중과 김우중 회장이 청와대에서 만났다. 이날의 만남은 김우중이 먼저 요청하여 이루어졌다.

"대통령님, 걱정을 끼쳐 죄송합니다."

"김 회장, 사태 수습을 위한 복안이 있습니까?"

"대우가 삼성차를 인수하고 대신 대우전자를 삼성에 넘기겠습니다. 물론 이 외에도 대우그룹에 대한 자체 구조 조정도 열심히 하겠습니다."

"좋은 방안입니다. 삼성의 대표적인 부실기업이 삼성차인데 그것을 대우가 인수하고 대우의 대표적인 우량기업인 대우전자를 삼성에 넘긴다면 대우의 구조 조정 의지가 그만큼 강하다는 것을 시장에 알리는 것이기 때문에 좋은 반응이 있을 것 같습니다."

그러나 김우중이 구상했던 '빅딜'안은 성사되지 못했다. 구조 조정이 성과를 못 내자 대우그룹의 주가가 곤두박질쳤다. 대우그룹 계열사 대부분이 부도 위기에 몰렸다. 대우그룹 12개 사가 시장의 압력을 이겨내지 못하고 워크아웃(기업의 재무 구조 개선작업)에 들어갔다. 워크아웃에 들어간 1998년 8월 26일은 김우중의 신화가 깨진 날이었다.

김대중 정부 당시 전경련 회장을 맡고 있던 김우중은 김대중과 좋은 관계였다. 김우중은 김대중이 야당 시절 그와 야당에 많은 도움을 주었다. 김대중은 김우중의 경영 능력과 품성을 높이 평가했으며, 대우그룹이 강력한 구조 조정을 통해 재건하기를 진심으로 바랐다. 그러나 대우그룹은 시장의 기대에 부응하지 못했다. 대통령인 김대중도 더는 어쩔 도리가 없었다. 김대중은 김우중이 구조 조정에 왜 그렇게 망설였는지 모르겠다고 안타까워했다.[112]

대우그룹 사태는 금융권을 다시 흔들어 놓았다. 제2의 경제위기설이 나돌았다. 추가 공적자금이 필요했고 추가로 40조 원의 공적자금을 조성했다. 이로써 1차까지 합하면 총 104조 원의 공적자금이 IMF 위기 극복에 투입되었다. 투입액 중 회수하여 다시 투자한 액수까지 합하면 김대중 대통령 재임 중 조성된 공적자금은 총 159조 6,000억 원에 이르렀다.[113]

IMF가 발생할 당시 현대그룹은 정주영 회장이 일선에서 물러나고 차남인 정몽구와 5남인 정몽헌 공동회장 체제로 운영되었다. 2000년 두 공동회장이 현대그룹의 경영권 문제를 놓고 다투었다. 그러다가 정몽헌이 아버지 정주영의 낙점을 받아 단독회장 체제로 현대그룹을 이어받았다. 경영권 싸움에서 패배한 정몽구는 현대그룹에서 나와 자동차를 중심으로 현대차 그룹을 별도로 만들었다. 이를 가리켜 세간에서는 '현대가家 왕자의 난'이라고 불렀다.

그런데 2000년 말경 현대그룹의 주력 기업인 현대건설과 현대전자가 휘청거리면서 현대그룹마저 위기에 빠졌다. 다행인 것은 사태가 발생할 당시 현대자동차와 현대중공업 등이 현대그룹에서 분리된 상태여서 현대그룹 사태는 대우그룹 사태처럼 크게 확산되지 않았다는 점이다.

IMF 위기를 극복하기 위해서는 개혁을 실시하여 경제구조를 튼튼하게 하면서 다른 한편으로는 실업 등 국민의 당면한 고통을 완화해야 했다. 다행히 외환 위기는 1998년을 넘기면서 어느 정도 희망적 전망을 할 수 있게 되었다. IMF 지원금으로 부도 위기를 넘겼고, 수출이 증가하고 수입은 감소하면서 무역 흑자도 발생했다. 경제성장률도 1998년의 마이너스(−)에서 1999년에는 본격적으로 플러스(+)로 전환하여 1/4분기 5.8퍼센트, 2/4분기 11.2퍼센트, 3/4분기와 4/4분기 13.0퍼센트를 기록했다. 연간으로는 10.9퍼센트의 높은 성장률이었다.

그러나 실업 문제는 쉽게 개선되지 않았다. 금융 위기는 1997년 말에 발생했지만, 실업 등 국민이 직접 피부에 느끼는 경제위기는 사실상 1998년부터 본격화되었다. 환율과 대출 이자가 높아지면서 부채가 많은 기업의 부도 사태가 속출했다. IMF 첫해인 1998년 매달 약 2,700여 개의 기업이 도산했다. 한 해에 무려 3만 9천여 개의 공장이 문을 닫았으며 150여만 명의 실업자가 발생했다. 1997년 12월의 실업률은 3.1퍼센트였으나 1999년 2월에 8.7퍼센트 까지 치솟았다. 체불임금 또한 치솟아 1997년 10월 노동부에 신고된 체불임금만 벌써 6,500여억 원에 달했다.

경제적 파산은 사회적 파산을 의미했다. IMF 사태와 함께 파산과 실업, 자살률 급증, 가족 해체, 출산율 저하, 양극화, 고용 불안, 청년 실업률 등 향후 오랫동안 한국 사회를 괴롭히게 될 암울한 그림자가 생겼다.[114] 야당에서는 실업자 문제 등을 부각하면서 정부를 연일 공격했다. 일부에서는 실업자 숫자가 150만 명을 넘어서면 민란이 일어날지 모른다고 위협했다.

김대중 정부 출범 1주년을 맞이한 1999년 초 우리 경제 지표는 많이 호전되었다. 취임 당시 38억 달러에 그쳤던 외환보유고가 520억 달러로 늘어났다. 외환보유고 증가는 주로 무역 흑자 덕분이었다. 1997년 무역 적자가 87억 달러였는데 1998년에는 거꾸로 무역 흑자가 399억 달러에 달했다. 무역 흑자가 크게 증가한 것은 급격한 환율 상승 때문이었다. 무역 흑자가 경제 활성화의 결과가 아니라는 점에서 결코 정상적인 상황으로 볼 수는 없지만 당장 외환위기를 극복하는 데는 청신호가 아닐 수 없었다. 1999년 1월 19일 국제신용기관 피치사가 한국의 국가신용등급을 BB + (투기적)에서 BBB- (투자적격)로, 무디스는 Ba1 (투기적)에서 Baa3 (투

자적격)으로 상향 조정했다.[115]

외환위기가 발생한 지 1년쯤 지나자 국민들 사이에서 경제회복이 더디다는 여론이 일어났다. IMF 위기는 어느 정도 고비를 넘겼는데 실제 삶의 현장에서는 경기 회복을 체감하기 어렵다는 것이다.

"힘들어 못 살겠다."

"미국 루스벨트 대통령은 대통령에 취임하자마자 대공황을 깨끗하게 처리했다던데 김대중 대통령은 왜 그렇게 못하지."

"선거 때 준비된 대통령이라고 했는데 아닌 것 같아."

김대중이 국민의 여론을 모를 리 없었다. 그는 '국민과의 텔레비전 대화' 시간을 갖고 현재의 상황을 '아랫목 윗목론'으로 설명했다.

"우리 경기의 현실은 차디찬 방 아궁이에 불을 지폈는데, 아랫목에서 약간 훈기를 느끼지만 윗목은 찬 것과 같습니다. 경기가 좋아지면 윗목에도 자연히 훈기가 갈 것입니다."[116]

한국은 2001년 8월 23일 IMF에서 차입한 구제금융 195억 달러 중 남아 있던 1억 4000만 달러를 상환했다. 예정보다 3년 앞당긴 전액 상환이었다. 이로써 굴욕적인 '경제 신탁통치'는 끝났다. 2001년 9월에는 외환보유고가 1,000억 달러를 넘었다. 아르헨티나 등 많은 나라가 IMF 위기를 극복한 후에도 제2, 제3의 IMF 체제에 들어갔다. 경제는 심리라고 하는데 외환보유고 1,000억 달러 돌파와 계속된 확충은 외환 위기 재발에 대한 두려움을 떨쳐버리는 데 큰 도움이 되었다.

2002년 봄 무디스사는 우리나라 신용 등급을 2단계 상향 조정했다. 드디어 한국의 신용이 A등급을 회복했다. 피치사도 우리나라 신용 등급을 A로 상향 조정했다. 4년 만에 투자 부적격 등급에서 A등급을 회복한 것이다. 외환 위기를 겪은 남미 국가나 아시아 국가 중 유일한 A등급 국가가 되었다.

김대중이 IMF를 극복하는 과정에서 보여준 리더십 중에서 인상 깊은 것 중의 하나는 설득력이었다. 김대중의 설득력은 뛰어난 언변과 더불어 학자 못지않게 해박한 지식을 배경으로 했다. 그는 남과 대화할 때는 수험생처럼 관련 자료를 철저히 예습했다. 그에게는 민주화 투쟁 과정에서 획득한 도덕성과 카리스마가 있었다. 그의 설득력은 국가 부도를 막기 위해 노동계와 손을 잡는 과정에서 유감없이 발휘되었다. 그는 여소야대 정국에서 소수 정권의 한계가 드러날 때는 시민사회와 국민에게 직접 호소하는 방식으로 국면을 타개했다. 그의 설득력은 때로는 성직자의 강론처럼 계몽성을 띠기도 했다. 상대방의 의견을 귀담아듣기보다는 자기주장을 일방적으로 주입하는 경향도 보였다. 하지만 전체적으로 그의 언어는 긍정적 영향력을 더 많이 발휘했다.[117] 김대중의 설득력은 그가 성공한 대통령이 되게 만든 큰 자산이었다.

외환 위기는 조기에 극복했지만, 화이트칼라 계층과 자영업자들이 실업과 함께 대거 무너졌다. IMF 처방책인 고금리는 부자를 더욱 부자로 만든 반면에 가난한 자는 더욱 가난하게 만들었다. 기업의 경제적 어려움과 노동시장의 유연화는 실업자의 증가만이 아니라 노동의 질적 저하를 수반했다. 기업은 미래에 대한 불안 때문에 근로자를 채용할 때 정규직보다는 비정규직 채용을 선호했다. 청년 실업과 불안한 생활 조건은 다시 젊은이들의 결혼을 지연 내지 어렵게 했고 저출산 현상으로 이어졌다.[118] 이렇게 한국은 IMF 체제로부터 조기 졸업했지만, 그 후유증은 향후 오랫동안 한국 사회를 괴롭히는 주요 요인이 되었다.

1997년 외환 위기가 남긴 교훈은 재벌을 적절한 수준에서 통제할 수 있어야 한다는 점이었다.[119] 그러나 재벌 개혁과 통제는 제한적 수준에서만 성과를 냈다. 이른 시일 내에 경제위기에서 벗어나야 한다는 국민적 여론과 김대중 정부의 실용주의는 결과적으로 재벌 개혁을 제한적인 수준에서 마치게 했다.

한국이 IMF 위기 상황에 부닥쳤을 때 말레이시아도 같은 어려움을 겪고 있었다. 마하티르 말레이시아 총리는 내각제하에서 1981년 총리로 취임한 이래 2003년까지 22년 동안 총리를 지냈다. 그는 총리에 취임하자마자 서구 세계에 과도하게 의존하던 외교와 경제정책을 과감하게 버렸다. 마하티르는 아시아 금융 위기의 주범은 국제적 투기성 자금이며, 이 환투기를 극복하기 위해 국제 금융 감시와 환율 거래 감시 체제를 만들어야 한다고 주장하면서 IMF 체제를 거부했다.

반면에 김대중은 IMF의 처방책이 지나치다고 비판하면서도 IMF와 협력 없이는 경제위기를 극복할 수 없다고 생각했다. 그는 단기 자본의 문제점에 동의하면서도 아시아가 당면한 위기를 극복하기 위해서는 자유로운 시장 질서 구축을 목표로 하는 개혁과 개방이 필수적임을 강조했다. 그는 개혁과 개방의 당위성을 '보편적 세계주의'로 정리했다. 그는 세계적인 문명사적 변화는 지구공동체를 기반으로 한 보편적 세계주의를 향하고 있다고 주장하고, 21세기는 "오직 세계와 더불어 한편으로는 경쟁하고 한편으로는 협력하는 길로 나아가야 한다"고 주장했다."[120]

IMF 체제의 수용을 전후한 시점에서, 우리나라가 모라토리엄을 선언하는 한이 있더라도 IMF의 무리한 요구를 수용해서는 안 된다고 주장하는 사람들이 있었다. 김대중 정부에서 금융감독위원장과 재정경제부 장관을 지낸 이헌재도 잠시나마 그런 생각을 했던 사람에 속했다. 이헌재는 우리나라가 IMF 체제로 가기 직전에 개인 자격으로 그리고 12월 말 비상대책위원회에 참가한 후에는 김용환(비상경제대책위원장)과 만나 모라토리엄 문제를 검토했다.

"김 부총재님, IMF 처방책이 너무 가혹합니다. 일부 국민은 우리도 말레이시아나 러시아처럼 모라토리엄을 선포하면서 IMF 체제에 정면 대응해야 한다고 주장하는데 어떻게 생각하십니까?"

"IMF가 우리에게 강요하는 처방책이 우리 실정에 맞지 않는다는 데에 동의합니다. 그런데 우리 경제구조는 러시아나 말레이시아와는 다르다는 점입니다. 판을 깨기에는 위험 부담이 너무 큽니다."

"그게 고민입니다. 말레이시아나 러시아는 부채의 성격이 우리와 다르고 원자재 수출이 많아 끊임없이 달러가 들어오기 때문에 부도를 내고도 버틸 수 있는데 우리는 다릅니다."

"만약 우리나라가 모라토리엄을 선언하면 모든 것을 현찰로 결제해야 하는 데 원료를 수입하여 가공하고 다시 수출하는 형태로 돌아가는 한국 경제로서는 도저히 불가능할 것 같습니다."

이렇게 IMF 위기 극복의 사령탑을 맡았던 김용환 비상경제대책위원장과 이헌재 금융감독위 위원장마저 IMF 처방책의 문제점을 인식하고 있었지만, 그들은 우리나라가 말레이시아나 러시아처럼 모라토리엄을 선언하는 것이 불가능하다는 결론을 내렸다.[121]

IT 산업 분야는 김대중이 재임 기간 가장 심혈을 기울였고 또 큰 성과를 만들어낸 분야이다. 김대중이 정보 통신 분야에 깊은 관심을 보인 출발점은 그가 감옥에서 읽은 앨빈 토플러의 『제3의 물결』이었다. 그는 이 책을 여러 차례 정독했고 그 내용에 큰 충격을 받았다. 그는 책을 읽고 감옥 독방에서 미래를 구상하며 즐거운 상상에 젖었다.

"미래에는 전혀 다른 세상이 오는구나."

김대중은 대통령에 당선된 후 감옥에서 그린 미래 사회의 지도를 직접 실천하기로 했다. 그는 IMF 위기 극복에 매진하면서도 다른 한편 지식과 정보 강국이라는 새로운 비전을 제시했다.

그의 대통령 취임사 중 일부이다.

"새 정부는 우리의 자라나는 세대가 지식 정보 사회의 주역이 되도록 힘쓰겠습니다. 세계에서 컴퓨터를 가장 잘 쓰는 나라를 만들어 정보 대국의 토대를 튼튼히 닦아 나가겠습니다."

그는 1998년 광복절 경축사에서도 지식·정보 혁명의 시대가 우리에게 절호의 기회를 줄 수 있다고 주장했다.

"인류의 역사는 시대의 격변기마다 새로운 승자를 배출해 왔다. 18세기 말 산업혁명이 영국을 세계의 패자로 만들었고 19세기 말 제2차 산업혁명이 독일과 미국을 세계 시장의 강자로 만들었다. 이제 21세기 지식혁명의 시대가 도래했고 우리는 이 새로운 기회를 활용해야 한다."

김대중은 대통령 취임 직후인 4월 7일 미래학자 앨빈 토플러를 만났다. 그 자리에서 토플러는 김대중의 정보화 정책을 높이 평가했다.

"주위에 정보화라든지 새 시대의 중요성에 대해 정확한 인식과 중요성을 알고 있는 지도자가 많지 않습니다. 대통령께서 정보화에 대해 깊은 인식과 비전을 갖고 계신 것에 존경을 표합니다."

김대중은 IT 산업 육성의 책임을 지고 있는 정보통신부 장관에 남궁석을 임명했다. 김대중이 남궁석을 정보통신부 장관으로 발탁할 당시 그는 삼성 SDS 사장이었다.

"정통부는 21세기 국운을 좌우하는 중요한 부서입니다. 빨리 업무를 파악해서 삼성을 일으켜 세웠듯이 이 나라를 세워 주십시오."

김대중은 임기 초에 빌 게이츠 마이크로소프트 회장과 손정의 소프트뱅크 사장을 만났다. 김대중이 두 사람에게 한국 경제의 나아갈 방향에 관해 묻자 손정의 사장이 답했다.

"첫째도 브로드밴드, 둘째도 브로드밴드, 셋째도 브로드밴드입니다. 한국은 브로드밴드에서 세계 최고가 되어야 합니다."

손 사장이 말한 브로드밴드broadband는 초고속 인터넷을 사용하기 위한 광역 통신망을 의미하는데 당시는 생소한 용어였다. 그러나 김대중은 그 의미를 바로 알아챘다. 그는 즉각 정보통신부에 초고속통신망을 빠른 시일 내에 구축할 방안을 찾도록 지시했고, 실제로 1999년부터 초고속 정보 통신망에 본격 투자했다.

2000년 12월 정보고속도로를 개설했다. 전국 144개 주요 지역을 광케이블 초고속 정보 통신망으로 연결했다. 2001년 2월 25일, 취임 3주년을 맞아 정부 중앙청사와 과천청사를 연결해 사상 첫 '영상 국무회의'를 열었다. 정보고속도로 개설 덕분에 초고속 인터넷 이용자가 폭증했다. 1999년에 37만 가구에 불과하던 가입자가 2002년 10월에 1,000만 가구를 넘었다. 인터넷을 사용하는 인구도 1997년 말 163만 명에서 2002년 말에는 2,700만 명으로 증가했다. OECD는 2001년 말 기준으로 한국의 초고속 인터넷 보급률이 100명 당 17.6명으로 회원국 중 1위라고 발표했다. 당시 미국은 4.47명이었다.

21세기 들어서 처음 열리는 한일 월드컵 축구 대회는 2002년 5월 31일 서울에서 개막식을, 도쿄에서 폐막식을 열었다. 김대중은 월드컵을 'IT 월드컵'으로 만들어 지구촌에 IT 강국의 인상을 심어주고자 했다. 치밀하게 준비하게 했다. 월드컵 기간 세계 최초로 디지털 HD 텔레비전을 선보였다. 서울 상암경기장에서 개최된 개막식은 우리 전통문화와 최첨단 IT 기술을 접목하여 전 세계인들을 감탄케 했다.

정부의 정보 통신 사업은 국제적으로도 인정을 받았다. 슈뢰더 독일 총리는 2002년 3월 한국을 방문한 자리에서 한국의 정보 통신 산업의 발달을 부러워했다.

"한국은 세계에서 가장 빠르게 IT 산업이 성장한 국가이며 독일도 한국을 따라잡고자 노력하고 있습니다."

2003년 서울시는 세계 100대 도시를 대상으로 한 전자 정부 평가에서 1위를 차지했다. IT를 전통산업에 접목하는 시도도 있었다. 한국은 IMF 위기 속에서 IT 강국이라는 새로운 비전 아래 새로운 경제 강국을 지향해 가고 있었다.

그러나 채워지지 않은 부분도 있었다. 소프트웨어 부문이 그랬다. 하드웨어 부문은 정부의 강력한 의지 때문에 이른 시일 내에 발전했지만, 소프트웨어 부문은 더 많은 시간이 필요했다. 김대중의 말이다.

"우리는 IT 강국의 건설에서 큰 성과를 얻었습니다. 그러나 소프트웨어 부문은 여전히 취약합니다. 이 부분은 시간이 더 필요한 것 같습니다."[122]

앨빈 토플러는 기회가 있을 때마다 김대중의 업적을 기렸다.

"한국민은 뛰어난 지도자를 지녀서 행복한 국민이다. 한국민은 김대중 대통령에게 많은 빚을 지고 있다."[123]

19. 더 나은 국가 만들기

    김대중은 문화·예술 분야에 특별한 관심을 가졌다. 그는 야당 지도자 시절 바쁜 일정에도 불구하고 틈이 나면 연극, 뮤지컬, 영화를 보러 갔다. 그는 손숙의 연극을 좋아했다. 그는 판소리에 추임새를 넣을 줄 알았고 꽹과리, 장구, 북도 조금은 칠 줄 알았다. 그는 어느 해 여름날 냉방장치도 가동하지 않는 극장에 가서 3시간 동안 안숙선 명창의 「수궁가」를 들었다. 판소리를 좋아했던 그는 영화 「서편제」의 주인공 오정해의 결혼식 주례도 섰다. 그는 차 안에서 서태지의 노래를 자주 듣곤 했다. 그가 좋아하기 때문인지 서태지는 김 대통령 퇴임 후 동교동으로 그를 찾아왔다. 이미자, 신형원, 이선희 등 다른 문화예술인 중에도 김대중의 집을 찾아온 사람들이 많았다.

    김대중은 그의 저서 『이경규에서 스필버그까지』에서 이선희, 이미자, 현미, 김혜자, 최명길, 안성기, 신애라와 차인표, 임권택, 이장호 등 많은 문화예술인에 대한 소감을 피력했는데 대부분 자신이 직접 만나 느낀 것을 토대로 썼다.[124] 그는 코미디언 이경규, 최양락·팽현숙, 이봉원·박미선 부부 등도 좋아했다. 김대중과 코미디언 사이에 대화가 잘 통한 것은 그의 풍부한 유머 감각이 한몫했다.

김대중이 1992년 정계 은퇴를 한 후 그의 사무실에는 공연과 전시 초대권이 수북이 쌓였다. 그가 영화, 연극 등을 즐긴다는 소식이 알려졌기 때문이다. 1992년 선거에서 패배 후 정계 은퇴 상태에 있던 시절 그는 '엘레지의 여왕' 이미지의 세종문화회관 공연이 어렵게 되었다는 소식을 들었다. 대중 스타에게 대관을 허용해 주지 않는 전통 때문이라고 했다. 그는 바로 세종문화회관 측에 연락하여 공연을 허용해 달라고 요청했다. 그 후 대중 스타들의 세종문화회관 공연이 가능해졌다. 그는 문화 예술을 이해하고 또 문화예술인들과 가까이 지낸 대표적 정치인이었다.

김대중은 대통령이 된 후 1998년 10월 일본 방문 시점에서 일본 대중 문화 개방 조처를 하려 했다. 참모들이 우려했다.

"대통령님, 일본 대중문화를 개방할 경우 일본의 저질 문화 등이 들어와 부작용을 일으킬 수도 있습니다. 그 경우 큰 문제가 야기될 수 있습니다."

"나는 반대로 생각합니다. 일본 문화를 강제로 막으면 양질의 문화는 들어오지 않는 대신 폭력, 섹스 등 저질 문화만 몰래 스며들 것입니다. 지금도 그러고 있습니다."

"저희도 대통령님의 판단이 옳다고 생각합니다만, 만일의 사태에도 대비해야 할 것 같습니다. 만일 일본 문화 개방이 우리 문화 예술계에 부정적 영향을 미칠 경우 그 비난은 모두 대통령님에게 쏟아질 것입니다. 야당 등 일부에서는 반일감정과 결부하여 대통령님을 비난할 것입니다."

"나도 모험이란 것을 잘 압니다. 그러나 나는 우리 문화의 우수성에 대한 확신이 있습니다. 우리가 중국 문화를 많이 받아들였지만, 거기에 흡수되지 않고 중국 문화에 우리의 독창성을 보태 지금과 같은 높은 수준의 우리 문화를 만들었습니다."

참모들의 우려처럼 당시 국내에서는 일본 문화 개방이 시기상조라는 의견이 우세했다. 우리 문화의 경쟁력이 일본 문화에 뒤져 일본 문화를 개방할 경우 문화 식민지가 될 수 있다는 것이다. 이런 우려를 무릅쓰고 일본 문화를 개방하는 것은 큰 모험이었다. 그런데도 김대중은 일본 문화를 개방했다.

김대중의 예상대로 일본 대중문화 개방은 대성공이었다. 우리 국민이 우려했던 것과 정반대로 일본에 한류열풍이 불었다. 일본 문화 개방은 일본 문화의 무차별 수입이 아니라 오히려 우리 문화가 일본으로 수출되는 큰 전환점 역할을 했다. 일본의 대중문화 개방 조치는 김대중이 평소 한국 문화에 대해 가졌던 자신감의 반영이었다.

김대중은 대통령 재임 중 문화 부문 예산을 사상 처음으로 전체 예산의 1퍼센트가 되도록 편성하게 했다. 그는 문화예산 1퍼센트 안을 대통령 선거 때 공약으로 제시했는데 취임하여 실제로 이행한 것이다. 김대중은 최측근인 박지원을 1999년 5월부터 2000년 9월까지 문화관광부 장관에 임명했다. 청와대 등 항상 가까이에 있게 했던 그를 문화관광부 장관에 임명한 것도 그가 문화정책에 매우 큰 비중을 두고 있음을 말해준다.

"적극적으로 지원하되 간섭은 하지 않는다."

이는 김대중의 문화정책 기조를 압축적으로 설명해 주는 말이다. 영화계의 경우 영화진흥위원회를 설립하고 영화 지원 사업을 본격화했다. 김대중은 외국의 강한 압박에도 불구하고 스크린쿼터제를 지켜냈다.[125] 그는 또 1,500억 원의 영화 진흥기금을 조성하는 등 영화산업 진흥에 많은 지원을 했다. 영화 사전 검열제를 폐지하여 표현과 창작의 자유를 신장시켰다.[126]

이러한 일관된 문화정책은 문화 전반에 새바람을 몰고 왔다. 김대중 정부 때 만들어진 영화로서 많은 관람객을 모은 「쉬리」와 「공동경비구역 JSA」 등은 우리의 이념과 현실을 가감 없이 녹여낸 작품으로서 검열이 없었기 때문에 가능했다. 「태극기 휘날리며」, 「실미도」 등도 남북 화해의 분위기가 없었으면 상영되기 어려운 영화였다. 2002년 5월에는 임권택 감독이 「취화선」으로 칸 국제영화제에서 감독상을 받았다. 한국 영화의 시장 점유율이 취임 초기에 25.1퍼센트에서 2001년에 50퍼센트, 2002년에 48.3퍼센트, 2003년 53.5퍼센트가 되었다.

한류가 아시아를 휩쓸었다. 한국 드라마가 아시아 지역 국가들의 안방을 점령했다. 한국의 아이돌이 아시아 청소년들의 우상이 되었다.

2001년에 김대중과 주룽지 중국 총리가 만났다. 그 자리에서 주룽지가 말했다.

"한국의 문화·예술이 싱가포르를 습격했음은 물론이고 중국도 한류韓流가 아닌 '한조韓潮'의 습격을 받아 중국의 배우들이 한국 배우들을 모방하고 있습니다."

김대중이 즐거운 마음으로 대답했다.

"중국이 우리 대중문화를 받아들이는 것은 중국의 문화적 포용력이 크다는 것을 의미합니다. 여유가 있다는 것입니다. 그만큼 소화해 낼 만한 능력이 있다는 것입니다. 중국은 1,500여 년에 걸쳐 중국 문화를 우리에게 수출해 왔으며 우리도 이러한 교류를 통하여 우리 문화의 중심을 잡았습니다. 그런 점에서 중국도 적어도 100년 정도는 우리 문화의 영향을 받아도 문제가 없다고 생각합니다."[127]

대부분의 서구 산업 국가들은 1920년대에 이미 복지국가의 탄생과 관련된 기준점인 GDP 3퍼센트 수준의 사회 복지 지출을 달성하였고, 1930년대에는 5퍼센트 문턱을 넘었다.[128] '요람에서 무덤까지'라는 캐치프레이즈로 널리 알려진 1942년 「비버리지 보고서Beveridge Report」는 제2차 세계대전 후 영국 사회보장 제도 확립의 기초가 되었고, 자본주의 국가들의 사회보장 제도 확립에 큰 영향을 주었다.

그러나 영국에서 비버리지 보고서가 나온 후 반세기가 지날 때까지도 한국에서는 복지 문제가 국가와 국민의 주요 의제로 떠오르지 못했다. 한국은 사회 복지 지출이 1990년대에 겨우 GDP의 3퍼센트 문턱을 넘었으며, 1998년에 비로소 5퍼센트를 달성했다. 그런데도 보수 세력들은 복지 정책의 확대를 주장한 사람들을 향해 좌파주의자라고 매도하고, 심지어는 북한의 노선을 추종하는 위험인물로 분류해 비난과 탄압의 주제로 삼기까지 했다. 이런 현상은 김대중이 집권한 1990년대 말까지도 계속되었다. 1인당 소득이 1만 달러를 넘어선 나라치고는 기괴한 모습이었다. 열악한 복지환경은 지금까지 높은 고용률과 상부상조의 가족 문화로 다소보완되었다. 그러나 IMF 경제위기는 이마저도 와해시켰다. 이제 국가적 차원에서 복지 문제를 더는 미룰 수 없게 되었다.

김대중은 집권 후 유림 지도자를 만난 자리에서 효의 개념에 대해서 다음과 같은 의견을 제시했다.

"저는 자식만이 부모를 섬기는 무조건적 효의 시대는 지나갔다고 생각합니다. 효의 주체를 자식으로 규정한 것은 농경시대 대가족주의의 유물이며, 이제는 국가가 효도를 떠맡아야 합니다."

그는 국가가 효의 일부를 떠맡는 것을 사회적 효도라고 불렀다. 그는 자식의 개인적 효와 국가의 사회적인 효가 합쳐져서 노인을 바르게 모시는 시대가 와야 한다고 했다.

그러나 김대중은 외환 위기 때문에 1999년까지는 복지 문제를 챙길 여유를 갖지 못했다. 그가 오래전부터 구상했던 대중 경제를 대통령이 되어 실천하지 못한 것에 무척 가슴 아파했다. 그는 참모들에게 자주 이런 말을 토로했다.

"왜 하필이면 IMF 시대에 대통령을 해야 하는가. 내가 오랫동안 연구하고 구상했던 경제사회정책은 이게 아닌데."

그는 IMF 위기가 어느 정도 진정된 2000년부터 그동안 미뤄두었던 생산적 복지정책을 본격적으로 검토하기 시작했다. 그는 2000년 1월 4일 신년사에서 '생산적 복지'에 대해 언급했다.

"내가 생각한 생산적 복지의 3대 방향은 국민기초생활 보장, 일을 통한 복지 구현, 삶의 질 향상 기반 구축 등입니다. 이제 우리는 복지를 자선이 아니라 인권의 관점에서 접근해야 합니다."

그는 IMF 체제 이후 우리의 선택은 시장경제 이외에 다른 길이 없다고 판단함과 동시에 생산적 복지는 시장경제의 부작용과 폐해를 바로잡고 보완하기 위해 필수적이라고 주장했다.

김대중 정부의 생산적 복지정책의 출발점은 2000년 10월부터 실시된 국민기초생활보장제도였다. 국민기초생활보장제도는 근로 능력과 관계

없이 최저생계비 이하 저소득층의 기초 생활을 국가가 보장하는 제도이다. 「국민기초생활보장법」은 최저 생활을 받을 헌법상의 권리를 법률에 규정했다. 지난 40년간 시혜적 단순 보호 차원의 생활 보호에서 벗어나 복지가 국민의 권리이며 국가의 의무임을 명확히 밝힌 것이다. 일부 보수층에서 이 제도를 사회주의 정책이라고 비판했다. 그러나 그는 국민기초생활보장제도를 밀고 나아갔다. 이 제도의 시행으로 생계 급여 수급자는 1997년 37만 명에서 2000년에 149만 명, 2002년에는 155만 명으로 증가했다.

4대 보험의 대상자도 크게 확대했다. 김대중 정부는 산재보험과 고용보험의 적용 대상을 1인 이상 사업장까지 확대하여 모든 국민이 실업과 산업재해의 위험에서 벗어나게 했다. 국민연금의 적용 대상은 도시 지역 주민에게까지 확대했다. 1988년 국민연금제도가 도입된 지 11년 만이었다.

아쉬운 것은 국민연금의 확대 과정에서 행정상의 허점이 많이 드러났다는 점이다. 국민의 반발이 커지고 여론이 악화되었다. 그러자 여당 내에서조차 국민연금 확대 일정을 연기하자는 의견이 나왔다.

"국민기초생활보장제와 국민연금 문제로 국민 불만이 많습니다. 야당에서는 이 기회를 틈타 사회주의 정책이라고 연일 비판 성명을 내고 있습니다."

"나도 문제점이 많다는 것을 알고 있습니다. 해당 부서에서 준비가 잘 되었다는 보고를 받고 정책을 시행했는데 허술한 부분이 예상보다 많네요. 그렇지만 달리 생각하면 이 어마어마한 일을 시행하는 데 처음부터 완벽한 출발이 있겠습니까. 이번에 연기하면 앞으로 상당 기간 시행하지 못할 것입니다. IMF 후유증을 보완하기 위해서라도 이 제도는 이번 기회에 반드시 정착시켜야 합니다."

　김대중은 국민과의 대화 시간에 정부의 준비 부족을 국민에게 사과하면서도 시행은 그대로 강행했다. 1997년과 2000년 사회보험 적용인구의 변화를 보면 고용보험은 430만 명→675만 명, 공적연금은 857만 명→1,172만 명으로 증가했다.**129**

　김대중 정부의 복지정책 중에서 중학교 의무교육의 확대도 빼놓을 수 없다. 그동안은 도서 벽지의 일부 학교에서만 실시했지만 2002년부터 이를 전국으로 확대했다. 이로써 국가의 의무교육이 6년에서 9년으로 늘었다.

　김대중 정부가 의욕적으로 추진했고 또 가장 많은 사회 갈등을 일으켰던 정책으로는 의약분업 정책이 있다. 의약분업은 말 그대로 의사는 진단과 처방을, 약사는 조제와 투약을 전담하는 것을 말한다. 2000년 의약분업을 시행하려고 하자 의료계가 강력히 반발했다. 2000년 6월 20일 의료계는 전국적으로 폐업 단행을 선언했다. 본의 아니게 의약분업 문제가 국가적 사안으로 확대되었다. 시행 과정에서 정부의 준비 소홀로 진통이 커졌다. 그러나 김대중은 의약분업을 밀고 나아갔다. 그는 이번에 또 연기하면 의약분업은 향후 오랫동안 시행하지 못할 것으로 판단했다. 의약분업 시행 후 항생제의 사용이 크게 줄어드는 등 효과가 컸다.

　국민기초생활보장제 도입, 국민연금 대상 확대, 건강보험 통합, 의약분업 실시 등은 우리나라 복지정책의 역사에서 큰 전환점이 되었다. 복지정책의 확대는 우리나라가 선진국으로 가기 위한 필수적 코스이고 우리 경제는 이를 충분히 감당할 수 있는 수준이었다. 그런데도 복지정책 확대의 길은 예상 이상으로 어려웠다. 김대중 정부에서 복지부 장관을 맡은 사람은 주양자, 김모임, 차흥봉, 최선정, 김원길, 이태복, 김성호 장관 등 일곱 명이나 된다. 임기가 평균 1년도 못 되었고 다른 부서에 비교해 그 재임 기간이 상대적으로 짧았다. 좋은 일을 시행했지만, 국민연금, 건강보험 통합, 의약분업 실시 과정에서 정부가 큰 어려움을 겪었다는 것을 말해준다.[130]

김대중의 복지 개혁은 한국 복지국가의 태동을 알리는 사건이지 완성은 될 수 없다. 후임 정부들이 낮은 수준에 머무는 조세 부담률을 일정 부문 높여 나가고, 새로 확충된 재원을 사회보험과 공적 부조의 내실화에 투자하여 소득 상실의 위험을 실효성 있게 대비하고, 소득 불평등을 완화해 나가야 하는 과제가 남아 있다.[131]

20. 김대중·김종필 연합정부

　김대중은 대통령 취임식 참석에 앞서 김종필 국무총리와 한승헌 감사원장 임명동의안에 서명했다. 김대중 정부는 국민회의와 자민련의 연합정부였지만 국회에서 양당 의석은 절반을 넘지 못했다. 한나라당 의원들은 대통령 취임식에 참석하지 않았다. 그들은 국회에도 참석하지 않아 총리 임명동의안을 상정조차 못 하게 했다. 표면상의 이유는 김종필이 총리로 적합하지 않다는 것이었다. 하지만 진짜는 김대중 정부에 협조하지 않겠다는 일종의 '몽니 부리기'였다. 새 총리에 대한 인준을 받지 못하게 되니 새 내각의 명단도 발표할 수가 없었다. 할 수 없이 17개 부처의 조각은 퇴임을 하루 앞둔 김영삼 정부의 고건 총리 도움을 받았다. 고건 총리가 장관 대상자들을 제청하는 형식을 빌려 장관을 임명한 것이다. 소수파 정권의 대통령으로서 험난한 5년을 암시했다.

　김대중은 가까운 시일 내에 신한국당이 김종필에 대한 총리 인준안을 통과시켜 줄 것 같지 않다는 판단을 하고 3월 3일 김종필을 총리로 임명했다. 국회 동의를 받지 않았기 때문에 당분간은 '총리서리' 체제를 유지할 수밖에 없었다. 김종필은 그가 서리로 임명된 지 5개월이 지난 8월 17일 국회 임명동의안이 통과되면서 비로소 '서리' 꼬리표를 떼었다.

김대중 정부는 정부 부처 숫자를 23개에서 17개로 줄였다. 청와대 비서진 숫자도 줄였다. IMF 위기 극복을 위해서는 정부부터가 솔선수범해야 한다는 취지에서였다. 17개 정부 부처를 맡은 장관은 국민회의 몫으로 통일부 장관에 강인덕 극동문제연구소장, 외교통상부 장관에 박정수 의원, 법무부 장관에 박상천 의원, 국방부 장관에 천용택 의원, 행정자치부 장관에 김정길 전 의원, 교육부 장관에 이해찬 의원, 문화관광부 장관에 신낙균 의원, 산업자원부 장관에 박태영 전 의원, 농림부 장관에 김성훈 중앙대 교수, 노동부 장관에 이기호 장관(유임) 등이었다.

자민련 추천 몫으로는 재경부 장관에 이규성 전 재무부 장관, 과학기술부 장관에 강창희 의원, 정보통신부 장관에 배순훈 대우전자 회장, 환경부 장관에 최재욱 전 의원, 보건복지부 장관에 주양자 전 의원, 건설교통부 장관에 이정무 의원, 해양수산부 장관에 김선길 의원 등이 임명되었다. 자민련에 경제부처 등 알짜 부처가 돌아갔다. 명실상부하게 공동정부형태를 띠었다.

17개 부처 외에 국가안전기획부장에 이종찬 대통령직 인수위원장, 기획예산위원장에 진념 전 기아그룹 회장, 국무조정실장에 정해주 전 통상산업부 장관, 한국은행 총재에 전철환 전 충남대 교수, 금융감독위원장에 이헌재 비상경제대책위 실무기획단장, 여성특별위원장에 윤후정 전 이화여대 총장, 공정거래위원장에 전윤철 현 위원장이 임명되었다.

김대중은 남북문제에 특별한 관심을 가진 대통령이었다. 자연히 장관 중에서도 통일부 장관에 관심을 두는 사람들이 많았다. 주변의 개혁적 인물들 몇 사람이 자천타천으로 거론되었다. 그런데 전혀 예상치 않게 강인덕 극동문제연구소장이 임명되었다. 강인덕은 중앙정보부에서 오랫동안 근무한 대북 전문가로서 보수적 인물이었다.

주변에서 서운함과 불만을 토로하는 목소리가 많이 나왔다. 측근이 김대중 대통령에게 이런 분위기를 전했다.

"강인덕을 통일부 장관으로 임명한 데 대해 이해할 수 없다는 목소리가 많이 나옵니다."

"그럴 것입니다. 저도 고민을 많이 하여 강 장관을 선택했습니다."

"무슨 특별한 이유라도 있습니까?"

"야당은 물론이요 많은 국민이 내가 북한 문제를 어떻게 다룰지 지켜보고 있습니다. 처음부터 진보적인 인사로 통일부 장관을 임명하면 틀림없이 색깔론을 펼치며 문제를 제기할 것입니다."

"그런 점도 있겠습니다. 그렇지만 강인덕을 임명한 것은 너무 조심한다는 이미지를 던지지 않을까요? 북한도 실망했을 것 같습니다. 김대중 정부도 이전 보수 정부와 똑같다는 신호가 될 수 있고요."

"그럴 수 있겠지요. 그렇지만 당장 내가 해결해야 할 과제는 IMF 위기 극복입니다. 이를 위해서는 국민통합이 절실히 필요합니다."

"그럼 남북문제는 후 순위로 밀려나는 것입니까?"

"아닙니다. 당분간은 남북한 모두 탐색전을 펼치는 시기가 될 것입니다. 북한과의 대화는 공식적인 채널로서 통일부 외에 다른 비공식적인 채널도 가동할 생각입니다."

김대중이 강인덕을 통일부 장관으로 발탁한 것은 대북 화해 정책을 펼쳐나가기 위해서는 우선 그의 진보적 통일관에 대한 보수층의 우려와 두려움을 완화할 필요가 있다고 판단했기 때문이다. 그는 누구를 통일부 장관으로 앉혀도 대북 화해 정책을 추진하는 데 문제 될 것이 없다는 자신감이 있었다.

대통령 재임 중 실시한 인사정책에서 특기할 만한 대목이 몇 번 있었다. 임동원은 통일부 장관(1999.5-1999.12)을 거쳐 국가정보원장(1999.12-2001.3)을 맡은 다음 다시 통일부 장관으로 복귀했다. 이로써 임동원은 김대중 정부에서 통일부 장관을 두 번이나 맡은 기록을 세웠다.

박지원은 김대중 대통령 재임 기간 내내 김대중의 곁을 지켰다. 그는 김대중 정부 출범 직후 청와대 공보수석을 시작으로 문화관광부 장관, 청와대 비서실장 등을 역임하며 한때 '소통령'이라는 이야기까지 들었다.

노무현이 2000년 8월 7일 개각에서 해양수산부 장관에 등용되었다. 노무현이 해양수산부 장관에 머문 기간은 8개월도 채 되지 않은 짧은 기간이었다. 그런데도 노무현은 해양수산부 장관을 맡은 경력을 말할 수 없는 큰 축복으로 해석했다. 그는 사람은 누구나 경험하면서 배운다고 말했다. 그는 장관직 경험을 통해 해양수산부라는 정부 조직의 수장으로서, 대한민국 국무위원으로서 국정 운영 전반을 배울 기회를 얻었다. 노무현은 장관직 경력을 쌓으며 차기 대권 후보로 급부상했다.

정권교체는 일반적으로 대규모 세력 교체를 수반한다. 특히 김대중 정부처럼 수평적 정권교체의 경우 세력 교체의 규모는 클 수밖에 없다. 새로운 인물도 대거 발탁하는 게 일반적이다. 그러나 김대중 정부에서는 그런 일이 거의 일어나지 않았다. 첫 번째 인사에서 청와대 수석비서관, 장관, 정부 핵심 부서를 떠맡은 인물들은 대부분 전·현직 국회의원, 전직 장관들, 그리고 몇 명의 교수 출신들이었다. 김대중은 야당 총재 시절 선거 때마다 재야인사들을 대거 수혈하여 개혁적 색깔을 드러냈으나 정부 조직에서는 그런 시도를 거의 하지 않았다. 그는 장관과 청와대 수석들을 철저히 경험과 중도실용주의의 관점에서 발탁했다.

이런 인사정책의 이유와 배경으로는 다음 몇 가지가 있었다. 첫째, DJP 연대에 따라 경제부처를 주로 자민련 인사들이 떠맡은 점이다. 둘째, 내각과 청와대 조직의 대폭 축소에 따라 발탁 인사 숫자가 줄어든 점이다. 셋째, 최초의 정권교체 뒤에 따르는 국민의 불안감 해소 및 IMF 극복이라는 당면 과제를 의식하여 새로운 인사보다는 정부 및 정치 경험자 중심으로 인재를 발탁한 점이다.

공동정부는 1998년 한 해 동안 비교적 순탄하게 운영되었다. 김대중은 김종필 총리의 역할과 위상을 최대한 존중했다. 김종필은 자민련 출신 장관의 사실상 임면권을 행사하는 실세 총리였다. 자민련 출신 경제부처 장관들도 김대중과 호흡을 잘 맞추었다. IMF 위기 극복에서 조기에 성과를 내게 된 데에는 자민련 소속 장관의 헌신적인 노력도 큰 몫을 했다. 김대중은 자민련 출신 장관들을 가리켜 "저력이 있었고, 경제위기를 돌파하는 데 적임이었다"라고 평했다

1997년 대선을 앞두고 이루어진 DJP 연대에서 양당 사이에 이루어진 가장 큰 약속은 차기 대통령 임기 내에 내각제를 시행한다는 것이었다. 당시 작성된 'DJP 후보 단일화 협약문'에 따르면 "공동정부에서 내각제 개헌은 대통령이 발의하여 1999년까지 완료한다. 개헌 이후 내각제 총리

는 자민련이 맡는다"라고 되어 있다. 이 약속대로라면 김대중은 1999년 7-8월 중 의원내각제 개헌 발의를 해야 할 상황이었다. 그렇지 않으면 김대중은 거짓말과 약속 위반, 자민련 공동정부 철수 등 모든 정치적 책임을 떠안을 수 있었다.

1999년 7월경부터 자민련의 김용환 수석 부총재를 비롯한 충청권 의원들은 내각제 개헌 절차에 들어가야 한다고 김종필을 강하게 압박했다. 자민련 내의 이런 분위기를 김대중이 모를 리 없었다. 김대중은 주례회동에서 자주 이런 이야기를 했다.

"IMF 외환위기는 후보 단일화를 합의할 때 생각지 못한 돌발 변수였다."

"지금 경제개혁에 성공하느냐 마느냐는 죽느냐 사느냐의 문제이다."

"핵무기를 발사하려는 북한을 화해의 자세로 유도하는 데 국민 모두의 힘이 모아져야 한다."

김종필은 그 말이 무슨 뜻인지 알고 있었다. 내각제 개헌을 유보하자는 우회적인 표현이었다. 김대중이나 국민회의 입장에서는 내각제 개헌에 쉽게 응할 수 있는 처지가 아니었다. 예정대로 내각제를 시행할 경우 김대중의 임기는 사실상 2년으로 끝나게 되고 다음 정권의 주도권은 총리를 맡을 김종필과 자민련으로 넘어가게 된다. 김대중이나 국민회의 모두 그것을 수용하기가 쉽지 않았다. 정치 구도상으로도 내각제 개헌은 쉽지 않았다. 개헌하려면 국회에서 2/3 이상의 동의를 받아야 하는데 당시 국민회의와 자민련 의석은 겨우 과반을 차지하는 데 그쳤다. 한나라당과 이회창이 개헌에 동의하지 않기 때문에 국민회의와 자민련이 설령 개헌을 추진한다고 해도 사실상 어려운 상황이었다. 게다가 국민 여론도 내각제

보다는 대통령제를 선호했다. IMF 위기 극복에 매진해야 할 상황에서 여론을 거스르면서까지 내각제 개헌을 추진할 상황이 아니었다. 김종필과 자민련이 무리하게 내각제 약속을 지키라고 요구할 경우 개헌도 안 되고 공동정부만 붕괴될 수 있었다. 김종필은 이런 사정을 잘 알고 있었다.

김대중과 김종필은 1999년 7월 17일 부부 만찬을 했다. 장소는 청와대가 아니라 서울 광나루 워커힐 동쪽 끝 빌라였다. 김종필은 대통령과 늘 만나던 청와대가 아닌 곳의 특별한 초대여서 '올 것이 왔다'라고 생각했다.

김대중이 미안한 표정을 지으면서 말했다.

"대통령이 되어서 여러 가지 검토한 결과 내각제를 하기 어려운 실정이라는 판단을 하게 됐습니다. 약속을 못 지킬 것 같습니다. 죄송합니다."

김종필은 한동안 침묵을 지키다가 말했다.

"무엇이 그리 어려우십니까?"

김대중이 대답했다.

"정치인과 국민의 의식이 내각제를 하기에는 큰 괴리가 있습니다……"

김종필이 다시 말을 이었다.

"내각제 추진은 대통령께서 국회에서 주도적으로 발의하게 돼 있습니다. 국회 발의라도 해 주셔야 하지 않겠습니까."

김대중이 대답했다.

"국회 처리가 안 될 줄 뻔히 알면서 어떻게 발의하겠습니까. 국민을 두 번 속일 수는 없지 않겠습니까. 막상 이 자리에 앉아보니 안 되겠습니다."

김종필은 그 자리에 오기 전에 이미 김대중이 내각제는 어렵다는 이야기를 할 것이라고 예상하였고 그 경우 자신이 어떻게 대답할 것인지 답을 정해 놓았다.

"대통령님의 말씀을 이해했습니다. 그렇게 하겠습니다."

"감사합니다."

김대중은 김종필의 답변을 듣고 자기가 가장 고심했던 난제 하나가 해결된 것에 안도의 숨을 쉬었다. 그는 김종필을 다시 새롭게 평가했다.

"김종필 총리의 그릇이 참 크구나!"

김종필은 내각제를 포기할 경우 자민련의 결속도가 크게 떨어지고 다음 총선에서 국민의 지지를 받는 데도 큰 어려움에 봉착할 것이라는 점을 잘 알고 있었다. 또 그는 집권 가능성이 사라진 정당의 운명이 어떻게 된다는 것도 잘 알고 있었다.

김종필은 내각제를 포기할 당시의 심경을 다음과 같이 기술했다.

"자민련 지도자만의 길을 걸을 것인가, 국가 운영을 책임진 자의 길을 선택할 것인가 기로에서 나는 후자를 택하기로 결심했다."**132**

내각제 문제가 원만하게 타결된 것은 다행이었지만 김대중이 DJP 연대 때 내각제 개헌에 합의하고도 임기 동안 개헌을 추구하지 않은 것은 비판의 소지가 충분했다. 그것은 타협의 핵심 고리에 대한 신뢰의 문제였기 때문이다. 당시 사정상 김대중의 임기를 단축하면서까지 내각제 개헌을 하기기는 어려웠겠지만 현직 대통령의 임기를 존중하면서 개헌을 시도할 수도 있기 때문에 더욱 그러했다. 정치 구도상, 그리고 국민의 지지가 낮아 내각제 개헌이 불가능하게 나오더라도 약속의 실현을 위한 시도자체는 다른 차원의 문제였다.**133**

2000년 1월, 김종필 총리가 자민련으로 돌아갔다. 김대중이 만류했지만 김종필의 결심을 되돌리지 못했다. 대신 김종필은 박태준 자민련 총재를 후임 총리로 추천했다. 김대중은 김종필의 추천을 받아 후임 총리에 박태준을 지명했다.

김종필이 당으로 돌아가기 전 마지막 국무회의에서 김대중은 김종필에게 감사의 말을 전했다.

"재임 기간의 헌신적인 봉사에 더 이상 기대할 수 없을 만큼 감사했음을 말씀드립니다."

김종필이 화답했다.

"대통령님을 모시고 IMF를 슬기롭게 극복한 것은 내 생애 가장 큰 보람이었습니다."

김대중은 총리가 아닌 '정치인 김종필'이 탄 차가 출발할 때까지 청와대 본관 앞에 서 있었다. 국무총리로 정치적 이념이나 정체성, 지역적 배경 등이 크게 다른 김대중과 김종필이 선거 국면부터 집권 후 2년여 동안 대통령과 총리로서 큰 충돌 없이 동반자적 관계를 유지한 것은 우리에게 대통령제하에서도 공동정부 구성이 가능하다는 소중한 경험을 갖게 했다. 여·야가 극단적 대립을 일삼는 우리 정치 풍토에서 DJP 연대와 협치의 사례는 정치권이 좀 더 무게감 있게 음미해야 할 소중한 경험이었다.

2000년 4·13 총선을 앞두고 자민련이 민주당과의 공조를 파기한다고 선언했다. 그러나 박태준은 총리직에 그대로 있었기 때문에 DJP 공조가 깨진 것은 아니었다. 그런데 총선이 끝난 지 한 달 후 박태준 총리가 '부동산 명의신탁' 파문에 휩싸여 사표를 냈다. DJP 연대라는 차원에서 큰 손실이 아닐 수 없었다.

김대중은 자민련에 후임 총리를 추천해 주도록 부탁했다. 김종필은 후임 총리로 이한동 자민련 총재를 추천했다. 김종필, 박태준에 이은 세 번째 자민련 출신 총리였다. 자민련이 이한동을 총리로 추천한 것은 DJP

연대를 계속하겠다는 의사표시였다.

자민련은 2000년 4·13 총선에서 의석이 55석에서 17석으로 축소되는 참패를 맛보았다. 정당의 국회 교섭단체 구성은 20명 이상이었다. 2000년 말에 민주당 국회의원 3명이 당적을 자민련으로 옮겼다. 자민련의 교섭단체 구성을 위해서였다. 야당과 일부 언론은 '의원 임대' '의원 꿔주기'라며 비아냥거렸다. 이런 비난이 없더라도 모양이 좋지 않은 것은 사실이었다. 그러나 정부 여당에 자민련과의 공조는 절실했고 자민련의 교섭단체 구성은 양당과의 공조에 긍정적으로 작용했다.

1997년 김대중이 대통령에 당선됨으로써 대통령을 목표로 한 김대중과 김영삼 두 사람의 소원이 모두 이루어졌다. 진검승부에서 두 사람은 1승 1패를 한 셈이다. 1997년 대선이 끝나고 두 사람의 관계가 풀릴지도 모른다는 추측이 나돌았다. 실제로 김대중 지지그룹인 동교동계와 김영삼 지지그룹인 상도동계 인사들은 두 사람의 화해를 위한 분위기 조성에 적극적으로 나섰다.

그러나 두 사람의 화해는 그들 지지자의 기대만큼 진전되지 못했다. 김대중 임기 동안 두 사람의 관계는 여전히 냉전 상태였다. 이유는 크게 두 가지였다. 하나는 IMF 사태의 책임을 둘러싼 견해 차이였다. 김영삼은 IMF 사태가 발발한 원인 중에는 야당과 김대중이 경제 문제에 협조를 해주지 않은 것도 있다고 생각했다. 그러나 김대중은 김영삼의 논리에 동의하지 않았다. 그는 대통령 취임 후 IMF 사태 초래에 대한 김영삼 정부의 무능과 무책임을 비판했다. 김영삼은 경쟁자인 김대중이 IMF 극복의 주인공이 되고 자신은 나라를 망친 사람으로 취급된 데 대해 마음의 큰 상처를 입었다.[134] 게다가 김대중은 역사상 최초로 남북정상회담의 주인공이 되었고 노벨평화상까지 수상했다. 김대중이 정치 인생 최고의 명예를 누리고 있는 동안 김영삼의 심리가 편할 수 없었다.

김영삼은 김대중이 대통령에 취임 후 이른 시일에 아들 김현철을 사면해 줄 것으로 기대했다. 그러나 김현철은 1999년 8·15 특사 형태로 남은 형기를 면제받았고 2000년 8월 15일 광복절 특사로 복권 조처되었다. 김현철의 사면과 복권에 대해 민주 진영과 법조계는 강한 비판을 했지만, 김영삼은 정반대로 김대중이 김현철의 사면·복권 조치를 뒤늦게 행한 것에 분개했다.

1999년 10월 16일 김대중은 대통령 자격으로 부산 민주공원 개원식에 참석했다. 이 자리에 참석한 김영삼이 축사를 하면서 김대중을 맹렬하게 비난했다.

"이 나라의 민주주의가 위기에 처해 있습니다. 이대로 가면 내년 총선거는 사상 유례없는 부정선거가 될 것이요, 독재의 망령이 되살아날 것입니다. 임기 말에 내각제 개헌으로 장기 집권이 획책될 것입니다."

김영삼 다음 순서로 축사를 하게 된 김대중은 김영삼의 비판에 직접적인 반격 대신 칭찬으로 응대했다.

"저는 이 자리를 빌려 지난 1979년 야당 총재로서 온갖 박해를 받으면서도 과감하게 투쟁하여 부산과 마산, 그리고 전 국민의 권리에 크게 기여하신 김영삼 전 대통령의 공로에 대해서 여러분과 같이 높이 찬양하고자 합니다."

김대중이 이렇게 김영삼을 치켜세웠지만, 김영삼이 김대중을 대하는 태도는 바뀌지 않았다. 두 사람은 나란히 서서 테이프 커팅을 하고 악수를 했으나 김영삼의 냉랭한 태도 때문에 서로 말 한마디도 나누지 못했다.

김대중과 김영삼은 민주화 등 국내문제에서는 관점이 크게 다르지 않았다. 반면 북한을 바라보는 시각은 상당히 달랐다. 두 사람의 견해차는 1994년 제1차 북핵 위기 때 이미 드러났다. 당시 대통령이던 김영삼은 북핵 위기에 대해 시종 강경 일변도였다. 그는 미국이 북한 영변 핵시설을 공격하려 할 때 반대했다고 말하고 있지만, 그것은 전쟁이 발발했을 때 받게 될 피해 때문이었지 북한에 대한 유화적 태도 때문은 아니었다. 그의 경직된 대북관은 북한 김일성이 사망했을 때 잘 드러났다. 역사상 처음으로 남북정상회담을 하기로 약속한 상대가 갑자기 사망했는데도 그는 조의는커녕 오히려 전군에 비상경계령을 내렸다.

김영삼의 대북 강경론은 그의 가족사와 무관하지 않았다. 그는 1960년 9월 25일 어머니가 괴한들에 의해 살해당하는 아픔을 겪었다. 김영삼은 그 괴한들이 북한에서 보낸 간첩이라고 생각했다. 그들 간첩은 남한에서 활동이 어렵게 되자 일본으로 밀항하기 위한 자금을 조달하기 위해 김영삼의 집에 들어갔다가 어머니를 살해한 것이라고 해석했다. 어머니의 사랑을 한몸에 받고 자란 김영삼은 이 사건으로 북한과 공산주의에 대해 미움과 증오심을 떨쳐버리지 못했다.[135] 그의 가족사는 민주화운동에 평생을 바친 그가 대북 문제에서 다른 대부분의 민주화 세력과 생각을 달리한 주요 배경에 해당한다.

그러나 두 사람이 화해했든 안 했든 1960년대부터 50여 년 동안 지속한 두 사람의 경쟁과 협력은 역사상 매우 의미 있는 사례였다. 두 사람은 경쟁하면서 서로를 성장시켰다. 두 사람은 항상 국민의 지지를 더 많이 받기 위해 경쟁했고 또 경쟁에서 이기기 위해 자신을 연마하는 데 열심이었다. 그들은 치열하게 경쟁하면서도 항상 민주주의와 국민을 의식했기 때문에 그 경쟁이 나쁜 방향으로 일탈하지 않았다. 1987년의 단일화 실패를 제외하고는 대부분 그랬다.

21. 정주영과 함께한 대북사업

김대중은 1998년 2월 25일 대통령 취임식에서 남북문제와 관련해서 대북 3원칙을 천명했다.

"첫째, 어떠한 무력도발도 결코 허용하지 않겠습니다. 둘째, 우리는 북한을 해치거나 흡수할 생각이 없습니다. 셋째, 북한과의 화해와 협력을 가능한 분야부터 적극적으로 추진해 나갈 것입니다."

김대중은 3·1절 기념사에서 북한에 1992년 2월 노태우 정부 때 남북이 채택한 남북기본합의서를 이행하기 위한 특사 파견을 제안했다. 그는 평화 공존, 평화 교류, 평화 통일을 위해 남한 정부는 어떠한 수준의 대화에도 응할 용의가 있다고 했다. 그는 당장 통일은 어렵더라도 이산가족의 상봉과 생사 확인만이라도 서둘러야 하며, 이를 위한 대화를 해야 한다고 주장했다.

김대중은 3·1절 기념사를 작성하기 전에 임동원 외교안보수석과 대북 특사 파견에 대해 논의했다.

"임 수석, 3·1절 기념사에서 대북 특사를 제안하면서 그 목적을 남북 기본합의서 이행으로 하면 어떻겠어요?"

"좋은 방안입니다. 그리고 감사합니다."

"임 수석이 왜 감사한다는 말인가요?"

"남북기본합의서가 효력을 발휘하기 시작한 1992년 당시 제가 통일부 차관을 맡고 있었습니다. 또 제가 초안 작성에 적극 관여했습니다. 대통령님께서 그렇게 만들어진 남북기본합의서를 중요시하니 당연히 감사해야지요."

"듣고 보니 그렇네요. 그때 평민당을 맡고 있던 나도 합의서를 지지했습니다."

"예. 잘 알고 있습니다. 통일 외교 문제에서 야당 총재가 초당적으로 대처한 모범적 사례였습니다."

"내가 대북 특사 파견을 제안하면서 기본합의서를 언급한 것은 크게 세 가지 이유 때문입니다. 첫째, 내가 남북기본합의서의 내용에 공감하고 있음을 말해 주기 위해서입니다. 둘째, 북한으로 하여금 과거의 약속을 지키라는 촉구의 성격을 띠고 있습니다. 셋째, 남한 보수층에게 남북 대화는 전임 보수 정권 때부터 추구한 정책이며, 햇볕정책은 새로운 것이 아니라 과거의 연속이라는 점을 환기하기 위해서입니다."

국가안전보장회의(NSC)는 임동원 외교안보수석을 중심으로 운영되었다. 3월 19일 국무회의는 NSC가 정한 대북정책 3원칙을 실현하기 위해 여섯 가지 대북정책 추진 기조를 결정했다. 여섯 가지 추진 기조는 첫째 안보와 협력의 병행 추진, 둘째 평화 공존과 교류협력의 우선 실현, 셋째 더 많은 접촉, 더 많은 대화, 더 많은 협력을 통한 북한의 변화 여건 조성, 넷째 남북 간의 상호 이익 도모, 다섯째 남북 당사자 원칙하의 국제적 지지 확보, 여섯째 투명성과 서두르지 않는 대북정책 추진이었다.

김대중이 대통령에 취임한 지 2개월이 지난 4월 11일부터 중국 베이징에서 남북 차관급 회담이 열렸다. 남측 수석대표는 정세현 통일부 차관이었고 북측 대표 전금철이 먼저 북측의 관심사를 언급했다.

"남측에서 비료 20만 톤을 지원해 주면 고맙겠습니다."

남측은 비료 지원에 흔쾌하게 동의하면서 대신 이산가족 상봉을 요구했다.

"좋습니다. 비료 20만 톤 바로 지원하겠습니다. 대신 우리는 이번 기회에 이산가족 상봉도 시행하기를 원합니다."

"이산가족 상봉 문제는 정치적 문제입니다. 왜 인도주의적 사안에 정치적 문제를 결부시키려 합니까."

"우리는 이산가족 상봉 문제야말로 가장 인도주의적 문제라고 생각하고 있습니다."

그러나 북측은 비료 지원 문제에 이산가족 상봉 문제를 끼워 넣으려는 남측의 태도에 강하게 반발했다. 북측은 인도주의 문제에 상호주의를 적용한다고 해석했다. 이에 남측은 후퇴하여 비료 지원 문제를 우선 협의하고 이산가족 문제는 별도로 논의하자고 했다. 그러나 북한은 그것도 거절했다. 회담은 결렬되었다.

당시 북한은 비료 지원은 인도적인 사업이고 이산가족 상봉은 정치적 사업이라고 해석했다. 반면 남측 여론은 이산가족 상봉은 인도주의적인 성격이고 비료 지원은 정치적인 성격으로 이해했다. 김대중 정부는 이산가족 문제도 해결하지 않으면서 무조건 퍼주기만 할 것이냐는 보수층의 여론을 의식했다. 북한은 당시가 '고난의 행군'이 끝나기 전으로 야위디 야윈 사람들을 차마 남쪽에 공개하기가 어렵다고 판단했다. 인도주의 문제에 대한 남북의 해석이 달랐다.[136]

북측은 베이징 회담이 결렬된 후 평양방송을 통해 남측의 상호주의를 비난했다. 김대중 정부가 과거 정부의 반북 대결정책을 그대로 답습하고 있다는 것이었다. 햇볕정책에 대해서도 비난을 시작했다. 북측은 김대중의 햇볕정책을 가리켜 '자신들을 녹여 먹으려 하는 것 아닌가'라고 오해하고 있었다.[137] 김대중은 대통령에 취임하기 오래전부터 점진적·평화적 방식에 의한 통일론을 펼쳤다. 그의 통일론은 죽음을 무릅쓴 신념과 '3단계 통일론'에서 밝힌 체계적 이론 등 입체적 노력의 결과였다. 특히 김대중이 통일의 첫 단계로 간주한 남북연합 단계에서 남북은 경제를 비롯하여 광범위한 분야에서 대북 협력을 표명하고 있다. 그런데도 북한은 남한에 대한 경계심을 풀지 못하고 김대중 정부 초반 2년을 효과적으로 활용하지 못했다. 북한의 경계심은 북한이 처한 외교적 고립과 남북한 사이의 경제적 격차, 그리고 오랫동안 남북한 모두가 상대방에 대한 홍보전적 성격의 대남 대북 전술을 구사한 관성의 결과였다.

북측의 주장에 억지가 깔려있기는 했지만, 남한에서 북한의 어려운 속사정을 좀 더 이해했더라면 비료 회담 결과가 다르게 나왔을 수도 있었다. 김대중도 협상 결렬에 아쉬움이 많았다. 그는 이 사건을 보고 북측이 생각보다 자존심이 강하다는 것을 알았다. 그는 남측이 더 가졌다면 베푸는 데 더 조심해야 한다는 것도 깨달았다고 했다.[138]

비료 회담 결렬 이후 남북한 정부 사이의 공식적인 대화는 2000년 초 남북정상회담을 위한 협상이 시작되기까지 거의 2년여 동안 끊겼다. 김대중의 임기는 5년이었다. 임기 내에 남북 관계를 개선하여 다음 대통령들이 과거로 되돌릴 수 없을 만큼 확고한 성과를 내기에는 시간이 길지 않았다. 그런데 아쉬운 것은 그 길지 않은 임기의 거의 절반에 해당하는 2년여 동안 현대가 추진한 민간 차원의 금강산관광사업 외에 남북 당국 간 대화가 거의 없었다는 사실이다. 한마디로 남북 모두 상대방을 탐색하는 데 너무 긴 시간을 허비했다.

김대중 정부는 1988년 4월 말에 '남북 경제 협력 활성화 조치'를 발표했다. 정경 분리 원칙에 따라 모든 기업인이 방북할 수 있도록 규제를 풀었다. 생산설비의 무상 또는 임대 반출도 허용했다. 민간기업의 대북 투자 상한선도 철폐했다. 과거에는 대북 투자 상한선이 500만 달러였다. 이러한 조치를 통해 기업인들이 자체 판단으로 대북 경협사업을 자유롭게 할 수 있도록 했다.

정주영 현대그룹 명예회장은 1989년 1월 북한을 방문하여 북한 측과 금강산 공동 개발 협정서를 만들었다. 그러나 이 협정서는 남과 북의 정치적 이해관계로 인해 당장은 실행되지 않았다. 정주영은 실망하지 않고 훗날을 면밀하게 준비했다.

그는 1992년경 그가 소유하고 있는 서산농장 책임자를 불렀다.

"내가 소를 150마리 사 줄 테니 잘 키우시오."

측근 참모가 물었다.

"소를 키우시려는 이유가 궁금합니다."

정주영은 지그시 웃으며 말했다.

"통일의 징검다리로 삼을 것이오."

참모는 정주영의 이 말이 무슨 의미인지 당시는 알지 못했다.

김대중 정부가 기업들의 대북 경협 자유화 조처를 했다. 정주영은 때가 왔다고 생각했다. 그는 서산농장으로 내려갔다. 소를 잘 키웠는지 직접 확인해 보고 싶었다.

"소가 몇 마리나 되지요."

"약 3,000마리쯤 됩니다."

"소를 곧 출하할 수 있으니 튼튼한 소 1,000마리 정도를 특별 관리하시오."

정주영은 서산농장에 소를 키우면서 남북 간 화해 무드가 조성될 날을 기다렸다. 그 기회가 김대중의 햇볕정책과 함께 다가왔다. 김대중 정부가 정경 분리 원칙을 천명한 지 2개월쯤 후인 1998년 6월 16일 정주영 현대그룹 명예회장이 북한을 방문했다. 그 방문이 기상천외의 방식이었다. 트럭에 소 500마리를 싣고 휴전선을 넘는 것이었다. 정주영은 군사분계선을 넘을 때 직접 걸어서 건넜다. 그는 소 떼를 몰고 휴전선을 넘으면서 국민들께 다음과 같이 말했다.

"강원도 통천 가난한 농부의 아들로 태어나 18살에 청운의 뜻을 품고 가출할 때 아버님의 소 판 돈 70원을 가지고 집을 나섰습니다. 이제 한 마리의 소가 1,000마리가 되어 그 빚을 갚으러 그리던 고향 산천을 찾아갑니다."

기막힌 착상이 아닐 수 없었다. 정주영 회장은 자신의 방북이 단순히 개인적 과거사의 차원에서 나온 것이 아님도 밝혔다. 그는 북한을 개발하는 것이 한반도 통일을 앞당기는 길이라고 생각했다.**139**

"나의 북한 방문이 단지 한 개인의 고향 방문이 아니라 우리 남북 화해와 평화를 이루는 초석이 되기를 진심으로 기원합니다."

적십자사 마크를 단 흰색 트럭 수십 대에 실린 정주영의 소 떼 몰이는 한 편의 영화였다. CNN을 비롯한 미국 주요 방송들은 이를 실시간 또는 주요 뉴스로 보도했다.

김대중도 TV로 이 장면을 지켜봤다.

"정주영 회장이 마치 동화 속의 목동 같아요. 평소 기업가 정 회장의 상상력이 뛰어나다는 생각은 했지만 이 정도까지인 줄은 몰랐어요."

세계적으로 유명한 프랑스 문명비평가인 기 르소망은 정주영의 소 떼 몰이를 하나의 예술작품으로 비유했다.

"이것은 20세기 마지막 전위예술이다."[140]

83세 정주영의 상상력과 꿈은 보통 사람들의 차원을 완전히 넘어선 것이었다. 그가 1971년 조선소 건립에 필요한 차관을 도입하기 위해 국제 금융 도시 런던으로 가서 우리나라 500원짜리 지폐에 그려진 거북선을 보여주며 우리나라 조선 기술의 우수성을 설명하고 목적을 달성했다는 이야기는 유명하다. 그는 이런 상상력과 창조성을 다시 남북 관계 개선에 발휘했다.

정주영이 북한에 전하려고 한 소는 1,001마리였다. 1차 방북 때 500마리, 2차 방북 때 501마리였다. 그가 1,000마리가 아닌 1,001마리를 보낸 것은 다시 시작한다는 의미에서였다. 그가 1차로 보낸 500마리의 소 가운데 150마리는 새끼를 배고 있었다. 한 마리라도 더 많이 북한으로 보내고 싶은 정주영의 의중이 담긴 조치였다. 정주영은 1998년 10월 말 소 501마리를 몰고 2차 방북을 하여 애초 계획했던 1,001마리 소 떼 몰이를 완성했다.

정 회장의 방북 길에는 순영, 세영, 상영 등 동생 세 명과 몽구, 몽헌 등 두 아들이 동행했다. 북쪽 땅 통일각에서 정주영 회장 일행을 맞이한 사람은 송호경 조선아태평화위원회 부위원장이었다.

"정 선생께서 북조선에 오신 것을 열렬히 환영합니다."

정주영의 소 떼 방북은 남북 관계가 풀리고 민간 차원의 경제 협력과 교류가 증가할 것이라는 희망을 안겨주었다. 1차 방북에서 정주영은 북측과 금강산 관광 개발 사업 추진에 합의했다.

김대중은 대통령 취임 후 한반도 주변 4강 외교에 본격적으로 나섰다. 그는 1998년 6월 초 미국을 방문했다. 김대중은 평소 미국이 1945년 한반도를 남북으로 갈라놓은 데 큰 책임이 있다고 생각했다. 다른 한편으로 그는 미국이 자신을 1973년 도쿄 납치사건 때와 1980년 전두환 정권의 사형 선고에서 구출해 준 데 대해 고마워했다. 그는 미국식 민주주의와 시장경제 원리를 신봉했다.

김대중은 클린턴 대통령과 정상회담을 갖고 햇볕정책을 설명했다. 그는 클린턴에게 햇볕정책의 필요성을 설명하면서 그 근거를 미국의 외교 정책에서 찾았다.

"햇볕정책은 따지고 보면 미국의 성공사에서 배운 것입니다. 제2차 세계대전 후에 미국은 소련과 중국에 대해서 극단적인 대결정책을 유지했지만, 결과는 오직 무기 경쟁뿐이었습니다. 미국은 1970년대부터 과거의 대결정책을 수정하여 데탕트 정책으로 바꾸었습니다. 경제 협력과 교류를 활발하게 했습니다. 그 후 15년 정도 지나 소련이 무너졌습니다. 중국도 시장경제를 받아들이고 오랫동안 미국과 좋은 관계를 유지하고 있습니다. 베트남도 무력으로 이기지는 못했지만, 교류와 협력 정책을 통해 친미 국가로 만들었습니다. 햇볕정책은 바로 미국의 이런 역사적 경험에서 교훈을 얻어 채택한 정책입니다."

역사에 대한 해박한 지식과 뛰어난 언변, 그리고 논리력을 총동원한 설명이었다.

클린턴은 김대중의 이야기를 듣는 동안 여러 차례 고개를 끄덕였다. 그는 김대중의 햇볕정책을 지지하며 적극 지원하겠다고 했다.

"한반도 문제는 김 대통령께서 주도해 주시기 바랍니다. 김 대통령이 핸들을 잡아 운전하고 나는 옆자리로 옮겨 보조적 역할을 하겠습니다."[141]

김대중은 클린턴의 말을 듣고 기뻤다. 그것은 단순히 햇볕정책에 대한 지지를 받는 차원 이상의 의미가 있다고 생각했다. 그것은 분단 이후 처음으로 대한민국이 대북정책을 주도하게 되었음을 가리키는 상징적인 발언이었다. 자주외교의 길을 개척하고 한·미 간에 대등하고도 한 차원 높은 관계가 펼쳐질 새 시대를 맞는 것이었다.

외교정책에 많은 영향력을 갖고 있던 미국 의회도 김대중의 햇볕정책을 지지했다. 김대중이 민주화운동 과정에서 오랫동안 쌓아온 명성과 그의 정교한 논리 그리고 그의 장기인 설득력이 대미 외교에서 큰 힘을 발휘했다.

국제 외교무대에서 정상 간의 개인적 친분과 신뢰는 두 나라 모두에 국가적 자산이 된다. 실제로 클린턴은 재임 기간 햇볕정책을 지지하겠다는 약속을 성실하게 지켜 대북 포용 정책을 한미 공동으로 추진했다. 김대중과 클린턴 재임 기간의 한미관계는 역사상 최상의 돈독한 관계였다.[142]

김대중은 1998년 10월 7일에 일본을 국빈 방문했다. 그는 일본 방문에서 일왕 내외와 만났다. 그는 일왕에게 '천황 폐하'라는 호칭을 사용했다. 일부 국내 언론은 '일왕'이라 불러야 한다고 주장했다. 이에 대해 김대중은 다음과 같이 말했다.

"그 나라 지도자의 호칭은 그 나라 국민이 부르는 대로 불러주는 것이 좋습니다. 일본 사람은 천황이라고 부르니 천황이라 불러주고, 영국은 여왕이라 부르니 여왕이라 불러주면 됩니다. 우리가 대통령이라고 부르니 외국인들이 대통령이라고 부르는 것과 같습니다. 우리가 고쳐서 부르며 상대를 자극할 필요는 없습니다."

김대중은 오부치 게이조 총리와 정상회담을 하면서 햇볕정책을 설명했다. 오부치는 적극 지지한다고 했다. 오부치는 과거사에 대해 사죄했고 김대중은 전후 일본이 평화헌법을 채택하고 동아시아의 발전에 기여한 것을 높게 평가했다. 두 사람은 정상회담에서 '21세기 한일 파트너십'이라는 공동선언을 발표했다. 그 내용 중에는 대북 공조, 청소년 교류 확대 등이 포함되었다. 김대중은 일본 문화의 개방도 선언했다.

김대중은 일본 의회에서 연설했다. 그의 연설은 요구할 것은 요구하고 칭찬할 것은 칭찬하는 소위 '당근과 채찍' 정책의 표명이었다.

"일본에게 과거를 직시하고 역사를 두렵게 여기는 진정한 용기가 필요합니다. 한국은 일본의 변화된 모습을 올바르게 평가하면서 미래의 가능성에 대한 희망을 찾을 수 있어야 합니다."

1998년 11월 김대중은 국빈 자격으로 중국을 방문했다. 장쩌민 주석은 김대중이 온갖 역경을 이겨내고 대통령 자리에 오른 김대중의 삶을 높이 평가해 온 사람이다. 김대중에 대한 긍정적 평가는 정상회담에도 긍정적으로 작용했다. 김대중은 장쩌민과 정상회담을 갖고 한중관계 및 남북 관계 등에 대한 깊은 대화를 나누었다. 장쩌민은 김대중의 햇볕정책을 적극 지지했다.

"한국의 대북 포용 정책은 올바른 정책이라고 생각합니다. 한반도의 평화 안정이 중국의 기본 입장입니다."[143]

장쩌민의 말은 곧 김대중의 햇볕정책을 그대로 옮겨놓은 것 같았다.

주룽지 총리는 오래전부터 김대중을 존경한다고 말해 온 사람이다. 그는 문화혁명 때 많은 박해를 받았고, 20년간 가족과 떨어져 살았다. 이런 삶의 발자국이 주룽지에게 김대중에 대한 깊은 관심과 존경심을 갖게 했다.

"1996년 중국에 오셨을 때 저는 다롄에서 헬리콥터를 타고 돌아와 대통령님을 조어대에서 만났습니다. 지위 고하를 따져서 만난 것이 아니라 훌륭한 인품에 끌려 한국 정치인 중 처음으로 만나 뵈었던 기억이 납니다. 김 대통령님을 존경합니다."

주룽지와는 한중 경제 협력을 주제로 많은 대화를 나누었다. 주룽지와 나눈 대화에서 가장 큰 성과는 이동통신 사업의 중국 진출이었다. 우리나라 휴대폰이 중국에서 많이 팔린 것은 이런 세일즈 외교 덕분이었다.[144]

김대중은 1999년 5월 말에는 러시아를 방문하여 보리스 옐친 대통령으로부터 햇볕정책에 대한 지지를 끌어냈다. 러시아는 한·러 정상회담 후 채택한 공동성명에서 햇볕정책을 지지한다고 밝혔다.

"한반도에서 긴장을 완화하고 항구적 평화를 구축하려는 한국 정부의 노력을 긍정 평가하고 지역 전체의 평화와 안정을 공고하게 할 남북한 간의 접촉과 생산적 대화를 촉진하려는 김대중 정부의 정책에 지지를 표명한다."

김대중의 임기 5년은 한국이 미국, 중국, 일본, 러시아 등 한반도 주변 4대 강국과 매우 좋은 관계를 맺었다. 단순히 좋은 관계가 아니라 대한민국이 이들 4대 강국과 당당히 어깨를 나란히 하며 대한민국의 외교적 위상을 높인 시기였다. 이런 성과는 김대중의 인생 역정에 대한 주변 국가들의 존경심, 햇볕정책 등 김대중이 추구한 동북아 평화 정책에 대한 주변국의 지지, 그리고 김대중의 해박한 지식과 논리적 설득력이 주요 배경이 되었다.

금강산 관광사업은 김대중 정부가 들어선 직후부터 추진되었다. 맨 처음 논의는 1998년 2월 정주영의 5남 정몽헌이 중국 베이징에서 북측과 만나 이루어졌다. 금강산 관광 및 개발 사업의 구체적 성과는 정주영이 1차 소 떼 몰이를 끝내고 서울로 돌아와 풀어놓은 방북 보따리에 들어 있었다. 정주영은 북한에서 서울로 돌아온 6월 23일 북한 측과 금강산 관광 계약을 체결했음을 발표했다.

북한이 남한 기업과 첫 번째 사업으로 금강산 관광을 선택한 데는 여러 가지 전략적인 고려가 작용했다. 금강산은 평양과 멀리 떨어져 있으므로 개방하더라도 체제위협이 작을 것으로 생각했다. 또 금강산은 정주영 자신의 고향 근처였다. 정주영에게 명분도 있었다. 사업상으로도 금강산은 남한 사람들에게 매우 매력적인 관광지였다.

김대중은 방북을 마치고 서울로 돌아온 정주영·정몽헌 부자의 방북 성과를 자세히 듣고 그들의 노고를 치하했다.

"정 회장만이 하실 수 있는 일입니다. 정 회장의 뜻이 이루어질 수 있도록 정부가 적극 지원하겠습니다."

"대통령님께서 정경 분리 원칙을 천명하고 대북 화해 정책을 추진하셨기 때문에 가능한 일입니다."

정치인 김대중과 사업가 정주영이 남북 간의 화해·협력 사업을 위해 큰 손을 잡았다. 정치는 생물이라고 하지만, 두 사람이 남북 화해 협력의 큰 파트너가 될 것이라고 누가 감히 상상했겠는가.

정주영은 소 떼를 몰고 2차 방북한 1998년 10월 30일 평양의 백화원 초대소에서 김정일 북한 국방위원장을 만났다. 김정일이 정주영을 만나 준 것은 1차 방북 때 북측과 합의한 대북 경제 협력 사업이 순탄하게 진행될 수 있는 확실한 징후였다. 이 자리에서 김정일은 정주영에게 금강산 관광사업과 관련하여 한 가지 조건을 내걸었다.

"금강산 사업권은 다른 기업과 나누지 말고 정주영 회장께서 모두 추진하시기를 바랍니다."

정주영의 입장에서는 사양할 이유가 없었다.

"그렇게 하겠습니다. 현대가 책임지고 세계적인 관광단지로 만들겠습니다."

이 자리에서는 금강산 관광사업 외에도 서해안 유전 공동 탐사, 평양화력발전소 건설 등의 사업에서 북한과 현대가 협력하기로 했다. 정주영은 이 자리에서 북한에 선물 하나를 약속했다.

"현대에서 평양에 체육관을 건설해 드리겠습니다."

김정일이 기뻐했다.

"평양 시민들이 무척 좋아하겠습니다."

금강산 관광사업의 추진이 확정된 후 다음 과제는 금강산에 어떻게 접근할 것인가였다. 육로는 군인들이 서로 대치하고 있으므로 생각하기 어려웠다. 비행기는 활주로가 갖춰지지 않았기 때문에 처음부터 고려사항이 아니었다. 육로와 공중 노선이 어려운 상황에서 남은 길은 바닷길밖에 없었다. 동해안 항구를 통해 바닷길로 금강산 가까이에 접근한 후 북한 땅에서 금강산까지 육로로 이동하는 것이 최선의 방안이었다.

정주영이 1차 소 떼 방북을 하고 금강산 관광사업 계획을 발표했으나 남북 관계가 순탄하지 않았다. 1998년 6월 22일, 9명을 태운 북한 잠수정이 강원도 속초 해안에서 발견되었다. 해안가에 쳐놓은 어망에 걸려 표류하다가 발견되었고, 잠수정을 타고 온 9명의 북한군은 우리나라 군경의 추격을 받자 모두 집단 자살했다. 이 사건은 정주영이 북한에서 아직 돌아오기 전에 발생했다. 북한은 사건 발생 직후 평양방송을 통해 잠수정 문제에 대해 해명했다.

"훈련 중인 소형 잠수정과의 통신이 두절되는 사태가 발생했습니다. 해류와 바람에 밀려 조난된 것으로 보입니다."

이런 보도는 과거에 발생한 잠수정 침투 사건과 비교할 때 이례적인 것이었다. 이 사건이 확대되지 않기를 바라는 북한의 의중이 반영된 보도였다.

정부는 북한 잠수정 사건에도 불구하고 햇볕정책을 중단 없이 계속할 것이라고 발표했다. 정부 조치에 대해 야당과 보수 언론의 비난이 있었지만, 정부는 과거 보수정부가 대북 강경책을 구사했을 때도 북한군의 침투는 있었다고 지적했다.

1998년 8월 31일 북한이 로켓(대포동 1호)을 발사했다. 미사일은 1,550킬로미터를 날아가 일본 동북쪽 750킬로미터 떨어진 태평양 공해상에 떨어졌다. 미국과 일본은 경악했다. 우리 정부의 충격도 컸다. 북한은 미사일 발사 사실을 9월 4일 공식 보도하면서 미사일이 인공위성이라고 주장했다. 북한 인공위성의 지구 궤도 진입은 실패했다. 그렇지만 북한은 일본 영토를 넘어 하와이 등 미국 일부 지역도 직접 겨냥할 수 있는 탄도미사일 개발 능력이 있음을 세계에 과시했다.

북한 미사일 발사 사건은 햇볕정책에 중대 위협이 되었다. 햇볕정책에 우호적이었던 일본은 북한 미사일 발사에 예민하게 반응했다. 일본은 대북 수교 협상과 식량 지원을 중단했다. 제네바 합의에 따라 북한에 지원하기로 한 대북 경수로 지원금 10억 달러에 대한 서명도 무기한 연기했다. 미국에서도 공화당 강경파 의원들을 중심으로 북한과의 대화나 접촉을 중지하라는 요구가 나왔다. 대북 중유 지원 예산을 삭감하라는 요구도 있었다.

국내에서는 한나라당과 보수 언론이 햇볕정책을 거세게 비판했다. 이들은 김대중 정부가 북한의 변화 가능성을 너무 낙관하고 있으며, 안보 문제를 소홀히 다루고 있다고 주장했다. 그들은 북한은 체제 붕괴 위험성 때문에 변할 수 없으며 변하지 않을 것이라고 주장했다.

김대중은 기자들과 만나 북한의 조치에 유감을 표명하면서도 햇볕정책은 계속 추진할 것이라고 했다.

"우리는 북한의 도발에 철저히 대비하되 북한의 일거수일투족에 일비일희하지 않을 것입니다."

한 기자가 물었다.

"북한의 도발이 김대중 정부를 시험하려는 조치라는 생각이 들지는 않는지요?"

김대중은 그럴 가능성을 인정했다.

"그럴 수도 있습니다. 김대중 정부도 남북 간에 어떤 문제가 발생하면 남북 간 협력 정책을 없었던 일로 하고 바로 대립 구도로 갈 정부인지 아닌지 시험하고 있을지도 모릅니다."

다른 기자가 질문했다.

"북한의 대포동 1호 발사 사건으로 일본이 북한과 추진했던 수교 협상을 중단했습니다. 이 부분에 대해 어떻게 생각합니까?"

김대중도 비슷한 생각이라고 했다.

"일본 정부로서는 로켓이 일본 영토를 지나 태평양 해안에 떨어진 만큼 큰 충격을 받았을 것입니다. 일본 국민의 여론도 나쁘게 돌아가고 있습니다. 북한이 이번 로켓을 발사한 것은 대외 관계에 찬물을 끼얹는 행동입니다. 북일 접촉은 당분간 냉각기에 접어들 것 같습니다."

또 다른 질문이 이어졌다.

"미국과 일본의 여론이 나쁜 방향으로 돌아가고 국내 여론도 좋지 않은데 대통령께서는 계속 북한을 대화와 공존의 파트너로 여기겠다는 것인가요?"

김대중은 북한의 잘못된 행동에 대비하는 것과 그들과 대화와 공존을 추구하는 노력은 별개의 문제라고 했다.

"국민의 정부는 북한의 위협에는 과거처럼 단호하게 대처하고, 동시에 그들의 변화를 끊임없이 유도하는 노력도 계속하여 미래를 대비하는 이중의 노력을 하겠습니다. 이게 지난 50년 동안 했던 것과 다른 점이라고 볼 수 있습니다."

북한 잠수정 침투 사건 등으로 국내 여론이 좋지 않았지만, 현대는 금강산 관광사업을 계속 추진했다. 현대는 해상관광의 북측 항구가 될 장전항을 정비했다. 장전항 건설 비용은 1억 5,000만 달러 정도였다. 과거처럼 대북 투자 상한선을 500만 달러로 묶어 놓았다면 금강산 사업은 할 수 없었다.[145] 현대는 11월 18일 첫배를 띄울 계획을 세우고 관광객을 모집했다.

그러나 야당은 금강산 관광사업에 대해서 계속 부정적인 견해를 밝혔다. 금강산 관광사업이 시작되기 직전인 1998년 9월 김용갑이 주도하여 국회의원 125명이 '금강산 관광 중단을 촉구하는 국회의원들의 모임'을 결성하고 '금강산 관광 중단을 촉구하는 건의서'를 김종필 총리에게 전달했다. 그 건의서는 1) 금강산 관광 구역 내 이산가족 만남의 장소 개설 2) 잠수정과 무장간첩 침투에 대한 북한의 사과 3) 금강산 관광 수입의 군사비 전용 차단 4) 입산료 인하 5) 관광객 신변안전 보장을 위한 당국자 간 합의 등 5개 항의 조건이 충족되기 전까지는 금강산 관광을 중단하라고 했다. 언론 중에서는 〈조선일보〉가 햇볕정책을 가장 강하게 비판했다. 〈조선일보〉는 금강산 관광 대금이 무기 구매나 개발에 사용될 가능성이 있다고 주장했고 민간 교류 협력이 북한 주민에게는 도움이 되지 않은 채 김정일의 권력 기반 강화에만 이용될 수 있다고 비판했다.[146]

금강산 관광선이 떠나기로 예정되기 이틀 전 김대중은 인도네시아를 방문 중이었다. 김대중이 임동원 외교안보수석을 불렀다.

"금강산을 어떻게 했으면 좋겠소?"

임동원은 대통령이 금강산 관광을 예정대로 진행하기를 바라고 있다고 생각했다.

"이럴 때는 모험을 좀 하시는 것도 좋을 것 같습니다."

김대중은 임동원의 대답이 나오자마자 바로 지시했다.

"그렇지! 그렇게 합시다. 바로 연락하세요."

임동원이 정세현 통일부 차관에게 전화를 걸었다. 평소 잘 하지 않던 전화였다.

"웬일로 저한테 전화를 다 하십니까? 장관님한테 하시지."

"지금 장관님이 출타 중이셔서 전화를 안 받으십니다. 그런데 이 건은 국내에 빨리 입장을 전달해 드려야 할 것 같아서 급히 전화를 드린 겁니다."

"무슨 건이지요?"

"그거요……금강산이요……원래 계획대로."

임동원은 이렇게 말할 뿐 구체적 얘기는 안 했다. 도청 위험이 있어서였다. 정세현은 임동원의 말뜻을 금방 알아들었다.

"저질러 버리자는 말씀이죠?"

"바로 그겁니다."

정세현은 강인덕 장관이 들어오자 바로 대통령의 뜻을 보고하고, 이어서 현대에 금강산 관광을 예정대로 진행하라고 통보했다.[147]

1998년 11월 18일 금강산 관광선이 정주영을 포함해 826명을 태우고 동해항을 출항하여 금강산으로 향했다. 정주영이 2차 방북을 하고 돌아온 지 2주일 후였다. 이들이 떠나는 날 동해항의 밤하늘은 아름다운 불꽃으로 수놓은 축제 분위기였다. 야당의 부정적 반응이 있었지만, 국민의 기대는 컸다.

현대 금강호가 공해상으로 나가기도 전에 배 안의 공연 무대는 여흥으로 들뜬 분위기였다. 전속 러시아 무용단의 공연에 이어 전속 가수들이 등장, 분위기를 띄웠다. 현대가의 일원으로 승선한 정몽헌 회장도 마이크를 잡았다.

"한 많은 대동강아 변함없이 잘 있느냐

모란봉아 을밀대야 네 모양이 그립구나……"

그는 금강산 사업 등 대북사업을 아버지 정주영을 대신하여 사실상 주도했다.

이틀 후 두 번째 관광선이 떠나는 날 저녁에 클린턴 미국 대통령이 서울에 도착했다. 그는 숙소인 신라호텔에서 TV 보도로 이 광경을 지켜보았다. 그는 이튿날 한미 정상회담을 마치고 열린 공동 기자회견에서 호화 유람선이 600명의 관광객을 태우고 출항하는 평화스러운 장면을 보고 감동했다고 했다.

"금강산 관광선의 출항 장면은 매우 신기하고 아름다운 장면이었습니다."

남북한 화해 협력의 현장, 긴장 완화의 현장, 햇볕정책이 성공하는 현장을 목격한 미국 대통령의 이 발언은 전파를 타고 전 세계에 퍼져나갔다. 결과적으로 이는 한반도 위기를 외치는 강경파들의 목소리를 잠재우고 안보 불안 때문에 한국에 대한 투자를 꺼리던 사업가들의 마음을 변하게 만드는 데 지대한 영향을 주었다.[148]

금강산 관광 초기에는 관광객들이 금강산 앞 장전항에 정박한 유람선을 숙소로 사용했다. 낮에는 소형 선박을 이용하여 육지로 가서 관광하고 밤에는 유람선으로 돌아와 숙박했다.

금강산 관광사업이 성공적으로 추진되면서 정주영에 대한 긍정적 평가가 배가되었다.

"정주영 회장을 다시 봤어요. 그 상상력에 놀랐어요. 어떻게 소 떼를 몰고 휴전선을 넘을 생각을 했을까요."

"영국에 가서 조선소를 지을 돈을 빌리려 하는데 아무도 귀를 기울이지 않자 호주머니에 있는 500원짜리 지폐를 꺼내 거북선을 보여주면서 한국 조선업의 역사를 설명하고 차관을 빌리는 데 성공했다고 하잖아요."

"그 상상력은 세계적 수준이어요."

"나는 대한민국 경제발전의 최대 공헌자는 박정희가 아니라 정주영이라고 생각해요. 정주영이야말로 무에서 유를 창조한 사람이어요."

"그래요. 인정할 것은 인정해야지요. 노동자를 착취한 잘못은 그대로 잘못으로 치고, 잘한 것은 또 잘한 것으로 쳐줘야지요."

"통일 운동에서 김대중과 정주영은 환상적 조합이라고 생각합니다."

"맞아요, 정치와 경제는 나라를 유지하는 양 수레바퀴라고 하는 데, 통일 사업에서도 그랬으면 좋겠어요. 두 사람이 손을 잡아 통일로 연결하는 징검다리를 놓는다면 두 사람 모두 역사에 남을 인물이 될 것입니다."

"김 대통령이 정경 분리 원칙을 내세워 이런 일이 가능해진 것이지요. 경제인도 정치를 잘 만나야 능력을 제대로 펼칠 수 있어요."

정주영은 두 차례 소 떼 몰이 방북과 금강산 관광을 실현하고 난 이듬해 현대그룹 사장단 신년하례회에서 대북사업은 현대만이 할 수 있는 일이라고 했다.

"금강산 관광사업을 실현하여 국민에게 통일에 대한 희망과 함께 남북이 처한 경제난을 극복할 길을 제시한 것은 오직 우리 현대만이 할 수 있는 일입니다."**149**

금강산 관광으로 남북 관계에 훈풍이 불고 있는 시점에서 북한 금창리 (평북 대관군)에 건설 중인 지하 시설이 핵 개발과 관련이 있다는 의혹이

제기되었다. 11월 20일에는 강화도 앞바다에 간첩선이 나타났다. 간첩선은 우리 군경이 포위하고 추격했으나 북으로 도주했다. 동해에서는 우리 관광객이 북한 금강산으로 가고 있는데 서해에서는 북한 간첩선이 나타나 우리 국민의 감정을 건드렸다. 여기에 북한 금창리 핵시설 의혹까지 제기되었으니 국내에서 햇볕정책에 대한 논란이 가중되는 것은 피할 수 없었다. 클린턴 대통령은 11월 21일 남한을 방문한 자리에서 북한 금창리 핵시설 의혹과 관련한 미국 정부의 곤혹스러움을 토로하면서도, 김대중의 햇볕정책은 계속 지지한다고 밝혔다.

이 시점에서 임동원 외교안보수석은 대북 문제에 대한 '포괄적 접근 전략'을 제시했다. 임동원은 북한의 핵 개발이나 중장거리 미사일 개발의 동기는 한반도 냉전 구조에 기인하는 것이라고 보았다. 그는 개별 문제가 발생할 때마다 이에 대응하는 '대증요법적인 방식'으로는 문제를 해결할 수 없으며, 북한 핵 문제의 근본적인 해결책은 '한반도 냉전 구조'를 해체하여 평화를 만들어 나가는 포괄적인 접근이며 이런 틀 내에서 개별 현안도 차근차근 해결해 나가자고 했다. 한마디로 임동원이 주장한 포괄적 접근책이란 미국과 북한이 '줄 것은 주고, 받을 것은 받는' 식으로 일괄 타결하되 '단계적으로 동시에 이행'하면서 신뢰를 구축해 나가는 것이다.

김대중은 임동원의 제안에 전적으로 공감했다. 미국도 이러한 포괄적 접근 방식에 동의했다. 김대중이 임동원에게 기자들을 만나 그의 구상을 적극적으로 설명하라고 했다.

임동원이 기자들과 만났다. 기자들이 다양한 질문을 쏟아냈다.

"'포괄적 접근 전략'에서 북한이 제시해야 할 내용은 무엇인가요?"

"당연히 핵의혹을 완전히 해소하는 일입니다."

"그럼 미국이 제시할 내용은 무엇인가요?"

"미국은 북한과 관계를 개선하고 경제적 지원을 하는 것입니다."

"미국이 북한과 관계 개선을 한다는 것은 북미 수교를 의미합니까?"

"거기까지 진행하면 가장 좋겠지요. 그렇지만 거기까지 진행하는 데는 시간이 좀 필요할 것입니다. 당장 미국이 할 수 있는 일은 북한과 대화하고 교류하면서 적대적 관계를 완화하는 것입니다."

"일본은 북미 수교 협상을 진행하다가 중단했는데, 일본이 향후 어떤 조처를 해야 하는가요?"

"얼마 동안의 냉각기를 가진 후 북한과 외교 관계를 수립하는 노력을 재개하면 좋겠습니다."

"우리 정부가 해야 할 일은 무엇입니까?"

"우리 정부는 반핵, 반전, 탈냉전, 평화라는 기본 원칙을 내걸고 북한을 인정하면서 북한 정권과 대화와 협상을 추진하는 것입니다."

언론은 '포괄적 접근 전략'을 제시한 임동원에게 '햇볕정책의 설계자' 혹은 '햇볕정책의 전도사'라는 별칭을 붙여주었다.[150]

1999년 6월 15일 오전 서해 연평도 서쪽 해역에서 우리 해군 함정과 북한 경비정 사이에 총격전이 벌어졌다. 북한 측이 선제공격을 하자 우리 해군이 대응 사격을 했다. 북한 어뢰정 1척이 침몰하고 경비정 1척은 대파되었다. 나머지 북한 경비정 4척도 파손된 채 퇴각했다. 사상자도 수십 명 발생했다. 반면 우리 측 피해는 가벼웠다. 언론은 이를 '연평해전'이라고 명명했다. 연평해전을 통해 김대중은 자신이 취임 이후 일관되게 천명한 대북정책의 3대 원칙 중 하나인 "북한의 어떠한 무력도발도 용납하지 않는다"는 것을 행동으로 옮긴 셈이 되었다. 2002년에도 연평해전이 있었기 때문에 1999년 연평해전은 흔히 제1차 연평해전 혹은 서해해전이라고 불렀다.

다행히 북한은 연평해전을 빌미로 사태를 악화시킬 뜻이 없음을 전했다. 하지만 야당과 보수 언론은 당장 금강산 관광을 중단시키라고 했다. 그들은 김 대통령이 북한의 침략 야욕을 너무 가볍게 보고 있으며 북한에 속아 퍼주기를 하고 있다고 비판했다.

그러나 김대중은 이번에도 일비일희하지 않아야 한다고 했다. 그는 대북 관계 장관들을 소집하여 지침을 전달했다.

"이번에 금강산 관광을 중단하면 재개하기가 쉽지 않습니다. 이대로 주저앉을 수 없습니다. 내일 출항 예정인 배를 출항시켜 금강산 관광이 중단되지 않도록 합시다."

해당 부서 장관이 걱정스러운 이야기를 했다.

"금강산 관광을 신청한 사람들이 동요하지 않을까 걱정됩니다."

김대중은 이럴 때일수록 정부의 일관성이 중요하다고 했다.

"다소 동요는 있을 것입니다. 그러나 정부가 흔들리지 않으면 국민도 정부를 믿고 여행을 떠날 것입니다."

연평해전이 발생한 다음 날인 6월 16일 정부는 금강산 관광객의 출항을 허가했다. 승객들의 동요는 없었다. 관광을 신청한 여행객 거의 모두가 승선했다. 이것은 국민이 정부의 햇볕정책을 신뢰하고 있다는 증거였다.

6월 21일 금강산 관광객이 북측에 억류되는 사건이 발생했다. 여성 관광객이 북측 안내원에게 건넨 말을 문제 삼아 '남쪽 정보기관의 공작원'이라는 혐의를 씌웠다. 사건이 엄중했다. 이번 사건은 연평해전과는 달리 금강산 관광 과정에서 발생했다. 정부는 만일 북측이 억류된 관광객을 조속히 귀향시키지 않으면 관광선을 보내지 않을 계획을 세웠다. 금강산 관광을 시작하면서 관광객의 신변안전은 정부가 최우선 과제로 삼고 있었기 때문이다. 다행히 북측은 관광객을 4일 만에 풀어주었다. 정부는 45일 동안 금강산 관광을 중단하고 안전대책을 마련한 다음 재개했다.

22. 김대중·김정일의 악수

　김대중은 2000년 2월 9일 일본 도쿄방송과 회견했다. 이 자리에서 그는 북한 김정일 국방위원장을 평하면서 우호적 의견을 내놓았다.

　"지도자로서 판단력과 식견을 갖췄다고 보입니다. 남북 관계를 풀기 위해서는 김 국방위원장과의 대화밖에 없습니다."

　한나라당과 자민련은 김대중의 발언에 시비를 걸었다. 그러나 김정일에 대한 김대중의 인물평은 여러 가지를 고려한 다목적 포석이었다. 북한을 대화의 상대로 인정한 이상 최고 실권을 지닌 김정일을 비난·비방만 해서는 어떤 결실도 기대할 수 없었다. 언론도 김대중의 발언을 남북 대화를 위한 일종의 '물꼬 트기'로 해석했다.

　김대중은 2000년 3월 초에 이탈리아, 바티칸 시국, 프랑스, 독일을 차례로 방문했다. 그는 독일 방문 때 베를린자유대학에서 연설했다. 그는 이 연설에서 이른바 '베를린 선언'을 발표했다. 그는 연설에서 북한의 입장을 고려하며 내용에 심혈을 기울였다. 그가 '베를린 선언'에서 밝힌 주요 내용은 다음과 같다.

첫째, 북한이 경제적 어려움을 극복할 수 있도록 도와줄 준비가 되어 있다. 경제적 지원은 사회 간접 자본 확충, 민간기업의 투자 환경 조성, 식량 지원 및 근본적인 농업 구조 개혁이다.

둘째, 당면 목표를 통일이 아니라 냉전 종식과 평화 정착에 둔다.

셋째, 북한은 인도적 차원의 이산가족 문제 해결에 적극 나서라.

넷째, 이러한 문제를 해결하기 위해 남북 간 대화가 필요하며 이를 위해 특사 교환을 제안한다.

김대중은 '베를린 선언'을 발표하기 전에 그 요지를 판문점을 통해 북한에 보냈다. 북한에 대한 존중과 선언의 진정성을 보여주기 위해서였다. 정부의 제안을 사전에 북한에 알려준 경우는 과거에 없었던 일이었다.

'베를린 선언'이 있기 얼마 전인 2000년 1월 말경 현대 측은 자신들이 파악한 바로 남북정상회담이 가능할 것 같다는 소식을 전했다. 김대중은 이 사실을 보고받고 박지원 문화관광부 장관과 임동원 국정원장에게 정상회담 추진을 지시했다. 임동원은 1999년 12월 통일부 장관에서 국정원장으로 자리를 옮긴 상태였다. '베를린 선언'이 있기 직전인 2월 27일에는 북측이 싱가포르에서 접촉하자는 제안을 했다. 북측은 접촉 대표로 이미 송호경 아시아태평양평화위원회(아태위) 부위원장을 정해 놓았다.

김대중은 박지원과 임동원을 함께 불렀다.

"박지원 장관을 특사로 임명할 것이니 이번 대북 접촉은 박지원 장관이 맡고 국정원은 대북 협상 전문가를 뽑아서 뒷받침해 주십시오."

박지원은 자신보다 통일부 장관이 특사를 맡는 게 자연스럽겠다는 의견을 제시했다.

"통일부 장관이 특사를 맡는 게 자연스러울 것 같습니다."

김대중은 박지원에게 자신의 지시대로 대북 접촉을 맡으라고 다시 말했다.

"통일부 장관은 노출이 많아 어렵습니다. 이번 접촉은 보안이 생명입니다. 또 북쪽에서 박 장관을 선호하고 있습니다."

박지원과 북측의 송호경 아태위 부위원장은 '베를린 선언'이 있기 하루 전인 3월 8일 싱가포르에서 예비 접촉을 했다. 국정원에서는 김보현과 서훈 대북 전문가가 지원에 나섰다. 3월 7일에는 상하이에서, 3월 23일에는 베이징에서 특사 접촉이 있었다. 특사들은 정상회담을 6월 중순에 하자는데 합의를 이루었다. 3차 접촉은 4월 8일 베이징에서 했다. 이 자리에서 남북정상회담 개최 합의문이 작성되었다. 발표문은 양국의 약속에 따라 남과 북에서 4월 10일 동시에 발표했다. 남쪽에서 발표는 박재규 통일부 장관과 박지원 문화관광부 장관이 공동으로 했다.

"김정일 국방위원장의 초청에 따라 김대중 대통령이 금년 2000년 6월 12일부터 14일까지 평양을 방문한다. 평양 방문에서는 김대중 대통령과 김정일 국방위원장 사이에 역사적인 상봉이 있게 되며 남북정상회담이 개최된다. 쌍방은 가까운 4월 중에 절차 문제를 협의하기 위한 준비 회담을 하기로 하였다."

시민단체들과 경제단체 등 각계각층이 남북정상회담 소식에 큰 환호를 보냈다. 여론조사 기관에 따르면 국민 90퍼센트가 정상회담을 지지했다. 세계 각국도 환영 일색이었다. 클린턴 대통령은 특별성명을 발표하여 정상회담을 지지했다. 일본, 중국, 러시아, 독일, 프랑스 등도 지지를 보냈다.

그러나 야당은 남북정상회담 개최 발표를 비판했다.

"남북정상회담은 4월 말 총선을 염두에 두고 이루어진 것이다. 이는 '깜짝 쇼'에 불과하다."

김대중도 총선을 앞두고 정상회담 결과를 발표한 것에 부담을 느꼈지만, 북한의 가변성을 고려하여 발표를 그대로 감행하게 했다. 민족문제는 국내 정치문제보다 우선하는 것이라는 판단 때문이었다. 물론 총선이 4월 13일이었던 점을 고려할 때 정상회담 발표일을 며칠만 늦췄더라면 정치적 오해를 피하고 정상회담 발표도 더 빛났을 것이라는 평가도 있었다.

김대중 정부의 햇볕정책이 그 이전 정부의 대북 정책과 다른 점은 진정성과 일관성이었다. 과거 정권도 표면적으로는 평화적 공존 정책을 추구했다. 그러나 그 정책들은 주로 내부 통제용으로 활용했던 측면이 강했고 수시로 동원했던 대북 강경책으로 북한의 진정한 변화를 견인할 수 없었다.[151] 반면에 김대중은 1960년대 말 이후 대통령 재임 때까지 변함없이 화해·협력과 평화 통일 정책을 추구했다. 북한이 남북정상회담에 응하고 햇볕정책에 호응한 것은 김대중의 진정성과 일관성이 통했기 때문이었다.

예정보다 하루 늦춰진 6월 13일 오전 9시 15분 김대중 대통령과 일행이 서울에서 평양행 비행기를 탔다. 평양에 도착할 때까지도 불확실한 점들이 많았다. 공동선언문이 합의되지 않았고, 김일성 주석의 묘가 있는 금수산 궁전 참배 문제도 정리되지 않았다.

김대중 일행을 태운 비행기는 휴전선을 넘어 10시 30분쯤 평양 순안공항에 도착했다. 김대중과 남한 일행 모두 감개무량했다. 김대중은 평양에 도착한 순간 무어라 형언키 어려웠으며 가슴에서 울컥울컥 뜨거운 것이 올라왔다.

김하중 비서관이 김대중에게 다가와 조용히 말했다.

"김정일 위원장이 공항에 직접 나왔습니다."

예상하지 못했던 일이다. 순간 김대중은 회담이 잘 될 것 같다는 느낌을 받았다. 트랩에서 내린 김대중은 무릎을 꿇고 그 땅에 입을 맞추고 싶었으나 다리가 불편해서 그리 할 수가 없었다.[152]

트랩에서 내리니 저쪽에서 김정일 국방위원장이 다가오고 있었다. 김정일이 김대중의 손을 잡았다.

"반갑습니다."

"반갑습니다."

두 사람이 동시에 던진 이 말은 간단했지만, 감동과 흥분 등 이루 말로 표현할 수 없는 많은 의미가 함축되어 있었다.

두 사람의 만남은 역사적인 사건이었다. 이튿날 한국 조간신문은 물론이고 〈뉴욕타임스〉, 〈워싱턴포스트〉, 〈르몽드〉, 〈아사히신문〉, 〈쥐트도이체 차이퉁〉 등 전 세계 모든 신문 1면을 장식한 사진은 바로 두 정상의 첫 만남 장면이었다.[153]

김대중은 평양 도착 성명을 서면으로 발표했다. 그는 도착 성명에서 반세기 동안 쌓인 한을 한꺼번에 풀 수는 없지만, 시작이 반이라는 말처럼 그의 평양 방문으로 온 겨레가 화해와 협력, 그리고 평화 통일의 희망을 품게 되기를 진심으로 바란다고 말했다.

"우리는 한민족입니다. 우리는 운명 공동체입니다. 우리 모두 굳게 손 잡읍시다."

김대중과 김정일은 같은 차를 타고 평양 시내로 갔다. 김정일은 김대중에게 승용차 오른쪽 뒷좌석에 오르게 하고 자신은 왼쪽 뒷좌석에 앉았다. 정중한 예의의 표시였다. 평양 시내로 가는 거리에 수십만 환영 인파가 나와 있었다. 발을 구르며 손수건을 흔들기도 했고, 눈물을 흘리는 사람들도 있었다. 김대중과 남한 일행 모두에게 감동적인 장면이었다.

"저 많은 사람이 모두 자발적으로 대통령님을 환영하기 위해서 나왔습니다."

김대중이 청중들을 바라보며 말했다.

"남북 국민과 세계가 관심을 두는 회담에서 민족에게 희망을 주는 결과가 있었으면 합니다."

김대중은 평양에서 2박 3일 동안 머물면서 김정일과 두 차례의 정상회담을 포함하여 11시간 동안 자리를 같이했다.

1차 정상회담 때 김정일이 방북 인사들을 환영한다면서 말했다.

"김 대통령의 용감한 방북을 환영하기 위해 인민들이 용감하게 뛰쳐나왔습니다. 우리가 어떤 마음으로 방북을 지지하고 환영하는지 똑똑히 보여드리겠습니다. 장관들도 김 대통령과 동참해 힘든, 두려운, 무서운 길을 오셨습니다. 하지만 공산주의자도 도덕이 있고, 우리는 같은 조선 민족입니다."

김 대통령이 웃으며 대답했다.

"나는 처음부터 겁이 없었습니다."

이 말을 듣고 모두 웃었다.

김대중의 눈에 김정일은 예의가 바른 사람이었다. 그는 연장자인 김대중에게 깍듯했다. 정상외교의 관례를 깨고 공항까지 영접을 나왔고, 차에 함께 탔으며, 김대중이 먼저 탈 때까지 기다리는 등 세심하게 배려했다.[154] 김대중이 보기에 김정일은 이해력, 판단력, 결단력을 갖추고 있었다. 자신의 주장을 내세우다가도 김대중의 논리적인 설명에 이해가 가면 자신의 의견을 거두는 유연성이 있었다.

정상회담 때 김정일은 남한의 국정원에 대해 부정적인 이야기를 했다.

"우리는 대통령의 평양 방문을 국정원이 주도했다면 동의하지 않았을 것입니다. 박지원 장관이 나섰다길래 김 대통령께서 다른 라인으로 직접 추진하시는 것으로 생각했습니다."

김대중이 대답했다.

"정부가 달라졌고, 국정원도 과거와는 많이 달라졌습니다."

김정일이 현대 이야기를 꺼냈다.

"현대가 추진하고 있는 금강산 사업이 큰 성과를 내고 있습니다. 정상회담을 추진한 배경 중 하나입니다."

김대중도 같은 생각이라고 했다.

"현대가 좋은 본보기를 보여주고 있습니다. 미래 남북 협력의 이정표를 만들고 있습니다."

본격적인 회담에 들어갔다. 김대중이 먼저 네 가지 주요 관심사에 관해 설명했다. 30분가량에 걸쳐 설명한 네 가지 주제는 화해와 통일문제, 긴장 완화와 평화문제, 남북 교류 협력 문제, 이산가족 상봉 문제였다. 그는 김정일의 서울 답방에 대해서도 언급했다. 김대중은 이것을 설명한 다음, 요약한 문건을 김정일에게 건넸다.

김정일은 김 대통령의 구상이 무엇인지 잘 알게 되었다고 말했다. 그러면서 회담에서의 합의는 큼직한 선언적 내용에 초점을 맞추고 나머지는 당국 간 장관급 회담에 위임하자고 했다.

"저와 대통령은 자주적 해결의 원칙이나 통일의 방도와 같은 큼직한 문제만 다루고, 남북 교류 협력이나 이산가족 문제 등은 장관급 회담에 위임하면 좋겠습니다."

김대중의 생각은 달랐다. 사실 큰 원칙은 7·4 공동성명이나 남북기본합의서에 이미 들어 있었다. 김정일식으로 하면 김대중은 사실상 빈손으로 돌아가는 꼴이 될 수 있었다.

"통일의 원칙이나 남북 관계의 발전 방향은 이미 7·4 공동성명이나 남북기본합의서에 들어있습니다. 그러니 이번에는 당면한 실천적 과제에 합의를 보아야만 겨레에게 희망을 줄 수 있고 서로 신뢰를 쌓을 수 있습니다. 이산가족 상봉, 경제·사회·문화 교류, 김정일 위원장의 서울 방문 등에 대해서도 진전된 내용이 있어야 합니다."

두 사람 사이에 정상회담의 목표와 관련하여 상당한 이견이 있음이 틀림없었다. 이견을 확인했는지 김정일이 불쑥 다른 문제점을 지적했다.

"남쪽에서는 공존, 공영하자면서도 우리를 여전히 북괴라 하는데, 우리는 더 이상 남조선 괴뢰도당이라고 하지 않습니다. 의식이 문제예요. 남과 북이 서로 형제라는 의식을 가져야 합니다. 남에서는 우리를 '소련의 위성국'이라고 해서 북괴라 했는데 사실 우리는 남조선과는 달리 해방 후 소련군을 곧바로 철수시켰습니다. 북쪽에는 외국군이 없어요. 우리는 지금껏 자주성을 지켜 왔습니다."

김정일의 발언은 회담 분위기를 긴장시키기에 충분했다. 김대중이 나서서 해명했다.

"이제는 남쪽에서도 '괴뢰'라는 표현은 쓰지 않습니다."

김용순 비서가 끼어들었다.

"1999년 5월 24일에 조성태 국방부 장관이 '북한은 주적이다, 괴뢰다' 라고 말하고 또 북괴라고 했습니다."

김정일이 다시 발언했다.

"아직도 주변의 강대국들은 조선 반도의 분단을 고착시키고 두 개의 조선을 만들어 분할 통치를 하려고 합니다. 그런데 대통령께서는 자꾸 이 나라 저 나라를 찾아가서 협력을 구하고 균형을 맞추려고 하는데, 그런 데서 탈피하고 우리 민족끼리 자주적으로 해결해야 합니다."

김대중이 한반도와 동북아 평화에 대한 자신의 의견을 설명했다.

"우리는 미국과 안보 동맹을 맺고, 일본과도 가깝게 지냅니다. 중국이나 러시아와도 좋은 관계를 유지하고 있습니다. 북측도 그렇게 해야 합니다. 현재 북측이 중국·러시아와 가깝게 지내는데 더 나아가 미국·일본과도 좋은 관계를 유지해야 합니다. 남과 북이 모두 이 네 나라와 좋은 관계를 맺고 지내야 한반도의 평화와 통일에 도움이 됩니다. 반면에 지금처럼 북측이 계속 미국과 적대 관계를 유지하면 한반도 평화는 기대하기 어렵습니다. 북이 살길은 안보와 경제 회생 아닙니까. 그것을 해결하기 위해서 핵 문제 및 미사일 문제 등을 해결하고 미국과 조속히 관계 개선을 해야 합니다. 저도 북이 미국, 일본, 유럽 국가들과 좋은 관계를 맺을 수 있도록 적극 지원하겠습니다."

김정일도 물러서지 않았다.

"대통령의 말씀은 틀린 말이 아니나 통일문제는 어디까지나 남과 북이, 우리 민족끼리 힘을 합쳐 해결해 나아가야 합니다. 당사자끼리 하자는 거지요."

김대중이 민족문제에 대한 자신의 견해를 밝혔다.

"저도 우리 민족문제에 있어 '자주'가 중요한 전제가 되어야 한다고 생각하는 사람입니다. 하지만 '배타적인 자주'가 아니라 '열린 자주'가 돼야 한다는 것입니다."

두 사람의 대화는 팽팽한 긴장감을 불러일으켰다. 두 사람의 주장은 같은 것 같으면서 차이가 났고 차이가 난 듯하면서 비슷한 점이 있었다.

논쟁은 통일 방안으로 이어지면서 좀 더 구체적 내용으로 들어갔다. 김정일은 연방제 통일 방안을 제안했다.

"우리는 첫째 민족 자주 의지를 천명하고, 둘째 연방제 통일을 지향하되 '낮은 단계의 연방제'부터 하자는데 합의하고, 셋째 남북 간 대화를 즉각 개시하여 정치·경제·사회 문제를 풀어 나아가는 것으로 합의하자는 것입니다."

김대중은 '2 체제 연방제' 통일 방안은 수락할 수 없다고 말했다.

"우리는 '남북연합제'를 제안합니다. '남북연합제'는 통일 이전 단계에서 2 체제 2 정부의 협력 형태를 의미합니다."

김정일은 계속 연방제라는 표현을 고집했다.

"남측이 말하는 '연합제' 방식이 곧 우리가 말하는 '낮은 단계의 연방제'입니다."

옆에서 두 사람의 대화를 듣고 있던 임동원이 김 대통령의 양해를 얻고 연합제와 연방제의 다른 점을 설명했다.

"연방제는 연방정부, 즉 통일된 국가의 중앙 정부가 군사권과 외교권을 행사하고, 지역 정부는 내정에 관한 권한만 행사하게 됩니다. 연합제는 이와 달리 각각 군사권이나 외교권을 가진 주권 국가들의 협력 형태를 말합니다. 저희가 주장하는 '남북연합'이란 통일의 형태가 아니라 통일

이전 단계에서 남과 북의 두 정부가 통일을 지향하며 서로 협력하기 위한 제도적 장치를 말합니다. 통일된 국가 형태를 말하는 '연방'과는 다른 개념임을 이해해 주셨으면 합니다."

김정일이 임동원의 설명 뒤에 자신의 의견을 말했다.

"나는 완전 통일까지는 앞으로 40년, 50년이 걸릴 것으로 생각합니다. 그리고 내 말은 연방제로 즉각 통일하자는 것이 아닙니다. 그것은 냉전 시대에 하던 얘기입니다. 내가 말하는 '낮은 단계의 연방제'라는 것은 남측이 주장하는 '연합제'처럼 군사권과 외교권은 남과 북의 두 정부가 각각 보유하고 점진적으로 통일 추진하자는 개념입니다."

김대중이 나섰다.

"통일 방안은 여기서 합의할 수 있는 성질의 것은 아닙니다. 우리가 주장하는 '남북연합제'와 북측의 '낮은 단계의 연방제'에 대해 앞으로 계속 논의하기로 하면 될 것입니다."

김정일은 다시 연방제 이야기를 꺼냈다.

"그러면 이렇게 합의합시다. 남측의 '연합제'와 북측의 '낮은 단계 연방제'가 뜻은 같은 것이니, 낮은 단계의 연방제로 남북이 협력해 나가자고 합시다."

김정일은 연방제라는 용어를 계속 합의문으로 만들고 싶어 했다.

김대중이 절충안을 제시했다.

"북이 낮은 단계의 연방제를 제의했고 남이 남북연합제를 제의했는데 말씀하신 대로 양자 간에는 공통점이 많습니다. 그러니까 앞으로 함께 논의해 나아가는 것으로 합의합시다."

김정일이 김대중의 제안에 동의했다.

"좋습니다. 그 정도로 합의합시다."

이렇게 해서 통일 방안에 대한 중요한 내용에서 의견 접근이 이루어졌다.[155]

회담을 시작한 지 2시간이 지났다. 잠시 쉬는 시간을 가진 후 다시 회담이 시작되었다. 김대중이 '남북 경제 협력'에 대해서 말문을 열었다.

"현대는 산업공단 위치로 신의주보다는 남쪽에 가까운 곳, 이를테면 해주 같은 곳이 유리하다고 판단하고 있는데 위원장께서 하루속히 결정해 주시기 바랍니다."

김정일이 긍정적으로 답변했다.

"산업 공단 건설 등을 현대와 협의하여 진행하겠습니다."

김대중은 경의선 철도에 대해서도 언급했다.

"경의선 철도를 연결해서 복선화하면 북측으로서는 사용료를 취하게 되고, 남측은 물류비용을 절감할 수 있어 공동 이익이 됩니다. 끊어진 민족의 대동맥을 연결한다는 상징성은 물론이고, 더 나아가 유럽으로 철도가 연결되면 한반도가 물류 중심지가 될 수 있습니다."

김정일이 바로 공감을 표시했다.

"우리도 전적으로 동의합니다."

남북 간 경제 협력 문제는 통일문제와는 달리 쉽게 의견 일치를 보았다.

이산가족 문제도 김정일이 긍정적으로 대답했다.

"지난번 임동원 특사께도 말씀드렸지만, 이산가족 문제는 못 할 게 없다는 생각입니다. 이번 8·15 광복절에 시험적으로 100명 정도씩 서울-평양 교환 방문을 해보고, 그러면서 단계적으로 확대 추진하면 좋겠습니다."

김대중이 즉각 동의했다.

"저도 김 위원장의 말씀과 같은 생각입니다."

김대중이 이산가족 문제에 대한 합의와는 별개로 탈북자 문제를 꺼냈다.

"남쪽의 국정원과 통일부는 왜 자꾸 탈북자를 끌어들입니까. 여기서 도망친 범죄자들을 감싸고 돌면서 선전에 이용하고 비방 중상하고……"

임동원이 김대중 대신 대답했다.

"남측 정부 기관이 탈북자를 유인하는 일은 결코 없습니다. 다만 서울에 오는 탈북자는 같은 민족으로서 받아들이는 게 당연한 일 아니겠습니까. 국정원장으로서 단언컨대 탈북자 문제를 선전에 이용하는 일은 전혀 없습니다. 그리고 남북기본합의서에서 합의했듯이 비방 중상은 하지 않아야 합니다. 이번 기회에 두 분 정상께서 상호 비방 중상을 그만두는 것으로 합의하는 것도 의미 있는 일이라 판단됩니다."

김정일은 탈북자 문제로 분위기를 깨고 싶은 생각은 없었던 것 같다. 임동원이 상호 비방하지 말자는 발언을 받아 즉석에서 동의했다.

"좋습니다. 이번 기회에 아예 비방 중상을 하지 않기로 합시다. 군대에서 하는 대남, 대북 방송도 중지합시다."

김대중도 즉각 동의했다.

"위원장께서 좋은 제안을 해 주셨습니다. 그렇게 합시다."

정리에 능숙한 김대중이 즉석에서 지금까지 논의하고 합의한 내용을 정리하면서 김정일의 의견을 물었다.

"첫째, 우리 민족문제를 자주적으로 해결한다. 둘째, 북측이 제안한 낮은 단계의 연방제'와 남측의 '남북연합제'는 상통하는 점이 많아 양측 당국자들이 계속 협의한다. 셋째, 이산가족 문제를 해결한다. 넷째, 경제·

문화·사회 등 모든 분야에서 교류 협력을 활성화하여 상호 신뢰를 조성해 나간다. 다섯째, 당국 간 회담을 개최하여 구체적으로 합의하고 실천해 나간다."

김정일은 김대중이 정리하여 발표한 내용에 만족해했다.

"좋습니다. 대통령께서 잘 정리하셨습니다."

김대중이 조심스럽게 새로운 것 하나를 추가 제안했다. 김정일의 서울 방문과 '제2차 정상회담' 개최에 관한 것이었다. 김정일은 서울 답방 문제에 대해서 명확한 답을 주지 않으려 했다. 이에 김대중은 인간적인 호소로 그의 감성을 자극했다.

"김 위원장이 동방예의지국 지도자답게 연장자를 굉장히 존중하는 것은 천하가 다 아는 사실입니다. 내가 김 위원장보다 나이가 많습니다. 나이 많은 내가 먼저 평양에 왔는데 김 위원장께서 서울에 안 오면 되겠습니까. 서울에 반드시 오셔야 합니다. 서울에 오시면 우리도 크게 환영하고 환대할 것입니다."

김정일은 한참 동안 말이 없었다. 그는 망설이고 있음이 분명했다. 그가 동요하고 있음을 눈치챈 임동원이 중재안을 꺼냈다.

"이렇게 합의하면 어떻겠습니까. '김대중 대통령이 김정일 국방위원장의 서울 방문을 정중히 요청했으며, 김정일 위원장은 앞으로 편리한 시기에 서울을 방문하기로 합의했'라고 말입니다. 일단 이 정도로 합의하고 방문 날짜는 다시 협의하면 되지 않겠습니까."

김정일이 그렇게 하자고 했다. 김대중은 김정일이 서울 답방에 두리뭉실하게나마 동의하자 안도의 한숨을 쉬었다. 그는 김정일의 서울 답방 문제까지 풀렸으니 평양 방문의 목표가 대부분 달성되었고 생각했다.

김정일이 웃으며 김대중에게 주문했다.

"협의 사항 이행 과정에서 문제가 있으면 대통령께서 임 특보를 자주 평양에 보내세요."

임동원은 정상회담 당시에는 국정원장이었지만 그전에는 외교안보특보를 맡은 바 있었다. 김정일은 남한 국정원에 대해 매우 부정적이었지만 임동원에 대해서는 크게 신뢰하는 눈치였다.

김대중이 김정일에게 새로운 제안을 했다.

"김 위원장께서 우리 언론에서 쓰는 추측 기사라든가, 정계에서 불쑥불쑥 튀어나오는 말에 너무 신경 쓰지 않으셨으면 합니다. 그런 문제를 비롯하여 뭔가 중요한 문제가 생기면 우리 두 정상이 직접 의사소통합시다. 이 기회에 두 정상 간 비상연락망을 마련하는 게 어떻겠습니까."

"그거 좋은 생각입니다. 그렇게 합시다."

이렇게 하여 남북 정상 간의 비상연락망 설치도 합의가 이루어졌다.

분위기가 좋아서 그랬는지 회담 말미에 김정일은 남한에 주둔하고 있는 미군 문제에 대해 뜻밖의 발언을 했다.

"내가 1992년 초 미국 공화당 정부 시기에 김용순 비서를 미국에 특사로 보내 '남과 북이 싸움 안 하기로 했다. 미군이 계속 남아서 남과 북이 전쟁을 하지 않도록 막아주는 역할을 해 달라'고 요청했습니다. 역사적으로 주변 강국들이 한반도의 지정학적 위치의 전략적 가치를 탐내어 수많은 침략을 자행한 사례를 들면서 '동북아시아의 역학 관계로 보아 조선 반도의 평화를 유지하는 일에서 미군이 와 있는 것이 좋다'고 말했습니다."

김대중은 회담 전 임동원이 특사 자격으로 평양을 방문하여 김정일을 만나고 돌아와 비슷한 이야기를 한 것을 전해 들었다.

"지난번 임동원 특사로부터 김 위원장의 말을 전해 듣고 깜짝 놀랐습니다. 김 위원장이 민족문제에 대해서 그처럼 탁월한 식견을 가지고 계실 줄 몰랐습니다. 미군이 한반도에 주둔하면서 세력 균형을 유지해 주면 우리 민족의 안전에 큰 도움이 될 것입니다."

"대통령도 미군 주둔의 필요성을 말씀하셨으니 이 문제에서 나와 의견이 같다고 볼 수 있겠습니다."

"그런데 한 가지 궁금한 게 있습니다. 왜 북쪽은 언론 매체를 통해 계속 미군 철수를 주장하고 있습니까."

"그것은 우리 인민들의 감정을 달래기 위한 것이니 이해해 주시기 바랍니다."

이 말을 하면서 김정일은 미군의 지위와 역할이 변경되어야 한다는 말도 했다. 주한미군은 북한에 적대적 군대가 아니라 조선 반도의 평화를 유지하는 군대로 주둔해야 한다는 것이다. 김정일의 미군 관련 발언은 한국의 대북 적대시 정책을 미국이 막아달라는 것을 넘어, 통일 이후 동북아의 지정학 속에서 한반도 평화를 미군이 지켜 달라는 의미로 해석할 수 있다.[156]

정상회담이 막바지에 이르렀다. 남은 과제는 공동선언문의 서명 주체를 누구로 할 것인가였다.

김정일은 수표(서명) 문제에서는 본인이 아니라 김용순으로 하기를 원했다.

"상부의 뜻을 받들어 조선노동당 중앙위원회 비서 김용순과 대한민국 국정원장 임동원으로 하면 좋겠습니다."

김대중이 반대했다.

"서명은 김정일 위원장과 김대중 대통령이 해야 합니다. 그래야 합의문의 공신력이 높아집니다."

김정일은 한발 물러서 다른 대안을 제시했다.

"수표(서명)를 김대중 대통령과 김영남 최고인민회의 상임위원장이 하고 합의 내용을 김정일 위원장이 보증하는 식으로 하면 어떻겠습니까?"

그는 그 이유로서 북한을 대표하는 사람은 김영남 상임위원장이라는 점과 과거 7·4 공동성명도 상부의 뜻을 받들어 이후락과 김영주, 이런 식으로 했다고 주장했다.

"7·4 공동성명 작성 때는 이후락이 왔지만, 이번에는 대통령이 직접 왔으니까 김정일 위원장과 김대중 대통령으로 하는 게 옳습니다."

임동원이 거들었다.

"이 선언문은 우리 민족사에 새로운 전기를 마련하는 기념비적인 문건입니다. 이것을 마련하신 두 분이 직접 서명하여 역사에 길이 남겨야 하지 않을까요. 이 얼마나 역사적이고 자랑스러운 일입니까"

김정일이 웃으며 말했다.

"좋습니다. 대통령이 전라도 태생이라 그런지 무척 집요하군요."

김대중도 웃으며 김정일에게 말했다.

"김 위원장도 전라도 전주 김씨가 아니오. 그렇게 합시다."

이 논쟁은 결국 김정일이 김대중의 주장을 수용하면서 일단락되었다. 서명 주체를 대한민국 대통령 김대중과 조선민주주의인민공화국 국방위원장 김정일로 결정한 것이다.[157]

14일 밤 김대중이 주관한 만찬이 목란관에서 열렸다. 북측 인사 150여 명과 남측 인사 50여 명이 참석했다. 김대중과 김정일이 함께 연단으로 올라갔다. 남과 북, 참석자 모두가 두 사람을 주시했다. 김대중이 말했다.

"여러분, 모두 축하해 주십시오. 우리 두 사람이 남북공동선언에 완전히 합의했습니다."

김대중의 발언이 끝난 후 김대중·김정일이 손을 잡고 높이 들어 올렸다. 모두 일어나 손뼉을 쳤다. 박수 소리가 끊임없이 이어졌다. 절정의 순간이었다. 만찬장에 카메라 기자가 없는 것을 알고 급히 카메라 기자들을 불렀다. 그리고 두 사람은 다시 손을 잡고 높이 들었다. 남북공동선언의 공식 발표일은 6월 15일로 하였지만 이렇게 실질적으로는 6월 14일 내용을 모두 공개했다.

「남북공동선언」

조국의 평화적 통일을 염원하는 온 겨레의 숭고한 뜻에 따라 대한민국 김대중 대통령과 조선민주주의인민공화국 김정일 국방위원장은 2000년 6월 13일부터 15일까지 평양에서 역사적인 상봉을 하였으며 정상회담을 가졌다. 남북 정상은 분단 역사상 처음으로 열린 이번 상봉과 회담이 서로 이해를 증진시키고 남북관계를 발전시키며 평화 통일을 실현하는 데 중대한 의의를 가진다고 평가하고 다음과 같이 선언한다.

1. 남과 북은 나라의 통일문제를 그 주인인 우리 민족끼리 서로 힘을 합쳐 자주적으로 해결해 나가기로 하였다.

2. 남과 북은 나라의 통일을 위한 남측의 연합제 안과 북측의 낮은 단계의 연방제 안이 서로 공통성이 있다고 인정하고 앞으로 이 방향에서 통일을 지향해 나가기로 하였다.

3. 남과 북은 올해 8·15에 즈음하여 흩어진 가족, 친척 방문단을 교환하며 비전향 장기수 문제를 해결하는 등 인도적 문제를 조속히 풀어나가기로 하였다.

4. 남과 북은 경제 협력을 통하여 민족경제를 균형적으로 발전시키고 사회, 문화, 체육, 보건, 환경 등 제반 분야의 협력과 교류를 활성화하여 서로의 신뢰를 다져 나가기로 하였다.

5. 남과 북은 이상과 같은 합의 사항을 조속히 실천에 옮기기 위하여 이른 시일 안에 당국 사이의 대화를 개최하기로 하였다.

김대중 대통령은 김정일 국방위원장이 서울을 방문하도록 정중히 초청하였으며 김정일 국방위원장은 앞으로 적절한 시기에 서울을 방문하기로 하였다.

2000년 6월 15일
대한민국 대통령 김대중 · 조선민주주의인민공화국 국방위원장 김정일

하루 앞당겨 합의 내용을 발표한 만찬장은 저녁 늦게까지 축제 분위기를 이어갔다. 중간에 특별 수행원인 고은 시인이 연단으로 올라갔다. 그는 아침 숙소에서 시를 썼다면서 「대동강 앞에서」라는 시를 낭송했다.

"무엇하러 여기 와 있는가
무엇하러 여기 왔다 돌아가는가
민족에게는 기필코 내일이 있다
아침 대동강 앞에 서서

나와 내 자손 대대의 내일을 바라본다

아 이 만남이야말로

이 만남을 위해 여기까지 온

우리 현대사 백 년 최고의 얼굴 아니냐

이제 돌아간다

한 송이 꽃 들고 돌아간다."**158**

남북정상회담에 대한 해외 언론의 반응은 뜨거웠다.

"남북정상회담으로 세계 최후의 냉전 지대에 평화가 올 수 있다면 이는 1972년 닉슨-모택동에 필적하는 역사적인 사건이 될 것이다."(일본 〈니혼게이자이신문〉, 6.11. 사설)

"정상회담은 김대중 대통령의 오랜 노력이 클라이맥스에 이르렀음을 의미하고 김정일 위원장에게는 폐쇄 상태로부터의 과감한 탈출을 뜻한다. 이는 역사의 시작이요, 민족적 단결을 위한 기초이다."(미국 〈워싱턴포스트〉, 6.13)

"김정일 위원장이 트랩을 내려오는 김대중 대통령을 영접한 것은 1994년 김일성 전 주석 사망에 따른 그의 권력 승계 이후 '가장 눈부신 외출'이다."(프랑스 〈르 몽드〉, 6.13)

"만일 남북정상회담에서 모든 것이 계획대로 추진된다면 한국에게 오늘은 50년간의 겨울을 끝내기 시작하는 기념비적인 날이 될 것이다."(영국 〈인디펜던스〉, 6.13)

"13일 남북정상회담이 개최되었다는 단순한 사실 그 자체만으로도 역사적인 것이다."(미국 〈워싱턴타임스〉, 6.13. 사설)

"남북정상회담은 1970년 브란트-슈토프가 만난 동·서독 정상회담과 비견될 것이며 훗날 한반도 통일의 출발점으로 간주될 것이다."(독일 〈쥐트도이체 차이퉁〉, 6.14. 사설)

"남북정상회담은 지난 한 세기 동안 한국의 운명을 결정하는 미·일·중·러의 간섭으로부터 자신이 운명에 대한 통제권을 되찾을 수 있는 기회이다."(영국 〈파이낸셜타임스〉, 6.14)

"남북 대화 복원에 성공함으로써 김대중 대통령 위상은 '근대 한국 역사의 '거대한 힘'으로 자리매김할 것이 확실하다."(미국 〈뉴욕타임스〉 6.14)[159]

남북정상회담으로 가장 크게 변화한 것은 '이미지'와 '분위기'였다. 북한 〈로동신문〉은 정상회담 직후 지면에서 '남조선면'을 없앴다. 그동안 〈로동신문〉은 5면 전체를 남조선 면으로 할애, 대남비방과 억지 기사를 게재해 왔는데 이를 없앤 것이다. KBS도 북한을 상대로 한 사회 교육 방송 중 '노동당 간부에게'라는 프로그램을 폐지했다. 그동안 북한을 '북괴'라고 표기해 온 국방부도 '북한'으로 표기한다고 발표했다. 여론조사도 김정일과 평양을 대하는 한국 사회의 시선이 한결 부드러워졌음을 보여주었다. 〈대한매일신문〉은 정상회담이 있은 지 한 달이 지난 7월 18일 여론조사 결과를 발표했다. 이 조사에 따르면 김정일에 대한 이미지를 묻는 질문에 '매우 좋게 변했다'라고 대답한 사람이 13.5퍼센트였고 '비교적 좋게'가 62.7퍼센트로 나타났다. 국민의 76.2퍼센트가 긍정적 변화를 보인 것이다. 반면 '부정적 변화'는 1.4퍼센트였으며, '별 변화가 없다'라고 대답한 사람은 22.4퍼센트에 불과했다.

정상회담 이후 남북 장관급 회담이 열렸다. 7월 29일부터 열린 회담에서 남과 북은 6개 항에 합의했다. 합의 내용은 8월 15일 판문점 연락사무소 업무 재개, 8·15를 즈음해서 남과 북 그리고 해외에서 공동선언 지지 행사 개최, 조총련 동포들의 고향 방문 협력, 경의선 철도의 끊어진 구간 연결, 8월 29-31일 평양에서 제2차 남북 장관급 회담 개최 등이었다.

8월 5일에는 남한의 언론사 사장단 56명이 7박 8일 일정으로 북한의 명소를 돌아봤다. 김정일은 언론사 사장들 앞에서 서울 방문에 대해 검토 중이라고 했고, 미국과의 수교는 미국이 북한에 씌우고 있는 테러국가 고깔을 벗겨주면 언제든지 가능하다고 했다. 그러나 김정일은 일본과의 수교에 대해서는 엄격한 조건을 붙였다. 일본이 36년간 조선을 지배한 데 대해 보상해야 한다고 했다. 그는 자존심을 꺾으면서까지 일본과 수교는 절대 안 한다고 강조했다.

8월 15일 광복절을 맞아 서울과 평양에서 이산가족 상봉이 있었다. 1985년 이후 15년 만의 만남이었다. 남측 이산가족 102명이 평양에서 북에 있는 218명의 가족을 만났다. 이들은 전체 방북 희망자 76,793명 중 최종 선택된 사람들이었다. 북측의 이산가족 101명은 서울에서 남아 있는 가족 750명을 상봉했다.

남북정상회담 후 국민들 사이에서 북한 문제가 단연 으뜸 이슈로 부각했다.

"이러다가 정말 통일되는 것 아니야."

"그러게 말이야. 불가능할 것으로 생각했던 일들이 계속 일어나네."

"이번에 안 사실인데, 〈동아일보〉 북한 취재단은 전에 김일성의 보천보 전투 기사가 담긴 1937년 〈동아일보〉 지면을 금박이로 만들어 김정일에게 선물로 전했다는데."

"그럼 김일성의 독립운동을 사실로 인정한 것이 되잖아."

"그렇지. 여하튼 너무 갑자기 많은 것이 변하니 머리가 다소 혼란스러워."

"그래도 전쟁에 대한 걱정으로 머리가 혼란스러운 것보다는 훨씬 낫지."

"나는 백두산을 중국 쪽이 아닌 북한 쪽을 통해 올라가고 싶어. 금강산 관광도 성사시켰으니 북한 쪽을 거친 백두산 관광도 성사되었으면 좋겠어."

"나는 평양 옥류관에 가서 평양냉면을 먹고 싶다."

9월 11일 북에서 김용순 특사가 남북 직항로를 이용해서 서울에 왔다. 10킬로그램짜리 칠보산 송이 300상자를 추석 선물로 싣고 왔다. 양국은 7개 항의 합의사항을 발표했다. 김정일의 서울 방문에 앞서 김영남 최고인민회의 상임위원장이 서울을 방문하기로 했다. 이산가족 면회소 설치, 이산가족의 계속 상봉 문제도 협의하기로 했다. 남북 간 경제 협력을 활성화하기 위해 투자 보장, 이중과세 방지 등 제도적 장치를 마련하기 위한 실무 접촉도 개최하기로 했다. 남북 간 경의선 철도와 도로 연결을 위해 이른 시일 내에 남북이 기공식도 개최하기로 했다.

9월 18일 임진각 자유의 다리 앞에서 경의선 연결 기공식이 있었다. 경의선은 1906년 개통되었으나 광복 직후인 1945년 9월 운행이 중단되었다. 그게 연결된다면 55년 만의 일이 된다. 경의선 연결은 문산-개성 구간 24킬로미터를 대상으로 했다. 김대중은 오래전부터 '철의 실크로드'를 구축하자고 주장했다. 옛날 비단길로 불리기도 했던 실크로드Silk Road는 고대 중국과 서역 국가 간에 비단을 비롯한 여러 가지 교역을 하면서 정치·경제·문화를 이어 준 교통로의 총칭이다. 김대중은 여기서 아이디어를 내 남과 북의 철도 연결은 곧 우리가 유라시아 대륙으로 뻗어 나갈 수 있는 '철의 실크로드'라고 불렀다. 그는 재임 중 남과 북의 철도 연결에 지대한 관심을 가졌다. 경의선 연결 기공식은 그 출발점이었다.

시선을 바꾸어 공동정부의 파트너인 자민련의 김종필은 김대중의 대북정책에 대해 어떤 생각을 지녔는지 살펴볼 필요가 있다. 김종필이 총리로 재임하는 동안 김대중과 김종필은 국정 전반에 대해 무난한 협력체제를 유지했다. 그러나 햇볕정책과 관련해서는 두 사람 사이에 깊은 교감이 없었던 것 같다. 김종필이 보건대, 김대중은 햇볕정책에 관한 한 밀어붙이기로 임했고 정권 내부에서 다른 견해와 지적을 들으려 하지 않았다. 김종필은 이런 분위기에 정면 대응하지 않고 가끔 견제와 충고의 목소리를 내는 우회적 방법으로 자기 생각을 표출했다. 그가 1998년 12월 동부 전선 군부대를 방문했을 때 발언이다.

"동족이니까 얼마든지 통일할 수 있다는 환상을 가지고 통일문제를 다루는 사람이 많다. 북한은 분명한 적인 만큼 그런 환상을 버려야 한다."

김종필이 총리 자리에서 물러나고 두 달이 지난 2000년 3월 김대중은 독일 베를린자유대학 강연에서 이른바 '베를린 선언'을 발표했다. 북한에 사회간접자본 확충을 포함한 대규모 경제지원을 할 테니 남북 간 특사를 교환하자는 제안이었다. 김종필은 북한 측이 햇볕정책에 대해 아무 반응도 보이지 않고 있는데 그런 선언을 한 것을 긍정적으로 보지 않았다. 그는 자민련 측근들에게 이해하지 못하겠다는 반응을 보였다.

"왜 이렇게 서두르는지 모르겠다."

2000년 6월 남북정상회담을 마친 직후 김대중은 김종필 부부를 청와대로 초청하여 만찬을 했다. 총리직에서 물러난 지 5개월 정도 지난 후였다. 김대중이 김종필에게 남북정상회담의 내용을 설명하고 조언을 구하기 위한 자리였다. 김대중이 김종필을 반갑게 맞이했다.

"오랜만입니다. 그동안 적조했습니다."

김종필도 반갑게 응답했다.

"5개월 만에 뵙습니다. 이번에 큰일 하셨습니다."

김대중은 평양 방문에서 있었던 일과 6·15 남북공동선언 내용에 대해 상세하게 설명했다. 김종필은 덕담으로 응답했다.

"합의사항이 잘돼서 민족의 앞길을 열어갔으면 좋겠습니다."

이날 만찬 자리는 화기애애하게 끝났다. 두 사람의 유대는 계속되고 있었다.

그러나 화기애애한 자리에도 불구하고 김종필은 공동선언에서 명시한 연합제나 낮은 단계의 연방제 통일 방안은 그의 경험적 통일관이나 비전과는 거리가 멀다고 생각했다. 서로 다른 체제를 봉합하는 방식으로 통일이 된다면 그 이후 또 다른 문제를 초래할 가능성이 크다고 보았다. 후유증을 최소화하려면 딱 하나의 체제를 제시해 통일을 이뤄야만 한다는 것이 그의 지론이었다. 그래서 그는 김대중과의 만찬 직후에도 남북 관계 추진에서 신중함을 주문했다.

"남북정상회담을 높이 평가하고 현실로 받아들인다. 다만 전향적이면서도 냉철하고 신중하게 준비해야 한다."**160**

내각제 문제 같은 중요 문제에서 양보와 이해를 구하는 고도의 정치적 타협을 이룬 두 사람이었지만, 남북문제와 통일에 대한 자세에서 인식 차이가 난 것은 나중에 김대중과 김종필을 가르는 결정적 배경이 될 수 있음을 암시했다. 그러나 이런 간격과는 별개로 김종필의 김대중에 대한 평가는 전체적으로 보면 긍정적이었다. 그의 이런 평가법은 그가 호찌민을 평가한 것과 유사할 수 있다.

"나는 공산주의는 싫어하지만 호찌민은 존경할 만한 지도자라고 생각합니다. 시종일관 꿋꿋한 의지를 가지고 싸워 프랑스를 물리치고 미국과도 강하게 맞서고 있지 않습니까. 대단한 사람입니다."[161]

김대중이 노벨상 후보로 처음 추천받은 것은 1987년이었다. 1971년 노벨평화상을 수상했던 빌리 브란트 전 서독 총리가 그가 총재로 있던 사민당 소속 국회의원 73명의 서명을 받아 김대중을 노벨평화상 후보로 추천했다. 1987년 당시 브란트는 사민당 총재이면서 사회주의 인터내셔널(SI) 의장으로서 매우 영향력 있는 인물이었다. 김대중은 1987년 8월 최종 3인의 후보자 중 한 명으로 올라갔다.

그런데 변수가 생겼다. 6월항쟁으로 민주화가 되면서 그해 12월에 대통령 선거가 실시되고, 김대중이 대선에 출마한 것이다. 노벨평화상 심사위원회는 노벨평화상이 정치적으로 이용되어서는 안 된다는 원칙 아래 김대중을 수상 후보자 명단에서 제외했다.[162] 김대중은 그 후 매년 노벨평화상 후보로 추천받았고, 2000년 추천은 열네 번째 추천이었다.

2000년 10월 13일, 노르웨이 노벨위원회는 2000년 노벨평화상 수상자로 김대중을 선정했다.

"노르웨이 노벨위원회는 2000년 노벨평화상 수상자로 한국과 동아시아의 민주주의와 인권 신장 및 북한과 화해와 평화에 기여한 한국의 김대중을 선정했다."

군나르 베르게 위원장은 김대중을 노벨상 수상자로 선정한 이유로 그가 한국에서 수십 년간 지속한 권위주의 체제 아래에서 생명의 위협과 기나긴 망명 생활에도 불구하고 한국 민주주의를 대변했다고 설명했다. 베르게 위원장은 김대중이 1997년 대통령 선거에 당선됨으로써 한국을 세계 민주주의 국가 대열에 올려놓았으며, 대통령으로서 민주 정부 체제를 공고히 했고, 한국 내의 화합을 도모했다고 밝혔다. 베르게 위원장은 또 김대중이 햇볕정책을 통해 남북한 사이에 50년 이상 지속한 전쟁과 적대감을 극복하려고 노력했다는 점을 높게 평가했다. 베르게 위원장은 김대중이 동티모르의 독립과 미얀마에서 독재에 항거한 미얀마의 아웅 산 수 치 여사의 인권 신장을 위해 노력한 것도 언급했다. 이로써 김대중은 1998년 우리나라 최초의 수평적 정권교체, 우리나라 최초의 남북정상회담 개최, IMF 경제위기 조기 극복, 우리나라 최초의 노벨평화상 수상이라는 영광을 한꺼번에 누리게 되었다. 그의 인생 최고의 시기였다.

김대중은 수상자로 선정된 직후 박준영 청와대 대변인을 통해 수상 소감을 발표했다.

"다시 없을 영광입니다. 지난 40년 동안 민주주의 인권, 그리고 남북한 평화와 화해 협력을 일관되게 지지해 준 국민의 성원 덕분으로 이 영광을 국민 모두에게 돌리고자 합니다. …… 앞으로도 인권과 민주주의, 한반도 평화를 위해서 그리고 아시아와 세계의 민주주의와 평화를 위해서 계속 헌신하고자 합니다."

국내 지지자들은 물론 외국의 언론과 국가 지도자들로부터 축하 글과 전화가 쇄도했다.

"말레이시아와 홍콩 같은, 자유를 아직 획득하지 못한 국민은 김 대통령을 바라보며 영감과 교시를 얻을 것이다"(《워싱턴포스트》, 10.14 사설)

"이데올로기로 분단된 한반도의 화해를 추진하기 위한 끈기 있는 노력으로 한국의 김대중 대통령에게 돌아간 노벨평화상은 끈질긴 암흑 속에서의 한 줄기 빛이다"(《더 타임스》, 10.14 사설)

"누구나 납득이 가는 수상이다. 진심으로 축복을 하고 싶다"(《아사히신문》 10.14 사설)

클린턴 대통령이 축하 전화를 했다. 클린턴은 김대중과 함께 노벨평화상 후보로 올라간 사람이었다. 그로부터 축하 전화를 받는 게 김대중으로서는 좀 미안했다. 김대중은 그가 상을 못 받은 데 대해 위로와 미안한 마음을 전했다. 그러나 클린턴은 절대 그렇지 않다고 말하면서 진심 어린 축하의 말을 전했다.

"이 세상에서 김 대통령만큼 가치 있는 상을 받을 만한 사람은 없다고 생각합니다. ……한반도에서 사람들의 머리와 마음을 움직이는 것이 얼마나 어려운 일입니까. 대통령께서 그 일을 해내셨습니다."

김대중은 12월 10일 오슬로 시청에서 열린 노벨평화상 시상식에 참석했다. 이 자리에서 김대중은 수상 연설을 하면서 다음과 같이 말했다.

"한국에서 민주주의와 인권 그리고 민족의 통일을 위해 기꺼이 희생된 많은 동지와 국민을 생각할 때 오늘의 영광은 제가 차지할 것이 아니라 그분들에게 바쳐야 마땅하다고 생각합니다. ……노벨상은 영광인 동시에 무한한 책임의 시작입니다."

23. 북한 땅의 남한 공단

　　남북정상회담 직후인 6월 말 현대그룹 명예회장 정주영 일행은 원산에서 김정일 위원장을 만나 경협사업 문제를 협의했다. 주 의제는 공단 조성 문제였다. 김정일은 공단 예정 지역으로 신의주를 추천했다. 남측과 가장 멀리 떨어져 있어 남쪽에 개방하더라도 부담이 적을 것 같아서였다.

　　"신의주가 중국과 가까우니 그곳에 공단을 지어 수출하면 좋을 것 같은데 정 회장 생각은 어떻습니까?"

　　정주영은 공단 예정지로 해주나 개성을 원했다. 공단을 가동하려면 전력이 충분히 공급되어야 하는데 북한은 전력 사정이 안 좋았다. 공단 관리, 남쪽 사람들의 출퇴근, 기술 지도, 물류비용, 완성된 제품을 남한으로 가져와 인천항 등에서 수출해야 하는 문제 등 여러 측면에서 신의주는 조건이 매우 안 좋았다. 남쪽과 가까운 쪽이어야 효율성이 발휘될 수 있었다.

　　"공단이 가동되면 전력이 원활하게 공급되어야 합니다. 해주나 개성이 좋을 것 같습니다. 그럼 남쪽에서 전기를 끌어올 수 있습니다."

정주영은 이렇게 해주와 개성 두 곳을 이야기했지만, 내심으로 해주 정도에서 결정되면 좋겠다는 생각이었다. 개성은 군사 요충지로서 북한이 절대로 내줄 리 없다는 판단 때문이었다. 그러나 북한으로서는 해주에도 군사 기지가 있었다. 거기도 쉽지 않으리라 생각했다.

그런데 김정일 입에서 뜻밖의 말이 나왔다.

"개성으로 합시다."

정주영은 속으로 깜짝 놀랐다. 해주로만 정해져도 다행이라고 생각했기 때문이다. 정주영은 다시 확인도 할 겸 물었다.

"개성을 여는 데 군부의 반대가 없겠습니까?"

김정일이 말했다.

"그건 내가 설득하겠습니다."

오랜 세월 군사전략을 다루어 왔던 임동원은 현대로부터 공단 위치가 개성으로 결정되었다는 보고를 받고 처음에는 믿으려 하지 않았다.

"혹시 현대 측이 잘못 들은 것 아닌가요? 개성 지역은 북측의 최전방 군사 요충지로서 군사 전략적 차원에서는 절대로 개방할 수 없는 곳이거든요."

개성은 북한군 병력 2만 5천여 명이 주둔하던 군사도시다. 개성 전방에는 서울을 사정거리 안에 둔 수많은 장거리포가 포진하고 있다. 역지사지로, 우리 같으면 개성과 같이 중요한 군사 요충지는 절대 개방하기 어려웠다. 그래서 임동원은 "혹시 현대가 속은 것이 아니냐"고 되물었던 것이다.

현대 측은 임동원이 반신반의하는 것을 충분히 이해했다. 정주영도 처음에 그랬으니까.

"정주영 명예회장께서 김정일 위원장에게 두 번이나 확인했습니다. 개성이 맞습니다."

임동원은 이 사실을 김대중 대통령에게 즉각 보고했다. 김대중도 임동원이 현대 측에 물은 것과 똑같이 말했다.

"그게 사실입니까?"

"김정일 위원장에게 두 번이나 확인했다고 합니다. 개성이 맞는 것 같습니다."

김대중은 임동원의 말을 듣고 무척 기뻐했다.

"정말 그렇게 된다면 우리 국민은 북한이 남한과 경제교류와 협력은 물론이요 향후 대남정책을 전쟁이 아니라 평화로 전환했다는 확실한 신호로 받아들일 것 같습니다."

임동원이 현대 측의 말을 추가로 보고했다.

"2개월 후 정주영 회장께서 다시 북한에 가서 김정일 위원장께 개성공단 개발 계획을 설명한다고 합니다. 그러면 북한의 개성공단 개발 의지가 어떤지 더욱 확실하게 드러날 것 같습니다."

"꼭 좋은 방향에서 결정되기를 바랍니다. 정부도 적극적으로 지원합시다."

두 달 뒤 현대는 '개성지역 산업공단 조성계획'을 김정일 위원장에게 설명했다. 정주영의 아들 정몽헌이 설명에 나섰다.

"총면적은 2,000만 평입니다. 공단 지역이 800만 평이고 1,200만 평은 배후 도시로 개발할 것입니다. 공단 지역 800만 평은 1단계 100만 평, 2단계 400만 평, 3단계 300만 평 순으로 조성할 계획입니다."

김정일이 방대한 계획에 놀라는 표정이었다.

"이게 가능합니까?"

정주영은 경남 창원의 공업단지를 설명하며 현실성이 있다고 말했다.

"경남 창원 공단이 이 정도 규모입니다. 충분히 가능합니다. 남쪽의 자본과 기술, 북쪽의 토지와 노동력을 결합하여 세계적 수준의 공장을 만들겠습니다."

김정일이 여전히 놀란 표정으로 대답했다.

"그렇게만 되면 얼마나 좋겠습니까. 계획한 대로 추진해 주십시오. 내가 적극 지원하겠습니다."

"1단계로는 섬유라든가 노동집약적인 산업을 집어넣지만, 점차 전기·전자·IT·바이오 등 첨단 공장을 만들어서 세계 수준의 공단을 만들 것입니다. 대신 인건비가 저렴해야 경쟁력이 있습니다."

김정일은 정주영의 설명에 고개를 끄덕였다.

개성공단 건설 계획에 대한 김정일의 공감을 끌어낸 정주영은 노동력 공급 문제를 꺼냈다.

"공장용지 800만 평에 공장이 모두 들어서면 노동자만 35만 명이 필요합니다. 노동력 조달이 가능하겠습니까?"

당시 개성 인구는 주변 지역까지 합해도 30여만 명밖에 안 되었다. 정주영이 충분히 질문할 만한 내용이었다.

김정일은 답변하기 전에 공사 기간을 물었다.

"이것을 다하는 데 얼마나 걸립니까?"

정몽헌이 대답했다.

"착공해서 8년이면 됩니다."

김정일이 잠시 생각에 잠겼다가 말했다.

"우리가 6·15 정상회담도 했습니다. 8년 후면 남북 관계도 많이 발전했을 것입니다. 그런데 남과 북에는 군대 숫자가 너무 많아요. 자, 그 단계가 되면 내가 인민군대 군복을 벗겨서 한 30만 명 공장에 넣겠습니다."[163]

김정일이 화끈하게 대답했다. 노동자는 북측에서 책임지고 공급할 테니 현대 측은 공단이나 잘 조성하라는 것이다. 공단 위치를 개성으로 정한 것은 김정일이 남북 관계 개선에 그만큼 강한 의지가 있다는 것을 의미했다. 또 그가 남북 관계의 미래에 대해 낙관적인 생각을 하고 있음을 의미했다.

약속대로 북한은 개성 지역에 주둔했던 군부대와 장거리포를 다른 곳으로 이동시켰다. 또 북한은 2002년 11월 '개성공업지구법'을 발표했고, 이에 따라 공사도 시작했다.

개성공단 개발 사업이 진행되자 국민들 사이에 남북 협력에 대한 기대치가 최고조에 달했다.

"내 친척 중에 사업하는 사람이 있는데 개성공단이 조성되면 꼭 그곳에 공장을 짓겠다고 했어요. 그게 가능할까요?"

"개성은 북한의 군사 요충지잖아요. 북한이 그곳을 개방하여 남한 기업인들에게 공장을 짓도록 하겠다고 했다는데 잘 믿어지지 않아요."

"나도 잘 믿어지지 않습니다. 개성은 남한으로 치면 파주와 문산 정도에 해당합니다. 내가 그곳에서 군대 생활을 해서 아는데, 우리 정부가 문산과 파주 지역 군대를 철수하고 그곳에 북한 기업인들이 마음대로 드나들게 하겠다고 하면 아마 대한민국에 큰 소동이 날 것 같은데요."

"난리가 나겠지요. 대한민국을 김정일에게 바치려 한다고 비난했을 것입니다."

"북한은 김정일 독재체제니까 그게 가능하겠지요. 김정일이 결정하면 모든 게 끝나잖아요."

"그래도 지도자는 자기 결정에 대한 책임을 져야 하잖아요. 쉽지 않은 결정이었을 것 같아요."

"그만큼 북한 경제가 어렵고, 또 남한의 도움이 많이 필요하다는 것이 겠지요."

"그래, 우리라면 굳이 그런 모험을 할 필요는 없겠지요."

"김정일이 남북 관계를 평화 공존의 방향으로 선회한 확실한 증거라고 생각됩니다."

"여하튼 좋은 일이어요. 이런 일을 추진하는 김대중 대통령이야 두말할 것도 없고, 정주영 회장도 대단한 분이어요. 이번에 정 회장을 다시 봤습니다."

2000년 9월 15일부터 하계올림픽이 호주 시드니에서 열렸다. 개막식 때 남과 북의 선수단은 한반도기를 앞세우고 사상 처음 동시 입장했다. 개막식장에는 '아리랑'이 울려 퍼졌다. 지구상에 마지막 남은 분단국 선수단의 동시 입장은 개막식 최대의 관심사였다. 올림픽을 비롯하여 국제 행사에서 남과 북의 선수단이 한반도기를 앞세우고 함께 입장하고 더 나아가 단일팀을 구성하여 경기에 임한다면 스포츠 분야에서는 실질적으로 통일이 이루어지는 것이나 다름없다. 정치적 통일을 이루기까지는 많은 시간이 필요하며, 그 긴 시간을 이겨내면서 민족 동질성을 유지해 나가는 데는 스포츠 교류만큼 좋은 분야가 없을 것이다.

1970-80년대 동서독 간의 인적 교류는 매우 활발했다. 교류가 많을 때

는 1년에 서독에서 동독으로 700여만 명, 동독에서 서독으로 500여만 명이 여행이나 친척 방문을 했다. 동서독인들 사이의 전화 통화와 편지 교환은 언제나 가능했다. 체육 교류도 활발했다. 동서독 경기팀 사이의 친선 경기가 매년 50-70여 회나 있었다.

이 문제를 놓고 김대중 대통령과 기자들이 질의응답을 했다.

"동서독 간에는 인적 교류가 활발했습니다. 남북이 하나가 되고 통일 분위기를 조성하려면 우리도 동서독처럼 남북 간에 인적 교류가 활발해야 하지 않겠습니까?"

김대중은 그런 주장이 원칙적으로 맞지만, 인적 교류는 남북한 실정을 고려하며 유연하게 접근해야 한다고 했다.

"지금 북한 사정을 고려할 때 북한 주민들이 남쪽 여행을 자유롭게 하기는 어렵습니다. 그 이유는 북한 체제상의 문제도 있고 경제적 여건으로 봐서도 그렇습니다. 그런데 자꾸 상호주의를 주장하면 북한은 남한 인사들의 북한 방문도 거절할 것입니다. 향후 상당 기간은 남쪽 사람들이 북한 지역을 여행하는 방식으로 인적 교류가 이루어질 수밖에 없다고 봅니다."

기자들이 물었다.

"당장 북쪽 사람들의 남한 방문이나 여행이 어렵다면 언제쯤 남북이 동서독처럼 쌍방 간에 수백만 명 수준으로 왕래할 수 있겠습니까?"

"남북 간에 상호 불신이 완화되고, 경제적으로도 북한 경제가 크게 개선되어 남북 간에 격차가 많이 좁혀진 후가 될 것으로 생각합니다."

"우리에게 동서독에 없는 장점이 있다면 무엇일까요?"

"동서독은 교류하면서도 통일과는 분명하게 선을 그었지만, 남북한은 민족 동일성과 통일을 염원하며 교류를 하고 있습니다. 이런 점은 인적 교류의 제한적 시행에도 불구하고 민족 동질성 유지에서 큰 효과를 볼 것입니다."

김대중은 또 하나 현대가 추진하고 있는 금강산 관광사업과 개성공단 사업을 언급했다.

"개성공단 사업 등은 우리만의 교류 협력 방식입니다. 개성공단이 완공되면 남한의 공장 경영자와 북한의 노동자가 만나 매일 대화하고 협력할 것입니다. 공단을 남포, 원산, 신의주 등으로 확대하면 그만큼 주민들의 접촉이 확대될 것입니다. 북한 여행 과정에서도 직간접적으로 교류 협력이 이루어질 것입니다."

4

남북연합 창설

24. 클린턴·김정일 정상회담

1990년 9월 30일 한국과 러시아가 외교 관계를 맺었다. 또 1992년 8월 4일에는 한국과 중국이 외교 관계를 맺었다. 두 나라와 외교 관계 수립으로 한국의 국제적 위상은 크게 올라갔다. 양국과의 외교 관계 수립은 경제적 측면에서도 큰 도움이 되었다. 특히 중국과 외교 관계 수립 후 한중 무역이 급속도로 증가하여 2000년경에는 한중 무역 규모가 1992년보다 5배가량 증가했다.

소련(러시아)과 중국과의 연속적인 외교 관계 수립으로 한국의 입지는 크게 신장된 반면에 북한의 처지는 매우 어려워졌다. 북한은 외교적으로 고립되었고, 경제면에서 남한과의 차이가 더 벌어졌다. 무엇보다 한러, 한중 외교 관계의 수립은 북한에 심리적 공황 상태를 일으켰다. 혈맹관계로 여겼던 소련과 중국이 북한과 아무런 협의도 없이 남한과 외교 관계를 수립했고, 미국과 일본은 북한에 여전히 적대적인 태도를 보였기 때문이다. 북한의 충격과 분노가 매우 클 수밖에 없었다. 북한은 이제 어느 나라도 믿을 수 없다는 판단을 내렸다. 오로지 스스로 국가와 체제를 방어해야 한다는 절박감에 빠졌다. 1994년 제1차 북핵 위기가 도래한 것은 이런 국제정세와 무관하지 않았다. 북한은 외교적 고립과 경제적 어려움 속에서 핵무기만이 북한과 김일성 체제를 보호해 줄 것으로 생각했다.

김대중은 북한이 처한 외교적 어려움을 잘 알고 있었다. 그가 추진한 햇볕정책은 단순히 남북 관계의 개선만을 목표로 하지 않았다. 그는 남북한 정상회담에서 이룩한 성과가 지속해서 유지 및 발전하기 위해서는 한반도를 둘러싼 국제정세가 이를 뒷받침해야 한다고 생각했다. 그는 이런 생각을 국정원장 임동원에게 말했다.

"임 원장, 이제 우리의 최우선적인 과제는 북한이 미국과 좋은 관계를 유지하도록 하는 것입니다. 어떻게 해야겠습니까?"

"미국과 북한이 외교 관계를 수립하도록 여건 조성을 하는 게 당면 과제가 될 것 같습니다."

"나도 똑같은 생각입니다. 미국과 북한이 우호적 관계를 맺기 위해서는 북한과 미국 정상이 만나야 합니다. 김정일 위원장이 먼저 미국을 방문하기는 어려울 테니 클린턴 대통령이 북한을 방문하는 방안을 찾아야 합니다."

"클린턴 대통령은 햇볕정책을 지지하고 있으니 불가능하다고 생각하지 않습니다. 그런데 문제는 클린턴 대통령의 임기가 얼마 남지 않았다는 사실입니다."

"나도 그게 마음에 걸립니다. 시간이 없습니다. 서둘러야 하는데 클린턴 대통령의 생각이 어떤지 궁금합니다."

임동원과 대화를 나눈 김대중은 다양한 외교 채널을 통해 미국과 북한의 관계 개선 방안을 찾았다.

2000년 9월 11일, 북에서 김용순 노동당 비서가 특사 자격으로 남북 직항로를 이용해 서울에 왔다. 김 특사 일행은 제주도, 포항, 경주 등 관광지와 포항제철 등 산업시설을 둘러봤다. 임동원과 김용순이 회담을 하고 합의문을 발표했다. 이 합의문에는 김정일 국방위원장이 가까운 시일 내에 서울을 방문하며, 이에 앞서 김영남 최고인민회의 상임위원장이 서울을 방문한다는 내용이 있었다. 이 회담에서는 이산가족 상봉을 위한 준비 작업, 남북 간 경제 협력 방안, 남북 간 경의선 철도와 도로 연결을 위해 이른 시일 내에 남북이 기공식을 개최하기로 하는 등 많은 부분에서 합의를 봤다.

김대중은 김용순을 면담한 자리에서 지난 6월 김정일 위원장에게 했던 것처럼 북미 관계 정상화의 중요성을 강조했다.

"미국과 북한이 좋은 관계를 유지해야 북한이 외교적 고립 및 경제적 어려움에서 벗어날 수 있습니다."

"조언에 감사드립니다. 우리도 미국과 관계 개선을 위해 노력을 많이 하고 있습니다."

"그래야 합니다. 우리도 최선을 다해 돕겠습니다."

김용순은 이 자리에서 며칠 전인 9월 초 북한 최고인민회의 상임위원장인 김영남이 미국 뉴욕에서 개최된 '유엔 밀레니엄 정상회의'에 참석하려다가 독일 프랑크푸르트 공항에서 항공사 측의 무례한 검색 문제로 미국 방문을 포기한 사건을 언급했다. 당시 김영남은 미국을 비난하고 북한으로 돌아갔다.

"항공사 보안 요원의 무례한 검색은 미국 측의 의도적인 도발이라고 볼 수밖에 없다. 주권 국가의 수반을 무시하는 미국의 이중적인 태도를 용납할 수 없기 때문에 우리는 돌아간다."

미국은 이 사건이 발생한 직후 검문 사건은 미국의 의도가 아니라고 발표했다.

"이 사건은 민간 항공사의 잘못된 처사로 미국 정부와는 어떤 관계도 없다."

김대중도 김용순을 만난 자리에서 그 사건에 대해 안타까움을 토로했다.

"그때 나도 '유엔 밀레니엄 정상회의'에 참석했습니다. 미국에서 김영남 위원장을 만나기로 되어 있었습니다. 그때 김영남 위원장과 클린턴 대통령의 면담을 주선할 생각이었습니다. 그런데 일이 그렇게 되어 크게 아쉬웠습니다. 그러나 엎질러진 물입니다. 그 사건에 너무 얽매이지 말고 향후 미국과의 관계 개선에 최선을 다해야 합니다."

김용순이 서울을 다녀간 지 한 달쯤 지난 10월 초 북미 관계에 매우 중요한 진전이 있었다. 2000년 10월 9일 북한 조명록 국방위 제1부위원장(차수)이 미국을 방문한 것이다. 조명록은 인민군복 차림으로 클린턴 대통령을 예방했다. 그는 이 자리에서 김정일 위원장의 친서를 전달했다. 김정일은 이 친서에서 클린턴 대통령이 평양을 방문하면 열렬히 환영할 것이라고 밝혔다. 김용순은 구두로 김정일의 뜻을 다시 전했다.

"김정일 위원장께서 대통령님이 이른 시일 내에 평양을 방문해 주시기를 기대한다고 말씀하셨습니다."

클린턴은 즉각적인 대답은 피했지만, 긍정적으로 대답했다.

"김정일 위원장께 감사하다는 말씀을 전해 주십시오. 평양 방문 문제는 긍정적으로 검토하겠습니다."

조명록은 올브라이트 국무장관, 코언 국방부 장관 등과 회담하고 북미 관계 개선을 위한 구체적 내용을 논의했다. 조명록의 미국 방문 결과는 그가 올브라이트 장관과 회담하고 발표한 '북미 공동성명'에서 구체적 모습을 드러냈다.

"한반도의 긴장 상태를 완화하고 1953년의 정전협정을 공고한 평화협정 체제로 바꿔 한국전쟁을 공식적으로 종식시키는 것을 놓고 4자 회담 등 여러 가지 방도들이 있다는 데 대하여 견해를 같이했다."

양국의 합의문에는 양국의 관계를 획기적으로 진전시킬 구체적인 방도로 클린턴 대통령의 방북과 이를 실천하기 위한 올브라이트 장관의 방북 계획도 들어있었다.

"미합중국 대통령의 방북을 준비하기 위하여 매들린 올브라이트 국무장관이 가까운 시일에 조선민주주의인민공화국을 방문하기로 합의했다."

매우 중요한 진전이었다. 북미 공동성명대로만 실천된다면 한반도 상황은 획기적으로 변할 것이 틀림없었다.

위의 합의문대로 2000년 10월 23일 올브라이트 미국 국무장관이 북한을 방문했다. 올브라이트의 북한 방문길에는 웬디 셔먼 대북 정책조정관, 스탠리 로스 국무부 동아시아·태평양 담당 차관보 등 한반도 관련 정책 입안자들과 전문가들이 총망라되었다. AP, AFP, 로이터 등 세계 3대 통신사와 CNN, NBC 등 방송사, 〈뉴욕타임스〉, 〈워싱턴포스트〉 등 유력 일간지 기자 등 60여 명도 함께 방문했다. 올브라이트 일행은 북한 방문 첫 공식 일정으로 김일성의 시신이 안치된 금수산 궁전을 방문하고 묘소를 참배했다. 김대중이 평양 방문 때 끝내 방문하지 않았던 곳을 미 국무장관이 방문한 것이다. 이것은 미국의 대북 관계 개선 의지가 그만큼 강하다는 것을 의미했다.

김정일이 올브라이트와 회담을 했다.

"어려운 걸음을 하셨습니다. 북조선민주주의인민공화국은 미국과 좋은 관계를 맺기를 희망합니다. 미국이 한반도에서 균형추 역할을 해 주기를 바랍니다."

올브라이트도 미국의 우호적 입장을 전달했다.

"미합중국은 북조선민주주의인민공화국과 우호적 관계를 맺을 준비를 하고 있습니다."

올브라이트는 북한 방문을 마치고 서울로 왔다. 김대중과 올브라이트가 만났다.

"성공적인 방문을 축하합니다. 북한을 가보니 기분이 어떻습니까? 나는 아직도 꿈인가 현실인가 생각합니다."

"저도 똑같은 기분입니다. 이런 일이 있게 된 것은 대통령님 덕분입니다. 대통령님께서 일관되게 추진하지 않으셨다면 할 수 없었을 것입니다."

"김 위원장에 대한 느낌도 듣고 싶습니다."

"김 위원장은 정중했고 저의 얘기를 경청했으며 질문에 바로 답변했습니다. 지역 문제에 대한 상당한 식견을 가지고 있었습니다. 대통령님의 평가가 정확했습니다."

올브라이트는 북한에서 있었던 일을 김대중에게 자세히 설명해 주었다. 다른 한편 그는 김대중에게 일말의 불안감도 털어놓았다.

"김 위원장이 분명 최고 권력을 가진 사람이지만 어떤 방향으로 가기로 했다가 마음을 바꿀 수도 있다고 생각하지 않습니까?"

"그럴 수도 있을 것입니다. 그러나 김 위원장은 실용적인 사람입니다. 이해관계가 바뀌지 않는 한 변치 않을 것입니다. 그는 한반도 주변 4강의 이해관계를 잘 알고 있습니다. 김 위원장은 북한의 안보와 경제 재건을 위해서 미국의 중요성을 인식하고 있습니다. 따라서 미국이 자신감을 갖고 접근하는 것이 중요합니다."

김대중은 올브라이트에게 클린턴의 방북이 꼭 실현되기를 바란다고 했다.

"클린턴 대통령이 북한을 방문하고 미국과 북한이 수교하면 동북아 평화체제가 새로운 궤도에 오를 것입니다. 남북 관계도 더욱 안정화될 것입니다. 클린턴 대통령이 이 역사적 과제를 꼭 해결해 주시기를 바랍니다."

"대통령께 김 대통령님의 뜻을 정확히 전달하겠습니다."

미국으로 돌아간 올브라이트는 방북 후 클린턴에게 방북을 건의했다. 김정일과 대화가 가능하며, 미북 관계 개선이 미국의 이익에 부합한다고 말했다. 클린턴은 올브라이트의 보고를 받고 이른 시일 내에 북한을 방문하겠다고 했다.

"북한을 방문하겠습니다. 국무부에서 구체적인 실행 계획을 세우십시오. 한국 정부와도 긴밀히 협의해 주시기 바랍니다."

올브라이트는 클린턴의 방북 계획을 들은 후 김대중에게 이 사실을 전화로 알렸다. 또 미국 정부는 클린턴 대통령의 방북을 위한 준비 작업에 착수했다고 공식적으로 밝혔다. 김대중은 기뻤다. 그는 올브라이트에게 클린턴 대통령과 올브라이트 장관의 성공을 빈다고 말했다. 김대중은 북미 관계가 개선된 후의 남북 관계 발전을 상상하며 즐거운 상상에 빠졌다.

올브라이트가 북한을 방문하고 2주일 지난 11월 7일 미국 제43대 대통령 선거가 실시되었다. 선거 결과 공화당의 조지 W. 부시가 민주당의 앨 고어를 근소한 차이로 앞섰다. 득표율에서는 48.4퍼센트 대 47.9퍼센트로 앨 고어가 약간 앞섰으나 선거인단 표에서 266표 대 271표로 부시가 고어보다 5표 앞섰다. 선거인단 숫자로 당선자를 결정하는 선거 규정에 따라 부시가 대통령에 당선되었다. 다만 플로리다주 선거 부정 문제로 민주당 고어 측이 소송을 제기했기 때문에 대통령 당선자가 곧바로 확정되지는 않았다.

클린턴은 대통령 선거 후 고민에 빠졌다. 8년 동안 대통령과 부통령의 관계를 유지하며 한 팀을 이루었던 고어가 낙선함으로써 북한을 방문하여 어떤 합의사항을 만들어 낼 수 있을지 걱정이 되었다. 북한을 방문하더라도 북한에 줄 선물이 마땅치 않았고, 후임 대통령이 자신의 방북 결과를 존중하지 않는다면 그것도 낭패가 아닐 수 없었다. 김대중도 미국 대통령 선거 결과를 보고 걱정을 많이 했다. 클린턴이 방북 계획을 취소할 수도 있다는 생각 때문이었다. 그는 자신이 동원할 수 있는 채널을 총동원하여 클린턴의 방북이 예정대로 이루어지도록 노력했다.

클린턴이 김대중에게 전화로 조언을 요청했다. 김대중은 클린턴이 북한을 방문한다면 방문 그 자체만으로도 의미가 크다고 설득했다.

"대통령님이 북한을 방문하여 구체적인 합의사항을 만들지 못하더라도 미국과 북한 정상이 만나는 것 자체만으로도 큰 의미가 있습니다. 대통령님의 방북은 남북한 관계와 동북아 정세에 매우 긍정적 영향을 미칠 것입니다."

클린턴이 많은 고민 끝에 북한 방문을 결심했다. 방문 시기는 12월 중순으로 정했다. 클린턴이 북한 방문 일정을 12월 중순으로 결정한 것은 그때쯤이면 미국 제43대 대통령 당선자가 최종 결정될 것으로 예상했기 때문이다. 누가 대통령에 당선되든 미래의 불확실성이 제거되어야 클린턴이 북한 방문에서 논의할 내용의 방향이 정해질 것 같아서였다.

클린턴이 11월 말에 김대중에게 전화했다.

"대통령님, 미국 정치 상황이 북한 방문을 어렵게 만들고 있지만, 북한을 방문하기로 했습니다. 시기는 12월 중순으로 정했습니다. 제가 북한을 방문하기로 한 것은 김 대통령님의 조언이 크게 영향을 미쳤습니다."

"어려운 결정인데 잘 하셨습니다. 미북 정상회담은 그 자체만으로도 역사적 사건이 될 것입니다. 대통령님을 존경합니다."

클린턴 대통령의 평양 방문은 2000년 12월 19일부터 21일까지 2박 3일 일정으로 추진되었다. 이보다 일주일 앞서 12월 12일 연방대법원은 부시의 당선을 최종적으로 확정했다. 클린턴은 대통령 전용기로 12월 19일 평양 순안 공항에 도착했다. 올브라이트 국무장관 등이 수행했으며 인원은 최소화했다. 클린턴의 임기가 얼마 남지 않은 점을 고려해서였다. 클린턴과 함께 평양행에 오른 사람은 공식적인 수행원보다 기자들의 숫자가 훨씬 많았다. 김대중의 평양 방문 때 북한과 김정일에 관한 내용이 많이 알려졌지만, 여전히 북한은 서방 세계에 비밀의 땅이었다. 그 때문에 클린턴과 동행한 전 세계 언론인들의 북한 취재 열기는 무척 뜨거웠다.

순안 공항에는 김대중이 방문했을 때처럼 김정일이 직접 나왔다.

"어려운 걸음 하셨습니다. 환영합니다."

"초청해 주셔서 감사합니다."

두 사람의 악수 장면은 2000년 6월 13일 김대중과 김정일의 첫 만남만큼 세계 언론의 톱뉴스가 되었다. 그러나 다른 점도 있었다. 김대중의 방문 때와는 달리 공항에서 평양 시내까지 거리에 나온 환영 인파는 거의 발견되지 않았다.

시차 등을 고려하여 김정일과 클린턴의 공식 만남은 방북 이틀째인 12월 20일 이루어졌다. 클린턴은 최근 남한과 북한 사이의 교류 협력에 대한 언급으로 말문을 열었다.

"미국은 남북정상회담이 이루어지고 남북 사이에 활발한 교류가 진행되고 있는 점을 높이 평가합니다. 김 위원장께서 방향을 잘 잡으셨습니다."

"대통령께서도 남북한 관계의 발전을 지원하셨다는 말씀을 들었습니다. 미국이 계속 지금과 같은 자세를 유지한다면 남북 관계는 큰 문제 없이 잘 발전할 것입니다."

"미국은 한반도 평화에 대해 관심이 많습니다. 내가 평양에 온 것은 한반도 평화를 한 단계 더 발전시킬 방안을 찾기 위해서입니다."

"소련의 붕괴와 중국의 개방, 한중 수교, 한러 수교 등으로 인해 우리는 군사동맹을 잃은 지 10년이 됐습니다. 우리가 미사일을 개발하는 것은 자위 프로그램의 하나로 우리 군을 무장시키기 위한 것입니다. 대결이 없으면 무기도 의미가 없습니다. 미국과 우리가 좋은 관계를 맺으면 미사일은 우리에게 별로 중요하지 않습니다."

두 사람의 대화는 북미 사이에 가장 큰 현안인 핵 개발 문제로 옮겨졌다. 클린턴이 먼저 말을 꺼냈다.

"미국과 서방 세계는 북한의 핵 개발 문제에 관심이 많습니다. 미국과 북한 관계의 정상화 문제도 북한이 핵 문제를 어떻게 다루느냐와 밀접한 관련이 있습니다."

김정일이 답변했다.

"미국이 우리의 핵 개발 문제에 관심이 크다는 것을 잘 알고 있습니다. 우리의 기본 원칙은 한반도 비핵화입니다. 미국이 우리에게 적대적인 태도를 보이지 않는다면 우리가 굳이 핵에 관심을 가질 이유가 없습니다."

"그렇게 말씀해 주시니 안심이 됩니다. 북한이 핵 개발을 포기한다면 미국은 북한의 경제적 사정을 개선하기 위한 획기적 조처를 할 준비가 되어 있습니다."

"올브라이트 장관으로부터 대통령님의 생각을 잘 전해 들었습니다. 그러나 미국은 과거에 우리와 행한 약속을 잘 지키지 않았습니다."

"내가 북한에 온 것은 북한과 관계 개선 의지를 행동으로 보여주기 위해서입니다."

"나도 대통령님의 진정성을 알고 있습니다. 그런데 미국은 대통령이 바뀌면 정책이 변경되는 경우가 많지 않습니까?"

김정일은 미국 대통령이 며칠 후면 바뀐다는 점에 신경을 쓰고 있었다. 북한으로서는 당연한 일이었다. 새로 대통령에 당선된 부시는 과거부터 북한에 대해 부정적 시각을 자주 드러낸 인물이다. 클린턴은 김정일의 말에 일정 부분 공감하면서도 그를 안심시키기 위해 미국 외교정책이란 게 정권이 바뀐다고 근본적으로 바뀌는 경우는 별로 없다고 했다.

"내가 이번에 북한을 방문한 것이 후임 정부가 대북정책을 수립하는 데 긍정적으로 작용할 것입니다. 다음 정부도 핵 문제를 가장 우선적인 관심사로 삼을 것입니다. 북한이 이 점을 염두에 두면서 대미정책을 수립하면 좋은 결과가 있을 것입니다."

클린턴과 김정일은 정상회담 후 미국과 북한이 과거의 적대감에서 벗어나 비적대적 관계를 건설하기로 합의했다고 발표했다. 두 사람은 북한과 미국 정상은 북미 관계 개선이 필요하며, 두 나라의 우호 관계 수립이 한반도 평화는 물론 동북아와 세계 평화에 크게 기여할 것이라는 데 의견 일치를 보았다고 발표했다. 또 정상회담에서 클린턴 대통령은 북한 핵 의혹에 대한 미국의 우려를 전달했고, 이에 대해 김정일 위원장은 북한의 입장을 설명했으며, 양국 지도자 모두 북미 관계가 개선되면 북한 핵의혹 문제는 자연스럽게 해소될 것이라는 데 의견 일치를 보았다고 밝혔다. 또 두 사람은 미국과 북한이 경제 등 다양한 분야에서 교류 협력이 필요하다는 점에 공감했다고 밝혔다.

25. 날개를 단 남북 관계

2001년 1월 20일, 미국에 공화당의 부시 정부가 새로 들어섰다. 다행히 부시 대통령은 클린턴이 북한에서 합의한 미북 관계 정상화 노력에 대해 내놓고 부정적 의견을 드러내지는 않았다. 부시 신임 대통령은 전임 정부가 이룩한 성과를 계승할 것이며, 한국 정부와 긴밀히 협의하여 향후 대북정책의 방향을 결정하겠다는 원론적 의견을 발표했다.

김대중은 부시 대통령이 비록 원론적이기는 하지만 클린턴의 방북 결과를 부정적으로 평가하지 않은 것에 안도의 한숨을 쉬었다. 부시 정부에서도 북미 관계가 긍정적 방향으로 전개될 것 같다는 희망을 발견했다.

2001년 3월 김대중 대통령이 미국을 방문했다. 부시 행정부에서 한반도 정책은 딕 체니 부통령과 럼스펠드 국방부 장관 등 강경파들이 장악했다. 그들은 본래 북한을 대화 상대로 여기지 않으려 했던 사람들이다. 클린턴 때와는 전혀 다른 상황에서 햇볕정책을 추진해야 하는 김대중의 어깨가 무거웠다.

부시 대통령이 김대중의 방문 기간 돌출 발언을 많이 쏟아냈다.

"북한 지도자에 의구심이 들고 있다."

"북한이 모든 합의를 준수하게 될지 확신이 없다."

"북한이 각종 무기를 수출하고 있다는 사실에 대해 우려하며 이를 철저히 검증해야 한다."

김대중은 남북문제에서 미국의 중요성을 잘 아는 사람이었다. 그는 2000년 남북정상회담을 추진할 때 박지원에게 북한과의 대화 내용을 미국에 자세히 알리라고 하면서 이렇게 말했다.

"자세히, 숨소리 하나 빠뜨리지 말고 알려주시오."**164**

김대중은 부시의 등장을 현실로 받아들이고 햇볕정책에 대한 미국의 지지를 받기 위해 새롭게 마음을 다졌다. 그는 부시의 거친 발언에 맞서 레이건 대통령과 닉슨 대통령의 사례를 들었다. 그가 클린턴을 설득할 때 햇볕정책은 미국의 역사적 사례에서 교훈을 끌어내 다듬은 것이라고 했는데, 비슷한 방식으로 부시를 설득했다.

"과거 레이건 대통령은 러시아를 '악의 제국'으로 지칭했지만, 고르바초프 서기장과 대화를 했고 데탕트를 추진했습니다. 또 닉슨 대통령은 중국을 '전범자'로 규탄하면서도 중국을 방문하여 관계 개선과 개방 개혁을 유도했습니다. 북한이 비록 호전성을 지니고 있지만, 햇볕정책을 통해 변화시킬 수 있습니다."

김대중은 북한이 햇볕정책 시행 후 변화한 대표적인 사례로 개성공단 사업을 설명했다.

"북한 땅 개성에서 서울 중심까지 직선거리가 57킬로미터입니다. 1950

년 전쟁 때 북한군은 개성 방면에서 문산을 거쳐 3일 만에 서울로 들어왔습니다. 개성은 북한의 제1군사 요충지입니다. 거기에는 3만여 명의 병력과 화력이 밀집해 있었습니다. 북한은 햇볕정책 시행 후 그곳에 주둔하고 있는 군대를 다른 지역으로 이동했습니다. 그리고 가로 8킬로미터, 세로 8킬로미터의 면적을 남한 기업에 내놓았습니다. 남북한은 향후 8년 동안 약 2,000여 개의 기업을 입주시킬 계획입니다. 노동자만 35만 명이 필요한 거대한 사업입니다. 북한의 제1군사 요충지가 평화의 상징적 장소로, 그리고 남북한 경제 통일의 전초기지가 되어가고 있습니다. 북한은 미군의 남한 주둔도 반대하지 않는다고 했습니다. 미국이 동북아 지역에서 균형추 역할을 해 주기를 바라고 있습니다."

김대중은 부시를 설득하기 위해 젖 먹던 힘까지 다했다. 그런 정성이 통했던지, 김대중의 설명에 부시의 태도가 점차 누그러졌다.

"북한에 대한 군사적 공격이나 침공 의도는 없습니다. 평화적 해결 의지에 변함이 없습니다. 나는 쌍권총을 아무 데나 쏘아 대는 텍사스 카우보이 같은 사람이 아닙니다."

부시는 김대중이 얘기하는 중간에 흡사 판소리의 추임새처럼 공감한다는 투의 말을 반복했다.

"잘 이해했습니다."

"좋은 정책입니다."

두 사람은 회담을 마치고 공동 기자회견을 했는데 이 자리에서 부시는 햇볕정책을 지지한다고 밝혔다. 또 그는 북한을 공격할 의사가 없으며, 대화를 통해 평화적 해결을 모색하겠다고 말했다. 북한에 대한 식량 지원도 계속하겠다고 했다. 또 전임 대통령 클린턴이 북한을 방문하여 김정일과 회담하고 북미 관계를 개선하기로 한 약속을 계승하겠다고 했다. 부시는 가까운 시일 내에 북한과 미국이 국교를 정상화할 수 있도록 구체적 협의에 들어가겠다고 했다. 그러면서 그는 주변 사람들에게 김대중을 매우 호의적으로 평했다.

"김 대통령을 다시 봤다. 존경한다."**165**

김대중은 북한과 미국 간의 우호적 분위기를 배경으로 대북 협력 사업을 더욱 강력하게 추진했다. 그는 자신의 구상을 앞장서서 실행하도록 임동원을 다시 통일부 장관으로 임명했다. 그가 대북사업을 총괄하도록 하기 위해서였다.

"임 장관, 우리가 꿈꾸었던 남북연합의 실현도 불가능하지 않을 것 같습니다. 임 장관이 금년 한 해 동안 남북 교류와 협력 사업에 속도를 내서 남북연합 창설의 분위기를 조성해 주시오."

"예. 미국과 북한이 수교하고, 여기에 일본과 북한이 수교하면 대통령님이 구상하신 한반도 평화 정착 구도의 밑그림이 그려집니다. 그럼 북한도 남한과 서방 세계에 대한 경계심을 풀 것이고, 남북 교류와 협력에 더욱 적극적으로 나올 것입니다."

"남북이 진정으로 하나가 되려면 인적 교류가 활발하고 화학적 통합이 가능해야 합니다. 그러려면 북한 경제가 우리와 비슷한 수준까지 올라와야 합니다. 그 시점이 되어야 북한이 안심하고 남한과 인적 교류에 적극적으로 나설 것입니다."

"대통령님은 그 시기를 언제쯤으로 보고 계십니까?"

"현 수준에서 북한이 연평균 10퍼센트 수준의 경제성장을 하고, 남한이 선진국처럼 연 3-4퍼센트 수준의 경제성장을 한다면 30년 후쯤 남한과 북한의 1인당 개인 소득이 많이 좁혀질 것입니다. 남한 내에서도 도시와 농촌 사이에, 혹은 지역에 따라 소득 수준에 차이가 있습니다. 북한의 국민소득이 남한의 70-80퍼센트 정도 수준에 도달하면 화학적 결합이 가능할 것으로 생각합니다."

"북한이 연평균 10퍼센트 수준의 경제성장을 30년 동안 계속하는 것이 가능하겠습니까?"

"1961년부터 1990년까지 30년 동안 우리나라 연평균 경제성장률은 10.3퍼센트였습니다. 중국은 개혁개방정책을 펼친 1978년부터 2007년까지 30년 동안 연평균 10.1퍼센트의 성장률을 기록했습니다. 북한에는 우수하고 값싼 노동력과 풍부한 지하자원이 있습니다. 개혁개방정책을 펼치고, 미국 등 서방 국가와 교역을 하고, 남한 정부가 적극적으로 지원한다면 연평균 10퍼센트 성장은 불가능하지 않을 것입니다. 개성공단 등 북쪽에 조성 중인 남쪽 공단이 본격적으로 가동되면 시너지 효과가 클 것입니다. 금강산 관광처럼 북한의 우수한 관광자원을 개발하여 일자리를 만들고 외화를 획득하는 방법은 당장에도 가능합니다."

"김정일 위원장이 군사적 요충지인 개성 지역을 우리에게 공단 부지로 넘긴 것을 보면 북한이 경제 문제를 최우선 국정과제로 채택한 것이 분명합니다. 대통령님의 말씀대로 남한의 자본과 북한의 노동력이 결합하면 북한은 물론이고 남한 경제에도 큰 도움이 될 것 같습니다."

"임 장관이 경제부처 및 경제단체 등과 협의하여 북한의 기간 산업을 현대화하고 개성 외에도 공단을 건설하는 방안을 연구하시기 바랍니다. 그런데 이 경우 꼭 염두에 둬야 할 것은 북한의 자존심을 손상하지 않는 방식으로 일을 추진해야 한다는 점입니다."

임동원은 통일부 장관 취임 후 북한을 방문했다. 그의 방문길에는 경제 부처 인사들과 현대 대북사업 관계자들이 동행했다. 그는 김정일을 만나 김대중·부시 회담의 내용을 자세히 설명했다.

김정일은 부시 대통령이 북한에 대해 어떤 생각인지 궁금해했다. 그는 부시가 김대중 대통령을 만났을 때 나눈 대화 내용에 관해 듣고 싶어 했다.

"부시 대통령이 정말 생각을 바꿀 가능성이 있습니까?"

"김대중 대통령과 처음 대화를 나눌 때는 부정적 생각이 강했습니다. 그러나 김 대통령께서 남북정상회담 내용과 그 후 북한의 변화 내용을 자세히 소개하자 많이 바뀐 것 같았습니다. 특히 김 위원장께서 미군이 남한에 주둔하는 것을 반대하지 않는다고 했다는 말에 큰 관심을 가졌습니다."

"그 이야기는 과거 조명록 장군이 미국을 방문했을 때 우리가 이미 미국에 알린 바 있습니다."

"김 대통령은 북한이 군사적 요충지인 개성을 남한 기업인에게 개방한 것은 그만큼 남한과 교류 협력 의지가 강한 것 아니겠냐고 말씀하셨습니다. 그 점도 부시 대통령의 생각을 바꾸는 데 도움이 된 것 같습니다."

"그럼 우리가 향후 어떻게 하면 좋겠습니까?"

"미국의 가장 큰 관심사는 핵 문제입니다. 이 문제에 대해 거듭해서 한반도 비핵화 의지를 표명하고, 북한 핵시설 의혹 부분에 대한 공개 의사를 표명하면 좋을 것 같습니다."

"그 부분은 클린턴 대통령에게 분명하게 밝혔습니다. 부시 대통령이 북미 정상회담을 준수할 확실한 의지를 보인다면 우리도 구체적 실행에 들어가겠습니다."

임동원을 수행한 현대 측은 북한과 금강산 관광사업의 확대 문제에 대해 논의했다. 현대 측은 기존 해상 루트로는 관광 활성화에 한계가 있다는 점을 설명했다. 현대 측은 버스로 관광하는 육로 관광도 병행하자고 요구했다. 또 내금강의 개방이 필요하다고 했다.

"남한 사람들은 금강산 하면 먼저 내금강을 떠올립니다. 내금강을 개방해 주면 감사하겠습니다."

"북측 사람들도 내금강을 최고로 생각합니다. 그러나 내금강으로 관광을 확대하는 문제는 군부의 이해가 필요합니다. 우리에게 군부와 협의할 시간을 주기 바랍니다."

현대 측은 이 말을 북측이 내금강 개방에 긍정적이었다고 이해하고 관광 지역 확대 방안을 준비하겠다고 했다.

"우리는 북측이 내금강 관광에 긍정적으로 임하고 있다고 이해하겠습니다."

임동원과 현대 측은 북측과 남포 지구 개발에 대해 논의했다. 남포 지구 개발은 크게 남포공단 재개와 조선소 건설에 관한 것이었다. 먼저 남포공단은 1992년에 대우그룹이 북한 당국의 협조를 받아 200만 평을 건설하다가 중도에 중단한 곳이다. 남포공단은 3년 동안의 준비 끝에 1995년부터 부분 가동을 시작했다. 그러나 소수의 옷 공장에 국한되어 북한의 경제난을 극복하는 데 도움이 되지 않았다. 공장 확장 문제로 북한과 갈등을 겪던 중 대우그룹이 해체되면서 남포공단 개발 건은 완전히 원점으로 돌아가고 말았다. 남포공단은 평양으로 연결되는 대동강 입구에 있다. 북측으로서는 경제적 이점이 많은 곳이다.

임동원이 먼저 남포공단 이야기를 꺼냈다.

"남포공단은 비록 작은 규모로 시작했지만, 남북경협의 상징적 장소입니다. 남포공단을 재개하면 좋겠습니다."

북측도 공감하는 분위기였다.

"우리도 남포공단 재개에 관심이 많습니다. 남포공단은 근로자를 모집하기가 유리합니다. 근로자의 출퇴근도 쉽습니다."

"과거에 대우가 남포공단을 개발했는데 아쉽게도 현재는 대우 사업부가 존재하지 않습니다. 현대가 대우 측과 협의하여 사업권을 계승하면 어떻겠습니까?"

"그 문제는 남측에 맡기겠습니다."

남포에 조선소를 건설하는 문제도 논의했다. 남포에 조선소를 건설하는 문제는 북측에서 먼저 꺼냈다.

"현대는 조선 사업에서 세계적 명성을 가지고 있습니다. 남포는 조선소 건설 장소로서 최고입니다. 현대가 조선소 건설에 참여해 주기를 희망합니다."

현대 측도 긍정적으로 답변했다.

"정주영 회장님도 북쪽에 조선소를 건설하는 것에 관심이 많습니다."

북측이 크게 반겼다.

"그럼 현대 측이 남포 조선소 건설을 구체화해 주기 바랍니다."

임동원이 대화를 거들었다.

"남포에 조선소를 건설하는 부분에 대해 남측 정부도 적극 지원하겠습니다. 현대 측의 기술 및 자본과 북측의 노동력이 결합하면 훌륭한 조선소를 만들 것입니다."

임동원은 다음 화제를 철도 문제로 옮겼다.

"김대중 대통령께서는 북측과 남측의 철도 연결에 관심이 많습니다. 김대통령님은 남북한 간 철도 연결이 이루어지면 단순히 남북한 간의 문제가 아니라 유럽과 한반도를 육로로 연결하는 '철의 실크로드'가 될 것이라고 말씀하십니다. 남북 철도가 연결되어 유럽까지 이어지면 남한은 물류비용을 절감하고 북측은 철도 이용료를 받게 되어 양측 모두 이익이 되지요. 경의선 연결 기공식을 했는데 이제 구체적 진전을 이룰 차례입니다."

북한도 반겼다. 북한은 이 기회에 철도의 개보수도 함께 이루기를 바랐다.

"개성–신의주 철도 노선을 활성화하려면 남측과 북측 사이를 연결하는 철도 건설뿐만 아니라 기존 철도의 개보수 작업이 필요합니다."

남측도 예상했던 일이었다.

"그 문제에 대해 남측 철도 전문가를 평양에 파견할 테니 북측이 구체적 준비를 해 주시기 바랍니다."

북측에서 개성과 평양을 연결하는 고속도로 개보수 문제도 꺼냈다.

"개성–평양 고속도로는 개보수가 많이 필요합니다. 앞으로 육로로 남과 북이 교류할 경우 고속도로 개보수를 많이 해야 할 것 같습니다."

"개성–평양 고속도로가 활성화될 수 있도록 함께 논의합시다. 고속도로의 개보수 문제는 신속하게 착수할 수 있을 것입니다."

임동원이 북한 방문을 마치고 돌아와 북측과 합의한 사항에 대해 김대중에게 보고했다.

"임 장관, 수고했습니다. 지금 식으로만 진행되면 남북한 간 협력 사업이 본격화될 것 같습니다. 협의한 내용 중 상당 부분은 현대 등 민간에서 담당하겠지만, 정부 차원에서도 예산 확보가 필요할 텐데 임 장관이 경제부처와 상의해 주시오."

임동원이 야당의 협조를 구하는 문제를 걱정했다.

"대북사업 예산을 증액하려면 국회의 협조가 필요한데 그게 걱정됩니다."

김대중도 임동원의 말에 고개를 끄덕였다.

"나도 그 부분을 염려하고 있습니다. 최대한 이해를 구하고 설득해야겠지요."

임동원이 기자들을 만나 북한과 협의한 내용에 관해 설명했다. 기사가 나가자마자 보수 언론과 한나라당이 들고 일어났다.

"가치관의 혼란을 초래하고 있다."

"퍼주기는 그만하라."

"국가안보가 걱정된다."

한나라당은 성명을 발표하여 남북 관계의 급격한 진전에 강한 우려를 표명했다. 한나라당 총재 이회창은 기자회견을 열고 임동원을 정면 겨냥하여 비판 공세를 펼쳤다.

"임동원 장관은 통일부 장관 자리에서 물러나야 합니다."

김대중이 기자들을 만났다. 북한과의 경제 협력 문제에 대해 직접 설명하기 위해서이다.

"우리가 북한과 경제 협력을 하려는 이유는 크게 세 가지입니다. 첫째는 원원의 입장에서 우리 경제에 도움이 되기 때문입니다. 개성공단, 남포공단을 개발하면 우리나라 중소기업들이 중국이나 베트남보다 더 값싸고 우수한 노동력을 확보하여 이익이 됩니다. 둘째, 남북한 간의 진정한 교류는 인적 교류가 뒷받침되어야 합니다. 그런데 진정한 의미에서 쌍방 간 인적 교류는 남북한 간 경제 격차가 완화되어야 가능해집니다. 현 상태에서는 남한 주민들이 북한 쪽으로 관광을 갈 수 있겠지만 북한 주민들은 남한 여행이 어렵습니다. 셋째, 언젠가 도래할 통일에 대비하기 위해서입니다. 과거 독일의 경우를 보면 우리보다 경제 여건이 훨씬 좋았지만, 천문학적 통일 비용 때문에 통일 후 20여 년 동안 경제가 휘청거렸습니다."

기자가 질문했다.

"독일 말씀을 하셨는데, 야당은 서독이 동독과 교류하는 동안 동독은 서독 총리 주변에 간첩을 침투시켜 서독의 중요 정보를 수집해 갔다면서 공산주의자들은 믿을 수 없다고 주장합니다. 이 점에 대해서 어떻게 생각하십니까?"

김대중은 대통령이 되기 전 브란트 총리가 추진한 동방정책과 콜 총리가 추진한 독일 통일 전후 과정에 관해 많은 연구를 한 사람이다. 그는 기자의 질문을 기다렸다는 듯이 즉각 답변에 들어갔다.

"그것은 사실입니다. 당시 서독의 수도 본은 동독 스파이들의 소굴이라고 했습니다. 총리 측근 비서의 스파이 사건도 그런 분위기에서 발생했습니다. 그런데 이런 점도 고려해야 합니다. 동독 스파이 사건으로 서독 총리가 물러났지만, 그 후에도 서독은 전임 총리가 했던 동방정책을 계속했다는 것입니다. 심지어 1982년 집권한 기민당의 헬무트 콜 정부조차 자신들이 야당일 때 반대한 동방정책을 적극 계승했습니다. 집권하고 보니 그 방법밖에 없다는 것을 알게 되었던 것입니다. 서독은 간첩 사건에도 불구하고 일비일희하지 않고 정권교체와 상관없이 20여 년 동안 일관되게 동서독 화해 정책을 추진하였고, 이것이 독일 통일의 밑거름이 되었습니다."

기자가 6·25 전쟁 이야기를 하면서 우리와 동서독의 차이를 말했다.

"동서독과 달리 우리는 전쟁을 했기 때문에 상황이 다를 수 있지 않겠습니까?"

김대중은 그 점을 인정하면서도 우리에게는 동서독에서 발견할 수 없는 유리한 점도 있다고 말했다.

"맞는 말입니다. 우리는 전쟁을 했기 때문에 동서독보다 관계 개선이 어렵습니다. 그렇지만 유리한 부분도 있습니다. 예를 들어봅시다. 2000년 시드니 하계올림픽 개막식 때 남과 북의 선수단은 한반도기를 앞세우고 동시 입장했습니다. 개막식장에는 '아리랑'이 울려 퍼졌습니다. 통일 전 동서독에서는 상상하기 힘든 모습입니다. 독일은 제2차 세계대전에 대한 책임 때문에 우리처럼 내놓고 민족적 단결이나 통일을 이야기할 수 없었습니다. 그러나 우리는 할 수 있습니다."

현실론을 펼치는 기자도 있었다.

"서독은 경제력이 유럽에서 가장 앞선 나라입니다. 그래서 동독을 지원할 여력이 있지만 우리는 다릅니다. 우리 형편도 어려운데 북한에 너무 많은 것을 주는 것 아니냐는 불만이 있습니다."

김대중은 이런 현실론이 국민 상당수에, 특히 젊은이들 사이에 퍼져 있는 것을 잘 알고 있었다.

"국민의 그런 감정을 이해합니다. 특히 지금은 IMF의 후유증이 많아 솔직히 북한을 지원할 형편이 되지 않는 게 사실입니다. 그러나 다른 한편으로 생각하면 우리는 독일 통일의 경험으로부터 많은 것을 배워 독일이 통일 과정에서 겪었던 후유증의 상당 부분을 사전 예방할 기회를 얻었습니다. 예를 들면 개성공단 개발 같은 경우 통일 비용을 절감하는 것일

뿐만 아니라, 당장에 남과 북 모두에게 이익이 됩니다. 서독은 동방정책 때 이런 방식의 투자를 하지 않았습니다. 우리의 대북정책이 서독의 동독 지원책보다 훨씬 생산적이고 미래지향적입니다."

이 시기 모 언론사가 야당이 주장하는 임동원 장관 사퇴 건에 관한 여론조사를 실시했다. 그 결과 국민의 절대다수가 사퇴에 반대했다. 국민 다수는 미래의 통일 비용을 덜기 위해 여건이 허락하는 범위 내에서 북한을 지원하는 것이 같은 민족으로서 바람직하다고 생각했다. 야당은 이렇게 국민 여론이 남북 교류와 협력에 우호적인 점을 고려하여 임동원 장관 사퇴 건을 힘으로 밀어붙이지는 않았다.

김대중은 고이즈미 준이치로 일본 총리를 만날 때마다 김정일 위원장은 대화가 되는 사람이라면서 북한 방문을 권유했다. 고이즈미도 북한 방문에 동의했다. 클린턴이 북한을 방문하자 고이즈미는 예정을 앞당겨 2001년 5월 북한을 방문했다. 그는 김정일과 정상회담을 진행하고 '평양선언'을 채택했다. 정상회담에서 양국은 국교 정상화를 10월 중에 재개하기로 했다. 또 일본은 과거 식민지 지배에 대해 사과하고, 보상 차원에서 무상자금 협력, 저금리 차관 공여 등 경제 협력 원칙에 합의했다.

2000년 6월 남북정상회담 때 합의가 가장 어려웠던 것은 김정일 위원장의 서울 답방이었다. 김정일은 이 문제만은 약속을 피하려 했다. 그러나 김대중이 동방예의지국론까지 펼치면서 서울 답방을 설득한 결과 김정일이 마지못해 애매하게 수락했다.

"김대중 대통령은 김정일 국방위원장이 서울을 방문하도록 정중히 초청하였으며 김정일 국방위원장은 앞으로 적절한 시기에 서울을 방문하기로 하였다."

김대중은 남북 관계가 본궤도에 오르려면 남북 정상이 자주 만나야 하며, 그 관건은 김정일의 서울 답방이라고 생각했다. 그래서 김대중은 기회 있을 때마다 이 문제를 북측에 환기했다. 야당과 보수 언론도 남북정상회담에서 합의한 사항이 지켜지고 있는지를 김정일의 답방에서 찾으려 했다.

여건이 2000년 6월 남북정상회담 때보다 크게 좋아졌다. 가장 큰 변화는 클린턴이 북한을 방문한 후 북한의 대외 환경이 크게 개선되었다는 점이다. 가장 두드러진 부분은 남북한 교류가 활성화되면서 남한 국민이 김정일을 대하는 태도가 우호적 방향으로 바뀌었다는 점이다.

김정일도 서울 방문이 남북 관계 개선을 위해 피할 수 없는 일이라는 것을 점차 인식했다. 그는 미국 대통령 클린턴이 북한을 방문한 만큼 북미 수교가 이루어지려면 다음 차례로 자신이 미국을 방문해야 할 것으로 생각했다. 그렇다면 정지작업 차원에서라도 먼저 남한을 방문하는 게 순리라고 생각했다. 서울을 피하면서 미국을 방문하는 것은 논리적으로도 그렇고 김대중 대통령에 대한 예의가 아니라고 생각했다. 그래서 그는 고심 끝에 서울 방문을 결심했다.

김정일의 서울 방문을 논의하기 위해 북한 고위 사절단이 서울을 방문했다. 그들은 서울로 온 후 먼저 김대중을 예방했다.

"김정일 국방위원장께서 서울 방문 계획을 대통령님께 알려드리라고 했습니다."

"감사합니다. 김 위원장께서 어려운 결정을 하셨으며, 적극 환영한다는 말씀 전해 주십시오."

김정일의 서울 방문은 2001년 6월 13일부터 15일로 정했다. 2000년 남북정상회담 1주년을 기념하는 날이다.

김정일은 평양에서 개성까지 기차를 타고 왔다. 그는 개성에서 판문점까지는 승용차를 탔다. 판문점에서 김대중이 김정일을 맞이했다. 두 사람은 1년 만에 다시 손을 잡았다.

"어려운 걸음 하셨습니다. 환영합니다."

"직접 나와 주셔서 감사합니다."

김대중과 김정일은 같은 승용차를 타고 문산으로 향했다. 평양에서와 반대로 이번에는 김대중이 김정일에게 승용차 오른쪽 좌석을 양보했다. 두 사람은 승용차를 타고 문산으로 와서 경의선 기차로 갈아탔다. 2000년 9월에 경의선 연결 기공식을 열었지만, 아직 완공되지 않아 중간 몇 킬로미터는 승용차를 이용해야 했다. 기차 안에서 두 사람은 마주 보고 앉아 가벼운 이야기를 나누기도 하고 창밖을 내다보기도 했다. 김정일은 창밖을 보며 생각에 잠기기도 하고 김대중에게 밖을 가리키며 무엇인가 이야기를 건네기도 했다.

"숲이 울창합니다."

"예. 수십 년 동안 나무를 열심히 심었습니다. 과거에는 민둥산이어서 여름에는 산사태가 많이 났습니다."

"우리도 나무를 많이 심어야 하는데 성과를 내지 못하고 있습니다."

"나무를 심을 때는 경제성을 고려하며 심으십시오. 남한은 나무를 많이 심어 울창한 숲을 만드는 데 성공했지만, 경제성 있는 산림정책을 펼치지 못했습니다. 그 결과 숲은 울창한데 목재 수입으로 지출하는 외화가 매우 많습니다."

두 지도자를 태운 기차가 서울역에 도착했다. 서울역에는 김정일을 보기 위해 많은 시민이 나와 있었다. 만일에 대비하여 두 정상은 별도의 통로를 통해 승용차를 탔다. 김대중과 김정일은 서울역에서 청와대로 가는 승용차도 같이 탔다. 서울역에서 청와대로 가는 길에 많은 사람이 김정일 일행이 탄 승용차가 지나가는 장면을 지켜보았다. 평양 시민만큼은 아니지만, 시민들이 두 지도자가 지나가는 승용차를 향해 손을 흔들었다.

김대중이 차 안에서 김정일에게 미안한 마음을 전했다.

"평양에서 열렬히 환영을 받았는데 서울에서 똑같은 모습을 보여드리지 못해 미안합니다."

김정일은 이미 예상한 듯 괜찮다고 했다.

"괜찮습니다. 서울 분위기를 잘 알고 있습니다."

김대중이 다른 말로 미안함을 대신했다.

"여론조사에 따르면 대부분 국민이 김 위원장의 서울 방문을 환영하는 것으로 나왔습니다. 마음속으로 김 위원장을 환영하고 있을 것입니다."

김정일은 청와대 영빈관에 머물렀다. 김대중은 도착한 날 김정일 일행을 위한 만찬을 베풀었다. 김정일을 수행한 사람들은 대부분 1년 전 평양에서 남한 측 인사들을 만난 사람들이었다. 두 번째 만남이고 한반도를 둘러싼 국제적 분위기가 1년 전보다 우호적으로 변했기 때문에 만찬장 분위기는 처음부터 화기애애했다.

다음 날 김대중·김정일 정상회담이 열렸다. 이 자리에서 시간을 가장 많이 할애하여 논의한 것은 경제 협력에 관한 것이었다. 정상회담에서 두 사람은 경의선의 신속한 개통을 위한 제반 조처를 하기로 했다. 남한의 철원과 북한의 평강을 연결하는 철로도 개통하기로 했다. 이 노선을 개통할 경우 서울에서 원산을 거쳐 나진으로 가는 기차 운행이 가능해진다.

두 정상은 임동원이 평양에 가서 논의한 내용, 즉 서울·평양 고속도로의 개보수, 개성공단의 조속한 착공, 남포공단의 재개, 남포·원산에 조선소를 건설하는 계획 등에 관해서도 재확인했다. 모두 신속하게 착수하기로 했다.

김대중은 금강산 외에 몇 군데 추가로 관광지구를 개발하면 좋겠다는 의견을 제시했다.

"남한 쪽 사람들이 중국을 거쳐 백두산 관광을 많이 갑니다. 그런데 중국을 거치지 않고 직접 북한 땅에서 백두산을 보기를 희망합니다. 개마고원, 황해도 구월산 등을 개발하면 남한 쪽 사람들이 매우 좋아할 것입니다. 북한은 자연을 잘 보존하고 있으므로 관광산업에서 큰 성과를 낼 것입니다."

김정일도 김대중의 제안에 공감했다.

"백두산을 왜 중국 땅을 거쳐 갑니까. 서울에서 삼지연까지 비행기로 온 후 버스를 타면 쉽게 백두산을 오를 수 있습니다. 우리는 백두산 외에도 여러 곳을 관광단지로 개발할 계획을 하고 있습니다. 금강산 특구를 개발한 경험이 있으므로 여러 곳에 더욱 쉽게 현대식 관광단지를 조성할 수 있을 것입니다. 다만 관광산업은 자연보호와 양립해야 합니다. 금강산 관광사업을 하는 현대 측과 협의하도록 하겠습니다."

김대중은 서해 평화지대 구상을 밝혔다.

"바다는 국경선이 모호하기 때문에 군사적 충돌이 발생할 수 있습니다. 또 남북이 배의 출항을 통제하다 보니 엉뚱하게 중국과 일본 어부들만 이익을 봅니다. 이번에 서해 평화지대를 설치하면 좋겠습니다."

"맞습니다. 육지는 선이라도 있는데, 바다는 그것도 없다 보니 서로 총질하는 일이 벌어집니다."

　정상회담에서는 남북 경제 협력 사업의 원활한 추진을 위해 「남북경제협력추진위원회」를 부총리급 「남북경제협력공동위원회」로 격상하기로 했다. 또 이산가족 상봉을 쉽게 하기 위한 방안도 논의하기로 했다.

　남북한 정상들은 남북한 간의 교류 협력에 관한 내용에서 의견 차이가 없었다. 큰 틀에서 몇 가지 사항에 대해 합의를 본 두 정상은 세세한 부분은 위상을 높인 「남북경제협력공동위원회」에 넘기기로 했다.

26. 1단계 통일국가론

김대중은 김정일과의 회담에서 교류 협력에 관한 대화가 끝나자 민족 공동체의 미래에 관한 이야기를 꺼냈다.

"우리가 1년 전 만남에서 남과 북의 통일 방안에 대해 긴 이야기를 나누었습니다. 이 문제에 대해 좀 더 진전된 이야기를 나누고 싶습니다."

"그때 대통령께서는 남측의 연합제를 말씀하셨고 나는 낮은 단계의 연방제를 이야기했습니다. 양 제도 사이에 공통점이 있으니 이 방향에서 통일을 지향해 가자고 했습니다."

"그렇습니다. 1년 전과 비교하여 상황이 많이 개선되었으니 통일 방안을 좀 더 구체화하면 어떻겠습니까."

"대통령께서는 연합제를 선호하시니 그 부분에 대해 좀 더 자세한 설명을 해 주십시오."

"연합제는 국가라고 할 수도 있고 아니라고 할 수도 있습니다. 남한과 북한 양국이 각각 별개의 국가를 유지하면서 긴밀한 협력체제를 유지하여 때로는 하나처럼 움직이자는 것입니다. 미래의 통일국가 모형을 만들어 가는 단계입니다. 일종의 통일을 만들어 가는 가교 단계라고 할 수 있습니다."

김대중의 통일 방안에 따르면 남북은 각기 독립 정부로서 현재처럼 기능하면서 중앙에 상징적인 통일기구를 수립하여 통일에의 제1보를 내딛도록 하는 것이다. 연합제가 이 경우에 해당한다. 이 단계에서 양 정부는 반드시 통일을 이루고야 말겠다는 민족적 의지와 실천 목표에 따라 양측에서 파견한 동수의 공동대표에 의해서 통일기구를 설립한다. 이 통일기구에는 통일 의회와 통일행정 기구를 두어서 양측 독립 정부가 합의하여 그 권한을 부여한 사항을 논의하고 집행한다. 1단계에서 가장 중요한 것은 통일기구가 얼마나 많은 권한을 갖고 있느냐가 아니라 양측 사이의 상호 신뢰의 정도이다. 남북 간의 믿음과 협력이 늘어나면 양측 정부는 자기들이 합의한 만큼의 권한을 점차 중앙의 통일기구에 이양해 가면 된다. 이렇게 신뢰와 협력을 바탕으로 통일기구의 권한을 점차 증가시켜 가면 언젠가 단일정부를 구성할 수 있게 되고 통일은 이렇게 점진적으로 이루어야 한다는 것이 김대중의 연합제-연방제 통일 방안이었다.

"대통령께서는 연합제 단계가 어느 정도 지나면 다음 단계인 연방제 국가로 갈 수 있다고 보십니까?"

"나는 30년 정도면 가능하다고 봅니다. 남과 북이 화학적으로 하나가 될 수준까지 가야 통일이 원만하게 이루어지고 통일 후 후유증도 최소화할 수 있습니다."

"대통령께서는 남과 북이 화학적으로 결합하는 데 가장 중요한 요소는 무엇이라고 보십니까?"

"민족 동질성을 유지하는 것입니다. 역사, 문화, 언어 등 민족 동질성을 결정하는 부분에서 하나가 되기 위한 노력을 해야 합니다. 또 하나 남과 북이 경제적 수준에서도 비슷한 수준이 되어야 자유로운 왕래는 물론이요 이주의 자유까지도 가능해질 것입니다."

"대통령께서는 남과 북이 경제적으로 비슷한 수준이 되는 데 30년 정도 필요하다는 것인가요?"

"정확히 예측할 수는 없지만, 북한은 자원이 풍부하고 우수한 노동력이 있으니 북미 관계가 좋아지고 남측과 경제 협력을 원만하게 추진한다면 30년 이내에 남한과 경제적 사정이 비슷해질 것으로 생각합니다."

"그럼 이 과정에서 남북연합은 어떤 임무를 수행하는 것입니까?"

"남북연합은 민족 동질성 유지를 위한 업무를 일차적 과제로 삼을 수 있습니다. 또 경제 동질성 유지를 위한 사업을 수행합니다. 예를 들면 남쪽과 북쪽 정부가 각각 매년 정부 예산의 일정 부분을 남북연합에 이관하면 남북연합이 그 예산을 가지고 경제 동질성 유지를 위한 사업을 수행합니다. 남북연합은 또 DMZ의 생태평화공원사업 등 남북한 긴장 완화를 위한 사업을 추진합니다."

"지난번 회담에서 밝혔듯이 우리가 말하는 낮은 단계의 연방제도 비슷한 성격의 연합체입니다. 다만 대통령께서 말하는 남북연합이 통일단계로서는 우리가 이야기하는 낮은 단계의 연방제보다 성격이 좀 약한 것 같습니다."

"우리가 30여 년 정도 연합제 방식의 통일을 이루다가 양쪽 국민 사이에서 '이 정도면 실험은 끝났다. 이제 한 단계 높은 진짜 통일국가로 나가자'라는 여론이 형성되면 그때 가서 연방제 국가로 격상하면 됩니다. 그때의 연방제는 미합중국이나 독일 같은 수준의 국가를 이루는 것이지요. 자치정부가 상당 수준의 권한을 행사하되 국방과 외교 등은 중앙 정부가 갖는 국가 형태입니다."

"그러니까 대통령께서는 2단계는 연방제가 될 테니 1단계는 연합제를 채택하자는 것이지요?"

"예. 어차피 다음 단계 국가는 연방제가 될 테니 현 단계는 미래의 연방국가와 구분하고 혼란과 오해를 피하기 위해서라도 연합제라는 용어를 사용하는 게 좋을 것 같습니다."

"대통령 말씀을 들어보니 연합제는 우리가 주장하는 낮은 단계의 연방제와 거의 비슷합니다. 2단계 연방제와 혼선을 피해 1단계는 연합제로 하자는 대통령의 말씀에 동의합니다. 그렇게 합시다."

"감사합니다. 그럼 남북연합 단계의 통일기구를 구성하기 위해 연구팀을 구성하여 남북연합에 대한 본격적인 연구와 준비를 해 나가십니다."

"대통령께서는 연합제가 어느 시점에서 출범하면 좋을 것 같습니까?"

"반년 정도 준비 기간을 거쳐 2002년 1월 1일 자로 출범시키면 좋을 것 같습니다."

"그렇게 합시다."

김대중의 핵심 조언자인 임동원은 국가연합의 몇 가지 사례로 미국 독립 직후 연합체와 20세기 후반 유럽 통합체인 유럽연합을 제시했다. 임동원에 따르면 미국의 경우 독립전쟁(1775-83) 때 13개 주는 연합규약Articles of Confederation을 채택하여 연합체union를 유지해 오다가 1787년 미합

중국 헌법을 제정하며 연방체제federalism로 전환했다. 또 유럽 국가들은 유럽경제공동체(EEC)로 시작하여 냉전 종식 후 1993년에 12개국이 유럽연합(EU)으로 전환했으며 지금은 28개국이 국가연합으로 발전하여 유럽국가통일(연방)을 지향하고 있다. 두 가지 역사적 사례는 국가연합이 연방제 통일국가로 발전하는 과도적 단계임을 보여주고 있다.[166]

남북연합 단계에 진입하기 위해서는 우선 반세기 동안의 불신을 넘어 상호 신뢰 조성이 긴요하다. 남과 북은 6·15 공동선언(제4항)을 통해 "경제 협력을 통하여 민족경제를 균형적으로 발전시키고, 사회·문화·체육·보건·환경 등 여러 분야의 협력과 교류를 활성화하여 서로의 신뢰를 다져 나가기로" 합의했다. 김대중은 남과 북이 6·15 공동선언에 따라 교류하고 협력하면서 평화적 공존 분위기를 만들면 남북연합제는 지금 당장도 가능하다고 주장했다.[167]

서독의 브란트 총리가 추진한 동방정책은 비록 한 민족이 분단되어 2개 국가를 형성하고는 있지만, 서로 외국이 아닌 특수 관계로 규정하고 민족 동질성 유지에 최우선 목표를 두었다. 동독 고립화 정책(할슈타인 원칙 등)을 버리고 평화 공존하며 '접촉을 통한 변화'를 추구했다. 이 정책은 후임자인 사민당의 슈미트(1974-82)와 기민당의 콜 정부(1982년 이후)에 의해 계승되었다. 서독은 브란트가 동방정책을 추진한 이래 동독에 매년 평균 32억 달러 규모의 경제지원을 제공했다. 또 매년 수백만 명의 왕래와 접촉, 교류와 협력을 실현하여 분단으로 인한 양측 시민들의 불편과 고통을 최소화하기 위해 노력했다. 동서독 정상회담을 개최하고, 기본관계조약을 체결하고 유엔에도 공동 가입하고 상주 대표부도 설치했다. 그뿐아니라 기자들이 서로 상주하고 언론 매체도 개방했다. 동독인들이 아침에는 공산당 신문을 읽고, 저녁에는 서독 TV를 볼 수 있는 상황으로 발전했다. 이렇게 하여 동서독인들은 통일 이전에 이미 '사실상의 통일de facto unification' 상황을 실현해 갔다. 1989년부터 1990년까지 진행된 '정치적 통일'은 이런 '사실상의 통일'을 토대로 진행되었다.

김대중의 햇볕정책 역시 화해와 협력을 통해 북한이 변화(개방과 시장 경제 개혁)할 수 있는 환경과 여건을 조성하고, 한반도의 평화를 조성하는 데 일차적인 목적을 두었다. 김대중은 햇볕정책을 통해 완전 통일에 앞서 남북이 서로 오가고 돕고 나누는 '사실상의 통일' 상황을 실현하고자 했다. 남북정상회담은 그런 구상을 위한 중요한 진전이었다.[168]

제2차 남북정상회담에서 남북연합에 대한 합의가 이루어진 데 대해 신한국당 등 야당과 보수 언론이 강하게 비판했다. 김대중이 '통일 대통령'이라는 칭호를 얻기 위해 무리수를 두고 있다고 했다. 아직 핵 문제가 완전하게 해결되지 않았는데 모든 게 해결된 것처럼 국민을 속이고 있다고 했다. 또, 북한 경제를 도와 김정일 체제의 강화만 도와줄 것이라고 했다.

김대중은 남북연합을 실천하려면 한나라당의 협조가 필수적이라고 판단했다. 그는 정상회담이 있은 지 1주일 후 한나라당 당사를 방문했다. 이회창 총재 등 당직자들이 나왔다.

김대중이 남북연합에 관해 설명하고 한나라당의 협조를 요청했다.

"해방 후 남북 관계를 개선할 기회가 많지 않았습니다. 이번이야말로 우리가 남북 화해와 공존 그리고 통일로 나아갈 수 있는 절호의 기회입니다. 한나라당에서 도와주시면 가능합니다."

"우리도 남북 관계가 좋아지기를 바랍니다. 그러나 북한의 변화가 불확실한 상황에서 우리가 너무 많은 것을 양보하고 있습니다. 국민이 가치관에 큰 혼란을 겪고 있습니다."

"역지사지로 생각할 필요가 있습니다. 북한이 개방한 금강산 특구와 개성공단 지역은 군사적 요충지입니다. 그 군사적 요충지를 남한 쪽에 모두 개방했습니다. 개성공단의 경우 우리로 치면 파주 정도에 위치합니다. 우리가 파주 지역을 북한에 모두 내놓는다고 생각해 봅시다. 쉽게 결정하기 어려운 문제입니다."

"그게 북한의 전략일 수도 있습니다. 통일은 말처럼 쉬운 게 아닙니다. 너무 서두른 감이 있습니다."

"당장 통일을 하자는 게 아닙니다. 남북연합은 언제 다가올지 모르는 통일에 사전 대비하기 위한 과도기 조치에 해당합니다. 독일 통일의 사례를 타산지석으로 삼자는 것입니다."

"남북정상회담 내용에 따르면 남과 북이 정부 예산의 일정 부분을 남북연합에 이관하여 그 기금으로 통일 준비를 하자고 하는데, 이것은 사실상 남한 돈으로 북한을 돕자는 것 아닌가요? 국민 사이에서 퍼주기라는 말이 나오는 배경입니다."

"독일의 경우를 보면 통일 첫해에 서독 예산의 1/4을 동독에 투입했습니다. 이런 방식으로 통일 독일은 20년 동안 천문학적인 돈을 동독에 투자했습니다. 유럽에서 경제력이 가장 강한 독일 경제가 통일 비용으로 상당 기간 흔들렸습니다. 우리에게는 지금 당장 통일이 되더라도 독일처럼 할 수 있는 역량이 없습니다. 그러기 때문에 사전에 조금씩 준비하자는 것입니다."

"시중에는 대통령께서 통일을 이룬 대통령이라는 성과를 내기 위해 무리수를 두고 있다는 지적이 있습니다."

"거듭 말씀드리지만, 남북연합은 통일국가가 아닙니다. 독일의 경우 사민당 출신 브란트 총리가 우리로 치면 햇볕정책에 해당하는 동방정책을 추진하여 통일의 초석을 다졌습니다. 그러나 정작 통일 대업을 이룬 사람은 기민당의 헬무트 콜 총리입니다. 우리도 지금 통일을 위한 준비를 하지만, 통일의 대업을 이룰 사람과 정당은 어느 쪽이 될지 알 수 없습니다."

"남한과 북한 정부가 남북연합에 일정 부분 예산을 이관한다고 하는데 매년 어느 수준을 생각하고 있습니까?"

"우리 경제 사정을 고려할 때 처음에는 예산의 1퍼센트 정도가 적당하지 않을까 생각합니다. 금년 정부 예산이 약 100조 원 정도 되니 1퍼센트면 약 1조 원 정도 됩니다. 현재도 통일기금을 조성하고 있으므로 그것까지 합하여 1조 원 정도로 보면 됩니다. 물론 이 문제는 국회에서 심의하면서 한나라당의 의견이 반영되어야겠지요. 처음 1퍼센트에서 시작하여 조금씩 늘려나가고 남한 경제 사정이 좋아지면 3퍼센트 수준까지 증액하면 좋을 것 같다는 생각입니다."

"우리 경제 사정을 고려할 때 그 정도 예산을 확보하는 게 쉽지 않습니다."

"정부 예산에서 국방예산이 차지하는 비중이 약 9% 정도 됩니다. 남북 관계가 좋아지고 한반도 평화가 정착되면 남북 모두 군대를 감축할 것입니다. 그럼 국방예산에서 상당액의 예산을 확보할 수 있습니다. 언젠가는 통일세를 신설할 필요도 있을 것입니다."

"우리도 남북 화해와 공영, 그리고 남북통일에 반대하는 게 아닙니다. 그렇지만 이 문제는 국가 생존과 민족 생존에 관한 것이기 때문에 정부가 일방적으로 주도하지 말고 국회와 긴밀히 논의하는 구조가 필요합니다."

"좋은 제안입니다. 국회에 남북 관련 위원회를 설치하여 남북연합 등에 대한 논의를 활성화해 주시기 바랍니다."

한나라당이 김대중의 남북연합 안에 공감한 것은 아니었지만 국민 중 김대중의 햇볕정책을 지지하는 비율이 높고 통일에 대한 열망이 워낙 강하기 때문에 한나라당도 남북정상회담에서 합의한 사항을 무조건 반대만 하기는 어려웠다. 특히 다음 대선을 노리는 이회창으로서는 남북연합 안을 강하게 반대하여 반통일 세력으로 낙인찍히는 것은 피하고 싶었다. 그래서 이날 대화에서 한나라당과 김대중은 어정쩡하게나마 차이를 어느 정도 봉합했다.

2001년 중반경부터 미국과 북한 사이에 국교 정상화를 위한 논의가 활발하게 일어났다. 국교 정상화 문제를 논의하기 위해 미국에서 국무부 고위 인사가 북한을 방문했다. 국무부 인사는 김정일을 만나 핵 문제에 대해 북한의 입장을 물었다. 김정일은 한반도 비핵화가 북한의 기본 방향이나 현재는 생각이 좀 바뀌었다고 했다.

"한반도 비핵화는 김일성 주석 이래 북한의 일관된 방침입니다. 그러나 1990년대에 우리 생각이 조금 바뀌었습니다. 소련, 중국이 남측과 수교를 했는데 미국은 계속 우리에게 적대적인 태도를 보였기 때문입니다. 미국과 국교 정상화가 이루어지면 모든 문제가 풀릴 것입니다."

"미국 정부는 북한이 관계 정상화에 앞서 지금까지 진행된 핵 관련 의혹을 모두 해소해야 한다는 입장입니다."

"미국 부시 행정부가 클린턴 대통령이 약속한 대로 북한에 대한 적대적 태도를 버리고 북한과 관계 정상화를 하겠다는 의지를 분명히 밝히면 북한도 상응하는 조처를 하겠습니다."

"미국은 핵 관련 의구심이 있는 지역에 대한 국제원자력기구의 사찰을 희망하고 있습니다."

"미국이 관계 정상화 약속을 이행할 의지를 보이면 우리는 즉각 국제원자력기구의 사찰을 허용할 것입니다. 지금 필요한 것은 미국이 약속을 지키는 것입니다."

미국 국무부 관리가 북한을 방문한 후 북한 고위 관계자가 미국을 방문했다. 북미 관계 정상화를 위한 후속 논의를 위해서였다. 미국은 북한 측에 김정일 위원장을 워싱턴에 초청할 의사를 보였다. 김정일이 미국에 오면 북미 수교 등 양국 사이의 현안을 일괄 타결할 수 있다는 암시도 주었다. 북한 측은 김정일 위원장이 미국을 직접 방문하는 문제는 북한으로 돌아간 후 알려주겠다고 했다.

미국 방문 팀의 보고를 받은 후 김정일과 김영남 최고인민회의 상임위원장이 만나 미국 방문 문제를 논의했다.

"상임위원장께서 미국을 다녀오시면 어떻겠습니까?"

"미국은 국방위원장님이 오시기를 바랄 것입니다. 그들은 핵 문제 등 중요 관심사를 국방위원장님과 상의하려 할 것입니다."

"우리를 대표하는 국가수반은 위원장님이신데 왜 외부에서는 자꾸 내가 나서야 한다고 하는지 모르겠습니다."

"지난번 북남정상회담 때도 김대중 대통령은 국방위원장께서 사인해야 한다고 했습니다. 미국도 마찬가지일 것입니다."

김정일은 미국을 직접 방문하기로 했다. 북한은 이 사실을 미국 정부에 통보했다. 북미정상회담은 2001년 9월에 미국 워싱턴에서 열기로 했다. 클린턴·김정일 정상회담은 역사적 상봉이었음에도 클린턴이 임기 종료 직전에 방문했기 때문에 주목을 크게 받지 못했다. 반면 이번 미국에서 열리는 북미정상회담의 주역은 북한에 대해 부정적 의견이 강했던 부시와 은둔의 나라 지도자 김정일이다. 김정일이 오랫동안 적대적 태도를 보인 미국의 심장부를 방문하는 것이다. 당연히 그의 방문은 클린턴의 북한 방문보다 더 큰 주목을 받았다.

김정일은 9월 11일부터 13일까지 워싱턴을 방문했다. 북한에 미국까지 장거리 운항을 할 수 있는 전용기가 없어 항공기는 중국 항공사에서 빌렸다. 그전에 미국에서 항공기를 보내주겠다고 했지만, 김정일은 보안상 문제와 국가의 자존심 등을 고려하여 사양했다.

백악관에서 부시 대통령과 김정일 위원장은 두 차례에 걸쳐 회담했다. 주요 의제는 북한 핵무기 문제와 국교 정상화 문제였다.

"김 위원장께서 어려운 결심을 하였습니다. 이번 방문을 계기로 북한과 좋은 관계를 갖기를 희망합니다."

"초대해 주셔서 감사합니다. 조선민주주의인민공화국도 미합중국과 지금까지 불행했던 관계를 청산하고 새로운 역사를 만들어 가기를 희망하고 있습니다."

"미국은 물론 전 세계가 우리의 만남을 주목하고 있습니다. 이번 기회에 북한 핵 문제에 대한 세계인들의 의구심이 확실하게 해소되기를 바랍니다."

"우리 인민들은 미국이 나를 초대한 것을 우리와 미국이 좋은 관계를 맺겠다는 공개적인 선언으로 받아들입니다. 따라서 우리도 미국과 관계

정상화를 이루는 데 걸림돌이 될 수 있는 모든 의혹을 해소하도록 하겠습니다. 미국과 서방 세계가 큰 관심을 두고 있는 핵 관련 의혹 부분은 내년쯤 국제원자력기구의 공개 사찰을 받도록 하겠습니다. 필요하면 비슷한 시기에 미국 단독으로 핵 관련 전문가들을 북조선에 파견해도 좋습니다."

"좋습니다. 김 위원장께 그런 강한 의지와 계획이 있다면 잘 해결될 것 같습니다. 핵 관련 문제에 대한 구체적 논의는 전문가들에게 맡깁시다. 내가 김 위원장을 미국에 초대한 것은 핵의혹의 완전 해소와 함께 미국과 북한이 외교 관계를 수립하여 두 나라 사이의 관계를 정상화하고 싶어서입니다."

"감사합니다. 우리도 미국과 관계 정상화를 이룩하여 불행했던 과거를 청산하고 미래로 나아가기를 희망합니다."

"미국과 북한 사이에는 국교 정상화와 함께 다양한 분야에서 협력이 가능할 것입니다. 북한이 시장경제에 대해 유연한 입장을 취하기를 바랍니다. 그래야 미국을 비롯하여 서방 세계의 기업들이 북한에 투자할 것입니다."

"우리는 사회주의 체제이기 때문에 미국의 경제구조와는 다릅니다. 그렇지만 사회주의 체제의 근본은 유지하면서도 시장을 가능한 최대한 개방할 생각입니다. 미국 기업이 투자하는 데 장애가 없도록 하겠습니다."

"미국은 북한과 남한이 활발한 교류를 하고 한반도 평화 구조를 만드는 데 노력하고 있는 것을 적극 지지하고 있습니다."

"남과 북은 통일의 낮은 단계인 남북연합제에 합의를 봤습니다. 앞으로 남과 북은 과거와는 전혀 다른 방식으로 협력할 것입니다."

"남과 북이 계속 좋은 관계를 발전시켜 궁극적으로 하나로 통일되기를 바랍니다. 미국도 적극 지원하겠습니다."

"우리는 미국이 현재는 물론 통일 이후에도 한반도에서 균형추 역할을 해 주기를 바라고 있습니다."

부시와 김정일의 대화는 예상보다 진지하고 우호적인 분위기에서 진행되었다. 정상회담에서 두 사람은 미국과 북한이 국교 정상화를 이루는 데 합의했다. 양국은 국교 정상화와 함께 가까운 시일 내에 상대국에 대표부를 개설하고 대사를 파견하기로 했다. 두 나라의 외교 관계는 2001년 12월 1일 자로 수립하기로 했다.

미국과 북한의 수교 결정은 한반도 정세에 코페르니쿠스적 대전환의 시대가 다가왔음을 알렸다. 과거의 사례를 보면 남북 관계의 주변수는 미국이었다. 과거의 미국은 남북 관계가 너무 빠르게 진전하는 것을 원하지 않았다. 미국은 한미일 삼각관계와 북중러 삼각관계가 적절한 선에서 유지되어 한반도에 힘의 균형이 유지되는 것을 최선으로 생각했다. 그런 이유로 그들은 과거 남북 관계가 속도를 내면 어떤 방식으로든 제어하는 조처를 했다.

그런데 미국과 북한의 연속된 정상회담으로 과거의 관행에 중대한 변화가 생겼다. 그 결정적 계기는 김대중의 햇볕정책이었다. 김대중의 햇볕정책이 북한의 변화를 유도했고, 클린턴의 평양 방문을 가능하게 했으며, 마침내 김정일의 미국 방문까지 성사시켰다. 불과 2-3년 전까지만 하더라도 상상하기 어려운 진전이었다.

2001년 10월 15일 고이즈미 준이치로 일본 총리가 서울에 왔다. 그는 서대문 독립공원(옛 서대문형무소)을 찾아 공원 내 역사박물관 등을 돌아봤다. 그는 추모비에 꽃을 바친 후 과거 일본의 식민 지배에 대해 언급했다.

"일본의 식민지 지배로 인해 한국인에게 다대한 손해와 고통을 안겨준 데 대해 반성과 사죄의 마음을 갖고 여러 전시, 시설, 고문의 흔적을 보았습니다."

김대중과 고이즈미가 만났다. 고이즈미가 지난 5월 북한을 방문하고 북일 관계 정상화를 하기로 한 내용이 자연스럽게 화제에 올랐다.

"총리께서 큰일을 하셨습니다. 북한과 수교는 언제쯤으로 예상하십니까?"

"11월 말쯤으로 예상합니다. 조만간 구체적인 일정표가 발표될 것입니다."

"일본과 북한이 수교하고 이어서 또 미국과 북한이 수교하면 동북아 정세에 큰 변화가 있을 것입니다. 중국, 일본, 러시아, 미국, 남한, 북한 등 6자가 동북아 평화는 물론이요 경제 협력의 대전환기를 맞이할 것입니다."

"대통령님께서 북한을 거쳐 시베리아와 유럽으로 연결하는 '철의 실크로드'에 대한 구상을 하셨는데 일본도 그 계획에 관심이 많습니다."

"그렇습니다. 일본 화물이 부산을 거쳐 한반도를 지나 유럽까지 간다면 물류비용을 절감하는 데 큰 도움이 될 것입니다. 중동 지역 정세가 불안정할 때가 많은데 철의 실크로드가 완성되면 그런 위험성도 감소하게 될 것입니다."

"일본 정부가 대통령님의 햇볕정책을 최선을 다해 지원하겠습니다."

"감사합니다. 일본을 한반도 평화의 든든한 후원자로 두어 기쁩니다."

북한과 일본은 2001년 11월 1일 자로 관계를 정상화했다. 북한과 일본은 수교와 함께 영사 관계를 수립하고 대사급 외교사절을 교환했다. 해방

된 지 56년 만의 일이다. 남한과 일본이 국교를 정상화한 게 1965년이니 그로부터 계산해도 36년이나 늦게 이루어졌다.

양국 간의 수교에서 가장 큰 관심사는 북한이 대일청구권 자금으로 얼마를 받을 수 있느냐였다. 한국은 1965년 수교하면서 일본으로부터 무상 경제협력 자금 3억 달러, 정부 차관 2억 달러, 민간 상업 차관 3억 달러를 받았다. 쫓기듯이 서둘러 체결한 탓에 일본 제국주의 침략에 대한 보상액으로는 터무니없이 적었다. 북한은 이번 수교 때 일본에 300억 달러를 요구했다. 일본은 100억 달러 선에서 협상하고 싶었다. 그러나 100억 달러는 너무 적다는 게 대내외의 공통된 여론이었다.

김정일이 협상 책임자에게 지침을 내렸다.

"청구권 자금은 우리의 자존심에 손상이 가지 않는 선에서 결정되어야 합니다."

경제 대국인 일본은 북한의 경제 재건을 위해 어느 정도 기여해야 한다는 국제사회의 분위기를 잘 인식하고 있었다. 일본은 200억 달러 선에서 협상을 마무리 짓자고 했다. 김정일이 북측 협상단에게 지시를 내렸다.

"200억 달러는 일본이 조선에 한 잘못을 고려할 때 턱없이 부족하지만, 그것 때문에 북일 수교를 깨뜨릴 수는 없다."

북한은 일본의 200억 달러 제안을 수용했다. 대금은 20년 동안 분할 지급하기로 했다.

일본으로부터 받기로 한 200억 달러는 향후 북한 경제를 재건하는 데 매우 중요한 마중물 역할을 할 것이라는 게 중론이었다. 김정일은 남한 정부가 대일청구권 자금으로 포항제철 공장을 짓는 등 기간 시설 확충에 유효 적절하게 활용한 것에 주목했다. 200억 달러를 북한의 철도, 항만 등 기간 시설과 첨단 산업 육성에 사용하기로 했다.

　미국·일본과 북한 사이의 수교와 해빙 무드는 한반도 평화를 위한 대전환점이 될 것이 확실했다. 북한은 1990년과 1992년 소련(러시아)과 중국이 남한과 연달아 수교하면서 국제적으로 완전 고립 상태에 빠졌다. 그 이후 경제 사정도 급속도로 나빠졌다. 북한과 미국, 북한과 일본의 수교는 10여 년 동안 지속한 외교적 고립으로부터 탈피를 의미했다. 동시에 일본과의 수교로 얻는 대일청구권 자금은 향후 북한 경제를 재건하는 데 긴요하게 쓰일 것이다. 두 나라와의 연속된 수교로 김정일의 권력 기반도 탄탄해졌다.

28. 남북연합은 '절반의 통일국가'

　　임동원은 지난해 9월 제2차 남북정상회담에서 논의한 남북연합의 현실화 방안을 논의하기 위해 평양을 방문했다. 북측과 집중적으로 논의한 것은 남북연합의 성격과 기구, 남북연합이 담당할 업무와 역할, 예산 등이었다.

　　임동원은 이 문제를 논의하기 위해 북한의 대남 기구 책임자, 외무성, 경제부처, 김영남 최고인민회의 상임위원장, 김정일 국방위원장 등을 두루 만났다. 남북연합의 성격은 국가가 아닌 국가협의체로 하기로 했다. 유럽연합(EU)을 남북연합의 기본 모델로 하되 남북 사정을 고려하면서 단계적으로 신축성 있게 추진하기로 했다. 북측 대표가 그 이유를 설명했다.

　　"유럽연합은 노동의 자유 이동 등 준 국가적인 상태까지 발전했습니다. 그러나 우리 여건은 많이 다릅니다."

　　남측도 이해한다고 했다.

"북측의 입장을 이해합니다. 남북 사이에 유럽연합과 같은 노동의 자유로운 이동은 연방제 국가로 발전하는 단계에서나 생각해 볼 수 있습니다. 우리가 현재 취할 수 있는 자유 이동은 정부 관계자, 기업인, 언론인, 체육인 등 소수 분야 소속 사람들에게 제한적으로 적용하도록 하지요. 대신 관광을 위한 자유 이동은 좀 더 확대해서 적용하도록 합시다."

외교 분야에서 더 많은 진전이 필요하다는 이야기도 오갔다.

"유럽연합은 외교 부분에서 상당 부분 공통된 노선을 취하고 있습니다. 그러나 남북연합은 다를 수밖에 없습니다. 우리 측이 최근 미국·일본과 외교 관계를 맺게 되었지만, 아직도 남측은 미국·일본에 기울어진 외교 노선을 취하고 있고, 우리 북측은 중국·러시아와 더 가까운 관계입니다."

"외교 부분에서도 상당 기간 같은 보조를 취하기는 어려울 것입니다. 각각 독자적으로 움직이고, 한민족의 운명에 중대한 영향을 줄 수 있는 사안에 한하여 가능한 공통의 노선을 취하도록 노력합시다."

인적 교류와 외교 노선에서는 신중한 접근을 모색하되, 경제 분야에서는 속도를 내자는 게 남북의 공통된 입장이었다.

"남북연합이 중점을 두어야 할 분야는 경제 부분입니다. 우리 북측에서는 경제 부분에서 남북이 비슷한 수준에 도달해야 진정한 의미의 통합이 가능할 것이라는 판단입니다."

"남측도 비슷한 생각입니다. 남북연합은 북측의 철도, 도로, 항만 등 기간 산업을 현대화하는 일에 집중적인 노력을 기울여야 합니다. 공단은 민간기업이 중심이 되어 개발하겠지만, 남북연합 차원에서도 적극 지원합시다."

체육 분야는 남북연합이 유럽연합이나 통일 전 동서독보다 유리하다는 데 남북이 의견 일치를 보았다.

"체육 교류사업의 경우 가장 신속하게 결실을 볼 수 있는 분야입니다. 국제행사에 북측 대표단, 남측 대표단 외에 남북연합 대표단을 결성하여 파견할 수 있을 것입니다. 그럼 남북연합이 남북을 대표하는 기구라는 것을 국제사회에 알리고 또 남과 북측 사람들도 우리가 하나의 민족이라는 자긍심을 보다 확실하게 가질 수 있을 것입니다."

"좋은 의견입니다. 남북연합이 가장 관심을 가져야 할 부분은 민족 동질성 유지입니다. 이를 위해 역사, 언어, 문화 등의 분야에서 공동의 주제를 발굴하여 함께 연구하고 초중등학교 교재도 몇 개 부분에서 같이 개발하도록 합시다. 이 일에서 체육 분야가 선도적 역할을 할 수 있습니다."

휴전선 지역을 평화생태공원으로 조성하여 세계적 관광지 겸 평화 교육장으로 조성하자는 데도 합의가 이루어졌다.

"DMZ 평화생태공원 조성사업도 남북연합의 주요 역할이 될 것 같습니다."

"우리도 DMZ 평화생태공원 사업에 관심이 많습니다."

남북 대표단이 남북연합의 역할과 미래에 대해 대부분 의견 일치를 보았기 때문에 다음 주제는 자연스럽게 최종 논의 단계인 남북연합의 체제에 대한 것이었다.

"남북연합을 대표할 최고 기구는 남북연합 의장으로 하면 어떻겠습니까? 남한의 대통령과 북한의 국방위원장이 공동의장을 맡는 체제입니다."

"현실적으로 그 안이 가장 적절할 것 같습니다. 대신 남북연합을 행정적으로 이끌어 갈 사람이 필요합니다."

"공동의장 밑에 집행위원장이나 사무총장을 두어 기구를 실질적으로 총괄하도록 하도록 합시다."

"그럼 집행위원장이나 사무총장도 남북 각각 1명씩 공동으로 맡게 합시다."

"그래야겠지요."

"남북연합의 본부는 어디가 좋겠습니까?"

"판문점 부근이 어떻겠습니까?"

"좋습니다."

남북연합 집행부 구성 문제는 누구의 발언이 남측 혹은 북측 발언인지 구분하기 어려울 정도로 양측 사이에 이견이 거의 없었다.

임동원이 귀국하여 북측과 협의한 내용을 김대중에게 보고했다. 김대중은 협의 내용에 만족했다. 그런데 김대중이 풀어야 할 과제가 만만치 않았다. 거대 야당으로부터 남북연합의 동의를 구하는 일이 가장 무거운 과제였다. 남북연합이 출범한 첫해 남한 정부가 남북연합에 출연할 기금의 동의를 구하는 것도 중요한 과제였다.

김대중은 다시 한나라당 이회창 총재를 비롯한 야당 인사들과 만났다. 그들에게 임동원이 합의해 온 내용을 설명하고 동의를 구했다. 대화 과정에서 다시 한번 지난 6월 말 한나라당 당사에서 한나라당 인사들과 나눈 대화 내용이 반복되었다. 한나라당은 남북연합이 시기상조라는 입장이었고, 김대중은 이 기회를 놓치면 민족에 죄를 짓는 결과가 될 것이라고 했다.

"북한 핵 문제가 완전하게 해결된 후에 남북연합을 출범시키는 게 합리적입니다."(한나라당 측)

"미국과 북한이 수교하기로 하면서 북핵 문제는 새로운 해법을 찾고 있습니다. 미국과 일본도 북한과의 관계에 속도를 내는데 우리만 지나치게 신중함을 보이는 것은 적절하지 않습니다."(김대중)

"우리는 이미 속도를 냈습니다. 너무 빨라서 국민들이 혼란스러워하고 있으니 속도 조절을 하자는 것입니다."(한나라당 측)

"미국과 일본이 각각 수교하고 관계 정상화를 이루면 각각 대표부를 교환할 것입니다. 남북이 대표부 형태의 외교적 절차를 밟게 되더라도 미국이나 일본이 북한과 맺는 관계와는 달라야 하지 않겠습니까. 남북연합 창설이 남북 간의 특수한 관계를 연결할 해법입니다. 남북연합은 남북이 개별 국가이면서 동시에 언젠가 하나가 되기 위한 행위를 해가는 상징적 통일체라고 보면 됩니다."(김대중)

"남북연합의 내용을 보면 사실상 남한이 북한을 도와주기 위한 일방적 퍼붓기의 명분 쌓기용 기구입니다."(한나라당 측)

"우리가 통일을 위한 노력을 의식적으로 하더라도 통일까지 최소한 20-30년은 걸릴 것입니다. 그런데 독일의 경우를 보면 통일이 상당 기간 불가능할 것으로 보았지만, 갑자기 통일의 기회가 다가왔습니다. 우리는 이 사례를 교훈으로 삼아야 합니다. 통일을 장기적인 관점과 단기적인 관점 모두를 염두에 두고 대비해야 합니다."(김대중)

"통일 비용을 우리가 거의 전부 부담하려면 국민적 동의가 필요한데, 정부는 당위론만 앞세우며 밀어붙이려 하고 있는데, 이것은 잘못입니다."(한나라당 측)

"통일이 먼 훗날 이루어지든 독일처럼 갑자기 이루어지든 통일 비용은 경제 사정이 좋은 남한이 더 많이 부담할 수밖에 없습니다. 우리는 그 통일 비용을 한꺼번이 아니라 최소한 30여 년 동안 나누어 부담하자는 논리입니다. 또 한나라당에서는 일방적 퍼붓기라고 말씀하시는데 그렇지 않습니다. 개성공단이 만들어지면 우리나라 중소기업들이 많은 혜택을 봅니다. 남북연합에 출연하는 기금 중에는 군비를 줄여 충당하는 것도 있습니다."(김대중)

"군비 축소 이야기가 나오는데 너무 빠르지 않습니까?"(한나라당 측)

"아직 구체화한 내용은 없습니다. 다만 현재 논의되고 있는 내용을 말씀드리면 남한과 북한 각각 군인 숫자를 매년 1만 명씩 감축하는 것입니다. 그러면 30년 후 남북이 각각 30만 명 수준의 군대를 감축하게 됩니다. 현재 남북 각각 60만 명 수준의 군대를 유지하고 있는데, 30년 후에 지금의 절반으로 줄이자는 것입니다. 30년쯤 후에 남북연합이 연방국가로 발전하면 그때는 국방을 중앙 정부가 관리하니 남북에 주둔하고 있는 병력이 총 60만 명 정도 됩니다."(김대중)

"우리는 중국, 러시아, 일본 등과 국경을 접하고 있으므로 통일이 되더라도 적절한 군대를 유지해야 합니다. 60만 명은 적은 숫자라고 할 수 있습니다."(한나라당 측)

"현대전은 첨단 무기가 승패를 좌우합니다. 현대화된 병력 60만 명은 막강한 군대입니다."(김대중)

"우리도 남북연합에 대해 근본적으로 반대할 의사는 없습니다. 현재 위원회가 구성되어 있는데 앞으로 여야가 위원회를 통하여 더 깊이 있게 논의하면 좋겠습니다."(한나라당 측)

"좋은 제안입니다. 민주당에 의사를 전달하여 그렇게 하도록 요청하겠습니다. 통일부 등에도 한나라당 측에 향후 진행 과정을 상세히 알려주도록 하라고 지시하겠습니다."(김대중)

김대중과 김정일이 2001년 12월 중순 판문점에서 만났다. 두 사람이 만난 것은 2002년 1월 1일 자로 발족할 남북연합에 관한 최종 합의문을 작성하기 위해서였다. 두 사람의 회동은 이번으로 세 번째였다. 두 사람은 반갑게 악수하고 회담에 들어갔다. 남북연합의 성격, 기구, 향후 활동 방향 등은 실무선에서 이미 합의가 이루어졌기 때문에 두 사람은 실무선에서 합의한 내용을 최종 점검하고 확인하는 역할을 했다. 김대중이 서명한 후 말문을 열었다.

　"우리가 역사적인 일을 성사시켰습니다. 너무 감격스럽습니다."

　"대통령께서 평생 한반도 평화와 통일을 위해 노력하시고 그 과정에서 죽을 고비도 여러 차례 맞이하셨는데 잘 극복하셔서 오늘의 역사적 과업을 이룩하셨습니다."

　"김 위원장이 결단을 내린 덕분입니다. 휴전선 가까이 위치한 개성을 남측 기업인에게 개방한 것이 남측 국민들의 마음을 크게 움직여 오늘의 역사적 사건으로 발전시켰습니다."

　"대통령께서 미국 및 일본과의 관계 정상화에 많은 격려와 조언을 해 주셔서 좋은 결실을 보았습니다. 이제 동북아 평화를 위한 기반이 조성되었으니 남북 관계에 가속 페달을 밟도록 합시다."

　"그럽시다."

　"대통령께서 남북연합의 기간을 약 30년 정도로 예상하셨는데, 우리가 최선을 다하면 앞당겨질 수도 있겠지요."

　"그러면 더욱 좋지요. 그런데 30년 후 연방국가로 들어가기 전에도 남북이 서로 협력하고 교류하고 함께 번영하면 사실상 절반의 통일은 달성된 것이나 다름없습니다. 그래서 나는 남북연합이 국가 형태는 아니지만, 사실상 낮은 단계의 통일국가나 마찬가지라고 생각하고 있습니다."

"그럼 우리 두 사람이 외세가 강제로 분할시킨 조선 땅을 다시 통일시킨 사람이 되겠습니다."

"역사가 우리의 역할을 어떻게 평가할지 모르지만, 저는 분명 통일의 초기 단계라고 여기고 싶습니다."

"생각만 해도 가슴이 설렙니다."

"나도 마찬가지입니다."

"실무적인 논의를 좀 하겠습니다. 대통령님과 제가 남북연합의 공동의장에 취임하지만, 실제 일은 밑에서 할 것이기 때문에 집행위원장의 역할이 중요할 것 같습니다."

"집행위원장은 남측과 북측에서 한 명씩 공동으로 맡기로 했다고 보고받았습니다."

"예, 그렇게 보고 받았습니다. 그런데 남북연합에서 남측 집행위원장의 역할이 매우 중요할 것 같습니다. 집행위원장을 혹시 선임하셨습니까?"

"남측 집행위원장으로는 남북연합 창설의 산파역을 수행한 임동원 장관이 최적이라고 생각하고 있습니다."

"우리는 아직 선임하지는 않았지만 임 장관과 호흡이 잘 맞을 사람으로 선임하겠습니다."

29. 남북연합 출범

2002년 1월 1일, 남한과 북한의 주요 인사들이 판문점에 모였다. 미국, 중국, 일본, 러시아, 유럽 국가의 고위 인사와 서울·평양 주재 외국 대사들도 판문점에 왔다. 모두 남북연합 발족과 김대중 대통령·김정일 위원장의 남북연합 공동의장 취임식에 참석하기 위해서였다.

남북연합의 출범은 1945년 외세에 의해 남북이 분단된 후 57년 만에 한민족이 통일국가를 향한 거대한 발걸음을 내딛는 역사적 사건이다. 비록 남북연합이 완전한 통일국가는 아니지만, 한민족의 단결과 통합을 상징하고 통일국가를 향한 중요한 전진에 해당하는 것은 틀림없다.

공동의장 취임식에서 김대중 의장은 남북연합 창설은 사실상 절반의 통일에 해당한다고 선언했다

"남과 북이 전쟁 대신 평화를 선택하고 분단 대신 통일을 선택했습니다. 남북이 교류하고 협력하여 공동 번영하고 민족 동질성을 유지하면 사

실상 절반의 통일이 이루어진 것이나 마찬가지입니다. 오늘은 우리가 절반의 통일을 선포하는 날입니다. 나머지 절반의 통일, 즉 정치적 통일은 역사에 맡깁시다."

김정일 의장은 남북연합은 한민족이 외세의 간섭을 배제하고 자주적으로 통일을 성취해 가는 위대한 전진이라고 했다.

"남북연합은 외세의 간섭을 배제하고 우리 민족 스스로 통일 과업을 이루어 가는 위대한 전진입니다. 우리는 인내하면서 하나씩 앞으로 나아가 30년 후에는 완전한 통일국가를 이룩할 것입니다."

김대중·김정일 공동의장은 취임식 후 진행된 기자회견에서 남북연합의 성격과 향후 역점을 두어 시행할 주요 정책을 설명했다.

1. 남북연합은 대한민국과 조선민주주의인민공화국의 느슨한 연합국가의 성격을 지닌다. 남북연합의 의장은 대한민국과 조선민주주의인민공화국의 최고 지도자가 공동으로 맡는다.

2. 남북연합은 남북 동수의 의원으로 구성된 연합의회를 구성한다.

3. 남북연합에는 공동집행위원장을 두며 공동집행위원장이 행정을 통할한다.

4. 남북연합 재정은 대한민국과 조선민주주의인민공화국이 각각 이월한 기금으로 충원한다. 두 나라는 매년 각 정부 예산의 1퍼센트 범위에서 남북연합을 지원한다. 두 나라의 합의로 그 비율을 점차 높여간다.

5. 남북연합이 역점을 두어 시행할 사업은 다음과 같다.

   1) 언어, 역사, 문화, 교육, 체육 등 제반 분야에서 사회문화공동체 실현으로 민족의 동질성 유지 강화

2) 경제 협력과 경제공동체의 형성·발전으로 경제 통일의 여건 조성

3) 군사적 신뢰 구축 조치와 군비 감축 실현

4) 정치 통합의 환경과 여건 조성

6. 남북연합은 위의 목표를 달성하기 위해 일차적으로 다음 사업을 구체화한다.

1) 북한의 철도, 도로, 항만의 현대화 사업에 착수한다.

2) 개성공단을 조기에 활성화하고 남포공단을 재개하며 해주와 원산 지역에 공단과 조선 단지를 조성한다.

3) 북한의 농업 현대화를 추진한다. 남한의 쌀, 북한의 밀과 옥수수 등 남북한 식량자원을 연계한 한민족 식량 자급화 사업을 추진한다.

4) 북한 지역의 광산 개발에 남한 기업의 투자를 권장한다.

5) 금강산 관광의 범위를 내금강으로 확대하고 육로 관광을 시행한다. 백두산과 개마고원을 연계한 관광단지와 개성, 구월산 관광지구를 조속한 시일 내에 조성한다.

6) DMZ 평화생태공원 사업을 추진한다. 생태공원은 일차적으로 철원 지역 DMZ에 조성하며, 점차 확대해간다.

7) 백령도 주변에 평화지대를 설정하여 남북한 어부들이 자유롭게 어업 활동을 하게 한다.

남북연합이 출범하자 남북 양측에서 가장 빨리 반응을 보인 것은 관광 분야였다. 북한은 백두산과 개마고원 관광을 허용했다. 현대와 북한 당국은 개마고원과 혜산, 삼지연 지역에 관광시설단지를 조성했다. 백두산 관광 개설 초기에는 교통편이 불편했고 숙박시설도 부족했다. 그런데도 백

두산과 개마고원 관광 신청자가 줄을 이었다.

"금강산에 가보았어요?"

"아직 안 갔어요. 아내가 위험하다고 해서 못 갔어요."

"전혀 무섭지 않았어요. 관광지 주변에 북한군이 보였는데 그냥 반가운 모습으로 지켜보고 있었어요."

"나는 내금강을 개방하면 가려고 미루었어요. 내금강 개방하면 가야겠네요."

"나는 백두산을 가보았는데 앞으로는 중국이 아니라 바로 북한 땅을 거쳐 갈 수 있다는 게 매우 기뻐요. 사실 중국 쪽 백두산만 보고 오는 게 너무 서운했어요. 가슴 아팠다고 할 수도 있고요."

"백두산 갈 때 개마고원도 함께 걷고 싶어요."

"개마고원은 한반도의 지붕이라고 하잖아요. 여름에 매우 시원하다고 하는데, 여름휴가를 얻어 가족들과 함께 개마고원으로 트레킹 갈 계획입니다."

"개마고원 여름 기온이 17-18도라고 합니다. 남한의 봄 날씨 정도인가 봐요."

"내가 아는 야구선수가 있는데 여름 전지훈련 장소로 개마고원이 최적일 것 같다고 그러데요."

"백두산 관광이 열리면 그곳까지 어떻게 가는가요?"

"항공기를 이용한다고 합니다. 비행기로 삼지연까지 가서 백두산을 가는 코스입니다. 중국을 통해 가는 것보다 훨씬 편해요."

"개마고원은 삼지연에서 기차를 타고 이동한다고 합니다. 백두산만 보고 오는 사람도 있지만, 젊은 사람 중에는 개마고원을 신청하는 사람이 많답니다."

"구월산도 좋다고 하던데요."

"구월산은 우리나라 4대 명산이지요."

"관광지로 평양은 빠져 있네요. 평양을 꼭 가보고 싶은데."

"평양과 개성이야 당연히 갈 수 있겠지요."

관광과 관련해서는 일반 국민만 들뜨게 한 것이 아니었다. 관광업계 전체가 들썩거렸다. 우리 국민의 민족적 정서로 짐작할 때 북한 관광 붐이 일어날 것 같았기 때문이다. 북한 관광이 활성화될 경우 항공업계도 특수를 누릴 것으로 기대했다. 남한 내에서는 철도와 도로 사정이 좋아지면서 지방공항의 수요가 크게 줄어들었다. 만약 북한과 교류 및 관광이 활성화되면 북한 지역을 왕래하는 항공편이 증가할 것이다. 처음에는 김포공항과 평양, 삼지연을 잇는 항로만 개설됐지만, 차차 지방공항과 북한 지역을 잇는 항로가 개발될 것이다. 지방공항이 활성화될 좋은 기회가 다가오고 있었다.

DMZ 평화공원 조성사업도 큰 관심을 끌었다. 군 복무를 DMZ 내에서 한 사람이 DMZ 관광에 대해 일가견을 피력했다.

"내가 DMZ 내에서 근무해 봤는데 완전 원시림이어요. 북한 쪽에서 시야를 가린다고 큰 나무들을 많이 베어냈지만, 그래도 여전히 원시림이 많습니다. 사슴이 여기저기 출현하고요."

"지뢰가 많이 깔려 있다고 하던데 위험하지 않을까요?"

"관광지대를 조성할 때 지뢰는 가장 먼저 제거하겠지요. 현재 철원 지역 DMZ에서 지뢰를 열심히 제거하고 있다고 들었습니다. 남북이 각자 지뢰를 묻은 곳을 알고 있으므로 제거 작업이 크게 어렵지 않을 것입니다."

환경운동을 하는 친구가 가세했다.

"DMZ를 평화생태공원으로 조성하면 세계적인 관광지가 될 것입니다. 자연이 얼마나 중요한 관광자원이 될 수 있는지를 알려줄 것입니다."

옆에 있는 사람이 맞장구를 쳤다.

"분단도 긍정적인 데가 있네요. 분단 덕분에 DMZ가 그대로 보존될 수 있었으니까요."

"해몽이 좋네요."

평화운동을 하는 친구가 나섰다.

"DMZ를 평화공원으로 조성하면 전쟁과 평화가 극명하게 비교되기 때문에 세계 어느 지역보다 인기 있는 평화 교육장이 될 것입니다. 지금까지 오키나와 평화공원이 유명했는데, 앞으로는 한국의 DMZ 평화공원이 더 유명해질 것 같네요."

"전 세계적으로 DMZ 같은 비극적인 냉전 지대가 없었다는 점에서 DMZ 평화공원은 세계적인 의미가 있을 것 같습니다."

"남북이 힘을 합하면 비극도 희극으로 만들 수 있다는 것을 보여주는 살아있는 증거가 되겠습니다."

"학생들이 북한 지역이나 DMZ 평화공원에 수학여행을 가면 국토 사랑과 우리 역사에 대한 자긍심을 심어주고 또 살아있는 평화·통일 교육이 될 것입니다."

"DMZ 부근이 새로운 개발지로 주목을 받겠습니다. 그 지역에 산 사람들은 지난 반세기 동안 많은 불이익을 감수했는데 이제 보상을 받아야겠지요."

인구가 약 5천 명 정도 되는 바다 건너 백령도는 완전 축제 분위기였다. 1월 1일 판문점에서 남북연합 선포식이 열리는 날 백령도 주민들은 남북연합 기념 축하회를 열었다. 진촌의 백령초등학교 운동장에 모인 면민들은 남북통일 기원제 등 다양한 행사를 개최했고, 지역 유지들이 출연한 돈으로 축하 파티를 했다.

백령도는 북한의 장연군에서 약 10킬로미터, 장산곶에서 15킬로미터 떨어진 섬이다. 인천항에서는 북서쪽으로 약 178킬로미터 떨어져 있다. 백령도는 해방 전까지는 황해도 장연군에 속했다. 백령도는 해방 후 남북이 38도 선으로 갈라지면서 남한에 소속했고, 6·25 전쟁 때는 한때 북한군에 점령되기도 했으나 휴전 후 계속 남한 땅으로 남았다. 백령도는 분단 전에는 38도 선 북쪽에 위치한 옹진을 주요 생활 거점으로 했다. 당연히 친인척이 옹진 지역에 많이 거주했다. 그러나 남북이 갈라지면서 백령도 주민들은 지척에 있는 친인척들과 헤어져 살았다. 백령도에서 인천까지 과거에는 배로 14시간, 2000년대부터는 4시간가량 걸린다. 그렇게 먼 인천에서 주요 생활필수품을 구입했다. 과거에는 배가 한 주에 1회만 왕래했다. 겨울철에는 파도와 날씨 등으로 배가 제때에 운항하지 못하고 여러 날 지체되는 경우가 많았다. 이때에는 생활필수품이 떨어져 큰 불편을 겪었다. 무엇보다 백령도는 전쟁이 발발할 경우 남한으로부터 멀리 떨어져 있어 완전히 고립되는 곳이다.

백령도는 해산물이 풍부하고 농토도 많은 곳인데 남북이 분단되면서 어업이 제한되었다. 군에서 배의 출항을 금지하면서 백령도 주변 고기는 중국과 일본 어선들이 싹쓸이했다. 그런 백령도에 남북연합 출범과 함께 실질적인 혜택이 주어졌다. 우선 2002년 6월부터 백령도와 북한 영토 사이 바다에서 남북 어부들의 고기잡이가 허용됐다.

"백령도와 북한 사이 바다에서 자유롭게 고기를 잡을 수 있게 되었으니 나는 다시 배를 타야겠습니다."

"우리 모두 조기잡이 철이 되면 밤에 일본놈과 중국놈들이 불을 훤히 켜놓고 고기 잡는 모습을 지켜보면서 울화통이 치밀었지요. 술로 비통한 심정을 달래야 했습니다. 이제 실컷 고기 한번 잡아보고 싶어요."

"우리 삼촌 말로는 60년대에 황해도 문안에 사는 아저씨와 바다에서 자주 만났대요. 저녁에 삼촌이 쌀을 가져가고, 문안 아저씨는 여러 가지 생활용품을 건네주었다고 들었어요."

"그때는 북한이 우리보다 더 잘 살았대요. 우리 삼촌 말로는 그쪽 물건들이 더 좋았답니다."

"우리 마을 영덕이는 황해도 송촌에 사는 여자와 결혼하기로 했는데, 그만 38선이 그어지면서 그쪽 가족들이 반대하여 헤어졌다고 해요. 영덕이도 백령도 다른 여자와 결혼하였고 아이도 낳아 잘살고 있지만, 가끔 그때 결혼하기로 한 여자가 궁금해진다고 합니다."

"그런 슬픈 사연을 지니고 사는 사람들이 어디 그 사람뿐이겠어요. 부모, 자식, 형제와 생이별한 사람들이 부지기수지요."

"이번에 고기잡이를 자유롭게 허용했으니 북한 땅도 곧 자유롭게 밟을 수 있겠지요."

"구월산 관광이 이루어지면 꼭 가보고 싶어요."

"구월산은 남북 합하여 우리나라 4대 명산 중 하나라고 합니다. 백령도에서 가까운 산이기 때문에 아버지, 삼촌들이 자주 구월산 이야기를 했어요."

"어르신들은 구월산 관광이 허용되면 거기서 옛날 헤어졌던 고향 친지와 친구들도 만날 수 있겠다고 말합니다."

"서로 연락하면 가능하겠지요."

"구월산 관광도 좋지만, 백령도를 국제 관광지로 만들어 달라고 해야 하지 않겠어요."

"공항이 건설되면 충분히 가능할 것이라고 생각해요."

백령도 주민들은 공항 건설 문제에 관심이 많았다.

"김대중 대통령이 백령도에 공항을 지어준다고 했는데 실제로 지어줄까요?"

"김 대통령은 분단의 아픔을 가장 많이 느끼고 산 사람들이 백령도 주민들이라고 했습니다. 백령도와 북한 사이를 자유롭게 왕래하게 하고, 고기잡이도 자유롭게 하도록 하자는 제안도 김 대통령이 먼저 꺼냈다고 합니다. 그러니 백령도에 공항을 짓겠다는 약속도 지킬 것으로 믿습니다. 공항만 만들어지면 서울 사람은 물론이고 중국에서도 관광객이 몰려올 것입니다."

"두무진과 주변 해상관광이 허용된 후 현재도 육지에서 관광객이 많이 오고 있어요. 이곳을 구경한 사람들은 모두 백령도가 세계적 명소가 될 수 있다고 말했습니다."

"사곶 해안 백사장을 되살리기 위해 사곶 해안에 조성한 방파제를 해체해야 합니다. 사곶 해안 백사장은 세계에서 세 군데밖에 없는 천연 비행장인데 주변에 방파제를 조성하면서 모래 성질이 변하여 비행기가 이착륙할 수 없게 되었거든요."

"나도 찬성입니다. 사곶 백사장을 살려야 합니다. 부두는 다른 곳으로 옮기고요."

"우리 마을 이장님은 백령도를 북한 사람들도 자유롭게 드나드는 평화와 통일의 섬으로 만들자고 했습니다."

"북한이 개성을 남한 사람들에게 개방했듯이, 남한도 북한 사람들이 자유롭게 드나들 수 있는 곳을 한 군데 조성하면 좋겠지요. 그런 장소로 백령도가 최적격이라고 봐요. 군사적 문제가 남아 있기는 하지만."

"그럼 백령도가 통일의 선봉 지대가 되겠습니다."

"남북연합은 통일의 1단계라고 하잖아요. 통일된 나라를 만드는 데 백령도를 통일된 나라의 시범지역으로 만드는 것은 충분히 검토해 볼만 하다고 생각합니다."

"한 술에 배부를 수 없지요. 나는 백령도와 북한 지역 사이에 고기잡이가 허용되고, 비행장이 건설되고 쾌속선이 인천과 백령도 사이를 왕래하는 것만으로도 행복합니다."

"그래요. 백령도를 자유 지역으로 만드는 것은 남북연합이 순항하여 연방국가를 만드는 단계로 나아가면 자연스럽게 논의될 것 같습니다."

경제계는 남북연합의 탄생을 조심스럽게, 그러면서 큰 기대를 걸었다. 경제계는 지금까지 남북 협력 사업은 큰 위험 부담을 안고 시작해야 한다는 생각이 강했다. 대우가 남포공단 조성에 나섰다가 중도 포기한 사례 등 대북사업을 추진하다 중도에 포기한 경우가 많았기 때문이다.

그런데 우리나라 최대 기업인 현대의 창업자 정주영 명예회장이 대북사업의 선봉에 나서면서 태도가 많이 바뀌었다. 정주영이 나섰다면 남북

경제 협력 사업이 충분히 승산이 있다고 본 것이다.

"개성공단이 조성되면 중국에 가지 않고 개성공단으로 진출할 생각입니다."

"남한에서는 임금이 비싸 사업을 접든가, 아니면 중국으로 가든가 해야 하는데 중국은 너무 생소해서 솔직히 겁이 났습니다. 나도 개성공단이 완성되면 그쪽에 가서 공장을 가동할 생각입니다."

"개성공단이나 남포공단 모두 잘 되었으면 좋겠습니다. 남한 자본과 북한 노동력이 결합하면 섬유산업 같은 경우 1960-80년대의 호황을 재현할 수 있습니다."

"처음에는 섬유 등 1차 가공업으로 시작하지만, 성과가 나고 개성공단이 안정적으로 운영되면 첨단 산업의 운영도 가능할 것입니다."

"첨단 산업 분야의 경우 미국이 고급 기술과 기자재 반출을 막고 있으므로 어려움이 있을 것입니다."

"미국과 북한이 수교했기 때문에 그 문제는 자동으로 풀릴 것입니다. 나는 조만간 북한에 첨단 산업도 이전할 수 있다고 생각합니다. 남포와 원산에 조선소를 짓는데 그것은 첨단 기술이 없이는 불가능합니다."

"그러겠습니다. 미국과 북한이 수교했으니 첨단 기술이 요구되는 분야에 투자해도 괜찮을 것 같습니다."

"북한의 도로, 철도, 항만건설 같은 경우 노동력은 북한이 제공하겠지만 기술과 자재 등은 남한에서 많이 가져갈 것 같아요. 그럼 남한의 연관 산업이 혜택을 많이 보겠지요."

"북한이 처음에 신의주에 공단을 지으라고 했는데 정주영 회장이 개성과 해주를 한사코 고집했다고 해요. 그 이유 중 하나가 남한에서 공단 조성과 운영에 필요한 기자재와 원료를 원활하게 공급받기 위해서였습니다."

"개성공단이 잘 운영되면 다음에 해주, 남포, 원산, 나진, 선봉, 함흥, 청진 등 북한의 주요 해안 도시에 공단을 조성할 계획이라고 합니다. 이렇게만 된다면 남북은 사실상 경제 통일을 이루는 것 아닌가요."

"그렇게 된다면 경제인이 통일의 선도자가 될 수 있겠네요."

"정치인은 쉬운 것도 어렵게 만드는 경우가 많아요. 통일을 정치인에게 맡기면 어려울 것입니다. 남북 관계는 경제인이 앞장설 필요가 있습니다."

"이북에서 내려와 사업에 성공한 사람들이 많이 들떠 있는 것 같습니다. 그들도 정주영 회장처럼 고향에 무엇인가 기여도 하고, 그러면서 사업 확장도 하는 일거양득의 기대를 하는 것 같아요."

"북한은 지금까지 월남 가족에 부정적이었습니다. 그런데 정주영 회장의 사례처럼, 이왕이면 다홍치마라고 북한 출신 기업인들이 많은 투자를 하기를 바랄 것입니다."

"정주영 회장은 북한이 남쪽의 대표적인 자본가라고 비판했던 사람 아닙니까. 그런데 지금은 북한이 가장 선호하는 기업인이 되었습니다."

"결국 시간이 지나면 북한도 자본의 논리에 따라 움직이게 될 것입니다. 지금도 상당 부분 그렇게 하고 있고요. 그래야 북한에 투자하는 사람도 부담이 덜하지요."

경기도 북쪽 지역은 1950년 전쟁 후 안보문제 때문에 개발이 제한된 지역이었다. 김대중 정부가 들어서면서 남북 관계가 개선되고 개성에 남한 공단이 조성되자 경기도 북쪽 지역이 들썩거렸다. 가장 눈에 띄게 움직인 곳은 파주 지역이었다. 파주는 휴전선을 기준으로 할 때 북쪽의 개성에 해당하는 남쪽 도시이다. 파주 지역이 김대중 정부 이후 코페르니쿠스적 대전환을 모색하고 있다. 1997년 산업단지 유치를 결정한 파주시에 김대중 정부가 들어서고 남북 화해 협력 정책이 본격화하자 기업들이 너도나도 찾기 시작했다. 40여만 평에 조성 중인 파주 출판문화정보산업단지는 2002년 상반기에 1차 입주를 시작으로 본격화되었다. 산업단지 조성의 주역은 기업이지만 파주 사람들도 덩달아 신이 났다.

"파주에 출판사가 들어온다는데 그것으로 큰 발전이 있을까요?"

"출판사가 한두 개가 아니라 대한민국 출판사 대부분을 모은다던데요."

"기업이 들어오면 삼성이나 현대 같은 대기업이 들어와야 하는데, 출판사는 중소기업이잖아요."

"출판사뿐만 아니라 인쇄사, 출판유통회사, 책 제작회사 등 수백 개가 들어온다던데요. 산업단지 규모가 40여만 평에 이르고요."

"수백 개가 들어오면 상황이 달라지지요. 중소기업이 많이 모이면 대기업 한두 개 들어오는 것보다 실속이 더 있다고 합니다."

파주의 대변신은 그것으로 그치지 않았다. 파주를 세계적 디스플레이 산업도시로 만들어가는 계획이 착수되었다. LG가 2003년 경기도와 협약을 맺은 후 LG를 선두로 세계적 기업들이 파주로 몰려들었다. 140여만 평 규모의 디스플레이 클러스터가 조성되면 파주는 물론 그 인근 지역이 상전벽해의 대변신을 이루게 될 것이다. 휴전선에서 10여 킬로미터밖에 떨어져 있지 않은 파주와 문산 지역에 세계적 산업단지가 조성될 수 있게 된 것은 햇볕정책으로 남북한 교류 협력 정책이 성공적으로 진행되었기 때문이다. 문산과 파주의 사례는 시작에 불과하다고 볼 수 있다. 경기도 북쪽 곳곳에서 비슷한 사례가 만들어질 것이기 때문이다.

"이러다가 파주에서 개성에 이르는 옛 경기 북쪽 지역이 한반도 최대의 산업단지가 되는 것 아닌가요?"

"그럼 얼마나 좋겠어요. 남북한 모두가 전쟁으로부터 해방되고 경제적으로 윈윈 하는 것이 될 테니까요."

"몇십 년 지나면 실제로 그렇게 되지 않겠어요?"

"그럼 휴전선은 어떻게 될까요?"

"휴전협정이 평화협정으로 대체된다고 하니 휴전선도 이제 평화선으로 명칭을 바꿔야겠지요. DMZ에 평화생태공원을 조성하여 세계적 수준의 평화교육·관광 단지를 조성한다고 하니까요."

남북연합의 출범 후 가장 발 빠르게 움직인 곳은 체육계였다. 체육계 인사들은 서울과 평양에서 번갈아 가며 회담을 열고 2002년 9월에 부산에서 열리는 아시안게임에 공동으로 대응하기로 했다. 북한이 부산 아시안게임에 선수단과 응원단을 파견하는 것은 이미 합의를 본 사항이다. 남북연합 출범 후 체육계는 기존 합의사항 외에 몇 개 종목에 단일팀을 구성하여 출전시키자고 했다.

"이번 기회에 대한민국과 조선민주주의인민공화국 팀에 이어 제3선수팀을 파견합시다."

"좋습니다. 1991년 일본에서 열린 세계탁구선수권대회에 남북 단일팀을 파견한 적이 있습니다."

"제3팀의 명칭은 '제3코리아'로 합시다."

"동의합니다."

2002년 9월 29일부터 10월 중순까지 부산 아시안게임이 열렸다. 북한은 약속대로 부산 아시안게임에 선수단과 응원단을 파견했다. 남과 북은 개막식에 같은 옷을 입고 한반도기를 앞세우며 함께 입장했다. 2000년 시드니올림픽의 재현이었다. 경기장에 북한의 국가가 연주되고 인공기가 휘날렸지만 아무런 충돌사태도 일어나지 않았다. 북한 여자 응원단은 부산 아시안게임의 최대 흥행 요소가 되었다. 응원단 숫자는 총 376명이었고 이들 중 288명은 만경봉호를 타고 부산 다대포항으로 왔다. 남북 응원단이 남한 선수와 북한 선수들 경기를 함께 응원했다. 언론에서는 이들을 '미녀 응원단'이라고 불렀다.

북한 응원단은 다대포항에 입항한 만경봉호에서 숙박했는데, 이들이 만경봉호에서 내리고 타는 장면을 보기 위해 시민들이 날마다 다대포항에 모여들었다. 북한 응원단은 시민들이 모인 장소 앞에서 즉석 공연을 하기도 했다. 미녀 응원단이 출동하는 경기장 입장권은 항상 매진되었다.

"미녀 응원단 봤어요?"

"봤어요. 그들의 활짝 웃는 모습을 보니 너무 반가웠어요. 우리 젊은이들과 똑같은데 오랫동안 서로 적으로 대하면서 살았다는 생각을 하니 슬픈 생각도 들고 눈물이 나왔어요."

"우리 아들은 매일 북한 미녀선수단 보러 나가요. 뭐 엄청 예쁘다고 그러데요."

"우리 딸은 경기장에 직접 응원하러 갔어요. 남한 선수단은 응원할 사람이 많으니 자기는 북한 선수단 응원부대를 자원했답니다. 옛날 같으면 큰일 날 소리인데 세상 많이 바뀌었어요."

북한 선수단과 응원단은 부산 아시안게임의 가장 귀한 손님들이었다. 부산 아시안게임에서 북한 선수단과 응원단의 진가가 드러나면서 국제 경기에는 주최 측과 해당 도시에서 북한 선수단과 응원단의 참여에 심혈을 기울이자는 목소리가 여기저기서 들렸다.

아시안게임에는 남북 단일팀으로 탁구선수단이 참여했다. 다양한 종목을 구성하자는 의견도 나왔지만, 아시안게임을 위해 수년 동안 땀 흘린 선수들에게 더 많은 기회를 주기 위해서 이번에는 종목 숫자를 하나로 제한하여 상징적 사례로 삼고 다음 국제 경기 때부터 남북 단일팀 종목 숫자를 늘리기로 했다.

남한과 북한은 경의선 연결을 남북 철도 사업의 일차적 과제로 삼고 파주시 장단면 도라선역과 북한 쪽 판문역을 연결하는 작업에 착수했다. 새로 연결할 철도 거리는 14킬로미터였다. 기차만 다니지 않을 뿐 철도가 다닌 길은 사라지지 않았기 때문에 새로 철도 노선을 건설하는 것보다 훨씬 빠른 속도로 건설 가능했다.

경의선을 통해 남한에서 평양을 거쳐 신의주까지 신속하게 가려면 북한 쪽 기존 선로도 개량이 필요했다. 경의선 사업은 1차로 끊어진 철도를 연결하는 것이고, 2차 과제로는 북한 쪽 철도 개량에 두었다.

남한 쪽 (구)철원역에서 북한 쪽 평강역까지 끊어진 철도를 개설하면 기차는 남쪽의 의정부-동두천-(구)철원을 거쳐 북한의 원산-흥남-청진-나진-러시아 연해주로 연결된다. 청진으로 가기 전 길주에서 백두산으로 가는 기차를 갈아탈 수도 있다. (구)철원역에서 평강역까지의 거리는 약 20킬로미터이다. 김대중 정부는 임기 내에 북한 동해안 쪽으로 가는 기차의 연결 공사도 착공하기로 했다. 과거 노선이 있었기 때문에 공사가 크게 어렵지 않을 것으로 예상했다.

2003년 12월 19일에 치러진 제16대 대통령 선거에서 민주당의 노무현이 대통령에 당선되었다. 김대중은 노무현의 대통령 당선을 진심으로 기뻐했다. 그는 노무현을 해양수산부 장관으로 임명하여 그에게 정치적 성장을 위한 중요한 경력을 쌓게 했다. 두 사람은 다른 점도 많았지만, 정치적으로 서로 밀고 끌어주는 동지적 관계를 형성하고 있었고 그 결과가 정권 재창출로 이어졌다.

2003년 2월 25일 노무현 정부가 출범했다. 노무현은 대한민국 대통령에 취임한 것과 동시에 김정일과 함께 제2대 남북연합 공동의장도 맡았다. 김대중과 노무현은 대통령 이취임식 전후에 몇 차례 만나 정권 인수 작업을 했다.

"대통령님, 그동안 고생 많으셨습니다. 제가 대통령님께서 이룩한 성과를 잘 이어가겠습니다."

"노 대통령이 나라를 이끌게 되어 든든합니다. 대통령직은 물론이요 남북연합 의장으로서 남북 화해와 평화, 그리고 통일 기반을 잘 다져주십시오."

"그렇게 하겠습니다. 퇴임 후에도 많은 조언 부탁드립니다."

김대중과 노무현은 전·현직 대통령으로서 좋은 관계를 유지했다. 노무현은 재임 중 김대중의 사저를 방문하기도 했다. 우리 역사에서 직전 대통령이 현직 대통령에 의해 존중받은 유일한 사례였다.

노무현은 약속대로 김대중 정부의 햇볕정책을 충실히 계승했다. 이를 증명이라도 하듯 그는 김대중 정부의 마지막 통일부 장관인 정세현에게 계속 통일부 일을 맡게 했다. 이런 조치는 국민과 북쪽에 그가 전임 정부의 햇볕정책을 계승하겠다는 의지를 강하게 표현한 것으로 읽혔다.

노무현 정부 들어서 금강산 관광이 확대되었다. 금강산 관광지구에 숙박시설이 보완되면서 2003년 9월부터 육로 관광이 시작되었다. 2004년에는 금강산 1일 관광, 1박 2일 관광도 이루어졌다. 금강산을 찾는 남쪽 관광객 숫자가 크게 증가했다. 2005년 6월 금강산 관광객이 100만 명을 돌파했다. 내금강이 금강산 관광 지역에 포함되었다. 2008년에는 승용차 관광도 이루어졌다.

개성공단은 2004년 3월 초에 1만 평 시범단지를 착공했다. 시범단지가 아닌 곳도 전기와 수도 시설을 설치하여 언제든 공단을 확대할 수 있게 했다. 시범단지의 준공식은 같은 해 6월에 이루어졌다. 시범단지 준공식이 열리는 날 통일부 장관이 정세현에서 정동영으로 교체되었다. 정세현은 오전에 준공식을 마치고 오후에 통일부 장관 이임식을 했다.

새로 통일부 장관에 부임한 정동영은 공단을 계속 확대하는 데 모든 노력을 기울였다. 시범단지를 가동한 지 얼마 후에 공단은 40만 평으로 확대되었고 남한 쪽 기업 120여 개가 입주했다. 800만 평을 모두 개발하면 2,000여 개의 기업이 입주하게 된다.

정동영은 장관 재임 때 독일을 방문하면서 에곤 바르 박사를 만났다. 에곤 바르는 브란트 전 서독 총리의 최측근 인사로서 동서독 화해 정책인 동방정책의 설계자였다. 그는 브란트 정부에서 내독성 장관(한국으로 치면 통일부 장관)을 지냈다. 정동영이 에곤 바르에게 개성공단을 소개했다. 에곤 바르는 정동영의 설명과 개성공단 사진을 보고 무릎을 쳤다.

"이건 놀라운 상상력이오. 내가 동방정책을 설계할 때 동독 지역에 서독의 공단을 만든다는 생각은 미처 못했습니다. 대단한 상상력입니다."

정동영이 한국형 통일 모델에 대해 조언을 구했다.

"우리는 독일이나 베트남과는 다른 역사와 배경을 가지고 있습니다. 한국형 통일 모델이 필요한 것이지요. 박사님은 한국의 통일 모델이 어떤 것이어야 한다고 생각합니까?"

에곤 바르는 개성공단이 바로 한국형 통일 모델이라고 대답했다.

"복잡하게 생각할 것 없습니다. 개성공단을 확장해서 계속 따라가면 그 중간에 경제 통일이 올 것이고, 마침내 한반도의 통일이 올 것입니다."**169**

30. 김대중의 북한 땅 한 달 살기

김대중은 퇴임 후 6개월이 지난 8월경 자유로운 신분으로 북한 땅을 돌아볼 계획을 세웠다. 김대중이 이희호에게 북한 여행 계획을 설명했다.

"북한 땅을 여기저기 직접 돌아보면서 햇볕정책의 성과도 살피고 아름다운 산천도 구경하고 싶어요. 당신 생각은 어때요?"

"대환영입니다. 이왕 북한을 여행한다면 건강도 고려하여 일정을 여유롭게 잡으면 좋겠어요. '북한 땅 한 달 살기' 어떤가요?"

"좋아요. 언제가 좋겠어요?"

"날씨가 서늘해지기 시작하는 9월이 좋을 것 같습니다."

"일정을 어디 어디로 잡으면 좋을까요?"

"개성, 평양, 백두산, 원산, 금강산, 서울 노선 어떻습니까?"

"좋아요. 시기는 9월 하순으로 정합시다. 날씨로 봤을 때 그때가 여행하기가 가장 좋을 것 같아요."

2003년 9월 22일, 김대중 일행이 개성을 1차 목적지로 삼아 북한 땅 한 달 살기 여행에 나섰다. 김대중과 함께 여행을 떠난 사람은 이희호 여사, 김대중의 최측근인 권노갑 고문과 김옥두 전 의원, 대북사업에 앞장선 임동원·박지원 전 장관, 의료진, 경호원 등 10여 명이었다.

일행은 서울에서 개성까지는 승용차로 이동했다. 판문점에 도착하자 북한 측 인사들이 마중을 나왔다. 자유로운 여행이기 때문에 가능한 한 북한 측의 도움을 사양했지만, 안전상의 문제 때문에 최소한의 편의는 받기로 했다.

개성은 고려 500여 년 동안 고려의 수도였던 유서 깊은 도시이다. 우리 역사에서 경주, 평양, 서울 등과 함께 대표적인 고도古都에 해당한다. 개성은 해방 후 남한에 소속되었다가 6·25 전쟁 때 북한에 편입된 지역이다.

일행은 개성 도착 다음 날 첫 목적지로 만월대를 찾았다. 만월대는 고려 왕궁터이다. 지금은 터만 남아 있지만, 북한은 고려 만월대를 국보로 지정하고 있다. 김대중이 개성 방문 첫날 만월대를 방문한 것은 그곳이 500년 고려 역사의 상징적 장소이기 때문이었다.

다음 날 김대중은 개성공단 후보지를 찾았다. 아직 공장이 들어선 것은 아니었지만, 공장 건설을 위한 기초작업이 한창이었다. 남한에서 가져온 중장비 등이 바쁘게 움직이고 있었다.

현대아산 사람들이 반갑게 김대중 일행을 맞이했다. 정몽헌 현대 회장도 나와 있었다. 김대중이 정몽헌 회장에게 물었다.

"이 지역에 주둔 중인 군대는 모두 철수했습니까?"

"예. 철수했습니다. 공단 예정지가 가로 8킬로미터, 세로 8킬로미터입니다. 군대는 공단 예정지로부터 상당히 떨어진 곳으로 이동한 것으로 알고 있습니다."

"공단을 3단계로 나뉘어 조성한다는데, 언제쯤 남한 기업이 입주하기 시작합니까?"

"금년 말에 1단계 시범단지 착공식이 열릴 것입니다.

"그럼 현재는 공장 건설을 위한 기반 시설 공사 중에 있군요."

"예. 토지 정비, 전기, 상하수도 등 기반 시설 정비 작업을 하고 있습니다. 1단계 사업 대상 면적이 100만 평입니다. 이번 기반 시설 면적은 100만 평을 목표로 하고 있습니다."

"정치적 통일은 어려움이 많습니다. 크게는 남과 북 사이의 이해관계와 이념 문제 등이 얽혀 있고 또 남한이나 북한 내에서도 정파 간의 이해 관계와 철학에 상이점이 많기 때문입니다. 한반도 주변 4강의 이해관계도 다르고요. 그러나 경제 부분에서는 원원 할 수 있는 분야가 많습니다. 그래서 남북한 간의 통일은 정치적인 분야에서보다는 경제적인 분야에서 선도하는 게 좋습니다. 경제적 통일을 이루어 가다 보면 정치적 통일논의도 훨씬 수월해질 것입니다."

"아버님의 생각도 대통령님과 같은 생각이셨던 것 같습니다. 정치는 정치인에게 맡기고, 우리는 경제 분야에서 통일에 최대한 기여하자고 하셨습니다."

"소 떼를 몰고 휴전선을 넘는 정주영 명예회장님의 모습을 보면서 그 상상력에 감탄했습니다. 정 회장이 선친의 뜻을 잘 이어받아 남북 화해와 통일에 이바지해 주기 바랍니다."

"최선을 다할 생각입니다."

김대중은 현대 측 인사를 격려하고, 승용차로 2천만 평 대상지를 쭉 둘러보았다. 승용차로 공단 예정지를 도는 데 1시간 이상이 소요되었다. 엄청난 프로젝트였다. 김대중은 공단 예정지를 돌면서 가슴 뿌듯함을 느꼈다. 경제 통일이 다가오는 것 같았다.

개성의 관광 명소들을 돌아보았다. 개성에는 고려 말의 충신 정몽주와 관련된 유적지가 많다. 정몽주가 죽임을 당한 선죽교, 정몽주의 제사를 지내는 숭양서원이 대표적이다. 김대중 일행이 선죽교에 갔을 때 개성 시민 여러 명이 눈에 띄었다. 김대중 일행이 그들과 반갑게 인사를 나누었다. 수행원이 개성 시민들에게 남한에서 대통령을 역임한 김대중 대통령이라고 소개했다. 시민들이 깜짝 놀랐다.

"안녕하십니까? 남한에서 온 김대중입니다."

"대통령님, 뵙게 되어 기쁩니다."

"선죽교에 구경 나오셨습니까?"

"예. 자주 오는 곳입니다."

"남한 사람들도 이곳 선죽교에 대해 잘 알고 있습니다."

"대통령님께서 몇 년 전 평양에 다녀가셨다는 소식 들었습니다. 남북이 하나가 되도록 계속 노력해 주세요."

"예. 그렇게 하겠습니다. 특히 개성은 남북한 경제 통일의 전초기지가 될 것입니다."

"옛 고려처럼 남북이 하나가 되기를 고대하고 있습니다. 개성에 공단 빨리 지어주십시오."

"예. 남북이 열심히 터를 닦고 있습니다."

박연폭포와 주변 관광을 했다. 박연폭포는 개성 북쪽에 있다. 박연폭포 가는 길에 대흥사가 있다. 김대중 일행은 대흥사에 들러 북한 사찰을 구경했다. 스님 두어 명만 보이고, 일반 신도나 관광객은 보이지 않았다.

개성은 고려의 수도이고 역사가 오랜 도시라서 역사적 유적이 많다. 거기에 개성공단이 조성되면 남한 사람들에게 매우 친숙한 관광지가 될 것이다. 서울에서 70킬로미터밖에 떨어져 있지 않기 때문에 하루 코스 관광지로도 큰 인기를 끌 곳이다.

김대중 일행은 북한 방문 6일째 되는 날 개성을 떠나 평양으로 향했다. 평양 가는 길은 기차를 이용했다. 개성에서 평양까지는 160킬로미터 정도 거리이다. 서울에서 대전까지의 거리와 비슷하다. 개성에서 탄 기차는 철로가 노후한 탓에 속도가 남한의 무궁화호보다 느렸다. 김대중은 남북 철도를 연결하여 기차를 타고 남한에서 북한을 거쳐 유럽까지 가는 '철의 실크로드 사업'에 관심이 많다. 그래서 그는 불편을 감수하고 평양 가는 교통편을 일부러 기차로 정했다.

차창 밖의 북녘땅은 남한과 크게 차이가 나지 않았다. 개성을 조금 지나자 넓은 평야 지대가 나왔다. 연백평야 주변이다. 들판은 벼들이 익기 시작하여 연한 황금색 모습을 띠었다. 아직 벼 베기가 시작되지 않았기 때문에 들판에 사람들은 거의 보이지 않았다.

산에는 나무가 별로 없었다. 1960년대 남한의 민둥산을 연상하게 했다. 땔감 채취가 주원인이라고 한다. 1970년대 이전 남한의 경우와 유사했다. 남한 사람의 시각에서 볼 때 북한은 동원체제라서 전국민적 차원의 산림녹화사업이 가능할 것 같은데 왜 민둥산을 저렇게 내버려 두고 있는지 궁금했다.

평양은 인구가 300여만 명 정도 된다. 평양은 고조선의 도읍지이며 고구려 장수왕 때부터 고구려의 수도가 되었다. 고려 시대에는 개경(개성)

에 이은 제2의 수도였다. 평양은 한반도에서 경주와 함께 역사가 가장 오래된 도시이다. 자연히 평양에는 역사적 유적지가 많다. 평양 주변에는 낙랑, 고구려의 고분군과 선사시대의 고인돌군 등 큰 규모의 무덤이 있다. 2004년 고구려 고분군은 유네스코 세계문화유산으로 지정되었다. 평양 주변의 대표적인 역사 유적지로는 동명왕릉, 평양성, 을밀대, 부벽루 등이 있다. 김일성 가문과 관계가 있는 만경대고향집, 전승혁명사적관, 금수산태양궁전, 혁명열사릉, 애국열사릉 등도 있다.

평양 도착 다음 날 김대중 일행은 김정일 위원장의 초대를 받았다.

"대통령님이 북한에서 한 달 보내기 나들이를 시작하셨다는 보고 받았습니다. 열렬히 환영합니다."

"북한의 아름다운 산천과 역사 유적지도 구경하고, 또 남북이 함께 추진하고 있는 사업 현장도 살펴보고 싶습니다."

"평양까지 오는 데 많이 불편하셨지요? 철도와 도로 사정이 많이 안 좋습니다."

"괜찮았습니다. 가는 곳마다 당국에서 안전 등 여러 부분에서 편의를 제공해 주었습니다. 감사합니다. 도로와 철도 개선사업은 남북연합에서 우선적인 관심을 두고 있으니 조만간 많이 개선되겠지요."

"그럴 것 같습니다. 우리도 남측 인민들이 북쪽을 많이 찾아오도록 도로와 철도 개선사업을 서두르고 있습니다."

"이번에 여기저기 많이 돌아볼 생각입니다. 서울로 가면 북쪽 관광을 위한 홍보대사가 되겠습니다."

"그럼 이번에 더욱 잘 대접해 드려야겠습니다."

김정일은 권노갑, 박지원, 임동원 등 수행원과도 반갑게 인사했다. 모두 김정일이 여러 차례 만난 사람들이다. 김정일은 공식 직책을 떠난 자유인 박지원, 임동원 등과 격의 없이 대화를 나누었다.

"박 장관께서는 평양 초대 대사가 되는 게 소망이라고 했는데 언제쯤 평양에 오실 계획입니까?"

"실업자라서 위원장님이 불러주시기만 기다리고 있습니다."

"박 장관과 임 장관은 공식적인 일이 아니더라도 북쪽에 자주 오십시오. 오셔서 이곳저곳 구경도 하시고 남북 관계에 대한 조언도 많이 해 주세요."

평양 도착 3일째 되는 날부터 김대중 일행은 평양 시내 관광에 나섰다. 거리에 차는 많지 않았지만, 사람들은 많이 보였다. 자전거나 버스가 주요 이동 수단이었다. 등짐을 지고 거리를 거니는 사람도 보였다. 거리의 모습은 남한의 1960-70년대 모습을 연상하게 했다.

거리 주변에 고층 아파트가 많이 보였다. 신축 중인 아파트도 눈에 많이 띄었다. 평양에 도착한 직후부터 가장 먼저 눈에 들어온 건물은 지상 105층의 류경호텔이었다. 최상층 높이가 첨탑까지 포함하면 330미터이다. 1987년에 공사가 시작되어 1992년 공사가 끝났으나 개장은 계속 미루고 있다. 남북 관계가 좋아지고 남한과 외국인 관광객이 평양을 많이 찾기 전까지는 개장이 계속 미뤄질 것 같았다.

김대중 일행은 평양에 머무는 동안 다양한 사람을 만났다. 김영남 인민회의 의장을 비롯하여 내각 총리, 평양 시장 등이 김대중을 찾아왔다. 관광지와 식당에 갈 때도 시민들이 호기심 어린 눈으로 김대중 일행을 쳐다보았다.

옥류관에 갔을 때였다. 어떤 시민이 김대중에게 다가와 말을 걸었다.

"대통령님, 평양 오신 것을 환영합니다."

"감사합니다. 제가 남한 쪽 대통령이었다는 사실을 알고 계시네요."

"그럼요. 어제 TV에서 대통령님이 평양에 오셨다는 보도를 봤습니다. 우리 평양 시민들은 모두 대통령님을 잘 알고 있습니다. 김정일 위원장 동지와 함께 남북을 외세의 개입 없이 우리 스스로 하나의 통일국가를 만들어 갈 위대한 분으로 알고 있습니다."

"옥류관에는 자주 오시는가요?"

"생일 등 중요한 날에 한 번씩 오게 됩니다."

옥류관은 한꺼번에 본관 1,000명, 별관 2,000명을 수용할 수 있을 만큼 거대한 냉면집이다. 옥류관은 평양시를 대표하는 음식점이자 평양의 사실상 랜드마크라고 할 수 있다.

김대중 일행은 동명왕릉을 찾았다. 동명왕릉은 평양시 외곽에 있다. 동명왕릉을 둘러싼 소나무 숲이 무척 인상적이었다. 울창한 적송 숲이 왕릉의 품격을 높여주었다. 앞이 탁 트여 동명왕릉에서 바라보는 전경이 무척 아름다웠다.

동명왕은 고구려를 건국한 왕이다. 역사에서 동명왕은 만주 지역인 졸본에 수도를 정했고 왕으로 재위한 지 19년째 되는 해에 사망했으며, 고구려 수도인 졸본의 용산에다 장사지냈다고 알려졌다. 그런 동명왕 무덤이 평양에 있는 이유를 일행 대부분이 궁금해했다.

김대중은 동명왕릉 관리자에게 동명왕릉이 평양에 있는 연유를 물었다.

"동명왕릉이 평양에 언제부터 있게 된 것이지요?"

"동명왕릉은 처음부터 평양에 있었습니다. 과거 고구려의 건국지가 만주 지역의 졸본으로 알려졌지만, 고려 시대부터 고구려의 건국지는 평양이라는 주장이 전해 내려왔습니다. 동명왕의 무덤 소재지가 용산으로 되어 있는데, 우리는 그게 졸본의 용산이 아니라 평양의 용산이라고 생각하고 있습니다."

"그럼 평양의 용산을 동명왕의 무덤 터로 지정한 것은 언제부터입니까?"

"조선 시대 세종 때 평양의 용산을 동명왕릉 소재지로 확정지었고 그후 조선의 역대 왕들은 이곳을 동명왕릉으로 간주하고 소중히 관리해 왔습니다."

묘역 관리자가 없는 곳에서 일행 중 누군가가 자신은 지금까지 동명왕릉을 가짜 무덤으로 생각했다고 토로했다.

"저는 여기 오기 전까지만 하더라도 진짜 동명왕릉은 만주 지역에 있고 이곳 무덤은 가짜라고 생각했습니다."

다른 일행도 비슷한 이야기를 했다.

"나도 그렇게 생각했습니다. 북한이 고구려와 고려의 계승자임을 자랑하기 위해 가짜 묘역을 조성하고 성역화한 줄로 알았습니다."

김대중 일행은 평양의 대표적인 관광지인 평양성을 찾았다. 평양성은 장안성으로 불리기도 했으며, 586년(평원왕 28년)에 이곳으로 천도한 뒤 고구려가 멸망할 때까지 수도 역할을 했다. 평양성에는 을밀대, 부벽루 등이 있다. 을밀대는 평양의 팔경 중 하나로 알려졌다. 부벽루도 대동강변의 정자이다. 고려와 조선 시대 문인들이 부벽루를 소재로 여러 편의 시를 지었다.

평양에서 10일을 보낸 김대중 일행은 다음 목적지로 백두산을 택했다. 일행은 평양에서 삼지연으로 가는 비행기를 탔다. 일행을 태운 비행기는 개마고원을 지나 삼지연 공항에 도착했다. 삼지연 공항은 백두산 관광을 위해 건설한 공항이다. 기차를 타고 백두산을 갈 때는 대부분 혜산시를 거쳐 삼지연까지 온다. 삼지연은 옛 지도로는 함경북도에 속하면서 바로 함경남도와 인접하는 곳이다. 현재 북한 행정구역상으로는 양강도에 속한다. 관광객은 삼지연에서 버스를 타고 백두산 기슭까지 도달한 후 산에 오른다. 김대중 일행은 삼지연에서 버스를 타고 백두산 중턱에 도착한 후 지상 궤도열차인 '향도봉호'를 타고 백두산 정상인 향도봉에 도착했다. 궤도열차는 1989년 설치했으며 2킬로미터를 달리면 향도봉 정상에 오른다. 날씨가 좋아 천지와 주변 경관이 모두 한눈에 들어왔다. 김대중은 마음속으로 기도했다. 백두산 정기가 한반도 곳곳에 비쳐 남북이 하나 되기를 기원했다. 옆에 이희호도 눈을 감고 기도하고 있다. 아마 똑같은 내용으로 기도하고 있을 것으로 생각했다.

노래 솜씨가 좋은 박지원이 '우리의 소원은 통일'을 불렀다. 박지원이 선창하자 일행 모두 함께 따라 불렀다. 그 순간 맞은편 중국 쪽에서도 노랫소리가 들렸다. 귀를 기울여 들어보니 그곳에서도 '우리의 소원은 통일' 노래를 부르고 있었다. 박지원이 다시 '금강산'을 불렀다. 일행이 또 함께 따라 불렀다. 다시 중국 쪽에서 '금강산'을 부르는 소리가 들렸다.

김대중이 박지원에게 조용히 물었다.

"어디서 들리는 노랫소리요?"

"아마 천지 건너편 중국 쪽에서 부르는 노래 같습니다."

"그럼 그곳에 온 한국인 관광객이 부르고 있겠군요."

"예. 그런 것 같습니다. 아마 그곳 한국인 관광객들은 이곳에서 들려오는 노랫소리를 들으며 깊은 향수에 젖어 있을 것입니다."

김대중 일행은 향도봉에서 케이블카를 타고 천지로 내려갔다. 길이가

1.3킬로미터로서 관광객을 위해 1995년 설치했다고 한다. 김대중은 다리를 구부릴 수가 없어 직접 천지에 손을 담가보지는 못했다. 옆에서 천지 물을 담아온 용기에 손을 담가보는 것으로 대신했다.

일행은 백두산에서 내려와 삼지연으로 돌아온 후 기차를 타고 혜산으로 갔다. 혜산은 양강도(옛 함경남도 북쪽 지역)의 도청 소재지이다. 인구 약 20만 명의 도시로서 압록강 변에 있다.

김대중 일행은 혜산에서 하루를 보낸 후 개마고원을 트레킹 하기로 했다. 김대중과 이희호는 건강상 트레킹은 생략하고 휴식 시간을 갖기로 했다. 개마고원 트레킹에 나선 일행은 갑산으로 이동했다. 10월 중순의 개마고원 날씨는 쌀쌀했으나, 트레킹 하기에는 매우 좋았다.

김대중은 혜산에서 휴식하면서 남한 사람들이 어떻게 하면 북한 땅을 많이 밟게 할 수 있을까 궁리했다. 남북한이 하나가 되려면 인적 교류가 활발해야 하는데 상당 기간 북한 사람들이 남한 여행을 하기는 어려울 것이다. 따라서 향후 상당 기간 진행될 인적 교류는 남한 사람들이 공단에서 북한 노동자와 접촉하고 관광 목적으로 북한 땅을 많이 찾게 하는 방식일 수밖에 없다.

트레킹을 떠난 박지원 일행이 3일 만에 돌아왔다. 모두 행복해했다.

"대통령님, 개마고원이야말로 북한이 보유한 최고의 관광자원입니다."

"즐거웠겠습니다. 우리 국민이 스페인 등 외국으로 트레킹을 많이 가는데 개마고원도 세계적인 관광지가 될 수 있을 것 같지요?"

"그렇습니다. 봄, 여름, 가을, 특히 여름에 개마고원은 휴식과 트레킹 장소로 최적입니다. 이곳에 오면 일단 하루 이틀 머물다 가지는 않을 것입니다. 일주일, 열흘 머물면서 트레킹 겸 휴식을 취할 것이기 때문에 북한의 처지에서는 관광산업지구로 최고이지요."

"그렇겠네요. 관광을 활성화하려면 무엇보다 도로와 철도, 공항 등 접근방식이 편해야 합니다."

김대중 일행은 북한 땅을 밟은 지 17일째 되는 날 혜산에서 원산을 향했다. 원산으로 이동할 때는 비행기를 이용했다. 남한보다 영토가 넓고 산악이 많은 북한에는 항공노선을 활성화하는 것이 중요하다. 그런데 북한 자체만으로는 인구가 적고 경제력이 약하기 때문에 항공노선을 활성화하기 어렵다. 공항이 있어도 며칠에 한 번 운행하는 수준이다. 남한 관광객이 북한을 많이 찾아오면 상황이 달라질 것이다. 북한 관광이 활성화되면 남한의 지방공항도 덩달아 활성화될 것이다.

개마고원 트레킹에 참여하지 못한 김대중은 원산으로 가는 비행기 안에서 차창 밖으로 개마고원을 바라보았다. 가는 길에 부전호와 장진호 등 큰 호수도 여러 개 보였다. 한반도의 지붕 격에 해당하는 개마고원에 트레킹으로 북적거리는 사람들의 모습을 상상해 보았다. 상상만으로도 가슴이 설렜다.

김대중 일행을 태운 비행기가 원산에 도착했다. 원산은 동해안의 대표적인 항구도시다. 현대그룹 명예회장 정주영은 원산에 조선소를 건립할 계획을 세웠다. 남북정상회담 때 김대중은 김정일에게 현대의 계획을 설명하면서 북한의 의중을 떠봤다. 김정일도 원산에 조선소를 건립하는 문제에 관심이 많았다. 김대중·김정일은 원산에 남북 공동의 공단을 건설하는 이야기도 나누었다. 김대중이 원산을 찾은 것도 이런 이유 때문이었다.

김대중이 원산에 머무르는 동안 원산 시장과 공산당 간부들이 김대중 숙소를 찾아왔다. 김대중 일행이 머무는 동안 불편한 점이 없도록 살피기 위해서라고 했다. 그러나 그들이 김대중을 만나러 온 것은 그 외에 다른 목적도 있었다. 남측 기업의 원산 투자를 부탁하기 위한 것이었다.

"원산시가 위치한 영흥만은 파도가 적어 조선소가 들어서기에 좋은 곳입니다. 남북이 원산에 조선소를 비롯하여 공단을 짓기로 합의했다는 소식을 들었습니다. 대통령님께 감사드립니다. 계속 관심 가져주시기 바랍니다."

"당연히 그래야지요. 남쪽의 기술과 자본, 북쪽의 우수한 노동력이 결합하면 매우 훌륭한 조선소를 만들 수 있을 것입니다."

"원산항은 동해안을 대표하는 항구입니다. 주변에 함흥평야와 영흥평야가 있어 예부터 많은 사람이 함흥에서 원산에 이르는 지역에 살았습니다. 현재도 마찬가지입니다. 함흥, 흥남, 영흥, 원산 등 큰 도시가 있어 노동력 공급에 유리합니다."

"남쪽으로 가면 남한 정부와 현대 측에 원산 지도자들의 뜻을 잘 전달하겠습니다."

김대중 일행은 원산에 이틀 머무른 후 금강산 쪽으로 향했다. 일행은 승용차로 장전에 도착했다. 원산에서 금강산 인근 장전읍까지는 고속도로가 건설되어 있어 비교적 편하게 이동할 수 있었다. 두 도시 사이의 거리는 서울에서 청주까지의 거리와 비슷했다.

김대중 일행은 장전에 도착했다. 현대아산 사람들이 반갑게 일행을 맞이했다. 이번에도 정몽헌 현대 회장이 나와 있었다. 정몽헌의 아내 현정은 여사도 함께 나왔다. 장전항에 정박 중인 금강산 관광선을 살폈다. 금강산 관광지에 건설한 숙소만으로는 관광객을 모두 수용할 수 없어서 관광선도 숙소 일부로 사용하고 있었다. 김대중 일행은 장전항의 관광선을 살핀 후 금강산 관광특구로 향했다.

김대중이 정몽헌에게 그동안의 성과를 축하하면서 최근 금강산 관광 사업의 진척 상황을 물었다.

"2002년 1월 남북연합이 출범한 후 금강산 관광사업이 확대되고 있습니까?"

"금강산 관광지구에 숙박시설이 보완되면서 2003년 9월부터 육로 관광이 시작되고 있습니다."

"육로 관광이 이루어지려면 개성공단처럼 휴전선 부근의 북측 군대가 다른 곳으로 이동해야 하는데, 김정일 위원장이 군부의 동의를 얻는 데 애로점이 많았다고 들었습니다."

"예. 저도 그렇게 들었습니다."

"육로 관광을 실행하면 하루 코스 관광도 가능한가요?"

"예. 내년부터는 1일 관광, 1박 2일 관광도 시행하기로 했습니다. 그러면 금강산을 찾는 관광객 숫자가 크게 증가할 것입니다. 가까운 시일 내에 금강산을 찾는 관광객 누적 숫자가 100만 명에 도달할 것 같습니다. 북측과 승용차 관광에 대해서도 논의하고 있습니다."

"우리 일행이 백두산과 개마고원을 다녀왔습니다. 남한 국민에게 금강산 관광 못지않은 관심을 불러일으킬 것 같습니다. 금강산 관광사업의 경험을 살려 현대가 다른 지역의 관광 문제도 관심을 두기 바랍니다."

"예. 북한 쪽 관광사업을 확대하기 위해 국내 다른 관광업계와도 긴밀한 협력체제를 구축하고 있습니다."

김대중은 다른 관광객들처럼 미니버스를 타고 금강산 중턱까지 올랐다. 직접 걸어 정상까지 올라가지는 못했지만, 버스 종점에서 보는 금강산의 모습은 아름다웠다.

　김대중은 10월 20일 '북한 땅 한 달 살기' 일정을 마치고 서울로 돌아왔다. 북한 여행은 한편으로는 햇볕정책의 성과와 가능성을 다시 한번 살펴보기 위해서이고 다른 한편으로는 북한 지역의 아름다운 산수와 관광지를 구경하기 위해서였다. 행복한 여행이었다. 아내 이희호도 이번 여행에 크게 만족하는 표정이었다.

　김대중은 '북한 땅 한 달 살기'를 마치고 서울로 돌아오면서 자신의 3대 신앙을 떠올렸다. 그의 첫 번째 신앙은 그가 믿었던 하느님이고, 두 번째 신앙은 국민이며, 세 번째 신앙은 역사다. 대통령직에서 물러난 그는 특히 역사에 대한 생각을 많이 한다. 그는 역사의 뒤편에는 정의와 진실을 주관하는 신이 계신다고 믿고 있다. 그는 역사가 자신이 이룩한 남북화해와 남북연합의 창설에 긍정적 평가를 해줄 것으로 확신했다.

　김대중은 향후 남북 관계에 항상 훈풍만 불지는 않을 것이라고 예상했다. 혹시라도 북미 관계가 나빠지면 북한은 다시 핵무기에 대한 유혹을 갖게 될 수도 있을 것이라고 걱정했다. 그러나 그는 어떤 경우에도 전쟁은 한반도 문제를 푸는 해법이 못 된다고 확신했다. 대결 국면이 다시 오더라도 어느 시점이 되면 미국과 남북 모두 한계를 느끼고, 다시 화해와 공존공영의 길을 모색할 것이라고 예상했다. 그런 의미에서 그는 햇볕정책은 오늘도, 그리고 내일도 유효하다고 생각했다. 그는 이런 긍정적 상상을 하면서 속삭이듯 말했다.

　"인생은 아름답고 역사는 발전한다!"

*

김대중은 2009년 8월 18일 85세의 나이로 세상을 떠났다. 그의 서거 1개월 후인 2009년 9월, 미국의 유명 시사잡지 〈뉴스위크〉는 20세기 후반 자기 조국을 극적으로 바꾼 트랜스포머(영웅) 11명을 선정했다. 그 명단에 김대중을 포함하여 폴란드의 민주 지도자 레흐 바웬사 대통령, 남아공의 인권운동가 넬슨 만델라 대통령, 독일 통일을 이룬 헬무트 콜 총리, 중국 현대화의 기수 덩샤오핑 주석 등이 들어있었다. 이들 중에서 다시 범위를 좁혀 전 인류가 추구하는 보편적 가치인 민주주의, 인권, 평화에 헌신한 공로로 노벨평화상을 받은 사람은 바웬사, 만델라, 김대중 등 3명이었다.

트랜스포머(영웅)와 노벨평화상이 말해주듯, 김대중은 유능한 국가 경영자임과 동시에 민주주의, 인권, 평화를 위해 헌신한 사람이다. 그가 하나의 신앙으로 섬겼던 역사는 시간이 갈수록 그의 역할을 높이 평가할 것이다. 또 그가 통일의 1단계로 설정한 남북연합은 향후 남북 관계를 발전시키고 통일을 여는 비전이자 희망의 노래가 될 것이라고 굳게 믿는다.

주

1   만주 건국대학은 1945년 일본의 패망과 함께 폐교되었다.

2   김대중, 『김대중 자서전 1』(삼인, 2010), 67-78쪽.

3   김대중, 『김대중 자서전 1』, 93-94쪽.

4   김대중, 『김대중 자서전 1』, 93쪽.

5   김대중, 『김대중 자서전 1』, 88-104쪽.

     고명섭, 『이희호 평전: 고난의 길, 신념의 길』(한겨레출판, 2016), 94-96쪽.

6   혁신계열은 세 개 정당을 합하여 민·참의원 8석을 차지하는 데 그쳤다. 자유당은 민의원과 참의
     원을 합하여 6석을 얻었다. 대신 무소속은 민의원 49석, 참의원 20석이나 되었다.

7   김영명, 『한국 현대 정치사』(을유문화사, 1996), 142쪽.

8   김대중, 『김대중 자서전 1』, 124-125쪽.

9   김영명, 『한국 현대 정치사』, 162쪽.

10 이진곤, 『한국 정치 리더십의 특성: 박정희·김영삼·김대중, 사정치형 리더십의 공통점과 차이점』
     (한울 아카데미, 2003), 145-147쪽.

11 이희호, 『동행: 고난과 영광의 회전무대』(웅진지식하우스, 2008), 69쪽.

12 고명섭, 『이희호 평전』, 100-108쪽

     이희호, 『동행』, 66쪽.

13 김홍일, 『나는 천천히 그러나 쉬지 않는다』(나남출판, 2001), 90쪽.

14 이희호, 『동행』, 69쪽.

    고명섭, 『이희호 평전』, 109-112쪽.

15 고명섭, 『이희호 평전』, 122쪽.

16 삼민회는 민주당의 의석이 모자라 다른 세력과 합쳐서 만든 교섭단체였다.

17 정진백 엮음, 『김대중 어록』(사회문화원, 2017), 37-38쪽.

18 정진백 엮음, 『김대중 어록』, 37쪽.

19 김대중, 『김대중 자서전 1』, 176-185쪽.

20 〈경향신문〉(1967. 6. 10)

21 김대중, 『김대중 자서전 1』, 130-135쪽;

22 김영삼, 『김영삼 회고록 1 : 민주주의를 위한 나의 투쟁』(백산서당, 2000), 156-158쪽.

23 고명섭, 『이희호 평전』, 160쪽.

24 김영삼, 『김영삼 회고록 1』, 344-345쪽.

25 최영태, 『빌리 브란트와 김대중』(성균관대학교 출판부, 2020), 165-169쪽.

26 김상현, 『열린시대의 정치논리』 학민사, 1993), 42-43쪽

    김대중, 『김대중 자서전 1』, 207-208쪽.

27 황병주, 「1960-1970년대 대중경제론의 형성과정」, (사)행동하는양심광주전남협의회, 『국제학술
    회의: 김대중 대통령의 정치사상과 국제 이해』(2019. 7. 5), 78-79쪽.

28 김대중, 「7.4 남북공동성명을 어떻게 볼 것인가」(1972.7), 『후광김대중대전집 3』(중심서원,
    1993), 147-148쪽.

29 고명섭, 『이희호 평전』, 193-196쪽.

30 권노갑·한화갑·김옥두 외, 『대통령을 만든 사람들』 석일사, 1998), 32-33, 120-122쪽
    고명섭, 『이희호 평전』, 196-198쪽.

31 이희호, 『동행』, 133-143쪽.

32 김대중, 『김대중 자서전 1』, 299-311쪽.

33 이 사건으로 사형당한 여정남 전 경북대 총학생회장의 당시 나이는 38세였다. 2007년 서울중앙지
    법은 재심을 통해 이 사건이 고문에 의해 조작되었음을 밝히고 피해자 8명에 대해 무죄를 선고했다.

34 고명섭, 『이희호 평전』, 247-249쪽.

35 정진백 엮음, 『김대중 대화록 3』(행동하는 양심, 2018), 348-349쪽.

36 김대중, 『김대중 옥중서신』(한울, 2000), 94쪽.

37 고명섭, 『이희호 평전』, 283-285쪽.

38 김영삼, 『김영삼 회고록 2』, 82-94쪽.

39 김대중, 『김대중 회고록 1』, 350-352쪽.

40 김수진, 「군부 권위주의 시대의 야당과 신민당」, 류상영·김삼웅·심지연 편저, 『김대중과 한국 야당사』(연세대학교 대학출판문화원, 2013), 85쪽.

41 김영삼, 『김영삼 회고록 2』, 147-151쪽.

42 김호진, 『대통령과 리더십』(청림출판, 2006), 243쪽.

43 〈중앙일보〉(2023.4.14)

44 김대중, 『김대중 자서전 1』, 361쪽.

45 김종필, 『김종필 증언록 2』(미래엔, 2016), 84쪽.

46 김대중, 『김대중 자서전 1』, 378쪽.

47 김종필, 『김종필 증언록 2』, 84-103쪽.

48 김영삼, 『김영삼 회고록 2』, 197-199쪽.

49 고명섭, 『이희호 평전』, 333-341쪽.

50 이만열, 「'5·17 김대중 내란음모사건'의 진실과 그 역사적 의의」, 김대중 외, 『김대중 내란음모의 진실』(문이당, 2000), 496-497쪽.

51 황석영 이재의 전용호 기록, 『죽음을 넘어 시대의 어둠을 넘어』(창비, 2017), 407쪽.

52 최영태, 「극우 반공주의와 5·18 광주항쟁」, 『역사학연구』 26(2006), 113쪽 주1.

53 김영미·이병호, 「분노 감정의 정치학과 '제인 에어'」, 『근대 영미소설』 19/1(2012), 34쪽.

54 최영태, 「5·18민중항쟁과 김대중」, 『역사학연구』 57 (2015), 43쪽.

55 김대중, 『김대중 자서전 1』, 384쪽.

56 김대중, 「다시는 정치보복이 없어야 한다」, 김대중 외, 『김대중 내란음모의 진실』(문이당, 2000), 23쪽.

57 한완상, 「서울의 짧은 봄, 긴 겨울, 그리고…」, 김대중 외, 『김대중 내란음모의 진실』, 264-265쪽.

58 김대중, 『김대중 자서전 1』, 395쪽.

59 고명섭, 『이희호 평전』, 378-379쪽.

60 김대중, 『새로운 시작을 위하여』(김영사, 1993), 205쪽.

61 김대중, 『김대중 자서전 2』, 171쪽
『김대중 자서전 1』, 410-411쪽
김대중, 『새로운 시작을 위하여』, 86쪽. '한국애서가클럽'은 그의 독서 열을 인정하여 1993년에 김대중에게 제3회 '애서가상'을 수여했다.

62 박병로, 『장수하는 한국의 대통령들: 이승만부터 김대중까지 8인 8색의 건강과 장수 이야기』(노년시대신문사, 2007), 227쪽.

63 한승헌, 「이 '옥중서신'을 읽는 분들에게」, 김대중, 『김대중 옥중서신』(청사, 1984), 6쪽, 22-23쪽.

64 김대중, 『새로운 시작을 위하여』, 198-199쪽.

65 이희호, 『동행』, 230-231쪽.

66 이희호, 『동행』, 239-242쪽.

67　김영삼, 『김영삼 회고록 2』, 250-277쪽

　　　김대중, 『김대중 회고록 1』, 430-431쪽.

68　김영삼, 『김영삼 회고록 2』, 283-284쪽

　　　김대중, 『김대중 회고록 1』, 432쪽.

69　김대중, 『김대중 자서전 1』, 442쪽.

70　박병로, 『장수하는 한국의 대통령들』, 238-239쪽.

71　노태우, 『노태우 회고록』(조선뉴스프레스, 2011), 341쪽.

72　이희호, 『동행』, 272-273쪽.

73　서중석, 『6월 항쟁』(돌베개, 2011), 556-558쪽.

74　박철언, 『바른 역사를 위한 증언』(랜덤하우스 중앙, 2005), 261쪽.

75　최영태, 「5·18 항쟁의 명칭문제」, 『민주주의와 인권』 15/3(2015), 114쪽 주 1.

76　이낙연, 『80년대 정치현장: 정치부 기자수첩 1979-1989』(동아일보사, 1989), 108쪽.

77　김대중, 『김대중 자서전 1』, 498-499쪽.

78　노태우, 『노태우 회고록』, 483-485쪽

　　　박철언, 『바른 역사를 위한 증언』, 474-475쪽.

79　김상현, 『열린시대의 정치논리』, 127쪽.

80　고명섭, 『이희호 평전』, 546쪽.

81　이희호, 『동행』, 301쪽.

　　　김대중, 『새로운 시작을 위하여』, 25, 28쪽.

82　〈동아일보〉(1992. 12. 20)

83　〈조선일보〉(1992. 12. 20)

84　최영태, 『빌리 브란트와 김대중』, 344쪽.

85　강준만, 『김대중 죽이기』(개마고원, 1995), 212-214쪽.

86　김영삼, 『김영삼 대통령 회고록 상』(조선일보사, 2001), 94쪽.

87　김대중, 『김대중 자서전 1』, 590-592쪽.

88　김영삼, 『김영삼 대통령 회고록 상』, 332쪽.

89　박형중, 「국내적 차원에서 신동방정책·독일정책과 대북포용정책 비교」, 황병덕 외, 『신동방정책과 대북포용정책: 브란트와 김대중의 민족통일구상』(두리미디어, 2000), 158-159쪽.

90　김대중, 「통일논의를 용공으로 몰지 마라」(1966.7.1. 국회 본회의 대정부 질의), 『후광김대중대전집 3』, 31-33쪽.

91　김대중, 「통일논의를 용공으로 몰지 마라」, 43-45쪽.

92　김대중, 「변화하는 세계와 한반도」, 65-66쪽

　　　김대중, 「3단계 통일 방안」(1972. 6. 6), 『후광김대중대전집 3』, 98-122쪽.

93 임동원,『피스메이커: 남북관계와 북핵 문제 25년』(창비, 2015), 239-245쪽.

94 아태평화재단,『김대중의 3단계 통일론: 남북연합을 중심으로』(한울, 1995), 6쪽.

95 아태평화재단, 위의 책, 27-28쪽.

96 이희호,『동행』, 309-310쪽.

97 〈시사오늘·시사온〉(2023.07.25)

98 김영삼,『김영삼 대통령 회고록 하』, 344쪽.

99 김종필,『김종필 증언록 2』, 220-228쪽.

100 박명림,「연합 정치, 정권교체, 대통령 리더십」, 박명림 편,『1987년 민주헌정체제의 등장과 운영 II: 김대중』(카오스북, 2017), 45-46쪽.

101 김창기,「김영삼론」, 함성득 외,『한국의 대통령과 권력』(나남출판, 2000), 130쪽.

102 김호진,『대통령과 리더십』, 358-359쪽.

103 박명림,「연합 정치, 정권 교체, 대통령 리더십」, 47-48쪽.

104 남재희,「한국 민주화 과정의 수난자요 승리자」, 강원택 외,『김대중을 생각한다』(삼인, 2011), 252쪽.

105 곽해선,『DJ노믹스』(21세기북스, 1998), 28쪽.

106 김대중,『김대중 자서전 2』, 21쪽.

107 육성으로 듣는 경제 기적 편찬위원회,『외환 위기의 파고를 넘어』(나남, 2016), 201쪽.

108 정진웅,「김대중 정부의 노동 정치」, 박명림 편,『김대중』, 377-378쪽.

109 김대중,『김대중 자서전 2』, 18, 36쪽.

110 〈동아일보〉(2019. 4. 22). 김홍일은 파킨슨병을 끝내 이겨내지 못하고 2019년에 71세의 나이로 세상을 떠났다.

111 이희호,『동행』, 323쪽.

112 김대중,『김대중 자서전 2』, 58-61쪽.

113 정부는 공적자금이 투입된 금융기관들의 수익성·건전성이 회복되자 2002년 무렵부터 정부가 보유한 채권을 매각하여 은행 등을 민영화하는 방식으로 공적자금 회수에 본격적으로 나섰다. 2009년 말까지 공적자금 96.2조 원이 회수되어 회수율은 57퍼센트를 기록했다.

114 백종국,「외환위기 극복의 정치경제」박명림 편,『김대중』, 98쪽.

115 육성으로 듣는 경제기적 편찬위원회,『외환위기의 파고를 넘어』, 131쪽.

116 김대중,『김대중 자서전 2』, 161-162쪽.

117 김호진,『대통령과 리더십』, 413-414쪽.

118 우리나라 인구는 1970년대 말로 베이비 붐(baby boom) 시기를 마감했고 1980-1990년대는 산아제한의 효과가 본격화되었으며 IMF 도래 이후 20여 년은 저출산 시대를 특징으로 하고 있다.

119 백종국,「외환 위기 극복의 정치경제」, 98쪽, 132-133쪽.

120 김대중, 『김대중 자서전 2』, 132쪽.

121 육성으로 듣는 경제기적편찬위원회, 『외환위기의 파고를 넘어』, 402-403, 416~417쪽.

122 김대중, 『김대중 자서전 2』, 420-428쪽.

123 김택근, 『새벽 김대중 평전』(사계절, 2012), 308쪽.

124 김대중, 『이경규에서 스필버그까지』(조선일보사, 1997) 참조.

125 IMF 때 미국은 한미투자협정 협상에서 스크린쿼터제 폐지를 강력히 요구했다.

126 영화인들은 영화산업에 기여한 공로를 높이 평가하여 김대중에게 퇴임 후인 2003년 제11회 '춘
    사 나운규 예술 영화제'의 공로상 수상자로 선정했다.

127 김대중, 『김대중 자서전 2』, 433-434쪽.

128 양재진, 「김대중의 사회 복지 패러다임 전환과 복지 개혁」, 박명림 편, 『김대중』, 226쪽.

129 경향신문·참여연대 엮음, 『김대중 정부 5년 평가와 노무현 정부 개혁과제』(한울, 2003), 127-128쪽.

130 김대중, 『김대중 자서전 2』, 329-335쪽.

131 양재진, 「김대중의 사회 복지 패러다임 전환과 복지 개혁」, 245쪽.

132 김종필, 『김종필 증언록 2』, 238-245쪽.

133 박명림, 「연합정치, 정권교체, 대통령 리더십」, 70-71쪽.

134 이동형, 『김대중·김영삼』(왕의서재, 2011), 534-536쪽.

135 김영삼, 『김영삼 회고록 1』, 149-151쪽.

136 정세현, 『정세현 회고록: 판문점 협상가』(창비, 2020), 323-327쪽.

137 정세현, 『정세현 회고록』, 330쪽.

138 김대중, 『김대중 자서전 2』, 72쪽.

139 정주영, 『이 땅에 태어나서』(솔, 1998), 333-343쪽
    이채윤, 『현대가 사람들』(성안당, 2015), 406쪽.

140 이채윤, 『현대가 사람들』, 407쪽.

141 김대중, 『김대중 자서전 2』, 82쪽.

142 임동원, 『피스메이커』, 290-291쪽.

143 김대중, 『김대중 자서전 2』, 125-126쪽.

144 김대중, 『김대중 자서전 2』, 128쪽.

145 정세현, 『정세현 회고록』, 333쪽.

146 박형중, 「국내적 차원에서 신동방정책·독일정책과 대북포용정책 비교」, 163-164, 166쪽.

147 정세현, 『정세현 회고록』, 362쪽.

148 임동원, 『피스메이커』, 287쪽.

149 백인호, 『현대 오디세이아』(기파랑, 2021), 336-337쪽.

150 임동원, 『피스메이커』, 307-313쪽.

151 김홍균·한기홍,『김대중, 희망을 위한 여정』(고즈윈, 2006), 49-50쪽.

152 김대중,『김대중 자서전 2』, 253쪽.

153 최원기·정창현,『남북정상회담 600일』(김영사, 2000), 41-43쪽.

154 최원기·정창현,『남북정상회담 600일』, 46쪽.

155 김대중,『김대중 자서전 2』, 252-272쪽.

156 최원기·정창현,『남북정상회담 600일』, 79쪽

     전재성,「김대중 정부의 대북 햇볕정책과 외교 전략」, 박명림 편,『김대중』, 194-195쪽.

157 김대중,『김대중 자서전 2』, 270-280쪽.

158 김대중,『김대중 자서전 2』, 288-289쪽.

159 최원기·정창현,『남북정상회담 600일』, 321-324쪽.

160 김종필,『김종필 증언록 2』, 246-251쪽.

161 김종필,『김종필 증언록 2』, 383쪽.

162 박경서, "DJ는 이미 1987년에 강력한 노벨평화상 후보였다", 강원택 외,『김대중을 생각한다』,
     126-127쪽.

163 임동원,『피스메이커』, 356-358쪽

     정동영·지승호,『10년 후 통일』(살림터, 2013), 87-88쪽

164 김대중,『김대중 자서전 2』, 237쪽.

165 이 대화 내용은 실제로는 2002년 2월 부시가 한국을 방문했을 때 일이다. 김대중,『김대중 자서전
     2』, 445-449쪽

166 임동원,「'사실상의 통일'과 남북연합」, 한반도평화포럼,『통일은 과정이다』(서해문집, 2015),
     204-206쪽.

167 김대중 평화센터,『2008 김대중 전 대통령 연설·회견 자료집』(2008), 205쪽.

168 임동원,「'사실상의 통일'과 남북연합」, 199-200, 202-203쪽.

169 정동영·지승호,『10년 후 통일』, 89쪽.

거인의 꿈

하의도 · 서울 · 평양

1판 1쇄 인쇄	2024년 1월 1일
1판 1쇄 발행	2024년 1월 6일
지은이	최영태
발행인	공정범
발행처	역바연
주소	경기도 용인시 수지구 수지로421, 503호
전화	031-896-7698
등록	2021년 11월 26일. 제 2021-000150호
ISBN	979-11-985932-0-7 03810

ⓒ 최영태

이 책을 만든 사람들

기획·편집	공지영
표지·본문 디자인	지노디자인 이승욱